I0646159

LA REGENTA

Vol. II
Capítulos XVI-XXX

Leopoldo Alas
"Clarín"

MEDIO SIGLO

Colección: Biblioteca Clásica
Spanish Masterpieces

© Leopoldo Alas
© De esta edición: **Libros Medio Siglo**

Primera edición bilingüe: Diciembre de 2014

ISBN 13: 978-0692334423
ISBN 10: 0692334424

All rights reserved. No part of this publication may be reproduced, stored in a retrieval system, or transmitted, in any form or by any means, electronic, mechanical, photocopying, recording, or otherwise without prior written permission from the publisher.

Todos los derechos reservados. Publicado por **Libros Medio Siglo**. Se prohíbe la reproducción o transmisión de cualquiera de las partes de este libro por cualquier medio o procedimiento, comprendidos electrónico y mecánico o cualquier sistema de almacenamiento y recuperación de información, sin permiso por escrito de la editorial, excepto donde esté permitido bajo la ley.

Diseño de portada: Jonathan Martínez
http://jmartinezj.wix.com/jonathan-martinez-

Libros Medio Siglo
www.librosmediosiglo.org
mediosigloeditorial@gmail.com

PRINTED IN THE UNITED STATES OF AMERICA

IMPRESO EN ESTADOS UNIDOS DE AMÉRICA

Con Octubre muere en Vetusta el buen tiempo. Al mediar Noviembre suele lucir el sol una semana, pero como si fuera ya otro sol, que tiene prisa y hace sus visitas de despedida preocupado con los preparativos del viaje del invierno. Puede decirse que es una ironía de buen tiempo lo que se llama el *veranillo de San Martín*. Los vetustenses no se fían de aquellos halagos de luz y calor y se abrigan y buscan su manera peculiar de pasar la vida a nado durante la estación odiosa que se prolonga hasta fines de Abril próximamente. Son anfibios que se preparan a vivir debajo del agua la temporada que su destino les condena a este elemento. Unos protestan todos los años haciéndose de nuevas y diciendo: «¡Pero ve usted qué tiempo!» Otros, más filósofos, se consuelan pensando que a las muchas lluvias se debe la fertilidad y hermosura del suelo. «O el cielo o el suelo, todo no puede ser.»

Ana Ozores no era de los que se resignaban. Todos los años, al oír las campanas doblar tristemente el día de los Santos, por la tarde, sentía una angustia nerviosa que encontraba pábulo en los objetos exteriores, y sobre todo en la perspectiva ideal de un invierno, de *otro* invierno húmedo, monótono, interminable, que empezaba con el clamor de aquellos bronces.

Aquel año la tristeza había aparecido a la hora de siempre. Estaba Ana sola en el comedor. Sobre la mesa quedaban la cafetera de estaño, la taza y la copa en que había tomado café y anís don Víctor, que ya estaba en el Casino jugando al ajedrez. Sobre el platillo de la taza yacía medio puro apagado, cuya ceniza formaba repugnante amasijo impregnado del café frío derramado. Todo esto miraba la Regenta con pena, como si fuesen ruinas de un mundo. La insignificancia de aquellos objetos que contemplaba le partía el alma; se le figuraba que eran símbolo del universo, que era así, ceniza, frialdad, un cigarro abandonado a la mitad por el hastío del fumador. Además, pensaba en el marido incapaz de fumar un puro entero y de querer por entero a una mujer. Ella era también como aquel cigarro, una cosa que no había servido para uno y que ya no podía servir para otro.

Todas estas locuras las pensaba, sin querer, con mucha formalidad. Las campanas comenzaron a sonar con la terrible promesa de no callarse en toda la tarde ni en toda la noche. Ana se estremeció. Aquellos martillazos estaban destinados a ella; aquella maldad impune, irresponsable, mecánica del bronce repercutiendo con tenacidad irritante, sin por qué ni para qué, sólo por la razón universal de molestar, creíala descargada sobre su cabeza. No eran *fúnebres lamentos* las campanadas, como decía Trifón Cármenes en aquellos versos del *Lábaro* del día, que la doncella acababa de poner sobre el regazo de su ama; no eran fúnebres lamentos, no hablaban de los muertos, sino de la tristeza de los vivos, del letargo de todo; *¡tan, tan, tan!* ¡cuántos! ¡cuántos! ¡y los que faltaban! ¿qué contaban aquellos tañidos? tal vez las gotas de lluvia que iban a caer en aquel *otro* invierno.

La Regenta quiso distraerse, olvidar el ruido inexorable, y miró *El Lábaro*. Venía con orla de luto. El primer fondo, que, sin saber lo que hacía, comenzó a leer, hablaba de la brevedad de la existencia y de los acendrados sentimientos católicos de la redacción. «¿Qué eran los placeres de este mundo? ¿Qué la gloria, la riqueza, el amor?» En opinión del articulista, nada; palabras, palabras, palabras, como había dicho Shakespeare. Sólo la virtud era cosa sólida. En este mundo no había que buscar la felicidad, la tierra no era el centro de las almas *decididamente*. Por todo lo cual lo más acertado era morirse; y así, el redactor, que había comenzado lamentando lo *solos que se quedaban* los muertos, concluía por envidiar su buena suerte. *Ellos* ya sabían lo que había *más allá*, ya habían resuelto el gran problema de Hamlet: *to be or not to be*. ¿Qué era el más allá? Misterio. De todos modos el articulista deseaba a los difuntos el descanso y la gloria eterna. Y firmaba: «Trifón Cármenes.» Todas aquellas necedades ensartadas en lugares comunes; aquella retórica fiambre, sin pizca de sinceridad, aumentó la tristeza de la Regenta; esto era peor que las campanas,

6

más mecánico, más fatal; era la fatalidad de la estupidez; y también ¡qué triste era ver ideas grandes, tal vez ciertas, y frases, en su original sublimes, allí manoseadas, pisoteadas y por milagros de la necedad convertidas en materia liviana, en lodo de vulgaridad y manchadas por las inmundicias de los tontos!... «¡Aquello era también un símbolo del mundo; las cosas grandes, las ideas puras y bellas, andaban confundidas con la prosa y la falsedad y la maldad, y no había modo de separarlas!» Después Cármenes se presentaba en el cementerio y cantaba una elegía de tres columnas, en tercetos entreverados de silva. Ana veía los renglones desiguales como si estuvieran en chino; sin saber por qué, no podía leer; no entendía nada; aunque la inercia la obligaba a pasar por allí los ojos, la atención retrocedía, y tres veces leyó los cinco primeros versos, sin saber lo que querían decir... Y de repente recordó que ella también había escrito versos, y pensó que podían ser muy malos también. «¿Si habría sido ella una *Trifona*? Probablemente, ¡y qué desconsolador era tener que echar sobre sí misma el desdén que mereciera todo! ¡Y con qué entusiasmo había escrito muchas de aquellas poesías religiosas, místicas, que ahora le aparecían amaneradas, rapsodias serviles de Fray Luis de León y San Juan de la Cruz! Y lo peor no era que los versos fueran malos, insignificantes, vulgares, vacíos... ¿y los sentimientos que los habían inspirado? ¿Aquella piedad lírica? ¿Había valido algo? No mucho cuando ahora, a pesar de los esfuerzos que hacía por volver a sentir una reacción de religiosidad... ¿Si en el fondo no sería ella más que una literata vergonzante, a pesar de no escribir ya versos ni prosa? ¡Sí, sí, le había quedado el espíritu falso, torcido de la poetisa, que por algo el buen sentido vulgar desprecia!»

Como otras veces, Ana fue tan lejos en este vejamen de sí misma, que la exageración la obligó a retroceder y no paró hasta echar la culpa de todos sus males a Vetusta, a sus tías, a D. Víctor, a Frígilis, y concluyó por tenerse aquella lástima tierna y profunda que la hacía tan indulgente a ratos para con los propios defectos y culpas.

Se asomó al balcón. Por la plaza pasaba todo el vecindario de la Encimada camino del cementerio, que estaba hacia el Oeste, más allá del Espolón sobre un cerro. Llevaban los vetustenses los trajes de cristianar; criadas, nodrizas, soldados y enjambres de chiquillos eran la mayoría de los transeúntes; hablaban a gritos, gesticulaban alegres; de fijo no pensaban en los muertos. Niños y mujeres del pueblo pasaban también, cargados de coronas fúnebres baratas, de cirios flacos y otros adornos de sepultura. De vez en cuando un lacayo de librea, un mozo de cordel atravesaban la plaza abrumados por el peso de colosal corona de siemprevivas, de blandones como columnas, y catafalcos portátiles. Era el luto oficial de los ricos que sin ánimo o tiempo para visitar a sus muertos les mandaban aquella especie de besa — la — mano. Las *personas decentes* no llegaban al cementerio; las señoritas emperifolladas no tenían valor para entrar allí y se quedaban en el Espolón paseando, luciendo los trapos y dejándose ver, como los demás días del año. Tampoco se acordaban de los difuntos; pero lo disimulaban; los trajes eran obscuros, las conversaciones menos estrepitosas que de costumbre, el gesto algo más compuesto... Se paseaba en el Espolón como se está en una visita de duelo en los momentos en que no está delante ningún pariente cercano del difunto. Reinaba una especie de discreta alegría contenida. Si en algo se pensaba alusivo a la solemnidad del día era en la ventaja positiva de no contarse entre los muertos. Al más filósofo vetustense se le ocurría que no somos nada, que muchos de sus conciudadanos que se paseaban tan tranquilos, estarían el año que viene con los otros; cualquiera menos él.

Ana aquella tarde aborrecía más que otros días a los vetustenses; aquellas costumbres tradicionales, respetadas sin conciencia de lo que se hacía, sin fe ni entusiasmo, repetidas con mecánica igualdad como el rítmico volver de las frases o los gestos de un loco; aquella tristeza ambiente que no tenía grandeza, que no se refería a la suerte incierta de los muertos, sino al aburrimiento seguro de los vivos, se le ponían a la Regenta sobre el corazón, y hasta creía sentir la atmósfera cargada de hastío, de un hastío sin remedio, eterno. Si ella contara lo que sentía a cualquier vetustense, la llamaría romántica; a su marido no había que mentarle semejantes penas; en seguida se alborotaba y hablaba de régimen, y de programa y de cambiar de vida. Todo menos apiadarse de los nervios o lo que fuera.

Aquel programa famoso de distracciones y placeres formado entre Quintanar y Visitación, había empezado a caer en desuso a los pocos días, y apenas se cumplía ya ninguna de sus partes. Al principio Ana se había dejado llevar a paseo, a todos los paseos, al teatro, a la tertulia de Vegallana, a las excursiones campestres; pero pronto se declaró cansada y opuso una resistencia pasiva que no pudieron vencer don Víctor y la del Banco.

Visita encogía los hombros. «No se explicaba aquello. ¡Qué mujer era Ana! Ella estaba segura de que Álvaro le parecía retebién, Álvaro seguía su persecución con gran maña, lo había notado, ella le ayudaba, Paquito le ayudaba, el bendito don Víctor ayudaba también sin querer... y nada. Mesía preocupado, triste, bilioso, daba a entender, a su pesar, que no adelantaba un paso. ¿Andaría el Magistral en el ajo?» Visita se impuso la obligación de espiar la capilla del Magistral; se enteró bien de las tardes que se sentaba en el confesonario, y se daba una vuelta por allí, mirando por entre las rejas con disimulo para ver si estaba la *otra*. Después averiguó que la habían visto confesando por la mañana a las siete. «¡Hola! allí había gato.» No presumía la del Banco las atrocidades que se le habían pasado por la imaginación a Mesía; no pensaba, Dios la librara, que Ana fuera capaz de enamorarse de un cura como la escandalosa Obdulia o la de Páez, tonta y maniática que despreciaba las buenas proporciones y cuando chica comía tierra; Ana era también romántica (todo lo que no era parecerse a ella lo llamaba Visita romanticismo), pero de otro modo; no, no había que temer, sobre todo tan pronto, una pasión sacrílega; pero lo que ella temía era que el Provisor, por hacer guerra al otro —las razones de pura moralidad no se le ocurrían a la del Banco— empleara su grandísimo talento en convertir a la Regenta y hacerla beata. ¡Qué horror! Era preciso evitarlo. Ella, Visita, no quería renunciar al placer de ver a su amiga caer donde ella había caído; por lo menos verla padecer con la tentación. Nunca se le había ocurrido que aquel espectáculo era fuente de placeres secretos intensos, vivos como pasión fuerte; pero ya que lo había descubierto, quería gozar aquellos extraños sabores picantes de la nueva golosina. Cuando observaba a Mesía en acecho, cazando, o preparando las redes por lo menos, en el coto de Quintanar, Visitación sentía la garganta apretada, la boca seca, candelillas en los ojos, fuego en las mejillas, asperezas en los labios. «Él dirá lo que quiera, pero está *chiflado*», pensaba con un secreto dolor que tenía en el fondo una voluptuosidad como la produce una esencia muy fuerte; aquellos pinchazos que sentía en el orgullo, y en algo más guardado, más de las entrañas, los necesitaba ya, como el vicioso el vicio que le mata, que le lastima al gozarlo; era el único placer intenso que Visitación se permitía en aquella vida tan gastada, tan vulgar, de emociones repetidas. El dulce no la empalagaba, pero ya le sabía poco a dulce; aquella nueva pasioncilla era cosa más vehemente. Quería ver a la Regenta, a la impecable, en brazos de D. Álvaro; y también le gustaba ver a D. Álvaro humillado ahora, por más que deseara su victoria, no por él, sino por la caída de la *otra*. Inventó muchos medios para hacerles verse y hablarse sin que ellos lo buscasen, al menos sin que lo buscase Ana. Paco, sin la mala intención de Visita, la ayudaba mucho en tal empresa. Aunque en la primer ocasión oportuna don Álvaro se había hecho ofrecer por el mismo Quintanar el caserón de los Ozores, y ya había aventurado algunas visitas, comprendió que por entonces no debía ser aquél el teatro de sus tentativas, y donde se insinuaba era en el Espolón, con miradas y otros artificios de poco resultado, o en casa de Vegallana y en las excursiones al Vivero con más audacia, aunque no mucha, pero con escasa fortuna. Ana ponía todas las fuerzas de su voluntad en demostrar a don Álvaro que no le temía. Le esperaba siempre, desafiaba sus malas artes; sin jactancia le daba a entender que le tenía por inofensivo.

Las excursiones al Vivero se habían repetido con frecuencia durante todo Octubre. Ana veía a Edelmira y a Obdulia, que se había declarado maestra de la niña colorada y fuerte, correr como locas por el bosque de robles seculares perseguidas por Paco Vegallana, Joaquín Orgaz y otros *íntimos*; veíalas arrojarse intrépidas al pozo que estaba cegado y embutido con hierba seca, y en estas y otras escenas de bucólica picante llenas de alegría, misteriosos gritos, sorpresas, sustos, saltos, roces y contactos, no había encontrado más que una tentación grosera, fuerte al acercarse a ella, al tocarla, pero repugnante de lejos, vista a sangre fría. D. Álvaro había notado que por este camino poco se podría adelantar, por ahora, con la Regenta. Nada más ridículo en Vetusta que el romanticismo. Y se llamaba romántico todo lo que no fuese vulgar, pedestre, prosaico, callejero. Visita era el papa de aquel dogma antirromántico. Mirar a la luna medio minuto seguido era romanticismo puro; contemplar en silencio la puesta del sol... ídem; respirar con delicia el ambiente embalsamado del campo a la hora de la brisa... ídem; decir algo de las estrellas... ídem; encontrar expresión amorosa en las miradas, sin necesidad de ponerse al habla... ídem; tener lástima de los niños pobres... ídem; comer poco... ¡oh!, esto era el colmo del romanticismo.

—La de Páez no come garbanzos —decía Visita— porque eso no es romántico.

La repugnancia que por los juegos locos del Vivero sentía Anita, era romanticismo refinado, en opinión de la del Banco. Se lo decía ella a don Álvaro:

—Mira, chico, eso es hacer la tonta, la literata, la mujer superior, la platónica... Que yo me escame y no deje acercarse a esos mocosos que luego se van *dando pisto* al Casino con sus demasías, no tiene nada de particular, porque... en fin, yo me entiendo; pero ella no tiene motivo para desconfiar, porque ni Paco ni Joaquín se van a atrever a tocarle el pelo de la ropa... Todo eso es romanticismo, pero a mí no me la da; por aquello de *pulvisés*.

En eso confiaba Mesía, en el *pulvisés* de Visita; pero se impacientaba ante aquel *romanticismo* de la Regenta. Él creía firmemente que «no había más amor que uno, el material, el de los sentidos; que a él había de venir a parar aquello, tarde o temprano, pero temía que iba a ser tarde; la Regenta tenía la cabeza a pájaros, y no había que aventurar ni un mal pisotón, so pena de exponerse a echarlo a rodar todo.»

«Además pensaba don Álvaro, el día que yo me atreva, por tener ya preparado el terreno, a intentar un ataque franco, *personal* (era la palabra técnica en su arte de conquistador), no ha de ser en el campo, aunque parece que es el lugar más a propósito. He notado que esta mujer enfrente de la naturaleza, de la bóveda estrellada, de los montes lejanos, al aire libre, en suma, se pone seria como un colchón, calla, y se *sublimiza*, allá a sus solas. Está hermosísima así, pero no hay que tocar en ella.» Más de una vez, en medio del bosque del Vivero, a solas con Ana, don Álvaro se había sentido en ridículo; se le había figurado que aquella señora, a quien estaba seguro de gustar en el salón del Marqués, allí le despreciaba. Veíala mirarle de hito en hito, levantar después los ojos a las copas de los añosos robles, y se había dicho: «Esta mujer me está midiendo; me está comparando con los árboles y me encuentra pequeño; ¡ya lo creo!»

Lo que no sabía don Álvaro, aunque por ciertos síntomas favorables lo presumiese a veces su vanidad, era que la Regenta soñaba casi todas las noches con él. Irritaba a la de Quintanar esta insistencia de sus ensueños. ¿De qué le servía resistir en vela, luchar con valor y fuerza todo el día, llegar a creerse superior a la obsesión pecaminosa, casi a despreciar la tentación, si la flaca naturaleza a sus solas, abandonada del espíritu, se rendía a discreción, y era masa inerte en poder del enemigo? Al despertar de sus pesadillas con el dejo amargo de las malas pasiones satisfechas, Ana se sublevaba contra leyes que no conocía, y pensaba desalentada y agriado el ánimo en la inutilidad de sus esfuerzos, en las contradicciones que llevaba dentro de sí misma. Parecíale entonces la humanidad compuesto casual que servía de juguete a una divinidad oculta, burlona como un diablo. Pronto volvía la fe, que se afanaba en conservar y hasta fortificar —con el terror de quedarse a obscuras y abandonada si la perdía— volvía a desmoronar aquella torrecilla del orgulloso racionalismo, retoño impuro que renacía mil veces en aquel espíritu educado lejos de una saludable disciplina religiosa. Se humillaba Ana a los designios de Dios, pero no por esto desaparecía el disgusto de sí misma, ni el valor para seguir la lucha se recobraba... Contribuían estos desfallecimientos nocturnos a contener los progresos de la piedad, que el Magistral procuraba despertar con gran prudencia, temeroso de perder en un día todo el terreno adelantado, si daba un mal paso.

Ni en la mañana en que la Regenta reconcilió con don Fermín, antes de comulgar, ni ocho días más tarde, cuando volvió al confesonario, ni en las demás conferencias matutinas en que declaró al padre espiritual dudas, temores, escrúpulos, tristezas, dijo Ana aquello que al determinarse a rectificar su confesión general se había propuesto decir: no habló de la gran tentación que la empujaba al adulterio —así se llamaba— mucho tiempo hacía.

Buscó subterfugios para no confesar aquello, se engañó a sí misma, y el Magistral sólo supo que Ana vivía de hecho separada de su marido, *quo ad thorum*, por lo que toca al tálamo, no por reyerta, ni causa alguna vergonzosa, sino por falta de iniciativa en el esposo y de amor en ella. Sí, esto lo confesó Ana, ella no amaba a su don Víctor como una mujer debe amar al hombre que escogió, o le escogieron, por compañero; otra cosa había: ella sentía, más y más cada vez, gritos formidables de la naturaleza, que la arrastraban a no sabía qué abismos obscuros, donde no quería caer; sentía tristezas profundas, caprichosas; ternura sin objeto conocido; ansiedades inefables; sequedades del ánimo repentinas, agrias y espinosas, y todo ello la volvía loca, tenía miedo no sabía a qué, y buscaba el amparo de la religión para luchar con los peligros de aquel estado. Esto fue todo lo que pudo saber el Magistral sobre el particular; nada de acusaciones concretas. Él tampoco se atrevía a preguntar a la Regenta lo que tratándose de otra hubiera sido necesariamente parte de su hábil interrogatorio. Aunque la curiosidad le quemaba las entrañas, aguantaba la comezón y se contentaba con sus conjeturas: lo principal, lo primero no era querer saber a la fuerza más de lo que ella espontáneamente quería decir; lo principal, lo primero era mostrarse discreto, desapasionado, superior a los defectos vulgares de la humanidad.

«En estas primeras conferencias, se decía el Magistral, no se trata aún de estudiarla bien a ella, sino de hacerme agradable, de imponerme por la grandeza de alma; debo hacerla mía por obra del espíritu y después... ella hablará... y sabré lo del Vivero, que me parece que no fue nada entre dos platos.»

De lo que había pasado en la excursión del día de San Francisco de Asís y en otras sucesivas procuró De Pas enterarse en las conversaciones que tuvo con su amiga fuera de la Iglesia; dentro del cajón sagrado no había modo decoroso de preguntar ciertas menudencias a una mujer como Anita.

La Regenta agradecía al Magistral su prudencia, su discreción. Veía con placer que más se aplicaba el bendito varón a prepararle una vida virtuosa mediante la consabida *higiene espiritual*, que a escudriñar lo pasado y las turbaciones presentes con preguntas de microscopio, como él las había llamado hablando de estas cosas.

«Lo principal era no violentar el espíritu indisciplinado de la Regenta; había que hacerla subir la cuesta de la penitencia sin que ella lo notase al principio, por una pendiente imperceptible, que pareciese camino llano; para esto era necesario caminar en zig — zas, hacer muchas curvas, andar mucho y subir poco... pero no había remedio; después, más arriba, sería otra cosa; ya se le haría subir por la línea de máxima pendiente.» Así, con estas metáforas geométricas pensaba el Magistral en tal asunto, para él muy importante, porque la idea de que se le escapase aquella penitente, aquella amiga, le daba miedo.

Una mañana ella le habló por fin de sus ensueños; cada palabra iba cubierta con un velo; pocas bastaron al Magistral para comprender; la interrumpió, le ahorró la molestia de rebuscar las pocas frases cultas con que cuenta nuestro rico idioma para expresar materias escabrosas; y aquel día pudo ser, merced a esto, la conferencia tan ideal y delicada en la forma como todas las anteriores. Pero él entró en el coro menos tranquilo que solía. Arrellanado en su sitial del coro alto, manoseando los relieves lúbricos de los brazos de su silla, De Pas, mientras los colegiales ponían el grito en el cielo, comentaba, como si rumiara, las revelaciones de la Regenta.

«¡Soñaba! la fortaleza de la vigilia desvanecíase por la noche, y sin que ella pudiese remediarlo, la mortificaban visiones y sensaciones importunas, que a tener responsabilidad de ellas serían pecado cierto... «En plata, que doña Ana soñaba con un hombre...» Don Fermín se revolvía en la silla de coro, cuyo asiento duro se le antojaba lleno de brasas y de espinas. Y en tanto que el dedo índice de la mano derecha frotaba dos prominencias pequeñas y redondas del artístico bajo—relieve que representaba a las hijas de Lot en un pasaje bíblico, él, sin pensar en esto, es claro, procuraba arrancar a las tinieblas de su ignorancia el secreto que tanto le importaba: ¿con quién soñaba la Regenta? ¿Era una persona determinada?... Y poniéndose colorado como una amapola en la penumbra de su asiento, que estaba en un rincón del coro alto, pensaba: ¿seré yo?»

Entonces le zumbaban los oídos, y ya no oía las voces graves del sochantre y de los salmistas, ni el rum rum del hebdomadario, que allá abajo gruñía recitando de mala gana los latines de *Prima*.

«No, no caería en la tentación de convertir aquella dulcísima amistad naciente, que tantas sensaciones nuevas y exquisitas le prometía, en vulgar escándalo de las pasiones bajas de que sus enemigos le habían acusado otras veces. Verdad era que la idea de ser objeto de los ensueños que confesaba la Regenta le halagaba; esto no podía negarlo, ¿cómo engañarse a sí mismo? ¡Si apenas podía mantenerse sentado sobre la tabla dura! Pero esta delicia de la vanidad satisfecha no tenía que ver con su propósito firme de buscar en Ana, en vez de grosero hartazgo de los sentidos, empleo digno de la gran actividad de su corazón, de su voluntad que se destruía ocupándose con asunto tan miserable como era aquella lucha con los vetustenses indómitos. Sí, lo que él quería era una afición poderosa, viva, ardiente, eficaz para vencer la ambición, que le parecía ahora ridícula, de verse amo indiscutible de la diócesis. Ya lo era, aunque discutido, y aquello debía bastarle.

»¿A qué aspirar a un dominio absoluto imposible? Además, quería que su interés por doña Ana ocupase en su alma el lugar privilegiado de aquellos otros anhelos de volar más alto, de ser obispo, jefe de la iglesia española, vicario de Cristo tal vez. Esta ambición de algunos momentos, descabellada, pueril, locura que pasaba, pero que volvía, quería vencerla, para no padecer tanto, para conformarse mejor con la vida, para no encontrar tan triste y desabrido el mundo... Y sólo por medio de una pasión noble, ideal, que un alma grande sabría comprender, y que sólo un vetustense miserable, ruin y malicioso podía considerar pecaminosa, sólo por medio de esa pasión cabía lograr tan alto y tan loable intento.

—Sí, sí —concluía el Magistral: yo la salvo a ella, y ella, sin saberlo por ahora, me salva a mí.»

Y cantaban los del coro bajo: «*Deus, in ajutorium meum intende.*»

La tarde de *Todos los Santos* Ana creyó perder el terreno adelantado en su curación moral; la aridez del alma de que ella se había quejado a D. Fermín, y que éste, citando a San Alfonso Ligorio, le había demostrado ser debilidad común, y hasta de los santos, y general duelo de los místicos; esa aridez que parece inacabable al sentirla, la envolvía el espíritu como una cerrazón en el océano; no le dejaba ver ni un rayo de luz del cielo.

«¡Y las campanas toca que tocarás!» Ya pensaba que las tenía dentro del cerebro; que no eran golpes del metal sino aldabonazos de la neuralgia que quería enseñorearse de aquella mala cabeza, olla de grillos mal avenidos.

Sin que ella los provocase, acudían a su memoria recuerdos de la niñez, fragmentos de las conversaciones de su padre, el filósofo, sentencias de escéptico, paradojas de pesimista, que en los tiempos lejanos en que las había oído no tenían sentido claro para ella, mas que ahora le parecían materia digna de atención.

«De lo que estaba convencida era de que en Vetusta se ahogaba; tal vez el mundo entero no fuese tan insoportable como decían los filósofos y los poetas tristes; pero lo que es de Vetusta con razón se podía asegurar que era el peor de los poblachones posibles.» Un mes antes había pensado que el Magistral iba a sacarla de aquel hastío, llevándola consigo, sin salir de la catedral, a regiones superiores, llenas de luz. «Y capaz de hacerlo como lo decía debía de ser, porque tenía mucho talento y muchas cosas que explicar; pero ella, ella era la que caía de lo alto a lo mejor, la que volvía a aquel enojo, a la aridez que le secaba el alma en aquel instante.»

Ya no pasaba nadie por la Plaza Nueva; ni lacayos, ni curas, ni chiquillos, ni mujeres de pueblo; todos debían de estar ya en el cementerio o en el Espolón...

Ana vio aparecer debajo del arco de la calle del Pan, que une la plaza de este nombre con la nueva, la arrogante figura de don Álvaro Mesía, jinete en soberbio caballo blanco, de reluciente piel, crin abundante y ondeada, cuello grueso, poderosa cerviz, cola larga y espesa. Era el animal de pura raza española, y hacíale el jinete piafar, caracolear, revolverse, con gran maestría de la mano y la espuela; como si el caballo mostrase toda aquella impaciencia por su gusto, y no excitado por las ocultas maniobras del dueño. Saludó Mesía de lejos y no vaciló en acercarse a la Rinconada, hasta llegar debajo del balcón de la Regenta.

El estrépito de los cascos del animal sobre las piedras, sus graciosos movimientos, la hermosa figura del jinete llenaron la plaza de repente de vida y alegría, y la Regenta sintió un soplo de frescura en el alma. ¡Qué a tiempo aparecía el galán! Algo sospechó él de tal oportunidad al ver en los ojos y en los labios de Ana, dulce, franca y persistente sonrisa.

No le negó la delicia de anegarse en su mirada, y no trató de ocultar el efecto que en ella producía la de don Álvaro. Hablaron del caballo, del cementerio, de las tristeza del día, de la necedad de aburrirse todos de común acuerdo, de lo inhabitable que era Vetusta. Ana estaba locuaz, hasta se atrevió a decir lisonjas, que si directamente iban con el caballo también comprendían al jinete.

Don Álvaro estaba pasmado, y si no supiera ya por experiencia que aquella fortaleza tenía muchos órdenes de murallas, y que al día siguiente podría encontrarse con que era lo más inexpugnable lo que ahora se le antojaba brecha, hubiese creído llegada la ocasión de dar el ataque *personal*, como llamaba al más brutal y ejecutivo. Pero ni siquiera se atrevió a intentar acercarse, lo cual hubiera sido en todo caso muy difícil, pues no había de dejar el caballo en la plaza. Lo que hacía era aproximarse lo más que podía al balcón, ponerse en pie sobre los estribos, estirar el cuello y hablar bajo para que ella tuviese que inclinarse sobre la barandilla si quería oírle, que sí quería aquella tarde.

¡Cosa más rara! En todo estaban de acuerdo: después de tantas conversaciones se encontraba ahora con que tenían una porción de gustos idénticos. En un incidente del diálogo se acordaron del día en que Mesía dejó a Vetusta y encontró en la carretera de Castilla a Anita, que volvía de paseo con sus tías. Se discutió la probabilidad de que fuese el mismo coche y el mismo asiento el que poco después ocupaba ella cuando salió para Granada con su esposo...

Ana se sentía caer en un pozo, según ahondaba, ahondaba en los ojos de aquel hombre que tenía allí debajo; le parecía que toda la sangre se le subía a la cabeza, que las ideas se mezclaban y confundían, que las nociones morales se deslucían, que los resortes de la voluntad se aflojaban; y viendo como veía un peligro, y desde luego una imprudencia en hablar así con don Álvaro, en mirarle con deleite que no se ocultaba, en alabarle y abrirle el arca secreta de los deseos y los gustos, no se arrepentía de nada de esto, y se dejaba resbalar, gozándose en caer, como si aquel placer fuese una venganza de antiguas injusticias sociales, de bromas pesadas de la suerte, y sobre todo de la estupidez vetustense que condenaba toda vida que no fuese la monótona, sosa y necia de los insípidos vecinos de la Encimada y la Colonia... Ana sentía deshacerse el hielo, humedecerse la aridez; pasaba la crisis, pero no como otras veces, no se resolvería en lágrimas de ternura abstracta, ideal, en propósitos de vida santa, en anhelos de abnegación y sacrificios; no era la fortaleza, más o menos fantástica, de otras veces quien la sacaba del desierto de los pensamientos secos, fríos, desabridos, infecundos; era cosa nueva, era un relajamiento, algo que al dilacerar la voluntad, al vencerla, causaba en las entrañas placer, como un soplo fresco que recorriese las venas y la médula de los huesos. «Si ese hombre no viniese a caballo, y pudiera subir, y se arrojara a mis pies, en este instante me vencía, me vencía.» Pensaba esto y casi lo decía con los ojos. Se le secaba la boca y pasaba la lengua por los labios. Y como si al caballo le hiciese cosquillas aquel gesto de la señora del balcón, saltaba y azotaba las piedras con el hierro, mientras las miradas del jinete eran cohetes que se encaramaban a la barandilla en que descansaba el pecho fuerte y bien torneado de la Regenta.

Callaron, después de haber dicho tantas cosas. No se había hablado palabra de amor, es claro; ni don Álvaro se había permitido galantería alguna directa y sobrado significativa; mas no por eso dejaban de estar los dos convencidos de que por señas invisibles, por efluvios, por adivinación o como fuera, uno a otro se lo estaban diciendo todo; ella conocía que a don Álvaro le estaba quemando vivo la pasión allá abajo; que al sentirse admirado, tal vez amado en aquel momento, el agradecimiento tierno y dulce del amante y el amor irritado con el agradecimiento y con el señuelo de la ocasión le derretían; y Mesía comprendía y sentía lo que estaba pasando por Ana, aquel abandono, aquella flojedad del ánimo. «¡Lástima, pensaba el caballero, que me coja tan lejos, y a caballo, y sin poder apearme decorosamente, este *momento crítico!*...» Al cual momento groseramente llamaba él para sus adentros el *cuarto de hora.*

No había tal cuarto de hora, o por lo menos no era aquel cuarto de la hora a que aludía el materialista elegante.

Todo Vetusta se aburría aquella tarde, o tal se imaginaba Ana por lo menos; parecía que el mundo se iba a acabar aquel día, no por agua ni fuego, sino por hastío, por la gran culpa de la estupidez humana, cuando Mesía apareciendo a caballo en la plaza, vistoso, alegre, venía a interrumpir tanta tristeza fría y cenicienta con una nota de color vivo, de gracia y fuerza. Era una especie de resurrección del ánimo, de la imaginación y del sentimiento la aparición de aquella arrogante figura de caballo y caballero en una pieza, inquietos, ruidosos, llenando la plaza de repente. Era un rayo de sol en una cerrazón de la niebla, era la viva reivindicación de sus derechos, una protesta alegre y estrepitosa contra la apatía convencional, contra el silencio de muerte de las calles y contra el ruido necio de los campanarios...

Ello era que, sin saber por qué, Ana, nerviosa, vio aparecer a don Álvaro como un náufrago puede ver el buque salvador que viene a sacarle de un peñón aislado en el océano. Ideas y sentimientos que ella tenía aprisionados como peligrosos enemigos rompieron las ligaduras; y fue un motín general del alma, que hubiera asustado al Magistral de haberlo visto, lo que la Regenta sintió con deleite dentro de sí.

Don Álvaro no recordaba siquiera que la Iglesia celebraba aquel día la fiesta de Todos los Santos; había salido a paseo porque le gustaba el campo de Vetusta en Otoño y porque sentía opresiones, ansiedades que se le quitaban a caballo, corriendo mucho, bañándose en el aire que le iba cortando el aliento en la carrera...

«¡Perfectamente! Mesía con aquella despreocupación, pensando en su placer, en la naturaleza, en el aire libre, era la realidad racional, la vida que se complace en sí misma; los otros, los que tocaban las campanas y *conmemoraban* maquinalmente a los muertos que tenían olvidados, eran las bestias de reata, la eterna Vetusta que había aplastado su existencia entera (la de Anita) con el peso de preocupaciones absurdas; la Vetusta que la había hecho infeliz... ¡Oh, pero estaba aún a tiempo! Se sublevaba, se sublevaba; que lo supieran sus tías difuntas; que lo supiera su marido; que lo supiera la hipócrita aristocracia del pueblo, los Vegallana, los Corujedos... toda la clase... se sublevaba...» Así era el cuarto de hora de Anita, y no como se lo figuraba don Álvaro, que mientras hablaba sin propasarse, estaba pensando en dónde podría dejar un momento el caballo. No había modo; sin violencia, que podía echarlo todo a perder, no se podía buscar pretexto para subir a casa de la Regenta en aquel momento.

Gran satisfacción fue para don Víctor Quintanar, que volvía del Casino, encontrar a su mujer conversando alegremente con el simpático y caballeroso don Álvaro, a quien él iba cobrando una afición que, según frase suya, «no solía prodigar.»

—Estoy por decir —aseguraba— que después de Frígilis, Ripamilán y Vegallana, ya es don Álvaro el vecino a quien más aprecio.

No pudiendo dar a su amigo los golpecitos en el hombro con que solía saludarle, los aplicó a las ancas del caballo, que se dignó a mirar volviendo un poco la cabeza al humilde infante.

—Hola, hola, hipogrifo violento que corriste parejas con el viento—

—dijo don Víctor, que manifestaba a menudo su buen humor recitando versos del Príncipe de *nuestros ingenios* o de algún otro de los *astros de primera magnitud.*

—A propósito, de teatro, don Álvaro, ¿con que esta noche el buen Perales nos da por fin *Don Juan Tenorio?*... Algunos beatos habían intrigado para que hoy no hubiera función... ¡Mayor absurdo!... El teatro es moral, cuando lo es, por supuesto; además la tradición... la costumbre... Don Víctor habló largo y tendido de la moralidad en el arte, separándose a veces del hipogrifo violento que se impacientaba con aquella disertación académica.

Don Álvaro aprovechó la primera ocasión que tuvo para suplicar a Quintanar que obligase a su esposa a ver el *Don Juan.*

—Calle usted, hombre... vergüenza da decirlo... pero es la verdad... Mi mujercita, por una de esas rarísimas casualidades que hay en la vida... ¡nunca ha visto ni leído el *Tenorio!* Sabe versos sueltos de él, como todos los españoles, pero no conoce el drama... o la comedia, lo que sea; porque, con perdón de Zorrilla, yo no sé si... ¡Demonio de animal, me ha metido la cola por los ojos!...

—Sepárese usted un poco, porque éste no sabe estarse quieto... Pero dice usted que Anita no ha visto el Tenorio, ¡eso es imperdonable!

Aunque a don Álvaro el drama de Zorrilla le parecía inmoral, falso, absurdo, muy malo, y siempre decía que era mucho mejor el Don Juan de Molière (que no había leído), le convenía ahora alabar el poema popular y lo hizo con frases de gacetillero agradecido.

Quintanar no le perdonaba a Zorrilla la ocurrencia de atar a Megía codo con codo, y le parecía indigna de un caballero la aventura de don Juan con doña Inés de Pantoja. «Así cualquiera es conquistador.» Pero fuera de esto juzgaba *hermosa creación* la de Zorrilla... aunque las había mejores en nuestro teatro moderno. A don Álvaro se le antojaba muy verosímil y muy ingenioso y oportuno el expediente de sujetar a don Luis y meterse en casa de su novia en calidad de prometido... Aventuras así las había él llevado a feliz término y no por eso se creía deshonrado; pues el amor no se anda con libros de caballerías, y unas eran las empresas del placer y otras las de la vanagloria; cuando se trataba de éstas, lo mismo él que don Juan, sabían proceder con todos los requisitos del punto de honor. —Pero esta opinión también se la calló el jefe del partido liberal dinástico de Vetusta, y unió sus ruegos a los de don Víctor para obligar a doña Ana a ir al teatro aquella noche.

—Si es una perezosa; si ya no quiere salir; si ha vuelto a las andadas, a las encerronas... y... pero... ¡lo que es hoy no tienes escape!...

En fin, tanto insistieron, que Ana, puestos los ojos en los de Mesía, prometió solemnemente ir al teatro.

Y fue.

Entró a las ocho y cuarto (la función comenzaba a las ocho) en el palco de los Vegallana en compañía de la Marquesa, Edelmira, Paco y Quintanar.

El teatro de Vetusta, o sea *nuestro Coliseo de la plaza del Pan*, según le llamaba en elegante perífrasis el gacetillero y crítico de *El Lábaro*, era un antiguo corral de comedias que amenazaba ruina y daba entrada gratis a todos los vientos de la rosa náutica. Si soplaba el Norte y nevaba, solían deslizarse algunos copos por la claraboya de la lucerna. Al levantarse el telón pensaban los espectadores sensatos en la pulmonía, y algunos de las butacas se embozaban prescindiendo de la buena crianza. Era un axioma vetustense que al teatro había que ir abrigado. Las más distinguidas señoritas, que en el Espolón y el Paseo Grande lucían todo el año vestidos de colores alegres, blancos, rojos, azules, no llevaban al coliseo de la Plaza del Pan más que gris y negro y matices infinitos del castaño, a no ser en los días de gran etiqueta. Los cómicos temblaban de frío en el escenario, dentro de la cota de malla, y las bailarinas aparecían azules y moradas dando diente con diente debajo de los polvos de arroz.

Las decoraciones se habían ido deteriorando, y el Ayuntamiento, donde predominaban los enemigos del arte, no pensaba en reemplazarlas. Como en la comedia que representan en el bosque los personajes del *Sueño de una noche de verano*, la fantasía tenía que suplir en el teatro de Vetusta las deficiencias del lienzo y del cartón. No había ya más bambalinas que las del *salón regio*, que figuraban en sabia perspectiva artesonado de oro y plata, y las de cielo azul y sereno. Pero como en la mayor parte de nuestros dramas modernos se exige *sala decentemente amueblada*, sin artesones ni cosa parecida, los directores de escena solían decidirse en tales casos por el cielo azul. A veces los telones y bastidores se hacían los remolones o precipitaban su caída, y en una ocasión, el buen Diego Marsilla, atado a un árbol codo con codo, se encontró de repente en el camarín de doña Isabel de Segura, con lo que el drama se hizo inverosímil a todas luces. La decoración de bosque se había desplomado.

Ya estaban los vetustenses acostumbrados a estos que llamaba Ronzal anacronismos, y pasaban por todo, en particular las *personas decentes* de palcos principales y plateas, que no iban al teatro a ver la función, sino a mirarse y despellejarse de lejos. En Vetusta las señoras no quieren las butacas, que, en efecto, no son dignas de señoras, ni butacas siquiera; sólo se degradan tanto las cursis y alguna dama de aldea en tiempo de feria. Los pollos elegantes tampoco frecuentan la sala, o patio, como se llama todavía. Se reparten por palcos y plateas donde, apenas recatados, fuman, ríen, alborotan, interrumpen la representación, por ser todo esto de muy buen tono y fiel imitación de lo que muchos de ellos han visto en algunos teatros de Madrid. Las mamás desengañadas dormitan en el fondo de los palcos; las que son o se tienen por dignas de lucirse comparten con las jóvenes la seria ocupación de ostentar sus encantos y sus vestidos obscuros mientras con los ojos y la lengua cortan los de las demás. En opinión de la dama vetustense, en general, el arte dramático es un pretexto para pasar tres horas cada dos noches observando los trapos y los trapicheos de sus vecinas y amigas. No oyen, ni ven ni entienden lo que pasa en el escenario; únicamente cuando los cómicos hacen mucho ruido, bien con armas de fuego, o con una de esas anagnórisis en que todos resultan padres e hijos de todos y enamorados de sus parientes más cercanos, con los consiguientes alaridos, sólo entonces vuelve la cabeza la buena dama de Vetusta, para ver si ha ocurrido allá dentro alguna catástrofe de verdad. No es mucho más atento ni impresionable el resto del público ilustrado de la culta capital. En lo que están casi todos de acuerdo es en que la zarzuela es superior al *verso*, y la estadística demuestra que todas las compañías de *verso* truenan en Vetusta y se disuelven. Las partes de por medio suelen quedarse en el pueblo y se les conoce porque les coge el invierno con ropa de verano, muy ajustada por lo general. Unos se hacen vecinos y se dedican a coristas endémicos para todas las óperas y zarzuelas que haya que cantar y otros consiguen un beneficio en que ellos pasan a primeros papeles, y ayudados por varios jóvenes aficionados de la población, representan alguna obra de empeño, ganan diez o doce duros y se van a otra provincia a tronar otra vez. Estos artistas de *verso* también paran a veces en la cárcel, según el gobierno que rige los destinos de la Nación. Suele tener la culpa el empresario que no paga y además insulta el hambre de los actores. Al considerar esta mala suerte de las compañías dramáticas en Vetusta podría creerse que el vecindario no amaba la escena, y así es en general: pero no faltan clases enteras, la de mancebos de tienda, la de los cajistas, por ejemplo, que cultivan en teatros caseros el *difícil arte de Talía*, y con *grandes resultados* según *El Lábaro* y otros periódicos *locales*.

Cuando Ana Ozores se sentó en el palco de Vegallana, en el sitio de preferencia, que la Marquesa no quería ocupar nunca, en las plateas y principales hubo cuchicheos y movimiento. La fama de hermosa que gozaba y el verla en el teatro de tarde en tarde, explicaba, en parte la curiosidad general. Pero además hacía algunas semanas que se hablaba mucho de la Regenta, se comentaba su cambio de confesor, que por cierto coincidía con el afán del señor Quintanar de llevar a su mujer a todas partes. Se discutía si el Magistral haría de su partido a la de Ozores, si llegaría a dominar a don Víctor por medio de su esposa, como había hecho en casa de Carraspique. Algunos más audaces, más maliciosos y que se creían más enterados, decían al oído de sus *íntimos* que no faltaba quien procurase contrarrestar la influencia del Provisor. Visitación y Paco Vegallana, que eran los que podían hablar con fundamento, guardaban prudente reserva; era Obdulia quien se daba aires de saber muchas cosas que no había.

—«¡La Regenta, bah! la Regenta será como todas... Las demás somos tan buenas como ella... pero su temperamento frío, su poco trato, su orgullo de mujer intachable, le hacen ser menos expansiva y por eso nadie se atreve a murmurar... Pero tan buena como ella son muchas...»

Las reticencias de la Fandiño eran todavía recibidas con desconfianza en casi todas partes. Pero con motivo de condenar su mala lengua, corría de boca en boca, el asunto de sus murmuraciones vagas y cobardes. Obdulia meditaba poco lo que decía, hablaba siempre aturdida, por máquina, pensando en otra cosa; iba sacándole filo a la calumnia sin sospecharlo. Además el mayor crimen que podía haber en la Regenta, y no creía ella que a tanto llegase, era seguir la corriente. «En Madrid y en el extranjero, esto es el pan nuestro de cada día; pero en Vetusta fingen que se escandalizan de ciertas libertades de la moda, las mismas que se las toman de tapadillo, entre sustos y miedos, sin gracia, del modo cursi como aquí se hace todo. ¡Pero qué se puede esperar de unas mujeres que no se bañan ni usan las esponjas más que para lavar a los *bebés*!» Obdulia, cuando hablaba con algún forastero, desahogaba su desprecio describiendo la hipocresía anticuada y la suciedad de las mujeres de Vetusta.

—«Créame usted, repetía, no sabe su cuerpo lo que es una esponja, se lavan como gatas y se la pegan al marido como en tiempo del rey que rabió. ¡Cuánta porquería y cuánta ignorancia!»

Ana, acostumbrada muchos años hacía a la mirada curiosa, insistente y fría del público, no reparaba casi nunca en el efecto que producía su entrada en la iglesia, en el paseo, en el teatro. Pero la noche de aquel día de Todos los Santos recibió como agradable incienso, el tributo espontáneo de admiración; y no vio en él como otras veces, curiosidad estúpida, ni envidia ni malicia. Desde la aparición de don Álvaro en la plaza, el humor de Ana había cambiado, pasando de la aridez y el hastío negro y frío a una región de luz y calor que bañaban y penetraban todas las cosas: aquellas bruscas transformaciones del ánimo las atribuía supersticiosamente a una voluntad superior, que regía la marcha de los sucesos preparándolos, como experto autor de comedias, según convenía al destino de los seres. Esta idea, que no aplicaba con entera fe a los demás, la creía evidente en lo que a ella misma le importaba; estaba segura de que Dios le daba de cuando en cuando avisos, le presentaba coincidencias para que ella aprovechase ocasiones, oyese lecciones y consejos. Tal vez era esto lo más profundo en la fe religiosa de Ana; creía en una atención directa, ostensible y singular de Dios a los actos de su vida, a su destino, a sus dolores y placeres; sin esta creencia no hubiera sabido resistir las contrariedades de una existencia triste, sosa, descaminada, inútil. Aquellos ocho años vividos al lado de un hombre que ella creía vulgar, bueno de la manera más molesta del mundo, maniático, insustancial; aquellos ocho años de juventud sin amor, sin fuego de pasión alguna, sin más atractivo que tentaciones efímeras, rechazadas al aparecer, creía que no hubiera podido sufrirlos a no pensar que Dios se los había mandado para probar el temple de su alma y tener en qué fundar la predilección con que la miraba. Se creía en sus momentos de fe egoísta, admirada por el Ojo invisible de la Providencia. El que todo lo ve y la veía a ella estaba satisfecho, y la vanidad de la Regenta necesitaba esta convicción para no dejarse llevar de otros instintos, de otras voces que arrancándola de sus abstracciones, le presentaban imágenes plásticas de objetos del mundo, amables, llenas de vida y de calor.

Cuando descubrió en el confesonario del Magistral un *alma hermana*, un espíritu *supra—vetustense* capaz de llevarla por un camino de flores y de estrellas a la región luciente de la virtud, también creyó Ana que el hallazgo se lo debía a Dios, y como aviso celestial pensaba aprovecharlo.

Ahora, al sentir revolución repentina en las entrañas en presencia de un gallardo jinete, que venía a turbar con las corvetas de su caballo, el silencio triste de un día de marasmo, la Regenta no vaciló en creer lo que le decían voces interiores de independencia, amor, alegría, voluptuosidad pura, bella, digna de las almas grandes. Sus horas de rebelión nunca habían sido tan seguidas. Desde aquella tarde ningún momento había dejado de pensar lo mismo; que era absurdo que la vida pasase como una muerte, que el amor era un derecho de la juventud, que Vetusta era un lodazal de vulgaridades, que su marido era una especie de tutor muy respetable, a quien ella sólo debía la honra del cuerpo, no el fondo de su espíritu, que era una especie de subsuelo, que él no sospechaba siquiera que existiese; de aquello que don Víctor llamaba los nervios, asesorado por el doctor don Robustiano Somoza, y que era el fondo de su ser, lo más suyo, lo que ella era, en suma, de aquello no tenía que darle cuenta. «Amaré, lo amaré todo, lloraré de amor, soñaré como quiera y con quien quiera; no pecará mi cuerpo, pero el alma la tendré anegada en el placer de sentir esas cosas prohibidas por quien no es capaz de comprenderlas.» Estos pensamientos, que sentía Ana volar por su cerebro como un torbellino, sin poder contenerlos, como si fuesen voces de otro que retumbaban allí, la llenaban de un terror que la encantaba. Si algo en ella temía el engaño, veía el sofisma debajo de aquella gárrula turba de ideas sublevadas, que reclamaban supuestos derechos, Ana procuraba ahogarlo, y como engañándose a sí misma, la voluntad tomaba la resolución cobarde, egoísta, de «*dejarse ir*».

Así llegó al teatro. Había cedido a los ruegos de D. Álvaro y de D. Víctor sin saber cómo; temiendo que aquello era una cita y una promesa; y sin embargo iba. Cuando se vio sola delante del espejo en su tocador, se le figuró que la Ana de enfrente le pedía cuentas; y formulando su pensamiento en períodos completos dentro del cerebro, se dijo:

—«Bueno, voy; pero es claro que si voy me comprometo con mi honra a no dejar que ese hombre adquiera sobre mí derecho alguno; no sé lo que pasará allí, no sé hasta qué punto alcanza este aliento de libertad que ha venido de repente a inundar la sequedad de dentro; pero el ir yo al teatro es prueba de que allí no ha de haber pacto alguno que ofenda al decoro; no saldré de allí con menos honor que tengo.»

Y después de pensar y resolver esto, se vistió y se peinó lo mejor que supo, y no volvió a poner en tela de juicio puntos de honra, peligros, ni compromisos de los que a D. Víctor tanto gustaba ver en versos de Calderón y de Moreto.

El palco de Vegallana era una platea contigua a la del proscenio, que en Vetusta llamaban bolsa, porque la separa un tabique de las otras y queda aparte, algo escondida. La bolsa de enfrente — izquierda del actor,— era la de Mesía y otros elegantes del Casino; algunos banqueros, un título y dos americanos, de los cuales el principal era D. Frutos Redondo, sin duda alguna. Don Frutos no perdía función: a éste le gustaba el verso, «el verso y tente tieso» como él decía; y se declaraba a sí mismo, con la autoridad de sus millones de pesos, *inteligente de primera fuerza*, en achaques de comedias y dramas. «¡No veo la tostada!» decía D. Frutos, que había aprendido esta frase poco culta y poco inteligible en los artículos de fondo de un periódico serio. «No veo la tostada», decía, refiriéndose a cualquier comedia en que no había una lección moral, o por lo menos no la había al alcance de Redondo; y en no viendo él la tostada, condenaba al autor y hasta decía que defraudaba a los espectadores, haciéndoles perder un tiempo precioso. De todas partes quería sacar provecho don Frutos, y prueba de ello es que decía, por ejemplo:

«Que Manrique se enamora de Leonor, y que el conde también se enamora, y se la disputan hasta que ella y el perdulario del poeta, amén de la gitana, se van al otro barrio, ¿y qué? ¿qué enseña eso? ¿qué vamos aprendiendo? ¿qué voy yo ganando con eso? Nada.»

A pesar de D. Frutos y sus altercados de crítica dramática, la bolsa de D. Álvaro, que así se llamaba en todas partes, era la más *distinguida*, la que más atraía las miradas de las mamás y de las niñas y también las de los pollos vetustenses que no podían aspirar a la honra de ser abonados en aquel rincón aristocrático, elegante, donde se reunían los *hombres de mundo* (en Vetusta el mundo se andaba pronto) presididos por el jefe del partido liberal dinástico. La mayor parte de los allí congregados, habían vivido en Madrid algún tiempo y todavía imitaban costumbres, modales y gestos que habían observado allá. Así es que a semejanza de los socios de un club madrileño, hablaban a gritos en su palco, conversaban con los cómicos a veces, decían galanterías o desvergüenzas a coristas y bailarinas, y se burlaban de los grandes ideales románticos que pasaban por la escena, mal vestidos, pero llenos de poesía. Todos eran escépticos en materia de moral doméstica, no creían en virtud de mujer nacida, —salvo D. Frutos, que conservaba frescas sus creencias— y despreciaban el amor consagrándose con toda el alma, o mejor, con todo el cuerpo, a los amoríos; creían que un hombre de mundo no puede vivir sin querida, y todos la tenían, más o menos barata; las cómicas eran la carnaza que preferían para tragar el anzuelo de la lujuria rebozado con la vanidad de imitar costumbres corrompidas de pueblos grandes. Bailarinas de desecho, cantatrices inválidas, matronas del género serio demasiado sentimentales en su juventud pretérita, eran perseguidas, obsequiadas, regaladas y hasta aburridas por aquellos seductores de campanario, incapaces los más de intentar una aventura sin el amparo de su bolsillo o sin contar con los humores herpéticos de la dama perseguida, o cualquier otra enfermedad física o moral que la hiciesen fácil, traída y llevada.

El único conquistador serio del bando era D. Álvaro y todos le envidiaban tanto como admiraban su fortuna y hermosa estampa.

Pero nadie como Pepe Ronzal, alias Trabuco y antes El Estudiante, abonado de la bolsa de enfrente, la vecina al palco de Vegallana. Trabuco era el núcleo de la que se llamaba *la otra bolsa*, y había procurado rivalizar en elegancia, *sans façon* y *mundo* con los de Mesía. Pero a su palco concurrían *elementos heterogéneos*, muchos de los cuales lo echaban todo a perder; y no eran excépticos sino cínicos, ni seductores más o menos auténticos, sino compradores de carne humana. Los abonados de esta *otra bolsa* eran Ronzal, Foja, Páez (que además tenía palco para su hija), Bedoya, un escribano famoso por su lujuria que le costaba mucho dinero, por su arte para descubrir vírgenes en las aldeas y por sus buenas relaciones con todas las Celestinas del pueblo; un escultor no comprendido, que no colocaba sus estatuas y se dedicaba a especulaciones de arqueólogo embustero; el juez de primera instancia, que se dividía a sí mismo en dos entidades, 1.ª el juez, incorruptible, intratable, puerco—espín sin pizca de educación, y 2.ª el hombre de sociedad, perseguidor de casadas de mala fama, consuelo de todas las que lloraban desengaños de amores desgraciados; y tres o cuatro vejetes verdes del partido conservador, concejales, que todo lo convertían en política. Pero si éstos eran los que pagaban el palco, a él concurrían cuantos socios del Casino tenían amistad con cualquiera de ellos. Ronzal había protestado varias veces. —¡Señores, parece esto la *cazuela*! había dicho a menudo, pero en balde. Allí iba Joaquinito Orgaz, y cuantos sietemesinos madrileños pasaban por Vetusta, y hasta los que habían nacido y crecido en el pueblo y no lucían más que un barniz de la corte. Y como la bolsa del *otro* era respetada y sólo se atrevían a visitarla personas de posición, a Ronzal le llevaban los diablos. Desde su bolsa hasta se arrojaban perros—chicos a la escena, para exagerar la falta de compostura de los de enfrente. Algunos insolentes fumaban allí a vista del público y dejaban caer bolas de papel sobre alguna respetable calva de la orquesta. De vez en cuando les llamaban al orden desde el paraíso o desde las butacas, pero ellos despreciaban a la multitud y la miraban con aires de desafío. Hablaban con los amigos que ocupaban las bolsas de los palcos principales, y hacían señas ostentosas y nada pulcras a ciertas señoritas cursis que no se casaban nunca y vivían una juventud eterna, siempre alegres, siempre estrepitosas y siempre desdeñando las preocupaciones del recato. Estas damas eran pocas; la mayoría pecaban por el extremo de la seriedad insulsa, y en cuanto se veían expuestas a la contemplación del público, tomaban gestos y posturas de estatuas egipcias de la primera época.

Cuando había estreno de algún drama o comedia muy aplaudidos en Madrid, en el palco de Ronzal se discutía a grito pelado y solía predominar el criterio de un acendrado provincialismo, que parecía allí lo más natural tratándose de arte. No había salido de Vetusta ningún dramaturgo ilustre, y por lo mismo se miraba con ojeriza a los de fuera. Eso de que Madrid se quisiera imponer en todo, no lo toleraban en la bolsa de Ronzal. Se llegó en alguna ocasión a declarar que se despreciaba la comedia porque los madrileños la habían aplaudido mucho, y «en Vetusta no se admitían imposiciones de nadie», no se seguía un juicio hecho. La ópera, la ópera era el delirio de aquellos escribanos y concejales: pagaban un dineral por oír un cuarteto que a ellos se les antojaba contratado en el cielo y que sonaba como sillas y mesas arrastradas por el suelo con motivo de un desestero.

—¡Se acuerdan ustedes de la Pallavicini! ¡Qué voz de arcángel! —decía Foja, socarrón, escéptico en todo, pero creyente fanático en la música de los cuartetos de ópera de lance.

—¡Oh, como el barítono Batistini yo no he oído nada! —respondía el escribano, que estimaba la voz de barítono, por lo *varonil*, más que la del tenor y la del bajo.

—Pues más varonil es la del bajo —decía Foja.

—No lo crea usted. ¿Y usted qué dice, Ronzal?

—Yo... distingo... si el bajo es cantante... Pero a mí no me vengan ustedes con música... ¿Saben ustedes lo que yo digo? «Que la música es el ruido que menos me incomoda... ¡Ja! ¡ja! ¡ja! Además, para tenor ahí tenemos a Castelar... ¡ja! ¡ja! ¡ja!»

El escribano reía también el chiste y los concejales sonreían, no por la gracia, sino por la intención.

Aunque el palco de los Marqueses tocaba con el de Ronzal, pocas veces los abonados del último se atrevían a entablar conversación con los Vegallana o quien allí estuviera convidado. Además de que el tabique intermedio dificultaba la conversación, los más no se atrevían, de hecho, a dar por no existente una diferencia de clases de que en teoría muchos se burlaban.

«Todos somos iguales, decían muchos burgueses de Vetusta, la nobleza ya no es nadie, ahora todo lo puede el dinero, el talento, el valor, etc., etc.;» pero a pesar de tanta alharaca, a los más se les conocía hasta en su falso desprecio que participaban desde abajo de las preocupaciones que mantenían los nobles desde arriba.

En cambio los de la bolsa de don Álvaro saludaban a los Vegallana; sonreían a la Marquesa, asestaban los gemelos a Edelmira y hacían señas al Marqués, y a Paco, que solían visitar aquel rincón *comm'il faut*.

También esto lo envidiaba Ronzal, que era amigo político de Vegallana; pero trataba poco a la Marquesa.

—¡Es demasiado borrico! —decía doña Rufina cuando le hablaban de Trabuco; y procuraba tenerle alejado tratándole con frialdad ceremoniosa.

Ronzal se vengaba diciendo que la Marquesa era republicana y que escribía en *La Flaca* de Barcelona, y que había sido una cualquier cosa en su juventud. Estas calumnias le servían de desahogo y si le preguntaban el motivo de su inquina, contestaba: «Señores, yo me debo a la causa que defiendo, y veo con tristeza, con grande, con profunda tristeza, que esa señora, la Marquesa, doña Rufina, *en una palabra*, desacredita el partido conservador— dinástico de Vetusta.»

Después de saborear el tributo de admiración del público, Ana miró a la bolsa de Mesía. Allí estaba él, reluciente, armado de aquella pechera blanquísima y tersa, la envidia de las envidias de Trabuco. En aquel momento don Juan Tenorio arrancaba la careta del rostro de su venerable padre; Ana tuvo que mirar entonces a la escena, porque la inaudita demasía de don Juan había producido buen efecto en el público del paraíso que aplaudía entusiasmado. Perales, el imitador de Calvo, saludaba con modesto ademán algo sorprendido de que se le aplaudiese en escena que no era de empeño.

—¡Mire usted el pueblo! —dijo un concejal de la *otra bolsa*, volviéndose a Foja, el ex—alcalde liberal.

—¿Qué tiene el pueblo?

—¡Que es un majadero! Aplaude la gran felonía de arrancar la careta a un enmascarado...

—Que resulta padre —añadió Ronzal;— circunstancia agravante.

—El hombre abandonado a sus instintos es naturalmente inmoral, y como el pueblo no tiene educación...

El juez aprobó con la cabeza, sin separar los ojos de los gemelos con que apuntaba a Obdulia, vestida de negro y rojo y sentada sobre tres almohadones en un palco contiguo al de Mesía.

Ana empezó a hacerse cargo del drama en el momento en que Perales decía con un desdén gracioso y elegante:

Son pláticas de familia
de las que nunca hice caso...

Era el cómico alto, rubio —aquella noche— flexible, elegante y suelto, lucía buena pierna, y le sentaba de perlas el traje fantástico, con pretensiones de arqueológico, que ceñía su figura esbelta. Don Víctor estaba enamorado de Perales; él no había visto a Calvo y el imitador le parecía excelente intérprete de las comedias de capa y espada. Le había oído decir con énfasis musical las décimas de *La vida es sueño*, le había admirado en *El desdén con el desdén*, declamando con soltura y gran meneo de brazos y piernas las sutiles razones que comienzan así:

Y porque veáis que es error
que haya en el mundo quien crea
que el que quiere lisonjea,
escuchad lo que es amor.

y concluyen:

A su propia conveniencia
dirige amor su fatiga,
luego es clara consecuencia
que ni con amor se obliga
ni con su correspondencia.

Y don Víctor le reputaba excelentísimo cómico. No paró hasta que se lo presentaron; y a su casa le hubiera hecho ir si su mujer fuera otra. En general don Víctor envidiaba a todo el que dejaba ver la contera de una espada debajo de una capa de grana, aunque fuese en las tablas y sólo de noche. Conoció que Anita contemplaba con gusto los ademanes y la figura de don Juan y se acercó a ella el buen Quintanar, diciéndole al oído con voz trémula por la emoción:

—¿Verdad, hijita, que es un buen mozo? ¡Y qué movimientos tan artísticos de brazo y pierna!... Dicen que eso es falso, que los hombres no andamos así... ¡Pero debiéramos andar! y así seguramente andaríamos y gesticularíamos los españoles en el siglo de oro, cuando éramos dueños del mundo; esto ya lo decía más alto para que lo oyeran todos los presentes. Bueno estaría que ahora que vamos a perder a Cuba, resto de nuestras grandezas, nos diéramos esos aires de señores y midiéramos el paso...

La Regenta no oía a su marido; el drama empezaba a interesarla de veras; cuando cayó el telón quedó con gran curiosidad y deseo de saber en qué paraba la apuesta de D. Juan y Mejía.

En el primer entreacto D. Álvaro no se movió de su asiento; de cuando en cuando miraba a la Regenta, pero con suma discreción y prudencia, que ella notó, y le agradeció. Dos o tres veces se sonrieron y sólo la última vez que tal osaron, sorprendió aquella correspondencia Pepe Ronzal, que, como siempre, seguía la pista a los telégrafos de su aborrecido y admirado modelo.

Trabuco se propuso redoblar su atención, observar mucho y ser una tumba, callar como un muerto. «¡Pero aquello era grave, muy grave!» Y la envidia se lo comía.

Empezó el segundo acto y D. Álvaro notó que por aquella noche tenía un poderoso rival: el drama. Anita comenzó a comprender y sentir el valor artístico del don Juan emprendedor, loco, valiente y trapacero de Zorrilla; a ella también la fascinaba como a la doncella de doña Ana de Pantoja, y a la Trotaconventos que ofrecía el amor de Sor Inés como una mercancía... La calle obscura, estrecha, la esquina, la reja de doña Ana... los desvelos de Ciutti, las trazas de don Juan; la arrogancia de Mejía; la traición *interina* del Burlador, que no necesitaba, por una sola vez, dar pruebas de valor; los preparativos diabólicos de la gran aventura, del asalto del convento, llegaron al alma de la Regenta con todo el vigor y frescura dramáticos que tienen y que muchos no saben apreciar o porque conocen el drama desde antes de tener criterio para saborearle y ya no les impresiona, o porque tienen el gusto de madera de tinteros; Ana estaba admirada de la poesía que andaba por aquellas callejas de lienzo, que ella transformaba en sólidos edificios de otra edad; y admiraba no menos el desdén con que se veía y oía todo aquello desde palcos y butacas; aquella noche el paraíso, alegre, entusiasmado, le parecía mucho más inteligente y culto que el *señorío* vetustense.

Ana se sentía transportada a la época de D. Juan, que se figuraba como el vago romanticismo arqueológico quiere que haya sido; y entonces, volviendo al egoísmo de sus sentimientos, deploraba no haber nacido cuatro o cinco siglos antes... «Tal vez en aquella época fuera divertida la existencia en Vetusta; habría entonces conventos poblados de nobles y hermosas damas, amantes atrevidos, serenatas de Trovadores en las callejas y postigos; aquellas tristes, sucias y estrechas plazas y calles tendrían, como ahora, aspecto feo, pero las llenaría la poesía del tiempo, y las fachadas ennegrecidas por la humedad, las rejas de hierro, los soportales sombríos, las tinieblas de las rinconadas en las noches sin luna, el fanatismo de los habitantes, las venganzas de vecindad, todo sería dramático, digno del verso de un Zorrilla; y no como ahora suciedad, prosa, fealdad desnuda.» Comparar aquella Edad media soñada —ella colocaba a D. Juan Tenorio en la Edad media por culpa de Perales— con los espectadores que la

35

rodeaban a ella en aquel instante era un triste despertar. Capas negras y pardas, sombreros de copa alta absurdos, horrorosos... todo triste, todo negro, todo desmañado, sin expresión... frío... hasta D. Álvaro parecíale entonces mezclado con la prosa común. ¡Cuánto más le hubiera admirado con el ferreruelo, la gorra y el jubón y el calzón de punto de Perales!... Desde aquel momento vistió a su adorador con los arreos del cómico, y a éste en cuanto volvió a la escena, le dio el gesto y las facciones de Mesía, sin quitarle el propio andar, la voz dulce y melódica y demás cualidades artísticas.

El tercer acto fue una revelación de poesía apasionada para doña Ana. Al ver a doña Inés en su celda, sintió la Regenta escalofríos; la novicia se parecía a ella; Ana lo conoció al mismo tiempo que el público; hubo un murmullo de admiración y muchos espectadores se atrevieron a volver el rostro al palco de Vegallana con disimulo. La González era cómica por amor; se había enamorado de Perales, que la había robado; casados en secreto, recorrían después todas las provincias, y para ayuda del presupuesto conyugal la enamorada joven, que era hija de padres ricos: se decidió a pisar las tablas; imitaba a quien Perales la había mandado imitar, pero en algunas ocasiones se atrevía a ser original y hacía excelentes papeles de virgen amante. Era muy guapa, y con el hábito blanco de novicia, la cabeza prisionera de la rígida toca, muy coloradas las mejillas, lucientes los ojos, los labios hechos fuego, las manos en postura hierática y la modestia y castidad más límpida en toda la figura, interesaba profundamente. Decía los versos de doña Inés con voz cristalina y trémula, y en los momentos de ceguera amorosa se dejaba llevar por la pasión cierta —porque se trataba de su marido— y llegaba a un realismo poético que ni Perales ni la mayor parte del público eran capaces de apreciar en lo mucho que valía.

Doña Ana sí; clavados los ojos en la hija del Comendador, olvidada de todo lo que estaba fuera de la escena, bebió con ansiedad toda la poesía de aquella celda casta en que se estaba filtrando el amor por las paredes. «¡Pero esto es divino!» dijo volviéndose hacia su marido, mientras pasaba la lengua por los labios secos. La carta de don Juan escondida en el libro devoto, leída con voz temblorosa primero, con terror supersticioso después, por doña Inés, mientras Brígida acercaba su bujía al papel; la proximidad casi sobrenatural de Tenorio, el espanto que sus hechizos supuestos producen en la novicia, que ya cree sentirlos, todo, todo lo que pasaba allí y lo que ella adivinaba producía en Ana un efecto de magia poética, y le costaba trabajo contener las lágrimas que se le agolpaban a los ojos.

«¡Ay! sí, el amor era aquello, un filtro, una atmósfera de fuego, una locura mística; huir de él era imposible; imposible gozar mayor ventura que saborearle con todos sus venenos. Ana se comparaba con la hija del Comendador; el caserón de los Ozores era su convento, su marido la regla estrecha de hastío y frialdad en que ya había profesado ocho años hacía... y don Juan... ¡don Juan aquel Mesía que también se filtraba por las paredes, aparecía por milagro y llenaba el aire con su presencia!»

Entre el acto tercero y el cuarto don Álvaro vino al palco de los marqueses.

Ana al darle la mano tuvo miedo de que él se atreviera a apretarla un poco, pero no hubo tal; dio aquel tirón enérgico que él siempre daba, siguiendo la moda que en Madrid empezaba entonces; pero no apretó. Se sentó a su lado, eso sí, y al poco rato hablaban aislados de la conversación general.

Don Víctor había salido a los pasillos a fumar y disputar con los pollastres vetustenses que despreciaban el romanticismo y citaban a Dumas y Sardou, repitiendo lo que habían oído en la corte.

Ana, sin dar tiempo a don Álvaro para buscar buena embocadura a la conversación, dejó caer sobre la prosaica imaginación del petimetre el chorro abundante de poesía que había bebido en el poema gallardo, fresco, exuberante de hermosura y color del maestro Zorrilla.

La pobre Regenta estuvo elocuente; se figuró que el jefe del partido liberal dinástico la entendía, que no era como aquellos vetustenses de cal y canto que hasta se sonreían con lástima al oír tantos versos «bonitos, sonorosos, pero sin miga,» según aseguró don Frutos en el palco de la marquesa.

A Mesía le extrañó y hasta disgustó el entusiasmo de Ana. ¡Hablar del *Don Juan Tenorio* como si se tratase de un estreno! ¡Si el *Don Juan* de Zorrilla ya sólo servía para hacer parodias!... No fue posible tratar cosa de provecho, y el Tenorio vetustense procuró ponerse en la cuerda de su amiga y hacerse el sentimental disimulado, como los hay en las comedias y en las novelas de Feuillet: mucho *sprit* que oculta un corazón de oro que se esconde por miedo a las espinas de la realidad... esto era el colmo de la *distinción* según lo entendía don Álvaro, y así procuró aquella noche presentarse a la Regenta, a quien «estaba visto que había que enamorar por todo lo alto.»

Ana, que se dejaba devorar por los ojos grises del seductor y le enseñaba sin pestañear los suyos dulces y apasionados, no pudo en su exaltación notar el amaneramiento, la falsedad del idealismo copiado de su interlocutor; apenas le oía, hablaba ella sin cesar, creía que lo que estaba diciendo él coincidía con las propias ideas; este espejismo del entusiasmo vidente, que suele aparecer en tales casos, fue lo que valió a don Álvaro aquella noche. También le sirvió mucho su hermosura varonil y noble, ayudada por la expresión de su pasioncilla, en aquel momento irritada. Además el rostro del buen mozo, sobre ser correcto, tenía una expresión espiritual y melancólica que era puramente de apariencia; combinación de líneas y sombras, algo también las huellas de una vida malgastada en el vicio y el amor. — Cuando comenzó el cuarto acto, Ana puso un dedo en la boca, y sonriendo a don Álvaro le dijo:

—¡Ahora silencio! Bastante hemos charlado... déjeme usted oír.

—Es que... no sé... si debo despedirme...

—No... no... ¿por qué? —respondió ella, arrepentida al instante de haberlo dicho.

—No sé si estorbaré, si habrá sitio...

—Sitio sí, porque Quintanar está en la bolsa de ustedes... mírele usted.

Era verdad; estaba allí disputando con don Frutos, que insistía en que el *Don Juan Tenorio* carecía de la miga suficiente.

Don Álvaro permaneció junto a la Regenta.

Ella le dejaba ver el cuello vigoroso y mórbido, blanco y tentador con su vello negro algo rizado y el nacimiento provocador del moño que subía por la nuca arriba con graciosa tensión y convergencia del cabello. Dudaba don Álvaro si debía en aquella situación atreverse a acercarse un poco más de lo acostumbrado. Sentía en las rodillas el roce de la falda de Ana, más abajo adivinaba su pie, lo tocaba a veces un instante. «Ella estaba aquella noche... *en punto de caramelo*» (frase simbólica en el pensamiento de Mesía), y con todo no se atrevió. No se acercó ni más ni menos; y eso que ya no tenía allí caballo que lo estorbase. «¡Pero la buena señora se había *sublimizado* tanto! y como él, por no perderla de vista, y por agradarla, se había hecho el romántico también, el *espiritual*, el *místico*... ¡quién diablos iba ahora a arriesgar un ataque *personal y pedestre*!... ¡Se había puesto aquello en una *tessitura* endemoniada!» Y lo peor era que no había probabilidades de hacer entrar, en mucho tiempo, a la Regenta por el aro; ¿quién iba a decirle: «bájese usted, amiga mía, que todo esto es volar por los *espacios imaginarios*»? Por estas consideraciones, que le estaban dando vergüenza, que le parecían ridículas al cabo, don Álvaro resistió el vehemente deseo de pisar un pie a la Regenta o tocarle la pierna con sus rodillas...

Que era lo que estaba haciendo Paquito con Edelmira, su prima. La robusta virgen de aldea parecía un carbón encendido, y mientras don Juan, de rodillas ante doña Inés, le preguntaba si no era verdad que en aquella apartada orilla se respiraba mejor, ella se ahogaba y tragaba saliva, sintiendo el pataleo de su primo y oyéndole, cerca de la oreja, palabras que parecían chispas de fragua. Edelmira, a pesar de no haber desmejorado, tenía los ojos rodeados de un ligero tinte obscuro. Se abanicaba sin punto de reposo y tapaba la boca con el abanico cuando en medio de una situación culminante del drama se le antojaba a ella reírse a carcajadas con las ocurrencias del Marquesito, que tenía unas cosas...

Para Ana el cuarto acto no ofrecía punto de comparación con los acontecimientos de su propia vida... ella aún no había llegado al cuarto acto. «¿Representaba aquello lo porvenir? ¿Sucumbiría ella como doña Inés, caería en los brazos de don Juan loca de amor? No lo esperaba; creía tener valor para no entregar jamás el cuerpo, aquel miserable cuerpo que era propiedad de don Víctor sin duda alguna. De todas suertes, ¡qué cuarto acto tan poético! El Guadalquivir allá abajo... Sevilla a lo lejos... La quinta de don Juan, la barca debajo del balcón... la *declaración* a la luz de la luna... ¡Si aquello era romanticismo, el romanticismo era eterno!...» Doña Inés decía:

Don Juan, don Juan, yo lo imploro
de tu hidalga condición...

Estos versos, que ha querido hacer ridículos y vulgares, manchándolos con su baba, la necedad prosaica, pasándolos mil y mil veces por sus labios viscosos como vientre de sapo, sonaron en los oídos de Ana aquella noche como frase sublime de un amor inocente y puro que se entrega con la fe en el objeto amado, natural en todo gran amor. Ana, entonces, no pudo evitarlo, lloró, lloró, sintiendo por aquella Inés una compasión infinita. No era ya una escena erótica lo que ella veía allí; era algo religioso; el alma saltaba a las ideas más altas, al sentimiento purísimo de la caridad universal... no sabía a qué; ello era que se sentía desfallecer de tanta emoción.

Las lágrimas de la Regenta nadie las notó. Don Álvaro sólo observó que el seno se le movía con más rapidez y se levantaba más al respirar. Se equivocó el hombre de mundo; creyó que la emoción acusada por aquel respirar violento la causaba su gallarda y próxima presencia, creyó en un influjo *puramente fisiológico* y por poco se pierde... Buscó a tientas el pie de Ana... en el mismo instante en que ella, de una en otra, había llegado a pensar en Dios, en el amor ideal, puro, universal que abarcaba al

Creador y a la criatura... Por fortuna para él, Mesía no encontró, entre la hojarasca de las enaguas, ningún pie de Anita, que acababa de apoyar los dos en la silla de Edelmira.

El altercado de don Juan y el Comendador hizo a la Regenta volver a la realidad del drama y fijarse en la terquedad del buen Ulloa; como se había empeñado la imaginación exaltada en comparar lo que pasaba en Vetusta con lo que sucedía en Sevilla, sintió supersticioso miedo al ver el mal en que paraban aquellas aventuras del libertino andaluz; el pistoletazo con que don Juan saldaba sus cuentas con el Comendador le hizo temblar; fue un presentimiento terrible. Ana vio de repente, como a la luz de un relámpago, a don Víctor vestido de terciopelo negro, con jubón y ferreruelo, bañado en sangre, boca arriba, y a don Álvaro con una pistola en la mano, enfrente del cadáver.

La Marquesa dijo después de caer el telón que ella no aguantaba más Tenorio.

—Yo me voy, hijos míos; no me gusta ver cementerios ni esqueletos; demasiado tiempo le queda a uno para eso. Adiós. Vosotros quedaos si queréis... ¡Jesús! las once y media, no se acaba esto a las dos...

Ana, a quien explicó su esposo el argumento de la segunda parte del drama, prefirió llevar la impresión de la primera, que la tenía encantada, y salió con la Marquesa y Mesía.

Edelmira se quedó con don Víctor y Paco.

—Yo llevaré a la niña y usted déjeme a ésa en casa, señora Marquesa —dijo Quintanar.

Mesía se despidió al dejar dentro del coche a las damas. Entonces apretó un poco la mano de Anita, que la retiró asustada.

Don Álvaro se volvió al palco del Marqués a dar conversación a don Víctor. Eran panes prestados: Paco necesitaba que le distrajeran a Quintanar para quedarse como a solas con Edelmira; Mesía, que tantas veces había utilizado servicios análogos del Marquesito, fue a cumplir con su deber.

Además, siempre que se le ofrecía, aprovechaba la ocasión de estrechar su amistad con el simpático aragonés que había de ser su víctima, andando el tiempo, o poco había de poder él.

Con mil amores acogió Quintanar al buen mozo y le expuso sus ideas en punto a literatura dramática, concluyendo como siempre con su teoría del honor según se entendía en el siglo de oro, cuando el sol no se ponía en nuestros dominios.

—Mire usted —decía don Víctor, a quien ya escuchaba con interés don Álvaro— mire usted, yo ordinariamente soy muy pacífico. Nadie dirá que yo, ex—regente de Audiencia, que me jubilé casi por no firmar más sentencias de muerte, nadie dirá, repito que tengo ese punto de honor quisquilloso de nuestros antepasados, que los pollastres de ahí abajo llaman inverosímil; pues bien, seguro estoy, me lo da el corazón, de que si mi mujer —hipótesis absurda— me faltase... se lo tengo dicho a Tomás Crespo muchas veces... le daba una sangría suelta.

(—¡Animal! —pensó don Álvaro.)

—Y en cuanto a su cómplice... ¡oh! en cuanto a su cómplice... Por de pronto yo manejo la espada y la pistola como un maestro; cuando era aficionado a representar en los teatros caseros —es decir, cuando mi edad y posición social me permitían trabajar, porque la afición aún me dura— comprendiendo que era muy ridículo batirse mal en las tablas, tomé maestro de esgrima y dio la casualidad de que demostré en seguida grandes facultades para el arma blanca. Yo soy pacífico, es verdad, nunca me ha dado nadie motivo para hacerle un rasguño... pero figúrese usted... el día que... Pues lo mismo y mucho más puedo decir de la pistola. Donde pongo el ojo... pues bien, como decía, al cómplice lo traspasaba; sí, prefiero esto; la pistola es del drama moderno, es prosaica; de modo que le mataría con arma blanca... Pero voy a mi tesis... Mi tesis era... ¿qué?... ¿usted recuerda?

Don Álvaro no recordaba, pero lo de matar al cómplice con arma blanca le había alarmado un poco.

Cuando Mesía, ya cerca de las tres, de vuelta del Casino, trataba de llamar al sueño imaginando voluptuosas escenas de amor que se prometía convertir en realidad bien pronto, al lado de la Regenta, protagonista de ellas, vio de repente, y ya casi dormido, la figura vulgar y bonachona de don Víctor. Pero le vio entre los primeros disparates del ensueño, vestido de toga y birrete, con una espada en la mano. Era la espada de Perales en el Tenorio, de enormes gavilanes.

Anita no recordaba haber soñado aquella noche con don Álvaro. Durmió profundamente.

Al despertar, cerca de las diez, vio a su lado a Petra, la doncella rubia y taimada, que sonreía discretamente.

—Mucho he dormido, ¿por qué no me has despertado antes?

—Como la señorita pasó mala noche...

—¿Mala noche?... ¿yo?

—Sí, hablaba alto, soñaba a gritos...

—¿Yo?

—Sí, alguna pesadilla.

—¿Y tú... me has oído desde?...

—Sí, señora, no me había acostado todavía; me quedé a esperar por el señor, porque Anselmo es tan bruto que se duerme... Vino el amo a las dos.

—Y yo he hablado alto...

—Poco después de llegar el señor. Él no oyó nada; no quiso entrar por no despertar a la señorita. Yo volví a ver si dormía... si quería algo... y creí que era una pesadilla... pero no me atreví a despertarla...

Ana se sentía fatigada. Le sabía mal la boca y temía los amagos de la jaqueca.

—¡Una pesadilla!... Pero si yo no recuerdo haber padecido...

—No, pesadilla mala... no sería... porque sonreía la señora... daba vueltas...

—Y... y... ¿qué decía?

—¡Oh... qué decía! No se entendía bien... palabras sueltas... nombres...

—¿Qué nombres?... —Ana preguntó esto encendido el rostro por el rubor...— ¿qué nombres? —repitió.

—Llamaba la señora... al amo.

—¿Al amo?

—Sí... sí, señora... decía: ¡Víctor! ¡Víctor!

Ana comprendió que Petra mentía. Ella casi siempre llamaba a su marido Quintanar.

Además, la sonrisa no disimulada de la doncella aumentaba las sospechas de la señora.

Calló y procuró ocultar su confusión.

Entonces acercándose más a la cama y bajando la voz Petra dijo, ya seria:

—Han traído esto para la señora...

—¿Una carta? ¿De quién? —preguntó en voz trémula Ana, arrebatando el papel de manos de Petra.

«¡Si aquel loco se habría propasado!... Era absurdo.»

Petra, después de observar la expresión de susto que se pintó en el rostro del ama, añadió:

—De parte del señor Magistral debe de ser, porque lo ha traído Teresina la doncella de doña Paula.

Ana afirmó con la cabeza mientras leía.

Petra salió sin ruido, como una gata. Sonreía a sus pensamientos.

La carta del Magistral, escrita en papel levemente perfumado, y con una cruz morada sobre la fecha, decía así:

«Señora y amiga mía: Esta tarde me tendrá usted en la capilla de cinco a cinco y media. No necesitará usted esperar, porque será hoy la única persona que confiese. Ya sabe que no me tocaba hoy sentarme, pero me ha parecido preferible avisar a usted para esta tarde por razones que le explicará su atento amigo y servidor,

FERMÍN DE PAS.»

No decía capellán.

«¡Cosa extraña! ¡Ana se había olvidado del Magistral desde la tarde anterior; ni una vez sola, desde la aparición de don Álvaro a caballo había pasado por su cerebro la imagen grave y airosa del respetado, estimado y admirado padre espiritual! Y ahora se presentaba de repente dándole un susto, como sorprendiéndola en pecado de infidelidad. Por la primera vez sintió Ana la vergüenza de su imprudente conducta. Lo que no había despertado en ella la presencia de don Víctor, lo despertaba la imagen de don Fermín... Ahora se creía infiel de pensamiento, pero ¡cosa más rara! infiel a un hombre a quien no debía fidelidad ni podía debérsela.»

«Es verdad, pensaba; habíamos quedado en que mañana temprano iría a confesar... ¡y se me había olvidado! y ahora él adelanta la confesión... Quiere que vaya esta tarde. ¡Imposible! No estoy preparada... Con estas ideas... con esta revolución del alma... ¡Imposible!»

Se vistió deprisa, cogió papel que tenía el mismo olor que el del Magistral, pero más fuerte, y escribió a don Fermín una carta muy dulce con mano trémula, turbada, como si cometiera una felonía. Le engañaba; le decía que se sentía mal, que había tenido la jaqueca y le suplicaba que la dispensase; que ella le avisaría...

Entregó a Petra el papel embustero y la dio orden de llevarlo a su destino inmediatamente, y sin que el señor se enterase.

Don Víctor ya había manifestado varias veces su no conformidad, como él decía, con aquella frecuencia del sacramento de la confesión; como temía que se le tuviese por poco enérgico, y era muy poco enérgico en su casa en efecto, alborotaba mucho cuando se enfadaba.

Para evitar el ruido, molesto aunque sin consecuencias, Ana procuraba que su esposo no se enterase de aquellas frecuentes escapatorias a la catedral.

«¡No podía presumir el buen señor que por su bien eran!»

Petra había sido tomada por confidente y cómplice de estos inocentes tapadillos. Pero la criada, fingiendo creer los motivos que alegaba su ama para ocultar la devoción, sospechaba horrores.

Iba camino de la casa del Magistral con la misiva y pensaba:

«Lo que yo me temía, a pares; los tiene a pares; uno diablo y otro santo. *¡Así en la tierra como en el cielo!*»

Ana estuvo todo el día inquieta, descontenta de sí misma; no se arrepentía de haber puesto en peligro su honor, dando alas (siquiera fuesen de sutil gasa espiritual) a la audacia amorosa de don Álvaro; no le pesaba de engañar al pobre don Víctor, porque le reservaba el cuerpo, su propiedad legítima... pero ¡pensar que no se había acordado del Magistral ni una vez en toda la noche anterior, a pesar de haber estado pensando y sintiendo tantas cosas sublimes!

«Y por contera, le engañaba, le decía que estaba enferma para excusar el verle... ¡le tenía miedo!... y hasta el estilo dulce, casi cariñoso de la carta era traidor... ¡aquello no era digno de ella! Para don Víctor había que guardar el cuerpo, pero al Magistral, ¿no había que reservarle el alma?»

XVII

Al obscurecer de aquel mismo día, que era el de Difuntos, Petra anunció a la Regenta, que paseaba en el *Parque*, entre los eucaliptus de Frígilis, la visita del señor Magistral.

—Enciende la lámpara del gabinete y antes hazle pasar a la huerta... —dijo Ana sorprendida y algo asustada.

El Magistral pasó por el patio al *Parque*. Ana le esperaba sentada dentro del cenador. «Estaba hermosa la tarde, parecía de Septiembre; no duraría mucho el buen tiempo, luego se caería el cielo hecho agua sobre Vetusta...»

Todo esto se dijo al principio. Ana se turbó cuando el Magistral se atrevió a preguntarle por la jaqueca.

«¡Se había olvidado de su mentira!» Explicó lo mejor que pudo su presencia en el Parque a pesar de la jaqueca.

El Magistral confirmó su sospecha. Le había engañado su dulce amiga.

Estaba el clérigo pálido, le temblaba un poco la voz, y se movía sin cesar en la mecedora en que se le había invitado a sentarse.

Seguían hablando de cosas indiferentes y Ana esperaba con temor que don Fermín abordase el motivo de su extraordinaria visita.

El caso era que el motivo... no podía explicarse. Había sido un arranque de mal humor; una salida de tono que ya casi sentía, y cuya causa de ningún modo podía él explicar a aquella señora.

El Chato, el clérigo que servía de esbirro a doña Paula, tenía el vicio de ir al teatro disfrazado. Había cogido esta afición en sus tiempos de espionaje en el seminario; entonces el Rector le mandaba al *paraíso* para delatar a los seminaristas que allí viera; ahora el Chato iba por cuenta propia. Había estado en el teatro la noche anterior y había visto a la Regenta. Al día siguiente, por la mañana, lo supo doña Paula, y al comer, en un incidente de la conversación, tuvo habilidad para darle la noticia a su hijo.

—No creo que esa señora haya ido ayer al teatro.

—Pues yo lo sé por quien la ha visto.

El Magistral se sintió herido, le dolió el amor propio al verse en ridículo por culpa de su amiga. Era el caso que en Vetusta los beatos y todo el *mundo devoto* consideraban el teatro como recreo prohibido en toda la Cuaresma y algunos otros días del año; entre ellos el de *Todos los Santos*. Muchas señoras abonadas habían dejado su palco desierto la noche anterior, sin permitir la entrada en él a nadie para señalar así mejor su protesta. La de Páez no había ido, doña Petronila, o sea El Gran Constantino, que no iba nunca, pero tenía abonadas a cuatro sobrinas, tampoco les había consentido asistir.

«Y Ana, que pasaba por hija predilecta de confesión del Magistral, por devota en ejercicio, se había presentado en el teatro en noche prohibida, rompiendo por todo, haciendo alarde de no respetar piadosos escrúpulos, pues precisamente ella no frecuentaba semejante sitio... Y precisamente aquella noche...»

El Magistral había salido de su casa disgustado. «A él no le importaba que fuese o no al teatro por ahora, tiempo llegaría en que sería otra cosa; pero la gente murmuraría; don Custodio, el Arcediano, todos sus enemigos se burlarían, hablarían de la escasa fuerza que el Magistral ejercía sobre sus penitentes... Temía el ridículo. La culpa la tenía él, que tardaba demasiado en ir apretando los tornillos de la devoción a doña Ana.»

Llegó a la sacristía y encontró al Arcipreste, al ilustre Ripamilán disputando como si se tratara de un asalto de esgrima, con aspavientos y manotadas al aire; su contendiente era el Arcediano, el señor Mourelo, que con más calma y sonriendo sostenía que la Regenta o no era devota de buena ley, o no debía haber ido al teatro en noche de *Todos los Santos*.

Ripamilán gritaba:

—Señor mío, los deberes sociales están por encima de todo...

El Deán se escandalizó.

—¡Oh! ¡oh! —dijo— eso no, señor Arcipreste... los deberes religiosos... los religiosos... eso es...

Y tomó un polvo de rapé extraído con mal pulso de una caja de nácar. Así solía él terminar los períodos complicados.

—Los deberes sociales... son muy respetables en efecto —dijo el canónigo pariente del Ministro, a quien la proposición había parecido regalista, y por consiguiente digna de aprobación por parte de un primo del Notario mayor del reino.

—Los deberes sociales —replicó Glocester tranquilo, con almíbar en las palabras, pausadas y subrayadas— los deberes sociales, con permiso de usted, son respetabilísimos, pero quiere Dios, consiente su infinita bondad que estén siempre en armonía con los deberes religiosos...

—¡Absurdo! —exclamó Ripamilán dando un salto.

—¡Absurdo! —dijo el Deán, cerrando de un bofetón la caja de nácar.

—¡Absurdo! —afirmó el canónigo regalista.

—Señores, los deberes no pueden contradecirse, el deber social, por ser tal deber, no puede oponerse al deber religioso... lo dice el respetable Taparelli...

—¿Tapa qué? —preguntó el Deán.— No me venga usted con autores alemanes... Este Mourelo siempre ha sido un hereje...

—Señores, estamos fuera de la cuestión —gritó Ripamilán— el caso es...

—No estamos tal —insistió Glocester, que no quería en presencia de don Fermín sostener su tesis de la escasa religiosidad de la Regenta.

Tuvo habilidad para llevar la disputa al *terreno filosófico*, y de allí al teológico, que fue como echarle agua al fuego. Aquellas venerables dignidades profesaban a la sagrada ciencia un respeto singular, que consistía en no querer hablar nunca de *cosas altas*.

A don Fermín le bastó lo que oyó al entrar en la sacristía para comprender que se había comentado lo del teatro. Su mal humor fue en aumento. «Lo sabía toda Vetusta, su influencia moral había perdido crédito... y la autora de todo aquello, tenía la crueldad de negarse a una cita.» Él se la había dado para decirle que no debía confesar por las mañanas, sino de tarde, porque así no se fijaba en ellos el público de las beatas con atención exclusiva... «Debe usted confesar entre todas, y además algunos días en que no se sabe que me siento; yo le avisaré a usted y entonces... podremos hablar más por largo.» Todo esto había pensado decirle aquella tarde, y ella respondía que... «¡estaba con jaqueca!.» —En casa de Páez también le hablaron del escándalo del teatro. «Habían ido varias damas que habían prometido no ir; y había ido Ana Ozores que nunca asistía.»

El Magistral salió de casa de Páez bufando; la sonrisa burlona de Olvido, que se celaba ya, le había puesto furioso...

Y sin pensar lo que hacía, se había ido derecho a la plaza Nueva, se había metido en la Rinconada y había llamado a la puerta de la Regenta... Por eso estaba allí.

¿Quién iba a explicar semejante motivo de una visita?

Al ver que Ana había mentido, que estaba buena y había buscado un embuste para no acudir a su cita, el mal humor de D. Fermín rayó en ira y necesitó toda la fuerza de la costumbre para contenerse y seguir sonriente.

«¿Qué derechos tenía él sobre aquella mujer? Ninguno. ¿Cómo dominarla si quería sublevarse? No había modo. ¿Por el terror de la religión? Patarata. La religión para aquella señora nunca podría ser el terror. ¿Por la persuasión, por el interés, por el cariño? Él no podía jactarse de tenerla persuadida, interesada y menos enamorada de la manera espiritual a que aspiraba.»

No había más remedio que la diplomacia. «Humíllate y ya te ensalzarás», era su máxima, que no tenía nada que ver con la promesa evangélica.

En vista de que los asuntos vulgares de conversación llevaban trazas de sucederse hasta lo infinito, el Magistral, que no quería marcharse sin hacer algo, puso término a las palabras insignificantes con una pausa larga y una mirada profunda y triste a la bóveda estrellada. —Estaba sentado a la entrada del cenador.

Ya había comenzado la noche, pero no hacía frío allí, o por lo menos no lo sentían. Ana había contestado a Petra, al anunciar ésta que había luz en el gabinete:

—Bien; allá vamos.

El Magistral había dicho que si doña Ana se sentía ya bien, no era malo estar al aire libre.

El silencio de don Fermín y su mirada a las estrellas indicaron a la dama que se iba a tratar de algo grave.

Así fue. El Magistral dijo:

—Todavía no he explicado a usted por qué pretendía yo que fuese a la catedral esta tarde. Quería decirle, y por eso he venido, además de que me interesaba saber cómo seguía, quería decirle que no creo conveniente que usted confiese por la mañana.

Ana preguntó el motivo con los ojos.

—Hay varias razones: don Víctor, que, según usted me ha dicho, no gusta de que usted frecuente la iglesia, y menos de que madrugue para ello, se alarmará menos si usted va de tarde... y hasta puede no saberlo siquiera muchas veces. No hay en esto engaño. Si pregunta, se le dice la verdad, pero si calla... se calla. Como se trata de una cosa inocente, no hay engaño ni asomo de disimulo.

—Eso es verdad.

—Otra razón. Por la mañana yo confieso pocas veces, y esta excepción hecha ahora en favor de usted hace murmurar a mis enemigos, que son muchos y de infinitas clases.

—¿Usted tiene enemigos?

—¡Oh, amiga mía! cuenta las estrellas si puedes —y señaló al cielo— el número de mis enemigos es infinito como las estrellas.

El Magistral sonrió como un mártir entre llamas.

Doña Ana sintió terribles remordimientos por haber engañado y olvidado a aquel santo varón, que era perseguido por sus virtudes y ni siquiera se quejaba. Aquella sonrisa, y la comparación de las estrellas le llegaron al alma a la Regenta. «¡Tenía enemigos!» pensó, y le entraron vehementes deseos de defenderle contra todos.

—Además —prosiguió don Fermín— hay señoras que se tienen por muy devotas, y caballeros que se estiman muy religiosos, que se divierten en observar quién entra y quién sale en las capillas de la catedral; quién confiesa a menudo, quién se descuida, cuánto duran las confesiones... y también de esta murmuración se aprovechan los enemigos.

La Regenta se puso colorada sin saber a punto fijo por qué.

—De modo, amiga mía —continuó De Pas que no creía oportuno insistir en el último punto— de modo, que será mejor que usted acuda a la hora ordinaria, entre las demás. Y algunas veces, cuando usted tenga muchas cosas que decir, me avisa con tiempo y le señalo hora en un día de los que no me toca confesar. Esto no lo sabrá nadie, porque no han de ser tan miserables que nos sigan los pasos...

A la Regenta aquello de los días excepcionales le parecía más arriesgado que todo, pero no quiso oponerse al bendito don Fermín en nada.

—Señor, yo haré todo lo que usted diga, iré cuando usted me indique; mi confianza absoluta está puesta en usted. A usted solo en el mundo he abierto mi corazón, usted sabe cuanto pienso y siento... de usted espero luz en la obscuridad que tantas veces me rodea...

Ana al llegar aquí notó que su lenguaje se hacía entonado, impropio de ella, y se detuvo; aquellas metáforas parecían mal, pero no sabía decir de otro modo sus afanes, a no hablar con una claridad excesiva.

El Magistral, que no pensaba en la retórica, sintió un consuelo oyendo a su amiga hablar así.

Se animó... y habló de lo que le mortificaba.

—Pues, hija mía, usando, o tal vez abusando de ese poder discrecional... (sonrisa e inclinación de cabeza) voy a permitirme reñir a usted un poco...

Nueva sonrisa y una mirada sostenida, de las pocas que se toleraba.

Ana tuvo un miedo pueril que la embelleció mucho, como pudo notar y notó De Pas.

—Ayer ha estado usted en el teatro.

La Regenta abrió los ojos mucho, como diciendo irreflexivamente:
—¿Y eso qué?

—Ya sabe usted que yo, en general, soy enemigo de las preocupaciones que toman por religión muchos espíritus apocados... A usted no sólo le es lícito ir a los espectáculos, sino que le conviene; necesita usted distracciones; su señor marido pide como un santo; pero ayer... era día prohibido.

—Ya no me acordaba... Ni creía que... La verdad... no me pareció...

—Es natural, Anita, es naturalísimo. Pero no es eso. Ayer el teatro era espectáculo tan inocente, para usted como el resto del año. El caso es que la Vetusta devota, que después de todo es la nuestra, la que exagerando o no ciertas ideas, se acerca más a nuestro modo de ver las cosas... esa respetable parte del pueblo mira como un escándalo la infracción de ciertas costumbres piadosas...

Ana encogió los hombros. «No entendía aquello... ¡Escándalo! ¡Ella que en el teatro había llegado, de idea grande en idea grande, a sentir un entusiasmo artístico religioso que la había edificado!»

El Magistral, con una mirada sola, comprendió que su cliente («él era un médico del espíritu») se resistía a tomar la medicina; y pensó, recordando la alegoría de la cuesta: «—No quiere tanta pendiente; hagámosela parecida a lo llano.»

—Hija mía, el mal no está en que usted haya perdido nada; su virtud de usted no peligra ni mucho menos con lo hecho... pero... (vuelta al tono festivo) y ¿mi orgullito de médico? Un enfermo que se me rebela... ¡ahí es nada! Se ha murmurado, se ha dicho que las hijas de confesión del Magistral no deben de temer su manga estrecha cuando asisten al *Don Juan Tenorio*, en vez de rezar por los difuntos.

—¿Se ha hablado de eso?

—¡Bah! En San Vicente, en casa de doña Petronila —que ha defendido a usted— y hasta en la catedral. El señor Mourelo dudaba de la piedad de doña Ana Ozores de Quintanar...

—¿De modo... que he sido imprudente... que he puesto a usted en ridículo?...

—¡Por Dios, hija mía! ¡dónde vamos a parar! ¡Esa imaginación, Anita, esa imaginación! ¿cuándo mandaremos en ella? ¡Ridículo! ¡Imprudente!... A mí no pueden ponerme en ridículo más actos que aquellos de que soy responsable, no entiendo el ridículo de otro modo... usted no ha sido imprudente, ha sido inocente, no ha pensado en las lenguas ociosas. Todo ello es nada, y figúrese usted el caso que yo haré de hablillas insustanciales... Todo ha sido broma;... para llegar a un punto más importante que atañe a lo que nos interesa, a la curación de su espíritu de usted... en lo que depende de la parte moral. Ya sabe que yo creo que un buen médico (no precisamente el señor Somoza, que es persona excelente y médico muy regular), podría ayudarme mucho.

Pausa. El Magistral deja de mirar a las estrellas, acerca un poco su mecedora a la Regenta y prosigue:

—Anita, aunque en el confesonario yo me atrevo a hablar a usted como un médico del alma, no sólo como sacerdote que ata y desata, por razones muy serias, que ya conoce usted; a pesar de que allí he llegado a conocer bastante aproximadamente a la realidad, lo que pasa por usted... sin embargo, creo... —le

54

temblaba la voz; temía arriesgar demasiado— creo... que la eficacia de nuestras conferencias sería mayor, si algunas veces habláramos de nuestras cosas fuera de la iglesia.

Anita, que estaba en la obscuridad, sintió fuego en las mejillas y por la primera vez, desde que le trataba, vio en el Magistral un hombre, un hombre hermoso, fuerte; que tenía fama entre ciertas gentes mal pensadas de enamorado y atrevido. En el silencio que siguió a las palabras del Provisor se oyó la respiración agitada de su amiga.

Don Fermín continuó tranquilo:

—En la iglesia hay algo que impone reserva, que impide analizar muchos puntos muy interesantes; siempre tenemos prisa, y yo... no puedo prescindir de mi carácter de juez sin faltar a mi deber en aquel sitio. Usted misma no habla allí con la libertad y extensión que son precisas para entender todo lo que quiere decir. Allí, además, parece ocioso hablar de lo que no es pecado o por lo menos camino de él; hacer la cuenta de las buenas cualidades, por ejemplo, es casi profanación, no se trata allí de eso; y sin embargo, para nuestro objeto, eso es también indispensable. Usted que ha leído, sabe perfectamente que muchos clérigos que han escrito acerca de las costumbres y carácter de la mujer de su tiempo han recargado las sombras, han llenado sus cuadros de negro... porque hablaban de la mujer del confesonario, la que cuenta sus extravíos y prefiere exagerarlos a ocultarlos, la que calla, como es allí natural, sus virtudes, sus grandezas. Ejemplo de esto pueden ser, sin salir de España, el célebre Arcipreste de Hita, Tirso de Molina y otros muchos...

Ana escuchaba con la boca un poco abierta. Aquel señor hablando con la suavidad de un arroyo que corre entre flores y arena fina, la encantaba. Ya no pensaba en las torpes calumnias de los enemigos del Magistral; ya no se acordaba de que aquél era hombre, y se hubiera sentado sin miedo sobre sus rodillas, como había oído decir que hacen las señoras con los caballeros en los tranvías de Nueva—York.

—Pues bien —prosiguió don Fermín— nosotros necesitamos toda la verdad; no la verdad fea sólo, sino también la hermosa. ¿Para qué hemos de curar lo sano? ¿Para qué cortar el miembro útil? Muchas cosas, de las que he notado que usted no se atreve a hablar en la capilla, estoy seguro de que me las expondría aquí, por ejemplo, sin inconveniente... y esas confidencias amistosas, familiares, son las que yo echo de menos. Además, usted necesita no sólo que la censuren, que la corrijan, sino que la animen también, elogiando sincera y noblemente la mucha parte buena que hay en ciertas ideas y en los actos que usted cree completamente malos. Y en el confesonario no debe abusarse de ese análisis justo, pero en rigor, extraño al tribunal de la penitencia... Y basta de argumentos; usted me ha entendido desde el primero perfectamente. Pero allá va el último, ahora que me acuerdo. De ese modo, hablando de nuestro pleito fuera de la catedral, no es preciso que usted vaya a confesar muy a menudo, y nadie podrá decir si frecuenta o no frecuenta el sacramento demasiado; y además, podemos despachar más pronto la cuenta de los pecados y pecadillos los días de confesión.

El Magistral estaba pasmado de su audacia. Aquel plan, que no tenía preparado, que era sólo una idea vaga que había desechado mil veces por temeraria, había sido un atrevimiento de la pasión, que podía haber asustado a la Regenta y hacerla sospechar de la intención de su confesor. Después de su audacia el Magistral temblaba, esperando las palabras de Ana.

Ingenua, entusiasmada con el proyecto, convencida por las razones expuestas, habló la Regenta a borbotones; como solía de tarde en tarde, y dio a los motivos expuestos por su amigo nueva fuerza con el calor de sus poéticas ideas.

Oh, sí, aquello era mejor; sin perjuicio de continuar en el templo la buena tarea comenzada, para dar a Dios lo que era de Dios, Ana aceptaba aquella amistad piadosa que se ofrecía a oír sus confidencias, a dar consejos, a consolarla en la aridez de alma que la atormentaba a menudo.

El Magistral oía ahora recogido en un silencio contemplativo; apoyaba la cabeza, oculta en la sombra, en una barra de hierro del armazón de la glorieta, en la que se enroscaban el jazmín y la madreselva; la locuacidad de Ana le sabía a gloria, las palabras expansivas, llenas de partículas del corazón de aquella mujer, exaltada al hablar de sus tristezas con la esperanza del consuelo, iban cayendo en el ánimo del Magistral como un riego de agua perfumada; la sequedad desaparecía, la tirantez se convertía en muelle flojedad. «¡Habla, habla así, se decía el clérigo, bendita sea tu boca!»

No se oía más que la voz dulce de Ana, y de tarde en tarde, el ruido de hojas que caían o que la brisa, apenas sensible aquella noche, removía sobre la arena de los senderos.

Ni el Magistral ni la Regenta se acordaban del tiempo.

—Sí, tiene usted cien veces razón —decía ella— yo necesito una palabra de amistad y de consejo muchos días que siento ese desabrimiento que me arranca todas las ideas buenas y sólo me deja la tristeza y la desesperación...

—Oh, no, eso no, Anita; ¡la desesperación! ¡qué palabra!

—Ayer tarde, no puede usted figurarse cómo estaba yo.

—Muy aburrida, ¿Verdad? ¿Las campanas?...

El Magistral sonrió...

—No se ría usted: serán los nervios, como dice Quintanar, o lo que se quiera, pero yo estaba llena de un tedio horroroso, que debía ser un gran pecado... si yo lo pudiera remediar.

—No debe decirse así —interrumpió el Magistral, poniendo en la voz la mayor suavidad que pudo.— No sería un pecado ese tedio si se pudiera remediar, sería un pecado si no se quisiera remediar; pero a Dios gracias se quiere y se puede curar... y de eso se trata, amiga mía.

Anita, a quien las confesiones emborrachaban, cuando sabía que entendía su confidente todo, o casi todo lo que ella quería dar a entender, se decidió a decir al Magistral *lo demás,* lo que había venido detrás del hastío de aquella tarde... No ocultó sino lo que ella tenía por causa puramente acasional; no habló de don Álvaro ni del caballo blanco.

—Otras veces —decía— aquella sequedad se convierte en llanto, en ansia de sacrificio, en propósitos de abnegación... usted lo sabe; pero ayer, la exaltación tomó otro rumbo... yo no sé... no sé explicarlo bien... si lo digo como yo puedo hablar... al pie de la letra es pecado, es una rebelión, es horrible... pero tal como yo lo sentía no...

El Magistral oyó entonces lo que pasó por el alma de su amiga durante aquellas horas de revolución, que Ana reputaba ya célebres en la historia de su solitario espíritu. Aunque ella no explicaba con exactitud lo que había sentido y pensado, él lo entendía perfectamente.

Más trabajo le costó adivinar cómo podía haber llegado Ana a pensar en Dios, a sentir tierna y profunda piedad con motivo de don Juan Tenorio.

«Ana decía que acaso estaba loca, pero que aquello no era nuevo en ella; que muchas veces le había sucedido en medio de espectáculos que nada tenían de religiosos, sentir poco a poco el influjo de una piedad consoladora, lágrimas de amor de Dios, esperanza infinita, caridad sin límites y una fe que era una evidencia... Un día después de dar una peseta a un niño pobre para comprar un globo de goma, como otros que acababan de repartirse otros niños, había tenido que esconder el rostro para que no la viesen llorar; aquel llanto que era al principio muy amargo, después, por gracia de las ideas que habían ido surgiendo en su cerebro, había sido más dulce, y Dios había sido en su alma una voz potente, una mano que acariciaba las asperezas de dentro... ¿Qué sabía ella? No podía explicarse.» Y suplicaba al Magistral que la entendiese. «Pues la noche anterior había pasado algo por el estilo, al ver a la pobre novicia, a Sor Inés, caer en brazos de don Juan... ya veía el Magistral qué situación tan poco religiosa... pues bien, ella de una en otra, al sentir lástima de aquella inocente enamorada... había llegado a pensar en Dios, a amar a Dios, a sentir a Dios muy cerca... ni más ni menos que el día en que regaló a un niño pobre un globo de colores. ¿Qué era aquello? Demasiado sabía ella que no era piedad verdadera, que con semejantes arrebatos nada ganaba para con Dios... pero, ¿no serían tampoco más que nervios? ¿Serían indicios peligrosos de un espíritu aventurero, exaltado, torcido desde la infancia?»

«Había de todo.» El Magistral, procurando vencer la exaltación que le había comunicado su amiga, quiso hablar con toda calma y prudencia. «Había de todo. Había un tesoro de sentimiento que se podía aprovechar para la virtud; pero había también un peligro. La noche anterior el peligro había sido grande (y esto lo decía sin saber palabra de la presencia de don Álvaro en el palco de Anita) y era necesario evitar la repetición de accesos por el estilo.»

Había hablado la Regenta de ansiedades invencibles, del anhelo de volar más allá de las estrechas paredes de su caserón, de sentir más, con más fuerza, de vivir para algo más que para vegetar como otras; había hablado también de un amor universal, que no era ridículo por más que se burlasen de él los que no lo comprendían... había llegado a decir que sería hipócrita si aseguraba que bastaba para colmar los anhelos que sentía el cariño suave, frío, prosaico, distraído de Quintanar, entregado a sus comedias, a sus colecciones, a su amigo Frígilis y a su escopeta...

—Todo aquello —añadió el Magistral después de presentarlo en resumen— de puro peligroso rayaba en pecado.

—Sí, dicho así, como yo lo he dicho, sí... pero como lo siento, no; ¡oh! estoy segura de que, tal como lo siento, nada de lo que he dicho es pecado... sentirlo; ¡peligro habrá, no lo niego, pero pecado no! ¡Por lo demás (cambio de voz) dicho... hasta es ridículo, suena a romanticismo necio, vulgar, ya lo sé... pero no es eso, no es eso!

—Es que yo no lo entiendo como usted lo dice, sino como usted lo siente, amiga mía, es necesario que usted me crea; lo entiendo como es... Pero así y todo, hay peligro que raya en pecado, por ser peligro... Déjeme usted hablar a mí, Anita, y verá como nos entendemos. El peligro que hay, decía, raya en pecado... pero añado, será pecado claramente si no se aplica toda esa energía de su alma ardentísima a un objeto digno de ella, digno de una mujer honrada, Ana. Si dejamos que vuelvan esos accesos sin tenerles preparada tarea de virtud, ejercicio sano... ellos tomarán el camino de atajo, el del vicio; créalo usted, Anita. Es muy santo, muy bueno que usted, con motivo de dar a un niño un globo de colores, llegue a pensar en Dios, a sentir eso que llama usted la presencia de Dios; si algo de panteísmo puede haber en lo que usted dice, no es peligroso, por tratarse de usted, y yo me encargaría, en todo caso, de cortar ese mal de raíz; pero ahora no se trata de eso. No es santo, ni es bueno, amiga mía, que al ver a un libertino en la celda de una monja... o a la monja en casa del libertino y en sus brazos, usted se dedique a pensar en Dios, con ocasión del abrazo de aquellos sacrílegos amantes. Eso es malo, eso es despreciar los caminos naturales de la piedad, es despreciar con orgullo egoísta la sana moral, pretendiendo, por abismos y cieno y toda clase de podredumbre, llegar adonde los justos llegan por muy diferentes pasos. Dispénseme si hablo con esta severidad: en este momento es indispensable.

Hizo una pausa el Magistral para observar si Ana subía con dificultad aquella pendiente que le ponía en el camino.

Ana callaba, meditando las palabras del confesor, recogida, seria, abismada en sus reflexiones. Sin darse cuenta de ello, le agradaba aquella energía, complacíase en aquella oposición, estimaba más que halagos y elogios las frases fuertes, casi duras del Magistral.

El cual prosiguió, aflojando la cuerda:

—Es necesario, y urgente, muy urgente, aprovechar esas buenas tendencias, esa predisposición piadosa; que así la llamaré ahora, porque no es ocasión de explicar a usted los grados, caminos y descaminos de la gracia, materia delicadísima, peligrosa... Decía que hay que aprovechar esas tendencias a la piedad y a la contemplación, que son en usted muy antiguas, pues ya vienen de la infancia, en beneficio de la virtud... y por medio de cosas santas. Aquí tiene usted el porqué de muchas ocupaciones del cristiano, el porqué del culto externo, más visible y hasta aparatoso en la religión verdadera que en las frías confesiones protestantes. Necesita usted objetos que le sugieran la idea santa de Dios, ocupaciones que le llenen el alma de energía piadosa, que satisfagan sus instintos, como usted dice, de amor universal... Pues todo eso, hija mía, se puede lograr, satisfacer y cumplir en la vida, aparentemente prosaica y hasta cursi, como la llamaría doña Obdulia, de una mujer piadosa, de una... *beata*, para emplear la palabra fea, *escandalosa*. Sí, amiga mía —el Magistral reía al decir esto— lo que usted necesita, para calmar esa sed de amor infinito... es ser *beata*. Y ahora soy yo el que exige que usted me comprenda, y no me tome la letra y deje el espíritu. Hay que ser beata, es decir, no hay que contentarse con llamarse religiosa, cristiana, y vivir como un pagano, creyendo esas vulgaridades de que lo esencial es el fondo, que las menudencias del culto y de la disciplina quedan para los espíritus pequeños y comineros; no, hija mía, no, lo esencial es todo; la forma es fondo: y parece natural que Dios diga a una mujer que pretende amarle: «Hija, pues para acordarte de mí no debes necesitar que a Zorrilla se le haya ocurrido pintar los amores de una monja y un libertino; ven a mi templo, y allí encontrarán los sentidos incentivo del alma para la oración, para la meditación y para esos actos de fe, esperanza y caridad que son todo mi culto en resumen...»

Anita, al oír este familiar lenguaje, casi jocoso, del Magistral, con motivo de cosas tan grandes y sublimes, sintió lágrimas y risas mezcladas, y lloró riendo como Andrómaca.

La noche corría a todo correr. La torre de la catedral, que espiaba a los interlocutores de la glorieta desde lejos, entre la niebla que empezaba a subir por aquel lado, dejó oír tres campanadas como un aviso. Le parecía que ya habían hablado bastante. Pero ellos no oyeron la señal de la torre que vigilaba.

Petra fue la que dijo, para sí, desde la sombra del patio:

—¡Las ocho menos cuarto! Y no llevan traza de callarse...

La doncella ardía de curiosidad, aventuraba algunos pasos de puntillas hacia la glorieta, esquivando tropezar con las hojas secas para no hacer ruido; pero tenía miedo de ser vista y retrocedía hasta el patio, desde donde no podía oír más que un murmullo, no palabras. Sintió que Anselmo abría la puerta del zaguán y que el amo subía. Corrió Petra a su encuentro. Si le preguntaba por la señora, estaba dispuesta a mentir, a decir que había subido al segundo piso, a los desvanes, donde quiera, a tal o cual tarea doméstica; iba preparada a ocultar la visita del Magistral sin que nadie se lo hubiera mandado; pero creía llegado el caso de adelantarse a los deseos del ama y de su amigo don Fermín. «¿No le habían hecho llevar cartas *sin necesidad de que lo supiera don Víctor*? ¿Pues qué necesidad había de que supiera que llevaban más de una hora de palique en el cenador, y a obscuras?»

Quintanar no preguntó por su mujer; no era esto nuevo en él; solía olvidarla, sobre todo cuando tenía algo entre manos. Pidió luz para el despacho, se sentó a su mesa, y separando libros y papeles, dejó encima del pupitre un envoltorio que tenía debajo del brazo. Era una máquina de cargar cartuchos de fusil. Acababa de apostar con Frígilis que él hacía tantas docenas de cartuchos en una hora, y venía dispuesto a intentar la prueba. No pensaba en otra cosa. Llegó la luz. Quintanar miró con ojos penetrantes de puro distraídos a Petra. La doncella se turbó.

—Oye.

—¿Señor?...

—Nada... Oye...

—¿Señor?...

—¿Anda ese reloj?

—Sí, señor, le ha dado usted cuerda ayer...

—¿De modo que son las ocho menos diez?

—Sí, señor...

Petra temblaba, pero seguía dispuesta a mentir si le preguntaba por el ama.

—Bien; vete.

Y don Víctor se puso a atacar con rapidez cartuchos y más cartuchos.

En tanto el Magistral había explicado latamente lo que quería dar a entender con lo de la vida beata.

«Era ya tiempo de que Ana procurase entrar en el camino de la perfección; los trabajos preparativos ya podían darse por hechos; si otras iban a la iglesia, a las cofradías y demás lugares ordinarios de la vida devota con un espíritu rutinario que hacía nulas respecto a la perfección moral aquellas prácticas piadosas; ella, Ana, podía sacar gran utilidad para la ocupación digna de su alma de aquellos mismos lugares y quehaceres. ¿Qué había sido Santa Teresa? Una monja, una fundadora de conventos; ¿cuántas monjas había habido que no habían pasado de ser mujeres vulgares? La vida de una monja puede caer en la rutina también, ser poco meritoria a los ojos de Dios, y nada útil para satisfacer las ansias de un alma ardiente. Y, sin embargo, a la Santa Doctora; ¿qué mundos tan grandes, qué Universo de soles no la había dado aquella vida del claustro? La gran actividad va en nosotros mismos, si somos capaces de ella. Pero hay que buscar la ocasión en las ocupaciones de la vida buena. Era necesario que Anita frecuentase en adelante las fiestas del culto; que oyese más sermones, más misas, que asistiera a las novenas, que fuese de la sociedad de San Vicente, pero socia activa, que visitara a los enfermos y los vigilara, que entrase en el Catecismo; al principio tales ocupaciones podrían parecerla pesadas, insustanciales, prosaicas, desviadas del camino que conduce a la vida de la piedad acendrada, pero poco a poco iría tomando el gusto a tan humildes menesteres; iría penetrando los misteriosos encantos de la oración, del culto público, que si parece hasta frívolo pasatiempo en las almas tibias, en el vulgo de los fieles, que están en el templo nada más con los sentidos, es edificante espectáculo para quien siente devoción profunda.»

—Verá usted —decía el Magistral— como llega un día en que no necesita a Zorrilla ni poeta nacido para llorar de ternura y elevarse, de una en otra, como usted dice, hasta la idea santa de Dios. ¡Tiene la Iglesia, amiga mía, tal sagacidad para buscar el camino de las entrañas! Verá usted, verá usted cómo reconoce la sabiduría de Nuestra Madre en muchos ritos, en muchas ceremonias y pompas del culto que ahora pueden antojársele indiferentes, insignificantes. ¡Nuestras fiestas! ¡Qué cosa más hermosa, querida hija mía! Llegará, por ejemplo, la Noche—buena y usted empleará su imaginación poderosa en representarse las escenas de pura poesía del Nacimiento de Jesús... Volverán a ser para usted las que ya parecían vulgaridades de villancicos, grandes poemas, manantial de ternura, y llorará pensando en el Niño Dios... Y usted me dirá entonces si aquellas lágrimas son más dulces y frescas que las que anoche le arrancaba el bueno de don Juan Tenorio...

—A los sermones de cualquiera, no hay para qué ir —prosiguió De Pas— por más que a veces la palabra de un pobre cura de aldea encierra en su sencillez tosca tesoros de verdad, enseñanzas lacónicas admirables, rasgos de filosofía profunda y sincera, parábolas nuevas dignas de la Biblia; pero como esto es pocas veces, conviene acudir a los sermones de oradores acreditados. Oiga usted al señor Obispo en los días que él quiere lucirse... Oiga usted... a otros buenos predicadores que hay... Y si no fuera vanidad intolerable, añadiría óigame usted a mí algunos días de los que Dios quiere que no me explique mal del todo. Sí, porque así como hay cosas que no pueden decirse desde el púlpito, que exigen el confesonario o la conferencia familiar, hay otras que piden la cátedra, que sería ridículo decirlas de silla a silla... por ejemplo, algo de lo que yo tengo que advertir a usted respecto de esas vagas y aparentes visiones de Dios en idea... tocadas, hija mía, de panteísmo, sin que usted se dé cuenta de ello.

Más habló el Magistral para exponer el plan de vida devota a que había de entregarse en cuerpo y alma su amiga desde el día siguiente, y terminó tratando con detenimiento especial la cuestión de las lecturas.

Recomendó particularmente la vida de algunos santos y las obras de Santa Teresa y algunos místicos.

—Basta con leer la vida de la Santa Doctora y la de María de Chantal, Santa Juana Francisca, por supuesto, sabiendo leer entre líneas, para perfeccionarse, no al principio, sino más adelante. Al principio es un gran peligro el desaliento que produce la comparación entre la propia vida y la de los santos. ¡Ay de usted si desmaya porque ve que para Teresa son pecados muchos actos que usted creía dignos de elogio! Pasará usted la vergüenza de ver que era vanidad muy grande creerse buena mucho antes de serlo, tomar por voces de Dios voces que la Santa llama del diablo... pero en estos pasajes no hay que detenerse... No hay que comparar... hay que seguir leyendo... y cuando se haya vivido algún tiempo dentro de la disciplina sana... vuelta a leer, y cada vez el libro sabrá mejor, y dará más frutos.

»Si nos proponemos llegar a ser una Santa Teresa, ¡adiós todo! se ve la infinita distancia y no emprendemos el camino. A dónde se ha de llegar, eso Dios lo dirá después; ahora andar, andar hacia adelante es lo que importa.

»Y a todo esto ¿hemos de vestir de estameña, y mostrar el rostro compungido, inclinado al suelo, y hemos de dar tormento al marido con la inquisición en casa, y con el huir los paseos, y negarse al trato del mundo? Dios nos libre, Anita, Dios nos libre... La paz del hogar no es cosa de juego... ¿Y la salud? la salud del cuerpo, ¿dónde la dejamos? ¿Pues no se trataba de ponernos en cura? ¿No estábamos ahora hablando del espíritu y su remedio? Pues el cuerpo quiere aire libre, distracciones honestas, y todo eso ha de continuar en el grado que se necesite y que indicarán las circunstancias.»

Una ráfaga de aire frío hizo temblar a la Regenta y arremolinó hojas secas a la entrada del cenador. El Magistral se puso en pie, como si le hubieran pinchado, y dijo con voz de susto:

—¡Caramba, debe de ser muy tarde! Nos hemos entretenido aquí charlando... charlando...

«No le haría gracia que don Víctor los encontrase a tales horas en el parque, dentro del cenador solos y a la luz de las estrellas...» Pero esto que pensó se guardó de decirlo. Salió de la glorieta hablando en voz alta, pero no muy alta, aparentando no temer al ruido, pero temiéndolo.

Ana salió tras él, ensimismada, sin acordarse de que había en el mundo maridos, ni días, ni noches, ni horas, ni sitios inconvenientes para hablar a solas con un hombre joven, guapo, robusto, aunque sea clérigo.

El Magistral, como equivocando el camino, se dirigió hacia la puerta del patio, aunque parecía lo natural subir por la escalera de la galería y pasar por las habitaciones de Quintanar.

En el patio estaba Petra, como un centinela, en el mismo sitio en que había recibido al Provisor.

—¿Ha venido el señor? —preguntó la Regenta.

—Sí, señora —respondió en voz baja la doncella;— está en su despacho.

—¿Quiere usted verle? —dijo Ana volviéndose al Magistral.

Don Fermín contestó:

—Con mucho gusto...

—¡Disimulan, disimulan conmigo!— pensó Petra con rabia.

—Con mucho gusto... si no fuera tan tarde... debía estar a las ocho en palacio... y van a dar las ocho y media... no puedo detenerme... salúdele usted de mi parte.

—Como usted quiera.

—Además, estará abismado en sus trabajos... no quiero distraerle... saldré por aquí... Buenas noches, señora, muy buenas noches.

—Disimulan— volvió a pensar Petra, mientras abría la puerta que conducía al zaguán.

Entonces, el Magistral se acercó a la Regenta y deprisa y en voz baja dijo:

—Se me había olvidado advertirle que... el lugar más a propósito para... verse... es en casa de doña Petronila. Ya hablaremos.

—Bien —contestó la Regenta.

—Lo he pensado, es el mejor.

—Sí, sí, tiene usted razón.

Subió Ana por la escalera principal y salió al portal don Fermín. En la puerta se detuvo, miró a Petra mientras se embozaba y la vio con los ojos fijos en el suelo, con una llave grande en la mano, esperando a que pasara él para cerrar. Parecía la estatua del sigilo. De Pas la acarició con una palmadita familiar en el hombro y dijo sonriendo:

—Ya hace fresco, muchacha.

Petra le miró cara a cara y sonrió con la mayor gracia que supo y sin perder su actitud humilde.

—¿Estás contenta con los señores?

—Doña Ana es un ángel.

—Ya lo creo. Adiós, hija mía, adiós; sube, sube, que aquí hay corrientes... y estás muy coloradilla... debes de tener calor...

—Salga usted, salga usted, y por mí no tema.

—Cierra ya, hija mía, puedes cerrar.

—No, señor; si cierro no verá usted bien hasta llegar a la esquina...

—Muchas gracias... adiós, adiós.

—Buenas noches, D. Fermín.

Esto lo dijo Petra muy bajo, sacando la cabeza fuera del portal, y cerró con gran cuidado de no hacer cualquier ruido.

«¡D. Fermín!» pensó el Magistral. «¿Por qué me llama ésta D. Fermín? ¿Qué se habrá figurado? Mejor, mejor... Sí, mejor. Conviene tenerla propicia como a la otra.»

La otra era Teresina, su criada.

Petra subió y se presentó en el tocador de doña Ana sin ser llamada.

—¿Qué quieres? —preguntó el ama, que se estaba embozando en su chal porque sentía mucho frío.

—El señor no me ha preguntado por la señora. Yo no le he dicho... que estaba ahí D. Fermín.

—¿Quién?

—Don Fermín.

—¡Ah! Bien, bien... ¿para qué? ¿qué importa?

Petra se mordió los labios y dio media vuelta murmurando:

—¡Orgullosa! ¿si creerá que no tenemos ojos?... Pues si a una no le diera la gana... pero yo lo hago por el otro...

Sí, Petra lo hacía por el otro, por el Magistral, a quien quería agradar a toda costa. Tenía sus planes la rubia lúbrica.

Don Víctor Quintanar se presentó media hora después a su mujer con manchas de pólvora en la frente y en las mejillas.

No supo nada de la visita nocturna del Magistral. «No preguntó nada: ¿para qué decírselo?»

A la mañana siguiente, antes de salir el sol, Frígilis entró en el Parque de Ozores por la puerta de atrás, con la llave que él tenía para su uso particular. El amigo íntimo de Quintanar era el dictador en aquel pueblo de árboles y arbustos. Los días que no iban de caza, el señor Crespo se los pasaba recorriendo sus *dominios*, que así llamaba al parque de Quintanar; podaba, ingertaba, plantaba o trasplantaba, según las estaciones y otras circunstancias. Estaba prohibido a todo el mundo, incluso el dueño del bosque, tocar en una hoja. Allí mandaba Frígilis y nadie más. En cuanto entró, se dirigió al cenador. Recordaba haber dejado encima de la mesa de mármol o de un banco, en fin, allí dentro, unas semillas preparadas para mandar a cierta exposición de floricultura. Buscó, y sobre una mecedora encontró un guante de seda morada entre las semillas esparcidas y mezcladas sobre la paja y por el suelo.

Soltó un taco madrugador y cogió el guante con dos dedos, levantándolo hasta los ojos.

—¿Quién diablos ha andado aquí? —preguntó a las auras matutinas.

Guardó el guante en un bolsillo, recogió las semillas que no había llevado el viento, y con gran cuidado volvió a escoger y separar los granos. Se trataba de una singularísima especie de pensamientos monocromos, invención suya.

Cuando sintió ruido en la casa, llamó a gritos.

—¡Anselmo, Petra, Servanda, Petra!...

Apareció Petra con el cabello suelto, en chambra, y mal tapada con un mantón viejo del ama. Parecía la aurora de las doradas guedejas; pero Frígilis, malhumorado, se encaró con la aurora.

—Oye, tú, buena pécora, ¿qué demonio de obispo entra aquí por la noche a destrozarme las semillas?...

—¿Qué dice usted que no le entiendo? —contestó Petra desde el patio.

—Digo que ayer me retiré yo de la huerta cerca del obscurecer, que dejé allá dentro unas semillas envueltas en un papel... y ahora me encuentro la simiente revuelta con la tierra en el suelo, y sobre una butaca este guante de canónigo... ¿Quién ha estado aquí de noche?

—¡De noche! Usted sueña, don Tomás.

—¡Ira de Dios! De noche digo...

—A ver el guante...

—Toma —contestó Frígilis. arrojando desde lejos la prenda...

—¡Pues... está bueno! ja, ja, ja... buen canónigo te dé Dios... Lo que entiende usted de modas, don Tomás... ¿Pues no dice que es un guante de canónigo?...

—¿Pues de quién es?

—De mi señora... No ve usted la mano... qué chiquita... a no ser que haya *canónigas* también.

—¿Y se usan ahora guantes morados?

—Pues claro... con vestidos de cierto color...

Frígilis encogió los hombros.

—Pero mis semillas, mis semillas ¿quién me las ha echado a rodar?

—El gato, ¿qué duda tiene? el gatito pequeño, el moreno, el mismo que habrá llevado el guante a la glorieta... ¡es lo más urraca!...

En la pajarera de Quintanar cantó un jilguero.

—¡El gato! ¡el moreno!... —dijo Frígilis, moviendo la cabeza.— qué gato... ni qué...

Una sonrisa seráfica iluminó su rostro de repente, y volviéndose a Petra, señaló a la galería:

—¡Es mi macho! ¡es mi macho! ¿oyes? estoy seguro... ¡es mi macho!... y tu amo que decía... que su canario... que iba a cantar primero... oyes... ¿oyes? es mi macho, se lo he prestado quince días para que lo viese vencer... ¡es mi macho!

Frígilis olvidó el guante y el gato, y quedó arrobado oyendo el repiqueteo estridente, fresco, alegre del jilguero de sus amores.

Petra escondió en el seno de nieve apretada el guante morado del Magistral.

XVIII

Las nubes pardas, opacas, anchas como estepas, venían del Oeste, tropezaban con las crestas de Corfín, se desgarraban y deshechas en agua, caían sobre Vetusta, unas en diagonales vertiginosas, como latigazos furibundos, como castigo bíblico; otras cachazudas, tranquilas, en delgados hilos verticales. Pasaban y venían otras, y después otras que parecían las de antes, que habían dado la vuelta al mundo para desgarrarse en Corfín otra vez. La tierra fungosa se descarnaba como los huesos de Job; sobre la sierra se dejaba arrastrar por el viento perezoso, la niebla lenta y desmayada, semejante a un penacho de pluma gris; y toda la campiña entumecida, desnuda, se extendía a lo lejos, inmóvil como el cadáver de un náufrago que chorrea el agua de las olas que le arrojaron a la orilla. La tristeza resignada, fatal de la piedra que la gota eterna horada, era la expresión muda del valle y del monte; la naturaleza muerta parecía esperar que el agua disolviera su cuerpo inerte, inútil. La torre de la catedral aparecía a lo lejos, entre la cerrazón, como un mástil sumergido. La desolación del campo era resignada, poética en su dolor silencioso; pero la tristeza de la ciudad negruzca; donde la humedad sucia rezumaba por tejados y paredes agrietadas, parecía mezquina, repugnante, chillona, como canturia de pobre de solemnidad. Molestaba; no inspiraba melancolía sino un tedio desesperado. Frígilis prefería mojarse a campo raso, y arrastraba consigo a Quintanar lejos de Vetusta, cerca del mar, a las praderas y marismas solitarias de Palomares y Roca Tajada, donde fatigaban el monte y la llanura, persiguiendo perdices y chochas en lo espeso de los altozanos nemorosos; y en las planicies escuetas, melancólicos y quejumbrosos alcaravanes, nubes de estorninos, tordos de agua, patos marinos, y bandadas obscuras de peguetas diligentes. Para estas excursiones lejanas, don Víctor contaba con el beneplácito de su esposa. Se salía al ser de día, en el tren correo, se llegaba a Roca Tajada una hora después, y a las diez de la noche entraban en Vetusta silenciosos, cargados de ramilletes de pluma y como sopa en vino. Allá en las marismas de Palomares, don Víctor solía echar de menos el teatro. «¡Si el tren saliese dos horas antes, menos mal!» Frígilis no echaba de menos nada. Su devoción a la caza, a la vida al aire libre, en el campo, en la soledad triste y dulce, era profunda, sin rival: Quintanar compartía aquella afición con su amor a las farsas del escenario. Frígilis en el teatro se aburría y se constipaba. Tenía horror a las corrientes de aire, y no se creía seguro más que en medio de la campiña, que no tiene puertas.

Crespo tenía bien definida y arraigada su vocación: la naturaleza; Quintanar había llegado a viejo sin saber «cuál era su destino en la tierra», como él decía, usando el lenguaje del tiempo romántico, del que le quedaban algunos resabios. Era el espíritu del ex— regente, de blanda cera; fácilmente tomaba todas las formas y fácilmente las cambiaba por otras nuevas. Creíase hombre de energía, porque a veces usaba en casa un lenguaje imperativo, de bando municipal; pero no era, en rigor, más que una pasta para que otros hiciesen de él lo que quisieran. Así se explicaba que, siendo valiente, jamás hubiese tenido ocasión de mostrar su valor luchando contra una voluntad contraria. Él sostenía que en su casa no se hacía más que lo que él quería, y no echaba de ver que siempre acababa por querer lo que determinaban los demás. Si Ana Ozores hubiera tenido un carácter dominante, don Víctor se hubiese visto en la triste condición de esclavo: por fortuna, la Regenta dejaba al buen esposo entregado a las veleidades de sus caprichos y se contentaba con negarle toda influencia sobre los propios gustos y aficiones. Aquel programa de diversiones, alegría, actividad bulliciosa, que había publicado a son de trompeta Quintanar, se cumplía sólo en las partes y por el tiempo que a su esposa le parecían bien; si ella prefería quedar en casa, volver a sus ensueños, don Víctor que había prometido y hasta jurado no ceder, poco a poco cedía; procuraba que la retirada fuese honrosa, fingía transigir y creía a salvo su honor de hombre enérgico y amo de su casa, permitiéndose la audacia de gruñir un poco, entre dientes, cuando ya nadie le oía. Los criados le imponían su voluntad, sin que él lo sospechara. Hasta en el comedor se le había derrotado. Amante, como buen aragonés, de los platos fuertes, del vino espeso, de la clásica abundancia, había ido cediendo poco a poco, sin conocerlo, y comía ya mucho menos, y pasaba por los manjares más fantásticos que suculentos, que agradaban a su mujer. No era que Anita se los impusiese, sino que las cocineras preferían agradar al ama, porque allí veían una voluntad seria, y en el señor sólo encontraban un predicador que les aburría con sermones que no entendían. Hasta en el estilo se notaba que Quintanar carecía de carácter. Hablaba como el periódico o el libro que acababa de leer, y algunos giros, inflexiones de voz y otras cualidades de su oratoria, que parecían señales de una *manera* original, no eran más que vestigios de aficiones y ocupaciones pasadas. Así hablaba a veces como una sentencia del Tribunal Supremo, usaba en la conversación familiar el tecnicismo jurídico, y esto era lo único que en él quedaba del antiguo magistrado. No poco había contribuido en Quintanar a privarle de originalidad y resolución el contraste de su oficio y de sus aficiones. Si para algo había nacido, era, sin duda, para cómico de la legua, o mejor, para aficionado de teatro casero. Si la sociedad estuviera constituida de modo que fuese una carrera suficiente para ganarse la vida, la de cómico aficionado, Quintanar lo hubiera sido hasta la muerte y hubiera llegado a *trabajar*, frase suya, tan bien como cualquiera de esos *otros primeros galanes* que recorren las capitales de provincia, a guisa de buhoneros.

Pero don Víctor comprendió que el cómico en España no vive de su honrado trabajo si no se entrega a la vergüenza de servir al público el arte en las compañías de comediantes de oficio; comprendió además que él necesitaba con el tiempo *crear una familia*, y entró en la carrera judicial a regañadientes. Quiso la suerte, y quisieron las buenas relaciones de los suyos, que Quintanar fuera ascendiendo con rapidez, y se vio magistrado y se vio regente de la Audiencia de Granada, a una edad en que todavía se sentía capaz de representar el *Alcalde de Zalamea* con toda la energía que el papel exige. Pero la espina la llevaba en el corazón; reconocía que el cargo de magistrado es delicadísimo, grande su responsabilidad, pero él... «era ante todo un artista.» ¡Aborrecía los pleitos, amaba las tablas y no podía pisarlas *dignamente*! Este era el torcedor de su espíritu. Si le hubiese sido lícito representar comedias, quizás no hubiera hecho otra cosa en la vida, pero como le estaba prohibido por el decoro y otra porción de serias consideraciones, procuraba buscar otros caminos a la comezón de ser algo más que una rueda del poder judicial, complicada máquina; y era cazador, botánico, inventor, ebanista, filósofo, todo lo que querían hacer de él su amigo Frígilis y los vientos del azar y del capricho.

Frígilis había formado a su querido Víctor, al cabo de tantos años de trato íntimo, a su imagen y semejanza, en cuanto era posible. Salía Quintanar de la servidumbre ignorada de su domicilio para entrar en el poder dictatorial, aunque ilustrado, de Tomás Crespo, aquel pedazo de su corazón, a quien no sabía si quería tanto como a su Anita del alma. La simpatía había nacido de una pasión común: la caza. Pero la caza antes no era más que un ejercicio de hombre primitivo para el aragonés; cazaba sin saber lo que eran las perdices, ni las liebres y conejos, por dentro; Frígilis estudiaba la fauna y la flora del país de camino que cazaba, y además meditaba como filósofo de la naturaleza. Crespo hablaba poco, y menos en el campo; no solía discutir, prefería sentar su opinión lacónicamente, sin cuidarse de convencer a quien le oía. Así la influencia de la filosofía naturalista de Frígilis llegó al alma de Quintanar por aluvión: insensiblemente se le fueron pegando al cerebro las ideas de aquel *buen hombre*, de quien los vetustenses decían que era un *chiflado*, un tontiloco.

Frígilis despreciaba la opinión de sus paisanos y compadecía su pobreza de espíritu. «La humanidad era mala pero no tenía la culpa ella. El *oidium* consumía la uva, el *pintón* dañaba el maíz, las patatas tenían su peste, vacas y cerdos la suya; el vetustense tenía la envidia, su oidium, la ignorancia su pintón, ¿qué culpa tenía él?» Frígilis disculpaba todos los extravíos, perdonaba todos los pecados, huía del contagio y procuraba librar de él a los pocos a quien quería. Visitaba pocas casas y muchas huertas; sus grandes conocimientos y práctica hábil en arboricultura y floricultura, le hacían árbitro de todos los *parques* y jardines del pueblo; conocía hoja por hoja la huerta del marqués de Corujedo, había plantado árboles en la de Vegallana, visitaba de tarde en tarde el jardín inglés de doña Petronila; pero ni conocía de vista al Gran Constantino, al obispo madre, ni había entrado jamás en el gabinete de doña Rufina, ni tenía con el marqués de Corujedo más trato que el del Casino. Se entendía con los jardineros. —En cuanto las lluvias de invierno se inauguraban, después del irónico verano de San Martín, a Frígilis se le caía encima Vetusta y sólo pasaba en su recinto los días en que le reclamaban sus árboles y sus flores.

Quintanar le seguía, muerto de sueño, encerrado en su uniforme de cazador, de que se reía no poco Frígilis, quien usaba la misma ropa en el monte y en la ciudad, y los mismos zapatos blancos de suela fuerte, claveteada. Se metían en un coche de tercera clase, entre aldeanos alegres, frescos, colorados; Quintanar dormitaba dando cabezadas contra la tabla dura; Frígilis repartía o tomaba cigarros de papel, gordos; y más decidor que en Vetusta, hablaba, jovial, expansivo, con los hijos del campo, de las cosechas de ogaño y de las nubes de antaño; si la conversación degeneraba y caía en los pleitos, torcía el gesto y dejaba de atender, para abismarse en la contemplación de aquella campiña triste ahora, siempre querida para él que la conocía palmo a palmo.

Ana envidiaba a su marido la dicha de huir de Vetusta, de ir a mojarse a los montes y a las marismas, en la soledad, lejos de aquellos tejados de un rojo negruzco que el agua que les caía del cielo hacía una inmundicia.

«¡Ah, sí! ella estaba dispuesta a procurar la salvación de su alma, a buscar el camino seguro de la virtud; pero ¡cuánto mejor se hubiera abierto su espíritu a estas grandezas religiosas en un escenario más digno de tan sublime poesía! ¡Cuán difícil era admirar la creación para elevarse a la idea del Creador en aquella Encimada taciturna, calada de humedad hasta los huesos de piedra y madera carcomida; de calles estrechas, cubiertas de hierba, —hierba alegre en el campo, allí símbolo de abandono—, lamidas sin cesar por las goteras de los tejados, de monótono y eterno ruido acompasado al salpicar los guijarros puntiagudos!...»

No se explicaba la Regenta cómo Visitación iba y venía de casa en casa, alegre como siempre, risueña, sin miedo al agua ni menos al fango del arroyo... sin pensar siquiera en que llovía, sin acordarse de que el cielo era un sudario en vez de un manto azul, como debiera. Para Visita era el tiempo siempre el mismo, no pensaba en él, y sólo le servía de tópico de conversación en las visitas de cumplido.

La del Banco, como pajarita de las nieves, saltaba de piedra en piedra, esquivaba los charcos, y de paso, dejaba ver el pie no mal calzado, las enaguas no muy limpias, y a veces algo de una pantorrilla digna de mejor media. Tampoco a Obdulia el agua la encerraba en casa, ni la entumecía: también alegre y bulliciosa corría de portal en portal, desafiando los más recios chaparrones, riendo a carcajadas si una gota indiscreta mojaba la garganta que palpitaba tibia; era de ver el arte con que sus bajos, con instintos de armiño, cruzaban todo aquel peligro del cieno, inmaculados, copos de nieve calada, dibujos y hojarasca sonante de espuma de Holanda; tentación de Bermúdez el arqueólogo espiritualista.

Notaba Ana con tristeza y casi envidia que en general los vetustenses se resignaban sin gran esfuerzo con aquella vida submarina, que duraba gran parte del otoño, lo más del invierno y casi toda la primavera. Cada cual buscaba su rincón y parecían no menos contentos que Frígilis huyendo a las llanuras vecinas del mar a mojarse a sus anchas.

La Marquesa de Vegallana se levantaba más tarde si llovía más; en su lecho blindado contra los más recios ataques del frío, disfrutaba deleites que ella no sabía explicar, leyendo, bien arropada, novelas de viajes al polo, de cazas de osos, y otras que tenían su acción en Rusia o en la Alemania del Norte, por lo menos. El contraste del calorcillo y la inmovilidad que ella gozaba con los grandes fríos que habían de sufrir los héroes de sus libros, y con los largos paseos que se daban por el globo, era el mayor placer que gozaba al cabo del año doña Rufina. Oír el agua que azota los cristales allá fuera, y estar compadeciéndose de un pobre niño perdido en los hielos... ¡qué delicia para un alma tierna, *a su modo*, como la de la señora Marquesa!

—Yo no soy sentimental —decía ella a D. Saturnino Bermúdez, que la oía con la cabeza torcida y la sonrisa estirada con clavijas de oreja a oreja— yo no soy sentimental, es decir, no me gusta la sensiblería... pero leyendo ciertas cosas, me siento bondadosa... me enternezco... lloro... pero no hago alarde de ello.

—Es el don de lágrimas, de que habla Santa Teresa, señora, —respondía el arqueólogo; y suspiraba como echando la llave al cajón de los secretos sentimentales.

El Marqués hacía lo que los gatos en Enero. Desaparecía por temporadas de Vetusta. Decía que iba a preparar las elecciones. Pero sus *íntimos* le habían oído, en el secreto de la confianza, después de comer bien, a la hora de las confesiones, que para él no había afrodisíaco mejor que el frío. «Ni los mariscos producen en mí el efecto del agua y la nieve.» Y como sus aventuras eran todas rurales, salía el buen Vegallana a desafiar los elementos, recorriendo las aldeas, entre lodo, hielo y nieve en su coche de camino. Y así preparaba las elecciones, buscando votos para un porvenir lejano, según frase picaresca de D. Cayetano Ripamilán, siempre dispuesto a perdonar esta clase de extravíos.

La tertulia de la Marquesa veía el cielo abierto en cuanto el tiempo se metía en agua. Los que tenían el privilegio envidiable y envidiado de penetrar en aquella estufa perfumada, bendecían los chubascos que daban pretexto para asistir todas las noches al gabinete de doña Rufina. ¿Qué habían de hacer si no? ¿A dónde habían de ir? —En la chimenea ardían los bosques seculares de los dominios del Marqués; aquellas encinas feudales se carbonizaban con majestuosos chirridos. A su calor no se contaban *antiguas consejas*, como presumía Trifón Cármenes que había de suceder por fuerza en todo *hogar señorial*, pero se murmuraba del mundo entero, se inventaban calumnias nuevas y se amaba con toda la franqueza prosaica y sensual que, según Bermúdez, «era la característica del presente momento histórico, desnudo de toda presea ideal y poética.» — El gabinete no era grande, eran muchos los muebles, y los contertulios se tocaban, se rozaban, se oprimían, si no había otro remedio. ¿Quién pensaba en los aguaceros?

En las reuniones de segundo orden, que abundaban en Vetusta, la humedad excitaba la alegría; cada cual se iba al agujero de costumbre y era de oír, por ejemplo, la algazara con que entraban en el portal de la casa de Visita «los que la favorecían una vez por semana honrando sus salones,» que eran sala y gabinete; eran de oír las carcajadas, las bromas de los tertulios guarecidos bajo los paraguas que recibían con estrépito las duchas de los tremendos *serpentones* de hojalata... Todos despreciaban el agua, pensando en los placeres esotéricos de la lotería y de las charadas representadas.

En cuanto al «elemento devoto de Vetusta» (frase del *Lábaro*) se metía en novenas así que el tiempo se metía en agua. El elemento devoto era todo el pueblo en llegando el mal tiempo, y hasta los socios de *Viernes santo*, unos perdidos que se juntaban durante la Semana de Pasión a comer de carne en la fonda, hasta ésos acudían al templo, si bien a criticar a los predicadores y mirar a las muchachas. Este fervor religioso de Vetusta comenzaba con la Novena de las Ánimas, poco popular, y la muy concurrida del Corazón de Jesús, no cesando hasta que se celebraba la más famosa de todas, la de los Dolores, y la poco menos favorecida de la Madre del Amor Hermoso, en el florido Mayo esta última. Pero además de las Novenas tenían las almas piadosas otras muchas ocasiones de alabar a Dios y sus santos, en solemnidades tan notables como las fiestas de Pascua y las de Cuaresma, especialmente en los Sermones de la Audiencia, pagados por la Territorial todos los viernes de aquel tiempo santo y de meditación, según Cármenes.

El temporal retrasó no poco el cumplimiento de aquel plan de higiene moral, impuesto suavemente por don Fermín a su querida amiga. Ana aborrecía el lodo y la humedad; le crispaba los nervios la frialdad de la calle húmeda y sucia, y apenas salía del sombrío caserón de los Ozores. Había confesado otras dos veces antes de terminar Noviembre, pero no se había decidido a ir a casa de doña Petronila, ni el Magistral se atrevió a recordarle aquella cita. El Gran Constantino sabía ya por su querido y admirado señor De Pas, quien la visitaba más a menudo ahora, que doña Ana deseaba ayudarla en sus santas labores y en la administración de tantas obras piadosas como ella dirigía y pagaba sabiamente.

—«¿Cuándo viene por acá ese ángel hermosísimo?» —preguntaba el Obispo madre, en estilo de novena, cargado de superlativos abstractos.

Las beatas que servían de cuestores de palacio en el del Gran Constantino, las del *cónclave*, como las llamaba Ripamilán, esperaban con ansiedad mística y con una curiosidad maligna a la nueva compañera, que tanto prestigio traería con su juventud y su hermosura a la piadosa y complicada empresa de salvar el mundo en Jesús y por Jesús; pues nada menos que esto se proponían aquellas devotas de armas tomar, militantes como coraceros.

Pero Ana, sin saber por qué, sentía una vaga repugnancia cuando pensaba en ir a casa de doña Petronila; le parecía mejor ver al Magistral en la iglesia, allí encontraba ella el fervor religioso necesario para confesar sus ideas malas, sus deseos peligrosos. El Magistral comenzó a impacientarse; la Regenta no subía la cuesta, persistía en sus peligrosos anhelos panteísticos, que así los calificaba él; se empeñaba en que era piedad aquella ternura que sentía con motivo de espectáculos profanos, y declaraba francamente que las lecturas devotas le sugerían reflexiones probablemente heréticas, o por lo menos, poco a propósito para llegar a la profunda fe que el Magistral exigía como preparación absolutamente indispensable para dar un paso en firme. Otras veces los libros piadosos la hacían caer en somnolencia melancólica o en una especie de marasmo intelectual que parecía estupidez. En cuanto a la oración, Ana decía que recitar de memoria plegarias era un ejercicio inútil, soporífero, que le irritaba los nervios; las repetía cien veces, para fijar en ellas la atención, y llegaba a sentir náuseas antes de conseguir un poco de fervor... «Nada, nada de eso; no hay cosa peor que rezar así, respondía el Magistral; a la oración ya llegaremos; por ahora en este punto basta con sus antiguas devociones.» Y, aunque temiendo los peligros de la fantasía de Ana, por no perder terreno, tenía que dejarla abandonarse a los espontáneos arranques de ternura piadosa que venían sin saber cómo, a lo mejor provocados por cualquier accidente que ninguna relación parecía tener con las ideas religiosas. El miedo a las expansiones naturales de aquel espíritu ardiente le había hecho cambiar el plan suave de los primeros días por aquel otro expuesto en el cenador del Parque, más parecido a la ordinaria disciplina a que él sometía a los penitentes; pero ya veía don Fermín que era preciso volver a la blandura y dejar al instinto de su amiga más parte en la ardua tarea de ganar para el bien aquellos tesoros de sentimiento y de grandeza ideal. Este sistema de la cuerda floja retrasaba el triunfo, pero le permitía a él presentarse a los ojos de Ana más simpático, hablando el lenguaje de aquella vaguedad romántica que ella creía religiosidad sincera, y no pasaba de ser una idolatría disimulada, según don Fermín. No, él no se dejaba seducir por panteísmos, aunque fuesen también parecidos como el de su amiga.

De lo que él estaba seguro era del efecto profundo y saludable que en semejante mujer tenían que producir las bellezas del culto el día en que ella las presenciara con atención y dispuesto el ánimo a las sensaciones místicas por aquella excitación nerviosa, de cuyos accesos tantas noticias tenía ya el confesor diligente.

Cuando ella volvía a hablarle de aburrimiento, del dolor del hastío, de la estupidez del agua cayendo sin cesar, él repetía: «A la iglesia, hija mía, a la iglesia; no a rezar; a estarse allí, a soñar allí, a pensar allí oyendo la música del órgano y de nuestra excelente capilla, oliendo el incienso del altar mayor, sintiendo el calor de los cirios, viendo cuanto allí brilla y se mueve, contemplando las altas bóvedas, los pilares esbeltos, las pinturas suaves y misteriosamente poéticas de los cristales de colores...» Poca gracia le hacía a don Fermín esta retórica a lo Chateaubriand; siempre había creído que recomendar la religión por su hermosura exterior, era ofender la santidad del dogma, pero sabía hacer de tripas corazón y amoldarse a las circunstancias. Además, sin que él quisiera pensar en ello, le halagaban la esperanza de encontrar a menudo en la catedral, en las Conferencias de San Vicente, en el

Catecismo, a su amiga, que allí le vería triunfante luciendo su talento, su ciencia y su elegancia natural y sencilla.

Pero cada día era mayor la repugnancia de Anita a pisar la calle; la humedad le daba horror, la tenía encogida, envuelta en un mantón, al lado de la chimenea monumental del comedor tétrico, horas y horas, de día y de noche. Don Víctor no paraba en casa. Si no estaba de caza, entraba y salía, pero sin detenerse: apenas se detenía en su despacho. Le había tomado cierto miedo. Varias máquinas de las que estaban inventando o perfeccionando se le habían sublevado, erizándose de inesperadas dificultades de mecánica racional. Allí estaban cubiertos de glorioso polvo sobre la mesa del despacho, diabólicos artefactos de acero y madera, esperando en posturas interinas a que don Víctor emprendiese el estudio *serio* de las matemáticas, de todas las matemáticas, que tenía aplazado por culpa de la compañía dramática de Perales. En tanto Quintanar, un poco avergonzado en presencia de aquellos juguetes irónicos que se le reían en las barbas, esquivaba su despacho siempre que podía, y ni cartas escribía allí. Además; las colecciones botánicas, mineralógicas y entomológicas yacían en un desorden caótico, y la pereza de emprender la tarea penosa de volver a clasificar tantas yerbas y mosquitos también le alejaba de su casa. Iba al Casino a disputar y a jugar al ajedrez; hacía muchas visitas y buscaba modo de no aburrirse metido en casa. «Mejor,» pensaba Ana sin querer. Su don Víctor, a quien en principio ella estimaba, respetaba y hasta quería todo lo que era menester, a su juicio, le iba pareciendo más insustancial cada día: y cada vez que se le ponía delante echaba a rodar los proyectos de vida piadosa que Ana poco a poco iba acumulando en su cerebro, dispuesta a ser, en cuanto mejorase el tiempo, una *beata* en el sentido en que el Magistral lo había solicitado. Mientras pensaba en el marido abstracto todo iba bien; sabía ella que su deber era amarle, cuidarle, obedecerle; pero se presentaba el señor Quintanar con el lazo de la corbata de seda negra torcido, junto a una oreja; vivaracho, inquieto, lleno de pensamientos insignificantes, ocupado en cualquier cosa baladí, tomando con todo el calor natural lo más mezquino y digno de olvido, y ella sin poder remediarlo, y con más fuerza por causa del disimulo, sentía un rencor sordo, irracional, pero invencible por el momento, y culpaba al universo entero del absurdo de estar unida para siempre con semejante hombre. Salía don Víctor dejando tras sí las puertas abiertas, dando órdenes caprichosas para que se cumplieran en su ausencia; y cuando Ana ya sola, pegada a la chimenea taciturna, de figuras de yeso ahumado, quería volver a su propedéutica piadosa, a los preparativos de vida virtuosa, encontraba anegada en vinagre toda aquella sentimental fábrica de su religiosidad, y calificaba de hipocresía toda su resignación. «¡Oh no, no! ¡yo no puedo ser buena! yo no sé ser buena; no puedo perdonar las flaquezas del prójimo, o si las perdono, no puedo tolerarlas. Ese hombre y este pueblo me llenan la vida de prosa miserable; diga lo que quiera don Fermín, para volar hacen falta alas, aire...» Estos pensamientos la llevaban a veces tan lejos que la imagen de don Álvaro volvía a presentarse brindando con la protesta, con aquella amable, brillante, dulcísima protesta de los sentidos poetizados, que había clavado en su corazón con puñaladas de los ojos el elegante *dandy* la tarde memorable de *Todos los Santos*. Entonces Ana se ponía en pie, recorría el comedor a grandes pasos, hundida la cabeza en el embozo del chal apretado al cuerpo, daba vuelta alrededor de la mesa oval, y acababa por acercarse a los vidrios del balcón y apretar contra ellos la frente. Salía, cruzando el estrado triste, pasillos y galerías, llegaba a su gabinete y también allí se apretaba contra los vidrios y miraba con ojos distraídos, muy abiertos y fijos, las ramas desnudas de los castaños de Indias, y los soberbios eucaliptus, cubiertos de hojas largas, metálicas, de un verde mate, temblorosas y resonantes. Si no llovía mucho, Frígilis solía andar por allí; más tiempo faltaba Quintanar de casa que Frígilis de la huerta. Ana acababa por verle. «Aquél había sido su único amigo en la triste juventud, en el tiempo de la servidumbre miserable; y ahora casi le odiaba; él la había casado; y sin remordimiento alguno, sin pensar en aquella torpeza, se dedicaba ahora a sus árboles, que podaba sin compasión, que ingertaba a su gusto, sin consultar con ellos, sin saber si ellos querían aquellos tajos y aquellos ingertos... ¡Y pensar que aquel hombre había sido inteligente, amable! Y ahora... no era más que una máquina agrícola, unas tijeras, una segadora mecánica, ¡a quién no embrutecía la vida de Vetusta!»

Frígilis, si veía a su querida Ana detrás de los cristales, la saludaba con una sonrisa y volvía a inclinarse sobre la tierra; aplastaba un caracol, cortaba un vástago importuno, afirmaba un rodrigón y seguía adelante, arrastrando los zapatos blancos sobre la arena húmeda de los senderos... Y Ana veía desaparecer entre las ramas aquel sombrero redondo, flexible, siempre gris; aquel tapabocas de cuadros de pana eternamente colgado al cuello, aquella cazadora parda y aquellos pantalones ni anchos ni estrechos, ni nuevos ni viejos, de ramitos borrosos de lana verde y roja alternando sobre fondo negro.

A menudo visitaban a la Regenta la del Banco y el Marquesito. — Paco estaba admirado de la heroica resistencia de la de Ozores; no comprendía él que su ídolo, su don Álvaro tardase tanto en conquistar una voluntad, en rendir una virtud, si la voluntad estaba ya conquistada.

—«Ella está enamorada de ti, de eso estoy seguro» —decía Paco a Mesía en el Casino, a última hora cuando sólo quedaban allí los trasnochadores de oficio.

Estaban los dos sentados junto a un velador cubierto con fina y blanca servilleta; cenaban con sendas medias botellas de Burdeos al lado y llegaban al momento necesario de la expansión y las confidencias; Mesía melancólico, pasando a tragos la nostalgia de lo infinito, que también tienen los *descreídos* a su modo, inclinaba mustia la gallarda y fina cabeza de un rubio pálido, y parecía un poco más viejo que de ordinario. Callaba, y comía y bebía. Paco, con la boca llena, pero no por modo grosero, sino casi elegante, hablaba, brillante la pupila, rojas las mejillas, con el sombrero echado hacia el cogote.

—Ella está enamorada, de eso estoy seguro... pero tú... tú no eres el de otras veces... parece que la temes. Nunca quieres venir conmigo a su casa... y eso que don Víctor nunca está, siempre anda con el espiritista de Frígilis por esos montes.

Paco creía que Frígilis era espiritista, opinión muy generalizada en Vetusta.

—En su casa no se puede adelantar nada. Es una mujer rara... histérica... hay que estudiarla bien. Dejadme a mí.

No quería confesar que se tenía por derrotado: creía firmemente que Ana estaba entregada al Magistral. No quería aquella conversación; se sentía ahora humillado con la protección de Paco, solicitada meses antes por él. Sin saberlo, el Marquesito le hacía daño cada vez que le hablaba de tal asunto y le proponía planes de ataque y medios para entrar en la plaza por sorpresa. «¿Cuándo había necesitado él, Mesía, socorros por el estilo? ¿Cuándo había permitido a nadie saber el cómo y a qué hora vencía a una mujer?... ¡Y esta señora le humillaba así! ¡Cómo se reiría de él Visita, aunque lo disimulaba; y el mismo Paco! ¿qué pensaría? ¡Ah Regenta, Regenta, si venzo al fin!... ¡ya me las pagarás!» Pero ya no esperaba vencer; lidiaba desesperado. En vano, siempre que el tiempo lo permitía, montaba en su hermoso caballo blanco de pura raza española; pasaba y repasaba la Plaza Nueva, y algunas veces veía detrás de los cristales, en la Rinconada, a la de Quintanar, que le saludaba amable y tranquila; pero no era el caballo talismán como él había creído, porque la escena de la tarde aquélla no se repitió nunca. «Sí, lo que yo temía, no fue más que un cuarto de hora que no pude aprovechar.» Creía con fe inquebrantable que ya su único recurso sería la ocasión dificilísima, casi imposible, de un ataque brusco, bárbaro, coincidiendo con otro cuarto de hora. Pero esto no colmaba su deseo, no satisfacía su amor propio, sería un placer efímero y una venganza... ¡y además era casi imposible! Pocas veces se había atrevido a visitar a la Regenta, que no le recibía si no estaba don Víctor en casa. Quintanar, en cambio, le abría los brazos y le estrechaba con efusión, cada día más enamorado, como él decía, de aquel hermoso figurín: ¡qué arrogante primer galán en comedia de costumbres haría el dignísimo don Álvaro! Pero ya que las tablas no le llamasen ¿por qué no se hacía diputado a Cortes? Mesía había nacido para algo más que cabeza de ratón; era poco ser jefe de un partido, que nunca era poder, en una capital de segundo orden. ¿Por qué no se iba a Madrid con un acta en el bolsillo?

Cuando le dirigía estas preguntas lisonjeras, don Álvaro inclinaba la cabeza y miraba con gesto compungido a la Regenta como diciendo:

«—¡Por usted, por el amor que la tengo estoy yo en este miserable rincón!»

—Usted es de la madera de los ministros...

—¡Oh... don Víctor... no crea usted que eso me halaga!... ¡Ministro! ¿Para qué? Yo no tengo ambición política... Si milito en un partido es por servir a mi país, pero la política me es antipática... tanta farsa... tanta mentira...

—Efectivamente, en los Estados Unidos sólo son políticos los perdidos... pero en España... es otra cosa... un hombre como usted... Subiría mi don Álvaro como la espuma.

Pero don Álvaro suspiraba y volvía los ojos a la Regenta... Por lo demás, él seguía considerando que ante todo era un hombre político. Lo de ir a Madrid lo dejaba para más adelante. Ahora hacía diputados desde Vetusta y se quedaba allí; pero en cuanto tuviera más blanda a la señora del ministro, él volaría, él volaría... seguro de no dar un batacazo. Estos eran sus planes. Pero además aquella resistencia de Ana, que había creído vencer sino en pocas semanas en pocos meses, era un nuevo motivo para retrasar el cambio de vecindad. ¿Cómo ir a Madrid sin vencer a aquella mujer? Y aquella mujer parecía ya invencible.

Desde la noche de Todos los Santos, Mesía, vergüenza le daba confesárselo a sí mismo, no había adelantado un paso. Ocho días había estado sin conseguir hablar a solas un momento con Ana, y cuando logró tal intento fue para convencerse de que aquella exaltación de la tarde dichosa había pasado acaso para siempre.

Visitación se volvía loca. Su marido, el señor Cuervo, y sus hijos comían los garbanzos duros, se lavaban sin toalla porque ella había salido con las llaves, como siempre, y no acababa de volver.

«¿Cómo había de volver si aquella empecatada de Regenta no se daba a partido, y resistía al hombre irresistible con heroicidad de roca?» El mísero empleado del Banco retorcía el bigotillo engomado y con voz de tiple decía a la muchedumbre de sus hijos que lloraban por la sopa:

—Silencio, niños, que mamá riñe si se come sin ella.

Y la sopa se enfriaba, y al fin aparecía Visitación, sofocada, distraída, de mal humor. Venía de casa de Vegallana, donde había conseguido que Ana y Álvaro se hablaran a solas un momento, por casualidad... que había preparado ella. ¡Pero buena conversación te dé Dios! Él había salido mordiéndose el bigote y le había dicho a ella, a Visita: «¡Déjame en paz! al querer darle una broma. ¡Déjame en paz!» señal de que no daba un paso. Visitación sentía ahora una vergüenza retrospectiva; recordaba el tiempo que había ella tardado en ceder, lo comparaba con la resistencia de Ana y... se le encendían las mejillas de cólera, de envidia, de pudor malo, falso. Algo le decía en la conciencia que el oficio que había tomado era miserable... pero buena estaba ella para oír consejos de comedia moral y gritos interiores; aquel anhelo villano era una pasión cada día más fuerte, era de un saborcillo agridulce y picante que prefería ya a todas las dulzuras de la confitería. Era una pasión, una cosa que recordaba la juventud, aunque al mismo tiempo parecía síntoma de la vejez. En fin, ella no trataba de resistir, y había llegado a creer que sería capaz de arrojar a su amiga a la fuerza en brazos del antiguo amante. De todos modos, en casa de Visita faltaba la limpieza de suelo y muebles, de sala y cocina, y no era su hogar una taza de plata, y día hubo que el marido no encontró camisa en el armario y se fue al Banco... con un camisolín de su mujer, que simulaba bien o mal un cuello marinero.

Pero tanto afán era inútil; ni Visita, ni Paco, ni los paseos a caballo de Mesía, conseguían rendir a la Regenta. ¡Y si al menos se viera que era indiferencia aquella fortaleza! Pero, no; a leguas se veía, según los tres, que Ana estaba interesada. Esto era lo que les irritaba más, sobre todo a Visita. Don Álvaro no hablaba de este mal negocio con la del Banco, por más que ella le hurgaba. Con

Paco únicamente desahogaba, y pocas veces. —Pero Ana creía en un complot y esto la ayudaba no poco en su defensa. Iba de tarde en tarde a casa de Vegallana, a pesar de las protestas pesadas, insufribles de Quintanar, que repetía:

—¡Qué dirán esos señores, Anita, qué dirán los Marqueses!

Si don Álvaro perdía la esperanza, el Magistral tampoco estaba satisfecho. Veía muy lejos el día de la victoria; la inercia de Ana le presentaba cada vez nuevos obstáculos con que él no había contado. Además, su amor propio estaba herido. Si alguna vez había ensayado interesar a su amiga descubriéndole, o por vía de ejemplo o por alarde de confianza, algo de la propia historia íntima, ella había escuchado distraída, como absorta en el egoísmo de sus penas y cuidados. Más había; aquella señora que hablaba de grandes sacrificios, que pretendía vivir consagrada a la felicidad ajena, se negaba a violentar sus costumbres, saliendo de casa a menudo, pisando lodo, desafiando la lluvia; se negaba a madrugar mucho, y alegando como si se tratase de cosa santa, las exigencias de la salud, los caprichos de sus nervios. «El madrugar mucho me mata; la humedad me pone como una máquina eléctrica.» Esto era humillante para la religión y *depresivo* para don Fermín; era, de otro modo, un jarro de agua que le enfriaba el alma al Provisor y le quitaba el sueño.

Una tarde entró De Pas en el confesonario con tan mal humor, que Celedonio el monaguillo le vio cerrar la celosía con un golpe violento. Don Fermín bajaba del campanario, donde, según solía de vez en cuando, había estado registrando con su catalejo los rincones de las casas y de las huertas. Había visto a la Regenta en el parque pasear, leyendo un libro que debía de ser la historia de Santa Juana Francisca, que él mismo le había regalado. Pues bien, Ana, después de leer cinco minutos, había arrojado el libro con desdén sobre un banco.

—¡Oh! ¡oh! ¡estamos mal! —había exclamado el clérigo desde la torre: conteniendo en seguida la ira, como si Ana pudiera oír sus quejas. Después habían aparecido en el parque dos hombres, Mesía y Quintanar. Don Álvaro había estrechado la mano de la

Regenta, que no la había retirado tan pronto como debiera; «¡aunque no fuese más que por estar viéndolos él!» Don Víctor había desaparecido y el seductor de oficio y la dama se habían ocultado poco a poco entre los árboles, en un recodo de un sendero. El Magistral sintió entonces impulsos de arrojarse de la torre. Lo hubiera hecho a estar seguro de volar sin inconveniente. Poco después había vuelto a presentarse don Víctor, el tonto de don Víctor, con sombrero bajo y sin gabán, de cazadora clara, acompañado de don Tomás Crespo, el del tapabocas; los dos se habían ido en busca de los otros, y los cuatro juntos se presentaron de nuevo ante el objetivo del catalejo que temblaba en las manos finas y blancas del canónigo. Don Víctor levantaba la cabeza, extendía el brazo, señalaba a las nubes y daba pataditas en el suelo. Ana había desaparecido otra vez, había entrado en la casa, olvidando a Santa Juana Francisca sobre el banco, y a los dos minutos estaba otra vez allí con chal y sombrero; y los cuatro habían salido por la puerta del parque, que abrió Frígilis con su llave. ¡Iban al campo!

Cuando don Fermín se vio encerrado entre las cuatro tablas de su confesonario, se comparó al criminal metido en el cepo.

Aquel día las hijas de confesión del Magistral le encontraron distraído, impaciente; le sentían dar vueltas en el banco, la madera del armatoste crujía, las penitencias eran desproporcionadas, enormes.

En vano esperó, con loca esperanza, ver a la Regenta presentarse en la capilla, por casualidad, por impulso repentino, como quiera que fuese, presentarse, que era lo que él quería, lo que él necesitaba. Verdad era que no habían quedado en tal cosa; ocho días faltaban para la próxima confesión, ¿por qué había de venir? «Porque sí, porque él lo necesitaba, porque quería hablarla, decirle que aquello no estaba bien, que él no era un saco para dejarlo arrimado a una pared, que la piedad no era cosa de juego y que los libros edificantes no se tiran con desdén sobre los bancos de la huerta; ni se pierde uno entre los árboles de Frígilis sin más ni más, en compañía de un buen mozo materialista y corrompido.» Pero, no, no pareció por la capilla Ana. «Sabe Dios dónde estarían. ¿Qué expedición era aquélla? Necedades de don Víctor; había levantado el brazo señalando a las nubes; aquello parecía como responder del buen tiempo; en efecto, la tarde estaba hermosa, podía asegurarse que no llovería... pero ¿y qué? ¿Era ésa razón suficiente para salir con el enemigo al campo? Porque aquél era el enemigo, sí, don Fermín volvía a sospecharlo. La Regenta, sin embargo, jamás se había acusado de una afición singular; hablaba de tentaciones en general y de ensueños lascivos, pero no confesaba amar a un hombre determinado. Y Ana, su dulce amiga, no mentía jamás, y menos en el tribunal santo. Pero entonces ¿con quién soñaba? El Magistral recordó la dulcísima hipótesis que había acariciado algún día... y ahora se oponía esta otra que le hacía saltar dentro del cajón de celosías: supongamos que sueña con... ese caballero.» Salió de la capilla furioso, sin disimularlo apenas. Encontró en el trascoro a don Custodio y no le contestó al saludo; entró en la sacristía y amenazó al *Palomo* con la cesantía, porque el gato había vuelto a ensuciar los cajones de la ropa. Pasó después al palacio y el Obispo sufrió una fuerte represión de las que en tono casi irrespetuoso, avinagrado, espinoso, solía enderezarle su Provisor. El buen Fortunato estaba en un apuro, no tenía dinero para pagar una cuenta de un sastre que había hecho sotanas nuevas a los familiares de S. I. Y el sastre, con las mejores maneras del mundo, pedía los cuartos en un papel sobado, lleno de letras gordas, que el Obispo tenía entre los dedos. El alfayate llamaba serenísimo señor al prelado, pero pedía lo suyo.

Fortunato, temblorosa la voz, solicitaba un préstamo. El Magistral se hizo rogar, y ofreció anticipar el dinero después de humillar cien veces al buen pastor que tomaba al pie de la letra las metáforas religiosas.

«¿A qué habían venido las sotanas nuevas? Y sobre todo, ¿por qué las pagaba él, Fortunato, de su bolsillo? Si sabía que no tenía un cuarto, porque toda la paga repartía antes de cobrarla, ¿por qué se comprometía?» Fortunato confesó que parecía un subteniente de los sometidos a descuento; dijo que quería salir de aquella vida de trampas.

—Yo no sé lo que debo ya a tu madre, Fermín, ¿debe de ser un dineral?

—Sí, señor, un dineral, pero lo peor no es que usted nos arruine, sino que se arruina también, y lo sabe el mundo y esto es en desprestigio de la Iglesia... Empeñarse por los pobres... Ser un tramposo de la caridad. Hombre, por Dios, ¿dónde vamos a parar? Cristo ha dicho: reparte tus bienes y sígueme, pero no ha dicho: reparte los bienes de los demás...

—Hablas como un sabio, hijo mío, hablas como un sabio, y si no fuera indecoroso, pedía al ministro que me pusiera a descuento, a ver si me corregía.

Después entró en las oficinas De Pas y allí tuvieron motivo para acordarse mucho tiempo de la visita. Todo lo encontró mal; revolvió expedientes, descubrió abusos, sacudió polvo, amenazó con suspender sueldos, negó todo lo que pudo, preparó dos o tres castigos, para varios párrocos de aldea, y por fin dijo, ya en la puerta, que «no daba un cuarto» para una suscripción de los marineros náufragos de Palomares.

—Señor —le dijo llorando un pobre pescador de barba blanca, con un gorro catalán en la mano— ¡señor, que este año nos morimos de hambre! ¡que no da para borona la costera del besugo!...

Pero el Magistral salió sin responder siquiera, pensando en Ana y en Mesía; y a la media hora, cuando paseaba por el Espolón solo y a paso largo, olvidando el compás de su marcha ordinaria, le repetía en los sesos, no sabía qué voz: ¡besugo, besugo!

«¿Por qué se acordaba él del besugo?» Y encogió los hombros irritado también con aquella obsesión de estúpido.

—No faltaba más que ahora me volviera loco.

Pasaron ocho días y a la hora señalada Anita se presentó de rodillas ante la celosía del confesonario.

Después de la absolución enjugó una lágrima que caía por su mejilla, se levantó y salió al pórtico. Allí esperó al Magistral y juntos, cerca ya del obscurecer, llegaron a casa de doña Petronila.

Estaba sola el Gran Constantino; repasaba las cuentas de la *Madre del Amor Hermoso,* con sus ojazos de color de avellana asomados a los cristales de unas gafas de oro. Era muy morena, la frente muy huesuda, los párpados salientes, ceja gris espesa, como la gran mata de pelo áspero que ceñía su cabeza; barba redonda y carnosa, nariz de corrección insignificante, boca grande, labios pálidos y gruesos. Era alta, ancha de hombros, y su larga viudez casta parecía haber echado sobre su cuerpo algo como matorral de pureza que le daba cierto aspecto de virgen vetusta. El vestido era negro, hábito de los Dolores, con una correa de charol muy ancha y escudo de plata chillón, ostentoso, en la manga, ceñida a la muñeca de gañán con presillas de abalorios.

Estaba sentada delante de un escritorio de armario con figuras chinescas, doradas, incrustadas en la madera negra. Se levantó, abrazó a la Regenta y besó la mano del Magistral. Les suplicó, después de agradecer la sorpresa de la visita, que la dejasen terminar aquel embrollo de números; y dama y clérigo se vieron solos en el salón sombrío, de damasco verde obscuro y de papel gris y oro. Ana se sentó en el sofá, el Magistral a su lado en un sillón. Las maderas de los balcones entornados dejaban pasar rayos estrechos de la luz del día moribundo; apenas se veían Ana y De Pas. Del gabinete de la derecha, salió un gato blanco, gordo, de cola opulenta y de curvas elegantes; se acercó al sofá paso a paso, levantó la cabeza perezoso, mirando a la Regenta, dejó oír un leve y mimoso quejido gutural, y después de frotar el lomo familiarmente contra la sotana del Provisor, salió al pasillo con lentitud, sin ruido, como si anduviera entre algodones. Ana tuvo aprensión de que olía a incienso el blanquísimo gato; de todas maneras, parecía un símbolo de la devoción doméstica de doña Petronila. En toda la casa reinaba el silencio de una caja almohadillada; el ambiente era tibio y estaba ligeramente perfumado por algo que olía a cera y a estoraque y acaso a espliego... Ana sentía una somnolencia dulce pero algo alarmante; se estaba allí bien, pero se temía vagamente la asfixia.

Doña Petronila tardaba. Una criada, de hábito negro también, entró con una lámpara antigua de bronce, que dejó sobre un velador después de decir con voz de monja acatarrada: «¡Buenas noches!» sin levantar los ojos de la alfombra de fieltro, a cuadros verdes y grises.

Volvieron a quedar solos Ana y su confesor.

Interrumpiendo un silencio de algunos minutos, dijo el Magistral con una voz que se parecía a la del gato blanco:

—No puede usted imaginar, amiguita mía, cuánto le agradezco esta resolución...

—Hubiera usted hablado antes...

—Bastante he hablado, picarilla...

—Pero no como hoy, nunca me dijo usted que era un desaire que yo le hacía y que ya sabían estas señoras el negarme a venir... ¡Llovía tanto!... Ya sabe usted que a mí la humedad me mata, la calle mojada me horroriza... Yo estoy enferma... sí, señor, a pesar de estos colores y de esta carne, como dice don Robustiano, estoy enferma; a veces se me figura que soy por dentro un montón de arena que se desmorona... No sé cómo explicarlo... siento grietas en la vida... me divido dentro de mí... me achico, me anulo... Si usted me viera por dentro me tendría lástima... Pero a pesar de todo eso, si usted me hubiese hablado como hoy antes, hubiese venido aunque fuera a nado. Sí, don Fermín, yo seré cualquier cosa, pero no desagradecida. Yo sé lo que debo a usted, y que nunca podré pagárselo. Una voz, una voz en el desierto solitario en que yo vivía, no puede usted figurarse lo que valía para mí... y la voz de usted vino tan a tiempo... Yo no he tenido madre, viví como usted sabe... no sé ser buena; tiene usted razón, no quiero la virtud si no es pura poesía, y la poesía de la virtud parece prosa al que no es virtuoso... ya lo sé... Por eso quiero que usted me guíe... Vendré a esta casa, imitaré a estas señoras, me ocuparé con la tarea que ellas me impongan... Haré todo lo que usted manda; no ya por sumisión, por egoísmo, porque está visto que no sé disponer de mí; prefiero que me mande usted... Yo quiero volver a ser una niña, empezar mi educación, ser algo de una vez, seguir siempre un impulso, no ir y venir como ahora... Y además necesito curarme; a veces temo volverme loca... Ya se lo he dicho a usted; hay noches que, desvelada en la cama, procuro alejar las ideas tristes pensando en Dios, en su presencia. «Si Él está aquí, ¿qué importa todo?» Esto me digo, pero no vale, porque, ya se lo he dicho, me saltan de repente en la cabeza ideas antiguas, como dolores de llagas manoseadas, ideas de rebelión, argumentos impíos, preocupaciones necias, tercas, que no sé cuándo aprendí, que vagamente recuerdo haber oído en mi casa, cuando vivía mi padre. Y a veces se me antoja preguntarme, ¿si será Dios esta idea mía y nada más, este peso doloroso que me parece sentir en el cerebro cada vez que me esfuerzo por probarme a mí misma la presencia de Dios?...

—¡Anita, Anita... calle usted... calle usted, que se exalta! Sí, sí, hay peligro, ya lo veo, gran peligro... pero nos salvaremos, estoy seguro de ello; usted es buena, el Señor está con usted... y yo daría mi vida por sacarla de esas aprensiones... Todo ello es enfermedad, es flato, nervios... ¿qué sé yo? Pero es material, no tiene nada que ver con el alma... pero el contacto es un peligro, sí, Anita; no ya por mí, por usted es necesario entrar en la vida devota práctica... ¡Las obras, las obras, amiga mía! Esto es serio, necesitamos remedios enérgicos. Si a usted le repugnan a veces ciertas palabras, ciertas acciones de estas buenas señoras, no se deje llevar por la imaginación, no las condene ligeramente; perdone las flaquezas ajenas y piense bien, y no se cuide de apariencias... Y ahora, hablando un poco de mí, ¡si usted pudiera penetrar en mi alma, Anita! yo sí que jamás podré pagarle esta hermosa resolución de esta tarde...

—¡Habló usted de un modo!

—Hablé con el alma...

—Yo estaba siendo una ingrata sin saberlo...

—Pero al fin... vida nueva; ¿no es verdad, hija mía?

—Sí, sí, padre mío, vida nueva...

Callaron y se miraron. Don Fermín, sin pensar en contenerse, cogió una mano de la Regenta que estaba apoyada en un almohadón de crochet, y la oprimió entre las suyas sacudiéndola. Ana sintió fuego en el rostro, pero le pareció absurdo alarmarse. Los dos se habían levantado, y entonces entró doña Petronila, a quien dijo De Pas, sin soltar la mano de la Regenta:

—Señora mía, llega usted a tiempo; usted será testigo de que la oveja ofrece solemnemente al pastor no separarse jamás del redil que escoge...

El Gran Constantino besó la frente de Ana.

Fue un beso solemne, apretado, pero frío... Parecía poner allí el sello de una cofradía mojado en hielo.

— XIX —

Don Robustiano Somoza, en cuanto asomaba Marzo, atribuía las enfermedades de sus clientes a la *Primavera médica*, de la que no tenía muy claro concepto; pero como su misión principal era consolar a los afligidos y solía satisfacerles esta explicación climatológica, el médico buen mozo no pensaba en buscar otra. La *Primavera médica* fue la que *postró en cama*, según don Robustiano, a la Regenta, que se acostó una noche de fines de Marzo con los dientes apretados sin querer, y la cabeza llena de fuegos artificiales. Al despertar al día siguiente, saliendo de sueños poblados de larvas, comprendió que tenía fiebre.

Quintanar estaba de caza en las marismas de Palomares; no volvería hasta las diez de la noche. Anselmo fue a llamar al médico y Petra se instaló a la cabecera de la cama, como un perro fiel. La cocinera, Servanda, iba y venía con tazas de tila, silenciosa, sin disimular su indiferencia; era nueva en la casa y venía del monte. Mucho tiempo hacía que Anita no había tenido uno de aquellos impulsos cariñosos de que solía ser objeto don Víctor, pero aquel día, a la tarde, sobre todo al obscurecer, lloró ocultando el rostro, pensando en el esposo ausente. «¡Cuánto deseaba su presencia! sólo él podría acompañarla en la soledad de enfermo que empezaba aquel día.» En vano la Marquesa, Paco, Visitación y Ripamilán acudieron presurosos al tener noticia del mal; a todos los recibió afablemente, sonrió a todos, pero contaba los minutos que faltaban para las diez de la noche. «¡Su Quintanar! Aquél era el verdadero amigo, el padre, la madre, todo.» La Marquesa estuvo poco tiempo junto a su amiga enferma; le tocó la frente y dijo que no era nada, que tenía razón Somoza, la primavera médica... y habló de zarzaparrilla y se despidió pronto. Paco admiraba en silencio la hermosura de Ana, cuya cabeza hundida en la blancura blanda de las almohadas le parecía «una joya en su estuche.» Observó Visita que más que nunca se parecía entonces Ana a la Virgen de la Silla. La fiebre daba luz y lumbre a los ojos de la Regenta, y a su rostro rosas encarnadas; y en el sonreír parecía una santa. Paco pensó, sin querer, «que estaba apetitosa.»

Se ofreció mucho, como su madre, y salió. En el pasillo dio un pellizco a Petra que traía un vaso de agua azucarada. Visita dejó la mantilla sobre el lecho de su amiga y se preparó a meterse en todo, sin hacer caso del gesto impertinente de Petra. «¿Quién se fiaba de criados? Afortunadamente estaba ella allí para todo lo que hiciera falta.»

«Por lo demás, tu Quintanar del alma hemos de confesar que tiene sus cosas; ¿a quién se le ocurre irse de caza dejándote así?»

—Pero qué sabía él...

—¿Pues no te quejabas ya anoche?

—Ese Frígilis tiene la culpa de todo...

—Y quien anda con Frígilis se vuelve loco ni más ni menos que él. ¿No es ese Frígilis el que ingertaba gallos ingleses?

—Sí, sí, él era.

—¿Y el que dice que nuestros abuelos eran monos? Valiente mono mal educado está él... pero, mujer, si ni siquiera viste de persona decente... Yo nunca le he visto el cuello de la camisa... ni *chistera*...

Somoza volvió a las ocho de la noche; a pesar de la primavera médica, no estaba tranquilo; miró la lengua a la enferma, le tomó el pulso, le mandó aplicar al sobaco un termómetro que sacó él del bolsillo, y contó los grados. Se puso el doctor como una cereza... Miró a Visita con torvo ceño y echándose a adivinar exclamó con enojo:

—¡Estamos mal!... Aquí se ha hablado mucho... Me la han aturdido, ¿verdad? ¡Como si lo viera... mucha gente, de fijo... mucha conversación!...

Entonces fue Visita quien sintió encendido el rostro. Somoza había adivinado. No sabía medicina, pero sabía con quién trataba. Recetó; censuró también a don Víctor por su intempestiva ausencia; dijo que un loco hacía ciento; que Frígilis sabía tanto de darwinismo como él de herrar moscas; dio dos palmaditas en la cara a la Regenta, complaciéndose en el contacto; y cerrando puertas con estrépito salió, no sin despedirse hasta mañana temprano, desde lejos.

Visitación, mientras sentada a los pies de la cama devoraba una buena ración de dulce de conserva, aseguraba con la boca llena que Somoza y la carabina de Ambrosio todo uno. La del Banco creía en la medicina casera y renegaba de los médicos. Dos veces la había sacado a ella de peligros puerperales una famosa matrona sin matrícula ni Dios que lo fundó: «Di tú que todo es farsa en este mundo. ¡Como decir que estás peor porque se ha procurado distraerte! ¡animal! ¡qué sabrá él lo que es una mujer nerviosa, de imaginación viva! De fijo que si no estoy yo aquí, te consumes todo el día pensando tristezas, y dándole vueltas a la idea de tu Quintanar ausente; 'que por qué no estará aquí, que si es buen marido, que ya no es un niño para no reflexionar...' y qué sé yo; las cosas que se le ocurren a una en la soledad, estando mala y con motivo para quejarse de alguno.»

Ana estudiaba el modo de oír a Visita sin enterarse de lo que decía, pensando en otra cosa, única manera de hacer soportable el tormento de su palique. A las diez y cuarto entró en la alcoba don Víctor, chorreando pájaros y arreos de caza, con grandes polainas y cinturón de cuero; detrás venía don Tomás Crespo, Frígilis, con sombrero gris arrugado, tapabocas de cuadros y zapatos blancos de triple suela. Quintanar dejó caer al suelo un impermeable, como Manrique arroja la capa en el primer acto del Trovador; y en cuanto tal hizo, saltó a los brazos de su mujer, llenándole de besos la frente, sin acordarse de que había testigos.

«¡Ay, sí! aquello era el padre, la madre, el hermano, la fortaleza dulce de la caricia conocida, el amparo espiritual del amor casero; no, no estaba sola en el mundo, su Quintanar era suyo.» Eterna fidelidad le juró callando, en el beso largo, intenso con que pagó los del marido. El bigote de don Víctor parecía una escoba mojada; con la humedad que traía de las marismas roció la frente de su esposa; pero ella no sintió repugnancia, y vio oro y plata en aquellos pelos tiesos que parecían un cepillo de yerbas hechas ceniza por la raíz y tostadas por las puntas.

También don Víctor opinó que «aquello no sería nada», pero de todos modos, lamentó en el alma no haber venido en el tren de las cuatro y media.

—Ya lo ves, Crespo, si hubiera obedecido a aquella corazonada. Sí, señora —añadió, dirigiéndose a Visita— que lo diga éste, no sé por qué se me figuró que debía volver más temprano a casa...

—Oh, sí, de eso esté usted seguro. Hay presentimientos —gritó la del Banco, que se disponía a narrar tres o cuatro adivinaciones suyas.

—Pero éste tuvo la culpa...

Frígilis encogió los hombros y tomó el pulso a la enferma, que le apretó la mano, perdonándoselo todo. La verdad era que don Víctor había querido volver temprano... para no perder el teatro. Pero esto no se podía decir. Frígilis, en silencio, tuvo una vez más ocasión de negar la existencia de los avisos sobrenaturales. —Se había destocado y su cabello espeso, de color montaraz, cortado por igual, parecía una mata, una muestra de las breñas. Cerraba los ojos grises y arrugaba el entrecejo; le enojaba la luz, tropezaba con los muebles, olía al monte; traía pegada al cuerpo la niebla de las marismas y parecía rodeado de la obscuridad y la frescura del campo. Tenía algo de la fiera que cae en la trampa, del murciélago que entra por su mal en vivienda humana llamado por la luz... Y cerca de Ana nerviosa, aprensiva, febril, semejaba el símbolo de la salud queriendo *contagiar* con sus emanaciones a la enferma.

Cuando quedaron solos marido y mujer, después de conseguir, no sin trabajo, que Visita renunciara a sacrificarse quedándose a velar a su amiga, Ana volvió a solicitar los brazos del esposo y le dijo con voz en que temblaba el llanto:

—No te acuestes todavía, estoy muy asustadiza, te necesito, estáte aquí, por Dios, Quintanar...

—Sí, hija sí, pues no faltaba más... —Y solícito, cariñoso le ceñía el embozo de las sábanas a la espalda sonrosada, de raso, que él no miraba siquiera. Pero la Regenta notó luego que su marido estaba preocupado.

—¿Qué tienes? ¿Tienes aprensión? Crees que estoy peor de lo que dicen... y quieres disimular...

—No, hija, no... por amor de Dios... no es eso...

—Sí, sí; te lo conozco yo; pues no temas, no; yo te aseguro que esto pasará; lo conozco yo; ya sabes cómo soy, parece que me amaga una enfermedad... y después no es nada... Ahora, sí, estoy muy nerviosa, se me figura a lo mejor que me abandona el mundo, que me quedo sola, sola... y te necesito a ti... pero esto pasa, esto es nervioso...

—Sí, hija, claro, nervioso.

Y sin poder contenerse se levantó diciendo:

—Vida mía, soy contigo.

Y salió por la puerta de escape.

—A ver —gritó en el pasillo;— Petra, Servanda, Anselmo, cualquiera... ¿Se llevó la perdiz don Tomás?

Anselmo registró las aves muertas, depositadas en la cocina, y contestó desde lejos:

—¡Sí, señor; aquí no hay perdices!

—¡Ira de Dios! ¡Pardiez! ¡Malhaya! ¡Siempre el mismo! Si es mía, si la maté yo... si estoy seguro de que fue mi tiro... ¡Es lo más vanidoso!... ¡Anselmo! oye esto que digo: mañana al ser de día, ¿entiendes?, te *personas* en casa de don Tomás, y le pides de mi parte, con la mayor energía y seriedad, la perdiz, esté como esté, ¿entiendes? y que no es broma, y aunque esté pelada, que quiero que me la restituya... *Suum cuique.*

Ana oyó los gritos y se apresuró a perdonar aquella debilidad inocente de su esposo. «Todos los cazadores son así», pensó con la benevolencia de la fiebre incipiente.

Volvió don Víctor y la sonrisa dulce, cristiana de su esposa, le restituyó la calma, ya que la perdiz no podía.

Hasta la una y media no *concilió el sueño* su mujer, y *entonces y sólo entonces* pudo don Víctor disponerse a dormir.

Una vez en mangas de camisa ante su lecho, consideró que era un contratiempo serio la enfermedad de su queridísima Ana. «Él no estaba alarmado, bien lo sabía Dios; no había peligro; si lo hubiese lo conocería en el susto, en el dolor que le estaría atormentando; no había susto, no había dolor, luego no había peligro. Pero había contratiempo; por de pronto, adiós teatro para muchos días, y aunque se trataba ahora de una compañía de zarzuela, que era un *género híbrido*, sin embargo, él confesaba que empezaba a saborear las bellezas suaves y sencillas de la zarzuela seria, y había encontrado noches pasadas cierto *color local* en *Marina*, y *sabor* de época en *El Dominó Azul*, sin contar con los amores contrariados del *Juramento*, que eran cosa delicada. Pero ¿y la expedición con el Gobernador de la provincia, para inaugurar el ferrocarril económico de Occidente? ¿Y las partidas de dominó con el Ingeniero jefe en el Casino? ¿Y los paseos largos que necesitaba para hacer bien la digestión?» La idea de no salir de casa en muchos días, le aterraba... Se acostó de muy mal humor. Apagó la luz. La obscuridad le sugirió un remordimiento. «Era un egoísta, no pensaba en su pobrecita mujer, sino en su comodidad, en sus caprichos.» Y, como en desagravio, para engañarse a sí propio, suspiró con fuerza y exclamó en voz alta:

—¡Pobrecita de mi alma!

Y se durmió satisfecho.

Despertó con la cabeza llena de proyectos, como solía; pero de repente pensó en Ana, en la fiebre y se llenó su alma de tristeza cobarde... «¡Sabe Dios lo que sería aquello!» La botica, los jaropes que él aborrecía, el miedo a equivocar las dosis, el pavor que le inspiraban las medicinas verdosas, creyendo que podían ser veneno (para don Víctor el veneno, a pesar de sus estudios físico—químicos, siempre era verde o amarillo), las equivocaciones y torpezas de las criadas, las horas de hastío y silencio al pie del lecho de la enferma, las inquietudes naturales, el estar pendiente de las palabras de Somoza, el hablar con todos los que quisieran enterarse de la misma cosa, de los grados de la enfermedad... todas estas incomodidades se aglomeraron en la imaginación de don Víctor, que escupió bilis repetidas veces, y se levantó lleno de lástima de sí mismo. Fue a la alcoba de su mujer y se olvidó de repente de todo aquello: Ana estaba mal, había delirado; no habían querido despertarle, pero la señora había pasado una noche terrible según Petra, que había velado.

Somoza llegó a las ocho.

—¿Qué es? ¿qué tiene? ¿hay gravedad?

Don Víctor con las manos cruzadas, apretadas, convulso, preguntaba estas cosas delante de la enferma, que aunque aletargada, oía.

El médico no contestó. Recetó y salió al gabinete.

—¿Qué hay? ¿qué hay? —repetía allí Quintanar con voz trémula y muy bajo...— ¿Qué hay?

Don Robustiano le miró con desprecio, con odio y con indignación...

«¡Qué hay! ¡qué hay! Eso pronto se pregunta»; don Robustiano no sabía lo que iba a haber, pero parecía algo gordo por las señas; esto pensó, pero dijo:

—Hay... que andar en un pie, tener mucho cuidado, no dejarla en poder de criadas, ni de Visitación, que la aturda con su cháchara;... eso hay.

—Pero ¿es cosa grave, es cosa grave?

—Ps... es y no es. No, no es grave; la ciencia no puede decir que es grave... ni puede negarlo. Pero hijo, usted no entiende de esto... ¿Se trata de una hepatitis? puede... tal vez hay gastroenteritis... tal vez... pero hay fenómenos reflejos que engañan...

—¿De modo que no son los nervios? ¿Ni la primavera médica?...

—Hombre, los nervios siempre andan en el ajo... y la primavera... la sangre... la savia nueva... es claro... todo influye... pero usted no puede entender esto...

—No, señor, no puedo. En mis ratos de ocio he leído libros de medicina, conozco el Jaccoud... pero semejante lectura me daba ganas de... vamos, sentía náuseas y se me figuraba oír la sangre circular, y creía que era así... una cosa como el depósito del Lozoya, con canales, compuertas en el corazón...

—Bueno, bueno; por mí no disparate usted más. Hasta la tarde; si hay novedad, avisar. Ah, y no echarle encima demasiada ropa, ni dejar... que entre Visitación... que la aturde. ¡La ciencia prohíbe terminantemente que esa señora protectora de comadronas parteras meta aquí la pata!...

Cuatro días después, don Robustiano mandaba en su lugar a un médico joven, su protegido; creía llegado el caso de inhibirse; ya se sabía, él no podía asistir a las personas muy queridas cuando llegaban a cierto estado...

El sustituto era un muchacho inteligente, muy estudioso. Declaró que la enfermedad no era grave, pero sí larga, y de convalecencia penosa. No le gustaba usar los nombres vulgares y poco exactos de las enfermedades, y empleaba los técnicos si le apuraban, no por ridícula pedantería, sino por salir con su gusto de no enterar a los profanos de lo que no importa que sepan, y en rigor no pueden saber. Ello fue que Anita creyó que se moría, y padeció aún más que en el tiempo del mayor peligro, cuando empezaron a decirle que estaba mejor. Al saber que había pasado seis días en aquella torpeza, con intervalos de exaltación y delirio, extrañó mucho que se le hubiese hecho tan corto aquel largo martirio.

La debilidad la tenía aún más que rendida, exaltada y vidriosa. Todo lo veía de un color amarillento pálido; entre los objetos y ella flotaban infinitos puntos y circulillos de aire, como burbujas a veces, como polvo y como telarañas muy sutiles otras: si dejaba los brazos tendidos sobre el embozo de su lecho y miraba las manos flacas, surcadas por haces de azul sobre fondo blanco mate, creía de repente que aquellos dedos no eran suyos, que el moverlos no dependía de su voluntad, y el decidirse a querer ocultar las manos le costaba gran esfuerzo. Sus mayores congojas eran el tomar el primer alimento: unos caldos insípidos, desabridos, que don Víctor enfriaba a soplos, soplando con fe y perseverancia, dando a entender su celo y su cariño en aquel modo de soplar. El ideal del caldo, según Quintanar, nunca lo *realizaban* las criadas de Vetusta. De esto hablaba él, mientras Ana sentía sudores mortales que parecían sacarle de la piel la última fuerza, y hasta el ánimo de vivir. Cerraba los ojos y dejaba de sentirse por fuera y por dentro; a veces se le escapaba la conciencia de su unidad, empezaba a verse repartida en mil, y el horror dominándola producía una reacción de energía suficiente a volverla a su *yo*, como a un puerto seguro; al recobrar esta conciencia de sí, se sentía padeciendo mucho, pero casi gozaba con tal dolor, que al fin era la vida, prueba de que ella era quien era. Si don Víctor hablaba a su lado, sin querer Ana seguía entonces el pensamiento de su esposo, y contra su deseo, la atención se fijaba en los juicios de Quintanar, y la inteligencia les aplicaba rigurosa crítica, un análisis sutil y doloroso para la enferma, que al pulverizar a pesar suyo las sinrazones del marido, padecía tormento indescriptible, en el cerebro según ella.

Veía al médico muy preocupado con el *tronco* y sin pensar en los dolores inefables que ella sentía en lo más suyo, en algo que sería cuerpo, pero que parecía alma, según era íntimo. Todos los días había que palpar el vientre y hacer preguntas relativas a las funciones más humildes de la vida animal; don Víctor, que no se fiaba de su memoria, siempre reloj en mano, llevaba en un cuaderno un registro en que asentaba con pulcras abreviaturas y con estilo gongorino, lo que al médico importaba saber de estos pormenores.

Mientras duró el temor de la gravedad, el amante esposo no pensó más que en la enferma y cumplió como bueno; si era a veces importuno, descuidado, o poco hábil, era sin conciencia. Después empezó a aburrirse, a echar de menos la vida ordinaria, y exageraba al decir las horas que pasaba en vela. Para resistir mejor su cruz decidió tomarle afición al oficio de enfermero y lo consiguió: llegó a ser para él tan divertido como hacer pórticos ojivales de marquetería, el preparar menjurjes y pintarle el cuerpo a su mujer con yodo; soplar y limpiar caldos y consultar el reloj para contar los minutos y hasta los segundos; operación en que llegó a poner una exactitud que impacientaba a Petra y a Servanda. Esperaba con afán la visita del médico, primero para hacerse decir veinte veces que Ana iba mejor, mucho mejor, y además, para gozar con la conversación alegre, ajena a todas las enfermedades del mundo, que seguía a la parte facultativa de la visita. El sustituto de Somoza no era hablador, pero se divertía oyendo a Quintanar, y éste llegó a profesar gran cariño a Benítez, que así se llamaba. El contraste de los cuidados vulgares, insignificantes; de la alcoba estrecha y llena de una atmósfera pesada; de la vida monótona de casa, con los grandes intereses de la Europa, la guerra de Rusia, el aire libre, la última zarzuela, encantaba a don Víctor, que llevaba la conversación a cosas frescas, grandes y de muchos accidentes. También le gustaba discutir con Benítez y sondearle, como él decía. Uno de los problemas que más preocupaban al amo de la casa era el de la pluralidad de los mundos habitados. Él creía que sí, que había habitantes en todos los astros, la generosidad de Dios la exigía; y citaba a Flammarión, y las cartas de Feijoo y la opinión de un obispo inglés, cuyo nombre no recordaba, «Míster no sé cuántos», porque para él todos los ingleses eran Míster.

Desde que el médico declaró que la mejoría, aunque lenta, sería continua probablemente, Quintanar, muy contento, no permitió que se dudase de aquella no interrumpida marcha en busca de la salud. Su egoísmo candoroso, pero fuerte, estaba cansado de pensar en los demás, de olvidarse a sí mismo, no quería más tiempo de servidumbre, y si Ana se quejaba, su marido torcía el gesto, y hasta llegó a hablar con voz agridulce de la paciencia y de la formalidad.

—No seamos niños, Ana; tú estás mejor, eso que tienes es efecto de la debilidad... no pienses en ello... es aprensión; la aprensión hace más víctimas que el mal. Y repetía infaliblemente la parábola del cólera y la aprensión.

La idea de una recaída, de un estancamiento siquiera, le parecía subversiva, una maquinación contra su reposo. «Él no era de piedra. No podría resistir...»

Ya no tenía compasión de la enferma; ya no había allí más que nervios... y empezó a pensar en sí mismo exclusivamente. Entraba y salía a cada momento en la alcoba de Ana; casi nunca se sentaba, y hasta llegó a fastidiarle el registro de medicinas y demás pormenores íntimos. El médico tuvo que entenderse con Petra. Quintanar inventaba sofismas y hasta mentiras para estar fuera, en su despacho, en el Parque. «¡Qué gran cosa eran el Arte y la Naturaleza! En rigor todo era uno, Dios el autor de todo.» Y respiraba don Víctor las auras de Abril con placer voluptuoso, tragando aire a dos carrillos. Volvió a componer sus maquinillas, soñó con nuevos inventos y envidió a Frígilis la aclimatación del Eucaliptus globulus en Vetusta.

La Regenta notó la ausencia de su marido; la dejaba sola horas y horas que a él le parecían minutos. Cuando las congojas la anegaban en mares de tristeza, que parecían sin orillas; cuando se sentía como aislada del mundo, abandonada sin remedio, ya no llamaba a Quintanar, aunque era el único ser vivo de quien entonces se acordaba; prefería dejarle tranquilo allá fuera, porque si venía le hacía daño con aquel desdén gárrulo y absurdo de los padecimientos nerviosos.

Una tarde de color de plomo, más triste por ser de primavera y parecer de invierno, la Regenta, incorporada en el lecho, entre murallas de almohadas, sola, obscuro ya el fondo de la alcoba, donde tomaban posturas trágicas abrigos de ella y unos pantalones que don Víctor dejara allí; sin fe en el médico creyendo en no sabía qué mal incurable que no comprendían los doctores de Vetusta, tuvo de repente, como un amargor del cerebro, esta idea: «Estoy sola en el mundo.» Y el mundo era plomizo, amarillento o negro según las horas, según los días; el mundo era un rumor triste, lejano, apagado, donde había canciones de niñas, monótonas, sin sentido; estrépito de ruedas que hacen temblar los cristales, rechinar las piedras y que se pierde a lo lejos como el gruñir de las olas rencorosas; el mundo era una contradanza del sol dando vueltas muy rápidas alrededor de la tierra, y esto eran los días; nada. Las gentes entraban y salían en su alcoba como en el escenario de un teatro, hablaban allí con afectado interés y pensaban en lo de fuera: su realidad era otra, aquello la máscara. «Nadie amaba a nadie. Así era el mundo y ella estaba sola.» Miró a su cuerpo y le pareció tierra. «Era cómplice de los otros, también se escapaba en cuanto podía; se parecía más al mundo que a ella, era más del mundo que de ella.» «Yo soy mi alma», dijo entre dientes, y soltando las sábanas que sus manos oprimían, resbaló en el lecho y quedó supina mientras el muro de almohadas se desmoronaba. Lloró con los ojos cerrados. La vida volvía entre aquellas olas de lágrimas. Oyó la campana de un reloj de la casa. Era la hora de una medicina. Era aquella tarde el encargado de dársela Quintanar y no aparecía. Ana esperó. No quiso llamar y se inclinó hacia la mesilla de noche. Sobre un libro de pasta verde estaba un vaso. Lo tomó y bebió. Entonces leyó distraída en el lomo del libro voluminoso: *Obras de Santa Teresa*. I.

Se estremeció, tuvo un terror vago; acudió de repente a su memoria aquella tarde de la lectura de San Agustín en la glorieta de su huerto, en Loreto, cuando era niña, y creyó oír voces sobrenaturales que estallaban en su cerebro; ahora no tenía la cándida fe de entonces. «Era una casualidad, pura casualidad la presencia de aquel libro místico coincidiendo con los pensamientos de abandono que la entristecían, y despertando ideas de piedad, con fuerte impulso, con calor del alma, serias, profundas, no impuestas, sino como reveladas y acogidas al punto con abrazos del deseo... Pero no importaba, fuera o no aviso del cielo, ella tomaba la lección, aprovechaba la coincidencia, entendía el sentido profundo del azar. ¿No se quejaba de que estaba sola, no había caído como desvanecida por la idea del abandono?... Pues allí estaban aquellas letras doradas: *Obras de Santa Teresa*. I. ¡Cuánta elocuencia en un letrero! ¡Estás sola! Pues ¿y Dios?»

El pensamiento de Dios fue entonces como una brasa metida en el corazón; todo ardió allí dentro en piedad; y Ana, con irresistible ímpetu de fe ostensible, viva, material, fortísima, se puso de rodillas sobre el lecho, toda blanca; y ciega por el llanto, las manos juntas temblando sobre la cabeza, balbuciente, exclamó con voz de niña enferma y amorosa:

106

—¡Padre mío! ¡Padre mío! ¡Señor! ¡Señor! ¡Dios de mi alma!

Sintió escalofríos y ondas de mareo que subían al cerebro; se apoyó en el frío estuco, y cayó sin sentido sobre la colcha de damasco rojo.

A pesar de la prohibición de don Víctor, vino el retroceso, recayó la enferma y se volvió a los sustos, a los apuros, a las noches en vela; el médico volvió a ser un oráculo, los pormenores de alcoba negocios arduos; el reloj un dictador lacónico.

Ana tuvo aquellas noches sueños horribles. Al amanecer, cuando la luz pálida y cobarde se arrastraba por el suelo, después de entrar laminada por los intersticios del balcón, despertaba sofocada por aquellas visiones, como náufrago que sale a la orilla... Parecíale sentir todavía el roce de los fantasmas groseros y cínicos, cubiertos de peste; oler hediondas emanaciones de sus podredumbres, respirar en la atmósfera fría, casi viscosa, de los subterráneos en que el delirio la aprisionaba. Andrajosos vestiglos amenazándola con el contacto de sus llagas purulentas, la obligan, entre carcajadas, a pasar una y cien veces por angosto agujero abierto en el suelo, donde su cuerpo no cabía sin darle tormento. Entonces creía morir. Una noche la Regenta reconoció en aquel subterráneo las catacumbas, según las descripciones románticas de Chateaubriand y Wisseman; pero en vez de vírgenes de blanca túnica vagaban por las galerías húmedas, angostas y aplastadas, larvas, asquerosas, descarnadas, cubiertas de casullas de oro, capas pluviales y manteos que al tocarlos eran como alas de murciélago. Ana corría, corría sin poder avanzar cuanto anhelaba, buscando el agujero angosto, queriendo antes destrozar en él sus carnes que sufrir el olor y el contacto de las asquerosas carátulas; pero al llegar a la salida, unos la pedían besos, otros oro, y ella ocultaba el rostro y repartía monedas de plata y cobre, mientras oía cantar responsos a carcajadas y le salpicaba el rostro el agua sucia de los hisopos que bebían en los charcos.

Cuando despertó se sintió anegada en sudor frío y tuvo asco de su propio cuerpo y aprensión de que su lecho olía como el fétido humor de los hisopos de la pesadilla...

«¿Iría a morir? ¿Eran aquellos sueños repugnantes emanaciones de la sepultura, el sabor anticipado de la tierra? ¿Y aquellos subterráneos y sus larvas eran imitación del infierno? ¡El infierno! Nunca había pensado en él despacio; era una de tantas creencias irreflexivas en ella como en los más de los fieles; creía en el Infierno como en todo lo que mandaba creer la iglesia, porque siempre que su pensamiento se había rebelado, ella lo había sometido con acto de pretendida fe, había dicho «creo a ciegas,» tomando las palabras y la resolución de creer por la creencia. Pero otra cosa era en esta ocasión: el Infierno ya no era un dogma englobado en otros: ella había sentido su olor, su sabor... y comprendía que antes, en rigor, no creía en el Infierno. Sí, sí, era material o lo parecía, ¿por qué no? ¡Qué vana se le antojaba ahora a la Regenta la filosofía superficial del optimismo bullanguero, del espiritualismo abstracto, bonachón, sin sentido de la realidad triste del mundo! ¡Había infierno! Era así... la podredumbre de la materia para los espíritus podridos... Y ella había pecado, sí, sí, había pecado. ¡Qué diferentes criterios el que ahora aplicaba a sus culpas, y el que el mundo solía tener y con el cual ella se había absuelto de ciertas *ligerezas* que ya le pesaban como plomo!» Y recordaba máximas y aforismos religiosos que había oído al Magistral, sin penetrar su terrible severidad, aquel sentido lúgubre y hondo que no parecían tener en los labios finos, suaves, llenos de silbantes sonidos del pulquérrimo canónigo.

Ya había subido el sol gran trecho del cielo, ya calentaba la mañana con tibias caricias de un Abril de Vetusta; en la casa creían postrada o dormida a la Regenta y no abrían las maderas del balcón ni interrumpían el descanso de la enferma. Ana sentía el día en el melancólico regalo que su mismo lecho, tantas veces aborrecido, le prestaba en aquellas horas de la mañana de primavera; otra vez volvía la vida a moverse en aquel cuerpo mustio, asolado, como campo de batalla; la vida iba avanzando por aquel terreno de su victoria, dudosa de ella todavía. El cerebro recobraba los dominios de la lógica, su salud; la memoria, firme, no era ya un tormento ni se mezclaba con visiones y disparates.

Ana, contenta de que la dejasen sola, de que la creyesen dormida o en sopor, repasaba en su conciencia aquellos pecados de que quería acusarse; era relator la memoria, fiscal la imaginación, y poco a poco, según las olas de salud subían en su marea, la enferma, perdido el terror con que despertara, oía la acusación con dulce curiosidad creciente; la idea del infierno se desvanecía, como mueren las vibraciones de una placa, lejos ya de las sensaciones de asco y terror; aquellas culpas recordadas, que eran la vida, la realidad ordinaria, pasaban por el cerebro de Ana como un alimento, daban calor, fuerza al ánimo, y, sin que el remordimiento se extinguiera, el relato adquiría más y más interés.

Pasaron entonces por el recuerdo todos los días que siguieron al entumecimiento del rigoroso temporal, cuando el espíritu de Ana había dejado aquella especie de vida de culebra invernante. Recordó la romería de San Blas, en la carretera de la Fábrica Vieja; aquella tarde de sol que era una fiesta del cielo; la torre de la catedral allá arriba, como en la cúspide de un monumento, encaje de piedra obscura sobre fondo de naranja y de violeta de un cielo suave, listado, de nubes largas, estrechas, ondeadas, quietas sobre el abismo, como esperando a que se acostara el sol para cerrar el horizonte... Sin saber cómo, San Blas anunciaba la primavera; Ana esperaba ya aquellos días en que, con largos intervalos de mal tiempo, aparece un poco de luz que arranca vibraciones de alegría y resplandor al verde dormido de los campos vetustenses; aquellos días que son algo mejor que Abril y Mayo; su esperanza. Las ideas tristes habían volado como pájaros de invierno, Ana se había visto en el paseo de San Blas rodeada del mundo, agasajada, y a su lado iba don Álvaro Mesía, enamorado, triste de tanto amor, resignado, cariñoso sin interés, suave y tierno, sin esperanza. Algo así como el mismo encanto del día; en rigor, el invierno, nada, pero en la tranquilidad y tibia y vaga alegría del ambiente, una delicia que saboreaba con inefable gozo la Regenta.

Así don Álvaro; no sería jamás suya, eso no; ese verano ardiente no vendría, ni siquiera le consentiría hablarle claro, insistir en sus pretensiones; pero tenerle a su lado, *sentirle* quererla, adorarla, eso sí: era dulce, era suave, era un placer tranquilo, profundo... Ella le miraba con llamaradas que apagaba al brotar de los ojos, le sonreía como una diosa que admite el holocausto, pero una diosa humilde, maternal, llena de caridad y de gracia, si no de amor de fuego. Tal había sido el paseo de San Blas.

Desde aquella tarde Mesía había recobrado parte de sus esperanzas; creyó otra vez en la influencia *del físico* y se propuso estar al lado de Ana la mayor cantidad de tiempo posible. Era una villanía, pero recurrió a la ciega amistad de don Víctor. En el Casino se sentaba a su lado, tenía la paciencia de verle jugar al dominó o al ajedrez, y terminada la partida le cogía del brazo, y, como solía llover, paseaban por el salón largo, el de baile, obscuro, triste, resonante bajo las pisadas de las cinco o seis parejas que lo medían de arriba abajo a grandes pasos, que tenían por el furor de los tacones algo de protesta contra el mal tiempo. Veterano del Casino había que llevaba andado en aquel salón camino suficiente para llegar a la luna. Paseaban los dos amigos, y Mesía iba entrando, entrando por el alma del jubilado regente y tomando posesión de todos sus rincones.

Don Víctor llegó a creer que a Mesía ya no le importaban en el mundo más negocios que los de él, los de Quintanar, y sin miedo de aburrirle, tardes enteras le tenía amarrado a su brazo, dando vueltas por las tablas temblonas del salón, parándose a cada pasaje interesante del relato o siempre que había una duda que consultar con el amigo. Don Álvaro sufría el tormento pensando en la venganza. Mucho tiempo se había resistido su delicadeza, o lo que fuese, a emprender aquel camino subterráneo y traidor, pero ya no podía menos. Además «¡qué diablo! mayores bellaquerías había en la historia de sus aventuras.»

Don Víctor se paraba, soltaba el brazo del confidente, levantaba la cabeza para mirarle cara a cara y decía, por ejemplo:

—Mire usted, aquí en el secreto de la... pues... contando con el sigilo de usted... Frígilis tiene también sus defectos. Yo le quiero más que un hermano, eso sí, pero él... él me tiene en poco... créalo usted... No me lo niegue usted, es inútil, yo le conozco mejor: me tiene en poco, se cree muy superior. Yo no le niego ciertas ventajas. Sabe más arboricultura, conoce mejor los cazaderos, es más constante que yo en el trabajo... pero ¡tirar mejor que yo! ¡hombre por Dios! ¿Y el talento mecánico? Él es torpe de dedos y tardo de ingenio. —Y don Víctor, parándose otra vez, casi al oído de don Álvaro, añadía:— Diré la palabra: ¡un rutinario!

Quintanar era inagotable en el capítulo de las quejas y de la envidia pequeña, al pormenor, cuando se trataba de su amigo íntimo, de su Frígilis; se sentía dominado por él y desahogaba la colerilla sorda, cobarde, bonachona en el fondo, en estas confidencias; Mesía era una especie de rival de Frígilis que asomaba; don Víctor encontraba cierta satisfacción maligna en la infidelidad incipiente.

Don Álvaro callaba y oía. Sólo cuando trataba don Víctor de su buena puntería se quedaba un poco preocupado. Le parecía imposible que se pudiera hablar tanto de un hombre tan insignificante como don Tomás Crespo, a quien él creía loco de nacimiento.

Anochecía, seguía lloviendo, los mozos de servicio encendían dos o tres luces de gas en el salón, y Quintanar conocía por esta seña y por el cansancio, que le arrancaba sudor copioso, que había hablado mucho; sentía entonces remordimientos, se apiadaba de Mesía, le agradecía en el alma su silencio y atención, y le invitaba muchas veces a tomar un vaso de cerveza alemana en su casa.

La frase era:

—¿Vamos a la Rinconada?

Mesía, callando, seguía a don Víctor.

Una intuición singular le decía al ex—regente que pagaba bien al amigo su atención llevándoselo a casa. ¿Por qué don Álvaro había de tener gusto en seguirle? Si se lo hubieran preguntado a Quintanar, no hubiese podido responder. Pero se lo daba el corazón; lo había observado, sin fijarse en la observación: a Mesía le gustaba entrar en la casa de la Rinconada.

Solía llevarle al despacho, a su museo, como él decía; allí le explicaba el mecanismo de aquellos intrincados maderos y resortes y, convencido de la ignorancia de su amigo, le engañaba sin conciencia. Lo que no consentía don Álvaro era que se pasase revista a las colecciones de yerbas y de insectos: le mareaba el fijar sucesiva y rápidamente la atención en tantas cosas inútiles. —El único *bicho* que le era simpático a don Álvaro era un pavo real disecado por Frígilis y su amigo.— Solía acariciarle la pechuga, mientras Quintanar disertaba:

—Bueno —decía don Víctor— pues pasaremos a mi gabinete, ya que usted desprecia mis colecciones. —Anselmo, la cerveza al gabinete.

El gabinete era otro museo: estaban allí las armas y la indumentaria. Una panoplia antigua completa, otras dos modernas muy brillantes y bordadas; escopetas, pistolas y trabucos de todas épocas y tamaños llenaban las paredes y los rincones. En arcas y armarios guardaba don Víctor con el cariño de un coleccionador los trajes de aficionado que había lucido en mejores tiempos. Si se entusiasmaba hablando de sus marchitos laureles, abría las arcas, abría los armarios, y seda, galones y plumas, abalorios y cintajos en mezcla de colores chillones saltaban a la alfombra, y en aquel mar de recuerdos de trapo perdía la cabeza Quintanar. En una caja de latón, entre yerba, guardaba como oro en paño un objeto, que a primera vista se le antojó a Mesía una serpiente; en efecto, yacía enroscado y era verdinegro el bulto... No había que temer... don Víctor no domaba fieras; aquello era la cadena que él había arrastrado representando el Segismundo de *La vida es sueño*, en el primer acto.

—Mire usted, amigo mío, a usted puedo decírselo; no es inmodestia; reconozco, ¿cómo no? la superioridad de Perales en el teatro antiguo, su Segismundo es una revelación, concedo, revela mejor que el mío la filosofía del drama, pero... no me gustaba su modo de arrastrar la cadena; parecía un perro con maza; yo la manejaba con mucha mayor verosimilitud y naturalidad; arrastraba la cadena, créame usted, como si no hubiese arrastrado otra cosa en mi vida. Tanto, que una noche, en

Calatayud, me arrojaron todo ese hierro al escenario, como símbolo de mi habilidad. Por poco se hunde el tablado. Guardo esa cadena como el mejor recuerdo de mi efímera vida artística.

Mesía esperaba la presencia de Ana y así podía resistir la conversación de su amigo, pero muchas veces la Regenta no parecía por el gabinete de su marido, y el galán tenía que contentarse con el bock de cerveza y el teatro de Calderón y Lope.

Pero ya estaba en casa. Poco a poco fue atreviéndose a ir a cualquier hora y Ana, sin sentirlo, se lo encontró a su lado como un objeto familiar. Iba siendo Mesía al caserón lo que Frígilis a la huerta.

Aquel procedimiento rastrero, de villano, debió irritarla, pero no la irritó; tuvo que confesar que no despreciaba ni aborrecía a don Álvaro, a pesar de que sus intenciones eran torcidas, miserables; quería abusar de la confianza de don Víctor. «Pero ¿y si no quería? ¿Si se contentaba con estar cerca de ella, con verla y hablarla a menudo y tenerla por amiga? Veríamos. Si él se propasaba, estaba segura de resistir y hasta valor sentía para echarle en cara su crimen, su bajeza y arrojarle de casa.»

Pasaron días y Ana cada vez estaba más tranquila. «No, no se propasaba; no hacía más que admirarla, amarla en silencio. Ni una palabra peligrosa, ni gesto atrevido; nada de acechar ocasiones, nada de buscar *escenas;* una honradez cabal; el amor que respeta la honra, la pasión que se alimenta de ver y respirar el ambiente que rodea al ser amado. El placer que ella sentía también tenía que confesárselo, era el más intenso que había saboreado en su vida. Poco decir era, por que ¡había gozado tan poco!» Al sentir cerca de sí a don Álvaro, segura de que no había peligro, respiraba con delicia, dejaba el espíritu en una somnolencia moral que la tenía bajo los efectos del opio. Comparaba ella la situación a la aventura de flotar sobre mansa corriente perezosa, sombría, a la hora de la siesta; el agua va al abismo, el cuerpo flota... pero hay la seguridad de salir de la corriente cuando el peligro se acerque; basta con un esfuerzo, dos golpes de los brazos y se está fuera, en la orilla... Ya sabía Ana en sus adentros que aquello no estaba bien, porque ella no podía responder de la prudencia de don Álvaro. «Pero, ¿no estaba segura de sí misma? sí ¡pues entonces! ¿por qué no dejarle venir a casa, contemplarla, mostrar los cuidados de una madre, la fidelidad de un perro?» Además, quien mandaba en casa era su marido, no era ella. ¿Buscaba ella a Mesía? No. ¿Mandaba ella a Quintanar que le trajese? No. Pues bastaba. Obrar de otro modo hubiera sido alarmar al esposo sin motivo, infundir sospechas sin fundamento, tal vez robar a don Víctor para siempre la paz del alma. Lo mejor era callar, estar alerta y... gozar la tibia llama de la pasión de soslayo; que con ser poco tal calor era la más viva hoguera a que ella se había arrimado en su vida.

«Y al Magistral no se le decía nada de esto. ¿Para qué? No había pecado. Había ocasión, pero no se buscaba.» Además. Ana, puesto que defendía su virtud, creía prudente ocultar todo lo que fueran personalidades al confesor. «Si crecía el peligro, hablaría. Mientras tanto no.»

Entonces fue cuando el Provisor vio con su catalejo, desde el campanario de la catedral, los preparativos de una expedición al campo en la que acompañaban a la Regenta Mesía, Frígilis y Quintanar. No fue aquélla sola; muchas veces, en cuanto veía un rayo de sol, a don Víctor se le antojaba aprovechar el buen tiempo y echar una cana al aire en los ventorrillos de la carretera de Castilla o en los de Vistalegre, en compañía de las personas que más quería en Vetusta, a saber: su cara esposa, Frígilis... y don Álvaro. El pobre Ripamilán era invitado, pero decía que si no le llevaban en coche... «El espíritu no faltaba, pero los huesos no tienen espíritu.»

Se comía, allá arriba, lo que salía al paso, lo que daban los pasmados venteros: chorizos tostados, chorreando sangre, unas migas, huevos fritos, cualquier cosa; el pan era duro, ¡mejor! el vino malo, sabía a la pez, ¡mejor! esto le gustaba a Quintanar; y en tal gusto coincidía con su esposa, amiga también de estas meriendas aventuradas, en las que encontraba un condimento picante que despertaba el hambre y la alegría infantil. En aquellos altozanos se respiraba el aire como cosa nueva; se calentaban a los rayos del sol con voluptuosa pereza, como si el sol de Vetusta, de allá abajo, fuera menos benéfico. Notaba Ana que en aquella altura, en aquel escenario, mitad pastoril, mitad de novela picaresca, entre arrieros, maritornes y señores de castillos, a lo don Quijote, se despertaba en ella el instinto del arte plástico y el sentido de la observación; reparaba las siluetas de árboles, gallinas, patos, cerdos, y se fijaba en las líneas que pedían el lápiz, veía más matices en los colores, descubría grupos artísticos, combinaciones de composición sabia y armónica, y, en suma, se le revelaba la naturaleza como poeta y pintor en todo lo que veía y oía, en la respuesta aguda de una aldeana o de un zafio gañán, en los episodios de la vida del corral, en los grupos de las nubes, en la melancolía de una mula cansada y cubierta de polvo, en la sombra de un árbol, en los reflejos de un charco, y sobre todo en el ritmo recóndito de los fenómenos, divisibles a lo infinito, sucediéndose, coincidiendo, formando la trama dramática del tiempo con una armonía superior a nuestras facultades perceptivas, que más se adivina que de ella se da testimonio. Este nuevo sentido de que tenía conciencia Ana en estas expediciones a los ventorrillos altos de Vistalegre, camino de Corfín, le inundaba de visiones el cerebro y la sumía en dulce inercia en que hasta el imaginar acababa por ser una fatiga. Entonces la sacaban de sus éxtasis naturalistas una atención delicada de Mesía o una salida de buen humor intempestivo de Quintanar. Don Víctor creía que en el campo, sobre todo si se merienda, no se debe hacer más que locuras; y, por supuesto, era según él indispensable que alguien se disfrazase cambiando, por lo menos, de sombrero. Él solía en tales ocasiones buscar un aldeano que usara la antigua montera del país; se la pedía en préstamo y se presentaba cubierto con aquel trapo de pana negra al respetable concurso. Se reían por complacerle. Se merendaba casi siempre al aire libre, contemplando allá abajo el caserío parduzco de Vetusta; la catedral parecía desde allí hundida en un pozo, y muy chiquita; esbelta, pero como un juguete; detrás el humo de las fábricas en la barriada de los obreros en el campo del Sol, y más allá, los campos de maíz, ahora verdes con el alcacer, los prados, los bosques de castaños y robles... las colinas de un verde obscuro y la niebla, por fin, confundiéndose con los picachos de los puertos lejanos. Se filosofaba mientras se comía, tal vez con los dedos, salchichón o chorizos mal tostados, queso duro, o tortillas de jamón, lo que fuese; se hablaba al descuido, lentamente, pensando en cosas más hondas que las que se decía, con los ojos clavados en la lontananza, detrás de la cual se veía el recuerdo, lo desconocido, la vaguedad del sueño; se hablaba de lo que era el mundo, de lo que era la sociedad, de lo que era el tiempo, de la muerte, de la otra vida, del cielo, de Dios; se evocaba la infancia, las fechas lejanas en que había una memoria común; y un sentimentalismo, como desprendido de la niebla que bajaba de Corfín, se extendía sobre los comensales bucólicos y su filosofía de sobremesa.

Comenzaba la brisa; picaba un poco y tenía sus peligros, pero halagaba la piel; salía una estrella; el cuarto de luna (que a don Víctor le parecía la plegadera de oro que le habían regalado en Granada), tomaba color, es decir, luz. La conversación, ya perezosa, daba entonces en la astronomía y se paraba en el concepto de lo infinito; se acababa por tener un deseo vago de oír música. Entonces Quintanar recordaba que se cantaba aquella noche *El Relámpago* o *Los Magyares*; levantaba el campo, y paso a paso volvían a la soñolienta Vetusta dejándose resbalar por la pendiente suave de la carretera. Frígilis dejaba el brazo a la Regenta, que indefectiblemente lo buscaba; y Mesía resignado, firme en su propósito de ser prudente mientras fuera necesario, se emparejaba con don Víctor, que tal vez se permitía cantar a su modo el *spirto gentil* o la *casta diva*; aunque prefería recitar versos, sin que jamás se le olvidase decir con Góngora:

A su cabaña los guía
que el sol deja el horizonte,
y el humo de su cabaña
les va sirviendo de Norte.

Los sapos cantaban en los prados, el viento cuchicheaba en las ramas desnudas, que chocaban alegres, inclinándose, preñadas ya de las nuevas hojas; y Ana, apoyándose tranquila en el brazo fuerte del mejor amigo, olfateaba en el ambiente los anuncios inefables de la primavera. De esto hablaban ella y Frígilis. Crespo, satisfecho, tranquilo, apacible, en voz baja, como respetando el primer sueño del campo, su ídolo, dejaba caer sus palabras como un rocío en el alma de Ana, que entonces comprendía aquella adoración tranquila, aquel culto poético, nada romántico, que consagraba Frígilis a la naturaleza, sin llamarla así, por supuesto. Nada de *grandes síntesis*, de cuadros disolventes, de filosofía panteística; pormenores, historia de los pájaros, de las plantas, de las nubes, de los astros; la experiencia de la vida natural llena de lecciones de una observación riquísima. El amor de Frígilis a la naturaleza era más de marido que de amante, y más de madre que de otra cosa. En aquellos momentos, al volver a Vetusta con Ana del brazo, se hacía elocuente, hablaba largo y sin miedo, aunque siempre pausadamente; en su voz había arrullos amorosos para el campo que describía, y temblaba en sus labios el agradecimiento con que oía a otra persona palabras de cariño y de interés por árboles, pájaros y flores. Ana envidiaba en tales horas aquella existencia de árbol inteligente, y se apoyaba y casi recostaba en Frígilis como en una encina venerable. Y detrás venía el otro, ella lo sentía. A veces hablaba con Ana don Álvaro y Ana contestaba con voz afable, como en pago de su prudencia, de su paciencia y de su martirio... «Porque, sin duda, sufrir tanto tiempo a Quintanar era un martirio.»

Don Álvaro sudaba de congoja. Don Víctor se le colgaba del brazo, levantaba los ojos al cielo y se divertía en encontrar parecidos entre los nubarrones de la noche y las formas más vulgares de la tierra.

—Mire usted, mire usted, aquel cúmulus es lo mismo que Ripamilán; figúreselo usted con la teja en la mano...

—Aquel cirrus negro parece la moña de un torero...

Don Álvaro, al llegar a la Rinconada, mientras dejaba pasar delante a don Víctor, que traía llavín, levantaba el puño cerrado sobre la cabeza del insoportable amigo... No descargaba el golpe... no... pero... «¡Ya lo descargaría!»

«¡Oh! pensaba, lo que es ahora estoy en mi derecho. Ojo por ojo.»

Así vivía Ana, menos aburrida si no contenta, sin grandes remordimientos, aunque no satisfecha de sí misma. Ni permitía a don Álvaro acercarse, alentar esperanzas que ella sustentase, ni le rechazaba con el categórico desdén que la virtud, lo que se llama la virtud, exigía. Estas medias tintas de la moralidad le parecían entonces a ella las más conformes a la flaca naturaleza humana. «¿Por qué he de creerme más fuerte de lo que soy?»

También volvió a frecuentar la casa de Vegallana. Fue muy bien recibida; la del Banco se la comía a besos, le hablaba de modas, le mandaba patrones a casa, y le recordaba visitas que tenía que pagar y a que ella la acompañaba, porque don Víctor se negaba a perder el tiempo en estos cumplidos.

—Señor —gritaba él— yo no sirvo para eso; no se me haga a mí hablar del tiempo, del mal servicio de criadas, de la carestía de los comestibles. ¡Exíjase de mí cualquier cosa menos hacer visitas de cumplido!

—Yo soy artista no sirvo para esas nimiedades— decía para sus adentros.

Visitación procuraba meterle a Ana, a manos llenas, por los ojos, por la boca, por todos los sentidos, el demonio, el mundo y la carne; el buen tiempo la ayudaba.

La Regenta no tomaba con gran calor aquellas diversiones, pero las prefería a su estéril soledad, en que buscando ideas piadosas encontraba tristezas, un hastío hondo y el rencoroso espíritu de protesta de la carne pisoteada, que bramaba en cuanto podía. «Era mejor vivir como todos, dejarse ir, ocupar el ánimo con los pasatiempos vulgares, sosos, pero que, al fin, llenan las horas...»

En esta situación estaba cuando el Magistral le dijo en el confesonario que se perdía; que él la había visto arrojar con desdén sobre un banco de césped la historia de Santa Juana Francisca... Aquella tarde De Pas estuvo más elocuente que nunca; ella comprendió que estaba siendo una ingrata, no sólo con Dios, sino con su apóstol, aquel apóstol todo fuego, razón luminosa, lengua de oro, de oro líquido... La voz del sacerdote vibraba, su aliento quemaba, y Ana creyó oír sollozos comprimidos. «Era preciso seguirle o abandonarle: él no era el capellán complaciente que sirve a los grandes como lacayo espiritual; él era el padre del alma, el padre, ya que no se le quería oír como hermano. Había que seguirle o dejarle.» Y después había hablado de lo que él mismo sentía, de sus ilusiones respecto de ella. «Sí, Ana (Ana la había llamado, estaba ella segura), yo había soñado lo que parecía anunciarse desde nuestra primer entrevista, un espíritu compañero, un hermano menor, de sexo diferente para juntar facultades opuestas en armónica unión; yo había soñado que ya no era Vetusta para mí cárcel fría, ni semillero de envidias que se convierten en culebras, sino el lugar en que habitaba un espíritu noble, puro y delicado, que al buscarme para caminar en la vía santa de salvación, sin saberlo, me guiaba también por esa vía; yo esperaba que usted fuese lo que aquella historia que llorando me contaba, prometía... lo que usted me prometió cien veces después... Pero no, usted desconfía de mí, no me cree digno de su dirección espiritual, y para satisfacer esas ansias de amor ideal que siente, tal vez ya busca en el mundo quien la comprenda y pueda ser su confidente.»

—No, no —repetía Ana llorando; pero él había seguido hablando de su despecho, cada vez más triste, cada vez con más ardor en las palabras y en el aliento... Y habían concluido por reconciliarse, por prometerse nueva vida, verdadera reforma, eficaz cambio de costumbres; y ella exaltada le había dicho: «¿Quiere usted que hoy mismo le acompañe a casa de doña Petronila?» «Sí, sí; eso, lo mejor es eso», había contestado él. Y habían ido juntos, sin pensar ni uno ni otro lo que hacían.

Desde aquella tarde había empezado para la Regenta la vida de la devota práctica; pero duró poco la eficacia de aquel impulso en que no había piedad acendrada sino gratitud, el deseo de complacer al hombre que tanto trabajaba por salvarla, y que era tan elocuente y que tanto valía. Ana a veces, no pudiendo elevar su atención a las cosas invisibles, a la contemplación piadosa, procuraba preparar este viaje místico pensando en el Magistral. «¡Oh, qué grande hombre! ¡Y qué bien penetraba en el espíritu, y qué bien hablaba de lo que parece inefable, de los subterráneos de las intenciones, de las delicadezas del sentimiento! ¡Y cuánto le debía ella! ¿Por qué tanto interés si aquella pecadora no lo merecía?» Las lágrimas se agolpaban a los ojos de Ana. Lloraba de gratitud y de admiración. Y no pudiendo meditar sobre cosas santas, piadosas, poníase la mantilla y corría a la conferencia de San Vicente, o a la Junta del Corazón o al Catecismo, o a misa... donde correspondiera. Pero la fe era tibia; por allí no se iba adonde ella había deseado. Además, se conocía; sabía que ella, de entregarse a Dios, se entregaría de veras; que mientras su devoción fuese callejera, ostentosa y distraída, ella misma la tendría en poco, y cualquier pasión mala, pero fuerte, la haría polvo.

Mas resuelta a huir de los extremos, a ser *como todo el mundo*, insistió en seguir a las *demás beatas* en todos sus pasos, y aunque sin gusto, entró en todas las cofradías, fue hija y hermana, según se quiso, de cuantas juntas piadosas lo solicitaron.

Dividía el tiempo entre el mundo y la iglesia: ni más ni menos que doña Petronila, Olvido Páez, Obdulia y en cierto modo la Marquesa. Se la vio en casa de Vegallana y en las Paulinas, en el Vivero y en el Catecismo, en el teatro y en el sermón. Casi todos los días tenían ocasión de hablar con ella, en sus respectivos círculos, el Magistral y don Álvaro, y a veces uno y otro en el mundo y uno y otro en el templo; lugares había en que Ana ignoraba si estaba allí en cuanto mujer devota o en cuanto mujer de sociedad.

Pero ni De Pas ni Mesía estaban satisfechos. Los dos esperaban vencer, pero a ninguno se le acercaba la hora del triunfo.

—Esta mujer —decía don Álvaro— es *peor* que Troya.

—El remedio ha sido peor que la enfermedad— pensaba don Fermín.

Ana veía en los pormenores de la vida de beata mil motivos de repugnancia; pero prefería apartar de ellos la atención: no dejaba que el espíritu de contradicción buscase las debilidades, las groserías, las miserias de aquella devoción exterior y bullanguera. No quería censurar, no quería ver.

Pero a sí misma se comparaba al cadáver del Cid venciendo moros. No era ella, era su cuerpo el que llevaban de iglesia en iglesia.

Y volvió la inquietud honda y sorda a minar su alma. Esperaba ya otra época de luchas interiores, de aridez y rebelión.

Una noche, después de oír un sermón soporífero, entró en su tocador casi avergonzada de haber estado dos horas en la iglesia como una piedra; oyendo, sin piedad y sin indignación, sin lástima siquiera, necedades monótonas, tristes; viendo ceremonias que nada le decían al alma...

—Oh, no, no —se dijo, mientras se desnudaba— yo no puedo seguir así...

Y luego, sacudiendo la cabeza, y extendiendo los brazos hacia el techo, había añadido en voz alta, para dar más solemnidad a su protesta:

—¡Salvarme o perderme! pero no aniquilarme en esta vida de idiota... ¡Cualquier cosa... menos ser como *todas esas*!

Y a los pocos días cayó enferma.

Cuando esta historia de su tibieza y de sus cobardes y perezosas transacciones con el mundo pasaban por la memoria de Ana, con formas plásticas, teatrales, —gracias a la salud que volvía a rodar con la sangre— sentía la débil convaleciente remordimientos que ella se complacía en creer intensos, punzantes. «¡Oh! ¡qué diferencia entre aquel sopor moral en que vivía pocas semanas antes, y la agudeza de su conciencia ahora, allí postrada, sin poder levantar el embozo de la colcha con la mano, pero con fuerza en la voluntad para levantar el plomo del pecado, que la abrumaba con su pesadumbre!»

«¡Esta sí que era resolución firme! Iba a ser buena, buena, de Dios, sólo de Dios; ya lo vería el Magistral. Y él, don Fermín, sería su maestro vivo, de carne y hueso; pero además tendría otro: la santa doctora, la divina Teresa de Jesús... que estaba allí, junto a su cabecera esperándola amorosa, para entregarle los tesoros de su espíritu.»

Ana, burlando los decretos del médico, probó en los primeros días de aquella segunda convalecencia a leer en el libro querido: iba a él como un niño a una golosina.

Pero no podía. Las letras saltaban, estallaban, se escondían, daban la vuelta... cambiaban de color... y la cabeza se iba... «Esperaría, esperaría.» Y dejaba el libro sobre la mesilla de noche, y con delicia que tenía mucho de voluptuosidad, se entretenía en imaginar que pasaban los días, que recobraba la energía corporal; se contemplaba en el Parque, en el cenador, o en lo más espeso de la arboleda leyendo, devorando a su Santa Teresa. «¡Qué de cosas la diría ahora que ella no había sabido comprender cuando la leyera distraída, por máquina y sin gusto!»

La impaciencia pudo más que las órdenes del médico, y antes de dejar el lecho, cuando empezaron a permitirle otra vez incorporarse entre almohadones, algo más fuerte ya, Ana hizo nuevo ensayo y entonces encontró las letras firmes, quietas, compactas; el papel blanco no era un abismo sin fondo, sino tersa y consistente superficie. Leyó; leyó siempre que pudo. En cuanto la dejaban sola, y eran largas sus soledades, los ojos se agarraban a las páginas místicas de la Santa de Ávila, y a no ser lágrimas de ternura, ya nada turbaba aquel coloquio de dos almas a través de tres siglos.

XX

Don Pompeyo Guimarán, presidente dimisionario de la *Libre Hermandad*, natural de Vetusta, era de familia portuguesa; y don Saturnino Bermúdez, el arqueólogo y etnógrafo, que dividía a todos sus amigos en celtas, iberos y celtíberos, sin más que mirarles el ángulo facial y a lo sumo palparles el cráneo, aseguraba que a don Pompeyo le quedaba mucho de la gente lusitana, no precisamente en el cráneo, sino más bien en el abdomen. Don Pompeyo no decía que sí ni que no; cierto era que él tenía un poco de panza, no mucho, obra de la edad y la vida sedentaria; que andaba muy tieso, porque creía que «quien era recto como espíritu, digámoslo así, debía serlo como físico»; pero en punto a los vestigios de raza y nación él se declaraba neutral: quería decir que le era indiferente esta cuestión, toda vez que tan español consideraba a un portugués como a un castellano como a un extremeño. De modo que siempre que se le hablaba de tal asunto acababa por hacer una calurosa defensa de la unión ibérica, unión que debía iniciarse en el arte, la industria y el comercio para llegar después a la política. Además ¿qué le importaban a don Pompeyo estos accidentes del nacimiento? Su inteligencia andaba siempre por más altas regiones. Él en este mundo era principalmente un *altruista*, palabreja que, preciso es confesarlo, no había conocido hasta que con motivo de una disputa filosófica de la que salió derrotado, el amor propio un tanto ofendido le llevó a leer las obras de Comte. Allí vio que los hombres se dividían en *egoístas* y *altruistas* y él, a impulsos de su buen natural, se declaró *altruista* de por vida; y, en efecto, se la pasó metiéndose en lo que no le importaba. Tenía algunas haciendas, pocas, la mayor parte procedentes de bienes nacionales; y de su renta vivía con mujer y cuatro hijas casaderas.

Comía sopa, cocido y principio; cada cinco años se hacía una levita, cada tres compraba un sombrero alto lamentándose de las exigencias de la moda porque el viejo quedaba siempre en muy buen uso. A esto lo llamaba él su *aurea mediocritas*. Pudo haber sido empleado; pero «¿con quién? ¡si aquí nunca hay gobiernos!» Cargos gratuitos los desempeñaba siempre que se le ofrecían, porque sus conciudadanos le tenían a su disposición, sobre todo si se trataba de dar a cada uno lo suyo. A pesar de tanta modestia y parsimonia en los gastos, los maliciosos atribuían su exaltado liberalismo y su descreimiento y desprecio del culto y del clero a la procedencia de sus tierras. «¡Claro, decían las beatas en los corrillos de San Vicente de Paúl, y los ultramontanos en la redacción de *El Lábaro*, claro, como lo que tiene lo debe a los despojos impíos de los liberalotes! ¿Cómo no ha de aborrecer al clero si se está comiendo los bienes de la Iglesia?» A esto hubiera objetado don Pompeyo, si no despreciara tales hablillas «abroquelado en el santuario de su conciencia», hubiera contestado que don Leandro Lobezno, el obispo de levita, el Preste Juan de Vetusta, el seráfico presidente de la Juventud Católica, era millonario gracias a los bienes nacionales que había comprado cierto tío a quien heredara el don Leandro. Pero no, don Pompeyo no contestaba. Él aborrecía el fanatismo, pero perdonaba a los fanáticos.

«¿No era él un filósofo? Bien sabía Dios que sí». —Esto de que bien lo sabía Dios era una frase hecha, como él decía, que se le escapaba sin querer, porque, en verdad sea dicho, don Pompeyo Guimarán no creía en Dios. No hay para qué ocultarlo. Era público y notorio. Don Pompeyo era el ateo de Vetusta. «¡El único!» decía él, las pocas veces que podía abrir el corazón a un amigo. Y al decir ¡el único! aunque afectaba profundo dolor por la ceguedad en que, según él, vivían sus conciudadanos, el observador notaba que había más orgullo y satisfacción en esta frase que verdadera pena por la falta de propaganda. Él daba ejemplo de ateísmo por todas partes, pero nadie le seguía.

En Vetusta no se aclimataba esta planta; él era el único ejemplar, robusto, inquebrantable eso sí, pero el único. Y don Pompeyo sentía remordimientos cuando se sorprendía deseando que jamás cundiese *la doctrina racional*, *salvadora*, que por tal la tenía. Todos le llamaban el *Ateo*, pero la experiencia había convencido a los más fanáticos de que no mordía. «Era el león enamorado de una doncella», decía elegantemente Glocester, «una fiera sin dientes.» Hasta las más recalcitrantes beatas pasaban al lado del *Ateo* sin echarle una mala maldición: era como un oso viejo, ciego y con bozal que anduviese domesticado, de calle en calle, divirtiendo a los chiquillos; olía mal pero no pasaba de ahí. Sin embargo, varias veces se había pensado en darle un disgusto serio para que se convirtiera o abandonase el pueblo. Esto dependía del mayor o menor celo apostólico de los obispos. Uno hubo (después llegó a cardenal) que pensó seriamente en excomulgar a don Pompeyo. Éste recibió la noticia en el Casino —todavía iba al Casino entonces.— Una sonrisa angelical se dibujó en su rostro: así debió de sonreír el griego que dijo: pega, pero escucha. La boca se le hizo agua: aquella excomunión le hacía cosquillas en el alma: ¡qué más podía ambicionar! En seguida pensó en tomar una postura moral digna de las circunstancias. Nada de aspavientos, nada de protestas. —Se contentó con decir: —El señor obispo no tiene derecho de excomulgar a quien no comulga; pero venga en buen hora la excomunión... y ahí me las den todas.

Su mujer y cuatro hijas pensaban de muy distinta manera. En vano quiso ocultarlas que el rayo amenazaba su hogar tranquilo. La casa de don Pompeyo se convirtió en un mar de lágrimas; hubo síncopes; doña Gertrudis cayó en cama. El infeliz Guimarán sintió terribles remordimientos: sintió además inesperada debilidad en las piernas y en el espíritu. «¡No que él se convirtiera! ¡eso jamás! pero ¡su Gertrudis, sus niñas!» y lloraba el desgraciado; y volviéndose del lado hacia donde caía el palacio episcopal enseñaba los puños y gritaba entre suspiros y sollozos: «—¡Me tienen atado, me tienen atado esos hijos de la aberración y la ceguera! ¡desgraciado de mí! pero más dignos de compasión ellos que no ven la luz del medio día, ni el sol de la Justicia.» Ni aun en tan amargos instantes insultaba al obispo y demás alto clero. Tuvo que transigir; tuvo que tolerar lo que al principio le sublevaba sólo pensado, que sus hijas se *moviesen*, que sus amigos pusieran en juego sus relaciones para que el obispo se metiera el rayo en el bolsillo... Se consiguió, no sin trabajo, y sin necesidad de que don Pompeyo se retractase de sus errores. Se echó tierra al ateísmo de Guimarán. Él calló una temporada, pero luego volvió a la carga, incansable en aquella propaganda, que, en el fondo de su corazón, deseaba infructuosa, por el gusto de ser el único ejemplar de la, para él, preciosa especie del ateo. Sus principales batallas las daba en el Casino, donde pasaba media vida (después lo abandonó por motivos poderosos). Los vetustenses eran, en general, poco aficionados a la teología; ni para bien ni para mal les agradaba hablar de las cosas *de tejas arriba*. Los *avanzados* se contentaban con atacar al clero, contar chascarrillos escandalosos en que hacían principal papel curas y amas de cura; en esta amena conversación entraban también con gusto algunos conservadores muy ortodoxos. Si creían haber llegado demasiado lejos y temían que alguien pudiera sospechar de su acendrada religiosidad, se añadía, después de la murmuración escandalosa: «—Por supuesto que éstas son las excepciones. —No hay regla sin excepción, decía don Frutos el americano. —La excepción confirma la regla, añadía Ronzal el diputado. Y hasta había quien dijera: —Y hay que distinguir entre la religión y sus ministros. —Ellos son hombres como nosotros...» Los avanzados presentaban objeciones, defendían la solidaridad del dogma y el sacerdote, y entonces el mismo don Pompeyo tenía que ponerse de parte de los reaccionarios, hasta cierto punto, y decir: —Señores, no confundamos las cosas, el mal está en la raíz... El clero no es malo ni bueno; es como tiene que ser... Al oír tal, todos se levantaban en contra, unos porque defendía al clero y otros porque atacaba el dogma. Bien decía él que estaba completamente solo, que era el *único*. —De aquellas discusiones, que buscaba y provocaba todos los días, afirmaba él que «salía su espíritu, llamémosle así, lleno de amargura (y no era verdad, el remordimiento se lo decía), lleno de amargura porque en Vetusta nadie pensaba; se vegetaba y nada más. Mucho de intrigas, mucho de politiquilla, mucho de intereses materiales mal entendidos; y nada de filosofía, nada de elevar el pensamiento a las regiones de lo ideal. Había algún erudito que otro, varios canonistas, tal cual jurisconsulto, pero pensador ninguno. No había más pensador que él». «Señores, decía a gritos después de tomar café, cerca del gabinete del tresillo, si aquí se habla de las graves cuestiones de la inmortalidad del alma, que yo niego por supuesto; de la Providencia, que yo niego también, o toman ustedes la cosa a broma, a guasa, como dicen ustedes, o sólo se preocupan con el aspecto utilitario, egoísta, de la cuestión: si Ronzal será inmortal, si don Frutos prefiere el aniquilamiento a la vida futura sin recuerdo de lo presente... Señores ¿qué importa lo que quiera don Frutos ni lo que prefiera Ronzal? La cuestión no es ésa; la cuestión es (y contaba por los dedos) si hay Dios o no hay Dios; si, caso de haberlo, piensa para algo en la mísera humanidad, si...»

«¡Chitón! ¡silencio! gritaban desde dentro los del tresillo; y don Pompeyo bajaba la voz, y el corro se alejaba de los tresillistas, lleno de respeto, obedientes todos, convencidos de que aquello del juego era cosa mucho más seria que las teologías de don Pompeyo, más práctica, más respetable. —Miren ustedes, decía Ronzal, que todavía no era sabio, yo creo todo lo que cree y confiesa la Iglesia, pero la verdad, eso de que el cielo ha de ser una contemplación eterna de la Divinidad... hombre, eso es pesado. — ¿Y qué? objetaba el americano don Frutos, en voz baja también, temeroso de nuevo aviso de los tresillistas; ¿y qué? Yo me contento con pasar la vida eterna mano sobre mano. Bastante he trabajado en este mundo. ¡Peor sería eso que dicen que dice *Alancardan*, o san Cardan, o san Diablo! pues... que...» No sabía cómo explicarlo el pobre don Frutos. «Ello venía a ser que en muriéndonos íbamos a otra estrella, y de allí a otra, a pasar otra vez las de Caín, y ganarnos la vida.» La idea de volver, en Venus o en Marte, a buscar negros al África y comprarlos y venderlos a espaldas de la ley, le parecía absurda a Redondo y le volvía loco. «¡Antes el aniquilamiento, como dice el ateo!» concluía limpiando el copioso sudor de la frente, provocado por aquel esfuerzo intelectual, tan fuera de sus hábitos. —Con esta cuestión de la inmortalidad era con la que abría don Pompeyo brecha en el alcázar de la fe de los socios, pero siempre concluían por cerrar aquella brecha con las salvedades de rúbrica. «—Por supuesto, Dios sobre todo... Doctores tiene la Iglesia...»

Y en último caso, don Pompeyo ya les iba aburriendo con sus teologías. Le dejaban solo. Los tresillistas se quejaron a la junta. Tuvo que cambiar de mesa y de sala, si quiso seguir predicando ateísmo.

«¡Éste era el estado del libre examen en Vetusta!» pensaba Guimarán con tristeza mezclada de orgullo.

En el billar tampoco querían teología racional. Don Pompeyo, más abandonado cada día, se colocaba taciturno, como Jeremías podría pararse en una plaza de Jerusalem, se colocaba, abierto de piernas, delante de la mesa pequeña, la de carambolas, y largo rato contemplaba a aquellos ilusos que pasaban las horas de la brevísima existencia, viendo chocar o no chocar tres bolas de marfil. Algunas veces tropezaba la maza de un taco con el abdomen de don Pompeyo.

—Usted dispense, señor Guimarán.

—Está usted dispensado, joven —respondía el pensador rascándose la barba con una ironía trágica, profunda, y sonriendo, mientras movía la cabeza dando a entender que estaba perdido el mundo.

Aburrido de tanta *superficialidad* subía al *cuarto del crimen*, a ver a los partidarios del azar. Allí oía el nombre de Dios a cada momento, pero en términos que no le parecían nada filosóficos.

—¡Don Pompeyo, tiene usted razón! —gritaba un perdido al despedirse de la última peseta— ¡tiene usted razón, no hay Providencia!

—¡Joven, no sea usted majadero, y no confunda las cosas!

Y salía furioso del Casino. «No se podía ir allí.»

Cuando *estalló la Revolución de Septiembre,* Guimarán tuvo esperanzas de que el libre pensamiento tomase vuelo. Pero nada. ¡Todo era hablar mal del clero! Se creó una sociedad de filósofos... y resultó espiritista; el jefe era un estudiante madrileño que se divertía en volver locos a unos cuantos zapateros y sastres. Salió ganando la Iglesia, porque los infelices menestrales comenzaron a ver visiones y pidieron confesión a gritos, arrepintiéndose de sus errores con toda el alma. Y nada más: a eso se había reducido la *revolución religiosa* en Vetusta, como no se cuente a los que *comían de carne* en Viernes Santo.

Don Pompeyo no creía en Dios, pero creía en la Justicia. En figurándosela con J mayúscula, tomaba para él cierto aire de divinidad, y sin darse cuenta de ello, era idólatra de aquella palabra abstracta. Por *la justicia* se hubiera dejado hacer tajadas.

«La justicia le obligaba a reconocer que el actual obispo de Vetusta, don Fortunato Camoirán, era una persona respetable, un varón virtuoso, digno; equivocado, equivocado de medio a medio, pero digno. ¿Tenía un ideal? pues don Pompeyo le respetaba.»

Don Pompeyo no leía, meditaba. Después de las obras de Comte (que no pudo terminar) no volvió a leer libro alguno; y en verdad, él no los tenía tampoco. Pero meditaba.

Algunas veces discutía con Frígilis, en quien reconocía la *madera de un libre pensador*, pero mal educado. No le quería bien. «¡Ese es panteísta!» decía con desdén. «Ese adora la naturaleza, los animales, y los árboles especialmente... además, no es filósofo; no quiere pensar en las grandes cosas, sólo estudia nimiedades... Está muy hueco porque después de cien mil ensayos ridículos aclimató el Eucaliptus en Vetusta... ¿Y qué? ¿Qué problema metafísico resuelve el Eucaliptus globulos? Por lo demás yo reconozco que es íntegro... y que sabe... que sabe... por más que su decantado darwinismo... y aquella locura de ingertar gallos ingleses...»

Guimarán fue varias veces derrotado por Frígilis en sus polémicas. Frígilis era apóstol ferviente del transformismo; le parecía absurdo y hasta ridículo hacer ascos al abolengo animal... Don Pompeyo, aunque se sentía seducido por aquella teoría que *dejaba* un subido y delicioso olor a herética y atea, no se decidía a creerse descendiente de cien orangutanes; sonreía como si le hiciesen cosquillas... pero no se determinaba a decir sí ni a decir no.

«Mi última afirmación es la duda... Se me hace cuesta arriba.» Pero de todas suertes su ateísmo quedaba en pie; para negar a Dios con la constancia y energía con que él lo negaba, no hacía falta leer mucho, ni hacer experimentos, ni meterse a cocinero químico. «¡Mi razón me dice que no hay Dios; no hay más que Justicia!»

Frígilis, mientras don Pompeyo afirmaba estas cosas, le miraba sonriendo con benevolencia; y con un poco de burla, en que había algo de caridad, le decía:

—«¿Pero, señor Guimarán, tan seguro está usted de que no hay Dios?

—«¡Sí, señor mío! ¡mis principios son fijos! ¡fijos! ¿entiende usted? Y yo no necesito manosear librotes y revolver tripas de cristianos y de animales para llegar a mi conclusión categórica... Si su ciencia de usted, después de tanta retorta, y tanto protoplasma y demás zarandajas, no da por resultado más que esa duda, ¡guárdese la ciencia de los libros en donde quiera, que yo no la he menester!

El honrado Guimarán daba media vuelta y se iba furioso, llena el alma de rencores y envidias pasajeras, y Frígilis seguía sonriendo y movía la cabeza a un lado y a otro.

Si le preguntaban qué opinaba del *Ateo*, decía:

—«¿Quién, don Pompeyo? Es una buena persona. No sabe nada, pero tiene muy buen corazón.»—

Guimarán juró —tenía que parar en ello— juró no poner jamás los pies en el Casino.

—«Lo que se ha hecho allí conmigo no se hace con ningún cristiano.»

Tenía el estilo sembrado de frases y modismos puramente ortodoxos, pero protestaba en seguida contra «aquellas metáforas y solecismos del lenguaje.»

Lo que habían hecho con él había sido celebrar el aniversario 25 de la exaltación de Pío Nono al Pontificado, colgando los tapices de gala y sacando a relucir los aparatos de gas con que iluminaban la fachada en las grandes solemnidades.

Don Pompeyo se dirigió a la junta en papel de oficio citando los artículos del Reglamento que, en su opinión, «prohibían semejantes muestras de júbilo por parte de una corporación que, por su calidad de círculo de recreo, no debía, no podía tener religión positiva determinada.»

Y en el salón daba gritos, mientras los mozos colgaban los tapices de los balcones; hacía aspavientos, e invocaba la tolerancia religiosa, la libertad de cultos y hasta la sesión del juego de pelota.

—Pero, hombre —le decía Ronzal, con deseos de pegarle— ¿qué le importa a usted que el Casino cuelgue e ilumine? ¿Qué le ha hecho a usted la Santidad de Pío Nono?

—¿Qué me ha hecho la Santidad?... Se lo diré a usted, sí señor, se lo diré a usted. Pío Nono me era... hasta simpático... reconocía en él un hombre de buena fe... Pero la infalibilidad ha puesto entre los dos una muralla de hielo; un abismo que no se puede salvar... ¡Un hombre infalible! ¿Comprende usted eso, Ronzal?

—Sí, señor, perfectamente. Es la cosa más clara...

—Pues explíquemelo usted.

—Entendámonos, señor Guimarán; si usted quiere examinarse... ¡sepa usted que yo... no aguanto ancas!...

—No se trata aquí de la grupa de nadie... sino de que usted pruebe la infali...

—¿La *infalibidad*?

—Sí, señor... la infalibilidad... la in... fa... li... bi... li...

—¡Oiga usted, señor don Pompeyo, que a mí las canas no me asustan! y si usted se burla, yo hago la cuestión personal...

—¿Cómo personal? ¿También usted es infalible?

—¡Señor Guimarán!

—En resumen; señor mío...

—Eso es, *reasumiendo*...

—Yo me borro de la lista...

—¡Pues tal día hará un año!

Ronzal no demostró el porqué de la infalibilidad, pero don Pompeyo se borró de la lista del Casino.

Perdió aquel refugio de sus horas desocupadas que eran muchas, y anduvo como alma en pena vagando de café en café hasta que al cabo de algunos años tropezó con don Santos Barinaga en el *Restaurant y café de la Paz,* donde todas las noches el enemigo implacable del Magistral se preparaba a mal morir bebiendo un cognac con honores de espíritu de vino.

Entablaron amistad que llegó a ser íntima. Don Santos había sido siempre un buen católico; es más, de la Iglesia vivía, pues su comercio era de objetos del culto.

Pero desde que el monopolio mal disfrazado de competencia de «La Cruz Roja» había empezado a *labrar su ruina*, iba sintiendo cada día más vacilante el alcázar de su fe... y más vacilantes las piernas. Empezaba, como otros muchos, por negar la virtud del sacerdocio y, además, —esto no se sabe que lo hayan hecho otros heresiarcas— coincidía en él aquel desprecio de los ordenados *in sacris* con la afición desmesurada al alcohol en sus varias manifestaciones.

Poco trabajo le costó a Guimarán hacer un prosélito de don Santos. De día en día y de copa en copa avanzaba la impiedad en aquel espíritu; y llegó a creer que Jesucristo no era más que una constelación; disparate que había leído don Pompeyo en un libro viejo que compró en la feria. Guimarán tenía la impiedad fría del filósofo, Barinaga los rencores del sectario, la ira del apóstata.

Cuando le parecía al buen tendero que iba demasiado lejos en sus negaciones, para ocultar el miedo, se ponía de pie, copa en mano, y decía solemnemente:

—En último caso, si me equivoco, si blasfemo... toda la responsabilidad caiga sobre ese pillo... sobre ese *rapavelas*... ¡sobre ese maldito don Fermín!...

El café de la Paz era grande, frío; el gas amarillento y escaso parecía llenar de humo la atmósfera cargada con el de los cigarros y las cocinas; a la hora en que los dos amigos conferenciaban

132

estaba desierto el salón; los mozos, de chaqueta negra y mandil blanco, dormitaban por los rincones. Un gato pardo iba y venía del mostrador a la mesa de don Santos, se le quedaba mirando largo rato, pero convencido de que no decía más que disparates, bostezaba, y daba media vuelta.

Guimarán veía con gran satisfacción los progresos de la impiedad en aquel espíritu lleno de pasión; no había llegado don Santos al ateísmo, «pero éste era un grado de perfección filosófica que tal vez le venía muy ancho al antiguo comerciante de cálices y patenas.» Don Pompeyo se contentaba con arrancarle las raíces y retoños de toda religión positiva. No le agradaba verle cada vez más *enfrascado* en el aguardiente y el cognac; pero don Santos si no bebía no daba pie con bola, no entendía palabra de lugares teológicos. Había que dejarle beber.

A las diez y media de la noche salían juntos; don Pompeyo daba el brazo a don Santos y le acompañaba hasta dejarle bastante lejos del café, porque si no se volvía solo. En la esquina de una calleja se despedían con largo apretón de manos, y Guimarán, sereno y satisfecho, se restituía a su hogar tranquilo donde le esperaban su amante esposa y cuatro hijas que le adoraban.

Don Santos quedaba solo en batalla con las quimeras del alcohol, con nieblas en el pensamiento y en los ojos. Su pie vacilaba; el pudor entregado a sí mismo, luchaba por encontrar una marcha y un continente decoroso; pero en vano, un movimiento en zig—zag agitaba todo el cuerpo del enfermo; cada paso era un triunfo; la cabeza se tenía mal sobre los hombros... y de la faringe del borracho salían, como arrullos de tórtola, gritos sofocados de protesta, de una protesta monótona, inarticulada, que era a su modo expresión de una idea fija, o mejor, de un odio clavado en aquel cerebro con el martillo de la manía. A todas las manchas de las paredes, a todas las sombras de los faroles les contaba, gruñendo, la historia de su ruina, y no había piedra de aquel camino que no supiese la escandalosa leyenda de la fortuna del Magistral.

Si Barinaga tomó de don Pompeyo su apostasía, Guimarán se contagió con el odio de don Santos al Provisor y a doña Paula. «¡Era escandaloso, ciertamente, aquel tráfico indigno!» Los dos viejos fueron trompas de la fama contra la honra del Provisor. Don Santos alborotó la vecindad muchas noches; no bastó la intervención del sereno; llegó a dar puñadas, bastonazos y hasta patadas en la puerta de la *Cruz Roja.* El dueño del establecimiento se quejó a la autoridad, creció el escándalo, los enemigos del Magistral atizaron la discordia, en todas partes se gritaba: «¿Cómo se entiende? ¿van a prender a don Santos después de haberle arruinado? ¿Se atrevería la autoridad a tomar una *medida represiva?*»

En el cabildo, Glocester, el maquiavélico Arcediano, hablaba al oído de los canónigos «de descrédito colectivo, de lo que la iglesia, y la catedral sobre todo, perdían con aquellas *algaradas* (frase de Glocester).» —El beneficiado don Custodio apoyaba al señor Mourelo.

—¡Y si fuera eso lo peor! —decía el Arcediano.

Y entonces comenzaba el segundo capítulo de la murmuración.

«Lo peor era que, con razón o sin ella, pero no sin que las apariencias diesen motivo para las hablillas, se decía que el Magistral quería seducir, y en camino estaba, nada menos que a la Regenta.»

—¡Hombre, eso no! —gritaba el chantre— ¡ella está hecha una santa; después de su enfermedad, desde que estuvo si la entrega o no la entrega, su vida es ejemplar. Si antes era una señora virtuosa, como hay muchas, ahora es una perfecta cristiana. Está más delgadilla, más pálida, pero hermosísima... quiero decir, que edifica, que es una santa... vamos... una santa...

—Señor, yo quiero hechos... y el público no se fía de santidades... se fía de hechos...

Y Glocester citaba muchos hechos: la frecuencia de las confesiones de Anita Ozores, lo mucho que duraban las visitas del Provisor al Caserón, las visitas de la Regenta a doña Petronila...

—¡Cómo! ¿Y qué? ¿qué tenemos con esas visitas? ¿También va usted a creer que doña Petronila se presta?...

—Señor... yo no creo ni dejo de creer... yo cito hechos y digo lo que dice el público... El escándalo crece...

Era verdad. Tal maña se daban Glocester y don Custodio y otros señores del cabildo, algunos empleados de la curia eclesiástica, y entre el elemento lego Foja y don Álvaro; éste por debajo de cuerda y conteniéndose en lo que se refería a la simonía y despotismo que se achacaba al Provisor. En el Casino tampoco se hablaba de otra cosa. Ya todos aseguraban haber encontrado a don Santos dando patadas a la puerta de la Cruz Roja y desafiando a gritos al Magistral. Había bandos: unos reclamaban la intervención de la autoridad, otros sostenían *el derecho del pataleo* de Barinaga.

El Chato iba y venía, espiaba en todas partes, y dos o tres veces al día entraba en casa del Provisor a dar parte de las murmuraciones a su jefe, a doña Paula, que le pagaba bien.

La madre de don Fermín vivía en perpetua zozobra; pero no desmayaba. «Ya que él quería perderse, allí estaba ella para salvarle.» Era lo principal visitar al Obispo, conseguir que la murmuración, la calumnia o lo que fuese, no llegara a su Ilustrísima. Doña Paula pasaba gran parte del día y de la noche en palacio. Su lugarteniente Úrsula, el ama de llaves del Obispo, tenía orden de no dejar a ninguna persona sospechosa llegar a la cámara de su dueño; los familiares, gente devota de doña Paula, hechuras suyas, obedecían a la misma consigna. El Magistral, aunque le disgustaba emplearse en tal oficio, también espiaba y vigilaba; el instinto de conservación le obligaba a secundar los planes de su madre.

Doña Paula y don Fermín hablaban poco; se defendían por acuerdo tácito; empleaban el mismo sistema de resistencia sin comunicárselo. Estaba la madre irritada. «Su hijo la engañaba, la perdía. Para ella doña Ana Ozores, la dichosa Regenta, era ya *barragana* (esta palabra decía en sus adentros) barragana de su Fermo. Por allí iba a romper la soga; por allí hacía agua el barco.

Si se hablaba tanto de los abusos de la curia eclesiástica, de la *Cruz Roja* y de don Santos, era porque el *otro negocio*, el más escandaloso, el de las *faldas* traía consigo los demás.» Esto pensaba ella. «Lo otro es antiguo; ya nadie hacía caso de esas hablillas por viejas, por gastadas, pero con el escándalo nuevo, con lo de esa mala pécora, hipócrita y astuta, todo se renueva, todo toma importancia, y muchos pocos hacen un mucho. Si Fortunato sabe algo, cree algo, nos hundimos.» Al dueño de la Cruz Roja se le prohibió oír los golpes que descargaba en la puerta todas las noches el borracho de don Santos. No se volvió a pensar en pedir auxilio a la autoridad. Se compró al sereno y se le dio orden de que evitara el ruido ante todo. Era inútil. Muchos vecinos ya esperaban con curiosidad maliciosa la hora del alboroto y salían a los balcones a presenciar la escena.

Pero doña Paula tenía además que seguir los pasos a su hijo.

El Chato había visto a la Regenta y al Magistral entrar juntos al anochecer en casa de doña Petronila. Y ya lo sabía doña Paula. Pero también les había visto don Custodio y se lo había dicho a Glocester y después los dos a toda Vetusta.

En tanto, en el café de la Paz había ya público para oír a don Pompeyo y a don Santos maldecir de las religiones positivas y especialmente del señor Vicario general, como llamaba siempre a De Pas el señor Guimarán. Entre el *pueblo bajo* corría la historia de las aras, de la ruina de don Santos, de los millones del Magistral depositados en el Banco; con tal motivo algunos obreros de la Fábrica vieja hablaban de ahorcar al clero en masa. A esto lo llamaban cortar por lo sano. Los trabajadores carlistas dudaban; tenía entre ellos amigos el Magistral, pero si le respetaban por sacerdote, le temían por rico... y sospechaban algo. De lo que no hablaba la multitud era del asunto de las *faldas*. Allá cuando la Revolución, se había dicho si tenía o no tenía don Fermín aventuras en los barrios bajos; pero ya nadie se acordaba por allí de tales cuentos. Los obreros que entonces llevaban la voz en la propaganda revolucionaria habían muerto, o habían envejecido, o se habían dispersado, o estaban desengañados de *la idea*; la generación nueva no era clerófoba más que a ratos; era amiga de la taberna, no del club. Se hablaba sólo de revolución social; y ya se decía que los curas no son ni más ni menos malos que los demás *burgueses*. Malo era el fanatismo, pero el *capital* era peor. No había en los barrios bajos un elemento de activa propaganda contra las sotanas. El Magistral era allí más despreciado que aborrecido. Pero el escándalo de don Santos el de los Cristos, como le llamaban; dos o tres rasgos de despotismo en la curia eclesiástica, el dineral que costaba casarse —como si antes no costara lo mismo— y las acciones del Banco, volvieron a encender los odios, y esta vez se habló de colgar al Provisor y *demás clerigalla*.

Quien más gozaba con aquella propaganda de infamia, después de Glocester, que la creía obra suya exclusivamente, era don Álvaro Mesía. Ya aborrecía de muerte al Magistral. «Era el primer hombre ¡y *con faldas*! que le ponía el pie delante; ¡el primer rival que le disputaba una presa, y con trazas de llevársela!» «Tal vez se la había llevado ya. Tal vez la fina y corrosiva labor del confesonario había podido más que su sistema prudente, que aquel sitio de meses y meses, al fin del cual el *arte* decía que estaba la rendición de la más robusta fortaleza. Yo pongo el cerco, pero ¿quién sabe si él ha entrado por la mina?» El dandy vetustense sudaba de congoja recordando lo mucho que había padecido bajo el poder de don Víctor Quintanar, que según su cuenta, en pocos meses de íntima amistad le había *declamado* todo el teatro de Calderón, Lope, Tirso, Rojas, Moreto y Alarcón. Y todo, ¿para qué? «Para que el diablo haga a esa señora caer en cama, tomarle miedo a la muerte, y de amable, sensible y condescendiente (que era el primer paso), convertirse en arisca, timorata, mística... pero mística de verdad. ¿Y quién se la había puesto así? El Magistral, ¿qué duda cabía? Cuando él comenzaba a preparar la escena de la declaración, a la que había de seguir de cerca la del *ataque personal*, cuando la próxima primavera prometía eficaz ayuda... se encuentra con que la señora tiene fiebre.» «La señora no recibe», y estuvo sin verla quince días. Se le permitía llegar al gabinete, preguntarle cómo estaba... pero no entrar en la alcoba. Él había ido a visitarla todos los días, pero como si no, no le dejaban verla. Y ¡oh rabia! el Magistral, él lo había visto, pasaba sin obstáculo, y estaba solo con ella. La lucha era desigual. Durante la primer convalecencia, que duró pocos días, se le permitió a él también entrar en la alcoba dos o tres veces, pero nunca pudo hablar a solas con Ana. Y lo más triste había sido después; cuando la segunda arremetida del mal, que fue tan peligrosa, cedió el paso poco a poco a la salud. Ana le recibió en su gabinete. ¡Pero cómo! Por de pronto, estaba bastante delgada, y pálida como una muerta. «Hermosísima, eso sí, hermosísima... pero a lo romántico. Con mujeres de aquellas carnes y de aquella sangre no luchaba él. Estaba entregada a Dios. ¡Claro! ¡Apenas comía! No podía levantar un brazo sin cansarse.» Don Álvaro calculaba, furioso de impaciencia, cuánto tiempo tardaría aquella *naturaleza* en adquirir la fuerza necesaria para volver a sentir los impulsos sensuales, que eran la fe viva del señor Mesía y su esperanza. Tardaría mucho. Mientras tanto, él no podría emprender nada de provecho. «Y el Magistral estaba haciendo allí su agosto; embutiendo aquel cerebro débil de visiones celestes... Ana era otra para él. No le miraba jamás, y las pocas palabras con que contestaba a las preguntas de cariñoso interés, eran corteses, afables, pero frías, como cortadas por patrón. A veces se le ocurría a él si se las dictaría el Magistral.» Una tarde comía la Regenta en presencia de su esposo, don Álvaro y De Pas. Le costaba lágrimas cada bocado. El Magistral opinaba que a la fuerza no debía comer. Entonces Mesía tomó con mucho calor la defensa del alimento obligatorio.

—Yo creo, con permiso de este señor canónigo, que lo principal aquí es sentirse bien; y pronto, para que no se apodere la anemia de ese organismo...

—Oh, amigo mío —replicó el Magistral, sonriendo con mucha amabilidad— la anemia, usted sabe mejor que yo que puede venir a pesar del alimento... Además, comer no es lo mismo que alimentarse...

—Pues, con permiso del señor canónigo, yo aconsejaría carne cruda, mucha carne a la inglesa...

«¡Oh! le corría prisa; hubiera dado sangre de un brazo por verla correr por aquellas venas que se figuraba exhaustas. ¡La vida, la fuerza a todo trance, para aquella mujer!» Hasta habló un día don Álvaro de transfusiones. «La ciencia había adelantado mucho en esta materia.»

Somoza solía aprobar moviendo la cabeza y diciendo:

—¡Mucho! ¡mucho! ¡oh, sí, la ciencia! ¡mucho!... ¡la transfusión!... ¡claro! Tenía cierto miedo a los conocimientos médicos de don Álvaro. Aquel hombre que iba a París y traía aquellos sombreros blancos y citaba a Claudio Bernard y a Pasteur... debía de saber más que él de medicina moderna... porque él, Somoza, no leía libros, ya se sabe, no tenía tiempo.

Pero la Regenta mejoraba; volvía la sangre, aunque poco a poco; los músculos se fortalecían y redondeaban... y la frialdad y la reserva no desaparecían. Don Víctor siempre el mismo para su don Álvaro; seguían las confidencias acompañadas de cerveza... pero Ana jamás se presentaba. Si don Álvaro se atrevía a preguntar por ella, don Víctor fingía no oír, o mudaba de conversación; si el otro insistía, Quintanar suspiraba y encogiendo los hombros decía:

—¡Déjela usted... estará rezando!

—¡Rezando!... Pero tanto rezar puede matarla...

—No... si... no reza... es decir... oración mental... ¿qué sé yo?... cosas de ella. Hay que dejarla.

Y suspiraba otra vez. Sí, había que dejarla. Pero a solas, don Álvaro se mesaba los rubios y finos cabellos ¡quién lo diría! se llamaba animal, bestia, bruto, como si no fuera todo lo mismo, y se decía:

—¡Me he portado como un cadete! Me ha perdido la timidez... Debí dar el *ataque personal* una noche que la encontré a obscuras... o aquella tarde del cenador...

Pero no lo había dado... Y ahora no había remedio. Un día llegó Ana *al extremo* de retirar la mano, que él solicitaba con la suya extendida. Buscó un pretexto con la habilidad rápida que tienen las mujeres... y... no le dio la mano. No volvió a tocarle aquellos dedos suaves. Y es más, apenas la veía.

«—¡Oh, a él, a don Álvaro Mesía le pasaba aquello! ¿Y el ridículo? ¡Qué diría Visita, qué diría Obdulia, qué diría Ronzal, qué diría el mundo entero!

»Dirían que un cura le había derrotado. ¡Aquello pedía sangre! Sí, pero ésta era otra. «Si don Álvaro se figuraba al Magistral vestido de levita, acudiendo a un duelo a que él le retaba... sentía escalofríos.» Se acordaba de la prueba de fuerza muscular en que el canónigo le había vencido delante de Ana misma. Aquel valor que él sentía ante una sotana, por la esperanza irreflexiva de que la mansedumbre obliga al clérigo a no devolver las bofetadas, aquel valor desaparecía pensando en los puños de don Fermín. «No había salida. No había más que acabar con él ayudando a Foja, ayudando a Glocester, a todos los enemigos del tirano eclesiástico.»

Por las tardes, paseándose en el Espolón, donde ya iban quedándose a sus anchas curas y magistrados, porque el mundanal ruido se iba a la sombra de los árboles frondosos del Paseo grande, don Álvaro solía cruzarse con el Provisor; y se saludaban con grandes reverencias, pero el seglar se sentía humillado, y un rubor ligero le subía a las mejillas. Se le figuraba que todos los presentes les miraban a los dos y los comparaban, y encontraban más fuerte, más hábil, más airoso al vencedor, al cura. Don Fermín era el de siempre; arrogante en su humildad, que más quería parecer cortesía que virtud cristiana; sonriente, esbelto, armonioso al andar, enfático en el sonsonete rítmico del manteo ampuloso, pasaba desafiando el qué dirán, con imperturbable sangre fría. Solían juntarse en el Espolón los tres mejores mozos del Cabildo; el chantre, alto y corpulento; el pariente del ministro, más fino, más delgado, pero muy largo también, y don Fermín, el más elegante y poco menos alto que la dignidad. Gastaban entre los tres muchas varas de paño negro reluciente, inmaculado; eran como firmes columnas de la Iglesia, enlutadas con fúnebres colgaduras. Y a pesar de la tristeza del traje y de la seriedad del continente, don Álvaro adivinaba en aquel grupo una seducción para las vetustenses; iba allí el prestigio de la Iglesia, el prestigio de la gracia, el prestigio del talento, el prestigio de la salud, de la fuerza y de la carne que medró cuanto quiso... Él se figuraba tres monjas hermosas, buenas mozas, que tuviesen además talento, gracia; se las figuraba paseando por el Espolón... y estaba seguro de que los ojos de los hombres se irían tras ellas. Pues lo mismo debía de suceder trocados los sexos. Y, en efecto, en los saludos que las señoras que todavía paseaban en el Espolón dedicaban a los tres buenos mozos del Cabildo, a las tres torres davídicas, creía ver el Presidente del Casino ocultos deseos, declaraciones inconscientes de la lascivia refinada y contrahecha.

Cada día aumentaba en don Álvaro la superstición del confesonario, cada día creía más poderosa la influencia del cura sobre la mujer que le cuenta sus culpas. Y mirando a las damas que iban y venían, unas elegantes, lujosas, otras enlutadas o con hábito humilde, todas deseando a su modo agradar, todas procurándolo, Mesía imaginaba secretos hilos invisibles que iban de faldas a faldas, de la sotana a la basquiña, del cura a la hembra.

En suma, don Álvaro tenía celos, envidia y rabia. Su materialismo subrepticio era más radical que nunca. «Nada, nada, fuerza y materia, no hay más que eso», pensaba.

Y si no fuera porque los partidos avanzados nunca son poder o lo son poco tiempo, se hubiera declarado demagogo y enemigo de la religión del Estado.

Llegó al extremo de proponer en la Junta del Casino que no se celebrara en adelante ninguna fiesta de orden religioso colgando e iluminando los balcones. Ronzal se opuso, pero el Presidente se impuso y se votó aquella abstención. ¡Había triunfado al cabo don Pompeyo Guimarán!

Don Álvaro quería que el ateo volviese al Casino, hacía falta aquel refuerzo a los que se empeñaban en deshonrar al Magistral. Foja y Joaquinito Orgaz que capitaneaban la partida de los murmuradores, propusieron a don Álvaro que fuera una

141

comisión a buscar a don Pompeyo para restituirlo al Casino, «de donde nunca debió haber salido.» Se celebraría la *restauración* de Guimarán con una buena cena. Paco el Marquesito, que como buen aristócrata se creía obligado a ser religioso *en la forma por lo menos*, se opuso al principio a los proyectos de Foja y Orgaz, pero considerando que su amigo, su ídolo Mesía, deseaba tener allí al otro para que le ayudara a desacreditar al Provisor, y considerando que iban a divertirse de veras en el *gaudeamus* de la noche, falló que debía ayudar y ayudaba a los enemigos del Magistral y se agregó a la comisión que fue a buscar a don Pompeyo.

Fueron: el señor Foja, ex—alcalde, Paco Vegallana y Joaquín Orgaz.

Los recibió el señor Guimarán en su despacho, lleno de periódicos y bustos de yeso, baratos, que representaban bien o mal a Voltaire, Rousseau, Dante, Franklin y Torcuato Tasso, por el orden de colocación sobre la cornisa de los estantes, llenos de libros viejos.

Usaba don Pompeyo en casa bata de cuadros azules y blancos, en forma de tablero de damas. Acogió a los comisionados con la amabilidad que le distinguía y ocultando mal la sorpresa.

«¿A qué vendrían aquellos señores? ¿Querrían darle alguna broma? No lo esperaba.» De todos modos, el ver allí al hijo del marqués de Vegallana le inundaba el alma de alegría, aunque él no quisiera reconocerlo.

Cuando supo de lo que se trataba, por boca de Foja, tuvo que levantarse para ocultar la emoción. Sintió que la hebilla del chaleco estallaba en su espalda.

—Señores —pudo decir al cabo con voz temblorosa— si un juramento solemne no me obligara a permanecer en el ostracismo que voluntariamente me impuse hace tantos años, o mejor dicho, que me impusieron el fanatismo y la injusticia, si eso no fuera, yo volvería con mil amores al seno de aquella sociedad de la que fui fundador con otros seis o siete amigos. ¿Y cómo no, señores, si allí corrieron los mejores días, para mí, en pláticas provechosas y amenas con el elemento más culto de la población? Allí la tolerancia solía tener su asiento; y las personas, los personajes en quien más arraigadas están ciertas ideas venerables al fin, porque son profesadas con sinceridad y vienen hasta cierto punto de abolengo, obligan por la raza, esos mismos personajes, entre los cuales cuento al papá de este joven ilustrado, a mi buen amigo y condiscípulo el excelentísimo señor marqués de Vegallana, respetaban mis opiniones, como yo las suyas. Lo que ustedes hacen ahora nunca lo agradeceré yo bastante. Pero lo principal ya se ha logrado; la libertad del pensamiento vuelve a brillar en el Casino... Mi aspiración se ha realizado. Ahora, por lo que a mí toca, señores, debo declarar que no puedo romper un voto solemne, un juramento... y no iré con ustedes, aunque bien quisiera.

La comisión insistió, conociendo en la cara de don Pompeyo que vencerían.

Foja presentó un argumento de mucha fuerza.

—Dice usted, señor don Pompeyo, que por su gusto vendría con nosotros, se restituiría al Casino.

—¡Con mil amores! Ésa es la palabra... me restituiría...

—Que únicamente le retrae el juramento...

—Eso, el juramento solemne de no poner en mi vida allí los pies.

—¿Pero qué solemnidad ni qué castañuelas? y usted dispense que me exprese así. El que jura, pone a Dios por testigo; pero usted no cree en Dios... luego usted no puede jurar.

—Perfectamente —dijo Joaquinito Orgaz— de p y p y w y se puso en pie para hacer una pirueta flamenca.

Creía Joaquín que en casa de un ateo de profesión, de un loco, en otros términos, la buena crianza estaba de más.

Don Pompeyo se quedó mirando a Orgaz asombrado de su desfachatez, mientras consideraba el argumento de Foja.

No tenía qué contestar.

Al cabo dijo:

—La verdad es... que jurar... yo no puedo jurar... pero... metafóricamente... Además, puedo prometer por mi honor...

—Pero amigo, en aquella ocasión usted no prometió por su honor; juró usted no poner allí los pies... todo Vetusta recuerda sus palabras de usted.

Don Pompeyo sintió vapores en la cabeza al oír que todo Vetusta recordaba sus palabras.

Pero insistió, aunque más débilmente cada vez, en su negativa.

Foja guiñó el ojo al Marquesito. Empezó entonces éste el ataque, y Guimarán no pudo resistir más. Se rindió.

¡El hijo de Vegallana, del primer aristócrata, venía a suplicarle que volviera al Casino! Oh, aquello era demasiado. No pudo sostener la fortaleza de su resolución.

—Después de todo —dijo— en el mero hecho de haberse restablecido la legislación que yo invocaba... ya puedo pisar sin desdoro aquel pavimento...

—Pues claro que puede usted pisar. Nada, nada; póngase usted la levita, que la cena espera.

—¿Qué cena?

—Sí, señor; se ha acordado por el elemento vencedor, por los que solicitan la presencia de usted, obsequiarle con un banquete... y vamos a cenar juntos unos doce amigos...

Don Pompeyo no sabía si debía aceptar... No le dejaron ser modesto; y corrió aturdido a ponerse la levita y el sombrero de copa alta. Estaba deslumbrado y creía sentir alrededor de su cuerpo un baño; un baño de agua rosada.

La presencia del Marquesito era el principal factor de aquella alegría. «¡Oh! al fin la aristocracia era algo, algo más que una palabra, era un elemento histórico, una grandeza positiva... podía haber nobleza y no haber Dios... ¿qué duda cabía?»

Una hora después en el comedor del Casino que ocupaba una crujía del segundo piso, no lejos de la sala de juego, se sentaban a la mesa presidida por don Pompeyo Guimarán, don Álvaro Mesía, enfrente del protagonista, y en agradable confusión después, sin pensar en preferencias de sitio, Paco Vegallana, Orgaz padre e hijo, Foja, don Frutos Redondo (que acudía a todas las cenas, fuesen del partido religioso o político que fuesen), el capitán Bedoya, el coronel Fulgosio, desterrado por republicano, famoso por sus malas pulgas y buena espada, un tal Juanito Reseco, que escribía en los periódicos de Madrid y venía a Vetusta, su patria, a darse tono de vez en cuando, y además un banquero y varios jóvenes de la *bolsa* de Mesía, trasnochadores abonados del Casino.

Pocas veces comía en la fonda don Pompeyo, y como sus relaciones con los poderosos de la tierra eran muy poco íntimas, casi nunca veía una mesa bien puesta. Así le parecía digno de Baltasar aquel vulgarísimo aparato de restaurant provinciano. El mantel adamascado más terso que fino; los platos pesados, gruesos, de blanco mate con filete de oro; las servilletas en forma de tienda de campaña dentro de las copas grandes, la fila escalonada de las destinadas a los vinos; las conchas de porcelana que ostentaban rojos pimientos, cárdena lengua de escarlata, húmedas aceitunas, pepinillos rozagantes y otros entremeses; la gravedad aristocrática de las botellas de Burdeos, que guardaban su aromático licor como un secreto; los reflejos de la luz quebrándose en el vino y en las copas vacías y en los cubiertos relucientes de plata Meneses; el centro de mesa en que se erguía un ramillete de trapo con guardia de honor de dos floreros cilíndricos con pinturas chinescas, de cuya boca salían imitaciones groseras de no se sabía qué plantas, pero que a don Pompeyo le recordaban la cabellera rubia y estoposa de alguna *miss* de circo ecuestre; las cajas de cigarros, unas de madera olorosa, otras de latón; los talleres cursis y embarazosos cargados con aceite y vinagre y con más especias que un barco de Oriente;... todo contribuía a deslumbrar al buen ateo, que contemplaba sonriendo y fascinado el conjunto claro, alegre, fresco, vivo, lleno de promesas, de la mesa aún pulcra, correcta, intacta.

Se comenzó a comer sin mucho ruido; todos se esforzaban en decir chistes. Joaquinito se burlaba del servicio y hablaba de Fornos... y de La Taurina y el Puerto, donde se cenaba *por todo lo flamenco*.

Todos comían mucho, menos don Pompeyo, a quien la emoción apretaba la garganta. Desde el segundo plato comenzó a atormentarle un cuidado. «Estoy, pensó, en el ineludible compromiso de brindar; tengo que improvisar un discurso.» Y ya no comió bocado que le aprovechase. Oía hablar como quien oye llover: sonreía a derecha e izquierda, contestaba con monosílabos, pero él pensaba en su brindis; las orejas se le convertían en brasas y a veces sentía náuseas y temblor de piernas. En resumidas cuentas, estaba pasando un mal rato. Él esperaba que las cosas sucedieran así: hablaría primero don Álvaro, haría un elogio de la constancia con que él, don Pompeyo, había sostenido la idea santa de la libertad de pensamiento, y prometería en nombre de la Junta que el Casino jamás tendría religión, como no debía tenerla el Estado. Después hablarían Foja, el Marquesito y otros, abundando en las mismas ideas... y por último él, Guimarán, tendría que levantarse a... *hacer el resumen*. Y mientras comía y bebía por máquina preparaba su arenga, sin poder pasar del exordio, que quería original, sin afectación, modesto sin falsa humildad... «Estos jóvenes... debieron haberme avisado ayer... y entonces tendría yo tiempo.»

Contra lo que esperaba el *ateo*, la conversación, al llegar el champaña, había tomado un rumbo que no podía llevarla a los asuntos serios que él creía propios de aquella solemnidad. Se hablaba de mujeres. Casi todos echaban de menos la edad de las ilusiones, no por las ilusiones, sino por la secreta fuerza, que según ellos era su origen. Se declaraban, aun los jóvenes, en la edad triste en que el amor es de cabeza, pura imaginación. Sólo Paco, franco y noble, confesaba que se sentía mejor que nunca, a pesar de haber vivido tanto como cualquiera.

Uno de los compañeros de bolsa de Mesía, viejo verde de cincuenta años, el señor Palma, banquero, lamentaba que la juventud no fuese eterna, y con lágrimas en los ojos, de pie, con una copa ya vacía en la mano, exponía su sistema filosófico de un pesimismo desgarrador, como decía el capitán Bedoya. Hubo interrupciones y entonces la conversación tomó un vuelo más alto; Guimarán se dignó prestar atención. Se hablaba ya de la otra vida, y de la moral, que era relativa según la opinión de la mayoría.

Foja, pálido, desencajado, con voz temblorosa, sostenía que no había moral de ninguna clase —y también se puso de pie;— que el hombre era un animal de costumbres; que cada cual barría para dentro.

—*Homo homini lupus* —advirtió Bedoya el capitán.

El coronel Fulgosio le miró con respeto y aprobó la proposición sin entenderla.

—Eso es la lucha por la existencia —dijo muy serio Joaquinito Orgaz.

—No hay más que materia... —añadió Foja, que sólo en sus borracheras exponía sus opiniones filosóficas.

—Fuerza y materia —dijo Orgaz padre— que lo había oído a su hijo.

—Materia... y pesetas —rectificó Juanito Reseco— con voz aguda, estridente y cargada de una ironía que Orgaz padre no podía comprender.

—Eso es —gritó el orador Palma; y siguió brindando por todas las excelencias naturales que él echaba de menos en su miserable cuerpo de anémico incurable.

Se volvió al amor y a las mujeres, y comenzaron las confesiones, coincidiendo con el café y los licores, sacatrapos del corazón. Entre la ceniza de los cigarros, las migas de pan, las manchas de salsa y vino, rodaron el nombre y el honor de muchas señoras. «Allí se podía decir todo, estaban solos, todos eran unos.» Mesía hablaba poco; era su costumbre en tales casos. Temía estas expansiones en que se toma por amigo a cualquiera y en que se dicen secretos que en vano después se querría recoger. Mientras los demás referían aventuras vulgares, sin gloria, él atento a sus pensamientos, con un codo apoyado en la mesa y la barba apoyada en la mano, fumaba un buen cigarro besando el tabaco con cariño y voluptuosa calma; los ojos animados, húmedos, llenos de reflejos de la luz y de reflejos eléctricos del vino, se fijaban en el techo. Las demás figuras de la cena eran vulgares, su embriaguez no tenía dignidad, ni gracia la libertad de sus posturas. Mesía estaba hermoso; se notaba mejor que nunca la esbeltez y armonía de sus formas de buen mozo elegante; en su rostro correcto los vapores de la gula no imprimían groseras tintas, sino cierta espiritualidad entre melancólica y lasciva; se veía allí al hombre del vicio, pero sacerdote, no víctima: dominaba él a su borrachera, *morigerada*, señoril, discreta. Don Álvaro, a solas entre aquellos pobres diablos, soñaba despierto, enternecido. En aquellos momentos se creía enamorado de veras, y se creía y se sentía de veras interesante. Aunque él era sensualista ¡qué diablo! la sensualidad, pensaba, también tiene su romanticismo. El *clair de lune* es *clair de lune* aunque la luna sea un cacho de hierro viejo, una herradura de algún caballo del sol.

Y pasaban por su memoria y por su imaginación recuerdos de noches de amor, no todas claras ni todas poéticas, pero muchas, muchas noches de amor. Y sintió comezón de hablar, de contar sus hazañas. Este prurito era nuevo en él; no lo había sentido hasta que la Regenta le había humillado con su resistencia.

Dos o tres veces intervino en la algazara para dar su dictamen tan lleno de experiencia en asuntos amorosos. Y todos se volvieron a él, y callaron los demás para oírle. Entonces habló, sin poder remediarlo, para satisfacer secreto impulso de rehabilitarse con su historia. Habló el maestro. Quitó el codo de la mesa y apoyó en ella los dos brazos cruzando las manos, entre cuyos dedos oprimía el cigarro, cargado con una pulgada de ceniza; inclinó un poco la cabeza, con cierto misticismo báquico, y con los ojos levantados a la luz de la araña, con palabra suave, tibia, lenta, comenzó la confesión que oían sus amigos con silencio de iglesia. Los que estaban lejos se incorporaban para escuchar, apoyándose en la mesa o en el hombro del más cercano. Recordaba el cuadro, por modo miserable, la *Cena* de Leonardo de Vinci.

La atención profunda del auditorio, el interés que se asomaba a las miradas y a las bocas entreabiertas, sedujeron al Tenorio de Vetusta, le halagaron y habló como podría hablar sobre el pecho de un amigo. Joaquín Orgaz y el Marquesito oían con recogimiento de sectario al maestro. Aquélla era palabra de sabiduría.

Unas veces las aventuras eran románticas, peligrosas, de audacia y fortuna; las más probaban la flaqueza de la mujer, sea quien sea; otras demostraban la necesidad de prescindir de escrúpulos; muchas el buen éxito de la constancia, de la astucia y de la rapidez en el ataque.

De vez en cuando el silencio era interrumpido por carcajadas estrepitosas; era que una aventura cómica alegraba al concurso, sacándole de su estupor malsano y corrosivo. Entre la admiración general serpeaba la envidia abrazada a la lujuria: las tenias del alma. Los ojos brillaban secos.

El arte del seductor se extendía sobre aquel mantel, ya arrugado y sucio; anfiteatro propio del cadáver del amor carnal.

Mesía se dejaba ver por dentro, más que por complacer a sus oyentes, por oírse a sí mismo, por saber que él era todavía quien era.

«Las trazas del amor eran casi siempre malas artes; era un soñador el que pensase otra cosa. Alguna vez se le había arrojado a Mesía a los brazos una mujer loca de puro enamorada; pero estas aventuras eran muy raras. Además: si la mujer no fuera tan lasciva a ratos, las victorias escasearían; por amor puro se entregan pocas. Más hace la ocasión que la seducción. La seducción debe transformarse en ocasión.»

Llegó el caso de contar cómo había podido don Álvaro vencer a la hija de un maestro de la Fábrica vieja, muy honrado, que velaba por el honor de su casa como un Argos. Angelina tenía padre, madre, abuela, hermanos; ella era pura como un armiño... Mesía había empezado por seducir a los parientes. En cada casa entraba según lo exigía la vida de aquel hogar. Jugaba al escondite con los niños, les fabricaba pajaritas de papel, jugaba al dominó con la abuela, servía a la madre de devanadera, oía con paciencia y fingida atención las lucubraciones socialistas y humanitarias del padre, encantaba a todos; llegaba a ser el tertulio necesario, el paño de lágrimas, el consejero, el mejor ornamento de la casa; la llenaba con su hermosa presencia; era dulce, cariñoso, tenía blanduras de padrazo; cuidaba de los intereses domésticos como si fueran propios, hasta ponía paz entre los criados y los amos. Así iba entrando, entrando en el corazón de todos; los amores con Angelina (o quien fuera, pues de tales aventuras había tenido muchas) comenzaban en secreto; y poco a poco, junto a la camilla, una mesa cubierta con gran tapete debajo del cual hay un brasero; en el balcón al obscurecer, en cuantas ocasiones podía, se acercaba, se apretaba contra su víctima, la llenaba de deseos de él, de su arrogante belleza varonil y simpática; después hablaba de amor como en broma, con un tono de paternal amparo que parecía la misma inocencia; y cualquier día o cualquiera noche, en una merienda en el campo, después de la cena de Noche—buena, mientras los demás de la familia reían alegres, descuidados, la pasión de Angelina llegaba al paroxismo, la ocasión echaba el resto y la deshonra entraba en la casa, y el amigo íntimo, el favorito de todos, salía para no volver nunca.

Los que oían a don Álvaro se figuraban presenciar aquellas escenas de amistad íntima, tranquilas, dulces, llenas de expansión y confianza; en el rostro del seductor, en sus ademanes, en las sonrisas, en la voz, se reflejaban, por virtud del recuerdo, la bondad suave, el aire bonachón y entrañable, la franqueza sencilla, noble, familiar, la habilidad casera, todas las artes y cualidades que hacían vencer a Mesía en lides tales.

—Otras veces, amigos, había que recurrir a la fuerza. Renunciar a una victoria que se consigue con los puños y sudando gotas como garbanzos, entre arañazos y coces, es ser un platónico del amor, un *cursi*; el verdadero don Juan del siglo, y de todos los siglos tal vez, vence como puede, es romántico, caballeresco, pundonoroso cuando conviene; grosero, violento, descarado, torpe si hace falta.

Nunca se le olvidaría a don Álvaro un combate de amor que duró tres noches, y fue más glorioso para la vencida que para el vencedor. La escena representaba una panera, casa de madera sostenida por cuatro pies de piedra, como las habitaciones palúdicas sustentadas por troncos, y las de algunos pueblos salvajes. En la panera dormía Ramona, aldeana, y cerca de su lecho de madera pintada de azul y rojo, que rechinaba a cada movimiento del jergón, yacía la cosecha de maíz de su casería, en montón deleznable que subía al techo.

Allí fue la batalla. Y don Álvaro, como si lo estuviera pasando todavía, describía la obscuridad de la noche, las dificultades del escalo, los ladridos del perro, el crujir de la ventana del corredor al saltar el pestillo; y después las quejas de la cama frágil, el gruñir del jergón de gárrulas hojas de mazorca, y la protesta muda, pero enérgica, brutal de la moza, que se defendía a puñadas, a patadas, con los dientes, despertando en él, decía don Álvaro, una lascivia montaraz, desconocida, fuerte, invencible.

«Hubo momentos en que peleé, como César en Munda, por la vida. Era Ramona, señores, morena; su carne de cañón, dura, tersa, y aquellos brazos que yo deseaba enlazados a mi cuerpo, en arrebato amoroso, me probaban su fuerza dando tortura a los míos, oprimidos, inertes. Mi deseo era más poderoso, porque tenía un incentivo más picante que la pimienta: conocía yo que Ramona gozaba, gozaba como una loca en la refriega. Segura de no ser vencida por la fuerza, enamorada a su modo del *señorito*, sobre todo por su audacia, acostumbrada a tales devaneos mudos, gimnásticos, callaba, forcejeaba, mordía con deleite, magullaba con voluptuosidad bárbara, y encontraba placer de salvaje en el martirio de mis sentidos, que tocaban su presa, y se sentían dominados por ella. La cama se hundió; rodamos por el suelo, y rodando llegamos al monte de maíz. Entonces salió la luna; entraron sus rayos por la ventana que yo dejara abierta, y vi a mi robusta aldeana, en pie, hundida una pierna entre los granos de oro y la rodilla de la otra clavada sobre mi pecho. Me intimaba la muerte o la huida, amenazándome con una medida para áridos, cajón enorme de madera con chapas de hierro. Huí, huí por la ventana; del corredor de la panera salté al callejón como pude, y tuve que emprender, ya sin fuerzas, nueva lucha con el perro. (Pausa.) Pero volví a la noche siguiente. El perro ladró menos. La ventana no estaba cerrada, el pestillo estaba descompuesto; Ramona no dormía, me esperaba; en cuanto me sintió, descargó tremendo bofetón sobre mi rostro. No importaba. Volvimos a la lucha; los mismos incidentes; rodamos, nos anegamos en maíz; yo tragué muchos granos. Y tampoco vencí aquella noche. Salí de allí por un armisticio, con promesas de futura victoria. Y a la noche tercera luché todavía; me había engañado; el premio me costó batalla nueva, y sólo pude recogerlo entre molestias sin cuento, por culpa del maíz deleznable, curioso, importuno, entremetido. Ramona, ya rendida, se quejaba también. Nos hundíamos, olvidados de todo; y si no estuviera mandado que lo cómico no acabe en trágico, en buena retórica, en aquel montón inquieto hubieran encontrado sepultura Álvaro y Ramona sofocados por uno de nuestros más humildes cereales.»

Aplausos y carcajadas ahogaron la voz del narrador. Y entonces don Álvaro, gozoso, entusiasmado, quiso deslumbrar a su auditorio con el contraste de aventuras románticas, en que él aparecía como un caballero de la Tabla Redonda.

Y a todo esto don Pompeyo Guimarán olvidaba su exordio, interesado a su pesar en las aventuras eróticas del *frívolo* Presidente del Casino. Paco Vegallana había hecho beber al ateo, sin que éste lo sintiera, más de lo que la justicia manda. No estaba borracho, pero se sentía mal y a su pesar encontraba cierto deleite en oír aquellas escenas escandalosas que en otra ocasión le hubieran indignado.

Mesía al fin, cansado, y algo arrepentido de haber hablado tanto, puso término a sus confesiones y volviéndose a don Pompeyo le invitó a usar de la palabra.

—Don Pompeyo —dijo, y se puso en pie tambaleándose, lo cual probaba que, si no el vino, sus recuerdos le habían embriagado— don Pompeyo, puesto que ésta es la hora de las grandes revelaciones, es preciso que usted nos diga cuál es el fondo de su alma...

—Señores —interrumpió el ateo— el fondo de mi alma lo traigo en la superficie para que el mundo se entere.

—¡Bravo! ¡bravo! —gritó el concurso.

Y se vertieron y rompieron algunas copas.

—Propongo —gritó Juanito Reseco, encaramado en una silla— que en vista de ese rasgo de genio... se le permita llamarnos de tú y estar a la recíproca.

—¡Admitido! ¡Aprobado!

—Pues bien —prosiguió Juanito;— oh tú, Pompeyo, pomposo Pompeyo; voy a darte un disgusto. Tú piensas que en Vetusta no hay más ateos que tú...

—¡Caballerito!

—Pues yo soy otro; *anch'io... so pittore.* Sólo que tú eres un ateo progresista, un ateo fanático, un teólogo patas arriba... Tú pasas la vida mirando al cielo... pero lo miras cabeza abajo y por debajo de tus piernas. Y aunque hay contradicción aparente en eso de patas arriba y patas abajo... todo se concilia, o se resuelve la antimonia como dicen los filósofos cursis, considerando que el ser bípedo no es para todos...

—Caballerito... no comprendo esa jerga filosófica. Antes que usted naciera, estaba yo cansado de ser ateo, y si lo que usted se propone es insultar mis canas, y mi consecuencia...

—Decía que eres un teólogo patas arriba; pues sabe que en el mundo civilizado ya nadie habla de Dios ni para bien ni para mal. La cuestión de si hay Dios o no lo hay, no se resuelve... se disuelve. Tú no puedes entender esto, pero oye lo que te importa; tú, fanático de la negación, morirás en el seno de la Iglesia, del que nunca debiste haber salido. *Amen dico vobis.*

Y cayó Juanito debajo de la mesa.

A todos había indignado su discurso, menos a Mesía, que, extendiendo su mano hacia él, exclamó:

—¡Perdonadle... porque ha bebido mucho!

—Ese Juanito —decía el coronel a don Frutos el americano— me parece un gran pedante.

—Es un hambriento con más orgullo que don Rodrigo en la horca.

Se habló de religión otra vez. Don Frutos expuso sus creencias con una palabra aquí, otra allí, haciendo islas y continentes de vino tinto sobre el mantel y suplicando con los ojos que le terminasen las cláusulas.

Insistía don Frutos en que él sentía que su alma era inmortal: había otro mundo, además de las Américas, otro mundo mejor al cual iban las almas de los que no habían robado en las carreteras. Además Dios era misericordioso, hacía la vista gorda. Y por supuesto, quería don Frutos ir a ese mundo mejor con el recuerdo de la mala vida pasada, porque si no, ¡vaya una gracia!

—¿Para qué querrá don Frutos acordarse de lo bruto que ha sido sobre la haz de la tierra? —preguntaba Foja al oído de Orgaz hijo.

—¡Señores —gritó Joaquín— si en la otra vida no hay *cante* o es cante adulterado, renuncio al más allá!

Y dio un salto sobre la mesa agarrándose a una columna y comenzó un baile flamenco con perfección clásica. No faltaron jaleadores, y sonaban las palmas mientras cantaba el mediquillo con voz ronca y melancolía de chulo:

Es una coooosa
que maravilla mamá
ver al Frascueeeelo
la pantorriiiilla mamá...

Don Pompeyo sentía escalofríos. ¡Qué degradación! Meditaba y veía dos Orgaz hijo sobre la mesa.

—Me han embriagado con sus herejías... quiero decir... con sus blasfemias... —dijo al Marquesito, que callaba, pensando que todo aquello era muy soso sin mujeres.

Joaquín gritó:

—¡Allá va una a la salud de don Pompeyo!

Y comenzó una copla impía y brutal alusiva a una sagrada imagen.

—¡Alto ahí, señor mío! —exclamó indignado el buen Guimarán al oír el penúltimo verso.— Mi salud no necesita de semejantes indecencias: y lo que ustedes hacen con tamañas blasfemias indecorosas es la causa, el caldo gordo del clero; porque tenga usted entendido, joven inexperto y procaz, que por el mundo han pasado muchas religiones positivas, y hoy se ha creído esto y mañana lo otro; pero de lo que nunca han prescindido los pueblos cultos, ni ahora ni en la antigüedad, es de la buena crianza y del respeto que nos debemos todos.

—¡Bien, muy bien! —dijeron todos, incluso Joaquín.

—Y yo estoy cansado de que se me tome a mí por un iconoclasta; sí, iconoclasta soy, pero iconoclasta del vicio, apóstol de la virtud y heresiarca de las tinieblas que envuelven la inteligencia y el corazón de la humanidad.

—¡Bravo! ¡bravo!

—Y si por alguien se ha creído que yo puedo fraternizar con el escándalo, aunarme con la desfachatez y adherirme a la orgía, protesto indignado, que a muy otra cosa he venido aquí. Y creo llegado el momento de que se hable con alguna formalidad.

—Perfectamente —interrumpió Foja— el señor Guimarán ha hablado como un libro, y eso que no los lee, pero no importa, ha hablado como el libro de su conciencia, según él dice. Aquí, señores, nos hemos reunido para celebrar la vuelta del señor

Guimarán al hogar doméstico, llamémoslo así, del Casino. Pero ¡ah! señores diputados, ¿por qué ha vuelto al Casino el señor Guimarán? *Tatiste question*, como dice Trabuco, a quien siento no ver entre nosotros. (Aplausos, risas.) Pues ha vuelto porque nos hemos emancipado de la repugnante tutela del fanatismo, y ha vuelto a fundar una sociedad cuya sesión inaugural estáis celebrando, acaso sin saberlo. Esta sociedad que, desde luego, no se llamará de la templanza, se propone perseguir a los fariseos, arrancar las caretas de los hipócritas y arrancar del cuerpo social de Vetusta las sanguijuelas místicas que chupan su sangre. (Estrepitosos aplausos. Paco se abstiene y piensa lo mismo que antes: que faltan chicas.) Señores... guerra al clero usurpador, invasor, inquisidor; guerra a esa parte del clero que comercia con las cosas santas, que se vale de subterráneos para entrar con sus tentáculos de pólipo en las arcas de la *Cruz Roja*...

—¡Ahí, ahí le duele!...

—A ese clero que condena a la tisis del hambre a dignos comerciantes, a padres de familia; a ese clero que dispersa los hogares y hunde en alcantarillas inmundas, mal llamadas celdas, a las vírgenes del Señor, y que entiende que las entrega a Jesús entregándolas a la muerte. (Frenéticos aplausos.) Juremos todos ser trompetas del escándalo, para que tanto sea, y a tales oídos llegue, que la ruina del enemigo común sea un hecho. Porque, señores, nadie como yo respeta al clero parroquial, ese clero honrado, pobre, humilde... pero el alto clero... muera... y sobre todo... muera el señor Provisor... el...

—¡Muera! ¡muera! —contestaron algunos: Joaquín, el coronel, que estaba sereno, pero quería que muriese el Magistral, y otros dos o tres comensales borrachos.

Cuando se levantaron de la mesa amanecía. Se había hablado mucho más; se había contado la historia del Provisor tal como la narraba la leyenda escandalosa. Convinieron, hasta los más prudentes, en que era preciso fundar seriamente aquella sociedad propuesta por Foja. Se acordó juntarse a cenar una vez al mes y hacer gran propaganda contra el Magistral. Al salir, repartidos en grupos, se decían en voz baja:

«—Todo esto lo ha preparado Mesía; don Fermín es su rival y él quiere arruinarle, aniquilarle.

»—Pero, ¿quién llevará el gato al agua?

»—¿Qué gato?

»—¿O la gata?

»—El Magistral.

»—Álvaro.

»—O los dos...

»—O ninguno.

»—En fin —advirtió Foja—, yo ni quito ni pongo rey...

»—Pero ayudo a mi señor» —concluyó el coro.

Mesía, Paco Vegallana y Joaquín Orgaz acompañaron a don Pompeyo a su casa. Era una mañana de Junio alegre, tibia, sonrosada. El sol anunciaba sus rayos en los colores vivos de las nubes de Oriente. Los pasos de los trasnochadores retumbaban en las calles de la Encimada como si anduvieran sobre una caja sonora. Aunque no hacía frío, todos habían levantado el cuello de la levita o lo que fuese. Don Pompeyo iba taciturno. Abrió la puerta de su casa con su llavín; entró sin hacer ruido; y a poco cerraba los ojos, metido en su lecho, por no ver la claridad acusadora que entraba por las rendijas de los balcones cerrados. Aquello de acostarse de día era una revolución que mareaba a Guimarán; dudaba ya si las leyes del mundo seguían siendo las mismas. Al cerrar los ojos sintió que su lecho, siempre inmóvil, también se sublevaba bajando y subiendo. Poco después se creía en el Océano, encerrado en un camarote, víctima del mareo y corriendo borrasca.

Se levantó a las doce y no quiso hablar con su mujer y sus hijas de la cena, de la dichosa cena. Sin embargo, aunque se prometió no verse en otra, pocas horas después, en el Casino, donde le recibieron con muestras de simpatía y de júbilo, ofrecía solemnemente volver a las andadas, acudir a los *gaudeamus* mensuales en que se daría cuenta de los trabajos de la *sociedad innominada* que había fundado *inter pocula*.

Doña Paula supo por el Chato, a quien se lo contó un mozo del restaurant del Casino, cuanto se había hablado en la cena inaugural, y lo que pretendían aquellos señores. Cuando el Magistral oyó a su madre que se había gritado: «Muera el Provisor», encogió los hombros, se levantó y salió de casa.

—Este chico anda tonto... yo no sé lo que tiene; parece que no está en este mundo... ¡Oh, maldita Regenta! ¡Esa mala pécora me lo tiene embrujado!

Al mes siguiente se celebró la segunda sesión de la *Innominada*; se bebió, se emborracharon los que solían y se dio cuenta de los trabajos de propaganda. Foja participó que se había entendido en secreto con el Arcediano, don Custodio y otros *enemigos capitulares* (así dijo) del Provisor. Se sabían muchos escándalos nuevos; el elemento eclesiástico y el secular, de común acuerdo para librar a Vetusta del enemigo general, tramaban la ruina del monstruo; pronto se llegaría a poner en manos del Obispo las pruebas de aquellas prevaricaciones de todas clases de que se acusaba a don Fermín De Pas. Lo peor de todo, lo que haría saltar al Obispo, era lo que se refería al abuso indecoroso del confesonario. Se contaban horrores; en fin, ello diría.

Don Álvaro propuso que las cenas mensuales se suspendiesen hasta el otoño y suplicó que se guardase el más profundo secreto. Además, él, sintiéndolo, tenía que privarse en adelante de asistir a tales reuniones; su espíritu allí quedaba, pero él, don Álvaro, por razones poderosas, que suplicaba a los presentes respetaran, se abstendría de acudir a tan agradables banquetes.

Quince días después, a mediados de Julio, entraba una tarde el Presidente del Casino en el caserón de los Ozores. Iba a despedirse. Don Víctor le recibió en el despacho. Estaba el amo de la casa en mangas de camisa, como solía en cuanto llegaba el verano, aunque no tuviera mucho calor. Para él venían a ser ideas inseparables el estío y aquel traje ligero. Quintanar al ver a don Álvaro suspiró, le tendió ambas manos, después de dejar un libro negro sobre la mesa y exclamó:

—¡Oh mi queridísimo Mesía! ¡Ingrato! cuánto tiempo sin parecer por aquí...

—Vengo a despedirme. Me voy a dar una vuelta por las provincias; después, a los baños de Sobrón y a mediados de Agosto estaré de vuelta en Palomares, por no perder la costumbre.

—De modo que hasta Septiembre...

—Hasta fines de Septiembre no nos veremos...

Don Álvaro hablaba alto, como si quisiera que le oyesen en toda la casa.

Don Víctor lamentó aquella ausencia. Suspiró. «Era un nuevo contratiempo, nuevo asunto de tristeza.»

Notó don Álvaro que su amigo estaba menos decidor que antes, que se movía y gesticulaba menos.

—¿Ha estado usted malo?

—¡Quiá! ¿quién? ¿yo? ¡ni pensarlo! Pues qué, ¿tengo mala cara? Dígame usted con franqueza... ¿tengo mala cara?... Pálido... ¿tal vez? ¿pálido?...

—No, no, nada de eso. Pero... se me figura que está usted menos alegre, preocupado... qué sé yo...

Don Víctor suspiró otra vez. Tras una pausa preguntó, con tono quejumbroso:

—¿Ha leído usted eso?

—¿Qué es eso?

—Kempis, la *Imitación de Jesucristo*...

—¿Cómo? ¡usted! ¿también usted?...

—Es un libro que quita el humor. Le hace a uno pensar en unas cosas... que no se le habían ocurrido nunca... No importa. La vida, de todas maneras, es bien triste. Vea usted. Todo es pasajero. Usted se nos va... Los marqueses se van... Visita se va... Ripamilán ya se marchó... Vetusta antes de quince días se quedará sola; de la Colonia... ni un alma queda... De la Encimada se ausenta lo mejor... quedan los pobres... los jornaleros... y nosotros. Nosotros no salimos este año. ¡Y qué triste es un verano entero en Vetusta! El césped del paseo grande se pone como un ruedo de esparto... no se ve un alma por allí, en las calles no hay más que perros y policías... Mire usted, prefiero el invierno con todas sus borrascas y su agua eterna... qué sé yo... a mí el frío me anima... En fin, felices ustedes los que se van...

Y don Víctor suspiró otra vez.

—Voy a llamar a mi mujer. ¿Querrá usted decirla adiós, verdad? Es natural.

—No... si está ocupada... no la moleste usted...

—No faltaba más. Ocupada... ella siempre está ocupada... y desocupada... qué sé yo. Cosas de ella.

Salió. Don Álvaro tomó en las manos el Kempis; era un ejemplar nuevo, pero tenía manoseadas las cien primeras páginas y llenas de registros. Nunca había leído él aquello. Lo miraba como una caja explosiva. Lo dejó sobre la mesa con miedo y con ciertas precauciones.

Ana entró en el despacho. Vestía hábito del Carmen. Seguía pálida, pero había vuelto a engordar un poco. A Mesía le latió el corazón y se le apretó la garganta, con lo que se asustó no poco.

Aquella mujer despertaba en él ahora una ira sorda mezclada de un deseo intenso, doloroso. La miraba como el descubridor de una isla o un continente, a quien la tempestad arrastrara lejos de la orilla, tal vez para siempre, antes de poner el pie en tierra. «¿Qué sabía él si jamás aquella mujer sería suya?» Su orgullo no renunciaba a ella. Pero otras voces le decían: «Renuncia para siempre a la Regenta.» Ya se vería. Pero era doloroso aplazar otra vez, y sabía Dios hasta cuándo, toda esperanza, todo proyecto de conquista.

Quería observar en el rostro de Ana la huella de una emoción, al decirle que se marchaba sin saber cuándo volvería. Pero Ana oyó la noticia como distraída; ni un solo músculo de su rostro se movió.

—Nosotros —dijo— nos quedamos este verano en Vetusta. Yo no puedo bañarme y el médico me ha dicho que el aire del mar más podría hacerme daño que provecho por ahora.

—Vetusta se pone muy triste por el verano...

—No... no me parece...

Don Víctor los dejó solos.

Don Álvaro clavó los ojos en el rostro de Ana con audacia y ella levantó los suyos, grandes, suaves, tranquilos y miró sin miedo al seductor, a la tentación de años y años. Sintió él que perdía el aplomo, creyó que iba a decir o hacer alguna atrocidad; y sin poder contenerse, se puso en pie delante de ella.

—¿Se marcha usted ya?

«Si yo me arrojo a sus pies ahora, ¿qué pasa aquí?» se preguntó don Álvaro. Y sin saber lo que hacía, tendió la mano enguantada y dijo temblando:

—Anita... si usted quiere... algo para las provincias...

—Que usted se divierta mucho, Álvaro... —contestó ella sin asomo de ironía. Pero a él se le figuró que se burlaba de su torpeza ridícula, de su miedo estúpido... y sintió vehementes deseos de ahogarla. La mano de la Regenta tocó la de Mesía sin temblar, fría, seca.

Salió el buen mozo tropezando con el pavo real disecado y después con la puerta. En el pasillo se despidió de su amigo Quintanar.

La Regenta sacó del seno un crucifijo y sobre el marfil caliente y amarillo puso los labios, mientras los ojos, rebosando lágrimas, buscaban el cielo azul entre las nubes pardas.

XXI

Ana leyó en su lecho, a escondidas de don Víctor, los cuarenta capítulos de la *Vida de Santa Teresa escrita por ella misma.*

Fue en aquella convalecencia larga, llena de sobresaltos, de pasmos y crisis nerviosas. Don Víctor, a quien los remordimientos, durante la recaída de su mujer, había hecho jurar que hasta verla salva, sana, jamás se apartaría de ella, faltó al juramento en cuanto la creyó fuera de peligro. Un día se aventuró a dar una vuelta por el Casino; después iba a ver los periódicos: más adelante jugaba una partida de ajedrez, y «ya se sabe lo pesado que es este juego.» Al fin, sin dar pretexto alguno, estaba fuera toda la tarde. La casa se le caía encima. «Empezaba el calor —porque don Víctor, en cuestión de temperatura, se regía por el calendario— y ya se sabía que él no podía trabajar en su despacho en cuanto el sudor le molestaba; necesitaba el aire libre; mucho paseo, mucha naturaleza.»

La Marquesa, Visitación, Obdulia, doña Petronila y otras amigas que habían hecho compañía a la Regenta mientras duró el mal tiempo, ahora la visitaban cada dos o tres días y las visitas eran breves. Hacía un sol hermoso, días azules, sin una nube en el cielo; había que aprovechar el buen tiempo; era la época del año en que Vetusta se anima un poco: había teatro, paseos concurridos, con música, forasteros... una exposición de minerales. Hasta Petra pidió una tarde permiso a la señora para ir a ver un arco de carbón que habían construido...

Ana pasaba horas y más horas en la soledad de su caserón: a su lecho llegaban los ruidos lejanos de la calle apagados, como aprensión de los sentidos. Allá abajo, en la cocina, quedaba Servanda, y a veces Petra. Anselmo silbaba en el patio, acariciando un gato de Angora, su único amigo.

La Regenta sentía más la soledad con tal compañía; aquellos criados indiferentes, mudos, respetuosos, sin cariño, le hacían echar de menos la humanidad que compadece. Petra le era antipática. La temía sin saber por qué. Para tranquilizarse un tanto, cuando las congojas nerviosas la invadían, preguntaba a la doncella:

—¿Anda don Tomás por la huerta?

Si Frígilis estaba en el Parque, sentía un amparo cerca de sí. Se calmaba. Crespo subía una vez cada tarde a verla; pero no se sentaba casi nunca. Estaba cinco minutos en el gabinete, paseando del balcón a la puerta, y se despedía con un gruñido cariñoso.

Ana, a quien tanto molestaba aquel abandono en los momentos de debilidad en que los nervios exaltados la mortificaban con tristeza y desconsuelo, cuando estaba serena, sobre todo después de dormir algunas horas o de tomar alimento con gusto, llegaba a sentir un placer sutil, casi voluptuoso en aquella soledad. El balcón del gabinete daba al Parque: incorporándose en el lecho, veía detrás de los cristales las copas de algunos árboles que brillaban con la hoja nueva, rumorosa, tersa y fresca. Gorjeos de pájaros y rayos de un sol vivo, fuerte y alegre la hablaban de la vida de fuera, de la naturaleza que resucitaba, con esperanza de salud y alegría para todos.

«Ella también iba a renacer, iba a resucitar, ¡pero a qué mundo tan diferente! ¡Cuán otra vida iba a ser de la que había sido! se preparaba a sí misma una vida de sacrificios, pero sin intermitencias de malos pensamientos y de rebelión sorda y rencorosa, una vida de buenas obras, de amor a todas las criaturas, y por consiguiente a su marido, amor en Dios y por Dios.» Pero entretanto, mientras no podía moverse de aquella prisión de sus dolores, el alma volaba siguiendo desde lejos al espíritu sutil, sencillo, a pesar de tanta sutileza, de la santa enamorada de Cristo.

Ana vivía ahora de una pasión; tenía un ídolo y era feliz entre sobresaltos nerviosos, punzadas de la carne enferma, miserias del barro humano de que, por su desgracia, estaba hecha. A veces leyendo se mareaba; no veía las letras, tenía que cerrar los ojos, inclinar la cabeza sobre las almohadas y *dejarse desvanecer*. Pero recobraba el sentido, y a riesgo de nuevo pasmo volvía a la lectura, a devorar aquellas páginas por las cuales en otro tiempo su espíritu distraído, creyéndose vanamente religioso, había pasado sin ver lo que allí estaba, con hastío, pensando que las visiones de una mística del siglo diez y seis no podían edificar su alma aprensiva, delicada, triste.

La debilidad había aguzado y exaltado sus facultades; Ana penetraba con la razón y con el sentimiento en los más recónditos pliegues del alma mística que hablaba en aquel papel áspero, de un blanco sucio, de letra borrosa y apelmazada. Pasmábase de que el mundo entero no estuviese convertido, de que toda la humanidad no cantara sin cesar las alabanzas de la santa de Ávila. «Oh, bien decía aquel bendito, dulce, triste y tierno fray Luis de León: la mano de Santa Teresa, al escribir, era guiada por el Espíritu Santo, y por eso enciende el corazón de quien la saborea.»

«Sí, bien encendido tenía el suyo Ana; no más, no más ídolos en la tierra. Amar a Dios, a Dios por conducto de la santa, de la adorada heroína de tantas hazañas del espíritu, de tantas victorias sobre la carne.»

Pensando en ella sentía a veces punzante deseo de haber vivido en tiempo de Santa Teresa; o si no: ¡qué placer celestial si ella viviese ahora! Ana la hubiera buscado en el último rincón del mundo; antes la hubiera escrito derritiéndose de amor y admiración en la carta que le dirigiese. No estaba la Regenta acostumbrada a convertir sus arrebatos religiosos en oraciones mentales, según los prudentes consejos del Magistral; su educación pagana, dislocada, confusa, daba extrañas formas a la piedad sincera, asomaba con todos sus resabios de incoherencia y ligereza después de tantos años.

Deseaba encontrar semejanzas, aunque fuesen remotas, entre la vida de Santa Teresa y la suya, aplicar a las circunstancias en que ella se veía los pensamientos que la mística dedicaba a las vicisitudes de su historia.

El espíritu de imitación se apoderaba de la lectora, sin darse ella cuenta de tamaño atrevimiento.

La Santa había encontrado refuerzo de piedad en el *Tercer Abecedario*, por Fr. Francisco de Osuna, y Ana mandó a Petra a las librerías a buscar aquel libro. No pareció el *Tercer Abecedario*, el Magistral no lo tenía tampoco. Pero mejor era su suerte en lo tocante al confesor. Veinte años lo había buscado Teresa de Jesús como convenía que fuera, y no parecía. Ana recordaba entonces a su Magistral y lloraba enternecida. «¡Qué grande hombre era y cuánto le debía! ¿Quién sino él había sembrado aquella piedad en su alma?»

En cuanto pudo levantarse, uno de sus primeros cuidados fue escribir a don Fermín una carta con que había soñado ella muchas noches, que era uno de sus caprichos de convaleciente. La escribió sin que lo supiera Quintanar, que le tenía prohibidos *toda clase de quebraderos de cabeza*.

De Pas visitaba a menudo a la Regenta, y estaba encantado de los progresos que la piedad más pura hacía en aquel espíritu. Pero ella quería escribirle; de palabra no se atrevía a decir ciertas cosas íntimas, profundas; además no podía decirlas; y sobre todo, la retórica, que era indispensable emplear, porque a ideas grandes, grandes palabras, le parecía amanerada, falsa en la conversación, de silla a silla.

La carta, de tres pliegos, la llevó Petra a casa del Provisor; la recibió Teresina sonriente, más pálida y más delgada que meses atrás, pero más contenta. El Magistral se encerró en su despacho para leer. Cuando su madre le llamó a comer, don Fermín se presentó con los ojos relucientes y las mejillas como brasas. Doña Paula miraba a su hijo y a Teresina alternativamente, encogía los hombros cuando no la veían ni la doncella, que iba y venía con platos y fuentes, ni su hijo que miraba al mantel distraído, comiendo por máquina y muy poco. Teresina era ya toda del señorito; nada decía al ama de las cartas que a don Fermín entregaba. Las traía Petra, que llamaba a la puerta con seña particular, bajaba Teresa, en silencio se besaban como las señoritas, en ambas mejillas, cuchicheaban, reían sin ruido y se daban algún pellizco. Petra reconocía cierta superioridad en la otra, la adulaba, alababa la mata de pelo negro, los ojos de

Dolorosa, el cutis y demás prendas envidiables de su amiga. Teresina prometía futuras ventajas a Petra, y se despedían con más besos.

—¿Quién ha estado ahí? —preguntaba doña Paula.

Era un pobre o uno del pueblo. —Nunca se decía la verdad. Doña Paula no sospechaba nada contra la lealtad de la doncella. Registrándole el baúl, en su ausencia, había encontrado varias alhajas que bien valdrían dos mil reales. Había sonreído entre satisfecha y envidiosa. «Dos mil reales valdría aquello... sí... era demasiado... era un escándalo. Si el decoro lo permitiese... si no fuese por vergüenza... exigiría que se le dejase a ella recompensar a las gentes como merecían, sin despilfarros ociosos. El descubrimiento la satisfacía; aquello era obra suya al fin y al cabo, pero los dos mil reales le dolían: también eran suyos.»

Al día siguiente de recibir la carta, muy temprano, el Magistral salió de casa, fue al Paseo Grande, buscó un lugar retirado en los jardines que lo rodean; y sin más compañía que los pájaros locos de alegría, y las flores que hacían su tocado lavándose con rocío, volvió a leer aquellos pliegos en que Ana le mandaba el corazón desleído en retórica mística. Ya casi sabía de memoria algunos párrafos de los que le parecían más interesantes y para él más halagüeños; y como la alegría le inundaba el corazón, se sentía hecho un chiquillo aquella mañana sonrosada de un día de fines de Mayo, nublado, fresco, antes de que el sol rasgara el toldo blanquecino con tonos de rosa que cubría la lontananza por Oriente.

Se puso de pie el Magistral, miró a todos lados por encima del seto de boj que rodeaba su escondite, y al verse solo, solo de seguro, se le ocurrió mezclar a la cháchara insustancial y armoniosa de los pájaros que saltaban de rama en rama sobre su cabeza, su voz más dulce y melódica, recitando aquellas palabras de espiritual hermosura que la Regenta le había escrito.

«Ya tengo el don de lágrimas, leyó el Magistral en voz alta como diciéndoselo a jilgueros y gorriones, petirrojos y demás vecinos de la enramada, ya lloro, amigo mío por algo más que mis penas;

lloro de amor, llena el alma de la presencia del Señor a quien usted y la santa querida me enseñaron a conocer. No tema que vuelva la pereza a detenerme en casa olvidada de mi salvación; ya sé que la tibieza es muerte, leído tengo lo que dice nuestra querida Madre y Maestra hablando de sus pecados: «no hacía caso de los veniales y esto fue lo que me destruyó.» Yo ni de los mortales hice caso, y aunque usted me advertía del peligro, seguí mucho tiempo ciega; pero Dios me mandó a tiempo (creo yo que era a tiempo; ¿verdad, hermano mío?) me mandó a tiempo el mal; vi en las pesadillas de la fiebre el Infierno, y vilo como nuestra Santa en agujero angustioso, donde mi cuerpo estrujado padecía tormentos que no se pueden describir; y a mí además, por la carne aterida y erizada me pasaban llagas asquerosas unos fantasmas que eran diablos vestidos por irrisión, de clérigos, con casullas y capas pluviales. En fin, de esto ya le hablé. Pero no sólo del terror nació mi piedad, que ahora creo que va de veras, sino también de amor de Dios, y de un deseo vehemente de seguir a millones de millones de leguas a mi modelo inmortal. Y para decirlo todo, sepa que en mucho, en mucho, debo al afán de no ser ingrata esta voluntad firme de hacerme buena. Santa Teresa vivió muchos años sin encontrar quien pudiera guiarla como ella quería; yo, más débil, recibí más pronto amparo de Dios por mano de quien quisiera llamar mi padre y prefiere que no le llame sino hermano mío; sí, hermano mío, hermano muy querido, me complazco en llamárselo, aquí, ahora, segura del secreto, sin oídos profanos que entenderían las palabras con la impureza ruin que ellos llevarán dentro de sí, feliz yo mil veces que a la primera ocasión en que tuve idea de ser buena, hallé quien me ayudara a serlo. ¡Y cuánto tiempo tardé en entenderle del todo! Pero mi hermano, mi hermano mayor querido me perdona ¿verdad? Y si necesita pruebas, si quiere que sufra penitencias, hable, mande, verá cómo obedezco. Mas no extraño haber querido tanto tiempo lo que la Santa declara haber querido también «concertar vida espiritual y contentos y gustos y pasatiempos sensuales.» Ahora esto se acabó. Usted dirá por dónde hemos de ir; yo iré ciega. De la confianza cariñosa de que me hablaba el otro día, al salir yo de aquel paroxismo, estoy también enamorada, quiero también que sea como lo dijo mi hermano. Y hasta en eso seguiremos, además de esos monjes alemanes o suecos de que usted me habló, a la misma Teresa de Jesús, que, como usted sabe, con buenas palabras y creo yo que hasta bromas alegres que tenía, con purísima intención, con un clérigo amigo suyo, consiguió apartarle del pecado. Recuerdo lo que dice: aquel confesor le tenía gran afición, pero estaba perdido por culpa de unos amores sacrílegos; habíale hechizado una mujer con malas artes, con un idolillo puesto al cuello, y no cesó el mal hasta que la Santa, por la gran afición que su confesor le tenía, logró que él le entregase el hechizo, aquel ídolo que era prenda del amor infame; y usted sabe que ella lo arrojó al río y el clérigo dejó su pecado y murió después libre de tan gran delito. Amistades así ayudan en la vida, que sin ellas es como un desierto, y los que de ellas pudieran sospechar son los malvados, que no han de saberlas, porque son incapaces de entender como se debe cosa tan buena y que tanto sirve para la salvación de los débiles. Aquí el débil no es el confesor, sino la penitente; usted no tiene hechizos colgados del cuello, ni tenemos ídolos que echar al río... yo soy la pecadora, aunque ningún hombre me hizo el mal que aquella mujer al clérigo hechizado; sólo quise a mi marido, y de éste ya sabe usted de qué modo estoy enamorada; no con pasión que quite a Dios cosa suya, sino con el suave afecto y los tiernos cuidados que se le deben. En esto he mejorado mucho; porque fray Luis de León me enseñó en su *Perfecta casada* que en cada estado la obligación es diferente; en el mío mi esposo merecía más de lo que yo le daba, pero advertida por el sabio poeta y por usted, ya voy poniendo más esmero en cuidar a mi Quintanar y en quererle como usted sabe que puedo. Y por cierto que he de poner por obra un proyecto que tengo, que es convertirle poco a poco y hacerle leer libros santos en vez de patrañas de comedias. Algo he de conseguir, que él es dócil y usted me ayudará. También en esto imitaré a nuestra Doctora, que puso empeño en traer a mayor piedad a su buen padre, que ya tenía mucha...»

Estos últimos párrafos ya no los leía el Magistral en voz alta, sino que había vuelto a sentarse y leía sin ruido y para adentro.

Aunque algunos celos tenía de Santa Teresa, de la que veía enamorada a su amiga, estaba satisfecho, y el gozo le saltaba por ojos, mejillas y labios. «Aquello era vivir; lo demás era vegetar. Ana era, al fin, todo aquello que él había soñado, lo que una voz secreta le había dicho el día en que ella se había acercado por primera vez a su confesonario.» Seguía el Magistral ocultándose a sí mismo las ramificaciones carnales que pudiera tener aquella pasión ideal que ya se confesaban los dos *hermanos*; no quería pensar en esto, no quería sustos de conciencia ni peligros de otro género, no quería más que gozar aquella dicha que se le entraba por el alma.

Al leer lo de «hermano mayor querido», le daba el corazón unos brincos que causaban delicia mortal, un placer doloroso que era la emoción más fuerte de su vida; pues bueno, esto bastaba, esto era el hecho, la realidad; ¿qué falta hacía darle un nombre? Lo que importaba era la cosa, no el nombre. Además, acabase aquello como acabase, él estaba seguro de que nada tenía que ver lo que él sentía por Ana con la vulgar satisfacción de apetitos que a él no le atormentaban. Cuando pensaba así oyó el Magistral a su espalda, detrás del árbol en que se apoyaba, al otro lado del seto, una voz de niño que recitaba con canturia de escuela «*Veritas in re est res ipsa, veritas in intellectu....*» Era un seminarista de primer año de filosofía que repasaba la primera lección de la obra de texto, Balmes. El Magistral se alejó sin ser visto, pensando entonces en los años en que él también aprendía que «la verdad en la cosa es la cosa misma.» Ahora le importaba muy poco la cosa misma, y la verdad y todo... no quería más que hundir el alma en aquella pasión innominada que le hacía olvidar el mundo entero, su ambición de clérigo, las trampas sórdidas de su madre de que él era ejecutor, las calumnias, las cábalas de los enemigos, los recuerdos vergonzosos, todo, todo, menos aquel lazo de dos almas, aquella intimidad con Ana Ozores. ¡Cuántos años habían vivido cerca uno de otro sin conocerse, sin sospechar lo que les guardaba el destino! Sí, el destino, pensaba el Magistral, no quería decirse a sí mismo la Providencia; nada de teología, nada de quebraderos de cabeza que habían hecho de su adolescencia y primera juventud un desierto estéril por donde sólo pasaban fantasmas, aprensiones de loco, figuras apocalípticas. Bastaba para siempre de todo aquello. Ni aquello ni lo que había seguido: la ceguera de los sentidos, la brutalidad de las pasiones bajas, subrepticiamente satisfechas hasta el hartazgo; esto era vergonzoso, más que por nada por el secreto, por la hipocresía, por la sombra en que había ido envuelto; ahora, sin aprensión, sin escrúpulos, sin tormentos del cerebro, la dicha presente; aquella que gozaba en una mañana de Mayo cerca de Junio, contento de vivir, amigo del campo, de los pájaros, con deseos de beber rocío, de oler las rosas que formaban guirnaldas en las enramadas, de abrir los capullos turgentes y morder los estambres ocultos y encogidos en su cuna de pétalos. El Magistral arrancó un botón de rosa con miedo de ser visto; sintió placer de niño con el contacto fresco del rocío que cubría aquel huevecillo de rosal; como no olía a nada más que a juventud y frescura, los sentidos no aplacaban sus deseos, que eran ansias de morder, de gozar con el gusto, de escudriñar misterios naturales debajo de aquellas capas de raso... El Magistral, perdiéndose por senderos cubiertos por los árboles, bajaba hacia Vetusta cantando entre dientes, y tiraba al alto el capullo, que volvía a caer en su mano, dejando en cada salto una hoja por el aire; cuando el botón ya no tuvo más que las arrugadas e informes de dentro, don Fermín se lo metió en la boca y mordió con apetito extraño, con una voluptuosidad refinada de que él no se daba cuenta.

Llegó a la catedral. Entró en el coro. El Palomo barría. Don Fermín le habló con caricias en la voz. Le debía muchos desagravios. ¡Cuántos sofiones inútiles había sufrido el pobre perrero! Ahora le halagaba, alababa su celo, su amor a la catedral; el Palomo, pasmado y agradecido, se deshacía en cumplidos y buenas palabras. De Pas se acercó al facistol, hojeó los libros grandes del rezo y hasta solfeó un poco en voz baja, leyendo la música señalada con notas cuadradas, de un centímetro por lado. Todo estaba bien. Los órganos allá arriba extendían su lengüetería en rayas verticales y horizontales, deslumbrantes; parecían dos soles cara a cara. Ángeles dorados tocaban el violín cerca de la bóveda, a la que trepaban los relieves platerescos de los órganos; detrás del coro, en lo alto de las naves laterales, las ventanas y rosetones dejaban pasar la luz deshaciéndola en rojo, azul, verde y amarillo.

En un lado san Cristóbal sonreía con boca encarnada de una cuarta, partida por un plomo, al Niño de la Bola, que mantenía un mundo verde sobre su mano amarilla. En frente vio el Magistral el pesebre de Belén cuadriculado también por rayas opacas. Jesús sonreía a la mula y al buey en su cuna de heno color naranja. Don Fermín miraba todo aquello como por la primera vez de su vida. Hacía un fresco agradable en la iglesia y el olor de humedad mezclado con el de la cera le parecía fino, misteriosamente simbólico y a su modo voluptuoso. Aquella mañana cumplió en el coro como el mejor, y sintió no ser hebdomadario para lucirse. Glocester, al verle tan alegre y decidor, amable con amigos y enemigos ocultos, se dijo: «¡Disimula! ¡Pues a disimulo no me ha de ganar este simoníaco!» Y se deshizo en amabilidad, cortesía y bromas lisonjeras. «Bueno era él.»

—¿Ha visto usted —decía al salir de la catedral don Custodio— qué satisfecho está el Provisor?

Y contestaba Glocester, al oído del beneficiado:

—Es que ya no tiene vergüenza; se ha puesto el mundo por montera.

—Debe de haber pasado algo gordo...

—¿A qué crimen alude usted?

—Al de adulterio...

—Ps... yo creo que... todavía están algo verdes. Sin embargo, por él no quedará, y el crimen es el mismo...

A Glocester le disgustaba figurarse al Magistral vencedor de la Regenta. Era caso de envidia. Pero convenía suponerlo, para cargar el delito a la cuenta de los muchos que atribuían al enemigo.

Don Fermín, a las once, recordó que era día de conferencia en la Santa Obra del Catecismo de las Niñas. Él era el director de aquella institución docente y piadosa, que celebraba sus sesiones en el crucero de la iglesia de Santa María la Blanca. Sentía el humor más apropósito para el caso. Con mucho gusto entró en aquel templo risueño, alegre, con sus adornos flamígeros de piedra blanca esponjosa. En medio del recinto se levantaba una plataforma de tabla de pino, de quita y pon; sobre ella, a un lado, había tres filas de bancos sin respaldos, y enfrente de ellos una mesa cubierta de damasco viejo, manchado de cera, presidida por un sillón de pana roja y varios taburetes de igual paño. El sillón era para el Magistral, los taburetes para los capellanes catequistas, y en los bancos se sentaban las niñas de siete a catorce años que aprendían la doctrina cristiana, más algo de liturgia, historia sagrada y cánticos religiosos.

Cuando De Pas entró en el templo hubo un murmullo en los bancos de la plataforma, semejante al rumor de una ráfaga que rueda sobre las copas de los árboles.

Tomó el amado director agua bendita y, después de santiguarse, subió, radiante de alegría evangélica, las gradas de la plataforma; se frotó las manos y a una niña de ocho años que encontró de pie al paso, la sujetó suavemente; y mientras él miraba a la bóveda y mordía el labio inferior, oprimía contra su cuerpo la cabeza rubia y entre los dedos de la mano estrujaba, sin lastimarla, una oreja rosada.

—¿Qué pájaro me habrá dicho a mí que doña Rufinita no quiere ser buena, y enreda en la iglesia y descompone el coro cuando canta?

Carcajada general. Las niñas ríen de todo corazón y el templo retumba devolviendo el eco de la alegría desde la bóveda blanca, llena de luz que penetra por ventanas anchas de cristales comunes.

Todo lo que dice allí el Magistral se ríe; es un chiste. Niños y clérigos están como en su casa. Los pocos fieles esparcidos por la iglesia son beatas que rezan con devoción; no se piensa en ellas. A veces son espectadores de aquella algazara algunos adolescentes y pollos con cascarón que tienen en los bancos de la plataforma sus amores. Los catequistas, jóvenes todos, no ven con buenos ojos a tales señoritos que vienen con propósitos profanos.

El Magistral no se sentó en el sillón de la presidencia. Prefería pasear por el tablado haciendo eses, inclinando el cuerpo con ondulaciones de palmera, acercándose de vez en cuando a los bancos llenos de alegría para azotar una mejilla con suave palmada, o decir al oído de un angelito con faldas un secreto que excita la curiosidad de todas y origina siempre una broma de las que sabe preparar don Fermín de modo que acaben en lección moral o religiosa. También los catequistas alegres, graciosos, vivarachos, van y vienen, reprenden a las educandas con palabras de miel y sonrisas paternales y se meten entre banco y banco mezclando lo negro de sus manteos redundantes con las faldas cortas de colores vivos, y el blanco de nieve de las medias que ciñen pantorrillas de mujer a las que el traje largo no dio todavía patente de tales. En la primera fila se mueven, siempre inquietas, sobre la dura tabla, las niñas de ocho a diez años, anafroditas las más, hombrunas casi en gestos, líneas y contornos, algunas rodeadas de precoces turgencias, que sin disimulo deja ver su traje de inocentes; algo avergonzadas, sin conciencia clara de ello, de su desarrollo temprano. Mirando estos capullos de mujer, don Fermín recordaba el botón de rosa que acababa de mascar, del que un fragmento arrugado se le asomaba a los labios todavía. En las siguientes filas estaban las educandas de doce y trece primaveras, presumidillas, entonadas; y detrás de éstas las señoritas que frisaban con los quince, flor y nata de la hermosura vetustense algunas de ellas, casi todas iniciadas en los misterios legendarios del amor de devaneo, muchas próximas a la transformación natural que revela el sexo, y dos o tres, pequeñas, pálidas y recias, mujeres ya, disfrazadas de niñas, con ojos pensadores cargados de malicia disimulada. Cuando comenzaban las lecciones y los ensayos de coro, las niñas se levantaban, se repartían en secciones por el tablado, formaban círculos, los deshacían, como bailarinas de ópera, y los catequistas dirigiendo aquellos remolinos

174

ordenados, aspiraban, entre tanta juventud verde, aromas espirituales de voluptuosidad quinti—esenciada con cierta dentera moral que les encendía las mejillas y los ojos, y causaba en su naturaleza robusta efectos análogos a los del kirschen o del ajenjo.

El Magistral, como el pez en el agua, entre aquellas rosas que eran suyas y no del Ayuntamiento como las del *Paseo grande*, se recreaba en los ojos de las que ya los tenían transparentes de malicia; y, más sutilmente, encontraba placer en manosear cabellos de ángeles menores. Llegó la hora de los discursos, después de los cánticos, en que la voz de algunas revelaba, mejor que su cuerpo, los misterios fisiológicos por que estaban pasando. Una joven de quince años, catorce oficialmente, se adelantó, y colocada cerca de la mesa, recitó con desparpajo una filípica un tanto moderada por los eufemismos de la retórica jesuítica, contra los materialistas modernos, que negaban la inmortalidad del alma. Era rubia, de un blanco de jaspe, de facciones correctas, a excepción de la barba que apuntaba hacia arriba; tenía el torso de mujer, y debajo de la falda ajustada se dibujaban muslos poderosos, macizos, de curvas armoniosas, de seducción extraña. Tenía los ojos azules claros; el metal de la voz, vibrante, poco agradable, hierático en su monotonía, expresaba bien el fanatismo casi inconsciente de un alma que preparaban para el convento. La rubia hermosa, con brazos de escultura griega, no entendía cabalmente lo que iba diciendo, pero adivinaba el sentido de su arenga, y le daba el tono de intolerancia y de soberbia que le convenía. También ella parecía una estatua de la soberbia y de la intolerancia: una estatua hermosísima. Sus compañeras, los catequistas, el escaso público esparcido por la nave la oían con asombro, sin pensar en lo que decía, sino en la belleza de su cuerpo y en el tono imponente de su voz metálica. Era la obediencia ciega de mujer, hablando; el símbolo del fanatismo sentimental, la iniciación del *eterno femenino* en la eterna idolatría. El Magistral, con la boca abierta, sin sonreír ya, con las agujas de las pupilas erizadas, devoraba a miradas aquella arrogante amazona de la religión, que labraba con arte la naturaleza, por fuera, y él por dentro, por el alma. Sí, era obra suya aquel fanatismo deslumbrador; aquella rubia era la perla de su museo de beatas; pero todavía estaba en el taller. Cuando aquel vestido gris, que no tapaba los pies elegantes y algo largos, y dejaba ver dos dedos de pierna de matrona esbelta, llegase al suelo, la maravilla de su estudio saldría a luz, el público la admiraría y para sí la guardaría la Iglesia.

La historia sagrada estaba a cargo de una morena regordeta, de facciones finas, de expresión dulce, tímida y nerviosa. Apretaba con el cuerpo del vestido tempranos frutos naturales, como si fueran una vergüenza; y más que en su oración pensaba en que los muchachos que miraban desde abajo podían verla las pantorrillas, que tapaba mal la falda a pesar de los esfuerzos de la castidad instintiva. No pudo terminar la historia de los Macabeos que tenía a su cargo. Se le puso un nudo en la garganta, le zumbaron los oídos y todo el lado derecho de la cabeza se quedó de repente frío y el cutis pálido. Se ponía enferma de vergüenza. Tuvo que salir de la iglesia. El desparpajo de otras oradoras precoces hizo olvidar la escena triste y desairada de la niña pusilánime, que había salido llorando. El Magistral reanimó también el espíritu de la escuela con chascarrillos morales y apólogos joco—místicos. Las muchachas se morían de risa, se retorcían en los bancos y dejaban ver a los profanos y a los catequistas, relámpagos de blancura debajo de las faldas que movían indiscretas, sin pensar en ello muchas, algunas sin pensar en otra cosa.

Cuando salió don Fermín de Santa María la Blanca tenía la boca hecha agua engomada. Aquellas sensaciones, que le habían invadido por sorpresa, le recordaban años que quedaban muy atrás. No le gustaba aquello; era poca formalidad. «¡Diablo de chicas!» iba pensando. De todas suertes, lo que le pasaba probaba que aún era joven, que no era por necesidad disfrazada de idealismo por lo que se juraba ser platónico, siempre platónico, o por lo menos indefinidamente, en sus relaciones con la fiel y querida amiga. Volvió su pensamiento a la Regenta, y aquel vago y picante anhelo con que saliera de la iglesia se convirtió en deseo fuerte y definido de ver a doña Ana, de agradecerle su carta y decírselo con la más eficaz elocuencia que pudiera.

Tuvo bastante fortaleza para contener sus ansias y dejar para la tarde la visita. Su madre le habló como siempre, de lo que se murmuraba y él encogió los hombros. Oía la voz dura y seca de doña Paula anunciando, por asustarle, el cataclismo de su fortuna, la ruina de su honra, como si le hablase de los cataclismos geológicos del tiempo de Noé. Le parecía que era otro Provisor aquel de quien el público se quejaba. «¡Ambición, simonía, soberbia, sordidez, escándalo!... ¿qué tenía él que ver con todo aquello? ¿Para qué perseguían a aquel pobre don Fermín si ya había muerto? Ahora el don Fermín era otro, otro que despreciaba a sus vecinos y ni siquiera se tomaba la molestia de quererlos mal. Él vivía para su pasión, que le ennoblecía, que le redimía. Si le apuraban, daría una campanada.» El Magistral gozaba encontrando dentro de sí semejante hombre, más fuerte que nunca, decidido a todo, enamorado de la vida que tiene guardados para sus predilectos estos sentimientos intensos, avasalladores. La realidad adquiría para él nuevo sentido, era más realidad. Se acordaba de las dudas de los filósofos y los ensueños de los teólogos y le daban lástima. Los unos negando el mundo, los otros *volatilizándolo*, parecíanle desocupados dignos de compasión. «La filosofía era una manera de bostezar.» «La vida era lo que sentía él; él, que estaba en el riñón de la actividad, del sentimiento. Una mujer deslumbrante de hermosura por alma y cuerpo, que en una hora de confesión le había hecho ver mundos nuevos, le llamaba ahora su *hermano mayor querido*, se entregaba a él para ser guiada por las sendas y trochas del misticismo apasionado, poético... Afortunadamente él tenía arte para todo: sabría ser místico hasta donde hiciera falta, perderse en las nubes sin olvidar la tierra.» Recordaba que años atrás había pensado en escribir novelas, en hacer una *sibila* verdaderamente cristiana y una *Fabiola* moderna; lo había dejado, no por sentirse con pocas facultades, sino porque le hacía daño gastar la imaginación. «Las novelas era mejor vivirlas.»

177

Cosas así pensaba, dando golpecitos con un cuchillo sobre una corteza de pan, mientras su madre narraba las cábalas de Glocester y las maquinaciones de los *conjurados* del Casino.

En cuanto pudo el Magistral escapó de casa, prometiendo ir a sondear al Obispo. Tomó el camino de la Plaza Nueva. El caserón de la Rinconada le pareció envuelto en una aureola.

Le recibieron Ana y Don Víctor en el comedor. Ya era amigo de confianza. Durante las dos enfermedades de la Regenta, el Magistral había prestado muchos servicios a don Víctor, y éste aunque le era algo antipático el Magistral, se los había agradecido. Pero ya empezaba Quintanar, que siempre había sido regalista, a sospechar algo malo de la *influencia del sacerdocio* en su hogar, o sea el *imperio*. «El clero era absorbente.» Sobre todo don Fermín había sido un poco jesuita. «¡Jesuita! ¡El casuismo!... ¡El Paraguay!... ¡*Caveant consules!*» Aunque la cortesía, ley suprema, le obligaba al más fino trato, no menos que la gratitud, don Víctor estuvo un poco frío con el canónigo, pero de modo que el otro no lo echó de ver siquiera. Notó que estorbaba allí el amo de la casa, pero nada más.

Ana, afectuosa, lánguida todavía, había estrechado la mano a su confesor, que sin darse cuenta, prolongó cuanto pudo el contacto. Don Víctor los dejó solos a eso de las seis. Le esperaban en el Gobierno Civil para una junta de ganaderos. Se trataba de traer sementales del extranjero. Pero don Víctor trataba principalmente de que le eligiesen segundo vicepresidente y reclamaba para Frígilis la primera secretaría. «Frígilis había jurado renunciarla, pero no importaba; de todas suertes la elección era una honra para ellos, aunque lo negase el sarraceno de Tomás.» Quintanar contaba con el gobernador. Salió.

La Regenta sonrió a don Fermín y dijo:

—Dirá usted que soy una loca; ¿para qué escribirle cuando podemos hablar todos los días? No pude menos. ¡Soy tan feliz! ¡y debo en tanta parte a usted mi felicidad! Quise contener aquel impulso y no pude. A veces me reprendo a mí misma porque pienso que robo a Dios muchos pensamientos para consagrarlos al hombre que se sirvió escoger para salvarme.

El Magistral se sentía como estrangulado por la emoción. La Regenta hablaba ni más ni menos como él la había hecho hablar tantas veces en las novelas que se contaba a sí mismo al dormirse.

No vaciló en referir todo lo que había pasado por él desde que leyera aquella carta. «El mundo sin una amistad como la suya era un páramo inhabitable; para las almas enamoradas de lo Infinito, vivir en Vetusta la vida ordinaria de los demás era como encerrarse en un cuarto estrecho con un brasero. Era el suicidio por asfixia. Pero abriendo aquella ventana que tenía vistas al cielo, ya no había que temer.»

La Regenta habló de Santa Teresa con entusiasmo de idólatra; el Magistral aprobaba su admiración, pero con menos calor que empleaba al hablar de ellos, de su amistad, y de la piedad acendrada que veía ahora en Anita. Don Fermín tenía celos de la Santa de Ávila.

Además, veía a su amiga demasiado inclinada a las especulaciones místicas, temía que cayera en el éxtasis, que tenía siempre complicaciones nerviosas, y era preciso evitar que pudiesen culparle a él de otra enfermedad probable si Ana seguía aquel camino peligroso. Aconsejó la actividad piadosa. «En su estado y en el tiempo en que vivía la pura contemplación tenía que dejar mucho espacio a las buenas obras. Si ahora sentía Anita cierta pereza de rozarse otra vez con el mundo, se debía a la convalecencia de que en rigor no había salido; pero cuando el vigor volviera por completo ya no la asustaría la acción, el ir y venir; el trabajar en la obra de piedad a que se la invitaba.»

Desde aquel día el Magistral influyó cuanto pudo en aquel espíritu que dominaba por entonces, para arrancarle de la contemplación y atraerle a la vida activa. «Si se remontaba demasiado, le olvidaría a él, que al fin era un ser finito. Santa Teresa había dicho, y Ana recordaba a cada momento que tenía: '...Una luz de parecerle de poca estima todo lo que se acaba', y como don Fermín había de acabarse, le espantaba la idea de que por eso Ana llegase a tenerle en poco.»

No hubiera sido el temor vano si las cosas hubiesen seguido como los primeros meses. Aunque tanto quería a su confesor, Ana muchas horas le olvidaba por completo como a todas las cosas del mundo.

Encerrada en su alcoba o en su tocador, que ya tenía algo de oratorio, sin necesidad de estímulos exteriores, perdida en las soledades del alma, de rodillas o sentada al pie de su lecho, sobre la piel de tigre, con los ojos casi siempre cerrados, gozaba la voluptuosidad dúctil de imaginar el mundo anegado en la esencia divina, hecho polvo ante ella. Veía a Dios con evidencia tal, que a veces sentía deseos vehementes de levantarse, correr a los balcones y predicar al mundo, mostrándole la verdad que ella palpaba; y entonces le costaba trabajo reconocer la realidad de las criaturas. «¡Qué pequeñas eran! ¡qué frágiles! ¡cuánto más tenían de apariencia que de nada! Lo único que en ellas valía no era de ellas, era de Dios, era cosa prestada. ¡Dichas! ¡dolores! palabras nada más. ¿cómo apreciarlos y distinguirlos si lo poco, lo nada que duraban no daba tiempo a ello?» Ana recordaba la vida de unos mosquitos muy pequeños que crecían todas las mañanas a la orilla del río, volaban desde la ribera sobre las aguas, y en medio de ellas morían y eran pasto de unos peces que contaban todos los días con aquel alimento. Pues así era el vivir para todas las criaturas, un rayo de sol que se cruza, para volver a la sombra de que vino. Y estos pensamientos, que antiguamente la atormentaban, ahora le daban alegría. Porque el vivir era el estar sin Dios; el morir, renacer en Él, pero renunciando a sí mismo.

Y como si sus entrañas entrasen en una fundición, Ana sentía chisporroteos dentro de sí, fuego líquido, que la evaporaba... y llegaba a no sentir nada más que una idea pura, vaga, que aborrecía toda determinación, que se complacía en su simplicidad. Prolongaba cuanto podía aquel estado; tenía horror al movimiento, a la variedad, a la vida.

Entonces solía don Víctor asomar la cabeza, con su gorro de borla dorada, por la puerta de escape que abría con cautela, sin ruido... Anita no le oía; y él, un poco asustado, con una emoción como creía que la tendría entrando en la alcoba de un muerto, se retiraba, de puntillas, con un respeto supersticioso. A dos cosas tenía horror: al magnetismo y al éxtasis. ¡Ni electricidad ni misticismo! Una vez le había dado una bofetada a un chusco que le había cogido por la levita, en el gabinete de física de la Universidad, para hacerle entrar en una corriente eléctrica. Don Víctor había sentido la sacudida, pero acto continuo ¡zas! había santiguado al gracioso. El magnetismo, en que creía (aunque estaba en mantillas, según él, esta ciencia) le asustaba también; y en cuanto a ver a su Divina Majestad, o figurársele, le parecía emoción superior a sus fuerzas. «Yo no necesito de eso para creer en la Providencia. Me basta con una buena tronada para reconocer que hay un más allá y un Juez Supremo. Al que no le convence un rayo, no le convence nada.»

«Pero respetaba la religiosidad exaltada de su esposa desde que veía que iba de veras.»

Llegaba de la calle; llamaba con una aldabonada suave... subía la escalera procurando que sus botas no rechinasen, como solían, y preguntaba a Petra en voz baja, con cierto misterio triste:

—¿Y la señora? ¿dónde está?

Como si preguntara ¿cómo va la enferma? —Así andaba por todo el caserón, como si estuviera muriendo alguno. Sin darse cuenta del porqué, don Víctor se figuraba el misticismo de su mujer como una cefalalgia muy aguda. Lo principal era no hacer ruido. Si el gato de Anselmo mayaba abajo, en el patio, don Víctor se enfurecía, pero sin dar voces, gritaba con timbre apagado y gutural:

—¡A ver! ¡ese gato! ¡que se calle o que lo maten!

Entraba en su despacho. Volvía entonces a sus máquinas y colecciones; a veces tenía que clavar, serrar o cepillar. ¿Cómo no hacer ruido? Sobre todo, el martillo atronaba la casa. Quintanar lo forró con bayeta negra, como un catafalco, y así clavaba, los martillazos apagados tenían una resonancia mate, fúnebre, de mal agüero, que llenaba de melancolía a don Víctor. Los canarios, jilgueros y tordos de su pajarera, que hacían demasiado ruido, fueron encerrados bajo llave, para que no llegasen sus cánticos profanos al tocador—oratorio de la Regenta.

Se acostumbró don Víctor de tal modo a hablar en voz baja, que hasta en la huerta, paseándose con Frígilis, eran sus palabras un rumorcillo leve.

—Pero, hombre, parece que hablas con sordina... —decía Crespo mal humorado.

Quintanar le consultaba acerca del *estado* de Ana.

—¿A ti qué te parece de esto?

—Ps... allá ella. Sus razones tendrá.

—Yo creo, Tomás, aquí para *interinos*... que Anita se nos hace santa, si Dios no lo remedia. A mí me asusta a veces. ¡Si vieses qué ojos en cuanto se distrae! Ello sería un honor para la familia... indudablemente, pero... ofrece sus molestias... Sobre todo, yo no sirvo para esto. Me da miedo lo sobrenatural. ¿Tendrá apariciones?

Frígilis se permitía la confianza de no contestar a las que estimaba sandeces de su amigo.

También él pensaba en Anita. La veía muchas veces desde la huerta, en su gabinete, sentada, arrodillada o de bruces al balcón mirando al cielo. Ella casi nunca reparaba en él; no era como antes, que le saludaba siempre. Aquello de Ana también era una enfermedad, y grave, sólo que él no sabía clasificarla. Era como si tratándose de un árbol, empezara a echar flores y más flores, gastando en esto toda la savia; y se quedara delgado, delgado, y cada vez más florido; después se secaban las raíces, el tronco, las ramas y los ramos, y las flores, cada vez más hermosas, venían al suelo con la leña seca; y en el suelo... en el suelo... si no había un milagro, se marchitaban, se podrían, se hacían lodo como todo lo demás. Así era la enfermedad de Anita. En cuanto al contagio, que debía de haberlo habido, él lo atribuía al Magistral. Se acordaba del guante morado. Mucho tiempo lo había tenido olvidado, pero un día se le ocurrió preguntar a la Regenta si las señoras usaban guantes de seda morada y ella se había reído. Era, por consiguiente, un guante de canónigo. Ripamilán no los usaba casi nunca. No quedaba más canónigo probable que el Magistral; el único bastante listo para meter aquellas cosas en la cabeza de Ana. Del Magistral era el guante, sin duda. Y Petra andaba en el ajo. Era encubridora. ¿De qué? Ésta era la cuestión. De nada malo debía de ser. Anita era virtuosa. Pero la virtud era relativa, como todo; y sobre todo, Anita era de carne y hueso. Frígilis no temía lo presente, sino lo futuro; lo que podía suceder. No veía una falta, sino un peligro. Algo había oído de lo que se murmuraba en Vetusta, aunque en su presencia no se atrevían las malas lenguas a poner en tela de juicio el honor de los Quintanar. Se le miraba como hermano de don Víctor. «De todas maneras, él estaría alerta.» Y seguía velando por los árboles de don Víctor y por su honor «tal vez en peligro.»

Petra tampoco veía claro. Estaba desorientada. La conducta de su ama le parecía propia de una loca. «¿A qué venía aquella santidad? ¿A quién engañaba? ¡Oh! si no fuera porque ella quería tener contento al Magistral, no serviría más tiempo a la hipócrita que la utilizaba como correo secreto y no le daba una mala propina, ni le decía palabra de sus trapicheos ni le ponía una buena cara, a no ser aquella de beata bobalicona con que engañaba a todos.»

Petra se encerraba en su cuarto. Colgada de un clavo a la cabecera de su cama de madera tenía una cartera de viaje, sucia y vieja. Allí guardaba con llave sus ahorros, ciertas sisas de mayor cuantía, y algunos papeles que podían comprometerla. De allí sacaba el guante morado del Magistral, del que a nadie había hablado. Era una prueba, no sabía de qué, pero adivinaba que sin saber ella cómo ni cuándo, aquella prenda podía llegar a valer mucho.

«¿Y qué probaba aquel guante respecto a la santidad de la señora? Que era una hipócrita. ¡Si no fuera por el Magistral!»

Los Vegallana y sus amigos estaban asustados. El Marqués creía en la santidad de Anita; la Marquesa encogía los hombros; temía por la cabeza de aquella chica. Visitación estaba *volada*, furiosa. «¡Sus planes por tierra! ¡Ana resistía! ¡No era de tierra como ella!» Obdulia Fandiño no envidiaba la santidad de su amiga la Regenta, sino *el ruido que metía*, lo mucho que se hablaba de ella por todo el pueblo. Jamás había hecho *tanta sensación* ella, la viudita, con el vestido más escandaloso, como Ana con su hábito y su *beatería*. «¡Qué atrasado, pero qué atrasado estaba aquel miserable lugarón!»

Entretanto Ana recobraba el apetito, la salud volvía a borbotones. Tenía sueños castos, tales se le antojaban, sin sujeto humano, como decía Ripamilán, pero dulces, suaves. Sentía, medio dormida, a la hora de amanecer sobre todo, palpitaciones de las entrañas que eran agradable cosquilleo; otras veces, como si por sus venas corriese arroyo de leche y miel, se le figuraba que el sentido del gusto, de un gusto exquisito, intenso, se le había trasladado al pecho, más abajo, mejor, no sabía dónde, no era en el estómago, era claro, pero tampoco en el corazón; era en el medio. Despertaba sonriendo a la luz. Su pensamiento primero, sin falta, era para el Señor. Oía los gritos de los pájaros en la huerta, encontraba en ellos sentido místico, y la piedad matutina de Ana era optimista. El mundo era bueno, Dios se recreaba en su obra. Cada día encontraba la Regenta mayor consistencia en la idea de las cosas finitas; ya no le costaba tanto trabajo reconocer su realidad: volvían los seres materiales a tener para ella la poesía inefable del dibujo; la plasticidad de los cuerpos era una especie de bienestar de la materia, una prueba de la solidez del universo, y Ana se sentía bien en medio de la vida. Pensaba en las armonías del mundo y veía que todo era bueno, según su género. La idea de Dios, la emoción profunda, intensa que le causaba la evidencia de la divinidad presente, no se deslucían, no se borraban; pero Dios ya no se le aparecía en la idea de su soledad sublime, sino presidiendo amorosamente el coro de los mundos, la creación infinita. Empezó a olvidar algunas noches la lectura de Santa Teresa. Seguía enamorada de la Doctora sublime, pero algunas opiniones de la Santa prefería pasarlas por alto, estaban en pugna con las ideas propias; «al fin no en balde habían pasado tres siglos.» Empezó Ana a comprender mejor lo que el Magistral le quería decir al hablarle de actividad piadosa.

«Es verdad, se decía, no he de vivir en este egoísmo de recrearme en Dios; necesito, sí, trabajar más y más en la oración mental y en la contemplación, para ver más y más cada día en esa región de luz en que el alma penetra, pero... ¿y mis hermanos? La caridad exige que se piense en los demás. Ya puedo, ya puedo salir, vivir, sacrificarme por el prójimo; ya estoy fuerte, Dios lo ha permitido.»

El Magistral, mientras duraba la debilidad, le había prohibido incorporarse para rezar de rodillas sus oraciones de la mañana. Pero ella en cuanto sintió aquella bienhechora fortaleza de los músculos, que es como el amor propio del cuerpo, gozóse en distender los miembros que volvían a cubrirse de rosas pálidas, otra vez repletos de vida circulante. Y sin descender del lecho, sobre las sábanas tibias, levemente mecida por los muelles del colchón al incorporarse, rezaba, toda de blanco, sumidas las rodillas redondas y de raso en la blandura apetecible. Rezaba, y a veces en el entusiasmo de su fervor religioso acercaba el rostro al Cristo inclinado sobre la cabecera y besaba las llagas de la imagen llorando a mares. Pensaba que aquellas lágrimas dulces eran la miel mezclada que corría dentro y ahora saltaba por los ojos en raudal inagotable. Cuando estuvo mejor, aún más fuerte, huyó la pereza del colchón y saltó al suelo y rezó sobre la piel de tigre. Aún quería más dureza, y separaba la piel y sobre la moqueta que forraba el pavimento hincaba las rodillas. Pensó en el cilicio, lo deseó con fuego en la carne, que quería beber el dolor desconocido, pero el Magistral había prohibido tales tormentos sabrosos.

El primer objeto a que Ana quiso aplicar su caridad ardiente fue la conversión de su marido. Santa Teresa había trabajado por la piedad de su padre, que ya era cristiano de los buenos, pero habíale ella querido más piadoso todavía. Ana se propuso emplear su celo en ganar para Dios el alma de su don Víctor, «que venía también a ser su padre.»

La suavidad, la dulzura, la elocuencia, las caricias fueron los medios, lícitos todos, que empleó con arte de maestro. Quintanar tardó en conocer que su Anita, su querida Anita, quería convertirle a la piedad verdadera. Al principio sólo notó que su mujer se hacía más comunicativa, cariñosa a todas horas, como antes lo era después de los ataques nerviosos y en ausencias o enfermedades. «¿Quería discutir por pasar el rato? Enhorabuena; él amaba la discusión.» Y sostenía la tesis contraria para mantener animado el debate. Pero, amigo, la Regenta había ido haciendo la cuestión personal; ya no se trataba de si Cristo había redimido a todas las *Humanidades* repartidas por los planetas de una sola vez, o yendo de estrella en estrella a sufrir en todas muerte de cruz; ahora se trataba ya de si don Víctor confesaba muy de tarde en tarde, si perdía o no muchas misas (y sí que las perdía). «Además, los libros en que apacentaba el espíritu eran vanos; comedias, mentiras fútiles y peligrosas.»

—¿Tú nunca has leído vida de santos, verdad?

—Sí, hija, sí, y autos sacramentales...

—No es eso... Quintanar; hablo de *La Leyenda de Oro* y del *Año Cristiano*, de Croisset, por ejemplo.

—¿Sabes, hija mía?... Yo prefiero los libros de meditación...

—Pues toma el *Kempis*, la *Imitación de Cristo*... lee y medita.

Y se lo hizo leer.

Y entre *Kempis* y la Regenta, y el calor que empezaba a molestarle, y la prohibición de los baños le quitaron el humor al digno magistrado. Ya no leía, al dormirse, a Calderón, sino a Job y al dichoso Kempis. «¡Vaya unas cosas que decía aquel demonche de fraile o lo que fuese! No, y lo que es razón tenía, es claro; el mundo, bien mirado, era un montón de escorias. Él no podía quejarse, en su vida no había habido desengaños terribles, grandes contrariedades, aparte de la muy considerable de no haber sido cómico; pero en tesis general, el mundo estaba perdido. Y además, esto de hacerse viejo, que le tocaba a él como a cada cual, era un gravísimo inconveniente. En la muerte no quería pensar, porque eso le ponía malo, y Dios no manda que enfermemos. La muerte... la muerte... él tenía así... una vaga y disparatada esperanza de no morirse... ¡La medicina progresa tanto! Y además, se podía morir sin grandes dolores, por más que Frígilis lo negaba.» En fin, no quería pensar en la muerte. Pero poco a poco Kempis fue tiznándole el alma de negro y don Víctor llegó a despreciar las cosas por efímeras. Una tarde, en su *Parque*, contemplaba a Frígilis que estaba a sus pies agachado plantando cebolletas, embebido en su operación.

«¡Valiente filósofo era Frígilis!» Don Víctor le miraba desde la altura de su pesimismo prestado, y le despreciaba y compadecía. «¡Plantar cebolletas! ¿No prohibía San Alfonso Ligorio plantar árboles en general y edificar casas, que al cabo de los años mil se caen? Pues entonces, ¿para qué plantar cebolletas, si todo era un soplo, nada?...»

«Corriente, pero aquello de disgustarse de todo era poco divertido. ¿Qué iba él a hacer mano sobre mano un verano entero sin baños, ni bromas en las aguas de Termasaltas?»

«Y quedaba el rabo por desollar. La cuestión de salvarse o no salvarse. Aquello era serio. A él le daba el corazón que se salvaría; pero los santos escritores presentaban como tan difícil la cosa, que ya le inquietaban ciertas dudas... ¿Si no habría sido él toda su vida bastante bueno? Había que pensar en esto; pero ¡Dios mío! él no quería quebraderos de cabeza. Ya, cuando lo de la jubilación, fundada en una enfermedad que no tenía, le había costado gran trabajo arreglar sus papeles y pedir recomendaciones, y la jubilación era cosa temporal... con que la salvación del alma, la jubilación eterna como quien decía ¡apenas iba a exigir esfuerzos, expedientes y también recomendaciones! Era preciso entregarse a su esposa para que le ayudase en tan arduo negocio.»

La Regenta conoció bien pronto que don Víctor se entregaba. Aunque ella hubiera querido más acendrada piedad, tuvo que contentarse con el dolor de atrición que claramente manifestaba su marido. Y no tuvo escrúpulo en asustarle un poco más de lo que estaba, recordándole las penas del Infierno, aunque estos recursos de terror le repugnaban a ella. Quintanar mostraba gran empeño en sostener que el fuego de que se trataba no era material, era simbólico.

—No es de fe —repetía— en mi opinión, creer que ese fuego es físico, material; es un símbolo, el símbolo del remordimiento.

Algo le tranquilizaba la idea de que le tostasen con símbolos en el caso desesperado de no salvarse, como deseaba seriamente.

El primer esfuerzo que hizo Anita para salir de casa tuvo por objeto llevar a su don Víctor a la Iglesia. Confesaron los dos con el Magistral.

A don Víctor al comulgar le atormentaba la idea de que no había confesado un pecadillo considerable: tenía sus dudas respecto de la infalibilidad pontificia.

El canónigo Döllinger, de quien no sabía más sino que existía y que se había separado de la Iglesia, le seducía por su tenacidad, que le recordaba la de su tierra, Aragón, el reino más noble y testarudo del Universo.

Los días para la Regenta se deslizaban suavemente.

El Magistral, su maestro, y don Víctor, su discípulo, eran los compañeros de su vida al parecer sosa, monótona, pero *por dentro* llena de emociones. Seguía encontrando en la oración mental delicias inefables. Dios era no menos amable como Padre de las criaturas, como Director de la gran «fábrica de la inmensa arquitectura», que en la pura contemplación de su Idea. Además, pensaba Anita, fuera orgullo aspirar ahora a la visión de la Divinidad directamente; me faltan muchos pasos, muchas *moradas*. Ya llegaré si el Señor lo tiene así dispuesto. Ahora debo hacer lo que dice el Magistral; ya que las fuerzas vuelven a mi cuerpo, aprovecharlas en una actividad piadosa, que es lo que él llama higiene del espíritu. La ociosidad me volvería al pecado, como volvía a la misma Santa Teresa. Si para ella tenía tan grave peligro ¡qué será para mí!»

Anita recibía las pocas visitas que don Álvaro se atrevía a hacerle, sin alterarse, tranquila en su presencia, y tranquila después que se marchaba. Procuraba apartar de él su pensamiento, con la conciencia de que era aquel recuerdo una llaga del espíritu que tocándola dolería. Tuvo valor para mostrarse fría con él, para cortar el paso a la confianza, para negarle la mano, para todo, hasta para verle despedirse... Pero en cuanto le vio salir tropezando, «ciego de amor y pena», creía ella, una lástima infinita le inundó el alma, y tembló de miedo; su seno se hinchó con un suspiro... y la carne flaca tropezó con el Cristo amarillento de marfil que el Magistral había regalado a su amiga para que lo llevase sobre el pecho.

Ana besó la imagen y volvió los ojos al cielo.

—Jesús, Jesús, tú no puedes tener un rival. Sería infame, sería asqueroso...

Y recordó la ira de Jesús cuando se aparecía a Teresa que le olvidaba.

—Sería engañar a Dios, engañar al Magistral, pensar en ese hombre ni un solo instante, ni siquiera para compadecerle... ¡Oh! ¡qué hipócrita, qué gazmoña miserable sería yo si tal hiciera! ¡Qué romanticismo del género más ridículo y repugnante sería el mío, si después de tanta piedad que yo creí profunda, vocación de mi vida en adelante, volviera una pasión prohibida a enroscarse en el corazón, o en la carne, o donde sea!... ¡No, no! ¡Ridículo, villano, infame, vergonzoso, además de criminal! ¡Mil veces no! Quiero morir, morir, Señor, antes que caer otra vez en aquellos pensamientos que manchan el alma y le clavan las alas al suelo, entre lodo...

Pero al día siguiente de la despedida de don Álvaro, Ana despertó pensando en él. «Ya no estaba en Vetusta. Mejor. La terrible tentación le volvía la espalda, huía derrotada... Mejor... era un favor especial de Dios.»

Aquella tarde bajó al parque, a la hora en que don Álvaro se había despedido el día anterior.

«Veinticuatro horas hacía ya.» Otras veces había estado días y días sin verle, y le parecía muy tolerable la ausencia y corta. Pero estas veinticuatro horas eran de otra manera, se contaban por minutos... que es como se cuentan las horas. «Y bien, lo normal, lo constante, lo que debía ser ya siempre, era aquello... el no verle... Veinticuatro horas y después otras tantas... y así... toda la vida.»

Hacía mucho calor. Ni debajo del toldo espeso de los castaños de Indias, ahora cargados de anchas hojas y penachos blancos, podía Ana respirar una ráfaga de aire fresco. Su pensamiento quería elevarse, volar al cielo, pero el calor, de unos 30 grados, que en Vetusta es mucho, le derretía las alas al pensamiento y caía en la tierra, que ardía, en concepto de Ana.

Y para que no se le antojase volar más en toda la tarde, se presentó en el parque Visitación Olías de Cuervo, a quien el verano *sentaba* bien, y dejaba lucir trajes de percal fantásticos y baratos. Venía alegre, vaporosa, y con las apariencias de un torbellino; daba gana de cerrar los ojos al verla acercarse. En la calle la había querido abrazar un mozo de cordel. La aventura, ridícula y todo, la había rejuvenecido, había encendido chispas en sus ojuelos, y «¡ea! venía con afán de abrazar ella también.» Abrazó a la Regenta, se la comió a besos... y después de contarla el *paso de comedia* del mozo de cordel, gritó de repente:

—A propósito, ¿no te ha contado Víctor lo de Álvaro?

Visita tenía cogida por las muñecas a su amiga. Estaba tomándola el pulso a su modo.

Clavó con sus ojos menudos los de Ana y repitió:

—¿No sabes lo de Álvaro?

El pulso se alteró, lo sintió ella con gran satisfacción. «A mí con santidades, pensó; *pulvisés*, como dijo el otro.»

—¿Qué le pasa? ¿que se ha marchado? Ya lo sé.

—No, no es eso.

—¿Qué? ¿No se ha marchado?

Nueva alteración del pulso, según Visita.

—Sí, hija, sí, se ha marchado, pero verás cómo. Ya sabes que tenía relaciones con la señora de ese que es o fue ministro, no recuerdo, en fin ya sabes quién es, ese que viene a baños a Palomares.

—Sí, sí, bien...

—Pues bueno; esta mañana, lo ha visto medio Vetusta, al ir Mesía a tomar el tren de Madrid, el correo, el que sube... ¿estás? se encontró con esa ministra, que es muy guapa por cierto, en medio del andén. ¡Figúrate! Total, que ella bajaba para Palomares, donde ha comprado una especie de chalet o demonios; bueno, pues, cátate que nuestro Alvarito, en vez de tomar el tren que subía, el de Madrid, toma el que baja, da órdenes a su criado, para que recoja corriendo el equipaje y se meta en el reservado que traía la ministra, un coche salón con cama y demás. Y el marido no venía, por supuesto; ella, dos criados y los *bebés* como dice Obdulia. ¡Figúrate! Todo Vetusta, que estaba en la estación esta mañana por casualidad, se ha hecho cruces. Es mucho Álvaro. ¿Pero ella? ¿qué te parece de ella? A eso vamos; a lo escandalosas que son esas señoronas de Madrid. Y eso que ésta tiene fama de virtuosa, ¡uf! ¡yo lo creo!... ¡La virtuosísima señora ministra de Gracia y salero!... ¡pero, señor, cómo demonches se llama ese tipo de ministro!...

Ana recordaba perfectamente cómo se llamaba aquel «tipo de ministro», pero no quiso decirlo; sintió que palidecía, por un frío de muerte que le subió al rostro; dio media vuelta, y disimulando cuanto pudo, se recostó en un árbol. Fingió entretenerse en rayar la corteza del tronco, y mudando de conversación, preguntó a Visita por un niño que tenía enfermo.

Pero Visita era tambor de marina, como decían ella y la Marquesa; de otro modo, que nadie se la pegaba; conoció la turbación de Ana, y con gran júbilo, confirmó para sus adentros la teoría del *pulvisés* o sea de la ceniza universal.

«Ana tenía celos; luego tenía amor; no hay humo sin fuego.»

Se despidió al poco rato; ya había dado su noticia, ya sabía lo que quería; no era cosa de perder el tiempo; necesitaba hacer en otra parte otra buena obra por el estilo. Se marchó, como la marejada que se retira. Dejó los senderos blancos como si los hubiesen peinado. La escoba almidonada de enaguas y percal engomado dejó su rastro de rayas sinuosas y paralelas grabado en la arena.

Ana tuvo miedo. La tentación, la vieja tentación de don Álvaro, le había sabido a cosa nueva; se le figuró un momento que aquel dolor que sintiera al saber lo de la ministra, era más de las entrañas que sus demás penas; era un dolor que la aturdía, que pedía remedio a gritos desde dentro... Por la primera vez después de su enfermedad, sintió la rebelión en el alma.

«Oh, no; no quería volver a empezar. Ella era de Jesús, lo había jurado. Pero el enemigo era fuerte, mucho más de lo que ella había creído. Otras veces había desafiado el peligro; ahora temblaba delante de él. Antes la tentación era bella por el contraste, por la hermosura dramática de la lucha, por el placer de la victoria; ahora no era más que formidable; detrás de la tentación no estaba ya sólo el placer prohibido, desconocido, seductor a su modo para la imaginación; estaban además el castigo, la cólera de Dios, el infierno. Todo había cambiado; su vocación religiosa, su pacto serio con Jesús la obligaban de otro modo más fuerte que los lazos demasiado sutiles del deber vagamente admitido por la conciencia, sin pensar en sanción divina. Antes no quería pecar por dignidad, por gratitud, porque... no. Ahora el pecado era algo más que el adulterio repugnante, era la burla, la blasfemia, el escarnio de Jesús... y era el infierno. Si caía en los lazos de la tentación, ¿quién la consolaría cuando viniese el remordimiento tardío? ¿cómo llamar a Jesús otra vez? ¿cómo pensar en Teresa, que jamás había caído? No, no la llamaría, preferiría morir desesperada y sola. ¿Pero después? El infierno, aquella verdad tremenda, sublime en su mal sin término.»

—Tú vencerás, Dios mío, tú vencerás —exclamó en voz alta, hablando con las nubecillas rosadas que imitaban en el cielo las olas del mar en calma.

Aquella noche lloró la Regenta lágrimas que salían de lo más profundo de sus entrañas, de rodillas sobre la piel de tigre, con la cabeza hundida en el lecho, los brazos tendidos más allá de la cabeza, las manos en cruz.

Desde el día siguiente el Magistral notó con mucha alegría, que Ana volvía su piedad del lado por donde él quería llevarla. «Menos contemplación y más devociones, obras piadosas y culto externo, que entretiene la imaginación.»

Con un entusiasmo que tenía sus remolinos que atraían las voluntades, Ana se consagró a la piedad activa, a las obras de caridad, a la enseñanza, a la propaganda, a las prácticas de la devoción complicada y bizantina, que era la que predominaba en Vetusta. Aquellas exageraciones, que tal le habían parecido en otro tiempo, ahora las encontraba justificables, como los amantes se explican las mil tonterías ridículas que se dicen a solas.

«¿No había en los amores humanos un vocabulario infantil, ridículo, sin sentido para los profanos? Sí, lo había, ella no podía asegurarlo por experiencia, pero lo había leído y el corazón se lo confirmaba. Pues bien, el amor de Dios, a su manera, podía tener sus niñerías, sus nimiedades, ridículas para las almas frías, indiferentes.» Hasta llegó a comprender los superlativos de letanía de doña Petronila, o sea el gran Constantino.

Al Magistral mismo se atrevía la Regenta a hablarle con cierto mimo, con una confianza llena de palabras de sentido nuevo y convenido, con un estilo que podría llamarse humorismo piadoso. Y además se permitía Ana interesarse por los bienes puramente temporales de su confesor. No le dejaba pasar debilidades, exponerse a un constipado. «¡Buena la haríamos si usted se me muriese! Todo esto, señor mío, es egoísmo, ni Dios ni usted han de agradecerlo.»

Con estas palabras, y con las sonrisas que las acompañaban, el Magistral tenía para rumiar ocho días de felicidad inefable. Sí, inefable. Él no se explicaba qué era aquello. No sospechaba que en el mundo, en el pícaro mundo se podía gozar así. A los treinta y seis años, cuando él creía que ya nadie podía enseñarle nada, una señora inocente, joven, sin mundo, venía a mostrarle un universo nuevo, donde sin más que una sonrisita, una palabra, que era como la letra de una música que había en el modo de decirla, se veía uno de repente entre los ángeles, gozando como en el Paraíso, sin querer nada más, sin pensar en nada más. ¡Gozando, gozando y gozando!»

Ni por las mientes se le pasaba reflexionar sobre su situación. ¿Era aquello pecado? ¿Era aquello amor del que está prohibido a un sacerdote? Ni para bien ni para mal se acordaba don Fermín de tales preguntas. Peor para ellas si se hubiera acordado.

—¡Usted nunca me habla de sí mismo! —le decía Ana con tono de reconvención, una mañana de Agosto, en el parque, metiéndole una rosa de Alejandría, muy grande, muy olorosa, por la boca y por los ojos. Estaban solos. Tácitamente habían convenido en que aquellas expansiones de la amistad eran inocentes. Ellos eran dos ángeles puros que no tenían cuerpo. Anita estaba tan segura de que para nada entraba en aquella amistad la carne, que ella era la que se propasaba, la que daba primero cada paso nuevo en el terreno resbaladizo de la intimidad entre varón y hembra.

El Magistral con la cara llena del rocío de la flor y el corazón más fresco todavía, contestó:

—¿Hablarle de mí mismo? ¡Para qué! Yo tengo, por razón de mi oficio en la Iglesia militante, la mitad de mi vida entregada a la calumnia, al odio, a la envidia, que la devoran y hacen de ella lo que quieren: se me persigue, se me preparan asechanzas, hasta hay sociedades secretas que tienen por objeto derribarme, como ellos dicen, de lo que llaman el poder... Todo eso es miseria, Ana, yo lo desprecio. Puedo asegurar a usted que yo no pienso más que en la otra mitad de mí mismo, que es la que traigo aquí, la que vive en la paz dulce de la fe, acompañada de almas nobles, santas, como la de una señora... que usted conoce... y a quien no aprecia en todo lo que vale...

Y el Magistral sonrió como un ángel, mientras aspiraba con delicia el perfume de rosa de Alejandría, que Ana sin resistencia había dejado en manos del clérigo.

Ella se puso seria, quiso explicaciones. «Se le perseguía, se le calumniaba... tenía enemigos... y él sin decir nada a su amiga. ¡Estaba bueno!» Algo había oído ella mucho tiempo hacía, pero vagamente. Se acusaba al Magistral, a lo que podía entender, de vicios tan torpes, de tan miserables delitos, que lo grosero de la calumnia la hacía de puro inverosímil inofensiva casi.

La Regenta había despreciado y hasta olvidado aquellos rumores que llegaban de tarde en tarde a sus oídos. Pero ya que el Magistral mismo se quejaba, daba a entender que aquella persecución le dolía, era necesario saber más, procurar el consuelo de aquel corazón atribulado, buscar remedios eficaces, ayudar al justo perseguido, calumniado, que además del justo era el padre espiritual, el hermano mayor del alma, el faro de luz mística, el guía en el camino del cielo.

Aquella mañana de Agosto el Provisor la señaló como una de las más felices de su vida. Ana le obligó a hablar, a contárselo todo. Él, elocuente, con imaginación viva, fuerte y hábil, improvisó de palabra una de aquellas novelas que hubiera escrito a no robarle el tiempo ocupaciones más serias. Se sentaron en el cenador. Don Fermín dijo, primero, sonriendo, que él también quería confesarse con ella. «¿Creía Ana que era perfecto? ¿Que no había pasiones debajo de la sotana? ¡Ay sí! Demasiado cierto era por desgracia.» La confesión del Magistral se pareció a la de muchos autores que en vez de contar sus pecados aprovechan la ocasión de pintarse a sí mismos como héroes, echando al mundo la culpa de sus males, y quedándose con faltas leves, por confesar algo.

De aquella confidencia, Ana sacó en limpio que el Magistral, como ella creía, era un alma grande, que no había tenido más delito que cierta vaga melancolía en la juventud y una ambición noble, *elevada*, en la edad viril. Pero aquella ambición había desaparecido ante otra más grande, más pura, la de salvar las almas buenas, la de ella por ejemplo. Ana, al oír aquello, cerraba los ojos para contener el llanto, y se juraba en silencio consagrarse a procurar la felicidad de aquel hombre a quien tanto debía, que tan grande se le mostraba, que prefería vivir cerca de ella para guiarla en el camino de la virtud, a ser obispo, cardenal, pontífice. «¡Y le calumniaban! ¡Y tenía enemigos! ¡Y había habido tiempo en que querían ponerle en ridículo, porque ella, Anita, seguía entregada a las vanidades del mundo, a pesar de ser hija de confesión de don Fermín! ¡Oh, ya verían, ya verían en adelante!»

«¿Qué cosa mejor que aquella pasión ideal, aquel afán por una buena obra, aquella abnegación, a que se proponía entregarse, para combatir la tentación cada vez más temible del recuerdo de Mesía, que estaba en Palomares enamorado de la ministra?»

De Pas ya no sabía dónde iba a parar aquello.

Ana le admiraba, le cuidaba, estaba por decir que le adoraba, de tal suerte, que el peligro cada día era mayor. «Aunque la pasión que él sentía nada tenía que ver con la lascivia vulgar (estaba seguro de ello) ni era amor a lo profano, ni tenía nombre ni le hacía falta, podía ir a dar no se sabía dónde. Y el Magistral estaba seguro de que al menor descuido de la carne, intrusa, temible, la Regenta saltaría hacia atrás, se indignaría y él perdería el prestigio casi sobrenatural de que estaba rodeado. Además, suponiendo que aquello parase en un amor sacrílego y adúltero, miserablemente sacrílego por haber tenido tales comienzos, ¡adiós encanto! Ya sabía él lo que era esto. Una locura grosera de algunos meses. Después un dejo de remordimiento mezclado de asco de sí mismo; verse despreciable, bajo, insufrible, y después ira y orgullo, y ambición vulgar y huracanes en la Curia eclesiástica... —No, no. La Regenta debía de ser otra cosa. Había que hacer a toda costa que aquello no pudiese degenerar en amor carnal que se satisface. Y sobre todo, lo de antes, que la Regenta se llamaría a engaño; era seguro.»

Y después de una pausa, pensaba el Magistral:

«Y en último caso, ello dirá.»

Don Víctor estaba cada día más triste. Por una parte aquel dolor de atrición, aquel miedo a no salvarse a pesar de ser tan bueno, de no haber hecho mal a nadie; por otro lado, el calor, aquel sudor continuo, aquellas noches sin dormir... la soledad de Vetusta... la yerba agostada del Paseo grande, la falta de espectáculos... «Y además que nadie le comprendía. Frígilis era un estuco: en tratándose de cosas espirituales ya se sabía que no había que contar con él. Ni el verano le sofocaba, ni el invierno le encogía: era un marmolillo. Y a su mujer y al Magistral el estío de Vetusta, aquella tristeza de calles y paseos no les disgustaba.» Iba don Víctor al Casino: ni un alma. Algún magistrado sin vacaciones que jugaba al billar con un mozo de la casa. En el gabinete de lectura, Trifón Cármenes repasando *Ilustraciones* antiguas; en el tresillo ni un socio; no le quedaba más que el dominó, que le era antipático por el ruido de las fichas y por aquello de estar sumando sin parar. Su contendiente de ajedrez estaba en unos baños. «¡Claro!, *todo el mundo* se estaba bañando.» Aunque don Víctor otros veranos, si bien pasaba junto al mar un mes, no se bañaba más que dos o tres veces, ahora echaba de menos todos los días la frescura de las olas. En el Casino leía los periódicos de *La Costa*: conciertos nocturnos al aire libre, giras campestres, regatas, de todo esto hablaban; ¡cuánta gente! ¡cuánta música! ¡teatro, circo! barcos, grandes vapores ingleses... y el mar... el mar inmenso... ¡Aquella era divertirse! Don Víctor suspiraba y se volvía a casa.

«—No estaba la señora.»

Pero estaba Kempis.

Allí, abierto, sobre la mesilla de noche. Sin poder resistir el impulso, Quintanar tomaba el libro, después de quitarse el *chaquet* de alpaca y quedarse en mangas de camisa: tomaba el libro y leía... «¡Vuelta al miedo! a la tristeza, a la languidez espiritual. Era en efecto el mundo una laceria, como decía el texto, y sobre todo en el verano. Vetusta era un pueblo moribundo. Aquella misma verdura de los árboles, tan desnudos en invierno, era bien venida en primavera, pero causaba ahora hastío: casi se deseaba la rama escueta, que tiene mejor dibujo.» Hasta era capaz de hacerse artista de veras don Víctor a fuerza de triste y aburrido.

Y Ana volvía contenta de la calle. «Mejor, más valía que alguno lo pasara bien: él no era egoísta.»

«¿Pero qué gracia le encontraría su mujer a la soledad de Vetusta? Además, ¿no estaba allí el Kempis sangrando, probando, como tres y dos son cinco, que en el mundo nunca hay motivo para estar alegre? Verdad era que su Anita era feliz por razones más altas. Él no podía llegar a tal grado de piedad. Temía a Dios, reconocía su grandeza, ¡es claro! ¡había hecho las estrellas, el mar, en fin, todo!... Pero una vez reconocido este Infinito Poder, él, Víctor Quintanar, seguía aburriéndose en aquel pueblo abandonado, sin teatro, sin paseos, sin mar, sin regatas, sin nada de este mundo. ¡Oh, si no fuera por sus pájaros!»

En tanto Ana, cada día más activa, procuraba olvidar, y muchas veces lo conseguía, lo que llamaba la tentación, que cada vez era más formidable; y cuanto más temida, más fuerte. Pero huía de ella, acogíase a la piedad, y visitaba con celo apostólico y ardiente caridad las moradas miserables de los pobres hacinados en pocilgas y cuevas; llevaba el consuelo de la religión para el espíritu y la limosna para el cuerpo; solían acompañarla doña Petronila Rianzares o alguna otra dama de su cónclave; pero también iba sola. De cuantas ocupaciones le imponía la vida devota, ésta era la que más le agradaba.

El verano robaba gran parte del contingente de aquellos ejércitos piadosos del Corazón de Jesús, la Corte de María, el Catecismo, las Paulinas y demás instituciones análogas; muchas señoras iban a baños o a la aldea. Pero el núcleo quedaba: era el grupo numeroso y considerable de beatas ilustres que rodeaban al gran Constantino, a doña Petronila. Durante los meses del calor disminuían bastante las limosnas, pero se hablaba mucho en las cofradías, preparando las fiestas de Otoño y de Invierno, y además se murmuraba un poco de las ausentes. La Regenta, sin entrar jamás en estos conciliábulos, los perdonaba como falta leve, «que ella, cargada de otras más graves, no tenía derecho a censurar.»

Don Fermín y Ana se veían todos los días; en el caserón de los Ozores unas veces, otras en el Catecismo, en la Catedral, en San Vicente de Paúl, y más a menudo en casa de doña Petronila. El obispo madre siempre estaba ocupada; los dejaba solos en el salón obscuro, y ella, con permiso de sus amigos, se iba a arreglar sus cuentas o lo que fuese.

Vetusta era de ellos: la soledad del verano parecía darles posesión del pueblo; hablaban en el pórtico de la Catedral mucho tiempo para despedirse, sin miedo de ser vistos; como si aquella soledad de la iglesia se extendiera a todo el pueblo. Anita encontraba la vida de Vetusta más tolerable que en invierno. En este particular no se entendían ella y su marido.

Don Fermín hubiera deseado que la estación no pasara, que los ausentes se quedaran por allá. Su madre había ido a Matalerejo a cobrar rentas y preparar la recolección; a recoger intereses de mucho dinero esparcido por aquellas montañas. Teresina era el ama de casa. Alegre todo el día, activa, solícita, llenaba el hogar del Magistral de cantares religiosos a los que daba, sin saber cómo, sentido profano, aire de la calle. Aquel tono alegre era más picante por el contraste con el rostro de Dolorosa de la joven. Teresina había tomado un poco de color, y los ojos, rodeados de ligeras sombras, eran más profundos, más hermosos que nunca en aquella obscuridad dulce y misteriosa de las pupilas. Amo y criada estaban contentos. La libertad les sabía a gloria. Cada cual hacía lo que quería. No estaba doña Paula, no había que dar cuentas a nadie. Y no faltaba nada. El señorito lo tenía todo a su tiempo y en su sitio como siempre. Ya podía vivir sin la señora.

El Magistral salía y entraba sin temor de interrogatorios insidiosos; si volvía tarde, no importaba. Todo, todo le sonreía. ¡Ojalá fuera eterno el verano! Hasta sus enemigos habían cedido en la calumnia; ya no se murmuraba tanto; muchos de los calumniadores veraneaban; a los que quedaban les faltaba auditorio. Don Santos Barinaga no salía de casa, estaba enfermo. Sólo Foja, que no veraneaba por economía, procuraba mantener el fuego sagrado de la murmuración en el Casino, entre cuatro o cinco socios aburridos, que iban allí media hora a tomar café. En fin, parecía aquello una suspensión de hostilidades. «Bien venido fuera; don Fermín aceptaba la lucha, si se ofrecía, pero prefería la paz. Sobre todo ahora, que tenía más que hacer, algo mejor y más dulce que odiar y perseguir a miserables, dignos de desprecio y de lástima.»

Aquella felicidad que saboreaba De Pas como un gastrónomo los bocados, aquella libertad, aquella pereza moral que el verano hacía más voluptuosa para su cuerpo robusto, los sueños vagos de amor sin nombre, la deliciosa realidad de ver a la Regenta a todas horas y mirarse en sus ojos y oírla dulcísimas palabras de una amistad misteriosa, casi mística, hacían desear a don Fermín que el sol se detuviera otra vez, que el tiempo no pasara. Aquel agosto, tan triste para don Víctor, era para el Magistral el tiempo más dichoso de su vida.

Cuando oía, desde su despacho, muy temprano, el «Santo Dios, Santo Fuerte», que cantaba como si fueran malagueñas, Teresina, que hacía la limpieza allá fuera, tentaciones sentía de cantar él también. No cantaba, pero se levantaba, salía al pasillo.

—Teresina, el chocolate —gritaba alegre, frotándose las manos.

Y pasaba al comedor.

La doncella, a poco, llegaba con el desayuno en reluciente jícara de china con ramitos de oro. Cerraba tras sí la puerta, y se acercaba a la mesa; dejaba sobre ella el servicio, extendía la servilleta delante del señorito... y esperaba inmóvil a su lado.

Don Fermín, risueño, mojaba un bizcocho en chocolate; Teresa acercaba el rostro al amo, separando el cuerpo de la mesa; abría la boca de labios finos y muy rojos, con gesto cómico sacaba más de lo preciso la lengua, húmeda y colorada; en ella depositaba el bizcocho don Fermín, con dientes de perlas lo partía la criada, y el *señorito* se comía la otra mitad.

Y así todas las mañanas.

XXII

Alegre, rozagante, como nuevo volvió de los baños de Termasaltas el señor Arcediano don Restituto Mourelo, dispuesto a emprender otra campaña, que esperaba fuese la última y decisiva, «contra el despotismo del simoníaco y lascivo y sórdido enemigo de la Iglesia que, apoderado del ánimo del señor Obispo, tenía sojuzgada a la diócesis.» Con esta perífrasis aludía al señor Provisor el diplomático Glocester.

El primer disgustillo que tuvo De Pas aquel verano fue esta noticia, que le dieron en el coro, por la mañana.

«Ha llegado Glocester.»

«No le temía, ni a él ni a nadie... ¡pero estaba tan cansado de luchar y aborrecer!»

Mourelo se encontró con otros muchos murmuradores de refresco y con los *de depósito* que no estaban menos ganosos de romper el fuego contra el común enemigo. Todos ardían en el santo entusiasmo de la maledicencia. Los que venían de las aldeas y pueblos de pesca, traían hambre de cuentos y chismes; la soledad del campo les había abierto el apetito de la murmuración; por aquellas montañas y valles de la provincia, ¿de quién se iba a maldecir? «¡Su Vetusta querida! Oh, no hay como los centros de civilización para despellejar cómodamente al prójimo. En los pueblos se habla mal del médico, del boticario, del cura, del alcalde; pero ellos, los vetustenses, los de la capital ¿cómo han de contentarse con tan miserable comidilla?» *¡Civis romanus sum!* decía Mourelo: «Quiero murmuración digna de mí. Aplastemos, con la lengua, al coloso, no al médico de Termasaltas por ejemplo.»

Y Foja y los demás que se habían quedado, también ansiaban la vuelta de los ausentes, para contarles las novedades y comentarlas todos juntos. La animación de Vetusta renacía en cabildo, cofradías, casinos, calles y paseos cuando los del veraneo empezaban a aparecer. Las amistades falsas, gastadas hasta hacerse insoportables durante el común aburrimiento de un invierno sin fin, ahora se renovaban; los que volvían encontraban gracia y talento en los que habían quedado y viceversa, todos reían los chistes y las picardías de todos. Poco a poco los círculos de la murmuración se animaban, la calumnia encendía los hornos, y los últimos que llegaban, los regazados, encontraban aquello hecho una gloria. «¡Qué ocurrencias, qué fina malicia, qué perspicacia! ¡Oh, el ingenio vetustense!»

El Magistral fue aquel año la víctima de las dionisíacas de la injuria; no se hablaba más que de él.

«Don Santos Barinaga, el rival mercantil de *La Cruz Roja*, la víctima del monopolio ilegal y escandaloso de doña Paula y su hijo; el pobre don Santos, se moría sin remedio, según don Robustiano Somoza, el médico de la aristocracia cuyas ideas no eran sospechosas.»

—¿Y de qué dirán ustedes que se muere? —preguntaba Foja en un corrillo, delante de la catedral, al salir de misa de doce.

—Se morirá de borracho —contestaba Ripamilán.

—No señor, ¡se muere de hambre!...

—Se muere de aguardiente.

—¡De hambre!...

Y llegaba don Robustiano al corro y *hablaba la ciencia*:

—Yo no acuso a nadie, la ciencia no acusa a nadie; otra es su misión. Yo no niego que el alcoholismo crónico tenga parte en la enfermedad de Barinaga, pero sus efectos, sin duda, hubieran podido *cohonestarse* (así decía) con una buena alimentación. Además, hoy día el pobre don Santos ya no tiene dinero ni para emborracharse, ya no puede beber de pura miseria... Y aunque ustedes no comprendan esto, la ciencia declara que la privación del alcohol precipita la muerte de ese hombre, enfermo por abuso del alcohol...

—¿Cómo es eso, hombre? —preguntaba el Arcipreste.

—A ver, explíquese usted —decía Foja.

Don Robustiano sonreía; movía la cabeza con gesto de compasión y se dignaba explicar aquello. «Don Santos, aunque se pasmasen aquellos señores, a pesar de morir envenenado por el alcohol, necesitaba más alcohol para tirar algunos meses más. Sin el aguardiente, que le mataba, se moriría más pronto.»

—Pero don Robustiano, ¿cómo puede ser eso?

—Señor Foja, ahí verá usted. ¿Conoce usted a Todd?

—¿A quién?

—A Todd.

—No señor.

—Pues no hable usted. ¿Sabe usted lo que es el poder hipotérmico del alcohol? Tampoco; pues cállese usted. ¿Sabe usted con qué se come el poder diaforético del citado alcohol? Tampoco; pues sonsoniche. ¿Niega usted la acción hemostática del alcohol reconocida por Campbell y Chevrière? Hará usted mal en negarla; se entiende, si se trata del uso interno. De modo que no sabe usted una palabra...

—Pues por eso pregunto... Pero oiga usted, señor mío, por mucho que usted sepa y diga lo que quiera el señor Todd, ni la ciencia, ni santa ciencia, tienen derecho para calumniar a don Santos Barinaga; harto tiene el pobre con morirse de hambre y de disgustos, sin que usted por haber leído, sabe Dios dónde y con cuánta prisa, un articulillo acerca del aguardiente, digámoslo así, se crea autorizado para insultar a mi buen amigo y llamarle borrachón en términos técnicos.

—Poco a poco —gritó Ripamilán— en eso estoy yo conforme con la ciencia y con el señor Somoza, su legítimo representante. No sé si un clavo saca otro clavo en medicina, ni si la mancha de la borrachera con otra verde se quita, pero don Santos es un tonel en persona y tiene más espíritu de vino en el cuerpo que sangre en las venas; es una mecha empapada en alcohol... prenda usted fuego y verá...

—Yo, señor Ripamilán, para confundir a este progresista trasnochado no necesito que me ayude la Iglesia; me sobra y me basta con la ciencia que es, en definitiva, mi religión.

Y volviéndose a Foja añadía el médico:

—Oiga usted, señor decurión retirado, ¿conoce usted la acción del alcohol en las flegmasías de los bebedores? no mienta usted, porque no la conoce.

—¡Váyase usted a paseo, señor Fraigerundio de hospital! ¡El embustero será usted! ¡Pues hombre! bonita manía saca el señor doctor; hacérsenos el sabio ahora. A la vejez viruelas.

—Menos insultos y más hechos.

—Menos botarga y más sentido común...

—Caballero miliciano, yo soy el hombre de ciencia y usted es un doceañista en conserva... Chomel admite, y con él todo el que tenga dos dedos de frente, que en las enfermedades de los borrachos es imprescindible la administración de los espirituosos...

—¡Pero si yo niego la menor, so alcornoque!

—En medicina no hay mayores ni menores, ni judías ni contrajudías, señor tahúr.

—La menor es que sea borracho Barinaga...

—De modo que si usted me niega los... prodromos del mal...

Don Robustiano se puso colorado al pensar que había dicho un disparate.

—Qué hipódromos ni qué hipopótamos; yo defiendo a un ausente...

—En fin, una palabra para concluir: ¿niega usted que si a un borracho se le priva por completo del alcohol, es lo más fácil que se presente un decaimiento alarmante, un verdadero colapso?

—Mire usted, señor pedantón, si sigue usted rompiéndome el tímpano con esas palabrotas, le cito yo a usted cincuenta mil versos y sentencias en latín y le dejo bizco; y si no oiga usted:

Ordine confectu, quisque libellus habet:
quis, quid, coram quo, quo jure petatur et a quo.
Cultus disparitas, vis, ordo, ligamen, honestas...

Ripamilán se retorcía de risa. Somoza, furioso, gritaba; y se oía: colapso... flegmasía... cardiopatía... y el ex-alcalde, sin atender, continuaba mezclando latines:

Masculino, es fustis, axis
turris, caulis, sanguis collis...
piscis, vermis, callis follis.

El médico y el prestamista estuvieron a punto de venir a las manos. No se pudo averiguar de qué se moría don Santos, pero a la media hora se corría por Vetusta que, por culpa del Provisor, se habían pegado y desafiado Foja y Somoza, y no se sabía si el mismo Ripamilán había recogido alguna bofetada.

Por algunos días vino a eclipsar al valetudinario Barinaga, que, en efecto, se consumía en la miseria, un suceso de gravedad suma, según Glocester y Foja y bandos respectivos: «La hija de Carraspique, sor Teresa, agonizaba en el *inmundo asilo* de las Salesas, en la celda que era, según Somoza, un *inodoro*, por no decir todo lo contrario.»

Y dicho y hecho. Rosa Carraspique en el mundo, sor Teresa en el convento, murió de una tuberculosis según Somoza, de una tisis caseosa según el médico de las monjas, que era dualista en materia de tisis.

Pero lo que no dudó ningún enemigo del Provisor fue que la culpa de aquella muerte la tenía don Fermín, fuese lo que quiera de los pulmones de la chica.

Doña Paula y don Álvaro llegaron a Vetusta el mismo día, aquel en que *voló al cielo un ángel más*, en opinión de Trifoncito

Cármenes, que seguía siendo romántico, contra los consejos de don Cayetano.

Un periódico liberal del pueblo, *El Alerta*, publicaba una tras otra estas dos gacetillas, que pusieron a don Fermín de un humor endiablado.

«*Bien venido.* —De vuelta de su excursión veraniega ha llegado a esta capital el ilustre caudillo del partido liberal dinástico de Vetusta, el Ilmo. Sr. D. Álvaro Mesía. Dicen los numerosos amigos que han acudido a visitar a nuestro distinguido correligionario, que viene dispuesto a proseguir su campaña de propaganda sensatamente liberal, así en el orden político como en el moral y canónico y religioso. Cuente con nuestro humilde apoyo para vencer los obstáculos tradicionales que aquí opone al verdadero progreso un despotismo teocrático de que está ya todo Vetusta hasta los pelos, como se dice vulgarmente.»

«*En paz descanse.* —Ha fallecido en su celda del convento de las Salesas la señorita doña Rosa Carraspique y Somoza, hija del conocido capitalista ultramontano don Francisco de Asís, monja profesa con el nombre de sor Teresa. Mucho tendríamos que decir si quisiéramos hacernos eco de todos los comentarios a que ha dado lugar esta desgracia inopinada. Sólo diremos que, en concepto de los facultativos más acreditados, no ha sido extraña a la pérdida que lamentamos la falta de condiciones higiénicas del edificio miserable que habitan las Salesas. Pero además, se nos ocurre preguntar: ¿Es muy higiénico que *ciertos roedores* se introduzcan en el seno del hogar para ir minando poco a poco y con influencia deletérea y *pseudo—religiosa*, la paz de las familias, la tranquilidad de las conciencias?

»Si todos los elementos liberales, sin exageraciones, de nuestra culta capital no aúnan sus esfuerzos para combatir al poderoso tirano hierocrático que nos oprime, pronto seremos todos víctimas del fanatismo más torpe y descarado. —R.I.P.»

Ripamilán, con mal acuerdo, y sin que lo supiera el Magistral, se decidió a tomar la pluma y publicar en el *Lábaro* un articulejo, sin firma, defendiendo a su amigo, a las Salesas, y a la gramática maltratada por el periódico progresista, según el canónigo. «Aparte, decía entre otras cosas, de que no sabemos si la monja profesa es el señor Carraspique o su hija, ¿quiere decirme el periodista cascaciruelas, etc., etc...?»

Aquel cascaciruelas delató al Arcipreste; era su estilo humorístico: lo conocieron todos.

En Vetusta los insultos y murmuraciones en letras de molde llamaban mucho la atención. En vano publicaba Cármenes odas y elegías, nadie las leía; pero la gacetilla más insignificante que pudiera molestar un poco a cualquier vecino era leída, comentada días y días; y cuando había tiroteo de sueltos o comunicados, los *habituales abonados* no querían mejor diversión.

Por todo lo cual fue mayor el escándalo, y no se habló en mucho tiempo más que de la *influencia deletérea* del Magistral y de la muerte de sor Teresa.

—Sobre su conciencia tiene esa desgracia.

—Es un vampiro espiritual, que chupa la sangre de nuestras hijas.

—Esto es una especie de contribución de sangre que pagamos al fanatismo.

—Esto es una especie de tributo de las cien doncellas.

El Magistral hubiera querido poder despreciar tantos disparates, tales absurdos, pero a su pesar le irritaban. Creyó al principio que «su pasión noble, sublime, le levantaría cien codos sobre todas aquellas miserias», pero el oleaje de la falsa indignación pública salpicaba su alma, llegaba tan arriba como su deliquio sin nombre; y la ira le borraba del cerebro muchas veces las más puras ideas, las impresiones más dulces y risueñas. Se ponía loco de cólera, y más y más le irritaba el no poder dominar sus arrebatos. Además, el mal era cierto; no por ser desatinada la acusación de los necios era menos poderosa y temible. Notaba el Magistral que su poder se tambaleaba, que el esfuerzo de tantos y tantos miserables servía para minarle el terreno... En muchas casas empezaba a notar cierta reserva; dejaron de confesar con él algunas señoras de liberales, y el mismo Fortunato, el Obispo, a quien tenía De Pas en un puño, se atrevía a mirarle con ojos fríos y llenos de preguntas que entraban por las pupilas del Magistral como puntas de acero.

Volvió la época del paseo en el Espolón, y don Fermín, al pasear allí su humilde arrogancia, su hermosa figura de buen mozo místico, observaba que ya no era aquello una marcha triunfal, un camino de gloria; en los saludos, en las miradas, en los cuchicheos que dejaba detrás de sí, como una estela, hasta en la manera de dejarle libre el paso los transeúntes, notaba asperezas, espinas, una sorda enemistad general, algo como el miedo que está próximo a tener sus peculiares valentías insolentes.

Y en casa, doña Paula ceñuda, silenciosa, desconfiada, preparándose para una tormenta, recogiendo velas, es decir, dinero; realizando cuanto podía, cobrando deudas, con fiebre de deshacerse de los géneros de la *Cruz Roja*. «No parecía sino que se preparaba una liquidación. ¿A qué venía aquello?» Doña Paula no daba explicaciones. Sabía a qué atenerse: su hijo, su Fermo, estaba perdido; aquella *pájara*, aquella Regenta, santurrona en pecado mortal, le tenía ciego, loco; ¡sabía Dios lo que pasaría en aquel caserón de los Ozores! ¡Qué escándalo! Todo se lo iba a llevar la trampa. Había que prepararse. Oh, podrían arrojarla de Vetusta, pero ella no se iría sin llevarse medio pueblo entre los dientes.» Por eso mordía con aquel furor que asustaba a su hijo.

Fermo, el *señorito*, pensaba a solas, en su despacho de Fausto eclesiástico: «¡Solo, estoy solo, ni mi madre me consuela! ¿Qué he de hacer? Entregarme con toda el alma a esta pasión noble, fuerte... ¡Ana, Ana y nada más en el mundo! Ella también está sola, ella también me necesita... Los dos juntos bastamos para vencer a todos estos necios y malvados.»

Pálido, casi amarillo, agitado, muy nervioso, llegaba De Pas al lado de su amiga mística, cada vez más hermosa, de nuevo fresca y rozagante, de formas llenas, fuertes y armoniosas. La dulzura parecía una aureola de Anita. La salud había vuelto, purificada con cierta unción de idealidad, al cuerpo de arrogante transtiberina de aquel modelo de *madona*.

Don Víctor Quintanar se había restituido a su amistad íntima con don Álvaro Mesía en cuanto regresó éste de Palomares, y al poco tiempo notó el Magistral que el converso se le rebelaba. Si bien seguía creyéndose profundamente piadoso, don Víctor hacía distinciones sospechosas entre la religión y el clero, entre el catolicismo y el ultramontanismo. «Yo soy tan católico como el primero», ésta era su frase cada vez que decía alguna herejía o algo parecido; pero se metía a interpretar a su modo los textos del Antiguo y Nuevo Testamento y hasta se atrevía a decir delante de curas y señoras, que el hombre virtuoso es siempre un sacerdote, y que un bosque secular es el templo más propio de la religión pura, y que Jesucristo había sido liberal, con otros disparates. No era esto lo peor, sino que la Regenta y don Fermín notaban en Quintanar cierta frialdad cada vez que los veía juntos y el Magistral tuvo que fingirse distraído ante algunos desaires disimulados.

Don Álvaro no iba a casa de los Ozores sino muy de tarde en tarde y sólo hacía visitas de cumplido, muy breves. ¿Por qué así? preguntaba don Víctor. Y con medias palabras, su amigo le daba a entender que la Regenta le recibía con mala voluntad y que a él no le gustaba estorbar. Además, no era él solo el que se retraía. El mismo Paco, el Marquesito, que en otro tiempo no hacía más que entrar y salir, ahora apenas parecía por aquella casa. Visitación también iba de tarde en tarde, la Marquesa casi nunca, y así de todos los amigos y amigas; el Magistral y sólo el Magistral. Aquel buen señor «hacía el vacío» en derredor de la Regenta. Ella estaba contenta, no parecía echar de menos a nadie; pero él, don Víctor, no era de la misma opinión; quería trato, conversación, amena compañía.

Seguía confesando y comulgando cada dos meses, pero *Kempis* seguía cubierto de polvo entre libros profanos; conservaba el miedo al infierno Quintanar «pero no quería prescindir por completo de las ventajas positivas que le ofrecía su breve existencia sobre el haz de la tierra.» «Y sobre todo no quería que el fanatismo se enseñorease de su casa.» Los consejos que para excitarlo le daba Mesía, allá en el Casino, los tomaba muy en cuenta don Víctor, y siempre se estaba preparando para ponerlos por obra, pero no se atrevía. No llegaba a más su audacia que a poner un gesto de vinagre de cuando en cuando, muy de tarde en tarde, al enemigo, al Magistral; pero como éste fingía no comprender aquellas indirectas mímicas, no se adelantaba nada.

Don Víctor llegó a reconocer, pero sin confesarlo a nadie, que él era menos enérgico de lo que había creído, «no, no tenía fuerza para oponerse al *jesuitismo* que había invadido su hogar.» «¡Oh, por algo él vacilaba antes de consentir a De Pas apoderarse del ánimo de su esposa! Sí... al fin había sido jesuita...» Quintanar acabó por comparar el poder del Provisor en el caserón de los Ozores con el que tuvieron los jesuitas en el Paraguay. «Sí, mi casa es otro Paraguay.» Y cada día se encontraba más incapaz de oponerse a la *perniciosa influencia*. No sabía más que poner mala cara y parar poco en casa.

Con esto sólo consiguió que la Regenta y el Magistral conviniesen en verse más a menudo fuera del caserón y menos veces en él. «Mejor era hablarse en casa de doña Petronila. ¿Para qué molestar al pobre don Víctor? Ya que amistades nocivas le apartaban otra vez del buen camino y le envenenaban el alma con insinuaciones malévolas, con sospechas torpes e impías, más valía dejarle en paz, apartar de su vista el espectáculo inocente, mas para él poco agradable, de dos almas hermanas que viven unidas, con lazo fuerte, en la piedad y el idealismo más poético.»

En casa de doña Petronila, en el salón de balcones discretamente entornados, de alfombra de fieltro gris, era donde pasaban horas y horas los dos amigos del alma, hablando de intereses espirituales, como decía el gran Constantino, sin más testigo que el gato blanco, cada vez más gordo, que iba y venía sin ruido, y se frotaba el lomo contra las faldas de la Regenta y el manteo del Magistral, cada día más familiarmente.

Anita notaba en don Fermín una palidez interesante, grandes cercos amoratados junto a los ojos y una fatiga en la voz y en el aliento que la ponía en cuidado.

Le suplicaba que se cuidase, se lo pedía con voz de madre cariñosa que ruega al hijo de sus entrañas que tome una medicina. Él respondía sonriendo, echando fuego por los ojos, «que no tenía nada, que era aprensión, que no había que pensar en su cuerpo miserable.»

Algunos días había en sus diálogos pausas embarazosas; el silencio se prolongaba molestándoles como un hablador importuno.

Los dos guardaban un secreto. Cuando creían conocerse uno a otro hasta el último rincón del alma, estaba pensando cada cual en la mala acción que cometía callando lo que callaba.

El Magistral padecía mucho siempre que Ana le hablaba de la salud que él perdía. «¡Si ella supiera!»

Resuelto a que su amistad «con aquel ángel hermoso» no acabase de mala manera, en una aventura de grosero materialismo llena de remordimientos y dejos repugnantes; seguro de que aquella mujer ponía en aquel lazo piadoso toda la sinceridad de un alma pura, y que degradarla, caso de que se pudiera, sería hacerle perder su mayor encanto, el Magistral, que vivía ya nada más de esta refinada pasión que según él no tenía nombre, luchaba con tentaciones formidables, y sólo conseguía contrarrestar las rebeliones súbitas y furiosas de la carne con armisticios vergonzosos que le parecían una especie de infidelidad. En vano pensaba: ¿qué le importa a mi doña Ana que mi corpachón de cazador montañés viva como quiera cuando me aparto de ella? Nada de mi cuerpo me pide ella; el alma es toda suya, y nada del alma pongo al saciar, lejos de su presencia, apetitos que ella misma sin saberlo excita; en vano pensaba esto, porque agudos remordimientos le pinchaban cada vez que Ana, solícita, dulce y sonriente le pedía con las manos en cruz que se cuidara, que no entregase todas sus horas al trabajo y a la penitencia. «¿Qué sería de ella sin él?»

«—Figurémonos que usted se me muere: ¿qué va a ser de mí?

«Es horroroso, es horroroso, pensaba el Magistral, pasar plaza de santo a sus ojos y ser un pobre cuerpo de barro que vive como el barro ha de vivir. Engañar a los demás no me duele; ¡pero a ella! Y no hay más remedio.» Quería que le consolase el reflexionar que *por ella* era todo aquello, que por ella había él vuelto a sentir con vigor las pasiones de la juventud que creyera muertas, y que por ella, por respetar su pureza, se encenagaba él en antiguos charcos; pero esta idea no le consolaba, no apagaba el remordimiento.

Algunas semanas pasaba Teresina triste, temerosa de haber perdido su dominio sobre el *señorito*; entonces era cuando el Magistral vivía al lado de Ana libre de congojas, tranquilo en su conciencia; pero poco a poco el tormento de la tentación reaparecía; sus ataques eran más terribles, sobre todo más peligrosos, que los del remordimiento; la castidad de Ana, su inocencia de mujer virtuosa, su piedad sincera, la fe con que creía en aquella amistad espiritual, sin mezcla de pecado, eran incentivo para la pasión de don Fermín y hacían mayor el peligro; porque ella, que no temía nada malo, vivía descuidada sin ver que su confianza, su cariñosa solicitud, aquella dulce intimidad, todo lo que decía y hacía era leña que echaba en una hoguera. Y volvía De Pas, para evitar mayores males, a sus precauciones, que eran el contento de Teresina, lo que ella creía con orgullo su victoria.

Ana también tenía su secreto. Su piedad era sincera, su deseo de salvarse firme, su propósito de ascender de morada en morada, como decía la santa de Ávila, serio; pero la tentación, cada día más formidable. Cuanto más horroroso le parecía el pecado de pensar en don Álvaro, más placer encontraba en él. Ya no dudaba que aquel hombre representaba para ella la perdición, pero tampoco que estaba enamorada de él cuanto en ella había de mundano, carnal, frágil y perecedero. Ya no se hubiera atrevido, como en otro tiempo, a mirarle cara a cara, a verle a su lado horas y horas, a probarle que su presencia la dejaba impasible; no, ahora huir de él, de su sombra, de su recuerdo; era el demonio, era el poderoso enemigo de Jesús. No había más remedio que huir de él, esto era humildad; lo de antes orgullo loco. A la gracia y sólo a la gracia debía el vivir pura todavía; abandonada a sí misma, Ana se confesaba que sucumbiría; si el Señor aflojara la mano un momento, don Álvaro podría extender la suya y tomar su presa. Por todo lo cual no quería ni verle. Pero, sin querer, pensaba en él. Desechaba aquellos pensamientos con todas sus fuerzas, pero volvían. ¡Qué horrible remordimiento! ¿Qué pensaría Jesús? y también ¿qué pensaría el Magistral... si lo supiera? A la Regenta le repugnaba, como una villanía, como una bajeza, aquella predilección con que sus sentidos se recreaban en el recuerdo de Mesía apenas se les dejaba suelta la rienda un momento. ¿Por qué Mesía? El remordimiento que la infidelidad a Jesús despertaba en ella era de terror, de tristeza profunda, pero se envolvía en una vaguedad ideal que lo atenuaba; el remordimiento de su infidelidad al amigo del alma, al hermano mayor, a don Fermín, era punzante, era el que traía aquel asco de sí misma, el tormento incomparable de tener que despreciarse. Además, Anita no se atrevía a confesar aquello con el Magistral. Hubiera sido hacerle mucho daño, destrozar el encanto de sus relaciones de pura idealidad. Volvía a valerse de sofismas para callar en la confesión aquella flaqueza: «ella no quería» en cuanto mandaba en su pensamiento, lo apartaba de las imágenes pecaminosas; huía de don Álvaro, no pecaba voluntariamente. ¿Habría pecado involuntario? De esto habló un día con el Magistral, sin decirle que la consulta le importaba por ella misma. Don Fermín contestó que la cuestión era compleja... y le citó autores. Entre ellos recordó Ana que estaba Pascal en sus *Provinciales*; ella tenía aquel libro, lo leyó... y creyó volverse loca. «Oh, el ser bueno era además cuestión de talento. Tantos distingos, tantas sutilezas la aturdían.» Pero siguió callando el tormento de la tentación. Arma poderosa para combatirla fue la ardiente caridad con que la Regenta se consagró a defender y consolar a De Pas cuando sus enemigos desataron contra él los huracanes de la injuria, que Ana creía de todo en todo calumniosa.

La idea de sacrificarse por salvar a aquel hombre, a quien debía la redención de su espíritu, se apoderó de la devota. Fue como una pasión poderosa, de las que avasallan, y Ana la cogió con placer, porque así alimentaba el hambre de amor que sentía, de amor que tuviese objeto sensible, algo finito, una criatura. «Sí, sí, pensaba, yo combatiré la inclinación al mal enamorándome de este bien, de este sacrificio, de esta abnegación. Estoy dispuesta a morir por este hombre, si es preciso...» Pero no había modo de poner por obra tales propósitos. Ana buscaba y no encontraba manera de sacrificarse por el Magistral. ¿Qué podía ella hacer para contrarrestar la violencia de la calumnia? Nada. Nada por ahora. Pero tenía esperanza; tal vez se presentaría un modo de utilizar en beneficio del *pobre mártir* aquella abnegación a que estaba resuelta... Mientras llegaba el momento, no podía más que consolarle, y esto sabía hacerlo de modo que el Magistral tenía que emplear esfuerzos de titán para contenerse y no demostrarle su agradecimiento puesto de rodillas y besándole los pies menudos, elegantes y siempre muy bien calzados.

Y en tanto Foja, Mourelo, don Custodio, Guimarán, *El Alerta* y, entre bastidores, don Álvaro y Visitación Olías de Cuervo trabajaban como titanes por derrumbar aquella montaña que tenían encima: el poder del Magistral.

Si la muerte de sor Teresa fue un golpe que hizo temblar al Provisor en aquel alto asiento en que se le figuraban sus enemigos, y si pudo por algún tiempo dejar en la sombra al pobre don Santos Barinaga, al cabo de algunas semanas éste volvió a brillar dentro de su aureola de víctima y la compasión fementida del público marrullero se volvió a él, solícita, con cuidados de madrastra que representa la comedia de la *segunda madre*. A los vetustenses, en general, les importaba poco la vida o la muerte de don Santos; nadie había extendido una mano para sacarle de su miseria; hasta seguían llamándole borracho; pero en cambio todos se indignaban contra el Provisor, todos maldecían al autor de tanta desgracia, y quedaban muy satisfechos, creyendo, o fingiendo creer, que así la caridad quedaría contenta.

«Oh, en este siglo, gritaba Foja en el Casino, en este siglo calumniado por los enemigos de todo progreso, en este siglo *materialista* y *corrompido*, no se puede ya impunemente insultar los sentimientos filantrópicos del pueblo sin que una voz unánime se levante a protestar en nombre de la humanidad ultrajada. El pobre don Santos Barinaga, víctima del monopolio escandaloso de la *Cruz Roja*, muere de hambre en los desiertos almacenes donde un tiempo brillaban los vasos sagrados, patenas y copones, lámparas y candeleros con otros cien objetos del culto; muere en aquel rincón y muere de inanición, señores, por culpa del simoníaco que todos conocemos: muere, sí, morirá; pero el que se burla con artificios de nuestro código mercantil y de las leyes de la Iglesia, comerciando a pesar de ser sacerdote, el que mata de hambre al pobre ciudadano señor Barinaga, ¡ése no se gozará en su obra mucho tiempo, porque la indignación pública sube, sube, como la marea... y acabará por tragarse al tirano!...

Pero a pesar de este discurso y otros por el estilo, a Foja no se le ocurría mandar una gallina a don Santos para que le hiciesen caldo.

Y como él obraban todos los defensores teóricos del comerciante arruinado. Decían a una que moría de hambre y nadie al visitarle le llevaba un pedazo de pan. Y hasta le visitaban pocos. Foja solía entrar y salir en seguida; en cuanto se cercioraba de la miseria y de la enfermedad del pobre anciano, ya tenía bastante; salía corriendo a decir pestes del *otro*, del Provisor: así creía servir a la buena causa del progreso y de la *humanidad solidaria*.

La fama bien sentada de hereje que había conquistado en los últimos tiempos el buen don Santos, retraía a muchas almas piadosas que de buen grado le hubieran socorrido.

Y solamente las *Paulinas* fueron osadas a acercarse al lecho del vejete para ofrecerle los auxilios materiales de la sociedad y los espirituales de la Iglesia.

Fue en vano.

«Afortunadamente decía don Pompeyo Guimarán al referir el lance, afortunadamente estaba yo allí para evitar una indignidad.»

Don Santos había dado plenos poderes a su amigo don Pompeyo para rechazar en su nombre *toda sugestión del fanatismo*.

Guimarán estaba muy satisfecho con «aquella *misión delicada* e importante, que exigía grandes dotes de energía y arraigadas convicciones por su parte.»

En efecto, llegaron al zaquizamí desnudo y frío en que yacía aquella víctima del alcoholismo crónico los enviados de *San Vicente de Paúl*, que eran doña Petronila, o sea el gran Constantino, y el beneficiado don Custodio; la hija de Barinaga, la beata paliducha y seca, los recibió abajo, en la tienda vacía, lloriqueando. Hablaron los tres en voz baja; don Custodio decía las palabras, llenas de silbidos suaves —imitación del Magistral— al oído de su hija de penitencia; la consolaba, y ella levantando los ojos llenos de lágrimas los fijaba como quien se acomoda en sitio conocido y frecuentado, en los del clérigo de almíbar. Subieron, de puntillas, dispuestos a intentar un ataque contra el enemigo.

—¿Con que está arriba don Pompeyo? —preguntó en la escalera don Custodio.

—Sí; no sale de casa estos días; mi padre me arroja a mí de su lado y clama por ese hereje chocho...

Don Pompeyo Guimarán oyó la voz del beneficiado y le sonó a cura. Se preparó a la defensa, y procuró tomar un continente digno de un libre—pensador convencido y prudentísimo. Echó las manos cruzadas a la espalda y se puso a medir la pobre estancia a grandes pasos, haciendo crujir la madera vieja del piso, de castaño comido por los gusanos. En la alcoba contigua, sin puerta, separada de la sala por una cortina sucia de percal encarnado, se oían los quejidos frecuentes y la respiración fatigosa del enfermo.

—¿Quién está ahí? —preguntó don Santos con voz débil, sin más energía que la de una ira impotente.

—Creo que son ellos; pero no tema usted. Aquí estoy yo. Usted silencio, que no le conviene irritarse. Yo me basto y me sobro.

Entró el enemigo; y aunque venía de paz y don Pompeyo se había propuesto ser muy prudente, en cuanto doña Petronila abrió el pico, el ateo extendió una mano y dijo interrumpiendo:

—Dispénseme usted, señora, y dispense este digno sacerdote católico... vienen ustedes equivocados; aquí no se admiten limosnas condicionales...

—¿Cómo condicionales?... —preguntó don Custodio, con muy buenos modos.

—No se sulfure usted, amigo mío, que otra me parece que es su misión en la tierra; mire usted como yo hablo con toda tranquilidad...

—Hombre, me parece que yo no he dicho...

—Usted ha dicho ¿cómo condicionales? y a mí no se me impone nadie, vista por los pies, vista por la cabeza. Yo no odio al clero sistemáticamente, pero exijo buena crianza en toda persona culta.

—Caballero, no venimos aquí a disputar, venimos a ejercer la caridad...

—Condicional...

—¡Qué condicional ni qué calabazas! —gritó doña Petronila, que no comprendía por qué se había de tener tantos miramientos con un ateo loco.— Usted no tiene —añadió— autoridad alguna en esta casa; esta señorita es hija de don Santos y con ella y con él es con quien queremos entendernos. Venimos a ofrecer espontáneamente los auxilios que nuestra sociedad presta...

—A condición de una retractación indigna, ya lo sé. Don Santos ha delegado en mí todos los poderes de su autonomía religiosa, y en su nombre, y con los mejores modos les intimo la retirada...

Y don Pompeyo extendió una mano hacia la puerta y estuvo un rato contemplando su brazo estirado y su energía.

Pero tuvo que bajar el brazo, porque doña Petronila replicó que no estaba dispuesta a recibir órdenes de un entrometido...

—Señora, aquí los entrometidos son ustedes. No se les ha llamado, no se les quiere; aquí sólo se admite la caridad que no pide cédula de comunión.

—Nosotros tampoco pedimos cédula...

—Señor cura, a mí no me venga usted con argucias de seminario; la filosofía moderna ha demostrado que el escolasticismo es un tejido de puerilidades, y yo sé a lo que vienen ustedes. Quieren comprar las arraigadas convicciones de mi amigo por un plato de lentejas; una taza de caldo por la confesión de un dogma; una peseta por una apostasía... ¡Esto es indigno!

—¡Pero, caballero!...

—Señor cura, acabemos. Don Santos está dispuesto a morir sin confesar ni comulgar, no reconoce la religión de sus mayores. Estas son sus condiciones irrevocables; pues bien, a ese precio ¿consienten ustedes en asistirle, cuidarle, darle el alimento y las medicinas que necesita?

—Pero, señor mío...

—¡Ah!... ¡señor de usted... ya decía yo! ¿Ve usted como a mí la escolástica no me confunde?

—Todo eso y mucho más —dijo el gran Constantino— queremos tratarlo con el interesado.

—Pues no será...

—Pues sí será...

—Señora, salvo el sexo, estoy dispuesto a arrojarles a ustedes por las escaleras si insisten en su procaz atentado...

Y don Pompeyo se colocó delante de la cortina de percal para cortar el paso al obispo—madre.

—¿Quién va? ¿quién va? —gritó desde dentro Barinaga ronco y jadeante.

—Son las Paulinas —respondió Guimarán.

—¡Rayos y truenos! fuera de mi casa... ¿No tiene usted una escoba, don Pompeyo? Fuego en ellas... infames... ¿Y no anda ahí un cura también?...

—Sí, señor, anda...

—¡Será el Magistral, el ladrón, el *rapavelas*, el que me ha despojado... y vendrá a burlarse... oh, si yo me levanto!... ¿pero usted qué hace que no les balda a palos? Fuera de mi casa... La justicia... ¿ya no hay justicia? ¿no hay justicia para los pobres?

—Tranquilícese usted, que no es el Magistral.

—Sí es, sí es; lo sé yo. ¿no ve usted que es el amo del cotarro, el presidente de las Paulinas?... Entre usted, entre usted, so bandido... y verá usted con qué arma digna de usted le aplasto los cascos...

—Calma, calma, amigo mío; yo me basto y me sobro para despedir con buenos modos a estos señores.

—No, no, si es el Provisor déjele usted que entre, que quiero matarle yo mismo... ¿Quién llora ahí?

—Es su hija de usted.

—¡Ah grandísima hipocritona, si me levanto, mala pécora! La que mata a su padre de hambre, la que echa cuentas de rosario y pelos en el caldo, la que me echa en las narices el polvo de la sala, la que se va a misa de alba y vuelve a la hora de comer... ¡infame, si me levanto!

—Padre, por Dios, por Nuestra Señora del Amor Hermoso, tranquilícese usted... Está aquí doña Petronila, está un señor sacerdote...

—Será tu don Custodio... el que te me ha robado... el majo del cabildo... ¡ah, barragana, si os cojo a los dos!...

—¡Jesús, Jesús! vámonos de aquí —gritó doña Petronila buscando la escalera.

Pero no pudieron marchar tan pronto, porque la hija de don Santos cayó desmayada. La bajaron a la tienda, para librarla de los gritos furiosos y de las injurias de su padre. Quedó el campo por don Pompeyo, que volvió a sus paseos y después fue a la cocina a espumar el puchero miserable de don Santos.

«Allí no había más caridad que la de él. Cierto que no podía ser pródigo con su amigo, porque la propia familia tan numerosa tenía apenas lo necesario; pero solicitud, atenciones, no le faltarían al enfermo.»

Volvió a poco soplando un líquido pálido y humeante en el que flotaban partículas de carbón.

Se lo hizo beber a don Santos, sujetándole la cabeza que temblaba y sin permitirle tomar la taza con su flaca mano, que temblaba también.

De esta manera quedó el campo libre y por don Pompeyo, el cual no pensaba más que en asegurar *el triunfo de sus ideas*, para lo que era necesario estar de guardia todo el tiempo posible al lado del enfermo y así evitar que la hija de don Santos introdujese allí subrepticiamente «el elemento clerical.»

Guimarán madrugaba para correr a casa de Barinaga; estaba allí casi siempre hasta la hora de cenar, y esta *necesidad material* la despachaba en un decir Jesús, dando prisa a la criada, a su mujer, a las niñas.

—Ea, ea... menos cháchara, la sopa... que me esperan...

Comía, recogía los mendrugos de pan que quedaban sobre la mesa, un poco de azúcar y otros desperdicios, se los metía en un bolsillo y echaba a correr.

Algunas noches entraba en su hogar gritando:

—¡A ver! ¡a ver! las zapatillas y el frasco del anís, que hoy velo a don Santos.

La esposa de don Pompeyo suspiraba y entregaba las zapatillas suizas y el frasco del aguardiente, y el amo de la casa desaparecía.

Foja, los Orgaz, Glocester «como particular, no como sacerdote», don Álvaro Mesía, los socios libre—pensadores que comían de carne solemnemente en Semana Santa, algunos de los que asistían a las cenas secretas del Casino, los redactores del *Alerta* y otros muchos enemigos del Provisor visitaban de vez en cuando a don

Santos; todos compadecían aquella miseria entre protestas de cólera mal comprimida. «Oh el hombre que había reducido a tal estado al señor Barinaga era bien miserable, merecía la pública execración.» Pero nada más. Casi nadie se atrevía a dejar allí una limosna «por no ofender la susceptibilidad del enfermo.» Muchos se ofrecían a velarle en caso de necesidad.

Don Pompeyo recibía las visitas como si él fuera el amo de casa; Celestina tenía que tolerarlo porque su padre lo exigía.

—Él es mi único hijo... descastada... mi único padre... mi único amigo... tú eres la que estás aquí de más... ¡mala entraña!... ¡mojigata!... —gritaba desde su alcoba el borracho moribundo.

La enfermedad se agravó con las fuertes heladas con que terminó aquel año noviembre.

El primer día de diciembre Celestina se propuso, de acuerdo con don Custodio, dar el último ataque para conseguir que su padre admitiera los Sacramentos.

Al entrar, por la mañana, a eso de las ocho, don Pompeyo Guimarán, que venía soplándose los dedos, la beata le detuvo en la tienda abandonada, fría, llena de ratones.

Empleó la joven toda clase de resortes; pidió, suplicó, se puso de rodillas con las manos en cruz, lloró... Después exigió, amenazó, insultó: todo fue inútil.

—Hable usted con su papá —decía Guimarán por toda contestación.— Yo no hago más que cumplir su voluntad.

Celestina, desesperada, se acercó al lecho de su padre, lloró otra vez, de rodillas, con la cabeza hundida en el flaco jergón, mientras don Santos repetía con voz pausada, débil, que tenía una majestad especial, compuesta de dolor, locura, abyección y miseria:

—¡Mojigata, sal de mi presencia! Como hay Dios en los cielos, abomino de ti y de tu clerigalla... Fuera todos... Nadie me entre en la tienda, que no me dejarán un copón... ni una patena... ¡Esa lámpara, seor bandido! y tú, hija de perdición, no ocultes debajo del mandil... eso... eso... ese sacramento... ¡Fuera de aquí!...

—¡Padre, padre, por compasión... admita usted los Santos Sacramentos!...

—Me los han robado todos... y las lámparas... y tú los ayudas... eres cómplice... ¡A la cárcel!

—Padre, señor, por compasión de su hija... los Sacramentos... tome usted... tome usted...

—No, no quiero... seamos razonables. Una partida de sacramentos... ¿para qué? Si la tomo... ahí se pudrirá en la tienda... El Provisor les prohíbe comprar aquí... Ellos, los pobrecitos curas de aldea... ¿qué han de hacer?... ¡Infelices!... Le temen... le temen... ¡Infame! ¡Infelices!

Y don Santos se incorporó como pudo, inclinó la cabeza sobre el pecho y lloró en silencio.

Y repetía de tarde en tarde:

—¡Infelices!...

Celestina salió de la alcoba sollozando.

«Su padre había perdido la cabeza. Ya no podría confesar si no recobraba la razón... sólo por milagro de Dios.»

—Ni puede, ni quiere, ni debe —exclamó don Pompeyo cruzado de brazos, inflexible, dispuesto a no dejarse enternecer por el dolor ajeno.

El día de la Concepción, muy temprano, el médico Somoza dijo que don Santos moriría al obscurecer.

El enfermo perdía el uso de la poca razón que tenía muy a menudo; se necesitaba alguna impresión fuerte para que volviese a discurrir lo poco que sabía. La entrada de don Robustiano, o sea de la ciencia, le hacía volver la atención a lo exterior. Al medio día le anunció Celestina que quería verle el señor Carraspique. Aquel honor inexperado puso al moribundo muy despierto. Carraspique, sin saludar a don Pompeyo, que se quedó, siempre cruzado de brazos, a la puerta de la alcoba, se colocó a la cabecera de Barinaga en compañía de un clérigo, el cura de la parroquia.

Era éste un anciano de rostro simpático, de voz dulce, hablaba con el acento del país muy pronunciado. Carraspique, a quien en otro tiempo había pedido dinero prestado don Santos, tenía alguna autoridad sobre el enfermo; no se hablaban muchos años hacía, pero se estimaban a pesar de las ideas y de la frialdad que el tiempo había traído. Barinaga, con buenos modos, usando un lenguaje culto, que no era ordinario en él, se negó a las pretensiones del ilustre carlista y sincero creyente don Francisco Carraspique.

—«Todo es inútil... la Iglesia me ha arruinado... no quiero nada con la Iglesia... Creo en Dios... creo en Jesucristo... que era... un grande hombre... pero no quiero confesarme, señor Carraspique, y siento... darle a usted este disgusto. Por lo demás... yo estoy seguro... de que esto que tengo... se curaría... o por lo menos... se... se... con aguardiente... Crea usted que muero por falta de líquidos... gaseosos... y sólidos...

Don Santos levantó un poco la cabeza y conoció al cura de la parroquia.

—Don Antero... usted también... por aquí... Me alegro... así... podrá usted dar fe pública... como escribano... espiritual... digámoslo así... de esto que digo... y es todo mi testamento: que muero, yo, Santos Barinaga... por falta de líquidos suficientemente... alcohólicos... que muero... de... eso... que llama el señor médico... Colasa... o Colás... segundo...

Se detuvo, la tos le sofocaba. Hizo un esfuerzo y trayendo hacia la barba el embozo sucio de la sábana rota, continuó:

—Ítem: muero por falta de tabaco... Otrosí... muero... por falta de alimento... sano... Y de esto tienen la culpa el señor Magistral, y mi señora hija...

—Vamos, don Santos —se atrevió a decir el cura— no aflija usted a la pobre Celesta. Hablemos de otra cosa. Ni usted se muere, ni nada de eso. Va usted a sanar en seguida... Esta tarde le traeré yo, con toda solemnidad, lo que usted necesita, pero antes es preciso que hablemos a solas un rato. Y después... después... recibirá usted el Pan del alma...

—¡El pan del cuerpo! —gritó con supremo esfuerzo el moribundo, irritado cuanto podía.— ¡El pan del cuerpo es lo que yo necesito!... que así me salve Dios... ¡muero de hambre! Sí, el pan del cuerpo... ¡que muero de hambre... de hambre!...

Fueron sus últimas palabras razonables. Poco después empezaba el delirio. Celestina lloraba a los pies del lecho. Don Antero, el cura, se paseaba, con los brazos cruzados, por la sala miserable, haciendo rechinar el piso. Guimarán, con los brazos cruzados también, entre la alcoba y la sala, admiraba lo que él llamaba la muerte del justo. Carraspique había corrido a Palacio.

Llegó y todo se supo; el Obispo rezaba ante una imagen de la Virgen, y al oír que don Santos se negaba a recibir al Señor, y a confesar, levantó las manos cruzadas... y con voz dulcemente majestuosa y llena de lágrimas exclamó:

—¡Madre mía, madre de Dios, ilumina a ese desgraciado!...

Estaba pálido el buen Fortunato; le temblaba el labio inferior, algo grueso, al balbucear sus plegarias íntimas.

El Magistral se paseaba a grandes pasos, con las manos a la espalda, en la cámara roja, cubierta de damasco.

Carraspique, que vestía el luto reciente de su hija, miraba a don Fermín con los ojos arrasados en lágrimas.

«Don Fermín padecía, pensaba el pobre don Francisco» y sin querer, con gran remordimiento, él se alegraba un poco, gozaba el placer de una venganza... «irracional... injusta... todo lo que se quiera... pero gozaba acordándose de su hija muerta.»

Sí, don Fermín padecía. «Aquella necedad del tendero de enfrente era una complicación.»

De Pas ya no era el mismo que sentía remordimientos románticos aquella noche de luna al ver a don Santos arrastrar su degradación y su miseria por el arroyo; ahora no era más que un egoísta, no vivía más que para su pasión; lo que podría turbarle en el deliquio sin nombre que gozaba en presencia de Ana, eso aborrecía; lo que pudiera traer una solución al terrible conflicto, cada vez más terrible, de los sentidos enfrenados y de la eternidad pura de su pasión, eso amaba. Lo demás del mundo no existía. «Y ahora don Santos moría escandalosamente, moría como un perro, habría que enterrarle en aquel pozo inmundo, desamparado, que había detrás del cementerio y que servía para los *enterramientos civiles*: y de todo esto iba a tener la culpa él, y Vetusta se le iba a echar encima.» Ya empezaba el rum rum del motín, el Chato venía a cada momento a decirle que la calle de don Santos y la tienda se llenaban de gente, de enemigos del Magistral... que se le llamaba asesino en los grupos —porque él obligaba al Chato a decirle la verdad sin rodeos— asesino, ladrón... El Magistral al llegar a este pasaje de sus reflexiones, sin poder contenerse, golpeó el pavimento con el pie. Carraspique dio un salto. El Obispo, saliendo de su oratorio, con las manos en cruz, se acercó al Provisor.

—Por Dios, Fermo, por Dios te pido que me dejes...

—¿Qué?...

—Ir yo mismo; ver a ese hombre... quiero verle yo... a mí me ha de obedecer... yo he de persuadirle... Que traigan un coche si no quieres que me vean, una tartana, un carro... lo que quieras... Voy a verle, sí, voy a verle...

—¡Locuras, señor, locuras! —rugió el Provisor sacudiendo la cabeza.

—¡Pero Fermo, es un alma que se pierde!...

—No hay que salir de aquí... Ir... el Obispo... a un hereje contumaz... absurdo...

—Por lo mismo, Fermo...

—¡Bueno! ¡bueno! *Los Miserables*, siempre la comedia... La escena del Convencional, ¿no es eso? don Santos es un borracho insolente que escupiría al Obispo con mucha frescura; don Pompeyo discutiría con Su Ilustrísima si había Dios o no había Dios... No hay que pensar en ello. ¡Absurdo moverse de aquí!

Hubo algunos momentos de silencio. Carraspique, único testigo de la escena, temblaba y admiraba con terror el poder del Magistral y su energía.

«Era verdad, tenía a S. I. en un puño.» Después continuó don Fermín:

—Además, sería inútil ir allá. El señor Carraspique lo ha dicho... Barinaga ya ha perdido el conocimiento, ¿verdad? Ya es tarde, ya no hay qué hacer allí. Está ya como si hubiese muerto.

Carraspique, aunque con mucho miedo, animado por su afán piadoso de salvar a don Santos, se atrevió a decir:

—Sin embargo, tal vez... Se ven muchos casos...

—¿Casos de qué? —preguntó el Magistral con un tono y una mirada que parecían navajas de afeitar.— ¿Casos de qué? — repitió porque el otro callaba.

—Puede pasar el delirio y volver a la razón el enfermo.

—No lo crea usted. Además, allí está el cura... para eso está don Antero... ¡Su Ilustrísima no puede... no saldrá de aquí!

Y no salió.

El que entraba y salía era el Chato, Campillo, que hablaba en secreto con don Fermín y volvía a la calle a recoger rumores y a espiar al enemigo. El cual se presentaba amenazador en la calle estrecha y empinada en que vivía don Santos, casi enfrente de la casa del Magistral. Era la calle de *los Canónigos*, una de las más feas y más aristocráticas de la Encimada.

Al obscurecer de aquel día no se podía pasar sin muchos codazos y tropezones por delante de la tienda triste y desnuda de Barinaga. Sus amigos, que habían aumentado prodigiosamente en pocas horas, interceptaban la acera y llegaban hasta el arroyo divididos en grupos que cuchicheaban, se mezclaban, se disolvían.

Por allí andaban Foja, los dos Orgaz y algunos otros de los socios del Casino que asistían a las cenas mensuales en que se conspiraba contra el Provisor. El ex—alcalde se multiplicaba, entraba y salía en casa de don Santos, bajaba con noticias, le rodeaban los amigos.

—Está espirando.

—¿Pero conserva el conocimiento?

—Ya lo creo, como usted y como yo. Era mentira. Barinaga moría hablando, pero sin saber lo que decía; sus frases eran incoherentes; mezclaba su odio al Magistral con las quejas contra su hija. Unas veces se lamentaba como el rey Lear y otras blasfemaba como un carretero.

—Y diga usted, señor Foja, ¿hay arriba algún cura? Dicen que ha venido el mismo Magistral.

—¿El Magistral? ¡No faltaba más! Sería añadir el sarcasmo a la... al... No vendrá, no. Quien está arriba es don Antero, el cura de la parroquia; el pobre es un bendito, un fanático digno de lástima y cree cumplir con su deber... pero como si cantara. Don Santos era un hombre de convicciones arraigadas.

—¿Cómo era? ¿pues ha muerto ya? —preguntó uno que llegaba en aquel momento.

—No señor, no ha muerto. Digo eso porque ya está más allá que acá.

—También don Pompeyo se ha portado con mucha energía, según dicen...

—También...

—Pero estando sano es más fácil.

—Y como no va con él la cosa...

—Morirá esta noche.

—El médico no ha vuelto.

—Somoza aseguraba que moriría esta tarde.

—Pues por eso no ha vuelto, porque se ha equivocado...

—El cura dice que durará hasta mañana.

—Y muere de hambre.

—Dicen que lo ha dicho él mismo.

—Sí, señor, fueron sus últimas palabras sensatas —advirtió Foja contradiciéndose.

—Dicen que dijo: «¡El pan del cuerpo es el que yo necesito, que así me salve Dios, muero de hambre!»

A Orgaz hijo se le escapó la risa, que procuró ahogar con el embozo de la capa.

—Sí, ríase usted, joven, que el caso es para bromas.

—Hombre, no me río del moribundo... me río de la gracia.

—Profundísima lección debía llamarla usted. Se muere de hambre, es un hecho; le dan una hostia consagrada, que yo respeto, que yo venero, pero no le dan un panecillo. —Así habló un maestro de escuela perseguido por su liberalismo... y por el hambre.

—Yo soy tan católico como el primero —dijo un maestro de la Fábrica Vieja, de larga perilla rizada y gris, socialista cristiano a su manera— soy tan católico como el primero, pero creo que al Magistral se le debería arrastrar hoy y colgarlo de ese farol, para que viese salir el entierro...

—La verdad es, señores —observó Foja— que si don Santos muere fuera del seno de la Iglesia, como un judío, se debe al señor Provisor.

—Es claro.

—Evidente.

—¿Quién lo duda?

—Y diga usted, señor Foja, ¿no le enterrarán en sagrado, verdad?

228

—Eso creo: los cánones están sangrando; quiero decir que la Sinodal está terminante. —Y se puso algo colorado, porque no sabía si los cánones sangraban o no, ni si la Sinodal hablaba del caso.

—¡De modo que le van a enterrar como un perro!

—Eso es lo de menos —dijo el maestro de la Fábrica,— toda la tierra está consagrada por el trabajo del hombre.

—Y además en muriéndose uno...

—Más despacio, señores, más despacio —interrumpió Foja que no quería desperdiciar el arma que le ponían en las manos para atacar al Magistral.— Estas cosas no se pueden juzgar filosóficamente. Filosóficamente es claro que no le importa a uno que le entierren donde quiera. Pero ¿y la familia? ¿Y la sociedad? ¿Y la honra? Todos ustedes saben que el local destinado en nuestro cementerio *municipal* —y subrayó la palabra— a los cadáveres no católicos, digámoslo así...

Orgaz hijo sonrió:

—Ya sé, joven, ya sé que he cometido un *lapsus*. Pero no sea usted tan material.

Aquel grupo de progresistas y socialistas serios miró *en masa* al mediquillo impertinente con desprecio.

Y dijo el socialista cristiano:

—Aquí lo que sobra es la materia; la letra mata, caballero, y tengo dicho mil veces que lo que sobran en España son oradores...

—Pues usted no habla mal ni poco; acuérdese del club difunto, señor Parcerisa...

Y Orgaz hijo dio una palmadita en el hombro al de la fábrica.

Parcerisa sonrió satisfecho.

La conversación se extravió. Se discutió si el Ayuntamiento disputaba o no con suficiente energía al Obispo la administración del cementerio.

En tanto subían y bajaban amigas y amigos, curas y legos que iban a ver al enfermo o a su hija. Don Pompeyo había hecho llevar a Celestina a su cuarto y allí recibía la beata a sus correligionarias y a los sacerdotes que venían a consolarla. Guimarán no dejaba entrar en la sala más que a los espíritus fuertes, o por lo menos, si no tan fuertes como él, que eso era difícil, partidarios de dejar a un moribundo «expirar en la confesión que le parezca, o sin religión alguna si lo considera conveniente.»

—¡Muerte gloriosa! —decía don Pompeyo al oído de cualquier enemigo del Provisor que venía a compadecerse a última hora de la miseria de Barinaga.— «¡Muerte gloriosa! ¡Qué energía! ¡Qué tesón! Ni la muerte de Sócrates... porque a Sócrates nadie le mandó confesarse.»

Los que subían o bajaban, al pasar por la tienda abandonada echaban una mirada a los desiertos estantes y al escaparate cubierto de polvo y cerrado por fuera con tablas viejas y desvencijadas.

Sobre el mostrador, pintado de color de chocolate, un velón de petróleo alumbraba malamente el triste almacén cuya desnudez daba frío. Aquellos anaqueles vacíos representaban a su modo el estómago de don Santos. Las últimas existencias, que había tenido allí años y años cubiertas de polvo, las había vendido por cuatro cuartos a un comerciante de aldea; con el producto de aquella liquidación miserable había vivido y se había emborrachado en la última parte de su vida el pobre Barinaga. Ahora los ratones roían las tablas de los estantes y la consunción roía las entrañas del tendero.

Murió al amanecer.

Las nieblas de Corfín dormían todavía sobre los tejados y a lo largo de las calles de Vetusta. La mañana estaba templada y húmeda. La luz cenicienta penetraba por todas las rendijas como un polvo pegajoso y sucio. Don Pompeyo había pasado la noche al lado del moribundo, solo, completamente solo, porque no había de contarse un perro faldero que se moría de viejo sin salir jamás de casa. Abrió Guimarán el balcón de par en par; una ráfaga húmeda sacudió la cortina de percal y la triste luz del día de plomo cayó sobre la palidez del cadáver tibio.

A las ocho se sacó a Celestina de la «casa mortuoria» y *el cuerpo*, metido ya en su caja de pino, lisa y estrecha, fue depositado sobre el mostrador de la tienda vacía, a las diez. No volvió a parecer por allí ningún sacerdote ni beata alguna.

—Mejor —decía don Pompeyo, que se multiplicaba.

—Para nada queremos cuervos —exclamaba Foja, que se multiplicaba también.

—Esto tiene que ser una manifestación —decía del ex—alcalde a muchos correligionarios y otros enemigos del Magistral reunidos en la tienda, al pie del cadáver.— Esto tiene que ser una manifestación: el gobierno no nos permite otras, aprovechemos esta coyuntura. Además, esto es una iniquidad: ese pobre viejo ha muerto de hambre, asesinado por los acaparadores sacrílegos de la *Cruz Roja*. Y para mayor deshonra y ludibrio, ahora se le niega honrada y cristiana sepultura, y habrá que enterrarle en los escombros, allá, detrás de la tapia nueva, en aquel estercolero que dedican a los entierros civiles esos infames...

—¡Muerto de hambre y enterrado como un perro! —exclamó el maestro de escuela perseguido por sus ideas.

—¡Oh, hay que protestar muy alto!

—¡Sí, sí!

—¡Esto es una iniquidad!

—¡Hay que hacer una manifestación!

Hablaban también muchos conjurados con trazas de curiales de palacio; eran amigos del Arcediano, del implacable Mourelo, que conspiraba desde la sombra.

—A ver usted, señor Sousa, usted que escribe los telegramas del *Alerta*... Es preciso que hoy retrasen ustedes un poco el número para que haya tiempo de insertar algo...

—Sí, señor, ahora mismo voy yo a la imprenta y con la mayor energía que permite la ley, la pícara ley de imprenta, redactaré allí mismo un suelto convocando a los liberales, amigos de la justicia, etc., etc... Descuide usted, señor Foja.

—Llame usted al suelto: *Entierro civil.*

—Sí, señor; así lo haré.

—Con letras grandes.

—Como puños, ya verá usted.

—Eso podrá servir de aviso a todo el pueblo liberal...

—¿Vendrán los de la Fábrica?

—¡Ya lo creo! —exclamó Parcerisa.— Ahora mismo voy yo allá a calentar a la gente. Esto no nos lo puede prohibir el gobierno...

—Como no se alborote...

El entierro fue cerca del anochecer. Sólo así podían asistir los de la Fábrica.

Llovía. Caían hilos de agua perezosa, diagonales, sutiles.

La calle se cubrió de paraguas.

El Magistral, que espiaba detrás de las vidrieras de su despacho, vio un fondo negro y pardo; y de repente, como si se alzase sobre un pavés, apareció por encima de todo una caja negra, estrecha y larga, que al salir de la tienda se inclinó hacia adelante y se detuvo como vacilando. Era don Santos, que salía por última vez de su casa. Parecía dudar entre desafiar el agua o volver a su vivienda. Salió; se perdió el ataúd entre el oleaje de seda y percal obscuro. En el balcón que había sobre la puerta, entre las rejas asomó la cabeza de un perro de lanas negro y sucio: el Magistral lo miró con terror. El faldero estiró el pescuezo, procuró mirar a la calle y se le erizaron las orejas. Ladró a la caja, a los paraguas y volvió a esconderse. Lo habían olvidado en la sala, cerrada con llave por don Pompeyo.

Guimarán, de levita negra, presidía el duelo.

Delante del féretro, en filas, iban muchos obreros y algunos comerciantes al por menor, con más, varios zapateros y sastres, rezando Padrenuestros.

Guimarán había propuesto que no se dijese palabra.

«No había muerto el gran Barinaga, aquel mártir de las ideas, dentro de ninguna confesión cristiana; luego era contradictorio...»

—Deje usted, deje usted, —había advertido Foja con mal gesto.— No seamos intransigentes, no extrememos las cosas. Es de más efecto que se rece.

—Esto no es una manifestación anti—católica —observó el maestro de escuela.

—Es anticlerical —dijo otro liberal probado.

—El tiro va contra el Provisor —manifestó un lampiño, de la policía secreta de Glocester.

Así pues, se convino que se rezaría y se rezó. *Requiescat in pace*, decía Parcerisa, que rezaba delante, con voz solemne, al terminar cada oración.

Y contestaban los de la fila, que llevaban hachas encendidas; *Requiescat in pace.*

Ni el latín ni la cera le gustaban a don Pompeyo, pero había que transigir.

«Todo aquello era una contradicción, pero Vetusta no estaba preparada para un verdadero entierro civil.»

Las mujeres del pueblo, que cogían agua en las fuentes públicas; las ribeteadoras y costureras que paseaban por la calle del Comercio, y por el Boulevard, arrastrando por el lodo con perezosa marcha los pies mal calzados; las criadas que con la cesta al brazo iban a comprar la cena, se arremolinaban al pasar el entierro y por gran mayoría de votos condenaban el atrevimiento de enterrar «a un cristiano» (sinónimo de hombre) sin necesidad de curas. Algunas buenas mozas, mal pergeñadas, alababan la idea en voz alta.

Hubo una que gritó:

—¡Así, que rabien los de la pitanza!

Esta imprudencia provocó otra del lado contrario.

—¡*Anday*, judíos! —exclamaba una moza del partido azotando con un zueco la espalda de muchos de sus conocidos, peones de albañil y canteros.

Detrás del duelo iba una escasa representación del sexo débil; pero, según las de la cesta y las de las fuentes públicas, «eran malas mujeres.»

—¡Anda tú, *pendón*!

—¿A dónde vais, *pingos*?

Y las correligionarias de don Pompeyo reían a carcajadas, demostrando así lo poco arraigado de sus convicciones. La noche se acercaba; el cementerio estaba lejos, y hubo que apretar el paso.

La lluvia empezó a caer perpendicular, pero en gotas mayores, los paraguas retumbaban con estrépito lúgubre y chorreaban por todas sus varillas. Los balcones se abrían y cerraban, cuajados de cabezas de curiosos.

Se miraba el espectáculo generalmente con curiosidad burlona, con algo de desprecio. «Pero por lo mismo se declaraba mayor el delito del Magistral. Aquel pobre don Santos había muerto como un perro por culpa del Provisor, había renegado de la religión por culpa del Provisor, había muerto de hambre y sin sacramentos por culpa del Provisor.»

«Y ahora los revolucionarios, que de todo sacan raja, aprovechan la ocasión para hacer una de las suyas...»

«Y por culpa del Provisor...»

«No se puede estirar demasiado la cuerda.»

«Ese hombre nos pierde a todos.»

Estos eran los comentarios en los balcones. Y después de cerrarlos, continuaban dentro las censuras. Muchas amistades perdió De Pas aquella tarde.

Sin que se supiera cómo, llegó a ser un *lugar común*, verdad evidente para Vetusta, que «Barinaga había muerto como un perro por culpa del Magistral.»

Los amigos que le quedaban a don Fermín reconocían que no se podía luchar, por aquellos días a lo menos, contra aquella afirmación injusta, pero tan generalizada.

El entierro dejó atrás la calle principal de la Colonia, que estaba convertida en un lodazal de un kilómetro de largo, y empezó a subir la cuesta que terminaba en el cementerio. El agua volvía a azotar a los del duelo en diagonales, que el viento hacía penetrar por debajo de los paraguas. Llovía a latigazos. Una nube negra, en forma de pájaro monstruoso, cubría toda la ciudad y lanzaba sobre el duelo aquel chaparrón furioso. Parecía que los arrojaba de Vetusta, silbándoles con las fauces del viento que soplaba por la espalda.

Se subía la cuesta a buen paso. La percalina de que iba forrado el féretro miserable se había abierto por dos o tres lados; se veía la carne blanca de la madera, que chorreaba el agua. Los que conducían el cadáver le zarandeaban. La fatiga y cierta superstición inconsciente les había hecho perder gran parte del respeto que merecía el difunto. Todos los hachones se habían apagado y chorreaban agua en vez de cera. Se hablaba alto en las filas.

—¡De prisa, de prisa! —se oía a cada paso.

Algunos se permitían decir chistes alusivos a la tormenta. En el duelo había más circunspección, pero todos convenían en la necesidad de apretar el paso.

Aquel furor de los elementos despertó muchas preocupaciones taciturnas.

Don Pompeyo llevaba los pies encharcados, y era sabido que la humedad le hacía mucho daño, le ponía nervioso y con esto se le achicaba el ánimo.

«No hay Dios, es claro, iba pensando, pero si le hubiera, podría creerse que nos está dando azotes con estos diablos de aguaceros.»

Llegaron a lo alto, a la cima de aquella loma. La tapia del cementerio se destacaba en la claridad plomiza del cielo como una faja negra del horizonte. No se veía nada distintamente. Los cipreses, detrás de la tapia, se balanceaban, parecían fantasmas que se hablaban al oído, tramando algo contra los atrevidos que se acercaban a turbar la paz del camposanto.

En la puerta se detuvo el cortejo. Hubo algunas dificultades para entrar. Se habían olvidado ciertos pormenores y la mala fe del enterrador —tal vez la del capellán también— ponía obstáculos reglamentarios.

—¡A ver, dónde está Foja! —gritó don Pompeyo, que no se encontraba con ánimo para dar otra batalla al obscurantismo clerical.

Foja no estaba allí. Nadie le había visto en el duelo.

Don Pompeyo sintió el ánimo desfallecer. «Estoy solo; ese capitán Araña me ha dejado solo.»

Sacó fuerzas de flaqueza, y ayudado por la indignación general, se impuso. El cortejo entró en el cementerio, pero no por la puerta principal, sino por una especie de brecha abierta en la tapia del corralón inmundo, estrecho y lleno de ortigas y escajos en que se enterraba a los que morían fuera de la Iglesia católica. Eran muy pocos. El enterrador actual sólo recordaba tres o cuatro entierros así.

El duelo se despidió sin ceremonia; a latigazos lo despedía el viento con disciplinas de agua helada.

Don Pompeyo Guimarán salió del cementerio el último. «Era su deber.»

Había cerrado la noche. Se detuvo solo, completamente solo, en lo alto de la cuesta. «A su espalda, a veinte pasos tenía la tapia fúnebre. Allí detrás quedaba el mísero amigo, abandonado, pronto olvidado del mundo entero; estaba a flor de tierra... separado de los demás vetustenses que habían sido, por un muro que era una deshonra; perdido, como el esqueleto de un rocín, entre ortigas, escajos y lodo... Por aquella brecha penetraban perros y gatos en el cementerio civil... A toda profanación estaba abierto... Y allí estaba don Santos... el buen Barinaga que había vendido patenas y viriles... y creía en ellos... en otro tiempo. ¡Y todo aquello era obra suya... de don Pompeyo; él, en el café—restaurant de la Paz, había comenzado a demoler el alcázar de la fe... del pobre comerciante!...»

Un escalofrío sacudió el cuerpo de Guimarán. Se abrochó. «Había sido *otra* imprudencia venir sin capa.»

Entonces sintió que no sentía ya el agua... «Era que ya no llovía.» Sobre Vetusta brillaban entre grandes espacios de sombra algunas luces pálidas, las estrellas; y entre las sombras de la ciudad aparecían puntos rojizos simétricos: los faroles.

Guimarán volvió a temblar; sintió la humedad de los pies de nuevo... y apretó el paso. Hubo más: se le figuró que le seguían; que a veces le tocaban sutilmente las faldas de la levita y el cabello del cogote... Y como estaba solo, seguramente solo... no tuvo inconveniente en emprender por la cuesta abajo un trote ligero, con el paraguas debajo del brazo.

«No, no hay Dios, iba pensando, pero si lo hubiera estábamos frescos...»

Y más abajo:

«Y de todas maneras, eso de que le han de enterrar a uno de fijo, sin escape, en ese estercolero... no tiene gracia.»

Y corría, sintiendo de vez en cuando escalofríos.

Don Pompeyo tuvo fiebre aquella noche.

«Ya lo decía él; ¡la humedad!»

Deliró.

«Soñaba que él era de cal y canto y que tenía una brecha en el vientre y por allí entraban y salían gatos y perros, y alguno que otro diablejo con rabo.»

XXIII

«Tecum principium in die virtutis tuae in splendorum sanctorum, ex utero ante luciferum genui te.»

Esto leyó la Regenta sin entenderlo bien; y la traducción del *Eucologio* decía: «Tú poseerás el principado y el imperio en el día de tu poderío y en medio del resplandor que brillará en tus santos: yo te he engendrado de mis entrañas desde antes del nacimiento del lucero de la mañana.»

Y más adelante leía Ana con los ojos clavados en su devocionario: *Dominus dixit ad me: Filius meus es tu, ego hodie genui te. Alleluia.*

¡Sí, sí, aleluya! ¡aleluya! le gritaba el corazón a ella... y el órgano, como si entendiese lo que quería el corazón de la Regenta, dejaba escapar unos diablillos de notas alegres, revoltosas, que luego llenaban los ámbitos obscuros de la catedral, subían a la bóveda y pugnaban por salir a la calle, remontándose al cielo... empapando el mundo de música retozona. Decía el órgano a su manera:

Adiós, María Dolores,
marcho mañana
en un barco de flores
para La Habana.

y de repente, cambiaba de aire y gritaba:

La casa del señor cura
nunca la vi como ahora...

y sin pizca de formalidad, se interrumpía para cantar:

Arriba, Manolillo,
abajo, Manolé,
de la quinta pasada
yo te liberté;
de la que viene ahora
no sé si podré...
arriba, Manolillo,
Manolillo Manolé.

Y todo esto era por que hacía mil ochocientos setenta y tantos años había nacido en el portal de Belén el Niño Jesús... ¿Qué le importaba al órgano? Y sin embargo, parecía que se volvía loco de alegría... que perdía la cabeza y echaba por aquellos tubos cónicos, por aquellas trompetas y cañones, chorros de notas que parecían lucecillas para alumbrar las almas.

El templo estaba obscuro. De trecho en trecho, colgado de un clavo en algún pilar, un quinqué de petróleo con reverbero, interrumpía las tinieblas que volvían a dominar poco más adelante. No había más luz que aquella esparcida por las naves, el trasaltar y el trascoro, y los cirios del altar y las velas del coro que brillaban a lo lejos, en alto, como estrellitas. Pero la música alegre botando de pilar en capilla, del pavimento a la bóveda, parecía iluminar la catedral con rayos del alba. Y no eran más que las doce. Empezaba la *misa del gallo*.

El órgano, con motivo de la alegría cristiana de aquella hora sublime, recordaba todos los aires populares clásicos en la tierra vetustense y los que el capricho del pueblo había puesto en moda aquellos últimos años. A la Regenta le temblaba el alma con una emoción religiosa dulce, risueña, en que rebosaba una caridad universal; amor a todos los hombres y a todas las criaturas... a las aves, a los brutos, a las hierbas del campo, a los gusanos de la tierra... a las ondas del mar, a los suspiros del aire... «La cosa era bien clara, la religión no podía ser más sencilla, más evidente: Dios estaba en el cielo presidiendo y amando su obra maravillosa, el Universo; el Hijo de Dios había nacido en la tierra y por tal honor y divina prueba de cariño, el mundo entero se alegraba y se ennoblecía; y no importaba que hubiesen pasado tantos siglos, el amor no cuenta el tiempo; hoy era tan cierto como en tiempo de los Apóstoles, que Dios había venido al mundo; el motivo para estar contentos todos los seres, el mismo. Por consiguiente, el organista hacía muy bien en declarar dignos del templo aquellos aires humildes con que solía alegrarse el pueblo y que cantaban las vetustenses en sus bailes bulliciosos a cielo abierto. Aquel recuerdo de canciones efímeras, que habían sido un poco de aire olvidado, le parecía a la Regenta una delicada obra de caridad por parte del músico... Recordar lo más humilde, lo que menos vale, un poco de viento que pasó... y dignificar las emociones profanas del amor, de la alegría juvenil, haciendo resonar sus cantares en el templo, como ofrenda a los pies de Jesús... todo esto era hermoso, según Ana; la religión que lo consentía, maternal, cariñosa, artística.»

«No había allí barreras, en aquel momento, entre el templo y el mundo; la naturaleza entraba a borbotones por la puerta de la iglesia; en la música del órgano había recuerdos del verano, de las romerías alegres del campo, de los cánticos de los marineros a la orilla del mar; y había olor a tomillo y a madreselva, y olor a la playa, y olor arisco del monte, y dominándolos a todos olor místico de poesía inefable... que arrancaba lágrimas...» La vigilia exaltaba los nervios de la Regenta... Su pensamiento al remontarse se extraviaba y al difundirse se desvanecía... Apoyó la cabeza contra la panza churrigueresca de un altar de piedra, nuevo, que era el principal de la capilla en que estaba, sumida en la sombra. Apenas pensaba ya, no hacía más que sentir.

La verja de bronce dorado que separaba la capilla mayor del crucero, se interrumpía en ambos extremos para dejar espacio a los púlpitos de hierro, todos filigrana. Servían de atriles para la Epístola y el Evangelio sendas águilas doradas con las alas abiertas. Ana vio aparecer en el púlpito de la izquierda del altar la figura de Glocester, siempre torcida pero arrogante: la rica casulla de tela briscada despedía rayos herida por la luz de los ciriales que acompañaban al canónigo. El Arcediano, en cuanto calló el órgano, como quien quiere interrumpir una broma con una nota seria, leyó la epístola de San Pablo Apóstol a Tito, capítulo segundo, dándole una intención que no tenía. Agradábale a Glocester tener ocupada por su cuenta la atención del público, y leía despacio, señalando con fuerza las terminaciones en *us* y en *i* y en *is*: por el tono que se daba al leer no parecía sino que la epístola de San Pablo era cosa del mismo Glocester, una composicioncilla suya. El órgano, como si hubiera oído llover, en cuanto terminó el presuntuoso Arcediano, soltó el trapo, abrió todos sus agujeros, y volvió a regar la catedral con chorritos de canciones alegres; el fuelle parecía soplar en una fragua de la que salían chispas de música retozona; ahora tocaba como las gaitas del país, imitando el modo tosco e incorrecto con que el gaitero jurado del Ayuntamiento interpretaba el brindis de la *Traviata* y el Miserere del *Trovador*. Por último, y cuando ya Ripamilán asomaba la cabecita vivaracha sobre el antepecho del otro púlpito, para cantar el Evangelio, el organista la emprendió con la *mandilona*:

Ahora sí que estarás contentón,
mandilón,
mandilón,
mandilón.

Los carlistas y liberales que llenaban el crucero celebraron la gracia, hubo cuchicheos, risas comprimidas y en esto vio la Regenta un signo de paz universal. En aquel momento, pensaba ella, unidos todos ante el Dios de todos, que nacía, las diferencias políticas eran nimiedades que se olvidaban.

Ripamilán no pudo menos de sonreír, mientras colocaba, con gran dificultad, el libro en que había de leer el Evangelio de San Lucas, sobre las alas del águila de hierro.

El Arcediano, en la escalera del púlpito esperaba con los brazos cruzados sobre la panza; cerca de él y haciendo guardia, estaban dos acólitos con los ciriales; uno era Celedonio.

«¡*Secuentia Sancti Evangelii secundum Lucaaam!*...» cantó Ripamilán, muerto de sueño y aprovechándose del canto llano para bostezar en la última nota.

«¡*In illo tempore!*...» continuó... En aquel tiempo se promulgó un edicto mandando empadronar a todo el mundo. Fue cosa de César Augusto, muy aficionado a la Estadística. «Este empadronamiento fue hecho por Cirino, que después fue gobernador de la Siria.» Ripamilán se dormía sobre el recuerdo de Cirino, pero al llegar al empadronamiento de José se animó el Arcipreste, figurándose a los santos esposos camino de Bethlehem (o mejor Belem). «Y sucedió que hallándose allí le llegó a María la hora de su alumbramiento; y dio a luz a su Hijo primogénito y envolviole en pañales y recostole en un pesebre.» Ripamilán leía ahora pausadamente, a ver si se enteraba el público. Cuando llegó a los pastores que estaban en vela, cuidando sus rebaños, don Cayetano recordó su grandísima afición a la égloga y se enterneció muy de veras.

Más enternecida estaba la Regenta, que seguía en su libro la sencilla y sublime narración. «¡El Niño Dios! ¡El Niño Dios! Ella comprendía ahora toda la grandeza de aquella Religión dulce y poética que comenzaba en una cuna y acababa en una cruz. ¡Bendito Dios! ¡las dulzuras que le pasaban por el alma, las mieles que gustaba su corazón, o algo que tenía un poco más abajo, más hacia el medio de su cuerpo!... ¡Y aquel Ripamilán allá arriba, aquel viejecillo que contaba lo del parto como si acabara de asistir a él! También Ripamilán estaba hermoso a su manera.»

En tanto el *público* empezaba a impacientarse, se iba acabando la formalidad, y en algunos rincones se oían risas que provocaba algún chusco. En la nave del trasaltar, la más obscura, escondidos en la sombra de los pilares y en las capillas, algunos señoritos se divertían en echar a rodar sobre el juego de damas del pavimento de mármol monedas de cobre, cuyo profano estrépito despertaba la codicia de la gente menuda; bandos de pilletes que ya esperaban ojo avizor la tradicional profanación, corrían tras las monedas, y al caer tantos sobre una sola en racimo de carne y andrajos, excitaban la risa de los fieles, mientras ellos se empujaban, pisaban y mordían disputándose el ochavo miserable.

Pero llegaba la *ronda* y el racimo de pillos se deshacía, cada cual corría por su lado. La *ronda* la presidía el señor Magistral, de roquete y capa de coro; en las manos, cruzadas sobre el vientre, llevaba el bonete, a derecha e izquierda, como dándole guardia, caminaban con paso solemne acólitos con sendas hachas de cera. La *ronda* daba vueltas por el trascoro, las naves y el trasaltar. Se vigilaba para evitar abusos de mayor cuantía. La obscuridad del templo, los excesos de la colación clásica, la falta de respeto que el pueblo creía tradicional en la *misa del gallo*, hacían necesarias todas estas precauciones.

Había otra clase de profanaciones que no podía evitar la ronda. Apiñábase el público en el crucero, oprimiéndose unos a otros contra la verja del altar mayor, y la valla del centro, debajo de los púlpitos, y quedaban en el resto de la catedral muy a sus anchas los pocos que preferían la comodidad al calorcillo humano de aquel montón de carne repleta. Como la religión es igual para todos, allí se mezclaban todas las clases, edades y condiciones. Obdulia Fandiño, en pie, oía la misa apoyando su devocionario en la espalda de Pedro, el cocinero de Vegallana, y en la nuca sentía la viuda el aliento de Pepe Ronzal, que no podía, ni tal vez quería, impedir que los de atrás empujasen. Para la de Fandiño la religión era esto, apretarse, estrujarse sin distinción de clases ni sexos en las grandes solemnidades con que la iglesia conmemora acontecimientos importantes de que ella, Obdulia, tenía muy confusa idea. Visitación estaba también allí, más cerca de la capilla, con la cabeza metida entre las rejas. Paco Vegallana, cerca de Visitación, fingía resistir la fuerza anónima que le arrojaba, como un oleaje, sobre su prima Edelmira. La joven, roja como una cereza, con los ojos en un San José de su devocionario y el alma en los movimientos de su primo, procuraba huir de la valla del centro contra la cual amenazaban aplastarla aquellas olas humanas, que allí en lo obscuro imitaban las del mar batiendo un peñasco, en la negrura de su sombra. Todo el *elemento joven* de que hablaba *El Lábaro* en sus crónicas del pequeñísimo *gran mundo* de Vetusta, estaba allí, en el crucero de la catedral, oyendo como entre sueños el órgano, dirigiendo la colación de Noche—buena, viendo lucecillas, sintiendo entre temblores de la pereza pinchazos de la carne. El sueño traía impíos disparates, ideas que eran profanaciones, y se desechaban para atenerse a los pecados veniales con que brindaba la realidad ambiente. Miradas y sonrisas, si la distancia no consentía otra cosa, iban y venían enfilándose como podían en aquella selva espesa de cabezas humanas. Se tosía mucho y no todas las toses eran ingenuas. En aquella quietud soporífera, en aquella obscuridad de pesadilla

244

hubieran permanecido aquellos caballeritos y aquellas señoritas hasta el amanecer, de buen grado. Obdulia pensaba, aunque es claro que no lo decía sino en el seno de la mayor confianza, pensaba, que el *hacer el oso*, que era a lo que llamaba *timarse* Joaquín Orgaz, si siempre era agradable, lo era mucho más en la iglesia, porque allí tenía un *cachet*. Y para la viuda las cosas con *cachet* eran las mejores.

«En la inmoralidad que acusaba aquella aglomeración de malos cristianos», estaba pensando precisamente don Pompeyo Guimarán, que, mal curado de una fiebre, había consentido en cenar con don Álvaro, Orgaz, Foja y demás trasnochadores en el Casino y había venido con ellos a la misa del gallo.

«Sí, le remordía la conciencia, en medio de su embriaguez, pero el hecho era que estaba allí. Habían empezado por emborracharle con un licor dulce que ahora le estaba dando náuseas, un licor que le había convertido el estómago en algo así como una perfumería... ¡puf! ¡qué asco!; después le habían hecho comer más de la cuenta y beber, últimamente, de todo. Y cuando él se preparaba a volverse a su casa, si alguno de aquellos señores tenía la bondad de acompañarle ¡oh colmo de las bromas pesadas y ofensivas! habían dado con él en medio de la catedral donde no había puesto los pies hacía muchos años. Había protestado, había querido marcharse, pero no le dejaron, y él tampoco se atrevía a buscar solo su casa; y en la calle hacía frío.»

—Señores —dijo en voz baja a don Álvaro y a Orgaz— conste que protesto, y que obedezco a fuerza mayor, a la fuerza de la borrachera de ustedes, al permanecer en semejante sitio.

—¡Bien, hombre, bien!

—Conste que esto no es una abdicación...

—No... qué ha de ser... abdicación...

—Ni una profanación. Yo respeto todas las religiones, aunque no profeso ninguna... ¿Qué dirá el mundo si sabe que yo vengo aquí... con una compañía de borrachos matriculados? Reconozco en el

Palomo el derecho de arrojarme del templo a latigazos o a patadas...

—Ya lo sabemos, hombre... —pudo balbucear Foja.— En resumen: don Pompeyo reconoce que él aquí representa lo mismo... que los perros en misa.

—Comparación exacta... eso, yo aquí lo mismo que un perro... Y además esto repugna... Oigan ustedes a ese organista, borracho como ustedes probablemente: convierte el templo del Señor, llamémoslo así, en un baile de candil... en una orgía... Señores, ¿en qué quedamos, es que ha nacido Cristo o es que ha resucitado el dios Pan?

—¡Y Pun, Pin, Pun!... yo soy el general... Bum Bum.

Esto lo cantó bajito Joaquín Orgaz, tocando el tambor en la cabeza de Guimarán. Y acto continuo el mediquillo salió de la capilla obscura donde se representaba tal escena, y se fue a buscar una aguja en un pajar, como él dijo, esto es, a buscar a Obdulia entre la multitud. Y la encontró, emparedada entre el formidable Ronzal y el cocinero de Paco. Joaquín dio media vuelta y se volvió al lado de don Pompeyo.

La capilla desde la que oía misa la Regenta estaba separada sólo por una verja alta de la en que se habían escondido los trasnochadores del Casino. Ana oyó la voz de Orgaz que disuadía al ateo de su propósito de abandonar el templo. Pero de una capilla a otra no se distinguían las personas, sólo se veían bultos.

Cuando pasó la ronda fue otra cosa; las hachas de los acólitos dejaron a Anita ver a una claridad temblona y amarillenta la figura arrogante del Magistral al mismo tiempo que la esbelta y graciosa de don Álvaro, que con los ojos medio cerrados, semidormido, con la cabeza inclinada, y cogido a la verja que separaba las capillas, parecía atender a los oficios divinos con el recogimiento propio de un sincero cristiano.

El Magistral también pudo ver a la Regenta y a don Álvaro, casi juntos, aunque mediaba entre ellos la verja. Le tembló el bonete en las manos; necesitó gran esfuerzo para continuar aquella procesión que en aquel instante le pareció ridícula.

Mesía no vio ni al Magistral, ni a la Regenta, ni a nadie. Estaba medio dormido en pie. Estaba borracho, pero en la embriaguez no era nunca escandaloso. Nadie sospechaba su estado.

Ana siguió viendo a don Álvaro aun después que la ronda se alejó con sus luces soñolientas. Siguió viéndole en su cerebro; y se le antojó vestido de rojo, con un traje muy ajustado y muy airoso. No sabía si era aquello un traje de Mefistófeles de ópera o el de cazador elegante, pero estaba el enemigo muy hermoso, muy hermoso... «Y estaba allí cerca, detrás de aquella reja, ¡si daba tres pasos podía tocarla a ella!» El órgano se despedía de los fieles con las mayores locuras del repertorio; un aire que Ana había oído por primera vez al lado de Mesía, en la romería de San Blas, aquel mismo año... Cerró los ojos, que se le habían llenado de lágrimas... «¡Por dónde la tomaba ahora la tentación! Se hacía sentimental, tierna, evocaba recuerdos, la autoridad de los recuerdos, que era siempre cosa sagrada, dulce, entrañable... ¿Qué había pasado en aquella romería de San Blas? Nada, y sin embargo, ahora recordando aquella tarde, por culpa del organista, Ana veía a don Álvaro a su lado, muerto de amor, mudo de respeto, y a sí misma se veía, contenta en lo más hondo del alma... ¡ay sí, ay sí!... en unas honduras del alma, o del cuerpo, o del infierno... a que no llegaban las suaves pláticas del misticismo y fraternidad de que seguía gozando en compañía de aquel señor canónigo que acababa de pasar por allí, con las manos cruzadas sobre el vientre, rodeado de monaguillos.»

Cuando Ana procuró sacudir, moviendo la cabeza, aquellas imágenes importunas y pecaminosas, el templo iba quedándose vacío. Tuvo ella frío y casi miedo a la sombra de un confesonario en que se apoyaba. Se levantó y salió de la catedral, que empezaba a dormirse.

El órgano se había callado como un borracho que duerme después de alborotar el mundo. Las luces se apagaban...

En el pórtico encontró Ana al Magistral.

Don Fermín estaba pálido; lo vio ella a la luz de una cerilla que encendieron por allí. Cuando volvió la obscuridad, De Pas se acercó a la Regenta y con una voz dulce en que había quejas le preguntó:

—¿Se ha divertido usted en misa?

—¡Divertirme en misa!

—Quiero decir... si le ha gustado... lo que tocan... lo que cantan...

Notó Ana que su confesor no sabía lo que decía.

En aquel momento salían del pórtico; en la calle había algunos grupos de rezagados. Había que separarse.

—¡Buenas noches, buenas noches! —dijo el Magistral con tono de mal humor, casi con ira.

Y embozándose sin decir más, tomó a paso largo el camino de su casa.

Ana sintió deseos de seguirle: ella no sabía por qué pero le tenía enfadado: ¿qué había hecho ella? Pensar, pensar en el enemigo, gozar con recuerdos vitandos... pero... de todo eso ¿cómo podía tener don Fermín noticia?... ¡Y se había marchado así! Una profunda lástima y una gratitud que parecía amor invadieron el ánimo de Ana en aquel instante... «¡Oh! ¿por qué ella no podía ahora ir con aquel hombre, llamarle, consolarle... probarle que era la de siempre, que ella no le volvía la espalda como tantas otras?...» «Sí, sí, le volvían la espalda a él, el santo, el hombre de genio, el mártir de la piedad... le volvían la espalda las que antes se le disputaban, y todo ¿por qué? por viles calumnias. Ella no, ella creía en él... le seguiría ciega al fin del mundo; sabía que entre él y Santa Teresa la habían salvado del infierno...» Pero no se podía correr detrás de él para consolarle, para decirle todo esto. «¡Qué hubiera pensado, sin ir más lejos, Petra la doncella, que estaba allí, a su lado, silenciosa, sonriente, cada día más antipática, y más servicial... y más insufrible!»

Petra, mientras hablaron el Magistral y Ana se había separado discretamente dos pasos. Al ver al Provisor escapar y embozarse con tanto garbo, pensó la criada:

«Están de monos» y sonrió.

La Regenta tomó el camino de la Plaza Nueva. Iba andando medio dormida; estaba como embriagada de sueño y música y fantasía... Sin saber cómo se encontró en el portal de su casa pensando en el Niño Jesús, en su cuna, en el portal de Belén. Ella se figuraba la escena como la representaba un *nacimiento* que había visto aquella noche a primera hora.

Cuando se quedó sola en su tocador, se puso a despeinarse frente al espejo; suelto el cabello, cayó sobre la espalda.

«Era verdad, ella se parecía a la Virgen; a la Virgen de la Silla... pero le faltaba el niño;» y cruzada de brazos se estuvo contemplando algunos segundos.

A veces tenía miedo de volverse loca. La piedad huía de repente, y la dominaba una pereza invencible de buscar el remedio para aquella sequedad del alma en la oración o en las lecturas piadosas. Ya meditaba pocas veces. Si se paraba a evocar pensamientos religiosos, a contemplar abstracciones sagradas, en vez de Dios se le presentaba Mesía.

«Creía que había muerto aquella Ana que iba y venía de la desesperación a la esperanza, de la rebeldía a la resignación, y no había tal; estaba allí, dentro de ella; sojuzgada, sí, perseguida, arrinconada, pero no muerta. Como San Juan Degollado daba voces desde la cisterna en que Herodías le guardaba, la Regenta rebelde, la pecadora de pensamiento, gritaba desde el fondo de las entrañas, y sus gritos se oían por todo el cerebro. Aquella Ana prohibida era una especie de tenia que se comía todos los buenos propósitos de Ana la devota, la *hermana* humilde y cariñosa del Magistral.

»¡El Niño Jesús! ¡Qué dulce emoción despertaba aquella imagen! ¿Pero por qué había servido el evocarla para dar tormento al cerebro? La necesidad del amor maternal se despertaba en aquella hora de vigilia con una vaguedad tierna, anhelante.»

Ana se vio en su tocador en una soledad que la asustaba y daba frío... ¡Un hijo, un hijo hubiera puesto fin a tanta angustia, en todas aquellas luchas de su espíritu ocioso, que buscaba fuera del centro natural de la vida, fuera del hogar, pábulo para el afán de amor, objeto para la sed de sacrificios!...

Sin saber lo que hacía, Ana salió de sus habitaciones, atravesó el estrado, a obscuras, como solía, dejó atrás un pasillo, el comedor, la galería... y sin ruido, llegó a la puerta de la alcoba de Quintanar. No estaba bien cerrada aquella puerta y por un intersticio vio Ana claridad. No dormía su marido. Se oía un rum rum de palabras.

«¿Con quién habla ese hombre?» Acercó la Regenta el rostro a la raya de luz y vio a don Víctor sentado en su lecho; de medio cuerpo abajo le cubría la ropa de la cama, y la parte del torso que quedaba fuera abrigábala una chaqueta de franela roja; no usaba gorro de dormir don Víctor por una superstición respetable; él, incapaz de sospechar de su Ana la falta más leve, huía de los gorros de noche por una preocupación literaria. Decía que el gorro de dormir era una punta que atraía los atributos de la infidelidad conyugal. Pero aquella noche había tenido frío, y a falta de gorro de algodón o de hilo, se había cubierto con el que usaba de día, aquel gorro verde con larga borla de oro. Ana vio y oyó que en aquel traje grotesco Quintanar leía en voz alta, a la luz de un candelabro elástico clavado en la pared.

Pero hacía más que leer, declamaba; y, con cierto miedo de que su marido se hubiera vuelto loco, pudo ver la Regenta que don Víctor, entusiasmado, levantaba un brazo cuya mano oprimía temblorosa el puño de una espada muy larga, de soberbios gavilanes retorcidos. Y don Víctor leía con énfasis y esgrimía el acero brillante, como si estuviera armando caballero al espíritu familiar de las comedias de capa y espada.

Admitida la situación en que se creía Quintanar, era muy noble y verosímil acción la de azotar el aire con el limpio acero. Se trataba de defender en hermosos versos del siglo diez y siete a una señora que un su hermano quería descubrir y matar, y don Víctor juraba en quintillas que antes le harían a él tajadas que consentir, siendo como era caballero, atrocidad semejante.

Pero como la Regenta no estaba en antecedentes, sintió el alma en los pies al considerar que aquel hombre con gorro y chaqueta de franela que repartía mandobles desde la cama a la una de la noche, era su marido, la única persona de este mundo que tenía derecho a las caricias de ella, a su amor, a procurarla aquellas delicias que ella suponía en la maternidad, que tanto echaba de menos ahora, con motivo del portal de Belén y otros recuerdos análogos.

Iba la Regenta al cuarto de su marido con ánimo de conversar, si estaba despierto, de hablarle de la misa del gallo, sentada a su lado, sobre el lecho. Quería la infeliz desechar las ideas que la volvían loca, aquellas emociones contradictorias de la piedad exaltada, y de la carne rebelde y desabrida; quería palabras dulces, intimidad cordial, el calor de la familia... algo más, aunque la avergonzaba vagamente el quererlo, quería... no sabía qué... a que tenía derecho... y encontraba a su marido declamando de medio cuerpo arriba, como muñeco de resortes que salta en una caja de sorpresa... La ola de la indignación subió al rostro de la Regenta y lo cubrió de llamas rojas. Dio un paso atrás Anita, decidiendo no entrar en el teatro de su marido... pero su falda meneó algo en el suelo, porque don Víctor gritó asustado:

—¡Quién anda ahí!

No respondió Ana.

—¿Quién anda ahí? —repitió exaltado don Víctor, que se había asustado un poco a sí mismo con aquellos versos fanfarrones.

Y algo más tranquilo, dijo a poco:

—¡Petra! ¡Petra! ¿Eres tú, Petra?

Una sospecha cruzó por la imaginación de Ana; unos celos grotescos, tal los reputó, se le aparecieron casi como una forma de la tentación que la perseguía.

«¿Si aquel hombre sería amante de su criada?»

—¡Anselmo! ¡Anselmo! —añadió don Víctor en el mismo tono suave y familiar.

Y Ana se retiró de puntillas, avergonzada de muchas cosas, de sus sospechas, de su vago deseo que ya se le antojaba ridículo, de su marido, de sí misma...

«¡Oh, qué ridículo viaje por salas y pasillos, a obscuras, a las dos de la madrugada, en busca de un imposible, de una grotesca farsa... de un absurdo cómico... pero tan amargo para ella!...» Y Ana, sin querer, como siempre, mientras iba a tientas por el salón, pero sin tropezar, pensaba: Y si ahora, por milagro, por milagro de amor, Álvaro se presentase aquí, en esta obscuridad, y me cogiese, y me abrazase por la cintura... y me dijera: tú eres mi amor;... yo infeliz, yo miserable, yo carne flaca, qué haría sino sucumbir... perder el sentido en sus brazos... «¡Sí, sucumbir!» gritó todo dentro de ella; y desvanecida, buscó a tientas el sofá de damasco y sobre él, tendida, medio desnuda, lloró, lloró sin saber cuánto tiempo.

Una campanada del reloj del comedor la despertó de aquella somnolencia de fiebre; tembló de frío y a tientas otra vez, el cabello por la espalda, la bata desceñida, y abierta por el pecho, llegó Ana a su tocador; la luz de esperma que se reflejaba en el espejo estaba próxima a extinguirse, se acababa... y Ana se vio como un hermoso fantasma flotante en el fondo obscuro de alcoba que tenía enfrente, en el cristal límpido. Sonrió a su imagen con una amargura que le pareció diabólica... tuvo miedo de sí misma... se refugió en la alcoba, y sobre la piel de tigre dejó caer toda la ropa de que se despojaba para dormir. En un rincón del cuarto había dejado Petra olvidados los zorros con que limpiaba algunos muebles que necesitaban tales disciplinas; y pensando ella misma en que estaba borracha... no sabía de qué, Ana, desnuda, viendo a trechos su propia carne de raso entre la holanda, saltó al rincón, empuñó los zorros de ribetes de lana negra... y sin piedad azotó su hermosura inútil una, dos, diez veces... Y como aquello también era ridículo, arrojó lejos de sí las prosaicas disciplinas, entró de un brinco de bacante en su lecho; y más exaltada en su cólera por la frialdad voluptuosa de las sábanas, algo húmedas, mordió con furor la almohada. A fuerza de no querer pensar, por huir de sí misma, media hora después se quedó dormida.

Aquella misma mañana, a las ocho, Ana, sola, pasaba por delante de la casa del Magistral. ¿A qué había ido allí? Aquél no era camino de la catedral. Una vaga esperanza de encontrar a don Fermín, de verle al balcón, de algo que ella no podía precisar, le había hecho tomar por la calle de los Canónigos. No topó con el suyo. Se dirigió a la catedral y se sentó sobre la tarima que había en medio del crucero, desde el coro a la capilla del Altar mayor. Apoyada la cabeza en la valla dorada, fría como un carámbano, la Regenta estuvo oyendo misa desde lejos, rezando oraciones que no terminaban y soñando despierta hasta que concluyó el coro. Vio entrar en él a su amigo, a su De Pas, a quien sonrió cariñosa, con la dulzura que a él le entraba por las entrañas como si fuera fuego; el Magistral no sonrió, pero su mirada fue intensa; duró muy poco, pero dijo muchas cosas, acusó, se quejó, inquirió, perdonó, agradeció... Y pasó don Fermín. Entró en el coro y se fue a su rincón. Terminadas las horas canónicas, el Magistral salió, se inclinó ante el altar, se dirigió a la sacristía, y a poco volvió a verle la Regenta, sin roquete, muceta ni capa, con manteo y el sombrero en la mano. Otra vez se miraron. Ahora sonrieron los dos. Ana se levantó cinco minutos después. Sin necesidad de decírselo, ni por señas, acudieron ambos a una cita... Se encontraron a poco en el salón de doña Petronila Rianzares, donde había muchas señoras y tres clérigos. Allí se había reunido la flor y nata de lo que llamaba *El Alerta* «*el elemento levítico*» de la población. Aquellas señoras de respetable aspecto las más, guapas y jóvenes algunas, celebraban con alegría evangélica el natalicio de Nuestro Señor Jesucristo como si el Hijo de María hubiese venido al mundo exclusivamente para ellas y otras cuantas personas distinguidas. La Natividad del Señor se les antojaba algo como una fiesta de familia. Doña Petronila, con una manteleta de raso negro, antiquísima, mal cortada, recibía a su *mundo devoto* como si estuviese ella de cumpleaños. Todo se volvía allí sonrisas, apretones de manos, elogios mutuos, carcajadas sonoras, que reflejaban el interior contento de aquellas almas en gracia de Dios.

El Magistral fue recibido en triunfo. ¡Qué fino! ¡qué atento! Una hora después tenía que subir al púlpito, en la catedral, a predicar un sermón de los de tabla, ¡y sin embargo acudía antes a dar las Pascuas a su amiga doña Petronila! «¡Qué hombre! ¡qué ángel! ¡qué pico de oro! ¡qué lumbrera!»

El descrédito de don Fermín no había llegado al círculo de doña Petronila; allí nadie dudaba de la virtud del Provisor, nadie la discutía. Si alguno de los presentes, fuera de aquel salón venerable se atrevía a calumniar a aquel santo, no se sabía, no se quería saber, pero en casa del gran Constantino nadie osaría poner en tela de juicio la santidad del Crisóstomo vetustense.

Por poco tiempo consiguieron verse solos Ana y don Fermín. Fue en el gabinete de doña Petronila. Ella los encontró...; pero sonriéndoles y saludando con la mano les dijo, desde la puerta:

—Nada, nada... venía por unos papeles... Ya volveré...

Ana iba a llamarla: «no había secretos, ¿por qué se retiraba aquella señora?....» Esto quería decirle, pero un gesto del Magistral la contuvo.

—Déjela usted —dijo De Pas con un tono imperioso que a la Regenta siempre le sonaba bien. Eso quería ella, que el Magistral mandase, dispusiera de ella y de sus actos.

Ana volvió hacia De Pas, que estaba cerca del balcón y le sonrió como poco antes en la catedral. Aquella sonrisa pedía perdón y bendecía.

Don Fermín estaba pálido, le temblaba la voz. Estaba más delgado que por el verano. En esto pensaba Anita.

—¡Estoy tan cansado! —dijo él, y suspiró con mucha tristeza.

Ana se sentó a su lado, al verle dejarse caer en una butaca.

—¡Estoy tan solo!

—¿Cómo solo?... No entiendo.

—Mi madre me adora, ya lo sé... pero no es como yo; ella procura mi bien por un camino... que yo no quiero seguir ya... usted sabe todo esto, Ana.

—Pero... ¿por qué está usted solo? y... ¿los demás?

—Los demás... no son mi madre. No son nada mío. ¿Qué tiene usted, Ana? ¿se pone usted mala? ¿qué es esto? llamaré...

—No, no, de ningún modo... Un escalofrío... un temblor... ya pasó... esto no es nada.

—¿Tendrá usted un ataque?

—No... el ataque se presenta con otros síntomas... deje usted... deje usted. Esto es frío... humedad... nada...

Callaron.

De Pas vio que Ana contenía el llanto que quería saltar a la cara.

—¿Qué sucede aquí? yo necesito saberlo todo, tengo derecho... creo que tengo derecho...

Ana cayó de rodillas a los pies de su *hermano mayor*, y sollozando pudo decir:

—Sí, todo, todo lo sabrá usted... Pero aquí no, en la Iglesia... Mañana... temprano...

—¡No, no, esta tarde!...

El Magistral se puso de pie. Sin que lo viese ella, que tenía escondida la cabeza entre las manos, levantó los brazos y llevó los puños crispados a los ojos. Dio dos vueltas por el gabinete. Volvió a paso largo al lado de la Regenta, que seguía de rodillas, sollozando y ahogando el llanto para que no sonase.

—Ahora, Ana, ahora es mejor... aquí... aún hay tiempo...

—Aquí no, no... Ya es hora... va usted a llegar tarde...

—Pero ¿qué es esto... qué pasa? por caridad... señora... por compasión, Ana... no ve usted que tiemblo como una vara verde... Yo no soy un juguete... ¿Qué pasa... qué debo temer?... Ayer ese hombre estaba borracho... él y otros pasaron delante de mi casa... a las tres de la madrugada... Orgaz le llamaba a gritos: «¡Álvaro! ¡Álvaro! aquí vive... tu rival... eso decía, tu rival...» ¡la calumnia ha llegado hasta ahí!...

Ana miró espantada al Provisor... Parecía que no comprendía sus palabras...

—Sí, señora, les pesa de nuestra amistad, y quieren separarnos, y así podrán conseguirlo... echan lodo en medio... y se acabó...

Era la primera vez que el Magistral hablaba así. Jamás se habían acordado en sus conversaciones de aquel peligro, de aquella calumnia; él pensaba en ella, pero no convenía a sus planes decir a la Regenta: yo soy hombre, tú eres mujer, el mundo juzga con la malicia... Pero ahora, sin poder contenerse, había dicho: *tu rival*, con fuerza... aunque aquellas palabras pudiesen asustar a la Regenta.

«Sí, sí, él también era hombre, podía ser rival, ¿por qué no?» No se conocía; se paseaba por el gabinete como una fiera en la jaula; comprendía que en aquel momento diría todo lo que le sugiriese la pasión exaltada, el amor propio herido... Después le pesaría de haber hablado... pero no importaba, ahora quería desahogar. «¡Ay! no era el Fermín de antaño.»

Ana se levantó, esperó a que el Magistral llegase en sus paseos al extremo del gabinete y dijo:

—No me ha comprendido usted... Yo soy la que está sola... usted es el ingrato... Su madre le querrá más que yo... pero no le debe tanto como yo... Yo he jurado a Dios morir por usted si hacía falta... El mundo entero le calumnia, le persigue... y yo aborrezco al mundo entero y me arrojo a los pies de usted a contarle mis secretos más hondos... No sabía qué sacrificio podría hacer por usted... Ahora ya lo sé... Usted me lo ha descubierto... Hablan de mi honra... ¡miserables! yo no sospechaba que se pudiera hablar de eso... pero bueno, que hablen... yo no quiero separarme del mártir que persiguen con calumnias como a pedradas... Quiero que las piedras que le hieran a usted me hieran a mí... yo he de estar a sus pies hasta la muerte... ¡Ya sé para qué sirvo yo! ¡Ya sé para qué nací yo! Para esto... Para estar a los pies del mártir que matan a calumnias...

—¡Silencio! Silencio, Anita... que vuelve esa señora...

El Magistral, que ahora estaba rojo, y tenía los pómulos como brasas, se acercó a la Regenta, le oprimió las manos y dijo ronco, estrangulado por la pasión:

—¡Ana, Ana!... Sin falta esta tarde... Y ahora a la catedral... junto al altar de la Concepción... en frente del púlpito...

—Hasta la tarde; pero vaya usted tranquilo... casi todo lo que tenía que decir... está dicho...

—¡Pero ese hombre!...

—De ese hombre... nada.

La voz de doña Petronila se había oído cuando el Magistral avisó que llegaba. Hablaba desde lejos la señora de Rianzares, que decía:

—Allá va, allá va el señor Magistral, está en mi gabinete solo, repasando su sermón sin duda...

Y entró cuando Ana se volvía un poco para ocultar a su amigo la confusión que él hubiera leído en el rostro de ella, a no haber tenido que atender a doña Petronila, que gritaba:

—Vamos, listo, listo... que le esperan... que creo que ha empezado la misa...

El Magistral desapareció por la puerta de la alcoba, por donde había entrado el ama de la casa.

Miró el gran Constantino a la Regenta y tomándole la cabeza con ambas manos la besó con estrépito en la frente; y después dijo:

—¡Pero qué hermosísima está hoy esta rosa de Jericó!

—¡A la catedral, a la catedral! —gritaron los del salón.

Y llegaron Ana y el obispo—madre al trascoro al mismo tiempo que De Pas subía con majestuoso paso al púlpito, donde Ripamilán cantara al comenzar el día el Evangelio de San Lucas.

Buscaron sitio al pie del altar de la Concepción.

—Desde aquí se ve perfectamente —dijo doña Petronila.

E inclinándose hacia Ana, añadió en voz baja y melosa:

—¡Mírele usted, está hoy lo que se llama hermosísimo ese apóstol de los gentiles! ¡Qué roquete! Parece de espuma... En el nombre del Padre... del Hijo... y del Espíritu... Santo...

— XXIV —

—Pero, ¿y si él se empeña en que vaya?

—Es muy débil... si insistimos, cederá.

—¿Y si no cede, si se obstina?

—Pero, ¿por qué?

—Porque... es así. No sé quién se lo ha metido por la cabeza, dice que le pongo en ridículo si no voy... Y nos alude... habla del que tiene la culpa de esto... dice que él no es amo de su casa, que se la gobiernan desde fuera... Y después, que la Marquesa está ya algo fría con nosotros por causa de tantos desaires... ¡qué sé yo!

—Bien, pues si todavía se obstina... entonces... tendremos que ir a ese baile dichoso. No hay que enfadarle. Al fin es quien es. Y el otro ¿anda con él? ¿Tan amigotes siempre?

—Ya se sabe que a casa no le lleva...

—¿Y es de etiqueta el baile?

—Creo... que sí...

—¿Hay que ir escotada?

—Ps... no. Aquí la etiqueta es para los hombres. Ellas van como quieren; algunas completamente *subidas*.

—Nosotros iremos... *subidos*, ¿eh?

—Sí, es claro... ¿Cuándo toca la catedral? ¿pasado? pues pasado iré a la capilla con el vestido que he de llevar al baile.

—¿Cómo puede ser eso?...

—Siendo... son cosas de mujer, señor curioso. El cuerpo se separa de la falda... y como pienso ir obscura... puedo llevar el cuerpo a confesar... y veremos el cuello al levantar la mantilla. Y quedaremos satisfechos.

—Así lo espero.

Don Fermín quedó satisfecho del vestido, aunque no de que *fuéramos* al baile. El vestido, según pudo entrever acercando los ojos a la celosía del confesonario, era bastante subido, no dejaba ver más que un ángulo del pecho en que apenas cabía la cruz de brillantes, que Ana llevó también a la iglesia para que se viera cómo hacía el conjunto.

Y la Regenta fue al baile del Casino, porque como ella esperaba, don Víctor se empeñó «en que se fuera, y se fue.»

Aquel acto de energía, verdaderamente extraordinario, le hacía pensar al ex—regente, mientras subían la escalera del caserón negruzco del Casino, que él, don Víctor, hubiera sido un regular dictador. «Le faltaba un teatro, pero no carácter. Que lo dijera su mujer, que mal de su grado subía colgada de su brazo, hermosísima, casi contenta, pese a todos los confesores del mundo. Ya no estábamos en el Paraguay: ¡A él jesuitas!»

Era lunes de Carnaval. El día anterior, el domingo se había discutido con mucho calor en el Casino si la sociedad abriría o no abriría sus salones aquel año. Era costumbre inveterada que aquel *círculo aristocrático* (como le llamaba el *Alerta*, a cuyos redactores no se convidaba nunca, porque se empeñaban en asistir de *jaquet*) diese baile, pero jamás de trajes, el lunes de Carnaval.

—¿Por qué no ha de ser este año como los demás? —preguntaba Ronzal, que acababa de hacerse un frac en Madrid.

—Porque este año el Carnaval está muy desanimado por culpa de los Misioneros, por eso —respondía Foja, a quien había metido en la Junta directiva don Álvaro.

—La verdad es —dijo el presidente, Mesía— que nos exponemos a un desaire. La mayor parte de las señoritas *comm'il faut* están entregadas en cuerpo y alma a los jesuitas, creo que muchas traen cilicios debajo de la camisa.

—¡Qué horror! —exclamó don Víctor, que estaba presente, aunque no era de la Junta. (Pero por no separarse de Mesía.)

—Sí, señor, cilicios —corroboró Foja.— Amigo, el Magistral no puede tanto. No ha conseguido que sus hijas de confesión usen cilicios y otras invenciones diabólicas.

—Porque tampoco se lo ha propuesto —contestó Ronzal.

Don Álvaro observó que Quintanar se ponía colorado. Le había sabido mal la alusión de Foja. «Sí, aludía a su mujer al hablar del Magistral; con él iba la pulla.»

—Lo cierto es —continuó el ex—alcalde— que nos exponemos a un desaire, como dice muy bien el presidente. La flor y nata de la *conservaduría*, que son las que animan esto, no vendrá; las conozco bien: ahora se divierten en jugar a las santas. Ahora son místicas... zurriagazo y tente tieso, ¡ja, ja, ja!

—A mí se me ocurre una cosa —dijo Mesía.— Exploremos el terreno. Hagamos que los socios que tienen relaciones con las familias distinguidas se enteren de si las niñas vienen o no. Si ellas asisten, las demás, las de reata, vendrán de fijo, *malgré* todos los jesuitas y padres descalzos del mundo.

—¡Magnífico! ¡Magnífico!

—Pues nada, a trabajar, a trabajar.

Cada cual ofreció traer a quien pudiera.

Don Víctor, a quien otra pulla de Foja había picado mucho, no pudo menos de decir:

—Yo, señores... respondo de traer a mi mujer. Esa no baila pero hace bulto.

—¡Oh, gran adquisición! —dijo un socio;— si doña Ana viene, será un gran ejemplo, porque ella, hace tanto tiempo retirada... ¡oh! será un gran ejemplo.

—Efectivamente. Que se corra que viene la Regenta y se llenará esto con lo mejorcito.

—Señor Quintanar —dijo el ex—alcalde— se le declara a usted benemérito del Casino... si consigue traer a su señora la Regenta.

—Pues sí señor ¡que vendrá!... En mi casa, señor Foja, una ligera insinuación mía es un decreto sancionado...

Y don Víctor se fue a casa maldiciendo de la hora en que se le había ocurrido asistir a la Junta.

«¿Por qué habría ofrecido él lo que no había de cumplir?»

«Sin embargo, la palabra era palabra.»

Tiempo hacía que Quintanar no leía a Kempis, ni pensaba ya en el infierno con horror. De su piedad pasajera sólo le quedaba la convicción de que son necesarias las buenas obras además de la fe para salvarse, y la costumbre de persignarse al levantarse, al salir de casa, al dormir, etc., etc. Había vuelto a Calderón y Lope con más entusiasmo que nunca. Se encerraba en su despacho o en su alcoba y recitaba grandes *relaciones*, como él decía, de las más famosas comedias, casi siempre con la espada en la mano. Así le había sorprendido su mujer, sin que él lo supiera nunca, la noche de Noche buena. Verdad es que había cenado fuerte el buen señor y se le había ocurrido celebrar a su modo el Nacimiento de Jesús.

Pero si la propia religiosidad había volado, o se había escondido en pliegues recónditos del alma, donde él no la encontraba, don Víctor respetaba la piedad ajena.

«No obstante, se decía a sí mismo, animándose al ataque, mi mujer ya no va para santa; respeto como antes su piedad, pero ya no me da miedo; ya es una devota como otras muchas, va y viene, y no se detiene; la novena, la misa, la cofradía, la visita al Santísimo... pero ya no tenemos aquellas encerronas con que a mí me asustaba, como si tuviéramos un para—rayos en casa. Ea, pues, me atrevo, se lo digo...»

Y se lo dijo. Se lo dijo cuando acababan de comer. Con gran sorpresa del enérgico marido «que no quería que su casa fuese un nuevo Paraguay» (alusión que no entendió Ana), la esposa no resistió tanto como él esperaba; se rindió pronto. Pero él lo achacó a la propia energía. «Comprende que yo no he de ceder y no se obstina.»

Cuando Ana consultó con el Magistral en casa de doña Petronila, ya tenía dado su consentimiento. Pero pensaba retirarlo si el canónigo decía *non possumus*.

Todo se arregló, menos la conciencia de Ana, que siguió intranquila. «¿Por qué había dicho que sí después de una débil resistencia? ¿A qué iba ella al baile? Por obedecer a su marido, es claro; pero ¿por qué estaba segura de que meses antes no le hubiera obedecido y ahora sí?»

No lo sabía; no quería saberlo. No quería atormentarse más.

«El baile y ella ¿qué tenían que ver? ¿qué le importaba a ella, a la *hermana* de don Fermín el santo, el mártir, que bailasen o no las muchachas insulsas de Vetusta en el salón estrecho y largo del Casino? Nada, nada.»

Así pensaba mientras se dejaba peinar por su doncella y con las propias manos sujetaba la cruz de diamantes sobre el fondo blanco de aquel ángulo de carne que el cuerpo subido del vestido obscuro dejaba ver.

Ronzal, de la comisión que recibía a las señoras, se apresuró, en cuanto asomaron los de Quintanar en el vestíbulo, a ofrecer a la Regenta su brazo. ¿Cuál? «el derecho, sin duda el derecho», pensó. Grande fue su pena al notar que Paco Vegallana ofrecía a Olvido Páez, que entraba al mismo tiempo, no el brazo derecho, sino el izquierdo. De todos modos, entró en el salón triunfante con su pareja... de un minuto. Tuvo tiempo suficiente, sin embargo, para participar del triunfo de Ana. Las conversaciones se suspendieron, las miradas se clavaron en la hija de la italiana. Hubo un rumor de asombro:

—¡La Regenta!

—¡La Regenta!

—¡Quién lo diría!

—¡Pobre Magistral!

—¡Y qué hermosa!

—¡Pero qué sencilla!...

Esta exclamación fue de Obdulia.

—¡Qué sencilla, pero qué hermosa!...

—La virgen de la Silla...

—La Venus del Nilo, como dice Trabuco.

Esto lo dijo Joaquín Orgaz.

El círculo de la nobleza se abrió para acoger en su seno a la *Hija
pródiga de la Sociedad*, como acertó a decir el barón de la Barcaza,
que *in illo tempore* había estado muy enamorado de Anita, a pesar
de la señora baronesa e hijas.

La Marquesa de Vegallana, todavía de azul eléctrico, se levantó
de su silla de raso carmesí con respaldo de nogal, y abrazó, sin
que pareciera mal, a su querida Anita.

—Hija, gracias a Dios; creía que era el desaire ciento uno.

La Marquesa también había puesto empeño en que Ana asistiera
al baile y a la cena, «que tendría la *elite* en *petit comité*.» Todos estos
galicismos los había importado Mesía.

—¡Pero qué divina, Ana, pero qué divina! —le decía a la Regenta
cara a cara, y con voz gangosa la hija mayor del barón, Rudesinda,
que según don Saturnino Bermúdez era una *belleza ojival*. En
efecto, parecía una torrecilla gótica, aunque, por ciertas curvas del
busto, sobre todo del cuello, a la Marquesa se le antojaba «un
caballo de ajedrez.»

Por lo demás, a ella y a sus dos hermanas las llamaban los
plebeyos «Las tres desgracias», y a su señor padre, barón de la
Barcaza, el barón de la *Deuda flotante*, aludiendo al título y a los
muchos acreedores del magnate.

Solía esta familia, digna de mejores rentas, pasar gran parte del
año en Madrid, y las *niñas* (de veintiséis años la menor) cuando
estaban en público ante los vetustenses, fingían disimular su
desprecio de todo lo que les rodeaba. Refugiábanse en el círculo
aristocrático, donde también entraban, por especial privilegio,

264

Visitación y Obdulia, pariente de nobles. Las señoritas de la clase media (y cuenta que en Vetusta el gobernador civil y familia entraban en la aristocracia) se vengaban de aquel desdén mal disimulado contándoles los huesos de la pechuga a las del barón y a otras jóvenes aristócratas. Daba la casualidad de que casi todas las niñas nobles de Vetusta eran flacas.

Ana se sentó al lado de la Marquesa de Vegallana, única persona que le era simpática entre todas las del corro. Entonces anunciaba la orquesta un rigodón.

Y no fue vana su amenaza; a los dos minutos aquellos violines y violas, clarinetes y flautas, a quienes acompañaba en su laboriosa gestación armónica un piano de Erard, comenzaron a llenar el aire con sus acordes, como se prometía decir en *El Lábaro* del día siguiente Trifón Cármenes, el cual había osado preguntar a la hija segunda del barón «si le favorecía.» Mal gesto puso Fabiolita, que así se llamaba, pero una seña de su padre la obligó *a favorecer* a Trifón, aunque se propuso no contestarle, si él se atrevía a hablar, más que con monosílabos. El barón de la Deuda Flotante creía en el poder de la prensa periódica, pero su hija no. Enfrente de esta pareja se colocó resplandeciente Ronzal, el gallardo Trabuco, diputado de la comisión y miembro de la Junta directiva del Casino. La pechera que lucía Ronzal no podía ser más brillante. Estaba él orgulloso de aquella pechera, de aquel frac madrileño, de aquellas botas sin tacones que eran la última moda, lo más *chic*, como ya empezaba a decirse en Vetusta. Pero no estaba tan satisfecho de sus conocimientos y habilidad en el *arte de Terpsícore* (otra frase que Trifón se proponía emplear). Tenía a su lado Trabuco, como pareja a Olvido Páez, que no le miraba siquiera. Pero él no pensaba en esto, pensaba en que, según veía, tarde ya, le tocaba romper la marcha; su *bis a bis* era Trifón, y Trifón había empezado a ponerse en movimiento. Trabuco sudaba antes de haber motivo para ello. A cada momento se metía los dedos de la mano derecha entre el cuello de la camisa y lo que él llamaba *mi pescuezo* cuando «apostaba la cabeza» por cualquier cosa. Aquel movimiento le parecía muy elegante y sobre todo era muy socorrido. Mientras la de Páez daba a entender con su aire

265

melancólico y aburrido que su reino no era de este mundo, y que Ronzal había hecho demasiado atreviéndose a invitarla a bailar, el diputado ponía los cinco sentidos en no equivocarse, en no pisar el vestido ni los pies a ninguna señorita y en imitar servilmente las idas y venidas y las genuflexiones de Trifón. Mal poeta era Cármenes, pero el rigodón lo conocía muy a fondo. Bien se lo envidiaba Ronzal. La de Páez y la del barón al pasar cerca una de otra se sonreían discretamente, como diciendo: —¡Vaya todo por Dios! o bien ¡qué par de cursis nos han tocado en suerte! Pero Ronzal, como si cantaran; pensaba en la pechera, en el cuello de la camisa y en las colas de los vestidos. A su derecha tenía Trabuco a Joaquín Orgaz, que hablaba sin cesar con su pareja, una americana muy rica y muy perezosa. Como el salón era estrecho y las costumbres vetustenses un poco descuidadas, las parejas, mientras no les tocaba moverse, se sentaban en la silla que tenían detrás de sí muy cerca. Ronzal, que no podía sentarse, porque no tenía dónde, pensaba que aquello era una corruptela, y era verdad. La de Páez y la del barón apenas se tenían en pie; se dejaban caer sobre su silla respectiva, como si cada figura del rigodón fuera un viaje alrededor del mundo.

Después del rigodón vino un wals. Ronzal se retiró a fumar un cigarro de papel. Él no bailaba wals, no había podido aprender nunca. Todas las puertas del salón estaban atestadas de socios... que no tenían frac. Un frac en Vetusta suponía *cierta posición*. Muchos *pollos* se figuraban que semejante prenda exigía la fortuna de un Montecristo.

Y como el baile era de etiqueta, la más florida juventud se quedaba a la puerta. Unos fingían desdeñar el ridículo placer de dar vueltas por allí como una peonza... *para nada*. Otros hacían alardes de desidia, de escepticismo, de cualquier cosa que fuera incompatible con el frac, según ellos. Y algunos, más ingenuos, confesaban la penuria de su presupuesto, maldecían de las exigencias sociales... y se reservaban para «última hora.» Porque a última hora bailaban, pese a Ronzal, los de levita, los de *jaquet* y hasta los de cazadora. «¡No faltaba más!»

Saturnino Bermúdez, que tenía frac, y clac y todo lo necesario, llegó un poco tarde al salón. Se detuvo en una puerta... y... tembló. No podía remediarlo... La emoción de entrar en los salones en día solemne era para él semejante a la de echarse al agua. Y en efecto, cualquier observador hubiera dicho que aquel hombre creía estar en aquel umbral a la orilla del Océano. Contestaba Saturno con sonrisas muy corteses a las bromas de los envidiosos sin frac que le decían:

—¡Vamos, hombre, láncese usted... valor!

—Ya... ya... voy... no si... ya voy...

Y sujetó bien los guantes, y se arregló el lazo de la corbata, y se aseguró de que el pañuelo estaba en su sitio, y... también pasó dos dedos por la tirilla de la camisola. Por último... a la una, a las dos... (a las dos se compuso el peinado con los dedos, sin recordar que traía la cabeza como un recluta) y después de este ademán automático, muy frecuente en los que van a arrojarse al baño de cabeza... después de esto ¡al agua! Saturno entra en el salón, saludando a diestro y siniestro, y aunque parece que su propósito es enterarse de quién está allí, en el *fuero interno* bien sabe él que lo que busca es un rincón de un diván o una silla que le sirva de puerto en aquella arriesgada navegación por los mares del *gran mundo*. Pero poco a poco se acostumbra al agua, es decir, al salón, y ya está allí muy tranquilo, y baila y dice galanterías en unos párrafos tan largos y complicados, que nadie se los agradece.

Ana al principio tenía sueño. Eran las doce. No pensaba más que en lo que pasaba ante sus ojos. No quería reflexionar. Al entrar en el Casino se había dicho: «¿Se acercará don Álvaro a saludarme?» Y había sentido miedo y estuvo tentada a fingirse enferma para volver a casa. Pero aquella idea pasó. Álvaro no acababa de parecer por allí. La Marquesa hablaba como una cotorra. Anita contestaba con sonrisas... De pronto apareció Visitación la del Banco, que vestía un traje de organdí con flores de trapo por arriba y por abajo. El escote era exagerado.

—Chica, vienes escandalosa —le dijo la Marquesa, mientras le mordía la cara al besarla, para apagar así la risa.

Visita miró como pudo hacia donde había mirado doña Rufina, y contestó sin turbarse:

—¡Bah, no me parece! Pero no sería extraño, porque ni tiempo he tenido para mirarme al espejo... ¡Aquellos demonios de hijos! ¡Su padre que no tiene energía, que no sabe engañarlos!... no me los podía quitar de encima. ¿Pero Ana, qué es esto? ¿tú aquí? pero feísima mía, ¿qué es esto? ¿qué bula tenemos?...

Y al decir esto estaba ya la del Banco con los brazos abiertos frente a la Regenta, y chocaban las rodillas de una dama con las de la otra.

La que estaba de pie inclinaba el cuerpo hacia atrás.

Media hora después, Visita, un poco escondida detrás del cortinaje de un balcón, refería una historia a la Regenta, que la oía atenta, vuelta hacia el rincón de su amiga.

El baile se animaba, la maledicencia y los recelos ridículos de la etiqueta fría e irracional de nobles y plebeyos codeándose, dejaban el puesto a otros vicios y pasiones. Ronzal ya no parecía a la de Páez un *hombre tosco*, sino un hombre; las del barón se humanizaban, las niñas de *la clase media* olvidaban los huesos que enseñaba la nobleza, y pensaban en la alegría ambiente, se entregaban al baile con furor invencible, como ansiando beber en aquella atmósfera perfumada, demasiado perfumada tal vez, el licor desconocido que pudiera saciar sus vagos anhelos. Las cursis, si eran bonitas, ya no parecían cursis; ya no se pensaba en la *reina del baile*, en el *mejor traje*, en las joyas más ricas; la juventud buscaba a la juventud, algo de amor volaba por allí; ya había miradas de fuego, sonrisas perezosas que presentían imposibles, celos dramáticos que daban al conjunto un tono de grandeza. Las niñas más recatadas, y hasta las más parecidas a muñecas de resorte, hacían pensar en la mujer que traían debajo de aquellos vestidos vulgares y de aquella educación falsa y desabrida.

Ana, a las dos de la mañana, se levantó de su silla por vez primera y consintió en dar una vuelta por el salón, en un intermedio del baile. Visita iba a su lado callada, pensativa, satisfecha de lo que acababa de hacer. Había referido a la Regenta la historia de don Álvaro desde principios del verano pasado hasta la fecha. La del Banco echaba fuego por ojos y mejillas. Saboreaba el triunfo de su elocuencia. Ana disimulaba mal la impresión viva y profunda que le causaron las palabras de su amiga. «Don Álvaro había vencido la virtud de la *ministra*, había sido su amante todo el verano en Palomares... y después se había burlado de ella, no había querido seguirla a Madrid.» Esta era en resumen la historia. Y el final así, lo recordaba Ana palabra por palabra:

«Cuando Álvaro me lo contó todo, había dicho Visita, le pregunté, porque ya sabes que nos tratamos con mucha confianza, pues bien, le pregunté:

»Pero, chico, ¿cómo diablos dejaste a esa mujer siendo tan hermosa, influyente... y tan lista como dices? ¿Por qué no seguirla a Madrid?

Y Álvaro me contestó muy triste, ya sabes qué cara pone cuando habla así, me contestó:

»Pche... para amoríos basta el verano. El invierno es para el amor verdadero. Además, la ministra, como tú la llamas, a pesar de todos sus encantos, no consiguió lo que yo quería... hacerme olvidar... lo que no te importa. Y después de suspirar como tú sabes que él suspira, añadió Álvaro: ¿Dejar a Vetusta? Ay, no, eso no... Y chica, palabra de honor, le dio un temblorcico así como un escalofrío. Ya ves, dijo luego, queriendo sonreír, me ofrecían un distrito, un distrito de cunero, *sine cura* admirable (sine cura, dijo)... apetitoso bocado... pero, ¡quiá!... yo estoy atado a una cadena... y la beso en vez de morderla. Y me apretó la mano, chica, y se fue yo creo que para que no le viera llorar.»

Esto era lo más sustancial de las confidencias de Visita. Ana saludaba a diestro y siniestro, hablaba con muchos amigos, pero no pensaba más que en aquella confesión de don Álvaro. De que era verosímil respondían el efecto que su presencia, la de Ana, había producido aquella noche en el Casino... Ahora, ahora mismo, mientras se paseaba, llegaba a sus oídos el rumor dulce, más dulce que todos los rumores, de la alabanza contenida, de la admiración estupefacta... de la galantería sincera y discreta... ¿Por qué don Álvaro no había de estar tan enamorado como la historia de Visita daba a entender?»

—Oye, tú —dijo la del Banco, volviéndose de repente a la Regenta— ¿quién será esa cadena?

—¿Qué cadena? —preguntó con voz temblorosa Anita.

—Bah, la que sujeta a Mesía, la mujer que le tiene enamorado de veras. ¡Ah, infame! quien tal hizo que tal pague... Pero ¿quién será?

—Qué... sé yo...

—¿Te atreverías tú a preguntárselo?

—Dios me libre.

—Debe de ser casada...

—¡Jesús!

—Mira, esta noche le voy a sentar junto a ti, a ver si después de la cena se atreve a decírtelo... Pregúntaselo tú misma...

—¡Visitación! tú estás loca...

—Ja, ja, ja... Ahí le tienes... ahí le tienes... Ya me contarás...

La de Olías de Cuervo soltó el brazo de Ana y desapareció entre los grupos que dificultaban el tránsito por el salón estrecho.

La Regenta vio enfrente de sí a don Álvaro, del brazo de Quintanar, su inseparable amigo.

El frac, la corbata, la pechera, el chaleco, el pantalón, el clac de Mesía no se parecían a las prendas análogas de los demás. Ana vio esto sin querer, sin pensar apenas en ello, pero fue lo primero que vio. Se le figuraban ya todos los caballeros que andaban por allí, don Víctor inclusive, criados vestidos de etiqueta; todos eran camareros, el único señor Mesía. De todas maneras estaba bien don Álvaro; de frac era como mejor estaba. En todas partes parecía hermoso, dominaba a todos con su arrogante figura; allí, en el baile, debajo de aquella araña de cristal, que casi tocaba con la cabeza, era más elegante, más bizarro, más airoso que en cualquier otro sitio. El baile animado, ardiendo de voluptuosidad fuerte y disimulada, era el cuadro propio para servir de fondo a la figura que ella, la pobre Ana, había visto tantas veces en sueños.

Todo esto pasó por el cerebro de la Regenta mientras Mesía, sin ocultar la emoción que le ponía pálido, se inclinaba con gracia y alargaba tímidamente una mano.

Antes que ella quisiera, Ana sintió sus dedos entre los del enemigo tentador... Debajo de la piel fina del guante la sensación fue más suave, más corrosiva. Ana la sintió llegar como una corriente fría y vibrante a sus entrañas, más abajo del pecho. Le zumbaron los oídos, el baile se transformó de repente para ella en una fiesta nueva, desconocida, de irresistible belleza, de diabólica seducción. Temió perder el sentido... y sin saber cómo se vio colgada de un brazo de Mesía... Y entre un torbellino de faldas de color y de ropa negra, oyendo a lo lejos la madera constipada de los violines y los chirridos del bronce, que a ella se le antojaba música voluptuosa, pudo comprender que la arrastraban fuera del salón. Gritaba la Marquesa, reía a carcajadas Obdulia, sonaba la voz gangosa de una hija del barón... y atrás quedaba el ruido del wals que comenzaba.

«¿A dónde la llevaban?» A cenar.

—A cenar, hija mía —le dijo al oído Quintanar.— ¡Y por Dios, Anita, que no se te ocurra negarte... sería un desaire!...

La Marquesa de Vegallana y su tertulia, más la del barón de la Barcaza y Pepe Ronzal, cenaron en el gabinete de lectura. Todo fue cosa de Trabuco. Convídesele, había dicho Mesía y la vanidad satisfecha le inspirará maravillas. En efecto Ronzal, abusando de su cargo en la Junta directiva, acaparó lo mejor del restaurant, tomó por asalto el gabinete de lectura, quitó periódicos de la mesa y puso manteles, cerró con llave la puerta, hizo que entrara el servicio por una de escape que estaba cerca del armario de libros, y allí pudo cenar la flor y nata de la nobleza vetustense con sus paniaguados y amigos de confianza. Obdulia se encargó desde el primer momento de premiar el celo y la actividad de Trabuco, que estaba loco de contento. Todas las damas le felicitaron por su energía para cerrar aquello con llave y por el buen gusto de la mesa. Los ojos montaraces le echaban chispas, pero no se movían. Obdulia le sentó a su lado. ¡Feliz Ronzal aquella noche!

Ana se encontró sentada entre la Marquesa y don Álvaro. Enfrente, don Víctor, un poco alegre, fingía enamorar a Visitación y recitaba versos de sus poetas adorados y repetía hasta parecer un martillo:

¿Qué delito cometí
para odiarme, ingrata fiera?
quiera Dios... pero no quiera
que te quiero más que a mí.

—Por Dios y por las once mil... cállese usted, Quintanar —decía la Marquesa.

Pero el otro continuaba, siempre declamando para su Visitación:

En fin, señora, me veo
sin mí, sin Dios y sin vos,
sin vos porque no os poseo...

Y Visitación le tapaba la boca con las manos.

—¡Escandaloso, escandaloso! gritaba.

Las de la Deuda Flotante sonreían y se miraban como diciéndose:
—¡Buena sociedad la de la Marquesa!

El Marqués le decía en tanto al barón:

—¡Como estamos en confianza!...

—¡Oh, perfectamente, perfectamente!

Y buscaba el de la Barcaza una silla junto a una jamona aristócrata que estaba sola.

Paco tenía otra vez en Vetusta a su prima Edelmira y «le hacía el amor por todo lo alto», aunque a su madre no le gustaba, porque era feo engañar a una prima.

Joaquín Orgaz había prometido cantar *por lo flamenco* a los postres.

La cena era breve pero buena, platos fuertes, buen Burdeos, buena champaña; en fin, como decía el Marqués, primero mar y pimienta; después, fantasía y alcohol.

Todos, las baronesas inclusive, se reían de los plebeyos que allá fuera seguían bailando y tenían que contentarse con los helados que se servían sobre las mesas de billar.

De vez en cuando daban golpes en la puerta por fuera.

—¿Quién está ahí? —gritaba Ronzal con su alabada energía.

—Mi abrigo... café con leche... tengo ahí dentro mi abrigo...

—Ja, ja, ja... —contestaban los de dentro.

—¡Está esto que arde! —le decía Joaquín Orgaz a una niña del barón, que sonreía y miraba al techo.

«Sí ardía aquello, pero sin faltar a las reglas del buen tono vetustense», decía el Marqués al barón, que estaba ya como un tomate y cada vez más cerca de la jamona.

La Marquesa tenía sueño, pero así y todo le gustaba la broma.

—Así debiera ser siempre —le decía a Saturnino que estaba decidido a emborracharse para no desentonar.

—Este poblachón se va poniendo lo más soso. ¿Verdad, pollo?

—So... sí... si... mo... —Saturno bebió una copa de champaña acto continuo. Lo de pollo le había halagado.

A la Marquesa se le ocurrió el disparate, tal vez sugerido por las nieblas del sueño, de mirar muy fijamente a Bermúdez y ponerle unos ojos que ella sabía que *in illo tempore* mareaban a cualquiera.

—¿Por qué no se casa usted? —preguntó doña Rufina seria y melancólica, al parecer.

Bermúdez sostuvo la mirada de la ilustre dama y olvidó por un momento los cincuenta años de la Marquesa. Suspiró... y en seguida se le subió la champaña a las narices, tosió, se puso casi negro, medio asfixiado y la Marquesa tuvo que darle palmadas en la espalda.

Cuando Saturnino volvió en sí, la de Vegallana tenía los ojos cerrados y sólo los abría de tarde en tarde para mirar a la Regenta y a Mesía.

¡El idilio senil con que soñó un instante Bermúdez se había deshecho... y eso que él ya se había acordado de Ninon de Lenclós para justificar a los ojos del mundo unas relaciones con doña Rufina!

En tanto don Álvaro le estaba refiriendo a Ana la misma historia que ella había oído ya a Visita, aunque en forma muy distinta.

No había podido la Regenta resistir a la tentación de preguntarle si se había divertido mucho aquel verano...

Mesía vio el cielo abierto en aquella pregunta.

Supo *hacerse el interesante*, lo cual poco trabajo le costaba tratándose de Ana, que cada día iba descubriendo en él, aun sin verle, más encantos diabólicos.

El ruido, las luces, la algazara, la comida excitante, el vino, el café... el ambiente, todo contribuía a embotar la voluntad, a despertar la pereza y los instintos de voluptuosidad... Ana se creía próxima a una asfixia moral... Encontraba a su pesar una delicia intensa en todos aquellos vulgares placeres, en aquella seducción de una cena en un baile, que para los demás era ya goce gastado... Sentía ella más que todos juntos los efectos de aquella atmósfera envenenada de lascivia romántica y señoril, y ella era la que tenía allí que luchar contra la tentación. Había en todos sus sentidos la irritabilidad y la delicadeza de la piel nueva para el tacto. Todo le llegaba a las entrañas, todo era nuevo para ella. En el *bouquet* del vino, en el sabor del queso Gruyer, en las chispas de la champaña, en el reflejo de unos ojos, hasta en el contraste del pelo negro de Ronzal y su frente pálida y morena... en todo encontraba Anita aquella noche belleza, misterioso atractivo, un valor íntimo, una expresión amorosa...

—¡Qué colorada está Anita! —le decía Paco a Visitación por lo bajo.

—Claro, de un lado la pone así la proximidad de Álvaro.

—¿Y del otro?

—Del otro la ponen así... las majaderías de su esposo que me está dando jaqueca.

En efecto, estaba inaguantable don Víctor con sus versos, por buenos que fueran.

Álvaro, en cuanto vio a la Regenta en el salón, sintió lo que él llamaba la corazonada. *Aquella cara*, aquella palidez repentina le dieron a entender que la noche era suya, que había llegado el momento de arriesgar algo.

Nunca había desistido de conquistar aquella plaza.

¡No faltaba más! Pero comprendiendo que mientras reinase en el corazón de Ana lo que él llamaba el misticismo erótico (era tan grosero como todo esto al pensar) no podría adelantar un paso, se había retirado, había levantado el campo hasta mejor ocasión. Además, esperaba que la ausencia, la indiferencia fingida y la historia de sus amores con la *ministra* le prepararían el terreno.

«Por supuesto, concluía, siempre y cuando que la fortaleza no se haya rendido al caudillo de la iglesia. Si el Magistral es aquí el amo... entonces no tengo que esperar nada... y además, ya no vale tanto la victoria.»

«Sin buscar él la ocasión, se la ofrecía aquella noche: le habían puesto a la Regenta a su lado... la corazonada le decía que adelante... pues adelante. Lo primero que quería averiguar era lo del *otro*, si el Magistral mandaba allí.»

En su narración tuvo que alterar la verdad histórica, porque a la Regenta no se le podía hablar francamente de amores con una mujer casada («tan atrasada estaba aquella señora»), pero vino a dar a entender, como pudo, que él había despreciado la pasión de una mujer codiciada por muchos... porque... porque... para el hijo de su madre los amoríos ya no eran ni siquiera un pasatiempo, desde que el amor le había caído encima del alma como un castigo.

El rostro de la dama al decir Mesía aquello y otras cosas por el estilo, todas de novela perfumada, le dejó ver al gallo vetustense que el Magistral no era dueño del corazón de Anita. Pero como en la anatomía humana nos encontramos con muchos más órganos que el corazón, Mesía no se dio por satisfecho, porque pensó: «Suponiendo que Ana esté enamorada de mí, necesito todavía saber si la carne flaca no me ha buscado un sucedáneo.»

No, don Álvaro no se hacía ilusiones. A esta modestia material y grosera le obligaba su filosofía, que cada vez le parecía más firme.

Ana sintió que un pie de don Álvaro rozaba el suyo y a veces lo apretaba. No recordaba en qué momento había empezado aquel contacto; mas cuando puso en él la atención sintió un miedo parecido al del ataque nervioso más violento, pero mezclado con un placer material tan intenso, que no lo recordaba igual en su vida. El miedo, el terror era como el de aquella noche en que vio a Mesía pasar por la calle de la Traslacerca, junto a la verja del parque; pero el placer era nuevo, nuevo en absoluto, y tan fuerte, que le ataba como con cadenas de hierro a lo que ella ya estaba juzgando crimen, caída, perdición.

Don Álvaro habló de amor disimuladamente, con una melancolía bonachona, familiar, con una pasión dulce, suave, insinuante... Recordó mil incidentes sin importancia ostensible que Ana recordaba también. Ella no hablaba, pero oía. Los pies también seguían su diálogo; diálogo poético sin duda, a pesar de la piel de becerro, porque la intensidad de la sensación engrandecía la humildad prosaica del contacto.

Cuando Ana tuvo fuerza para separar todo su cuerpo de aquel placer del roce ligero con don Álvaro, otro peligro mayor se presentó en seguida: se oía a lo lejos la música del salón.

—¡A bailar, a bailar! —gritaron Paco, Edelmira, Obdulia y Ronzal.

Para Trabuco era el paraíso aquel baile que él llamó clandestino, allí, entre los mejores, lejos del vulgo de la clase media...

Se entreabrió la puerta para oír mejor la música, se separó la mesa hacia un rincón, y apretándose unas a otras las parejas, sin poder moverse del sitio que tomaban, se empezó aquel baile improvisado.

Don Víctor gritó:

—Ana ¡a bailar! Álvaro, cójala usted...

No quería abdicar su dictadura el buen Quintanar; don Álvaro ofreció el brazo a la Regenta, que buscó valor para negarse y no lo encontró.

Ana había olvidado casi la polka; Mesía la llevaba como en el aire, como en un rapto; sintió que aquel cuerpo macizo, ardiente, de curvas dulces, temblaba en sus brazos.

Ana callaba, no veía, no oía, no hacía más que sentir un placer que parecía fuego; aquel gozo intenso, irresistible, la espantaba; se dejaba llevar como cuerpo muerto, como en una catástrofe; se le figuraba que dentro de ella se había roto algo, la virtud, la fe, la vergüenza; estaba perdida, pensaba vagamente...

El presidente del Casino, en tanto, acariciando con el deseo aquel tesoro de belleza material que tenía en los brazos, pensaba... «¡Es mía! ¡ese Magistral debe de ser un cobarde! Es mía... Este es el primer abrazo de que ha gozado esta pobre mujer.» ¡Ay sí, era un abrazo disimulado, hipócrita, diplomático, pero un abrazo para Anita!

—¡Qué sosos van Álvaro y Ana! —decía Obdulia a Ronzal, su pareja.

En aquel instante Mesía notó que la cabeza de Ana caía sobre la limpia y tersa pechera que envidiaba Trabuco. Se detuvo el buen mozo, miró a la Regenta inclinando el rostro y vio que estaba desmayada. Tenía dos lágrimas en las mejillas pálidas, otras dos habían caído sobre la tela almidonada de la pechera. Alarma general. Se suspende el baile clandestino, don Víctor se aturde, ruega a su esposa que vuelva en sí... se busca agua, esencias... llega Somoza, pulsa a la dama, pide... un coche. Y se acuerda que Visita y Quintanar lleven a aquella señora a su casa, bien tapada, en la berlina de la Marquesa. Y así fue. En cuanto Ana volvió en sí, pidiendo mil perdones por haber turbado la fiesta, don Víctor, de muy mal humor, ya sin miedo, la llenó el cuerpo de pieles, la embozó, se despidió de la amable compañía y con la del Banco se llevó a la Regenta a la cama.

«¡El humo! ¡el calor, la falta de costumbre, la polka después de cenar, las luces!... Cualquier cosa, en fin, aquello no valía nada. Podía continuar la fiesta.» Y continuó. Los del salón se habían enterado: «A la Regenta le había dado el ataque.» «La habían hecho bailar a la fuerza.» Pero pronto se olvidó el incidente, para comentar la conducta de aquellas señoras y caballeros que se encerraban en el gabinete de lectura a cenar y bailar como si el Casino no fuese de todos...

A las seis de la madrugada, al despedirse Paco de Mesía con un apretón de manos, a la puerta del Casino, el Marquesito exclamó:

—¡Bravo! ¡Al fin! ¿Eh?

Mesía tardó en contestar; se abrochó su gabán entallado de color de ceniza hasta el cuello; se apretó a la garganta un pañuelo de seda blanco y al cabo dijo:

—Ps... Veremos.

Llegó a su casa, la fonda; llamó al sereno que tardó en venir; pero en vez de reñirle como solía, le dio dos palmadas en el hombro y una propina en plata.

—¡Qué contento viene el señorito!... ¿Del baile, eh?

—Señor Roque, del baile...

Y al acostarse, al dejar en una percha una prenda de abrigo interior, de franela, murmuró a media voz don Álvaro, como hablando con el lecho, a cuyo embozo echaba mano:

—¡Lástima que la campaña me coja un poco viejo!...

– XXV –

Al día siguiente Glocester delante del Magistral, sin compasión, refería en la catedral todo lo que había sucedido en el baile. «La aristocracia se había encerrado en un gabinete, en el gabinete de lectura, para cenar y bailar, y doña Ana Ozores, la mismísima Regenta que viste y calza, se había desmayado en brazos del señor don Álvaro Mesía.»

El Magistral, que no había dormido aquella noche, que esperaba noticias de Ana con fiebre de impaciencia, dio media vuelta como un recluta; era la primera vez que el puñal de Glocester, aquella lengua, le llegaba al corazón. Pálido, temblorosa la barba hasta que la sujetó mordiendo el labio inferior, don Fermín miró a su enemigo con asombro y con una expresión de dolor que llenó de alegría el alma torcida del Arcediano. Aquella mirada quería decir «venciste, ahora sí, ahora me ha llegado a las entrañas el veneno.» De Pas estaba pensando que los miserables, por viles, débiles y necios que parezcan, tienen en su maldad una grandeza formidable. «¡Aquel sapo, aquel pedazo de sotana podrida, sabía dar aquellas puñaladas!» Después don Fermín se acordó de su madre; su madre no le había hecho nunca traición, su madre era suya, era la misma carne; Ana, la otra, una desconocida, un cuerpo extraño que se le había atravesado en el corazón...

Sin disimular apenas, disimulando muy mal su dolor, que era el más hondo, el más frío y sin consuelo que recordaba en su vida, salió De Pas de la sacristía, y anduvo por las naves de la catedral vacilante, sin saber encontrar la puerta. Ignoraba a dónde quería ir, le faltaba en absoluto la voluntad... y al notar que algunos fieles le observaban, se dejó caer de rodillas delante del altar de una capilla. Allí estuvo meditando lo que haría. ¿Ir a casa de la Regenta? Absurdo. Sobre todo tan temprano. Pero su soledad le horrorizaba... tenía miedo del aire libre, quería un refugio, todo era enemigo. «Su madre, su madre del alma.» Salió del templo, corrió, entró en su casa. Doña Paula barría el comedor; un pañuelo de percal negro le ceñía la cabeza sobre la plata del pelo espeso y duro, como un turbante.

—¿Vienes del coro?

—Sí, señora.

Doña Paula siguió barriendo.

Don Fermín daba vueltas alrededor de la mesa, alrededor de su madre. «Allí estaba el consuelo único posible, allí el regazo en que llorar... allí la única compasión verdadera, allí el único contagio posible de la pena; aquel veneno que a él le mataba sólo sería veneno, saliendo de él para su madre. El deseo de partir el dolor le apretaba la garganta con angustias de muerte... Y no podía, no podía hablar... Era una crueldad de su madre no adivinar los tormentos del hijo. Doña Paula le miraba como los demás, como la gente con que había tropezado en la calle, sin conocer que moría desesperado. ¡Y no podía él hablar!»

—¿Qué tienes, hombre? ¿qué haces aquí? te estoy llenando de polvo la ropa nueva...

Don Fermín salió del comedor. Entró en el despacho. Teresina hacía la cama del señorito. No le oyó entrar porque cantaba y la hoja del jergón sacudida le llenaba de estrépito los oídos. El señorito como huyendo salió del despacho también. Salió de casa. Llegó a la de doña Petronila Rianzares. «La señora estaba en misa.» Esperó paseando por la sala, con las manos a la espalda unas veces, otras cruzadas sobre el vientre. El gato pulcro y rollizo entró y saludó a su amigo con un conato de quejido. Y se le enredó en los pies, haciendo eses con el cuerpo. «Parecía que el gato sabía ya algo de aquella traición.» El sofá donde solía sentarse Ana llamó al Magistral con la voz de los recuerdos. En un extremo del asiento había un muelle algo flojo, la tela estaba arrugada; allí se sentaba ella. De Pas se sentó en la butaca al lado de aquella tela floja. Cerró los ojos, y una pereza de vivir que parecía sueño o sopor le embargó el ánimo. Quería detener el tiempo. Ya deseaba que tardase en volver doña Petronila: le asustaba la actividad, tenía miedo de cualquier resolución; todo sería peor. La muerte ya estaba en el alma. Los recuerdos lejanos bullían en el cerebro, como preparándose a bailar la danza macabra del delirio de la agonía. Sintió el olor de una rosa muy grande que Ana oprimía contra los labios de su buen amigo, de su hermano mayor; la música de las palabras se mezclaba con el aroma de la flor en mística composición... «Ay, sí, amor, y buen amor era todo aquello... Era *un enamorado*; el amor no era todo lascivia, era también aquella pena del desengaño, aquella soledad repentina, aquel dolor dulce y amargo, todo junto, capaz de redimir la culpa más grave. Deber... sacerdocio... votos... castidad... todo esto le sonaba ahora a hueco: parecían palabras de una comedia. Le habían engañado, le habían pisoteado el alma, esto era lo cierto, lo positivo, esto no lo habían inventado Obispos viejos: el mundo, el mundo era el que le daba aquella enseñanza. Ana era suya, ésta era la ley suprema de justicia. Ella, ella misma lo había jurado; no se sabía para qué era suya, pero lo era...» El Magistral se puso en pie de repente: el tiempo volaba, lo acababa de sentir él como un bofetón; podían estar conspirando los otros con el tiempo y contra él; tal vez estaban juntos ya a aquellas horas... «¡Infame, infame! y le había ido a enseñar la cruz de diamantes a la capilla... para que viese el traje en que le iba a deshonrar... sí a deshonrar... él era allí el dueño, el esposo, el esposo espiritual... don Víctor no era más que un idiota incapaz de mirar por el honor propio, ni por el ajeno... ¡aquello era la mujer!»

Salió al pasillo y gritó:

—¿Vino doña Petronila?

—Ahora llama, contestaron.

Entró la de Rianzares. Don Fermín le cortó el saludo en la boca.

—Ahora mismo hay que llamarla —dijo.

—¿A quién... a Ana?

—Sí, ahora mismo.

Don Fermín volvió a sus paseos. No quería conversación. La de Rianzares, sierva de aquel hombre, calló y entró en el gabinete.

Pasó media hora. Sonó la campanilla de la puerta. Ana vio al gran Constantino que abría.

—¿Qué pasa?

—Don Fermín... ahí en la sala...

—¡Ah!... me alegro.

Entró la Regenta y doña Petronila se fue hacia la cocina, al otro extremo de la casa. «Si llaman, que no estoy», dijo a la criada. Y pasó al oratorio que tenía cerca de su alcoba.

De Pas vio a la Regenta más hermosa que nunca: en los ojos traía fuego misterioso, en las mejillas el color del entusiasmo, de las conferencias íntimas, espirituales; una aureola de una gloria desconocida para él parecía rodear a aquella mujer que encerraba en el breve espacio de un contorno adorado todo lo que valía algo en la vida, el mundo entero, infinito, de la pasión única.

—¿Qué es esto? —dijo, ronco de repente, don Fermín, plantado, como con raíces, en medio de la sala.

—Lo que yo quería, que nos viéramos en seguida. Yo estoy loca; esta noche creí que me moría... ayer... hoy... no sé cuándo... Estoy loca...

Se ahogaba al hablar.

De Pas sintió una lástima que le pareció vergonzosa.

—Ya lo sé todo; no necesito historias...

—¿Qué es todo?

—Lo de ayer... lo de hoy... El baile, la cena: ¿qué es esto, Ana, qué es esto?...

—¡Qué baile! ¡qué cena! no es eso... Me emborracharon... qué sé yo... pero no es eso... Es que tengo miedo... aquí, Fermín, aquí, en la cabeza... ¡Tener lástima de mí! ¡Que tenga alguno lástima de mí! Yo no tengo madre... Yo estoy sola...

«Era verdad, no tenía madre como él, estaba más sola que él.» Entonces el amor de don Fermín sintió la lástima inefable que sólo el amor puede sentir, se acercó a la Regenta, le tomó las manos.

—A ver, a ver, ¿qué ha sido? a mí me han dicho... pero qué ha sido... a ver... —decía la voz trémula y congojosa del Magistral.

Ana, entre sollozos, refirió lo que podía referir de sus angustias, de sus miedos, de sus tormentos, de aquellas horas de fiebre. «Después que se vio en su lecho, mil espantosas imágenes la asaltaron entre los recuerdos confusos del baile... Creyó que volvía a caer de repente en aquellos pozos negros del delirio en que se sentía sumergida en las noches lúgubres de su enfermedad... Después la idea del mal que había hecho la había horrorizado...» Y Ana se interrumpía al ver al Magistral quedarse lívido, y como rectificando añadía: «el mal... es decir... el no haber sido bastante buena...» La enfermedad había sido una lección, una lección olvidada, y aquella mañana, al sentir en el lecho la misma flaqueza, aquel desgajarse de las entrañas, que parecían pulverizarse allá dentro, aquel desvanecerse la vida en el delirio... la conciencia había visto, como a la luz de un fogonazo, horrores de vergüenza, de castigo, el espejo de la propia miseria, el reflejo del cieno triste que se lleva en el alma... y después... la locura, sin duda la locura... un dudar de todo espantoso, repentino, obstinado, doloroso. Dios, el mismo Dios, ya no era para ella más que una idea fija, una manía, algo que se movía en su cerebro royéndolo, como un sonido de tic—tac, como el del insecto que late en las paredes y se llama el *reloj de la muerte.*

—Oh, sí, estuve loca —seguía Anita, espantada todavía— estuve loca una hora... ¿qué hora? un siglo... Ya no pedía más que salud, reposo... la conciencia clara de mí misma... Pero, ¡ay, no! Dios, mi Dios querido... yo... todo, todos desaparecíamos. ¡Todo era polvo allá dentro!

Y los ojos de Ana fijos en el espanto, veían sobre la alfombra una imagen confusa del recuerdo formidable...

De Pas callaba. También él tuvo un momento la sensación fría del terror. La locura pasó por su imaginación como un mareo.

«¡Si se le volviera loca!» Una ola de púrpura inundó el rostro del clérigo. Primero había visto desvanecerse dentro de aquella cabeza de gracia musical lo que él amaba debajo de aquella

283

hermosura, el alma de la Regenta, su pensamiento; después pensó en aquella hermosura exterior incólume, en la esperanza de saciar su amor sin miedo de testigos, solo, solo él con un cuerpo adorado...

—¡Salvarme, quiero salvarme!... —gritó Ana de repente, volviendo a la realidad...— quiero volver a nuestro verano, al verano dulce, tranquilo... sí, tranquilo al cabo; a nuestro hablar sin fin de Dios, del cielo, del alma enamorada de las ideas de arriba... sí, quiero que mi hermano me salve, que Teresa me ilumine, que el espejo de su vida no se obscurezca a mis ojos, que Dios me acaricie el alma... Fermín, esto es confesar... aquí... no importa el lugar; donde quiera... sí, confesar...

—Eso quiero yo, Ana; saber... saberlo todo. Yo también padezco, yo también creí morirme, aquí mismo... sentado ahí... donde otras veces hablábamos del cielo... y de nosotros. Ana, yo soy de carne y hueso también; yo también necesito un alma hermana, pero fiel, no traidora... Sí, creí que moría...

—¿Por mí, por culpa mía, verdad? ¿Morir por ser yo traidora, si mentía, si me manchaba?...

—Sí, sí... hay que decirlo todo... pronto...

—No, no.

—Sí... sí...

—No... si no digo eso... si lo diré todo... pero ¿qué es todo? Nada... Si... yo no fui... si me llevaron a la fuerza... no, eso no. No sé cómo; no sé por qué cedí. Y allí... hay una mujer muy mala...

—No, no acusemos a los demás... Los hechos, quiero los hechos. Yo los diré; los sé yo.

—¿Pero qué?

—Ese hombre, Mesía; Ana... ¿qué pasó con ese hombre?...

Ana recogió sus fuerzas, atendió a la realidad, a lo que le preguntaban, con intensidad, luchando con el confesor, batiéndose por su interés que era ocultar lo más hondo de su pensamiento. «Al fin aquello no era el confesonario; además, era caridad mentir, callar a lo menos lo peor.»

—Yo no le amo —fue lo primero que pudo decir después que consiguió dominarse. Ya no pensaba en su locura, pensaba en defender su secreto.

—Pero anoche... hoy... no sé a qué hora... ¿qué hubo?

—Bailé con él... Fue Quintanar... lo mandó Quintanar...

—¡Disculpas no, Ana! eso no es confesar.

Ana miró en torno... Aquello no era la capilla, a Dios gracias. Este sofisma de hipócrita era en ella candoroso. Estaba segura de que un *deber superior* la mandaba mentir. «¿Decirle al Magistral que ella estaba enamorada de Mesía? ¡Primero a su marido!»

—Bailé con él porque quiso mi marido... Me hicieron beber... me sentí mal... estaba mareada... me desmayé... y me llevaron a casa.

—¿El desmayo fue... en los brazos de ese hombre?

—¡En brazos!... ¡Fermín!

—Bien, bien... Así... lo oí yo... ¡Oigámoslo todos! Quiere decirse... bailando con él...

—Yo no recuerdo... tal vez...

—¡Infame!...

—¡Fermín... por Dios, Fermín!

Ana dio un paso atrás.

—Silencio... no hay que gritar... no hay que hacer aspavientos... yo no como a nadie... ¿a qué ese miedo?... ¿Doy yo espanto, verdad?... ¿Por qué? yo... ¿qué puedo? yo ¿quién soy? yo... ¿qué mando? Mi poder es espiritual... Y usted esta noche no creía en Dios...

—¡En mi Dios! Fermín, caridad...

—Sí, usted lo ha dicho... Y ése es el camino. Yo sin Dios... no soy nada... Sin Dios puede usted ir a donde quiera, Ana... esto se acabó... Estoy en ridículo, Vetusta entera se ríe de mí a carcajadas... Mesía me desprecia, me escupirá en cuanto me vea... El padre espiritual... es un pobre diablo. ¡Oh, pero por quien soy... Miserable... Me insulta porque estoy preso!...

El Magistral se sacudió dentro de la sotana, como entre cadenas, y descargó un puñetazo de Hércules sobre el testero del sofá.

Después procuró recobrar la razón, se pasó las manos por la frente; requirió el manteo; buscó el sombrero de teja, se obstinó en callar, buscó a tientas la puerta y salió sin volver la cabeza.

Creyó que Ana le seguiría, le llamaría, lloraría... Pero pronto se sintió abandonado. Llegó al portal. Se detuvo, escuchó... Nada, no le llamaban. Desde la calle miró a los balcones. Ninguno se abría. «No le seguían ni con los ojos. Aquella mujer se quedaba allí. Todo era verdad. Le engañaba; era una mujer. ¡Pero cuál! ¡la suya! ¡la de su alma! ¡Sí, sí, de su alma! Para eso la había querido. Pero las mujeres no entendían esto... La más pura quería otra cosa.» Y pasaban por su memoria mil horrores. La carnaza amontonada de muchos años de confesonario. La conciencia le recordó a Teresina. A Teresina pálida y sonriente que decía, dentro del cerebro: «¿Y tú?...» «Él era hombre»; se contestaba. Y apretaba el paso. «Yo la quería para mi alma...» «Y su cuerpo también querías, decía la Teresina del cerebro, el cuerpo también... acuérdate.» «Sí, sí... pero... esperaba... esperaría hasta morir... antes que perderla. Porque la quería entera... Es mi mujer... la mujer de mis entrañas... ¡Y quedaba allá atrás, ya lejos, perdida para siempre!...»

Ana, inmóvil, había visto salir al Magistral sin valor para detenerle, sin fuerzas para llamarle. Una idea con todas sus palabras había sonado dentro de ella, cerca de los oídos. «¡Aquel señor canónigo estaba enamorado de ella!» «Sí, enamorado como un hombre, no con el amor místico, ideal, seráfico que ella se había figurado. Tenía celos, moría de celos... El Magistral no era el hermano mayor del alma, era un hombre que debajo de la sotana ocultaba pasiones, amor, celos, ira... ¡La amaba un canónigo!» Ana se estremeció como al contacto de un cuerpo viscoso y frío. Aquel sarcasmo de amor la hizo sonreír a ella misma con amargura que llegó hasta la boca desde las entrañas. —Su padre, don Carlos el libre pensador, se le apareció de repente, en mangas de camisa, disputando junto a una mesa, allá en Loreto, con un cura y varios amigotes ateos, o progresistas. Recordaba Ana, como si acabara de oírlas, frases de su padre y de aquellos señores: «el clero corrompía las conciencias, el clérigo era como los demás, el celibato eclesiástico era una careta.» Todo esto que había oído sin entenderlo volvía a su memoria con sentido claro, preciso y como otras tantas lecciones de la experiencia... ¡Querían corromperla! Aquella casa... aquel silencio... aquella doña Petronila... Ana sintió asco, vergüenza y corrió a buscar la puerta. Salió sin despedirse. Llegó a su casa. Don Víctor atronaba el mundo a martillazos. Construía un puente modelo que pensaba presentar en la exposición de San Mateo. Ya no forraba el martillo con bayeta, no, el hierro chocaba contra el hierro, el estrépito era horrísono. — «Allí era él el amo, prueba de ello que su mujer había ido al baile: se había acabado el Paraguay, no más misticismo; una prudente piedad heredada de nuestros mayores y basta y sobra. Por lo demás, actividad, industria y arte... mucha comedia, mucha caza y mucho martillazo. ¡Zas, zas, zas, pum! ¡Viva la vida!» Así pensaba don Víctor, ceñida al cuerpo la bata escocesa, y clava que te clavarás, en su nuevo taller, en un cuartucho del piso bajo, con puerta al patio. El sol llegaba a los pies de Quintanar arrancando chispas de los abalorios y cinta dorada de las babuchas semi— turcas. El carpintero silbaba, el tordo, el mejor tordo de la provincia, que Quintanar llevaba de habitación en habitación, silbaba también colgada de un alambre su jaula. Ana contempló en silencio a su marido. —«¡Era su padre! ¡Le quería como a su padre! Hasta se parecía un poco a don Carlos. Aquel sol de Febrero, promesa de primavera; aquel ambiente fresco que convidaba a la actividad, al movimiento; aquellos martillazos, aquellos silbidos, aquellas nubecillas ligeras que cruzaban el cuadrado azul a que servía de marco el alero del tejado... todo aquello edificaba.» «¡Aquélla era su casa, allí era ella la reina, aquella paz era suya!» Al dejar el martillo para coger la sierra, don Víctor vio a su mujer.

Se sonrieron en silencio. «El sol rejuvenecía a Quintanar. Además era un gran carpintero. Sus inventos podían ser más o menos fantásticos, su mecánica idealista, pero hacía de una tabla lo que quería. ¡Y qué limpieza!»

Ana alabó el arte de su marido.

Él se animó: se puso colorado de satisfacción y le prometió un costurero para la semana siguiente. «Todo, todo, obra de mis manos.»

La Regenta olvidó un momento el desencanto de aquella mañana. Cuando volvió a su memoria se encontró con que no era don Fermín un malvado, sino un desgraciado, pero de todas suertes le parecía absurdo enamorarse siendo canónigo. En todas las combinaciones del amor romántico había dado la imaginación de Ana muchas veces, menos en aquélla. «Se concebía el amor sacrílego de un sacerdote de ópera, ¡pero el de un prebendado con alzacuello morado!» Además, la honradez protestaba también con su repugnancia instintiva. «Pero De Pas era digno de compasión. Doña Petronila era la que no tenía perdón. Oh, si alguna vez volvía ella a hablar con el Magistral, como era probable, porque al fin debían mediar explicaciones, no sería ciertamente en casa de aquella vieja. ¿Qué se había propuesto aquella señora? ¿Qué estaría pensando de ella, de Ana?»

Cuando volvió de la calle don Víctor muy contento, cantando trozos de zarzuela, propuso a su mujer, de repente, acceder a la súplica de la Marquesa que los había convidado a tomar café, después de almorzar, para ir juntos a paseo... a ver las máscaras.

—¡Quintanar, por Dios! Basta de broma... basta de carnaval... No quiero más fiestas... Estoy cansada... Ayer me hizo daño el baile... no quiero más... no quiero más... ¿No te obedecí ayer?... Basta, por Dios, basta.

—Bueno, hija, bueno... no insisto.

Y calló don Víctor, perdiendo parte de su alegría. No se atrevió a hacer uso de aquella energía que Dios le había dado. «No había para qué estirar demasiado la cuerda.»

Pero él, por supuesto, fue a tomar café y a paseo.

Ana se quedó sola. Desde el balcón abierto de su tocador se oía la música lejana del Paseo Grande, donde se celebraba el carnaval. Aquella música confusa, que parecía ráfagas intermitentes, le llenó el alma de tristeza. Pensó en Mesía, el tentador, y pensó en el Magistral enamorado, celoso... indefenso. Ahora la compasión era infinita... Al fin había sido quien había abierto su alma a la luz de la religión, de la virtud... Ana pensó en la fe quebrantada, agrietada, como si la hubiese sacudido un terremoto. El Magistral y la fe iban demasiado unidos en su espíritu para que el desengaño no lastimara las creencias. Además, ella siempre había amado más que creído. Don Fermín había procurado asegurar en ella el temor de Dios y de la Iglesia, la espiritualidad vaga y soñadora... Pero de los dogmas había hablado poco. Ana estaba sintiendo que la fantasía había tenido en su piedad más influencia de la que conviniera para la solidez de aquel edificio. Ya estaban lejos los días del misticismo supuesto, de la contemplación... Entonces estaba enferma, la lectura de Santa Teresa, la debilidad, la tristeza, le habían encendido el alma con visiones de pura idealidad... Pero con la salud había vencido la piedad activa, irreflexiva; el Magistral había eclipsado a la santa, se había hablado más de aquella dulce hermandad en la virtud que de Dios mismo... Ahora comprendía muchas cosas. Don Fermín la quería para sí...

«Todo aquello era una preparación. ¿Para qué?»

«Oh, Mesía era más noble, luchaba sin visera, mostrando el pecho, anunciando el golpe... No había abusado de su amistad con don Víctor, no había insistido. ¡Pero los dos la amaban!» La tristeza de Ana encontraba en este pensamiento un consuelo dulce sino intenso. «Ella no podría ser de ninguno; del Magistral no podía ni quería... Le debía eterna gratitud... pero otra cosa... sería un absurdo repugnante. Daba asco. Bueno estaría empezar a querer en el mundo cerca de los treinta años... ¡y a un clérigo!... La vergüenza y algo de cólera encendían el rostro de Ana. ¡Pero ese hombre esperaría que yo... en mi vida!...»

Como aquella tarde pasó muchos días la Regenta. Las mismas ideas cruzaban, combinadas de mil maneras, por su cerebro excitado.

Cuando sentía la presencia de Mesía en el deseo, huía de ella avergonzada; avergonzada también de que no fuera un remordimiento punzante el recuerdo del baile, sobre todo el del contacto con don Álvaro. «Pero no lo era, no. Veíalo como un sueño; no se creía responsable, claramente responsable de lo que había sucedido aquella noche. La habían emborrachado con palabras, con luz, con vanidad, con ruido... con champaña... Pero ahora sería una miserable si consentía a don Álvaro insistir en sus provocaciones. No quería venderse al sofisma de la tentación que le gritaba en los oídos: al fin don Álvaro no es canónigo; si huyes de él te expones a caer en brazos del otro. Mentira, gritaba la honradez. Ni del uno ni del otro seré. A don Fermín le quiero con el alma, a pesar de su amor, que acaso él no puede vencer como yo no puedo vencer la influencia de Mesía sobre mis sentidos; pero de no amar al Magistral de modo culpable estoy bien segura. Sí, bien segura. Debo huir del Magistral, sí, pero más de don Álvaro. Su pasión es ilegítima también, aunque no repugnante y sacrílega como la del otro... ¡Huiré de los dos!»

No había más refugio que el hogar. Don Víctor con su Frígilis y todos los cacharros del museo de manías, don Víctor con el teatro español a cuestas.

«Pero la casa tenía también su poesía.» Ana se esforzó en encontrársela. ¡Si tuviera hijos le darían tanto que hacer! ¡Qué delicia! Pero no los había. No era cosa de adoptar a un hospiciano. De todas suertes Ana comenzó a trabajar en casa con afán... a cuidar a don Víctor con esmero... A los ocho días comprendió que aquello era una hipocresía mayor que todas. Las labores de su casa estaban hechas en poco tiempo. ¿Por qué fingirse a sí misma satisfecha con una actividad insuficiente, insignificante, que no distraía el pensamiento ni media hora? Don Víctor agradecía en el alma aquella solicitud doméstica, pero en lo que tocaba a él hubiera preferido que las cosas siguiesen como hasta allí. Nadie le cosía un botón a su gusto más que él mismo; limpiarle el despacho era martirizarle a él, a don Víctor; la cama era inútil hacérsela con esmero porque de todas maneras había de descomponerla él, sacudir las almohadas y poner el embozo a su gusto. Cuando Ana volvió a dejar los quehaceres domésticos en la antigua marcha, don Víctor se lo agradeció en el alma también y respiró a sus anchas. «Aquellas injerencias de su querida esposa eran dignas de eterno agradecimiento... pero molestas para él. Más sabe el loco en su casa...»

Don Álvaro no se apresuraba. «Esta vez estaba seguro.» Pero no quería *brusquer* —según pensaba él en francés— un ataque. «La teoría del *cuarto de hora* era una teoría incompleta.» Algo había de eso, pero en ciertos casos los cuartos de hora de una mujer sólo los encuentra un buen relojero. Pensaba dejar que pasara la Cuaresma. Al fin se trataba de una beata que ayunaría y comería de vigilia. Mal negocio. La Pascua florida ofrecía la mejor ocasión. El mundo, después de resucitar Nuestro Señor Jesucristo, parece más alegre, más lícitos sus placeres; la primavera, ya adelantada, ayuda... las fiestas, a que él haría que don Víctor llevase a su mujer, serían aguijones del deseo. «¡Oh!... sí, en la Pascua nos veríamos.»

«Además, quería él prepararse para la campaña. Estaba debilucho. Aquel verano en Palomares había hecho una especie de bancarrota de salud. La señora ministra había amado mucho. Estas exageraciones de las mujeres vencidas siempre estaban en razón directa del cuadrado de las distancias. Es decir, que cuanto más lejos estaba una mujer del vicio, más exagerada era cuando llegaba a caer. La Regenta, si caía, iba a ser exageradísima.» Y se preparaba Mesía. Leyó libros de higiene, hizo gimnasia de salón, paseó mucho a caballo. Y se negó a acompañar a Paco Vegallana en sus aventurillas fáciles y pagaderas a la vista. «El diablo harto de carne...», le decía Paco. Y don Álvaro sonreía y se acostaba temprano. Madrugaba. El Paseo Grande era ya todo perfumes, frescura y cánticos al amanecer. Los pájaros, saltando de rama en rama, preparaban los nidos para los huevos de Abril; se diría que eran tapiceros de la enramada que adornaban los salones del Paseo Grande para las fiestas de la primavera. Empezaba Marzo con calores de Junio; desde muy temprano calentaba y picaba el sol. Aquella primavera anticipada, frecuente en Vetusta, era una burla de la naturaleza; después volvía el invierno, como en sus mejores días, con fríos, escarchas y lluvia, lluvia interminable. Pero don Álvaro aprovechaba aquel intervalo de luz y calor, que no por efímero le agradaba menos; no era él de los que medían la felicidad por la duración; es más, no creía en la felicidad, concepto metafísico según él; creía en el placer que no se mide por el tiempo. Una mañana, en el salón principal del Paseo Grande, solitario a tales horas porque pocos confiaban en aquel anticipo de primavera, vio don Álvaro allá lejos la silueta de un clérigo. Era alto; sus movimientos, señoriles. Era el Magistral. Estaban solos en el paseo; tenían que encontrarse, iban uno enfrente del otro, por el mismo lado. Se saludaron sin hablar. Don Álvaro tuvo un poco de miedo, de aprensión de miedo. «Si este hombre, pensó, enamorado de la Regenta, desairado por ella, se volviera loco de repente al verme, creyéndome su rival y se echara sobre mí a puñetazo limpio aquí, a solas...» Mesía recordaba la escena del columpio en la huerta de Vegallana.

El Magistral pensó por su parte al ver a don Álvaro: «¡Si yo me arrojara sobre este hombre y como puedo, como estoy seguro de poder, le arrastrara por el suelo, y le pisara la cabeza y las entrañas!...» Y tuvo miedo de sí mismo. Había leído que en las personas nerviosas, imágenes y aprensiones de este género provocan los actos correspondientes. Se acordó de cierto asesino de los cuentos de Edgar Poe... Su mirada fue insolente, provocativa. Saludó como diciendo con los ojos: «¡Toma! ahí tienes esa bofetada.» Pero el saludo y la mirada de Mesía quisieron decir: «Vaya usted con Dios: no entiendo palabra de eso que usted me quiere decir.»

Y siguieron cada cual por su lado, pero a la mañana siguiente no volvieron al Paseo Grande ni uno ni otro. Buscaban allí contrario objeto: el Magistral paseaba mucho para gastar fuerzas inútiles; Mesía, para recobrar fuerzas perdidas y que esperaba le hiciesen mucha falta dentro de poco. Cada cual se fue a pasear en adelante por sitios extraviados. Temían otro encuentro.

Pero pronto tuvieron que quedarse en casa.

Como era de esperar, el invierno volvió con todos sus rigores, riéndose a carcajadas de los incautos que se creían en plena primavera. Los pájaros se escondieron en sus agujeros y rincones. Los árboles floridos padecieron los furores de la intemperie, como engalanadas damiselas que en día de campo, vestidas con percales alegres, adornos vistosos y delicados de seda y tul, se ven sorprendidas por un chubasco, al aire libre, sin albergue, sin paraguas siquiera. Las florecillas blancas y rosadas de los frutales caían muertas sobre el fango: el granizo las despedazaba; todo volvía atrás; aquel ensayo de primavera temprana había salido mal; vuelta a empezar, cada mochuelo a su olivo.

Esto fue a la mitad de la Cuaresma. Vetusta se entregó con reduplicado fervor a sus devociones. Los jesuitas misioneros habían pasado también por allí como una granizada; las flores de amor y alegría que sembrara el carnaval las destruyeron a penitencia limpia el Padre Maroto, un artillero retirado que predicaba a cañonazos y sacaba el Cristo, y el Padre Goberna, un melifluo padre francés que pronunciaba el castellano con la garganta y las narices y hablaba de *Gomogga* y citaba las grandezas de Nínive y de Babilonia, ya perdidas, al cabo de los años mil, como prueba de la pequeñez de las cosas humanas. Ello era que Vetusta estaba metida en un puño. Entre el agua y los jesuitas la tenían triste, aprensiva, cabizbaja. El aspecto general de la naturaleza, parda, disuelta en charcos y lodazales, más que a pensar en la brevedad de la existencia convidaba a reconocer lo poco que vale el mundo. Todo parecía que iba a disolverse. El Universo, a juzgar por Vetusta y sus contornos, más que un sueño efímero, parecía una pesadilla larga, llena de imágenes sucias y pegajosas. El Padre Goberna, que sabía dar *color local* a sus oraciones, no decía en Vetusta que no somos más que un poco de polvo, sino un poco de barro. ¿Polvo en Vetusta? Dios lo diera.

El mal tiempo se llevó la resignación tranquila, perezosa, de Anita Ozores. Con la lluvia pertinaz, machacona, volvieron antiguas aprensiones repentinas, protestas de la voluntad, y aquellos cardos que le pinchaban el alma. ¡Y ahora no tenía al Magistral para ayudarla!

Cada día se sentía más sola, más abandonada y ya empezaba a pensar que había sido injusta con el Provisor pensando de él tan mal y dejándole huir desesperado con aquellas sospechas que llevaba clavadas en el corazón como un dardo envenenado. «¿Por qué ella no había sentido más aquel desengaño, aquella profanación de una amistad pura, desinteresada, ideal? —Tal vez porque el ser amada, fuera por quien fuera, no podía saberle mal aunque ella tuviese que desdeñar y hasta vituperar aquel amor. Tal vez porque sabía que el remedio de aquella separación estaba en sus manos. ¿No podía ella, el día tal vez próximo, en que necesitara consuelo espiritual, correr al confesonario y persuadir al confesor, a don Fermín, de que ella no era lo que él se figuraba? Y acaso debía hacerlo cuanto antes. ¿Por qué había de estar pensando De Pas lo que no había? Sí, había que decirle la verdad, esto es, la verdad de lo que no había; don Álvaro no había conseguido mayor favor de Ana de Ozores, esto era lo cierto.»

Pero antes de buscar al Magistral, Ana quiso fortificar el espíritu por sí misma. Sentía la fe vacilante, los sofismas vulgares de don Carlos —el libre—pensador— venían a atormentarla a cada instante. Comenzaba por dudar de la virtud del sacerdote y llegaba a dudar de la iglesia, de muchos dogmas... Pero entonces corría a la iglesia. Saltando charcos, desafiando chaparrones iba de parroquia en parroquia, de novena en novena, y pasaba también mucho tiempo en la nave fría de algún templo a la hora en que los fieles solían dejarlos desiertos. Se sentaba en un banco y meditaba. Sonaba y resonaba en la bóveda la tos de un viejo que rezaba en una capilla escondida; los pasos de un monaguillo irreverente retumbaban sobre la tarima de un altar, y como un refuerzo del silencio llegaba a los oídos un rumor tenue de los ruidos de Vetusta. Ana pedía a la soledad y al silencio perezoso de la iglesia, algo como una inspiración, o como un perfume de piedad que creía ella debía desprenderse de aquellas paredes santas, de los altares, que a la luz blanca del día ostentaban sus santos de yeso y madera barnizada como gastados por el roce de las oraciones y el humo de la cera. Aquellas imágenes a la luz del día recordaban vagamente las decoraciones de un teatro vistas al sol y a los cómicos en la calle sin los esplendores del gas de las baterías. Pero Anita no pensaba en esto. Buscaba allí la fe que se desmoronaba. «¿Por qué se desmoronaba? ¿Qué tenía que ver la Iglesia con el Magistral? ¿No podía aquel señor haberse enamorado de ella... y ser verdad sin embargo todo lo que dice el dogma? Claro que sí. Pero rezaba para creer. Oh, malo sería que el Magistral no saliese inocente de aquella prueba... Si él, si el hermano mayor no era más que un hipócrita... había que dar la razón en muchas cosas a don Carlos, al que después de todo, era su padre. ¡Sí, sí, era su padre, aquel padre que había llorado ella con lágrimas del corazón, el que decía que la religión es un homenaje interior del hombre a Dios, a un Dios que no podemos imaginar como es, y que no es como dicen las religiones positivas, sino mucho mejor, mucho más grande!... ¡Era su padre quien decía todas estas herejías!» Y rezaba, rezaba porque el meditar ya no servía para nada bueno. —Y una voz interior severa y algo pedantesca gritaba después de todo aquello: «Pero entendámonos, aunque don Carlos tuviera razón, aunque Dios sea más grande, más bueno que todo lo que pudieran decir y pensar los libros de los hombres, no por eso perdona los pecados de que la conciencia acusa a todos. Don Álvaro estará prohibido, sea Dios como sea. El mal es el mal de todas suertes. Eso sí, se decía la Regenta, que encontraba consuelo en esta resolución; aunque la fe caiga, yo seguiré combatiendo esta pasión de mis sentidos, que seguirá siendo mala...»

Empezó a notar que el templo solitario no excitaba su devoción; aquellas paredes frías, aquella especie de descanso de los santos a las horas en que cesa la adoración, le recordaban por extrañas analogías que establecía el cerebro, enfermo acaso, le recordaban la fatiga de los reyes, la fatiga de los monstruos de ferias, la fatiga de cómicos, políticos y cuantos seres tienen por destino darse en público espectáculo a la admiración material y boquiabierta de la necia multitud... La iglesia sin culto activo, la iglesia descansando, llegó a parecerle a ella también algo como un teatro de día. El sacristán y el acólito subiendo al retablo, hombreándose con la imagen de madera, colocando los cirios con simetría, consultando las leyes de la perspectiva, le parecían al cabo cómplices de no sabía qué engaño... Además de todas estas aprensiones sacrílegas, tentación malsana del espíritu enfermo, causa de tanta lucha, sentía el tormento de la distracción; las oraciones comenzaban y no concluían; el estribillo de tal o cual piadosa leyenda llegaba a darle náuseas; la soledad se poblaba de mil imágenes, diablillos de la distracción; el silencio era enjambre de ruidos interiores. Todo esto le obligó a dejar el templo solitario. Volvió a las horas del culto. Conocía que en la nueva piedad que buscaba debían tomar parte importante los sentidos. Buscó el olor del incienso, los resplandores del altar y de las casullas, el aleteo de la oración común, el susurro del *ora pro nobis* de las *masas católicas*, la fuerza misteriosa de la oración colectiva, la parsimonia sistemática del ceremonial, la gravedad del sacerdote en funciones, la misteriosa vaguedad del cántico sagrado que, bajando del coro nada más, parece descender de las nubes; las melodías del órgano que hacían recordar en un solo momento todas las emociones dulces y calientes de la piedad antigua, de la fe inmaculada, mezcla de arrullo maternal y de esperanza mística.

La novena de los Dolores tuvo aquel año en Vetusta una importancia excepcional, si se ha de creer lo que decía *El Lábaro*.

Por lo menos el templo de San Isidro, donde se celebraba, se adornó como nunca. Tal semilla de piedad postiza y rumbosa habían dejado los PP. Goberna y Maroto. No se podía, como en la novena de la Concepción, colgar el templo de azul y plata, ni colocar un templete de cartón delante del retablo del altar mayor imitando capilla gótica de marquetería; pero todo lo que fue compatible con los siete Dolores de la Virgen se hizo: el lujo fue majestuoso, triste, fúnebre. Todo era negro y oro. La capilla de la catedral se trasladó en masa al coro de San Isidro reforzada por algunas partes rezagadas de la última compañía de zarzuela que había tronado en Vetusta. Los sermones se encomendaron a *otro jesuita*, el P. Martínez, que vino de muy lejos y cobrando muy caro. En la mesa de petitorio, colocada frente al altar mayor a espaldas del cancel de la puerta principal, pedían limosna y vendían libros devotos, medallas y escapularios las damas de más alta alcurnia, las más guapas y las más entrometidas.

La lluvia, el aburrimiento, la piedad, la costumbre, trajeron su contingente respectivo al templo, que estaba todas las tardes de bote en bote. No cabía un vetustense más.

Los jóvenes laicos de la ciudad, estudiantes los más, no se distinguían ni por su excesiva devoción ni por una impiedad prematura; no pensaban en ciertas cosas; los había carlistas y liberales, pero casi todos iban a misa a ver las muchachas. A la novena no faltaban; se desparramaban por las capillas y rincones de San Isidro, y terciando la capa, el rostro con un tinte romántico o picaresco, según el carácter, *se timaban*, como decían ellos, con las niñas casaderas, más recatadas, mejores cristianas, pero no menos ganosas de tener lo que ellas llamaban *relaciones*. Mientras el P. Martínez repetía por centésima vez —y ya llevaba ganados unos cinco mil reales— que como el dolor de una madre no hay otro, y echaba, sin pizca de dolor propio, sobre la imagen enlutada del altar, toda la retórica averiada de su oratoria de un barroquismo mustio y sobado; el amor sacrílego iba y venía volando invisible por naves y capillas como una mariposa que la primavera manda desde el campo al pueblo para anunciar la alegría nueva.

Ana Ozores, cerca del presbiterio, arrodillada, recogiendo el espíritu para sumirlo en acendrada piedad, oía el *rum rum* lastimero del púlpito como el rumor lejano de un aguacero acompañado por ayes del viento cogido entre puertas. No oía al jesuita, oía la elocuencia silenciosa de aquel hecho patente, repetido siglos y siglos en millares y millares de pueblos: la piedad colectiva, la devoción común, aquella elevación casi milagrosa de un pueblo entero prosaico, empequeñecido por la pobreza y la ignorancia, a las regiones de lo ideal, a la adoración de lo Absoluto por abstracción prodigiosa. En esto pensaba a su modo la Regenta, y quería que aquella ola de piedad la arrastrase, quería ser molécula de aquella espuma, partícula de aquel polvo que una fuerza desconocida arrastraba por el desierto de la vida, camino de un ideal vagamente comprendido.

Calló el P. Martínez y comenzó el órgano a decir de otro modo, y mucho mejor, lo mismo que había dicho el orador de lujo. El órgano parecía sentir más de corazón las penas de María... Ana pensó en María, en Rossini, en la primera vez que había oído, a los diez y ocho años, en aquella misma iglesia, el *Stabat Mater*... Y después que el órgano dijo lo que tenía que decir, los fieles cantaron como coro monstruo bien ensayado el estribillo monótono, solemne, de varias canciones que caían de arriba como lluvia de flores frescas. Cantaban los niños, cantaban los ancianos, cantaban las mujeres. Y Ana, sin saber por qué, empezó a llorar. A su lado un niño pobre, rubio, pálido y delgado, de seis años, sentado en el suelo junto a la falda de su madre cubierta de harapos, cantaba sin pestañear, fijos los ojos en la Dolorosa del altar portátil; cantaba y de repente, por no se sabe qué asociación de ideas, calló, volvió el rostro a su madre y dijo: —¡Madre, dame pan!

Cantaba un anciano junto a un confesonario, con voz temblorosa, grave y dulce... olvidado de las fatigas del trabajo a que el hambre le obligaba, contra los fueros de la vejez. Cantaba todo el pueblo, y el órgano, como un padre, acompañaba el coro y le guiaba por las regiones ideales de inefable tristeza consoladora de la música.

«¡Y había infames, pensó Ana, que querían acabar con aquello! ¡Oh, no, no, yo no! Contigo, Virgen santa, siempre contigo, siempre a tus pies; estar con los tristes, ésa es la religión eterna; vivir llorando por las penas del mundo, amar entre lágrimas...» Y se acordó del Magistral. «¡Oh qué ingrata, qué cruel había sido con aquel hombre! ¡Qué triste, qué solo le había dejado!... Vetusta le insultaba, le escarnecía, le despreciaba, después de haberle levantado un trono de admiración; y ella, ella que le debía su honra, su religión, lo más precioso, le abandonaba y le olvidaba también... ¿Y por qué? Tal vez, casi de fijo, por aprensiones de la vanidad y de la malicia torpe y grosera. Ah, porque ella estaba tocada del gusano maldito, del amor de los sentidos; porque ella estaba rendida a don Álvaro si no de hecho con el deseo —ésta era

298

la verdad— porque ella era pecadora, ¿había de serlo también el *hermano de su alma*, el padre espiritual querido? ¿qué pruebas tenía ella? ¿No podía ser aprensión todo, no podía la vanidad haber visto visiones? ¿Cuándo De Pas se había insinuado de modo que pudiera sospecharse de su pureza? ¿No habían estado mil veces solos, muy cerca uno de otro, no se habían tocado, no había ella, tal vez con imprudencia, aventurado caricias inocentes, someros halagos que hubieran hecho brotar el fuego si lo hubiera habido allí escondido?... ¡Y está abandonado! Se burlan de él hasta en los periódicos; hasta los impíos alaban a los misioneros, para rebajar la influencia del Magistral; la moda y la calumnia le han arrinconado, y yo como el vulgo miserable, me pongo a gritar también, ¡crucifícale, crucifícale!... ¿Y el sacrificio que había prometido? ¿Aquel gran sacrificio que yo andaba buscando para pagar lo que debo a ese hombre?...»

En aquel momento cesaron los cánticos del pueblo devoto; siguió silencio solemne; después hubo toses, estrépito de suelas y zuecos sobre la piedra resbaladiza del pavimento... una impaciencia contenida. Hacia la puerta sonaba el *tic, tac*, de las monedas con que Visitación y la Marquesa golpeaban la bandeja para llamar la atención de la caridad distraída. Rechinaban los canceles; había en el aire un cuchicheo tenue. En el coro daban señales de vida violines y flautas con quejidos y suspiros ahogados; se oía el ruido de las hojas del papel de música. Gruñó un violín. Cayeron dos golpes sobre una hojalata... Silencio otra vez... Comenzó el *Stabat Mater*.

La música sublime de Rossini exaltó más y más la fantasía de Ana; una resolución de los nervios irritados brotó en aquel cerebro con fuerza de manía: como una alucinación de la voluntad. Vio, como si allí mismo estuviese, la imagen de su resolución; «sí... ella... ella, Ana a los pies del Magistral, como María a los pies de la Cruz. El Magistral estaba crucificado también por la calumnia, por la necedad, por la envidia y el desprecio... y el pueblo asesino le volvía las espaldas y le dejaba allí solo... y ella... ella... ¡estaba haciendo lo mismo! ¡Oh, no, al Calvario, al Calvario! al pie de la cruz del que no era su hijo, sino su padre, su hermano, el hermano y el padre del espíritu.»

«La Virgen le decía que sí, que estaba bien hecho; que aquella resolución era digna de un cristiano. Dondequiera que hay una cruz con un muerto se puede llorar al pie, sin pensar en lo que era el que está allí colgado; mejor se podrá llorar al pie de la cruz de un mártir. Hasta del mal ladrón le estaba dando lástima en aquel momento. ¡Cuánta mayor lástima le daría del Magistral que, según ella, no era ladrón, ni malo ni bueno!» La forma del sacrificio, el día, la ocasión, todo estaba señalado: se juró no volverse atrás; aquella exaltación era lo que ella necesitaba para poder vivir; si más tarde el cansancio, la relajación de aquellas fibras tirantes traían a su ánimo la cobardía, los reparos mundanales, prosaicos, el miedo al qué dirán, no haría caso... iría derecha a su propósito sin vacilar, sin deliberar más. Haría lo que había resuelto. Y tranquila, segura de sí misma, volvió su pensamiento a la Madre Dolorosa, y se arrojó a las olas de la música triste con un arranque de suicida... Sí, quería matar dentro de ella la duda, la pena, la frialdad, la influencia del mundo necio, circunspecto, *mirado*... quería volver al fuego de la pasión, que era su ambiente.

XXVI

Desde el día en que presidió el entierro de don Santos Barinaga, don Pompeyo no volvió a tener hora buena, de salud completa. Los escalofríos que le hicieron temblar en el cementerio y se repitieron, cada vez más fuertes, durante la enfermedad que siguió a la gran mojadura, volvían de cuando en cuando. Guimarán estaba triste sin cesar; aquel sol de justicia, que adoraba, tenía sus eclipses y el espectáculo de la maldad ambiente desanimaba al buen ateo hasta el punto de hacerle dudar del progreso definitivo de la Humanidad. «Laurent decía bien, estábamos nosotros mucho más adelantados que los bárbaros. ¡Pero había cada pillo todavía! ¿Y la amistad? La amistad era cosa perdida.» Paquito Vegallana, Álvaro Mesía, Joaquinito Orgaz, el respetable, o al parecer respetable señor Foja, que se decían tan amigos suyos, le habían engañado como a un chino; se habían burlado de él. Eran unos libertinos que renegaban en sus comilonas de la religión positiva para seducirle a él y librarse del miedo del infierno. Don Pompeyo rompió bruscamente sus relaciones con todos aquellos «espíritus frívolos» y no volvió a poner los pies en el Casino. Tomó esta resolución el día de Navidad, cuando supo que por Vetusta se corría que él, don Pompeyo Guimarán, el hombre que más respetaba todos los cultos, sin creer en ninguno, había profanado la catedral oyendo borracho la Misa del gallo. Se llegó a decir que había llevado al templo debajo de la capa, una botella de anís del mono... «¡Del mono!... ¡él... don Pompeyo!...» No volvió al Casino. «Aquellos infames que le habían embriagado o poco menos, obligándole después a penetrar en el templo, eran muy capaces de haber inventado en seguida la calumnia con que querían perderle. ¿Qué autoridad iba a tener en adelante aquel ateísmo que se emborrachaba para celebrar las fiestas del cristianismo, y que asistía a los santos oficios a blasfemar y hacer eses por las respetables naves de la basílica?»

«¡Bastante tenía él sobre su alma con el entierro civil de Barinaga y la consiguiente ojeriza que gran parte del pueblo había tomado al señor Magistral!»

«No, no quería más luchas religiosas. Ya iba siendo viejo para tamañas empresas. Mejor era callar; vivir en paz con todos.» La muerte de Barinaga le hacía temblar al recordarla. «¡Morir como un perro! ¡Y yo que tengo mujer y cuatro hijas!»

Se hizo misántropo. Siempre salía solo, al obscurecer, y volvía pronto a casa.

Una noche le llamó la atención un ruido de colmena que venía de la parte de la catedral. Oyó cohetes. ¿Qué era aquello? La torre estaba iluminada con vasos y faroles a la veneciana. A sus pies, en el atrio estrecho y corto, de resbaladizo pavimento de piedra, cerrado por verja de hierro tosco y fuerte, se agolpaba una multitud confusa, como un montón de gusanos negros. De aquel fermento humano brotaban, como burbujas, gritos, carcajadas, y un zumbido sordo que parecía el ruido de la marea de un mar lejano.

Don Pompeyo, que daba diente con diente, de frío con fiebre, se detuvo en lo más alto de la calle de la Rúa para contemplar aquella muchedumbre apiñada a los pies de la torre, en tan estrecho recinto, cuando podía extenderse a sus anchas por toda la plazuela. «Ya sabía lo que era. *Los católicos* celebraban un aniversario religioso. ¿Pero cómo? ¡Oh ludibrio!» Don Pompeyo se acercó al atrio; observó desde fuera. Lo mejor y lo peor de Vetusta estaba allí amontonado; las chalequeras, los armeros, la flor y nata del paseo del Boulevard, aquel gran mundo del andrajo, con sus hedores de miseria, se codeaba insolente y vocinglero con la *Vetusta elegante* del Espolón y de los bailes del Casino: y para colmo del escándalo, según don Pompeyo, *so capa* de celebrar una fiesta religiosa la juventud dorada del clero vetustense, todos aquellos «*licenciados de seminario*», como él los llamaba con pésima intención, paseaban también por allí, apretados, prensados, con sus manteos y todo, en aquel embutido de carne lasciva, a obscuras, casi sin aire que respirar, sin más recreo que el poco honesto de sentir el roce de la especie, el instinto del rebaño, mejor, ¡de la piara!» Y separando los ojos «de aquella podredumbre en fermento, de aquella *gusanera inconsciente*», volviólos Guimarán a lo alto, y miró a la torre que con un punto de luz roja señalaba al cielo... «¡Aquí no hay nada cristiano, pensó, más que ese montón de piedras!»

Huyó de la catedral triste, aprensivo, dudando de la Humanidad, de la Justicia, del Progreso... y apretando los dientes para que no chocasen los de arriba con los de abajo. Entró en su casa... Pidió tila, se acostó... y, al verse rodeado de su mujer y de sus hijas, que le echaban sobre el cuerpo cuantas mantas había en casa, el ateo empedernido sintió una dulce ternura nerviosa, un calorcillo confortante y se dijo: «Al fin hay una religión, la del hogar.»

A la mañana siguiente despertó a toda la casa a campanillazos. «Se sentía mal. Que llamasen a Somoza.» Somoza dijo que aquello no era nada. Ocho días después propuso a la señora de Guimarán el arduo problema de lo que allí se llamaba «la preparación del enfermo.» «Había que prepararle», ¿a qué? «A bien morir.»

De las cuatro hijas de don Pompeyo dos se desmayaron en compañía de su madre al oír la noticia.

Las otras dos, más fuertes, deliberaron. ¿Quién le ponía el cascabel al gato? ¿Quién proponía a su señor padre que recibiera los Sacramentos?

Se lo propuso la hija mayor, Agapita.

—Papá, tú que eres tan bueno, ¿querrías darme un disgusto, dárselo a mamá, sobre todo, que te quiere tanto... y es tan religiosa?...

—No prosigas, Agapita querida —dijo el enfermo con voz meliflua, débil, mimosa.— Ya sé lo que pides. Que confiese. Está bien, hija mía. ¿Cómo ha de ser? Hace días que esperaba este momento. El señor de Somoza es tan angelical que no quería darme un susto; pero yo conocía que esto iba mal. He pensado mucho en vosotras, en la necesidad de complaceros. Sólo os pido una cosa... que venga el señor Magistral. Quiero que me oiga en confesión el señor De Pas; necesito que me oiga, y que me perdone.

Agapita lloró sobre el pecho flaco de su padre. Desde la sala habían oído el diálogo Somoza y la hija menor de Guimarán, Perpetua. Media hora después toda Vetusta sabía el milagro. «¡*El Ateo* llamaba al Magistral para que le ayudara a bien morir!»

Don Fermín estaba en cama. Su madre, echada a los pies del lecho, como un perro, gruñía en cuanto olfateaba la presencia de algún importuno. El Magistral se quejaba de neuralgia; el ruido menor le sonaba a patadas en la cabeza. Doña Paula había prohibido los ruidos, todos los ruidos. Se andaba de puntillas y se procuraba volar.

Teresina creyó que el recado de las señoritas de Guimarán era cosa grave, y merecía la pena de infringir la regla general.

—Están ahí de parte de la señora y señoritas de Guimarán...

—¡De Guimarán! —dijo el Magistral, que estaba despierto, aunque tenía los ojos cerrados.

—¡De Guimarán! Tú estás loca... —dijo doña Paula muy bajo.

—Sí, señora, de Guimarán, de don Pompeyo, que se está muriendo y quiere que le vaya a confesar el señorito.

Hijo y madre dieron un salto; doña Paula quedó en pie; don Fermín, sentado en su lecho.

Se hizo entrar a la criada de Guimarán y repetir el recado.

La criada lloraba y describía entre suspiros la tristeza de la familia y el consuelo que era ver al señor pedir los Santos Sacramentos.

El Magistral y doña Paula se consultaron con los ojos. Se entendieron.

—¿Te hará daño?

—No. Que voy ahora mismo.

—Salid. Que el señorito está muy enfermo, pero que lo primero es lo primero y que va allá ahora mismo.

Quedaron solos hijo y madre.

—¿Será una broma de ese tunante?

—No señora; es un pobre diablo. Tenía que acabar así. Pero yo no sabía que estaba enfermo.

De Pas hablaba mientras se vestía ayudado por su madre, que buscó en el fondo de un baúl la ropa de más abrigo.

—¿Fermo, y si tú te pones malo de veras... es decir, de cuidado?...

—No, no, no. Deje usted. Esto no admite espera... y mi cabeza sí. Es preciso llegar allá antes que se sepa por ahí... ¿No comprende usted?

—Sí, claro; tienes razón.

Callaron.

El Magistral se cogió a la pared y al hombro de su madre para tenerse en pie.

En su despacho se sentó un momento.

—¿Mandamos por un coche?...

—Sí, es claro; ya debía estar hecho eso. A Benito, aquí en la esquina...

Entró Teresa.

—Esta carta para el señorito.

Doña Paula la tomó; no conoció la letra del sobre.

Fermín sí; era la de Ana, desfigurada, obra de una mano temblorosa...

—¿De quién es? —preguntó la madre al ver que Fermín palidecía.

—No sé... ya la veré después. Ahora al coche... a ver a Guimarán...

Y se puso de pies, escondió la carta en un bolsillo interior y se dirigió a la puerta con paso firme.

Doña Paula, aunque sospechaba no sabía qué, no se atrevió esta vez a insistir. Le daba lástima de aquel hijo que enfermo, triste, tal vez desesperado, iba por ella a continuar la historia de su grandeza, de sus ganancias; iba a rescatar el crédito perdido buscando un milagro de los más sonados, de los más eficaces y provechosos, un milagro de conversión. «Era un héroe.» «¡Cuánto había padecido durante aquella cuaresma!» Ella, doña Paula, había acabado por adivinar que su hijo y la Regenta no se veían ya; habían reñido por lo visto. Al principio el egoísmo de la madre triunfó y se alegró de aquel rompimiento que suponía. Conoció que su hijo no se humillaría jamás a pedir una reconciliación, que antes moriría desesperado, como un perro, allí, en aquel lecho donde había caído al cabo, después de pasear la cólera comprimida por toda Vetusta y sus alrededores, de día y de noche. Pero la desesperación taciturna de su Fermo, complicada con una enfermedad misteriosa, de mal aspecto, que podía parar en locura, asustó a la madre que adoraba a su modo al hijo; y noche hubo en que, mientras velaba el dolor de su Fermo pensó en mil absurdos, en milagros de madre, en ir ella misma a buscar a la infame que tenía la culpa de aquello, y degollarla, o traerla arrastrando por los malditos cabellos allí, al pie de aquella cama, a velar como ella, a llorar como ella, a salvar a su hijo a toda costa, a costa de la fama, de la salvación, de todo; a salvarle o morir con él... De estas ideas absurdas, que rechazaba después el buen sentido, le quedaba a doña Paula una ira sorda, reconcentrada, y una aspiración vaga a formar un proyecto extraño, una intriga para cazar a la Regenta y hacerla servir para lo que Fermo quisiera... y después matarla o arrancarle la lengua...

Los primeros días, después de separarse Ana y De Pas, era el Magistral quien preguntaba más a menudo a Teresina, afectando indiferencia, pero sin que su madre le oyera: «¿Ha habido algún recado, alguna carta para mí?» Después, también doña Paula, a solas también, preguntaba a la doncella con voz gutural, estrangulada: «¿Han traído algún recado... algún papel... para el señorito?»

No, no habían traído nada. La cuaresma había pasado así, había comenzado la semana de Dolores, estaba concluyendo... y nada.

«Debe de ser de ella», pensó doña Paula cuando vio el papel que presentó Teresina. Sintió ira y placer a un tiempo.

El Magistral sentía en los oídos huracanes. Temía caerse. Pero estaba dispuesto a salir. También se juró negarse a leer la carta delante de su madre, aunque ella lo pidiera puesta en cruz. «Aquella carta era de él, de él solo.» Llegó el coche. Una carretela vieja, desvencijada, tirada por un caballo negro y otro blanco, ambos desfallecidos de hambre y sucios.

Doña Paula que había acompañado a su hijo hasta el portal, dijo con énfasis al cochero.

—A casa de don Pompeyo Guimarán... ya sabes...

—Sí, sí...

Dobló el coche la esquina; don Fermín corrió un cristal y gritó:

—Despacio, al paso.

Miró la carta de Ana.

Rompió el sobre con dedos que temblaban y leyó aquellas letras de tinta rosada que saltaban y se confundían enganchadas unas con otras. Adivinó más que descifró los caracteres que se evaporaban ante su vista débil.

«Fermín: necesito ver a usted, quiero pedirle perdón y jurarle que soy digna de su cariñoso amparo; Dios ha querido iluminarme otra vez; la Virgen, estoy segura de ello, la Virgen quiere que yo le busque a usted, que le llame. Pensé en ir yo misma a su casa. Pero temo que sea indiscreción. Sin embargo, iré, a pesar de todo, si es verdad que está usted enfermo y que no puede salir. ¿Dónde le podré hablar? Estoy segura de que por caridad a lo menos no dejará sin respuesta mi carta. Y si la deja, allá voy. Su mejor amiga, su esclava, según ha jurado y sabrá cumplir. —ANA.»

De Pas dejó de sentir sus dolores, no pensó siquiera en esto; miró al cielo, iba a obscurecer. Cogió con mano febril la blusa azul del cochero, que volvió la cabeza.

—¿Qué hay señorito?

—A la Plaza Nueva... a la Rinconada...

—Sí, ya sé... pero ¿ahora?

—Sí, ahora mismo, y a escape.

El coche siguió al paso.

«Si está don Víctor, que no lo quiera Dios, basta con que Ana me mire, con que me vea allí... Si no está... mejor. Entonces hablaré, hablaré...»

Y cansado por tantos esfuerzos y sorpresas, don Fermín dejó caer la cabeza sobre el sobado reps azul del testero y en aquel rincón obscuro del coche, ocultando el rostro en las manos que ardían, lloró como un niño, sin vergüenza de aquellas lágrimas de que él solo sabría.

No estaba don Víctor en casa.

El Magistral estuvo en el caserón de los Ozores desde las siete hasta más de las ocho y media. Cuando salió, el cochero dormía en el pescante. Había encendido los faroles del coche y esperaba, seguro de cobrar caro aquel sueño. Don Fermín entró en casa de don Pompeyo a las nueve menos cuarto. La sala estaba llena de curas y seglares devotos. Todas las hijas de Guimarán salieron al encuentro del Provisor, cuyo rostro relucía con una palidez que parecía sobrenatural. Se hubiera dicho que le rodeaba una aureola.

Tres veces se había mandado aviso a casa del Magistral para que viniera en seguida. Don Pompeyo quería confesar, pero con De Pas y sólo con De Pas: decía que sólo al Magistral quería decir sus pecados y declarar sus errores; que una voz interior le pedía con fuerza invencible que llamara al Magistral y sólo al Magistral.

Doña Paula contestaba que su hijo había salido a las siete, en coche, en cuanto había recibido aviso, que había ido derecho a casa de Guimarán. Pero como no llegaba, se repetían los recados. Doña Paula estaba furiosa. ¿Qué era de su hijo? ¿Qué nueva locura era aquélla?

Al fin las de Guimarán, en vista de que el Provisor no parecía, llamaron al Arcediano, a don Custodio, al cura de la parroquia, y a otros clérigos que más o menos trataban al enfermo. Todo inútil.

Él quería al Magistral; la voz interior se lo pedía a gritos. Glocester al lado de aquel lecho de muerte se moría de envidia y estaba verde de ira, aunque sonreía como siempre.

—Pero, señor don Pompeyo, hágase usted cargo de que todos somos sacerdotes del Crucificado... y siendo sincera su conversión de usted...

—Sí señor, sincera; yo nunca he engañado a nadie. Yo quiero reconciliarme con la iglesia, morir en su seno, si está de Dios que muera...

—Oh, no, eso no...

—Tal creo yo; pero de todas suertes... quiero volver al redil... de mis mayores... pero ha de ser con ayuda del señor don Fermín; tengo motivos poderosos para exigir esto, son voces de mi conciencia...

—Oh, muy respetable... muy respetable... Pero si ese señor Magistral no parece...

—Si no parece, cuando el peligro sea mayor, confesaré con cualquiera de ustedes. Entre tanto quiero esperarle. Estoy decidido a esperar.

El cura de la parroquia no consiguió más que el Arcediano. De don Custodio no hay que hablar. Todos aquellos señores sacerdotes «estaban allí en ridículo», según opinión de Glocester. La verdad era que un color se les iba y otro se les venía.

—¿Será esto un complot? —dijo Mourelo al oído de don Custodio.

Después de tanto hacerse esperar, llegó el Magistral.

Las hijas de Guimarán le llevaron en triunfo junto a su padre.

De Pas parecía un santo bajado del cielo; una alegría de arcángel satisfecho brillaba en su rostro hermoso, fuerte, en que había reflejos de una juventud de aldeano robusto y fino de facciones; era la juventud de la pasión, rozagante en aquel momento. Mientras Guimarán estrechaba la mano enguantada del Provisor, éste, sin poder traer su pensamiento a la realidad presente, seguía saboreando la escena de dulcísima reconciliación en que acababa de representar papel tan importante. «¡Ana era suya otra vez, su esclava! ella lo había dicho de rodillas, llorando... ¡Y aquel proyecto, aquel irrevocable propósito de hacer ver a toda Vetusta en ocasión solemne que la Regenta era sierva de su confesor, que creía en él con fe ciega!...» Al recordar esto, con todos los pormenores de la gran prueba ofrecida por Ana, don Fermín sintió que le temblaban las piernas; era el desfallecimiento de aquel deleite que él llamaba moral, pero que le llegaba a los huesos en forma de soplo caliente. Pidió una silla. Se sentó al lado del enfermo y por primera vez vio lo que tenía delante; un rostro pálido, avellanado, todo huesos y pellejo que parecía pergamino claro. Los ojos de Guimarán tenían una humedad reluciente, estaban muy abiertos, miraban a los abismos de ideas en que se perdía aquel cerebro enfermo, y parecían dos ventanas a que se asomaba el asombro mudo.

Quedaron solos el enfermo y el confesor.

De Pas se acordó de su madre, de los Jesuitas, de Barinaga, de Glocester, de Mesía, de Foja, del Obispo, y aunque con repugnancia, se decidió a sacar todo el partido posible de aquella conversión que se le venía a las manos. En un solo día ¡cuánta felicidad! Ana y la influencia que se habían separado de él volvían a un tiempo; Ana más humilde que nunca, la influencia con cierto carácter sobrenatural. Sí, él estaba seguro de ello, conocía a los vetustenses; un entierro les había hecho despreciar a su tirano, otro entierro les haría arrodillarse a sus pies, fanatizados unos, asustados por lo menos los demás. Mientras hablaba con don Pompeyo de la religión, de sus dulzuras, de la necesidad de una Iglesia que se funde en revelaciones positivas, el Magistral preparaba todo un plan para sacar provecho de su victoria... Ya que aquel tontiloco se le metía entre los dedos, no sería en vano. Los otros tontos, los que creían que Guimarán era ateo de puro malvado y de puro sabio, mirarían aquella conquista como cosa muy seria, como una ganancia de incalculable valor para la Iglesia.

«¡El ateo! Aunque todos le tenían por inofensivo, creían los más en su maldad ingénita y en una misteriosa superioridad diabólica. Y aquel diablo, aquel malhechor se arrojaba a los pies del señor espiritual de Vetusta... ¡Oh! ¡qué gran efecto teatral!... No, no sería él bobo, su madre tenía razón, había que sacar provecho... Y después, aquello no era más que una preparación para otro triunfo más importante; ¿no se había dicho que hasta la Regenta le abandonaba? Pues ya se vería lo que iba a hacer la Regenta...» Don Fermín se ahogaba de placer, de orgullo; se le atragantaban las pasiones mientras don Pompeyo tosía, y entre esputo y esputo de flema decía con voz débil:

—Puede usted creer... señor Magistral... que ha sido un milagro esto... sí, un milagro... He visto coros de ángeles, he pensado en el Niño Dios... metidito en su cuna... en el portal de Belem... y he sentido una ternura... así... como paternal... ¡qué sé yo!... ¡Eso es sublime, don Fermín... sublime... Dios en una cuna... y yo ciego... que negaba!... pero dice usted bien... Yo me he pasado la vida pensando en Dios, hablando de Él... sólo que al revés... todo lo entendía al revés...

Y continuaba su discurso incoherente, interrumpido por toses y por sollozos.

Después el Magistral le hizo callar y escucharle.

Habló mucho y bien don Fermín. Era necesario para obtener el perdón de Dios que don Pompeyo, antes de sanar, porque sin duda sanaría —y eso pensaba él también— diese un ejemplo edificante de piedad. Su conversión debía ser solemne, para escarmiento de pícaros y enseñanza saludable de los creyentes tibios.

—Puede usted hacer un gran beneficio a la Iglesia, a quien tantos males ha hecho...

—Pues usted dirá... don Fermín... yo soy esclavo de su voluntad... Quiero el perdón de Dios y el de usted... el de usted, a quien tanto he ofendido haciéndome eco de calumnias... Y crea usted que yo no le quería a usted mal, pero como mi propósito era combatir el fanatismo, al clero en general... y además Barinaga sólo así podía ser conquistado... ¡Oh Barinaga! ¡infeliz don Santos! ¿Estará en el infierno, verdad, don Fermín? ¡Infeliz! ¡Y por mi culpa!

—Quién sabe... Los designios de Dios son inescrutables... Y además, puede contarse con su bondad infinita... ¡Quién sabe!... Lo principal es que nosotros demos ahora un notable ejemplo de piedad acendrada... Esta lección puede traer muchas conversiones detrás de sí. ¡Ah, don Pompeyo, no sabe usted cuánto puede ganar la Religión con lo que usted ha hecho y piensa hacer!...

A la mañana siguiente toda Vetusta edificada se preparaba a acompañar el Viático que por la tarde debía ser administrado al señor Guimarán. Era domingo de Ramos. No se respiraba por las calles del pueblo más que religión.

—¡El papel Provisor sube! —decía Foja furioso al oído de Glocester, a quien encontró en el atrio de la catedral, al salir de misa.

—¡Esto es un complot!

—Lo que es un idiota ese don Pompeyo.

—No, un complot...

La verdad era que el *papel Provisor subía* mucho más de lo que podían sus enemigos figurarse.

Así como no se explicaba fácilmente por qué el descrédito había sido tan grande y en tan poco tiempo, tampoco ahora podía nadie darse cuenta de cómo en pocas horas el espíritu de la opinión se había vuelto en favor del Magistral, hasta el punto de que ya nadie se atrevía delante de gente a recordar sus vicios y pecados; y no se hablaba más que de la conversión milagrosa que había hecho.

No importaba que Mourelo gritase en todas partes:

—Pero si no fue él, si fue un arranque espontáneo del ateo... Si así hacen todos los espíritus fuertes cuando les llega su hora...

Nadie hacía caso del murmurador. «Milagro sí lo había, pero lo había hecho el Magistral.» Ya nadie dudaba esto. «Era un gran hombre, había que reconocerlo.» —Doña Paula, por medio del Chato y otros ayudantes, doña Petronila, su cónclave, Ripamilán, el mismo Obispo, que había abrazado al Magistral en la catedral poco después de bendecir las palmas, todos éstos, y otros muchos, eran propagandistas entusiastas de la gloria reciente, fresca de don Fermín, de su triunfo palmario sobre las huestes de Satán.

Foja, Mourelo, don Custodio, por consejo de Mesía que habló con el ex—alcalde, desistieron de contrarrestar la poderosa corriente de la opinión, favorable hasta no poder más, a don Fermín.

«Más valía esperar; ya pasaría aquella racha y volvería toda Vetusta a ver al milagroso don Fermín De Pas tal como era, *en toda su horrible desnudez.*»

Después que comulgó don Pompeyo con toda la solemnidad requerida por las circunstancias, teniendo a su lado al *cura de cabecera*, a don Fermín y a Somoza, el médico, Vetusta entera, que había acudido a la casa y a las puertas de la casa del converso, se esparció por todo el recinto de la ciudad haciéndose lenguas de la unción con que moría el ateo, a quien ahora todos concedían un talento extraordinario y una sabiduría descomunal, y pregonando el celo apostólico del Provisor, su tacto, su influencia evangélica, que parecía cosa de magia o de milagro.

Terminada la ceremonia religiosa, hubo junta de médicos. Somoza se había equivocado como solía. Don Pompeyo estaba enfermo de muerte, pero podía durar muchos días: era fuerte... no había más que oírle hablar.

Somoza mantuvo su opinión con energía heroica. «Cierto que podía durar algunos días más de los que él había anunciado, el señor Guimarán; pero la ciencia no podía menos de declarar que la muerte era inminente. Podía durar, sí, el enfermo, mil y mil veces sí, pero ¿debido a qué? Indudablemente a la influencia moral de los Sacramentos. No que él, don Robustiano Somoza, hombre científico ante todo, creyese en la eficacia material de la religión: pero sin incurrir en un fanatismo que pugnaba con todas sus convicciones de hombre de ciencia, como tenía dicho, podía admitir y admitía, aleccionado por la experiencia, que lo psíquico influye en lo físico, y viceversa, y que la conversión repentina de don Pompeyo podría haber determinado una variación en el curso natural de su enfermedad... todo lo cual era extraño a la ciencia médica como tal y sin más.»

En efecto, don Pompeyo duró hasta el miércoles Santo.

Trifón Cármenes, desde el día en que se supo la conversión de Guimarán, concibió la empecatada idea de consagrar una *hoja literaria* del *Lábaro* al importantísimo suceso. Pero había que esperar a que el enfermo saliese de peligro o se fuera al otro mundo. Esto último era lo más probable y lo que más convenía a los planes de Cármenes, el cual desde el domingo de Ramos tenía a punto de terminar una larguísima composición poética en que se *cantaba* la muerte del ateo felizmente restituido a la fe de Cristo. La oda elegíaca, o elegía a secas, lo que fuera, que Trifón no lo sabía, comenzaba así:

¿Qué me anuncia ese fúnebre lamento?...

El poeta iba y venía de la *casa mortuoria*, como él la llamaba ya para sus adentros, a la redacción, de la redacción a la casa mortuoria.

—¿Cómo está? —preguntaba en voz muy baja, desde el portal.

La criada contestaba:

—Sigue lo mismo.

Y Trifón corría, se encerraba con su elegía y continuaba escribiendo:

¡Duda fatal, incertidumbre impía!...
Parada en el umbral, la Parca fiera
ni ceja ni adelanta en su porfía:
como sombra de horror, calla y espera...

Pasaban algunas horas, volvía a presentarse Trifón en casa del moribundo; con voz meliflua y tenue decía:

—¿Cómo sigue don Pompeyo?

—Algo recargado —le contestaban.

Volvía a escape a la redacción, anhelante, «había que trabajar con ahínco, podía morirse aquel señor y la poesía quedar sin el último pergeño....» Y escribía con *pulso febril*:

Mas ¡ay! en vano fue; del almo cielo
la sentencia se cumple; inexorable...

No sabía Trifón lo que significaba almo, es decir, no lo sabía a punto fijo, pero le sonaba bien.

Cuando la criada de Guimarán le contestaba: «Que el señor había pasado mejor la noche», Cármenes, sin darse cuenta de ello, torcía el gesto, y sentía una impresión desagradable parecida a la que experimentaba cuando llegaba a convencerse de que un periódico de Madrid no le publicaría los versos que le había remitido. Él no quería mal a nadie, pero lo cierto era que, una vez tan adelantada la elegía, don Pompeyo le iba a hacer un flaco servicio si no se moría cuanto antes.

Murió. Murió el Miércoles Santo. El Magistral y Trifón respiraron. También respiró Somoza. Los tres hubieran quedado en ridículo a suceder otra cosa. En cuanto a Cármenes, terminó sus versos de esta suerte:

No le lloréis. Del bronce los tañidos
himnos de gloria son; la Iglesia santa
le recogió en su seno... etc.

Al pobre Trifón le salían los versos montados unos sobre otros: igual defecto tenía en los dedos de los pies.

El entierro del ateo fue una solemnidad como pocas. *Acompañaron a la última morada el cadáver del finado* las autoridades civiles y militares; una comisión del Cabildo presidida por el Deán, la Audiencia, la Universidad, y además cuantos se preciaban de buenos o malos católicos. La viuda y las huérfanas recibían especial favor y consuelo con aquella pública manifestación de simpatía. El Magistral iba presidiendo el duelo de familia: no era pariente del difunto, pero le había sacado de las garras del Demonio, según Glocester, que se quedó en la sala capitular murmurando. «Aquello más que el entierro de un cristiano fue la apoteosis pagana del pío, felice, triunfador Vicario general.» En efecto, el pueblo se lo enseñaba con el dedo: «Aquél es, aquél es, decía la muchedumbre señalando al Apóstol, al Magistral.» Los milagros que doña Paula había hecho correr entre las masas impresionables e iliteratas no son para dichos. El mismo señor Obispo, en su último sermón a las beatas pobres y clase de tropa, criadas de servicio, etcétera, etc., había aludido al triunfo de aquel hijo predilecto de la Iglesia...

—No habrá más remedio que agachar la cabeza y dejar pasar el temporal —decía Foja.

Los que estaban furiosos eran los libre—pensadores que comían de carne en una fonda todos los Viernes Santos.

«¡Aquel don Pompeyo les había desacreditado!

»¡Vaya un libre—pensador!

»¡Era un gallina!

»¡Murió loco!

»¡Le dieron hechizos!

»¿Qué hechizos? Morfina.

»El clero, milagros del clero...

»Le convirtieron con opio...

»La debilidad hace sola esos milagros...

»Sobre todo era un badulaque...»

El jueves Santo llegó con una noticia que había de hacer época en los anales de Vetusta, anales que, por cierto, escribía con gran cachaza un profesor del Instituto, autor también de unos comentarios acerca de la jota Aragonesa.

En casa de Vegallana la tal noticia *estalló como una bomba*. Volvía la Marquesa, toda de negro, de pedir en la mesa de Santa María con Visitación; volvía también Obdulia Fandiño que había pedido en San Pedro, a la hora en que visitaban los *monumentos* los oficiales de la guarnición; y todas aquellas señoras, en el gabinete de la Marquesa reunidas, escuchaban pasmadas lo que solemnemente decía el gran Constantino, doña Petronila Rianzares, que había recaudado veinte duros en la mesa de petitorio de San Isidro. Y decía el obispo—madre:

—Sí, señora Marquesa, no se haga usted cruces, Anita está resuelta a dar este gran ejemplo a la ciudad y al mundo...

—Pero Quintanar... no lo consentirá...

—Ya ha consentido... a regañadientes, por supuesto. Ana le ha hecho comprender que se trataba de un voto sagrado, y que impedirle cumplir su promesa sería un acto de despotismo que ella no perdonaría jamás...

—¿Y el pobre calzonazos dio su permiso? —dijo Visita, colorada de indignación.— ¡Qué maridos de la isla de San Balandrán! — añadió acordándose del suyo.

La Marquesa no acababa de santiguarse. «Aquello no era piedad, no era religión; era locura, simplemente locura. La devoción racional, *ilustrada*, de buen tono, era aquella otra, pedir para el Hospital a las corporaciones y particulares a las puertas del templo, regalar estandartes bordados a la parroquia; ¡pero vestirse de mamarracho y darse en espectáculo!...»

—¡Por Dios, Marquesa! Cualquiera que la oyera a usted la tomaría por una demagoga, por una *Suñera*.

—Pues yo, ¿qué he dicho?

—¿Pues le parece a usted poco? llamar mamarracho a una *nazarena*?...

La Marquesa encogió los hombros y volvió a santiguarse. Obdulia tenía la boca seca y los ojos inflamados. Sentía una inmensa curiosidad y cierta envidia vaga...

«¡Ana iba a darse en espectáculo!» cierto, ésa era la frase. ¿Qué más hubiera querido ella, la de Fandiño, que darse en espectáculo, que hacerse mirar y contemplar por toda Vetusta?

—¿Y el traje? ¿cómo es el traje? ¿sabe usted?...

—¿Pues no he de saber? —contestó doña Petronila, orgullosa porque estaba enterada de todo.— Ana llevará túnica talar morada, de terciopelo, con franja *marron foncé...*

—¿Marrón foncé?... —objetó Obdulia...— no dice bien... oro sería mejor.

—¿Qué sabe usted de esas cosas?... Yo misma he dirigido el trabajo de la modista; Ana tampoco entiende de eso y me ha dejado a mí el cuidado de todos los pormenores.

—¿Y la túnica es de vuelo?

—Un poco...

—¿Y cola?

—No, ras con ras...

—¿Y calzado? ¿sandalias?...

—¡Calzado! ¿qué calzado? El pie desnudo...

—¡Descalza! —gritaron las tres damas.

—Pues claro, hijas, ahí está la gracia... Ana ha ofrecido ir descalza...

—¿Y si llueve?

—¿Y las piedras?

—Pero se va a destrozar la piel...

—Esa mujer está loca...

—¿Pero dónde ha visto ella a nadie hacer esas diabluras?

—¡Por Dios, Marquesa, no blasfeme usted! Diabluras un voto como éste, un ejemplo tan cristiano, de humildad tan edificante...

—Pero, ¿cómo se le ha ocurrido... eso? ¿Dónde ha visto ella eso?...

—Por lo pronto, lo ha visto en Zaragoza y en otros pueblos de los muchos que ha recorrido... Y aunque no lo hubiera visto, siempre sería meritorio exponerse a los sarcasmos de los impíos, y a las burlas disimuladas de los fariseos y de las fariseas... que fue justamente lo que hizo el Señor por nosotros pecadores.

—¡Descalza! —repetía asombrada Obdulia.— La envidia crecía en su pecho. «Oh, lo que es esto —pensaba— indudablemente tiene *cachet*. Sale de lo vulgar, es una *boutade*, es algo... de un buen tono superfino...»

El Marqués entró en aquel momento con don Víctor colgado del brazo.

Vegallana venía consolando al mísero Quintanar, que no ocultaba su tristeza, su decaimiento de ánimo.

Doña Petronila se despidió antes de que el atribulado ex—regente pudiera echarle el tanto de culpa que la correspondía en aquella aventura que él reputaba una desgracia.

—Vamos a ver, Quintanar —preguntó la Marquesa— con verdadero interés y mucha curiosidad...

—Señora... mi querida Rufina... esto es... que como dice el poeta...

¡No podían vencerme... y me vencieron!...

—Déjese usted de versos, alma de Dios... ¿Quién le ha metido a Ana eso en la cabeza?

—¿Quién había de ser? Santa Teresa... digo... no... el Paraguay.

—¿El Para?...

—No, no es eso. No sé lo que me digo... Quiero decir... Señores, mi mujer está loca... Yo creo que está loca... Lo he dicho mil veces... El caso es... que cuando yo creía tenerla dominada, cuando yo creía que el misticismo y el Provisor eran agua pasada que no movía molino... cuando yo no dudaba de mi poder discrecional en mi hogar... a lo mejor ¡zas! mi mujer me viene con la embajada de la procesión.

—Pero si en Vetusta jamás ha hecho eso nadie...

—Sí tal —dijo el Marqués.— Todos los años va en el entierro de Cristo, Vinagre, o sea, don Belisario Zumarri, el maestro más sanguinario de Vetusta, vestido de nazareno y con una cruz a cuestas...

—Pero, Marqués, no compare usted a mi mujer con Vinagre.

—No, si yo no comparo...

—Pero, señores, señores, digo yo —repetía doña Rufina— ¿cuándo ha visto Ana que una señora fuese en el Entierro detrás de la urna con hábito, o lo que sea, de nazareno?...

—Sí, verlo sí lo ha visto. Lo hemos visto en Zaragoza... por ejemplo. Pero yo no sé si aquéllas eran señoras de verdad...

—Y además, no irían descalzas —dijo Obdulia.

—¡Descalzas! ¿y mi mujer va a ir descalza? ¡Ira de Dios! ¡eso sí que no!... ¡Pardiez!

Gran trabajo costó contener la indignación colérica de don Víctor. El cual, más calmado, se volvió a casa, y entre tener *otra explicación* con su señora o encerrarse en un significativo silencio, prefirió encerrarse en el silencio... y en el despacho.

«A sí mismo no se podía engañar. Comprendía que la resolución de Ana era irrevocable.»

El viernes Santo amaneció plomizo; el Magistral muy temprano, en cuanto fue de día, se asomó al balcón a consultar las nubes. ¿Llovería? Hubiera dado años de vida porque el sol barriera aquel toldo ceniciento y se asomara a iluminar cara a cara y sin rebozo aquel día de su triunfo... ¡Dos días de triunfo! ¡El miércoles el entierro del ateo convertido, el viernes el entierro de Cristo, y en ambos él, don Fermín triunfante, lleno de gloria, Vetusta admirada, sometida, los enemigos tragando polvo, dispersos y aniquilados!»

También Ana miró al cielo muy de mañana, y sin poder remediarlo pensó ¡si lloviera! Lo deseaba y le remordía la conciencia de este deseo. Estaba asustada de su propia obra. «Yo soy una loca —pensaba— tomo resoluciones extremas en los momentos de la exaltación y después tengo que cumplirlas cuando el ánimo decaído, casi inerte, no tiene fuerza para querer.» Recordaba que de rodillas ante el Magistral le había ofrecido aquel sacrificio, aquella prueba pública y solemne de su adhesión a él, al perseguido, al calumniado. Se le había ocurrido aquella tremenda traza de mortificación propia en la novena de los Dolores, oyendo el *Stabat Mater* de Rossini, figurándose con calenturienta fantasía la escena del Calvario, viendo a María a los pies de su hijo, *dum pendebat filius*, como decía la letra. Había recordado, como por inspiración, que ella había visto en Zaragoza a una mujer vestida de Nazareno, caminar descalza detrás de la Urna de cristal que encerraba la imagen supina del Señor, y sin pensarlo más, había resuelto, se había jurado a sí misma caminar así, a la vista del pueblo entero, por todas las calles de Vetusta detrás de Jesús muerto, cerca de aquel Magistral que padecía también muerte de cruz, calumniado, despreciado por todos... y hasta por ella misma... Y ya no había remedio, don Fermín, después de una oposición no muy obstinada, había accedido y aceptaba la prueba de fidelidad espiritual de Ana; doña Petronila, a quien ya no miraba como tercera repugnante de aventuras sacrílegas, se había ofrecido a preparar el traje y todos los pormenores del *sacrificio*... «¡Y ahora, cuando era llegado el día, cuando se acercaba la hora, se le ocurría a ella dudar, temer, desear que se abrieran las cataratas del cielo y se inundara el mundo para evitar el trance de la procesión!»

Ana pensaba también en su Quintanar. Todo aquello era por él, cierto; era preciso agarrarse a la piedad para conservar el honor, pero ¿No había otra manera de ser piadosa? ¿No había sido un arrebato de locura aquella promesa? ¿No iba a estar en ridículo aquel marido que tenía que ver a su esposa descalza, vestida de morado, pisando el lodo de todas las calles de la Encimada, *dándose en espectáculo* a la malicia, a la envidia, a todos los pecados capitales, que contemplarían desde aceras y balcones aquel *cuadro vivo* que ella iba a representar? Buscaba Ana el fuego del entusiasmo, el frenesí de la abnegación que hacía ocho días, en la iglesia, oyendo música, le habían sugerido aquel proyecto; pero el entusiasmo, el frenesí, no volvían; ni la fe siquiera la acompañaba.

El miedo a los ojos de Vetusta, a la malicia boquiabierta, la dominaba por completo; ya no creía, ni dejaba de creer; no pensaba ni en Dios, ni en Cristo, ni en María, ni siquiera en la eficacia de su sacrificio para restaurar la fama del Magistral: no pensaba más que en *el escándalo* de aquella exhibición. «Sí, escándalo era; la mujer de su casa, la esposa honesta, protestaba dentro de Ana contra el espectáculo próximo... No, no estaba segura de que su abnegación fuese buena siquiera; acaso era una desfachatez; la paz de su casa, el recato del hogar, lo decían con silencio solemne...» y Ana sudaba de congoja... «¡Lo que había prometido!»

No llovió. El toldo gris del cielo continuó echado sobre el pueblo todo el día. Una hora antes de obscurecer salió la procesión del Entierro de la iglesia de San Isidro.

—¡Ya llega, ya llega! —murmuraban los socios del Casino apiñados en los balcones, codeándose, pisándose, estrujándose, los músculos del cuello en tensión, por el afán de ver mejor el extraño espectáculo, de contemplar a su sabor a la dama hermosa, a la perla de Vetusta, rodeada de curas y monagos, a pie y descalza, vestida de nazareno, ni más ni menos que el señor Vinagre, el cruelísimo maestro de escuela.

Como una ola de admiración precedía al fúnebre cortejo; antes de llegar la procesión a una calle, ya se sabía en ella, por las apretadas filas de las aceras, por la muchedumbre asomada a ventanas y balcones que «la Regenta venía guapísima, pálida, como la Virgen a cuyos pies caminaba.» No se hablaba de otra cosa, no se pensaba en otra cosa. Cristo tendido en su lecho, bajo cristales, su Madre de negro, atravesada por siete espadas, que venía detrás, no merecían la atención del pueblo devoto; se esperaba a la Regenta, se la devoraba con los ojos... En frente del Casino en los balcones de la Real Audiencia, otro palacio churrigueresco de piedra obscura, estaban, detrás de colgaduras carmesí y oro, la gobernadora civil, la militar, la presidenta, la Marquesa, Visitación, Obdulia, las del barón y otras muchas damas de la llamada aristocracia por la humilde y envidiosa clase media. Obdulia estaba pálida de emoción. Se moría de envidia. «¡El pueblo entero pendiente de los pasos, de los movimientos, del traje de Ana, de su color, de sus gestos!... ¡Y venía descalza! ¡Los pies blanquísimos, desnudos, admirados y compadecidos por multitud inmensa!» Esto era para la de Fandiño el bello ideal de la coquetería. Jamás sus desnudos hombros, sus brazos de marfil sirviendo de fondo a negro encaje bordado y bien ceñido; jamás su espalda de curvas vertiginosas, su pecho alto y fornido, y exuberante y tentador, habían atraído así, ni con cien leguas, la atención y la admiración de un pueblo entero, por más que los luciera en bailes, teatros, paseos y también procesiones... ¡Toda aquella carne blanca, dura, turgente, significativa, principal, era menos por razón de las circunstancias, que dos pies descalzos que apenas se podían entrever de vez en cuando debajo del terciopelo morado de la *nazarena*! «Y era natural; todo Vetusta, seguía pensando Obdulia, tiene ahora entre ceja y ceja esos pies descalzos, ¿por qué?, porque hay un *cachet* distinguidísimo en el modo de la exhibición, porque... esto es cuestión de *escenario*.» «¿Cuándo llegará?» preguntaba la viuda, lamiéndose los labios, invadida de una envidia admiradora, y sintiendo extraños dejos de una especie de lujuria bestial, disparatada, inexplicable por lo absurda. Sentía Obdulia en aquel momento así... un deseo vago... de... de... ser hombre.

Hombre era, y muy hombre, el maestro de escuela Vinagre, don Belisario, que se disfrazaba de Nazareno en tan solemne día, según costumbre inveterada, y era el más terrible Herodes de primeras letras los demás días del año. Todos los chiquillos de su escuela, que le aborrecían de corazón, se agolpaban en calles, plazas y balcones, a ver pasar al señor maestro, con su cruz de cartón al hombro y su corona de espinas al natural, que le pinchaban efectivamente, como se conocía por el movimiento de las cejas y la expresión dolorosa de las arrugas de la frente. Deseaban los muchachos cordialmente que aquellas espinas le atravesasen el cráneo. El entierro de Cristo era la venganza de toda la escuela. Vinagre, en su afán de mortificar a cuantas generaciones pasaban por su mano, se gozaba en lastimar a la suya, en su propia persona. Pero no sólo el prurito de darse tormento como a cada hijo de vecino, le había inspirado aquella diablura de coronarse de espinas y dar un gustazo a los recentales de su rebaño pedagógico, sino que era gran parte en aquella exhibición anual la pícara vanidad. El saber que una vez al año, él, Vinagre, don Belisario, era objeto de la *expectación general*, le llenaba el alma de gloria. Nadie se había atrevido a seguir su ejemplo; él era el único Nazareno de la población y gozaba de este privilegio tranquilamente muchos años hacía.

La competencia de doña Ana Ozores en vez de molestarle le colmó de orgullo. Sin encomendarse a Dios ni al diablo, en cuanto la vio salir de San Isidro, se emparejó con ella, la saludó muy cortésmente, y con su cruz a cuestas y todo supo demostrar que él era ante todo, y aun camino del Calvario, un cumplido caballero; si había charcos él era el que se metía por ellos para evitar el fango a los pies desnudos y de nácar de aquella ilustre señora, su compañera. Ana iba como ciega, no oía ni entendía tampoco, pero la presencia grotesca de aquel compañero inesperado la hizo ruborizarse y sintió deseos locos de echar a correr. «La habían engañado, nada le habían dicho de aquella caricatura que iba a llevar al lado.» «Oh, si ella tuviese todavía aquel espíritu sinceramente piadoso de otro tiempo, esta nueva mortificación, este escarnio, esta saturación de ridículo le hubiera agradado, porque así el sacrificio era mayor, la fuerza de su abnegación sublime.»

Vinagre admiró como todo el pueblo, especialmente el pueblo bajo, los pies descalzos de la Regenta. En cuanto a él, lucía deslumbradora bota de charol, con perdón de la propiedad histórica. Demasiado sabía Vinagre que las botas de charol no existían en tiempo de Augusto, ni aunque existieran las había de llevar Jesús al Calvario; pero él no era más que un devoto, un devoto que en todo el año no tenía ocasión de lucirse; había que perdonarle la vanidad de ostentar en aquella ocasión sus botas como espejos, que sólo se calzaba en tan solemne día.

«¡Ya llegan, ya llegan!, repitieron los del Casino y las señoras de la Audiencia cuando la procesión llegaba de verdad. Ahora no era un rumor falso, eran *ellos*, era el Entierro.»

Cesaron los comentarios en los balcones.

Todas las almas, más o menos ruines, se asomaron a los ojos.

Ni un solo vetustense allí presente pensaba en Dios en tal instante.

El pobre don Pompeyo, el ateo, ya había muerto.

Visitación, la del Banco, en vez de mirar como todos hacia la calle estrecha por donde ya asomaban los pendones tristes y desmayados, las cruces y ciriales, observaba el gesto de don Álvaro Mesía, que estaba solo, al parecer, en el último balcón de la fachada del Casino, en el de la esquina. Todo de negro, abrochada la levita ceñida hasta el cuello, don Álvaro, pálido, mordía de rato en rato el puro habano que tenía en la boca, sonreía a veces y se volvía de cuando en cuando a contestar a un interlocutor, invisible para Visita.

Era don Víctor Quintanar. Los dos amigos se habían encerrado en la secretaría del Casino, a ruegos del ex—regente, que quería ver, sin ser visto, lo que él llamaba la *subida al Calvario de su dignidad.* Detrás de Mesía, que daba buena sombra, temblando sin saber por qué, impaciente, casi con fiebre, Quintanar se disponía a ver todo lo que pudiera.

—Mire usted —decía— si yo tuviera aquí una bomba Orsini... se la arrojaba sin inconveniente al señor Magistral cuando pase triunfante por ahí debajo. ¡Secuestrador!

—Calma, don Víctor, calma; esto es el principio del fin. Estoy seguro de que Ana está muerta de vergüenza a estas horas. Nos la han fanatizado, ¿qué le hemos de hacer? pero ya abrirá los ojos; el exceso del mal traerá el remedio... Ese hombre ha querido estirar demasiado la cuerda; claro que esto es un gran triunfo para él... pero Ana tendrá que ver al cabo que ha sido instrumento del orgullo de ese hombre.

—¡Eso, instrumento, vil instrumento! La lleva ahí como un triunfador romano a una esclava... detrás del carro de su gloria...

Don Víctor se embrollaba en estas alegorías; pero lo cierto era que él se figuraba a don Fermín De Pas, en medio de la procesión, y de pie en un carro de cartón, como él había visto entrar al barítono en el escenario del Real, una noche que cantaba el *Poliuto*.

Don Álvaro no fingía su buen humor. Estaba un poco excitado, pero no se sentía vencido; él se atenía a sus experiencias. «Aquel clérigo no había tocado en la Regenta, estaba seguro.» Sonreía de todo corazón, sonreía a sus pensamientos, a sus planes. «Claro que les molestaba a los nervios aquel espectáculo en que aparentemente el rival se mostraba triunfando a la romana, según don Víctor, pero... no había tocado en ella.»

Quintanar, desde su escondite, vio asomar entre los balaustres negros del balcón una cruz dorada, remate de un pendón viejo y venerable. Se puso de pie sobre la silla, siempre sin poder ser visto desde la calle, y reconoció a Celedonio, con una cruz de plata entre los brazos.

Mesía, dejando detrás de sí a su amigo, ocupó el medio del balcón, arrogante y desafiando las miradas de los clérigos que pasaban debajo de él.

Los tambores vibraban fúnebres, tristes, empeñados en resucitar un dolor muerto hacía diez y nueve siglos; a don Víctor sí le sonaba aquello a himno de muerte; se le figuraba ya que llevaban a su mujer al patíbulo.

El redoble del parche se destacaba en un silencio igual y monótono.

En la calle estrecha, de casas obscuras, se anticipaba el crepúsculo; las largas filas de hachas encendidas, se perdían a lo lejos, hacia arriba, mostrando la luz amarillenta de los pábilos, como un rosario de cuentas doradas, roto a trechos. En los cristales de las tiendas cerradas y de algunos balcones se reflejaban las llamas movibles; subían y bajaban en contorsiones fantásticas, como sombras lucientes, en confusión de aquelarre. Aquella multitud silenciosa, aquellos pasos sin ruido, aquellos rostros sin expresión de los colegiales de blancas albas que alumbraban con cera la calle triste, daban al conjunto apariencia de ensueño. No parecían seres vivos aquellos seminaristas cubiertos de blanco y negro, pálidos unos, con cercos morados en los ojos, otros morenos, casi negros, de pelo en matorral, casi todos cejijuntos, preocupados con la idea fija del aburrimiento, máquinas de hacer religión, reclutas de una leva forzosa del hambre y de la holgazanería. Iban a enterrar a Cristo, como a cualquier cristiano, sin pensar en Él; a cumplir con el oficio. Después venían en las filas clérigos con manteo, militares, zapateros, y sastres vestidos de señores, algunos carlistas, cinco o seis concejales, con traje de señores también. Iba allí Zapico, el dueño ostensible de la Cruz Roja, esclavo de doña Paula. El Cristo tendido en un lecho de batista, sudaba gotas de barniz. Parecía haber muerto de consunción. A pesar de la miseria del arte, la estatua supina, por la grandeza del símbolo, infundía respeto religioso... Representaba a través de tantos siglos un duelo sublime. Detrás venía la madre. Alta, escuálida, de negro, pálida como el hijo, con cara de muerta como él. Fija la mirada de idiota en las piedras de la calle, la impericia del artífice había dado, sin saberlo, a aquel rostro la expresión muda del dolor espantado, del dolor que rebosa del sufrimiento. María llevaba siete espadas clavadas en el pecho. Pero no daba señales de sentirlas; no sentía más que la muerte que llevaba delante. Se tambaleaba sobre las andas. También esto era natural. Desde su altura dominaba la muchedumbre, pero no la veía. La Madre de Jesús no miraba a los vetustenses... Don Álvaro Mesía, al pasar cerca de sus pies la Dolorosa tuvo miedo, dio un paso atrás en vez de arrodillarse. El choque de aquella imagen del dolor infinito con los pensamientos de don Álvaro, todos profanación y lujuria, le espantó a él mismo. Estaba pensando que Ana, después de *aquella locura* que cometía por el confesor, por De Pas, haría otras mayores por el amante, por Mesía.

Allí iba la Regenta, a la derecha de Vinagre, un paso más adelante, a los pies de la Virgen enlutada, detrás de la urna de Jesús muerto. También Ana parecía de madera pintada; su palidez era como un barniz. Sus ojos no veían. A cada paso creía caer sin sentido. Sentía en los pies, que pisaban las piedras y el lodo, un calor doloroso; cuidaba de que no asomasen debajo de la túnica morada; pero a veces se veían. Aquellos pies desnudos eran para ella la desnudez de todo el cuerpo y de toda el alma. «¡Ella era una loca que había caído en una especie de prostitución singular!; no sabía por qué, pero pensaba que después de aquel paseo a la vergüenza ya no había honor en su casa. Allí iba la tonta, la literata, Jorge Sandio, la mística, la fatua, la loca, la loca sin vergüenza.» Ni un solo pensamiento de piedad vino en su ayuda en todo el camino. El pensamiento no le daba más que vinagre en aquel calvario de su recato. Hasta recordaba textos de Fray Luis de León en la *Perfecta Casada*, que, según ella, condenaban lo que estaba haciendo. «Me cegó la vanidad, no la piedad, pensaba.» «Yo también soy cómica, soy lo que mi marido.» Si alguna vez se atrevía a mirar hacia atrás, a la Virgen, sentía hielo en el alma. «La Madre de Jesús no la miraba, no hacía caso de ella; pensaba en su dolor cierto; ella, María, iba allí porque delante llevaba a su Hijo muerto, pero Ana, ¿a qué iba?...»

Según el Magistral, iba pregonando su gloria. Don Fermín no presidía este entierro como el del miércoles, pero celebraba con él su nuevo triunfo. Caminaba cerca de Ana, casi a su lado en la fila derecha, entre otros señores canónigos, con roquete, muceta y capa; empuñaba el cirio apagado, como un cetro. «Él era el amo de todo aquello. Él, a pesar de las calumnias de sus enemigos había convertido al gran ateo de Vetusta haciéndole morir en el seno de la Iglesia; él llevaba allí, a su lado, prisionera con cadenas invisibles a la señora más admirada por su hermosura y grandeza de alma en toda Vetusta; iba la Regenta edificando al pueblo entero con su humildad, con aquel sacrificio de la carne flaca, de las preocupaciones mundanas, y era esto por él, se le debía a él sólo. ¿No se decía que los jesuitas le habían eclipsado? ¿Que los Misioneros podían más que él con sus hijas de confesión? Pues allí tenían prueba de lo contrario. ¿Los jesuitas obligaban a las vírgenes vetustenses a ceñir el cilicio? Pues él descalzaba los más floridos pies del pueblo y los arrastraba por el lodo... allí estaban, asomando a veces debajo de aquel terciopelo morado, entre el fango. ¿Quién podía más?» Y después de las sugestiones del orgullo, los temblores cardíacos de la esperanza del amor. «¿Qué serían, cómo serían en adelante sus relaciones con Ana?» Don

Fermín se estremecía. «Por de pronto mucha cautela. Tal vez el día en que dejé la puerta abierta a los celos la asusté y por eso tardó en volver a buscarme. Cautela por ahora... después... ello dirá.» De Pas sentía que lo poco de clérigo que quedaba en su alma desaparecía. Se comparaba a sí mismo a una concha vacía arrojada a la arena por las olas. «Él era la cáscara de un sacerdote.»

Al pasar delante del Casino, frente al balcón de Mesía, Ana miraba al suelo, no vio a nadie. Pero don Fermín levantó los ojos y sintió el topetazo de su mirada con la de don Álvaro; el cual reculó otra vez, como al pasar la Virgen, y de pálido pasó a lívido. La mirada del Magistral fue altanera, provocativa, sarcástica en su humildad y dulzura aparentes: quería decir *Vae Victis!* La de Mesía no reconocía la victoria; reconocía una ventaja pasajera... fue discreta, suavemente irónica, no quería decir: «Venciste, Galileo» sino «hasta el fin nadie es dichoso.» De Pas comprendió, con ira, que el del balcón no se daba por vencido.

—¡Va hermosísima! —decían en tanto las señoras del balcón de la Audiencia.

—¡Hermosísima!

—¡Pero se necesita valor!

—Amigo, es una santa.

—Yo creo que va muerta —dijo Obdulia;— ¡qué pálida! ¡qué *parada*! parece de escayola.

—Yo creo que va muerta de vergüenza —dijo al oído de la Marquesa, Visita.

Doña Rufina suspiraba con aires de compasión. Y advirtió:

—Lo de ir descalza ha sido una barbaridad. Va a estar en cama ocho días con los pies hechos migas.

La baronesa de la Deuda Flotante, definitivamente domiciliada en Vetusta, se atrevió a decir encogiendo los hombros:

—Dígase lo que se quiera; estos extremos no son propios... de personas decentes.

El Marqués apoyó la idea muy eruditamente.

—Eso es piedad de transtiberina.

—Justo —dijo la baronesa, sin recordar en aquel instante lo que era una transtiberina.

Como en la Audiencia, en todos los balcones de la carrera, después de pasar la procesión y haber contemplado y admirado la hermosura y la valentía de la Regenta, se murmuraba ya y se encontraban inconvenientes graves en aquel «rasgo de inaudito atrevimiento.»

Foja en el Casino, lejos de Mesía y don Víctor, decía pestes del Magistral y la Regenta. «Todo eso es indigno. No sirve más que para dar alas al Provisor. Lo que ha hecho la Regenta lo pagarán los curas de aldea. Además, la mujer casada la pierna quebrada y en casa.»

—Sin contar —añadía Joaquín Orgaz— con que esto se presta a exageraciones y abusos. El año que viene vamos a ver a Obdulia Fandiño descalza de pie... y pierna, del brazo de Vinagre.

Se rió mucho la gracia.

Pero también se notó que Orgaz decía aquello porque no había sacado nada de sus pretensiones amorosas, o por lo menos, no había sacado bastante.

El populacho religioso admiraba sin peros ni distingos la humildad de aquella señora. «Aquello era imitar a Cristo de verdad. ¡Emparejarse, como un cualquiera, con el señor Vinagre el nazareno; y recorrer descalza todo el pueblo!... ¡Bah! ¡era una santa!»

En cuanto a don Víctor, al pasar debajo de su balcón el Magistral y Ana preguntó a Mesía:

—¿Están ya ahí?

—Sí, ahí van...

Y el mismo esposo estiró el cuello... y asomó la cabeza... Lo vio todo. Dio un salto atrás.

—¡Infame! ¡es un infame! ¡me la ha fanatizado!

Sintió escalofríos. En aquel instante la charanga del batallón que iba de escolta comenzó a repetir una marcha fúnebre.

Al pobre Quintanar se le escaparon dos lágrimas. Se le figuró al oír aquella música que estaba viudo, que aquello era el entierro de su mujer.

—Ánimo, don Víctor —le dijo Mesía volviéndose a él, y dejando el balcón.— Ya van lejos.

—No; no quiero verla otra vez. ¡Me hace daño!

—Ánimo... Todo esto pasará...

Y apoyó Mesía una mano en el hombro del viejo.

El cual, agradecido, enternecido, se puso en pie; procuró ceñir con los brazos la espalda y el pecho del amigo, y exclamó con voz solemne y de sollozo:

—¡Lo juro por mi nombre honrado! ¡Antes que esto, prefiero verla en brazos de un amante!

—Sí, mil veces, sí, —añadió— ¡búsquenle un amante, sedúzcanmela; todo antes que verla en brazos del fanatismo!...

Y estrechó, con calor, la mano que don Álvaro le ofrecía.

La marcha fúnebre sonaba a lo lejos. El *chin, chin* de los platillos, el *rum rum* del bombo servían de marco a las palabras grandilocuentes de Quintanar.

—¡Qué sería del hombre en estas tormentas de la vida, si la amistad no ofreciera al pobre náufrago una tabla donde apoyarse!

—*¡Chin, chin, chin! ¡bom, bom, bom!*

—¡Sí, amigo mío! ¡Primero seducida que fanatizada!...

—Puede usted contar con mi firme amistad, don Víctor; para las ocasiones son los hombres...

—Ya lo sé, Mesía, ya lo sé... ¡Cierre usted el balcón, porque se me figura que tengo ese bombo maldito dentro de la cabeza!

XXVII

—¡Las diez! ¿Has oído? el reloj del comedor ha dado las diez... ¿Te parece que subamos?...

—Espera un poco; espera que suene la hora en la catedral.

—¡En la catedral! ¿Pero se oye desde aquí, muchacha? ¿Se oye el reloj de la torre desde aquí?... Mira que es media legua larga...

—Pues sí, se oye, en estas noches tranquilas ya lo creo que se oye. ¿Nunca lo habías notado? Espera cinco minutos y oirás las campanadas... tristes y apagadas por la distancia...

—La verdad es que la noche está hermosa...

—Parece de Agosto.

—Cuando contemplo el cielo,

de innumerables luces rodeado
y miro hacia el suelo...

perdóname, hija mía; sin querer me vuelvo a mis versos...

—¿Y qué? mejor, Quintanar: eso es muy hermoso. *La Noche Serena* ya lo creo. Hace llorar dulcemente. Cuando yo era niña y empezaba a leer versos, mi autor predilecto era ése.

El recuerdo de Fray Luis de León pasó como una nubecilla por el pensamiento de Ana, que sintió un poco de melancolía amarga. Sacudió la cabeza, se puso en pie y dijo:

—Dame el brazo, Quintanar; vamos a dar una vuelta por la galería de los perales, mientras la señora torre de la catedral se decide a cantar la hora...

—Con mil amores, *mia sposa cara.*

La pareja se escondió bajo la bóveda no muy alta de una galería de perales franceses en espaldar. La luna atravesaba a trechos el follaje nuevo y sembraba de charcos de luz el suelo a lo largo del obscuro camino.

—Mayo se despide con una espléndida noche —dijo Ana, apoyándose con fuerza en el brazo de su marido.

—Es verdad; hoy se acaba Mayo. Mañana Junio. Junio la caña en el puño. ¿Te gusta a ti pescar? El río Soto, ya sabes, ese que está ahí en pasando la Pumarada de Chusquín.

—Sí, ya sé... donde se bañan Obdulia y Visita algunos veranos antes de ir al mar.

—Justo, ése... pues el río Soto lleva truchas exquisitas, según me dijo el Marqués. ¿Quieres que escriba a Frígilis, que nos mande dos cañas con todos sus accesorios?

—Sí, sí, ¡magnífico! Pescaremos.

Don Víctor, satisfecho, sujetó mejor el brazo de su mujer que colgaba del suyo, y la tomó la mano como un tenor de ópera. Y cantó:

Lasciami, lasciami
oh lasciami partir...

Calló y se detuvo. Un rayo de luna le alumbraba las narices. Miró a su esposa, que también volvió el rostro hacia su marido.

—¿Te gustan los Hugonotes? ¿Te acuerdas? Qué mal los cantaba aquel tenor de Valladolid... Pero oye... mira qué idea... hermosa idea... Figúrate aquí, en medio del Vivero, ahí, junto al estanque, figúrate a Gayarre o a Masini cantando... en esta noche tranquila, en este silencio... y nosotros aquí, debajo de esta bóveda... oyendo... oyendo... Las óperas deberían cantarse así... ¿Qué nos falta a nosotros ahora? Música; nada más que música... El panorama hermoso... la brisa... el follaje... la luna... pues esto con acompañamiento de un buen cuarteto... y ¡el paraíso! Oh, los versos... los versos a veces no dicen tanto como el pentagrama. Estoy por la canción, por la poesía que se acompaña en efecto de la lira o de la forminge... ¿Tú sabes lo que era la forminge... *phorminx*?

Ana sonrió y le explicó el instrumento griego a su buen esposo.

—Chica, eres una erudita.

Otra nubecilla pasó por la frente de Ana.

El reloj de la catedral, a media legua del Vivero, dio las diez, pausadas, vibrantes, llenando el aire de melancolía.

—Pues es verdad que se oye —dijo Quintanar.

Y después de un silencio, comentario de la hora, añadió:

—¿Vamos a cenar?

—¡A cenar! —gritó Ana.

Y soltando el brazo de don Víctor corrió, levantando un poco la falda de la *matinée* que vestía, hasta perderse en la obscuridad de la bóveda. Quintanar la siguió dando voces:

—Espera, espera... loca, que puedes tropezar.

Cuando salió a la claridad, con el cielo por techo, vio en lo alto de la escalinata de mármol, con una mano apoyada en el cancel dorado de la puerta de la casa, a su querida esposa que extendía el brazo derecho hacia la luna, con una flor entre los dedos.

—Eh, ¿qué tal, Quintanar? ¿Qué tal efecto de luna hago?...

—¡Magnífico! Magnífica estatua... original pensamiento... oye: «La Aurora suplica a Diana que apresure el curso de la noche...»

Ana aplaudió y atravesó el umbral. Don Víctor entró detrás diciéndose a sí mismo en voz alta:

—¡Hija mía! Es otra. Ese Benítez me la ha salvado... Es otra... ¡Hija de mi alma!

Cenaron en la vajilla de los marqueses. Los dos tenían muy buen apetito. Ana hablaba a veces con la boca llena, inclinándose hacia Quintanar que sonreía, mascaba con fuerza, y mientras blandía un cuchillo aprobaba con la cabeza.

—La casa es alegre hasta de noche —dijo ella.

Y añadió:

—Toma, móndame esa manzana...

—«Móndame la manzana, móndame la manzana...» ¿dónde he oído yo eso?... Ah, ya...

Y se atragantó con la risa.

—¿Qué tienes, hombre?

—Es de una zarzuela... De una zarzuela de un académico... Verás... se trata de la marquesa de Pompadour: un señor Beltrand anda en su busca; en un molino encuentra una aldeana... y como es natural se ponen a cenar juntos, y a comer manzanas por más señas.

—Como tú y yo.

—Justo. Pues bueno, la aldeana, como es natural también, coge un cuchillo.

—Para matar a Beltrand...

—No, para mondar la manzana...

—Eso ya es inverosímil.

—Lo mismo opinan Beltrand y la orquesta. La orquesta se eriza de espanto con todos sus violines en trémolo y pitando con todos sus clarinetes; y Beltrand canta, no menos asustado:

(*Cantando y puesto en pie*)

¡Cielos! monda la manzana;
es la marquesa
de Pompadour!...
de Pompadour!...

Ana soltó el trapo. Rió de todo corazón el disparate del académico y la gracia de su marido. «La verdad era que Quintanar parecía otro.»

Petra sirvió el té.

—¿Ha vuelto Anselmo de Vetusta? —preguntó el amo.

—Sí, señor, hace una hora...

—¿Ha traído los cartuchos?

—Sí, señor.

—¿Y el alpiste?

—Sí, señor.

—Pues dile que mañana muy temprano tiene que volver a la ciudad, con un recado para el señor Crespo. Deja... voy yo mismo a enterarle... Escribiré dos letras; ¿no te parece, Ana? ese Anselmo es tan bruto...

Salió el amo del comedor.

Petra dijo, mientras levantaba el mantel:

—Si la señorita quiere algo... yo también pienso ir mañana al ser de día a Vetusta... tengo que ver a la planchadora... si quiere que lleve algún recado... a la señora Marquesa... o...

—Sí: llevarás dos cartas: las dejaré esta noche sobre la mesa del gabinete y tú las cogerás mañana, sin hacer ruido, para no despertarnos.

—Descuide usted.

Una hora después don Víctor dormía en una alcoba espaciosa, estucada, con dos camas. En el gabinete contiguo Ana escribía con pluma rápida y que parecía silbar dulcemente al correr sobre el papel satinado.

—No tardes; no escribas mucho, que te puede hacer daño. Ya sabes lo que dice Benítez.

—Sí, ya sé; calla y duerme.

Ana escribió primero a su médico, que era en la actualidad el antiguo sustituto de Somoza. Benítez, el joven de pocas palabras y muchos estudios, observador y taciturno, había permitido a su enferma, a la Regenta, que escribiera, si este ejercicio la distraía, a ciertas horas en que la aldea no ofrece ocupación mejor. «Escríbame usted a mí, por ejemplo, de vez en cuando, diciéndome lo que sabe que importa para mi pleito. Pero si se siente mal de esas aprensiones dichosas no me dé pormenores, bastan generalidades...»

Ana escribía: «...Buenas noticias. Nada más que buenas noticias. Ya no hay aprensiones: ya no veo hormigas en el aire, ni burbujas, ni nada de eso; hablo de ello sin miedo de que vuelvan las visiones: me siento capaz de leer a Maudsley y a Luys, con todas sus figuras de sesos y demás interioridades, sin asco ni miedo. Hablo de mi temor a la locura con Quintanar como de la manía de un extraño. Estoy segura de mi salud. Gracias, amigo mío; a usted se la debo. Si no me prohibiera usted *filosofar*, aquí le explicaría por qué estoy segura de que debo al plan de vida que me impuso la felicidad inefable de esta salud serena, de este placer refinado de vivir con sangre pura y corriente en medio de la atmósfera saludable... pero nada de retórica; recuerdo cuánto le disgustan las frases... En fin, estoy como un reloj, que es la expresión que usted prefiere. El régimen respetado con religiosa escrupulosidad. El miedo guarda la viña, seré esclava de la higiene. Todo menos volver a las andadas. Continúo mi diario, en el cual no me permito el lujo de perderme en *psicologías* ya que usted lo prohíbe también. Todos los días escribo algo, pero poco. Ya ve que en todo le obedezco. Adiós. No retarde su visita. Quintanar le saluda... roncando. Ronca, es un hecho. *En aquel tiempo* la Regenta hubiera mirado esto como una desgracia suya, que le mandaba ex profeso el *destino* para ponerla a prueba. ¡Un marido que ronca! Horror... basta. Veo que tuerce usted el gesto. Perdón. No más cháchara. A Frígilis que venga con usted o antes. Diga lo que quiera mi esposo, si Crespo no viene a prepararme la caña y a convencer a las truchas de que se dejen pescar no haremos nada. Adiós otra vez. La esclava de su régimen, q. b. s. m.

Anita Ozores de Quintanar.»

Después de firmar y cerrar esta carta, Ana se puso a continuar otra que había empezado a escribir por la mañana.

Ahora la pluma corría menos, se detenía en los perfiles.

Por un capricho la Regenta procuraba imitar la letra de la carta a que contestaba y que tenía delante de los ojos.

...«No se queje de que soy demasiado breve en mis explicaciones. Ya le tengo dicho, amigo mío, que Benítez me prohíbe, y creo que con razón, analizar mucho, estudiar todos los pormenores de mi pensamiento. No ya el hacerlo, sólo el pensar en hacerlo, en desmenuzar mis ideas, me da la aprensión de volver a sentir aquella horrorosa debilidad del cerebro... No hablemos más de esto. Bastante hago si le escribo, pues prohibido me lo tienen. Pero entendámonos. Lo prohibido no es escribir a usted. ¿Hablo ahora claro? Lo prohibido es escribir mucho, sea a quien sea, y sobre todo de asuntos serios.

»¿Qué cuándo volvemos a Vetusta? No lo sé, Fermín, no lo sé.

»Que yo estoy mucho mejor. Es verdad. Pero quien manda, manda. Benítez es enérgico, habla poco pero bien; ha prometido curarme si se le obedece, abandonarme si se le engaña o se desprecian sus mandatos. Estoy decidida a obedecer. Usted me lo ha dicho siempre: lo primero es que tengamos salud.

»¿Que hay tibieza tal vez? No, Fermín, mil veces no. Yo le convenceré cuando vuelva.

»¿Que rezo poco? Es verdad. Pero tal vez es demasiado para mi salud. ¡Si yo dijera a Quintanar o a Benítez el daño que me hace, sana y todo, repetir oraciones!... Que en mis cartas no hablo más que de don Víctor y del médico. ¿Pero de qué quiere que le hable? Aquí no veo más que a mi marido; y Benítez me acaba de salvar la vida, tal vez la razón... Ya sé que a usted no le gusta que yo hable de mis miedos de volverme loca... pero es verdad, los tuve y le hablo de ellos, para que me ayude a agradecer al médico (de quien tanto hablo) mi *salvación intelectual*. ¿Para qué me hubiera querido mi *hermano mayor del alma*, sin el alma, o con el alma obscurecida por la locura?...

»¿Que se acabó esto y se acabó lo otro?... No y no. No se acabó nada. A su tiempo volverá todo. Menos el visitar a doña Petronila. No me pregunte usted por qué, pero estoy resuelta a no volver a casa de esa señora. Y... nada más. No *puedo ser más larga*. Me está prohibido (¡otra vez!). Acabo de cenar. Su más fiel amiga y penitente agradecida.

Ana Ozores.»

«P. D. —¿Que se conoce que tengo buen humor? También es verdad. Me lo da la salud. Si lo tuviera malo y pensara mal, creería que a usted le pesa de mi buen humor, a juzgar por el *tono* con que lo dice. Perdón por todas las faltas.»

Anita leyó toda esta carta. Tachó algunas palabras; meditó y volvió a escribirlas encima de lo tachado.

Y mientras pasaba la lengua por la goma del sobre, moviendo la cabeza a derecha e izquierda, encogió los hombros y dijo a media voz:

—No tiene por qué ofenderse.

Se acostó en el lecho blanco y alegre que estaba junto al de Quintanar.

El viejo madrugaba más que Ana, y salía a la huerta a esperarla. A las ocho tomaban juntos el chocolate en el invernáculo que él llamaba con cierto orgullo enfático *la serre*.

—¡Si esto fuera nuestro!... —pensaba a veces Quintanar contemplando las plantas exóticas de los anaqueles atestados y de los jarrones etruscos y japoneses más o menos auténticos.

La Regenta no pensaba en los títulos de propiedad del Vivero; gozaba de la naturaleza, de la salud y del relativo lujo que habían acumulado los Vegallana en su famosa quinta, sin fijarse en nada más que gozar. Vivía allí como en un baño, en cuya eficacia creía.

Don Víctor salió de la huerta y atravesando prados, pumaradas y tierras de maíz, buscó entre las casuchas vecinas la bajada al río Soto, y por su orilla el lugar más a propósito para sentar sus reales y pescar, en cuanto volviese Anselmo con los trastos necesarios.

Ana, durante las horas del calor, que ya era respetable, subió a su gabinete, y después de leer un poco, tendida sobre el lecho blanco, se acercó al escritorio de palisandro, y hojeó su libro de memorias. Siempre hacía lo mismo; antes de empezar a escribir en él repasaba algunas páginas, a saltos...

Leyó la primera que casi sabía de memoria. La leyó con cariño de artista. Decía así, en letra sólo para Ana inteligible, nerviosa y rapidísima:

«¡Memorias!... ¡Diario!..., ¿por qué no? Benítez lo consiente.»

Memorias de Juan García, podría decir algún chusco... Pero como esto no ha de leerlo nadie más que yo... ¿Que es ridículo? ¡Qué ha de ser! Más ridículo sería abstenerme de escribir (ya que es ejercicio que me agrada y no me hace daño, tomado con medida), sólo porque si lo supiera el *mundo* me llamaría cursilona, literata... o romántica, como dice Visita. A Dios gracias, estos miedos al qué dirán ya han pasado. La salud me ha hecho más independiente. Sobre todo ¿qué han de decir si nadie ha de leerlo? Ni Quintanar. Nunca ha entendido mi letra cuando escribo deprisa. Estoy sola, completamente sola. Hablo conmigo misma, secreto absoluto. Puedo reír, llorar, cantar, hablar con Dios, con los pájaros, con la sangre sana y fresca que siento correr dentro de mí. Empecemos por un himno. Hagamos versos en prosa. «¡Salud, salve! A ti debo las ideas nuevas, este vigor del alma, este olvido de larvas y aprensiones... y el equilibrio del ánimo, que me trajo la cama apetecida...» Suspendo el himno porque Quintanar jura que se muere de hambre y me llama desde abajo, desde el comedor, con una aceituna en la boca... ¡Ya bajo, ya bajo!... ¡Allá voy! . . . .
. . . .
. . . .
. . . .

«El Vivero, Mayo 1...

Llueve, son las cinco de la tarde y ha llovido todo el día. *In illo tempore*, me tendría yo por desgraciada sin más que esto. Pensaría en la pequeñez —y la humedad— de las cosas humanas, en el gran aburrimiento universal, etc., etc... Y ahora encuentro natural y hasta muy divertido que llueva. ¿Qué es el agua que cae sobre esas colinas, esos prados y esos bosques? El tocado de la naturaleza. Mañana el sol sacará lustre a toda esa verdura mojada. Y además, aquí en el campo, la lluvia es una música. Mientras Quintanar duerme la siesta (costumbre nueva) y ronca (achaque antiguo y digno de respeto), yo abro la ventana y oigo

el rumor de la lluvia
sobre las hojas
y el ruido de las alas
de las palomas

que se esponjan sobre los tejadillos de su palomar cuadrado, entrando y saliendo por las ventanas angostas. Ese palomar tiene algo de serrallo o de casa de vecindad, según se mire. La vida común con sus horas de hastío, de descuido, de pereza pública se refleja en las posturas de esas palomas, en sus pasos cortos, en el sacudir de las alas. Hay parejas que se juntan por costumbre, *por deber*, pero se aburren como si cada cual estuviese en el desierto. De repente el macho, supongo que será el macho, tiene una idea, un remordimiento, *improvisa* una pasión *que está muy lejos de sentir*, y besa a la hembra, y hace la rueda, y canta el *rucutucua* y se eriza de plumas... Ella, sorprendida, sin sacudir la pereza corresponde con tibias caricias, y a poco, ambos fatigados, soñolientos, encontrando en la molicie de mojarse inmóviles, inflados, mayor voluptuosidad que en los devaneos, vuelven a su quietismo, tranquilos, sin rencores, sin engaño, sin quejarse de la mutua displicencia. ¡Racionales palomas! —Quintanar ronca; yo escribo... Pie atrás. Esto no iba bien. Había algo de ironía; la ironía siempre tiene algo de bilis... Los amargos abren el apetito... pero más vale tenerlo sin necesitarlos. A otra cosa.

. . . .
. . . .

Llueve todavía. No importa. Todo el diluvio no me arrancaría hoy un gesto de impaciencia. La ventana está cerrada, los regueros del agua resbalando por el cristal me borran el paisaje. Víctor ha salido con Frígilis (segunda visita del buen Crespo, el único grande hombre que conozco de vista). Bajo un paraguas de Pinón de Pepa —el casero de los marqueses— recorren, como cobijados en una tienda de campaña, el bosque de encinas que mi marido llama siempre seculares. Van a comprobar no sé qué experimento de química, invención de Frígilis, según él. Dios les haga felices y les conserve los pies secos. Hoy me siento inclinada a la historia, a los recuerdos. No los temo. Poco más de cinco semanas han pasado y ya me parece de la historia antigua todo aquello.

¡Qué tres días! Yo me figuraba estar prostituida de un modo extraño (aquí la letra de la Regenta se hace casi indescifrable para ella misma). ¡Todo Vetusta me había visto los pies desnudos, en medio de una procesión, casi casi del brazo de Vinagre! ¡Y tres días con los pies abrasados por dolores que me avergonzaban, inmóvil en una butaca! Llamé a Somoza que se excusó. Vino el sustituto Benítez, silencioso, frío; pero comprendí que me observaba con atención cuando yo no le miraba. Debía de creer que yo me iba volviendo loca. Él lo niega, dice que todo aquello lo explica la exaltación religiosa y la exquisita moralidad con que decidí sacrificarme al bien del que creía ofendido por mis pensamientos y desaires. Benítez cuando se decide a hablar parece también un confesor. Yo le he dicho secretos de mi vida interior como quien revela síntomas de una enfermedad. Conocía yo cuando le hablaba de estas cosas, que él, a pesar de su rostro impasible, me estaba aprendiendo de memoria... El mal subió de los pies a la cabeza. Tuve fiebre, guardé cama... y sentí aquel terror... aquel terror pánico a la locura. De esto no quiero hablar ni conmigo misma. Lo dejo por hoy: voy al piano a recordar la *Casta diva*... con un dedo.»

. . . .
. . . .

Pasó Ana, sin querer leerlas, algunas hojas. En ellas había escrito la historia de los días que siguieron al de la procesión, famosa en los anales de Vetusta. Sí, se había creído prostituida; aquella publicidad devota le parecía una especie de sacrificio babilónico, algo como entregarse en el templo de Belo para la vigilia misteriosa. Además sentía vergüenza; aquello había sido como lo de ser literata, una cosa ridícula, que acababa por parecérselo a ella misma. No osaba pisar la calle. En todos los transeúntes adivinaba burlas; cualquier murmuración iba con ella, en los corrillos se le antojaba que comentaban su locura. «Había sido ridícula, había hecho una tontería»; esta idea fija la atormentaba. Si quería huir de ella, se la recordaba sin cesar el dolor de sus pies, que ardían, como abrasados de vergüenza; aquellos pies que habían sido del público, desnudos una tarde entera.

Si quería consolarse con la religión y el amparo del Magistral, su mal era mayor, porque sentía que la fe, la fe vigorosa, puramente ortodoxa, se derretía dentro de su alma. En cuanto a Santa Teresa, había concluido por no poder leerla; prefería esto al tormento del análisis irreverente a que ella, Ana, se entregaba sin querer al verse cara a cara con las ideas y las frases de la santa. ¿Y el Magistral? Aquella compasión intensa que la había arrojado otra vez a las plantas de aquel hombre ya no existía. Los triunfos habían desvanecido acaso a don Fermín. De todas suertes, Ana ya no le tenía lástima; le veía triunfante abusar tal vez de la victoria, humillar al enemigo;... ahora veía ella claro; por lo menos no veía tan turbio como antes. Ella había sido tal vez un instrumento en manos de su *hermano mayor*. Cierto que De Pas no había vuelto a manifestar con movimientos patéticos que le descubrieran, ni celos, ni amor, ni cosa parecida; Ana le observaba con miradas de inquisidor, de las que algo le remordía la conciencia, y sin embargo no pudo notar síntomas de pasión mundana. ¿Veía ella mal? ¿Disimulaba él bien? ¿O era que no había nada? Ello fue que la devoción antigua no volvió, que la fe se desmoronaba, que las antiguas teorías que sin darse entonces cuenta de ellas había oído a su padre, Ana las sentía dentro de sí.

Un panteísmo vago, poético, bonachón y romántico, o mejor, un deísmo campestre, a lo Rousseau, sentimental y optimista a la larga, aunque tristón y un poco fosco; esto, todo esto mezclado era lo que encontraba ahora Ana dentro de sí y lo que se empeñaba en que fuera todavía pura religión cristiana. No quería ella ni apostatar, ni filosofar siquiera: también esto le parecía ridículo, pero sin querer las ideas, las protestas, las censuras venían en tropel a su mente y a su corazón. Esto era nuevo tormento. A pesar de todo seguía confesando a menudo con don Fermín. Le guardaba ahora una fidelidad consuetudinaria; temía los remordimientos si faltaba a lo que creía deber a aquel hombre. Temía sobre todo que si rompía sus relaciones devotas con él, volviese una reacción de lástima, arrepentimiento y piedad imaginaria que la arrastrase a otra locura como la del viernes Santo. Tantas ideas y sentimientos encontrados, la vida retirada, y la conciencia de que en ella algo padecía y se rebelaba y amenazaba estallar, fueron concausas que trajeron las crisis nerviosas que estaba curando Benítez lo mejor que podía.

Con toda el alma había creído Ana que iba a volverse loca. A una exaltación sentimental sucedía un marasmo del espíritu que causaba atonía moral; la horrorizaba pensar que en tales días eran indiferentes para ella virtud y crimen, pena y gloria, bien y mal. «Dios, como decía ella, se le hacía migajas en el cerebro y entonces sentía un abandono ambiente y una flaqueza de la voluntad que la atormentaban y producían pánico; el extremo de la tortura era el desprecio de la lógica, la duda de las leyes del pensamiento y de la palabra, y por último el desvanecimiento de la conciencia de su unidad: creía la Regenta que sus facultades morales se separaban, que dentro de ella ya no había nadie que fuese ella, Ana, principal y genuinamente... y tras esto el vértigo, el terror, que traía la reacción con gritos y pasmos periféricos.»

Por muchos días lo olvidó todo para no pensar más que en su salud; la horrorizaba la idea de la locura y el miedo del dolor desconocido, extraño, del cerebro descompuesto. Llamó a Benítez con toda el alma, y principio de la cura fue este mismo afán y el obedecer ciegamente las prescripciones del médico.

Si algo dijo éste de alimentos, ejercicio y hasta baños, lo más y lo principal lo encomendó al cambio de vida, a la distracción, al aire libre, a la alegría, a las emociones tranquilas. ¡Al campo, al campo! fue el grito de salvación, y Ana y Quintanar (que buen susto había llevado también), gritaron sin cesar desde la mañana a la noche: ¡Al campo, al campo!

Pero, ¿dónde estaba el campo? Ellos no tenían en la provincia de Vetusta una quinta de recreo. Don Víctor continuaba siendo propietario en Aragón.

Ana en un arranque de valor, de un valor mucho más heroico de lo que podía suponer su marido, se atrevió a decir:

—Quintanar, ¿qué te parece esta idea?... irnos a pasar unos meses, hasta que vuelva el invierno...

—¿A dónde?

—A tu tierra, a la Almunia de don Godino.

Don Víctor dio un salto.

—¡Hija, por Dios!... ya soy viejo para un traqueteo tan grande de mis pobres huesos... ¡La Almunia!... ¡con mil amores... en otro tiempo, pero ahora! Yo amo la patria, es claro, soy aragonés de corazón, y digo lo que el poeta, que es muy feliz el que no ha visto

más río que el de su patria;

pero yo soy a estas horas más vetustense que otra cosa, y otro poeta lo ha dicho también, el príncipe Esquilache:

Porque es la patria al que dichoso fuere
donde se nace no, donde se quiere.

¡La Almunia de don Godino! Dónde íbamos a parar... Y además, separarnos de Frígilis... de don Álvaro, de los Marqueses, de Benítez, ¡imposible!

No se pensó más en ello. Ana en el fondo del alma se alegró de lo muy vetustense que era aquel aragonés.

Esta alegría se la ocultó a sí propia. Creyó haber cumplido con su deber en este punto.

Pero ¿a dónde irían a pasar aquellos meses de campo que Benítez exigía como condición indispensable para la salud de Ana?

Un día se hablaba de esto en casa de Vegallana. Estaban presentes a más de Quintanar y los Marqueses, Álvaro y Paco.

—El médico —decía el ex—regente— exige que la aldea a donde vayamos ofrezca una porción de circunstancias difíciles de reunir.

—Veamos —dijo el Marqués.

—Ha de estar cerca de Vetusta para que Benítez pueda hacernos frecuentes visitas y para trasladar a Ana pronto a la ciudad en caso de apuro; ha de ser bastante cómoda, amena, ofrecer un paisaje alegre, tener cerca agua corriente, yerba fresca, leche de vacas... ¡qué sé yo!

Don Álvaro tuvo una inspiración en aquel momento. Se acercó al oído de Paco y dijo:

—¡El Vivero!

Paco adivinó y admiró. «¡Sólo el genio tenía aquellas revelaciones!»

Sin pensar en que secundaba planes mefistofélicos, dijo en voz baja:

—Papá, no conozco más quinta que reúna las condiciones de Benítez que una... que está a nuestra disposición...

Y a un tiempo, alegres todos con el hallazgo, dijeron los Marqueses y su hijo:

—¡El Vivero!

—¡Bravo, bravo, eureka! —repetía el Marqués.— Paco tiene razón, ¡al Vivero! se van ustedes al Vivero.

Y la Marquesa:

—¡Hermosa idea! ¡Qué gusto! Y nos veremos a menudo antes de irnos a baños...

Don Víctor protestó.

—¡Cómo el Vivero! ¿Y ustedes?

—Nosotros no vamos este año.

—O iremos mucho más tarde.

—Y cuando vayamos cabremos todos.

—Allí hemos dormido, cada cual con entera independencia más de veinte personas —advirtió Álvaro.

—Es claro; aquello es un convento.

—No se hable más, no se hable más.

—¿Cómo que no se hable más? ¿Y mi delicadeza?

A pesar de la delicadeza de don Víctor, quedó decretado que su mujer y él y los criados que quisieran llevar, irían a pasar aquellos meses que pedía Benítez en el Vivero, donde serían dueños absolutos... Nada, nada, los Marqueses no admitieron objeciones.

—«No eran parientes?»

—«Cierto que sí» —tuvo que responder, muy orgulloso, Quintanar.

Ana al saber la noticia comprendió que aquello era todo lo contrario de irse a la Almunia de don Godino. Pero no quiso pensar en los peligros que la estancia en el Vivero podía tener. Aborrecía ahora las cavilaciones. Sin embargo, sin investigar las causas de ello, sintió durante todo aquel día una alegría de niña satisfecha en sus gustos más vivos, y aún más intenso fue su placer al despertar a la mañana siguiente con este pensamiento: «Voy al Vivero a hacer vida de aldeana, a correr, respirar, engordar... alegrar la vida... allí el sol, el agua corriente, el follaje... la salud...» y como un acompañamiento musical que encantaba toda aquella perspectiva, Ana sentía una indecisa esperanza que era como un sabor con perfumes... una esperanza... no quería pensar de qué... Pero ello era que el mundo parecía alegrarse, que la idea del Vivero la fortificaba como un placer positivo, de los que se gozan cuando duran las ilusiones. «Aquel Benítez la estaba rejuveneciendo.»

Después de las hojas del libro de memorias que se referían, a su modo, a la materia que va reseñada brevemente, Ana encontró, y en ella se detuvo, la página en que rápidamente había reflejado sus impresiones al entrar en el Vivero en un día de Abril que parecía de Junio, alegre, ardiente, despejado.

Leyó con deleite aquella página, no recreándose en el estilo, sino en los recuerdos. Decía:

. . . .

. . . .

«El Romero y el Clavel torcieron de repente; el landó se dobló sin ruido, nos sacudió un poco, dejamos la carretera de Santianes y las ruedas rebotaron sobre la grava nueva de la carretera estrecha del Vivero; los sauces, como una lluvia de yerba suspendida en el aire, nos hacían cosquillas con las puntas de sus ramas, flotando sobre la frente como cabello movido por el viento. Se abrió la gran puerta de la cerca vieja, y los caballos arrancaron chispas del piso empedrado de la *quintana* vieja, despertando con el ruido resonancias en el silencio del *palación* cerrado y vacío. Por mi gusto nos hubiéramos quedado a vivir en aquella casa inmensa, con dos torres de piedra parda y soportales con columnas... pero el coche siguió al trote; el Marqués tiene la vanidad de hacer que la entrada al Vivero *habitable* sea por aquí, por delante de la antigua mansión señorial... Las ruedas vuelven a callar, como enfundadas; Romero y Clavel machacan sin estrépito con los cascos briosos la arena tersa, blanca y blanda de la avenida ancha y flanqueada de pretil de mármol con macetas y rosetones de verdura exótica.

La *casa nueva* nos sonríe enfrente y delante de la coquetona marquesina de la entrada nos detenemos; silencio general... un momento. Habla el sol... nosotros gozamos; la limpieza, la corrección, la elegancia parecen allí obra de la naturaleza, y el follaje, el esplendor de su verdura, los susurros del aire discreto, la hermosura de la perspectiva, los vuelos graciosos de miles de pájaros, parecen importación del lujo; riqueza y naturaleza se juntan allí; el sol, cortesano del *confort*, alumbra más... ¡Cosa extraña! Yo no había visto el Vivero hasta ahora, lo que se llama ver, hasta ahora nunca había comprendido esta armonía íntima del lujo y del campo. Está bien así. Debe haber rincones en la tierra en que no haya nada feo, ni pobre ni triste.

Paco y la Marquesa, que han venido a darnos posesión del Vivero, comen con nosotros y de tarde, al caer el sol, se vuelven a Vetusta.

Ya estamos solos. Examino toda la casa. En el piso bajo, salón, billar, gabinete—biblioteca, galería de costura sobre el jardín, rodeada de cristales, el comedor con paso a la estufa por la escalinata de mármol blanco. ¡Qué alegría! Todo es cristal, flores, plantas de hojas gigantescas, de colores fuertes, raros. Lo que me agrada más es el capricho del Marqués en el piso principal: una galería con cierre de cristales rodea todo el edificio. He dado dos vueltas a todo el corredor como si nunca hubiera visto el Vivero. ¿Qué será que todo me parece nuevo, mejor, más elegante, más poético? Quintanar está encantado, y se me figura que tiene un poco de envidia.

. . . .
. . . .

Vida excelente. La primavera entró en mi alma. Madrugo. El baño me fortifica y me alegra el espíritu. Tendida en la pila, con la mano en el grifo, dejo que el agua tibia me enerve, y la fantasía como en sopor se detiene en imágenes plásticas tranquilas y suaves. Después tiemblo dentro de la sábana y vuelvo gozosa al calor de mi cuerpo, contenta de la vida que siento circular por mis venas. La cabeza está firme; jamás vienen a mortificarme ideas sutiles, alambicadas... Pienso poco, vagamente, y los pormenores de los accidentes ordinarios que me rodean absorben lo mejor de mi atención. Benítez puede estar satisfecho. Así la salud volverá con más fuerza. Vivir es esto: gozar del placer dulce de vegetar al sol.

. . . .
. . . .

Y sin embargo hay horas en que las vibraciones de las cosas me hablan de una música recóndita de ideas y sentimientos. ¿Qué es esta esperanza de un bien incierto? A veces se me antoja todo el Vivero escenario de una comedia o de una novela... Entonces me parece más solitario el bosque, más solitario el palacio. Esta soledad parece meditabunda. Está todo en silencio reflexivo, recordando los ruidos de la alegría y del placer que latieron aquí, o preparándose a retumbar con la algazara de fiestas venideras... Insisto en ello, hay aquí algo de escenario antes de la comedia. Los vetustenses que tienen la dicha de ser convidados a las excursiones del Vivero son los personajes de las escenas que aquí se representan... Obdulia, Visita, Edelmira, Paco, Joaquinito, Álvaro... y tantos otros han hablado aquí, han cantado, corrido, jugado, bailado... reído sobre todo... Y algo olfateo de la alegría pasada o algo presiento de la alegría futura. Sí, Quintanar dice bien, esto es el paraíso, ¿qué nos falta a nosotros en él? Según Quintanar, nada más que música... Oh, pues por música que no quede. Corro al salón a tocar *la donna é movile*, con el dedo índice, mi único dedo músico. ¡Qué cursi es esto, según Obdulia!... ¡Una dama que no sabe tocar el piano más que con un dedo!

. . . .
. . . .

Quintanar es feliz. ¡Y es tan bueno! ¡Cómo me cuida! ¡qué agasajos, qué mimos! Parece otro. Piensa más en mí que en la marquetería. ¡Pasa días enteros sin serrar nada! No hay alma que no tenga su poesía en el fondo. Su alegría es demasiado bulliciosa, pero es sincera. Yo no podría vivir aquí sin él. Imagínole ausente, me veo aquí sola y tengo miedo y siento la soledad... Luego no me estorba, luego su compañía me agrada.

. . . .
. . . .

Petra, la misma Petra, me gusta aquí, en el campo. Se viste como las aldeanas del país, canta con ellas en la *quintana*, se mete en la danza y toca la *trompa* con maestría. Ayer, al morir el día, junto a la Puerta Vieja tocaba, con la lengüeta de hierro vibrando entre sus labios, los aires del país monótonos y de dulce tristeza. Pepe, el casero, cantaba cantares andaluces convertidos en vetustenses... y Petra tañía la *trompa* quejumbrosa, y yo sentía lágrimas dulces dentro del pecho... y la vaga esperanza volvía a iluminar mi espíritu. Cuanto más triste la lengüeta de la *trompa*, más esperanza, más alegría dentro de mí. Todo esto es salud, nada más que salud.

. . . .
. . . .

He traído al Vivero algunos libros de mi padre. Hacía muchos años que no los había abierto. Quintanar los tenía en los cajones más altos de sus estantes.

¡Qué impresiones! He encontrado entre las hojas de una *Mitología ilustrada* pedacitos de yerba de Loreto... eran polvo; papeles escritos en que reconocí mis garabatos de niña... y un marinero dibujado por mi pluma que, según la leyenda que tiene al pie, era *Germán*.

. . . .
. . . .

Probablemente Benítez condenaría este afán de leer y me prohibiría la desmedida afición. ¡Oh, qué cosas tan nuevas encuentro en estos libros que apenas entendía en Loreto! Los dioses, los héroes, la vida al aire libre, el arte por religión, un cielo lleno de pasiones humanas, el contento de este mundo... el olvido de las tristezas hondas, del porvenir incierto... un pueblo joven, sano en suma... Quisiera saber dibujar para dar formas a estas imágenes de la Mitología que me asedian.»

. . . .
. . . .

Ana, después de leer estas y otras páginas, escribió sus impresiones de aquellos días. Don Víctor vino a interrumpirla para anunciarle que ya había instalado su tienda de campaña a la orilla del río, en el paraje más ameno y fresco, junto a una mancha de sombra en el agua, donde infaliblemente habría truchas.

Desde aquella tarde pescaron. Pescaron poco, pero muy alabado. Ana leía sentada en su banqueta de lona blanca con franjas azules, mientras sujetaba la caña con la mano izquierda, sin más fuerza que la necesaria para que la corriente no la llevase.

Mientras ella, a orillas del río Soto, a media legua de Vetusta en compañía de su Quintanar, dejaba a las truchas escapar muertas de risa, su imaginación, vuelta a los tiempos y a los parajes clásicos, se bañaba en el Cefiso, aspiraba los perfumes de las rosas del Tempé, volaba al Escamandro, subía al Taigeto y saltaba de isla en isla de Lesbos a las Cíclades, de Chipre a Sicilia...

Día hubo en que viajaba con Baco, Anita, recorriendo la India, o bien navegando en el barco prodigioso de cuyo mástil floreciente pendían racimos y retorcidos tallos, y tuvo que saltar de repente a la prosaica orilla del Soto, llamada por la voz del ex—regente que gritaba:

—¡Pero muchacha, que te están comiendo el cebo!

No importaba; Ana era feliz y Quintanar también. «¡Parece otro!» se decía ella. «¡Parece otra!» pensaba él.

El tiempo volaba. Junio se metió en calor. Vetusta en verano es una Andalucía en primavera. Ana, todas las mañanas, *por la fresca* recorría la huerta y sacudía las ramas cargadas de cerezas acompañada de don Víctor, Pepe el casero y Petra; llenaban grandes cestas, forradas con hojas de higuera, de aquellos corales húmedos y relucientes; y la Regenta sentía singular voluptuosidad sana y risueña al pasar la finísima mano blanca por las cerezas apiñadas sobre la verdura de las hojas anchas y bordadas. Aquellas cestas iban a Vetusta a casa del Marqués y a veces a las de sus amigos. Una mañana vio Ana que Petra y Pepe llenaban de la más colorada fruta un canastillo de paja blanca y de colores. Ana se acercó a ayudarlos. De pronto dijo:

—¿Para quién es esto?

—Para don Álvaro —contestó Petra.

—Sí, voy a llevárselo yo mismo a la fonda —añadió Pepe sonriendo ya a la propina que veía en lontananza.

Ana sintió que su mano temblaba sobre las cerezas y aquel contacto le pareció de repente más dulce y voluptuoso.

Y cuando nadie la veía, a hurtadillas, sin pensar lo que hacía, sin poder contenerse, como una colegiala enamorada, besó con fuego la paja blanca del canastillo. Besó las cerezas también... y hasta mordió una que dejó allí, señalada apenas por la huella de dos dientes.

Y asustada de su desfachatez pensó todo el día en la aventura, sin vergüenza.

«¡También esto era cosa de la salud!» —

La víspera de San Pedro, por la noche, el Magistral recibió un B. L. M. del marqués de Vegallana invitándole a pasar el día siguiente, desde la hora en que le dejasen libre sus deberes de la catedral, en el Vivero en compañía de los dueños de la quinta y de sus actuales inquilinos, los señores de Quintanar, más otros muchos buenos amigos. Pertenecía el Vivero a la parroquia rural de San Pedro de Santianes; Pepe el casero era aquel año factor de la fiesta de la parroquia y pensaba echar la casa por la ventana, «para no dejar mal al señor Marqués.»

Anita, en la postdata de su última carta, decía al confesor: «El Marqués me ha dicho que piensa invitar a usted a la romería de San Pedro. Somos nosotros *los factores*... Supongo que no faltará usted. Sería un solemne desaire.»

«No, no faltaré, pensaba don Fermín dando vueltas en la cama. Ojalá tuviera valor para faltar, para despreciaros, para olvidarlo todo... pero ya estoy cansado de luchar con esta maldita obsesión que me vence siempre. Sí, si he de acabar por ir, si estoy seguro de que al fin he de tomar el camino del Vivero, más vale ahorrarme el tormento de la batalla y declararme vencido. Iré.»

Y no pudo dormir una hora seguida en toda la noche. Pero esto era achaque antiguo ya. Desde que Anita *«había vuelto a engañarle»*, don Fermín no gozaba hora de sosiego.

Como el Marqués no le había invitado a hacer el viaje en su coche, lo cual tal vez indicaba cierta frialdad premeditada, que De Pas fingía no sentir, tuvo el señor canónigo que ir en persona a alquilar una berlina. Mandó que le esperase fuera del Espolón a las diez en punto. Fue a la catedral, pero no pudo parar allí, y a las nueve y media ya estaba en medio de la carretera de Santianes o del Vivero paseándola a lo ancho, agitado, pálido, de un humor de mil diablos.

«¿A qué voy yo allá? De fijo estará el otro. ¿Que voy yo a hacer allí? ¡Maldito Vivero!» La berlina tardaba. De Pas daba pataditas de impaciencia. Por fin llegó el coche destartalado, sucio, a paso de tortuga.

—¡Al Vivero, a escape! —gritó don Fermín dejándose caer como un plomo sobre el asiento duro que crujió.

Sonrió el cochero, sacudió un latigazo al aire, el caballo extenuado saltó sobre la carretera dos o tres minutos, y como si aquello fuese una falta de formalidad indigna de sus años, que eran muchos, volvió al paso perezoso sin protesta de nadie.

El Magistral recordó que en aquella misma berlina u otro coche de la misma casa, por lo menos, pocas semanas antes iba él llorando de alegría, llena el alma de esperanzas, de proyectos que le hacían cosquillas en los sentidos y en lo más profundo de las entrañas. Y ahora un presentimiento le decía que todo había acabado, que Ana ya no era suya, que iba a perderla, y que aquel viaje al Vivero era ridículo; que si estaba allí Mesía, como era casi seguro, todas las ventajas eran del petimetre. Vestía el Provisor balandrán de alpaca fina con botones muy pequeños, de esclavina cortada en forma de alas de murciélago. Tenía algo su traje del que luce Mefistófeles en el *Fausto* en el acto de la serenata. Había deliberado mucho tiempo a solas: ¿qué ropa llevaría? Cada vez le pesaba más la sotana y le abrumaba más el manteo. El sombrero de teja larga era odioso; demasiado corto era cursi, ridículo, parecía cosa de don Custodio; muy cerrado, antiguo; muy abierto, indigno de un Vicario general. ¿Iría de levita? ¡Vade retro! No, el cura de levita se convierte por fuerza en cura de aldea o en clérigo liberal. El Magistral muy pocas veces recurría a tal indumentaria. Oh, si le fuera lícito vestir su traje de cazador, su zamarra ceñida, su pantalón fuerte y apretado al muslo, sus botas de montar, su chambergo, entonces sí, iría de paisano, y la vanidad le decía que en tal caso no tendría que temer el parangón con el arrogante mozo a quien aborrecía. Sí, a quien aborrecía. Don Fermín ya no se lo ocultaba a sí mismo. No daba nombre a su pasión, pero reconocía todos sus derechos y estaba muy lejos de sentir remordimientos. «Él era cura, cura, una cosa ridícula, puestas las cosas en el estado a que habían llegado.» Había comprendido que Ana sentía repugnancia ante el canónigo en cuanto el canónigo quería demostrarle que además era hombre. «¡Y sí era hombre vive Dios que era hombre, y tanto y más que el otro; capaz de deshacerle entre sus brazos, de arrojarle tan alto como una pelota!...» Dejaba de pensar en sus tristezas y en su cólera. Miraba como tonto los accidentes del paisaje, los palos del telégrafo que iba dejando atrás de tarde en tarde. Tuvo que levantar los vidrios de las ventanillas porque el polvo le sofocaba. El sol le aburría y le picaba; no había cortinas. El viaje se hacía interminable. Aquella media legua se había estirado indefinidamente. «El Marqués se había portado como un grosero no ofreciéndole un asiento en su coche. La culpa la tenía él que había aceptado el convite. ¿Pero qué remedio?»

Oyó el estrépito de cascos de caballo que machacaba la grava reciente detrás de la berlina. Se asomó a ver quiénes eran los jinetes y reconoció a don Álvaro y a Paco que pasaron al galope de dos hermosos caballos blancos, de pura raza española.

Ellos no le vieron; el placer de la carrera los llevaba absortos y no repararon en la mísera berlina que seguía al paso. Incapaz de toda noble emulación, el mísero jaco de alquiler siguió caminando lo menos posible, seguro de que la felicidad no estaba en el término de ninguna carrera de este mundo. Para comer mal siempre se llega a tiempo. Esta era toda su filosofía. El cochero debía de ser discípulo del caballo.

Cuando el Magistral llegó al Vivero no había ningún convidado en la casa, ni los Marqueses, ni los de Quintanar estaban tampoco.

356

Petra se le presentó vestida de aldeana, con una coquetería provocativa, luciendo rizos de oro sobre la cabeza, el dengue de pana sujeto atrás, sobre el justillo de ramos de seda escarlata muy apretado al cuerpo esbelto; la saya de bayeta verde de mucho vuelo cubría otra roja que se vislumbraba cerca de los pies calzados con botas de tela. Estaba hermosa y segura de ello. Sonrió al Magistral, y dijo:

—Los señores están en San Pedro.

—Ya lo suponía, hija mía, pero vengo muerto de sed y...

La aldeana fingida sirvió en la glorieta del jardín al Magistral un refresco delicioso que improvisó con arte.

—Dios te lo pague, Petrica.

Y hablaron.

Hablaron de la vida que hacían allí los señores.

Petra dijo que doña Ana parecía otra: ¡qué alegre! ¡qué revoltosa! nada de encerrarse en la capilla horas y horas, nada de rezar siglos y siglos, nada de leer a su Santa Teresa eternidades... Vamos, era otra. ¿Y salud? Como un roble.

—¿El señorito Paco vino? —preguntó de repente De Pas.

—Sí, señor, hará un cuarto de hora. Llegaron él y el señorito Álvaro, a caballo, a escape; tomaron un refresco como usted y corrieron a San Pedro... Creo que no habían oído misa y quisieron coger la de la fiesta...

En aquel momento, hacia oriente sonaron estrepitosos estallidos de cohetes cargados de dinamita.

—Ya están al alzar —dijo la doncella.

Petra observaba con el rabillo del ojo la impaciencia del Magistral, que preguntó:

—¿La iglesia está cerca, creo, saliendo por ahí por el bosque, verdad?

—Sí, señor; pero hay tres callejas que se cruzan y puede darse en el río en vez de... Si quiere usted ir, le acompañaré yo misma; ahora no tengo nada que hacer allá dentro...

—Si eres tan amable...

Petra echó a andar delante del Magistral. Por un postigo salieron de la huerta y entraron en el bosque de corpulentas encinas y robles retorcidos y ásperos. Ocupaba el bosque las laderas de una loma y el altozano, que era lo más espeso. Subía un repecho y don Fermín veía los bajos irisados de chillona bayeta que mostraba sin miedo Petra, más algo de la muy bordada falda blanca y de una media de seda calada, refinada coquetería que quitaba propiedad al traje y por lo mismo le daba picante atractivo.

—¡Qué calor, don Fermín! —decía la rubia, enjugando el sudor de la frente con pañuelo de batista barata.

—Mucho, rubita, mucho —respondía el Magistral, desabrochándose el maldito balandrán y soplando con fuerza.

—Y eso que a usted la fatiga no debe rendirle, que allá en Matalerejo tengo entendido que corre como un gamo por los vericuetos...

—¿Quién te lo ha dicho a ti?

—¡Bah! Teresina...

—¿Sois amigas, eh?

—Mucho.

Silencio. Los dos meditan. El canónigo reanuda el diálogo.

—No creas; yo, aquí donde me ves, soy un aldeano; juego a los bolos que ya ya...

Petra se detuvo y se volvió para ver a don Fermín, que hacía el ademán de arrojar una bola de roble por la cóncova bolera adelante...

Rió la doncella y continuando la marcha, dijo:

—No, que es usted fuerte no necesita decirlo: bien a la vista está.

Callaron otra vez.

Detrás de la loma, y ya más cerca, estallaron cohetes de dinamita y en seguida la gaita y el tamboril de timbre tembloroso, apagadas las voces por la distancia, resonaron al través de la hojarasca del bosque.

La gaita hablaba a las entrañas del Provisor y de Petra, ambos aldeanos. Volvieron a mirarse y a sonreírse.

—Ya vuelven —dijo Petra, deteniéndose de nuevo.

—¿Llegamos tarde?

—Sí, señor; la comitiva tomará el camino de la calleja de abajo y cuando lleguemos nosotros a la iglesia ya estarán en el Vivero...

—De modo...

—De modo que es mejor volvernos. ¡Ay, don Fermín, perdóneme usted este paseo... esta molestia!...

—No, hija, no hay de qué... al contrario... Aquí se está bien... esta sombra... pero yo estoy algo cansado... y con tu permiso... entre aquellas raíces, sobre aquel montón verde y fresco de yerba segada... ¿eh? ¿qué te parece? voy a sentarme un rato...

Y lo hizo como lo dijo.

Petra, sin atreverse a sentarse y sin querer dejar el puesto, miró al suelo ruborosa, hizo movimientos felinos, y se puso a retorcer una punta del delantal...

—¿Cansado? ¡bah! —se atrevió a decir— un mozo como usted...

La gaita y el tambor llenaban las bóvedas verdes con sus chorretadas, alegres ahora, luego melancólicas, cargadas siempre de ideales perfumes campestres, de recuerdos amables.

El Magistral mordía yerbas largas y ásperas y meditaba con una sonrisa amarga entre los labios. «¡Ironías de la suerte! El fruto que se ofrecía, que le caía en la boca, allí... despreciado... y el imposible codiciado... cuanto más imposible, más codiciado... Sin embargo, para que fuese menos ridícula su situación en el Vivero, le parecía muy oportuno poner por obra lo que meditaba. Y además, a él le convenía tener de su parte a la doncella de la Regenta, hacerla suya, completamente suya...»

—Petra...

—¿Señor? —gritó ella fingiendo susto.

—¿Quieres crecer? Pues bastante buena moza eres. Mira, no seas tonta... si no tienes prisa... puedes sentarte... Así como así, yo quisiera preguntarte... algunas cositas respecto de...

—Lo que usted quiera, don Fermín. Por aquí de fijo no pasa nadie; porque, sobre que poca gente atraviesa el bosque para ir a la iglesia, los que van siguen la trocha de abajo... por aquí rara vez pasa un alma. Pero si usted quiere hablar a sus anchas, allá un poco más arriba, hay una cabaña que se llama la casa del leñador; es muy fresca y tiene asientos muy cómodos.

—Mejor que mejor. Hablaremos más a gusto. Vamos allá.

Se levantó y emprendieron la marcha. Subían en silencio. El monte se hacía más espeso.

La gaita y el tambor sonaban ya muy lejos, como una aprensión de ruido.

Petra, al llegar a la casa del leñador, se dejó caer sobre la yerba, algo distante de don Fermín; y encarnada como su saya bajera, se atrevió a mirarle cara a cara con ojos serios y decidores.

El Magistral se sentó dentro de la cabaña.

Hablaron.

Por algo don Fermín temía el momento de encontrarse con la comitiva, como decía Petra. Cuando media hora después entraba solo por el postigo del bosque en la huerta, lo primero que vio fue a la Regenta metida en el pozo seco, cargado de yerba, y a su lado a don Álvaro, que se defendía y la defendía de los ataques de Obdulia, Visita, Edelmira, Paco, Joaquín y don Víctor, que arrojaban sobre ellos todo el heno que podían robar a puñados de una vara de yerba, que se erguía en la próxima pomarada de Pepe el casero.

El Marqués gritaba desde la galería del primer piso:

—¡Eh, locos! ¡locos! que os echo los perros, que destrozáis la yerba de Pepe... ¿Qué va a cenar el ganado? ¡Locos!... —Pepe, no lejos del pozo, vestido con los trapos de cristianar, más una corbata negra que había creído digna de un factor, dejaba hacer, dejaba pasar, se rascaba la cabeza y sonreía gozoso...

—Deje, señor, deje que *rebrinquen* los señoritos, que la *erba* yo la apañaré... en sin perjuicio...

La Regenta, con la cabeza cubierta de heno, con los ojos medio cerrados, no pudo ver al Magistral hasta que se acabó la broma y le tocó salir del pozo... con ayuda de don Álvaro y los que estaban fuera.

No se avergonzó de que su confesor la hubiera visto en tal situación... Le saludó amable, bulliciosa, y volvió con Obdulia, con Visita y con Edelmira a correr por la huerta, seguidas de Paco, Joaquín, don Álvaro y don Víctor.

Del Magistral se apoderó el Marqués, que le llevó al salón donde estaban la Marquesa, la gobernadora civil, la Baronesa y su hija mayor, que no quería correr con *aquellos locos*; el Barón, Ripamilán, Bermúdez, que tampoco quería correr, Benítez el médico de Anita, y otros vetustenses ilustres.

—Mire usted, señor Provisor —dijo Vegallana—; la fiesta se ha dividido en dos partes: como Pepe es el factor, ha convidado a todos los curas de la comarca, catorce salvo error; yo les he propuesto venirse a comer aquí con nosotros, pero como algunos de ellos son cerriles, comprendí que preferían verse libres de damas y caballeretes de la ciudad y se les ha puesto su mesa en el palacio viejo, donde yo pienso acompañarlos. Ahora bien, yo proponía a Ripamilán que viniese conmigo, pero él no quiere... Si usted fuese tan amable que me acompañara, aquellos buenos párrocos se creerían honrados infinitamente... ¡ya ve usted, como usted es el señor Vicario general!...

No hubo más remedio. El Magistral tuvo que comer con el Marqués y los curas en el palacio viejo.

Petra se encargó de presidir el servicio de la *mesa de aldea*, aún vestida de aldeana del país, y colorada, echando chispas de oro de los rizos de la frente, y chispas de brasa de los ojos vivos, elocuentes, llenos de una alegría maligna que robaba los corazones de los aldeanos y de algunos clérigos rurales.

A la hora del café don Fermín no pudo resistir más, se escapó como pudo y volvió a la casa nueva, donde la algazara había llegado a ser estrépito de los diablos. En el momento de entrar él, don Víctor (con una montera *picona* en la cabeza) cantaba un dúo con Ripamilán, rejuvenecido, junto al piano, que tocaba como sabía don Álvaro, con un puro en la boca, zarandeando el cuerpo y cerrando y abriendo los ojos brillantes que el humo del cigarro cegaba.

Las señoras ya no estaban allí. La Marquesa, la gobernadora y la Baronesa paseaban por la huerta; la gente *joven*, Obdulia, Visita, Ana, Edelmira y la niña del Barón, corrían solas por el bosque.

Se las oía gritar, desde la galería de cristales. Obdulia, Visita y Edelmira llamaban con aquellas carcajadas y chillidos a los hombres.

Así lo comprendió Joaquín, que propuso a Paco dejar el concierto de Quintanar y don Cayetano y correr detrás de *aquéllas*.

—Deja, luego —decía Paco, que gozaba mucho con las canciones antiquísimas de Ripamilán y ya se iba cansando a ratos de su prima.

Cuando Quintanar y el Arcipreste se quedaron roncos, que fue pronto, se dejó el piano y se cumplieron los deseos de Orgaz. Él, Paco, Mesía y Bermúdez salieron de la casa y entraron en el bosque. «Ya no se oían los gritos de *aquéllas*.» «¿Se habrían escondido?» «Eso debía de ser.»

«A buscarlas cada cual por su lado.»

«¡Magnífico! ¡magnífico!»

Se dispersaron y pronto dejaron de verse unos a otros.

Bermúdez, en cuanto se sintió solo, se sentó sobre la yerba. Un encuentro a solas con cualquiera de aquellas señoras y señoritas en un bosque espeso de encinas seculares le parecía una situación que exigía una oratoria especial de la que él no se sentía capaz. Y, sin embargo, ¡qué deliciosa podría ser una conferencia íntima con Obdulia o con Ana *sobre la verde alfombra*!

El Magistral tuvo que quedarse con Ripamilán, don Víctor, el gobernador, Benítez y otros señores graves. Benítez era joven, pero prefería hacer la digestión sentado y fumando un buen cigarro.

Don Víctor se acercó al médico, en el hueco de un balcón y De Pas pudo oír el diálogo que entablaron.

—¡Oh! no puede figurarse usted cuánto le debo.

—¿A mí, don Víctor?

—Sí, a usted; Ana es otra. ¡Qué alegría, qué salud, qué apetito! Se acabaron las cavilaciones, la devoción exagerada, las aprensiones, los nervios... las locuras... como aquella de la procesión... Oh, cada vez que me acuerdo se me crispan los... pues nada, ya no hay nada de aquello. Ella misma está avergonzada de lo pasado. Se ha convencido de que la santidad ya no es cosa de este siglo. Este es el siglo de las luces no es el siglo de los santos. ¿No opina usted lo mismo, señor Benítez?

—Sí señor —dijo el médico sonriendo y chupando su cigarro.

—¿De modo que usted opina que mi mujer está curada del todo?... ¿radicalmente?...

—Doña Ana, amigo mío, no estaba enferma; se lo he dicho a usted cien veces; lo que tenía se curaba sin más que cambiar de vida; pero no era enfermedad... por eso no puede decirse con exactitud que se ha curado... por lo demás... esa misma exaltación de la alegría, ese optimismo, ese olvido sistemático de sus antiguas aprensiones... no son más que el reverso de la misma medalla.

—¿Cómo? usted me asusta.

—Pues no hay por qué. Doña Ana es así; extremosa... viva... exaltada... necesita mucha actividad, algo que la estimule... necesita...

Benítez mascaba el cigarro y miraba a don Víctor, que abría mucho los ojos, con expresión misteriosa de lástima un poco burlesca.

—¿Qué necesita?

—Eso... un estímulo fuerte, algo que le ocupe la atención con... fuerza;... una actividad... grande... en fin, eso... que es extremosa por temperamento... Ayer era mística, estaba enamorada del cielo; ahora come bien, se pasea al aire libre entre árboles y flores... y tiene el amor de la vida alegre, de la naturaleza, la manía de la salud...

—Es verdad; no habla más que de la salud la pobrecita.

—¡Qué pobrecita! ¿Pobrecita por qué?

—¿Por qué? por esos extremos... por esos estímulos que necesita...

—¿Y eso qué importa? Su temperamento exige todo eso...

—¿De modo que usted cree que ayer era devota, exageradamente devota porque... tal vez había quien influía en su espíritu en cierto sentido?...

—Justo. Es muy probable.

Don Víctor, aturdido como solía, hablaba sin miedo de ser oído, sin ver al Magistral, que fingiendo leer un periódico y a ratos atender a Ripamilán, se esforzaba en no perder ni una palabra del diálogo del balcón.

—¿De modo... que el cambio de Anita se debe a... otra influencia?... ¿su pasión por el campo, por la alegría, por las distracciones se debe... a un nuevo influjo?

—Sí señor; es un aforismo médico: *ubi irritatio ibi fluxus...*

—¡Perfectamente! ¡*Ubi irritatio*... justo, *ibi*... *fluxus!* ¡Convencido! Pero aquí el nuevo influjo... ¿dónde está? Veo el otro, el clero, el jesuitismo... pero, ¿y éste? ¿quién representa esta nueva influencia... esta nueva *irritatio* que pudiéramos decir?...

—Pues es bien claro. Nosotros. El nuevo régimen, la higiene, el Vivero... usted... yo... los alimentos sanos... la leche... el aire... el heno... el tufillo del establo... la brisa de la mañana... etc., etc.

—Basta, basta; comprendido... la higiene... la leche... el olor del ganado... ¡magnífico!... ¡De modo que Ana está salvada!

—Sí señor.

—¿Porque esta nueva exageración no puede llevarnos a nada malo?...

Benítez escupió un pedazo del puro, que había roto con los dientes, y contestó con la misma sonrisa de antes:

—A nada.

—¡Santa Bárbara! —gritó Quintanar cerrando los ojos y poniéndose en pie de un salto.

Y tras el relámpago, que le había deslumbrado, retumbó un trueno que hizo temblar las paredes. Cesaron todas las conversaciones, todos se pusieron en pie; Ripamilán y don Víctor estaban pálidos. Eran dos hombres valientes de veras que se echaban a temblar en cuanto sonaba un trueno.

Ripamilán, aunque algo sordo de algunos años acá, había oído perfectamente la descarga de las nubes y ya se sentía mal. No tenía bastante confianza para pedir un colchón con que taparse la cabeza, según acostumbraba hacer en su casa.

Todos los convidados, menos los dos miedosos, se acercaron a los balcones para ver llover. Caía el agua a torrentes. Allá al extremo de la huerta se veía a la Marquesa y a las señoras que la acompañaban refugiadas bajo la cúpula del Belvedere que dominaba el paisaje, en una esquina del predio, junto a la tapia.

—¿Y los chicos? —preguntó Ripamilán asustado, fingiendo temer por los demás.

Llamaba *los chicos* a los que habían salido al bosque.

—¡Es verdad! ¿Qué era de ellos? Hay que buscarlos... Se van a poner perdidos —exclamó Quintanar, acordándose de su mujer, lleno de remordimientos por no haberlo dicho antes.

El Magistral no pensaba en otra cosa, pero callaba. Estaba pasando un purgatorio y aquello era ya el colmo. «Los otros en el bosque... y el cielo cayendo a cántaros sobre ellos... ¡A qué cosas no estaría obligando la galantería de don Álvaro en aquel momento!»

—Es preciso ir a buscarlos —decía el gobernador.

—Hay que llevarles paraguas...

—Y el caso es que la Marquesa está sitiada por el chubasco allá abajo y no puede disponer...

—Y el Marqués está con sus curas en el palacio viejo y no puede venir y mandar...

Y se deliberó largamente qué se haría.

—Hay que salvar a los náufragos —dijo el Barón a guisa de chiste.

El Magistral, que había salido del salón, se presentó con dos paraguas grandes de aldea, verdes, de percal. Ofreció uno a don Víctor, diciendo:

—Vamos, Quintanar, usted que es cazador... y yo que también lo soy... ¡al monte! ¡al monte!

Y con los ojos, al decir esto, se lo comía, y le insultaba llamándole con las agujas de las pupilas idiota, Juan Lanas y cosas peores.

—¡Bravo, bravo! —gritaron aquellos señores, que aplaudían el heroísmo ajeno.

Un trueno formidable, simultáneo con el relámpago, estalló sobre la casa y puso pálidos a los más valientes.

—¡Vamos, vamos, pronto! —gritó el Magistral, cuya palidez no la causaba la tormenta. El trueno le sonaba a carcajadas de su mala suerte, a sarcasmos del diablo que se burlaba de él y de su miserable condición de clérigo.

—Pero... don Fermín —se atrevió a decir Quintanar— por lo mismo que soy cazador... conozco el peligro... El árbol atrae el rayo... Ahí arriba también hay laureles, el laurel llama la electricidad; ¡si fueran pinos menos mal! ¡pero el laurel!...

—¿Qué quiere usted decir? ¿Que los parta un rayo a los otros? No ve usted que con ellos está doña Ana...

—Sí, verdad es... pero ¿no podría ir Pepe con algún criado... con Anselmo?... Usted va a mojarse el balandrán... y la sotana...

—¡Al monte! ¡don Víctor, al monte! —rugió el Provisor.

Y la voz terrible fue apagada por un trueno más horrísono que los anteriores.

—Señores —dijo Ripamilán que estaba escondido en una alcoba.— No se apuren ustedes, los chicos deben de estar a techo.

—¿Cómo a techo?...

—Sí, Fermín, no se asuste usted. A techo... en la casa del leñador que usted no conoce; es una cabaña rústica que el Marqués hizo construir con cañas y césped allá arriba, en lo más espeso del monte...

El Magistral no quiso oír más. Salió con un paraguas bajo el brazo y dejó caer el otro a los pies de don Víctor.

El cual recogió el arma defensiva, que llamó escudo para sus adentros, y siguió sin chistar «al loco del Magistral», sin explicarse por qué se empeñaba en que fueran ellos a buscar a la Regenta y no los criados.

Tampoco los señores del salón comprendían aquello; y sonreían con discreta y apenas dibujada malicia al decir que era un misterio la conducta del Magistral.

—Tenía razón don Víctor —advirtió el Barón— ¿por qué no habían de haber ido los criados?

—Además —dijo el gobernador— eso parece una lección a todos nosotros, especialmente a usted, que tiene por allá a su hija...

El trueno que estalló en aquel instante se le antojó a Ripamilán que había metido cien rayos en la casa.

El miedo ya era general.

—Ea, ea, señores —dijo el Arcipreste desde la alcoba— a rezar tocan; yo voy a rezar con permiso de ustedes... *In nomine Patris*...

XXVIII

—¿A dónde van ustedes? —gritaba la Marquesa desde el *Belvedere* al Magistral y a don Víctor que uno tras otro, a veinte pasos de distancia, corrían por el bosque, calados ya hasta los huesos, chorreando el agua por todos los pliegues de la ropa y por las alas del sombrero.

—¡Al infierno! ¡qué sé yo dónde me lleva este hombre! contestó don Víctor sin dar muchas voces, furioso, empeñado en abrir el paraguas que tropezaba con las ramas y se enredaba en las zarzas.

La Marquesa continuaba vociferando, y hablaba por señas, pero don Víctor ya no la entendía y don Fermín ni la oía siquiera.

—Pero aguarde usted, santo varón; espere usted, ¡deliberemos; formemos un plan!... ¿a dónde me lleva usted?

Por lo visto tampoco oía a Quintanar aquel santo varón, porque continuaba subiendo a paso largo, sin mirar hacia atrás un momento.

De rama a rama, de tronco a tronco, en todas direcciones subían y bajaban hilos de araña que se le metían por ojos y boca al ex— regente, que escupía y se sacudía las telas sutilísimas con asco y rabia.

—¡Esto es un telar! —gritaba, y se envolvía en los hilos como si fueran cables, procuraba evitarlos y tropezaba, resbalaba y caía de hinojos, blasfemando contra su costumbre.

—También es ocurrencia de chicos venir al monte a divertirse... Si no hay más que arañas y espinas... Don Fermín, espere usted por las once mil... de a caballo, que yo me pierdo y me caigo.

Un trueno le contestó y le hizo arrodillarse con el susto.

No osó blasfemar otra vez.

—¡Don Fermín! ¡don Fermín! ¡espere usted en nombre de la humanidad!

De Pas se detuvo, se volvió, le miró desde arriba con lástima y disimulando la ira, y le dijo lo menos malo de cuanto se le ocurría.

—Parece mentira que sea usted cazador.

—Soy cazador en seco, compadre, pero esto es el diluvio, y un bombardeo... y las arañas se me meten en el estómago... y sobre todo a mí me gustan las acciones heroicas que tienen alguna utilidad. *Nisi utile est id quod facimus, stulta est gloria*, ha dicho Baglivio. ¿A dónde vamos nosotros, a ver, dígalo usted si lo sabe?

—A buscar a doña Ana, que estará... poniéndose perdida...

—¡Quiá perdida! ¿Cree usted que son tontos? De fijo están a techo... ¿Cree usted que han de estar papando... arañas y nadando como nosotros? ¿Además no tienen pies para volverse a casa? ¿No saben el camino? Dirá usted que les llevamos paraguas; ¿y para qué sirven los paraguas?

El Magistral se puso colorado. En efecto, los paraguas no servían de nada en el bosque.

—Haga usted lo que quiera —dijo— yo sigo.

—Eso es darme una lección —replicó don Víctor algo picado y continuando también la ascensión penosa.

—No señor.

—Sí señor; eso... es ser más papista que el Papa. Me parece a mí que mi mujer me importa más a mí que a nadie... Y usted dispense este lenguaje... pero, francamente, esto ha sido una quijotada.

Quintanar comprendió que aquello era una insolencia, pero estaba furioso y no quiso recogerla.

El primer impulso de don Fermín fue descargar el puño del paraguas sobre la cabeza de aquel hombre que se le antojaba idiota en aquella ocasión; pero se contuvo por multitud de consideraciones... y continuó subiendo en silencio.

A lo que iba, iba; todos aquellos insultos le sonaban como le sonarían a un náufrago los que le arrojasen desde tierra... Dos ideas llevaba clavadas en el cerebro con clavos de fuego: *Ubi irritatio ibi fluxus,* decía una; y la otra: ¡estarán en la casa del leñador! No creía el Provisor en una Providencia que aprovecha juegos de la suerte, combinaciones de teatro para dar lecciones, pero supersticiosamente enlazaba el recuerdo de la mañana, de su paseo y conversación con Petra, con las escenas también campestres en que temía groseramente ver enredada a la Regenta.

«*¡Ubi irritatio ibi fluxus!*» iba pensando; es verdad, es verdad... he estado ciego... la mujer siempre es mujer, la más pura... es mujer... y yo fui un majadero desde el primer día... Y ahora es tarde... y la perdí por completo. Y ese infame...

Echó a correr monte arriba.

«¡Pero ese hombre está loco!» pensaba Quintanar, que le seguía jadeante, con un palmo de lengua colgando y a veinte pasos otra vez.

El Magistral procuraba orientarse, recordar por dónde había bajado pocas horas antes de la casa del leñador. Se perdía, confundía las señales, iba y venía... y don Víctor detrás, librándose de las arañas como de leones, de sus hilos como de cadenas.

«Lo mejor es subir por la máxima pendiente, ello está hacia lo más alto... pero arriba hay meseta, vaya usted a buscar...»

Se detuvo. Como si nada hubiera dicho don Víctor, con cara amable y voz dulce y suplicante advirtió:

—Señor Quintanar, si queremos dar con ellos tenemos que separarnos; hágame usted el favor de subir por ahí, por la derecha...

Don Víctor se negó, pero el Magistral insistiendo y con alusiones embozadas al miedo positivo de su compañero, logró picar otra vez su amor propio y le obligó a torcer por la derecha.

Entonces, en cuanto se vio solo, De Pas subió corriendo cuanto podía, tropezando con troncos y zarzas, ramas caídas y ramas pendientes... Iba ciego; le daba el corazón, que reventaba de celos, de cólera, que iba a sorprender a don Álvaro y a la Regenta en coloquio amoroso cuando menos. «¿Por qué? ¿No era lo probable que estuvieran con ellos Paco, Joaquín, Visita, Obdulia y los demás que habían subido al bosque?» No, no, gritaba el presentimiento. Y razonaba diciendo: don Álvaro sabe mucho de estas aventuras, ya habrá él aprovechado la ocasión, ya se habrá dado trazas para quedarse a solas con ella. Paco y Joaquín no habrán puesto obstáculos, habrán procurado lo mismo para quedarse con Obdulia y Edelmira, respectivamente. Visitación los habrá ayudado. Bermúdez es un idiota... de fijo están solos. Y vuelta a correr cuanto podía, tropezando sin cesar, arrastrando con dificultad el balandrán empapado que pesaba arrobas, la sotana desgarrada a trechos y cubierta de lodo y telarañas mojadas. También él llevaba la boca y los ojos envueltos en hilos pegajosos, tenues, entremetidos.

Llegó a lo más alto, a lo más espeso. Los truenos, todavía formidables, retumbaban ya más lejos. Se había equivocado, no estaba hacia aquel lado la cabaña. Siguió hacia la derecha, separando con dificultad las espinas de cien plantas ariscas, que le cerraban el paso. Al fin vio entre las ramas la caseta rústica... Alguien se movía dentro... Corrió como un loco, sin saber lo que iba a hacer, si encontraba allí lo que esperaba... dispuesto a matar si era preciso... ciego...

—¡Jinojo! que me ha dado usted un susto... —gritó don Víctor, que descansaba allí dentro, sobre un banco rústico, mientras retorcía con fuerza el sombrero flexible que chorreaba una catarata de agua clara.

—¡No están! —dijo el Magistral sin pensar en la sospecha que podían despertar su aspecto, su conducta, su voz trémula, todo lo que delataba a voces su pasión, sus celos, su indignación de marido ultrajado, absurda en él.

Pero don Víctor también estaba preocupado. No le faltaba motivo.

—Mire usted lo que me he encontrado aquí —dijo y sacó del bolsillo, entre dos dedos, una liga de seda roja con hebilla de plata.

—¿Qué es eso? —preguntó De Pas, sin poder ocultar su ansiedad.

—¡Una liga de mi mujer! —contestó aquel marido tranquilo como tal, pero sorprendido con el hallazgo por lo raro.

—¡Una liga de su mujer!

El Magistral abrió la boca estupefacto, admirando la estupidez de aquel hombre que aún no sospechaba nada.

—Es decir —continuó Quintanar— una liga que fue de mi mujer, pero que me consta que ya no es suya... Sé que no le sirven... desde que ha engordado con los aires de la aldea... con la leche... etc., y que se las ha regalado a su doncella... a Petra. De modo que esta liga... es de Petra. Petra ha estado aquí. Esto es lo que me preocupa... ¿A qué ha venido Petra aquí... a perder las ligas? Por esto estoy preocupado, y he creído oportuno dar a usted estas explicaciones... Al fin es de mi casa, está a mi servicio y me importa su honra... Y estoy seguro, esta liga es de Petra.

Don Fermín estaba rojo de vergüenza, lo sentía él. Todo aquello, que había podido ser trágico, se había convertido en una aventura cómica, ridícula, y el remordimiento de lo grotesco empezó a pincharle el cerebro con botonazos de jaqueca... Por fortuna don Víctor, según observó también De Pas, no estaba para atender a la vergüenza de los demás, pensaba en la suya; se había puesto también muy colorado. Comprendió el Magistral por qué torcidos senderos conocía el ex—regente las ligas de su mujer.

También Quintanar tenía, además de vergüenza, celos.

No podía saber De Pas hasta qué punto había llegado la debilidad de don Víctor, que se decía a sí mismo: «Probablemente este clérigo, malicioso como todos, estará sospechando... lo que no ha habido.»

Lo cierto era que don Víctor, al cabo, había cedido hasta cierto punto a las insinuaciones de Petra.

Pero acordándose de lo que debía a su esposa, de lo que se debía a sí mismo, de lo que debía a sus años, y de otra porción de deudas, y sobre todo, por fatalidad de su destino que nunca le había permitido llevar a término natural cierta clase de empresas, era lo cierto que había retrocedido en *aquel camino de perdición* desde el día en que una tentativa de seducción se le frustó, por fingido pudor de la criada. «No había, en suma, llegado a ser dueño de los encantos de su doncella, pero en aquellos primeros y últimos escarceos amorosos había podido adquirir la convicción de que la Regenta le había regalado a Petra unas ligas que el amante esposo le había regalado a ella.»

«¿Por qué se le había ido la lengua delante del Magistral?»

«No podía explicárselo; los celos, si así podían llamarse, le habían hecho hablar alto. Por lo demás, él despreciaba a la rubia lúbrica en el fondo del alma... y sólo en un momento de exaltación... de la mente, había podido...»

La tempestad ya estaba lejos... los árboles continuaban chorreando el agua de las nubes, pero el cielo empezaba a llenarse de azul.

Por decir algo, don Víctor dijo:

—Verá usted como esto repite a la noche... Por allá abajo viene otro mal semblante... mire usted por entre aquellas ramas...

—Vamos a bajar antes que vuelva el agua —advirtió De Pas, que hubiera querido estar cinco estados bajo tierra.

Los dos se tenían miedo.

Los dos bajaron silenciosos, pensando en la liga de Petra.

Antes de llegar a la huerta se encontraron con Pepe el casero que los llamó de lejos, entre los árboles.

—¡Don Víctor, don Víctor... eh, don Víctor... por aquí!

—¿Qué pasa? ¿Han parecido? ¿Alguna desgracia?

—¿Qué desgracia? no señor, que los señoritos y las señoritas ya estaban en casa muy tranquilos cuando ustedes estarían llegando a mitad del monte... apenas se han mojado... Yo salí, por orden de la señora Marquesa, en su busca apenas comenzó a llover... Fui con el carro y el toldo encerado a la calleja de Arreo, donde sabía yo que el señorito Paco había de parecer, porque aquél es el

374

camino más corto y la casa de Chinto está allí, a los cuatro pasos... En casa de Chinto estaban todas las señoritas, que no se habían mojado apenas... porque en el monte cuando empieza el chaparrón se está como a techo... De modo que todos están en casa muertos de risa, menos la señora doña Anita, que teme por usted y... por este señor cura...

—¿Pero y la señora Marquesa cómo no nos advirtió?...

—Pues si dice que le llamaba a usted a voces y que usted no hacía caso, y que ella le decía que ya había salido el carro...

Y Pepe se reía a carcajadas.

—No ha sido mala broma, je, je... Probecicos y da lástima verles... sobre todo este señor cura está hecho un *eciomo*, perdonando la comparanza, es una sopa... Anda, anda, y cómo se le ha ponío too el melindrán este... y la sotana parece un charco...

Tenía razón Pepe. De Pas y don Víctor se miraban y se encontraban aspecto de náufragos.

—Anden, anden, ángeles de Dios, que la mojadura puede llegar a los huesos y darles un romantismo...

—Ya ha llegado, Pepe, ya ha llegado.

—La señorita Ana ya tié preparada ropa caliente pa usté y creo que no falta pa este señor cura; y si no, yo tengo una camisa fina que podría ponérsela una princesa...

El Magistral, en vez de entrar en la huerta por el postigo por donde habían salido, dio vuelta a la muralla y entró en las cocheras, de donde hizo sacar su miserable berlina de alquiler.

Don Víctor no le vio siquiera separarse de él. Tan absorto iba.

Encontró el Magistral al Marqués, que no quería dejarle marchar en aquel estado...

—Pero si va usted a coger una pulmonía... Múdese usted... Ahí habrá ropa...

No hubo modo de convencerle.

—Despídame usted de la Marquesa. En una carrera estoy en mi casa...

Y dejó el Vivero, no tan a escape como él hubiera querido, sino a un trote falso que poco a poco se fue convirtiendo en un paso menos que regular.

—Pero, hombre, castigue usted a ese animal —gritaba don Fermín al cochero.— Mire usted que voy calado hasta los huesos... y quiero llegar pronto a mi casa.

El cochero, ante la perspectiva de una propina, descargó dos tremendos latigazos sobre los lomos del rocín, que vino a pagar así la ira concentrada por tantas horas en el pecho del Provisor. Aquellos latigazos los hubiera descargado el canónigo de buen grado sobre el rostro de Mesía.

Cuando el miserable y desvencijado vehículo llegaba a las primeras casas de los arrabales de Vetusta, obscurecía. La noche, según había anunciado don Víctor, amenazaba con nueva tormenta. Todo el cielo se cubría de nubes pardas que se ennegrecían poco a poco. Ya se veían relámpagos extensos en el horizonte por Norte y Oeste, y de tarde en tarde zumbaba rodando un trueno allá muy lejos.

Don Fermín llevaba el alma sofocada de hastío, de desprecio de sí mismo. ¡Qué jornada! pensaba, ¡qué jornada! No le quedaba ni el consuelo de compadecerse; merecido tenía todo aquello; el mundo era como el confesonario lo mostraba, un montón de basura; las pasiones nobles, grandes, sueños, aprensiones, hipocresía del vicio... Buena prueba era él mismo, que a pesar de sentirse enamorado por modo angélico, caía una y otra vez en groseras aventuras, y satisfacía como un miserable los apetitos más bajos. Y al fin Teresina... era de su casa, pero Petra era de la otra, de Ana. Ya no se disculpaba con los sofismas del maquiavelismo, de la conveniencia de tener de su parte a la criada. «Con unas cuantas monedas de oro hubiera conseguido lo mismo.» «¿Y don Víctor? Otro miserable y además un estúpido que merecía cuanto mal le viniera encima, como él, como Ana lo merecía también, como lo merecía el mundo entero, que era un lodazal... ¡Oh, aquellos relámpagos debían quemar el mundo entero si se quería hacer justicia de una vez!»

Lo que más le irritaba era que su conciencia le envolvía a él también en el general desprecio... «Todo era pequeño, asqueroso, bajo... y él como todo.»

«¿Y lo que había dicho el médico? *Ubi irritatio*... es decir, que Ana caería en brazos de don Álvaro... ¡que era fatal aquella caída!... Y tanto misticismo, y tanto hermano mayor del alma... ¿para qué había servido? Farsa, hipocresía, hipocresía inconsciente, como la propia, como la del universo entero...»

El Magistral daba diente con diente. El frío le hizo pensar en la ropa; la ropa, en su madre.

«Esta es otra. ¿Qué va a decir al verme entrar así? Tendré que inventar una mentira. ¡Bah! una más, ¿qué importa?... Y los otros allá... a sus anchas... Podrán, si quieren, cometer sus torpezas delante del mismo idiota del marido... Oh, ¿quién es aquí el marido? ¿Quién es aquí el ofendido? ¡Yo, yo! que siento la ofensa, que la preveo, que la huelo en el aire... no él que no la ve aun puesta delante de los ojos...»

Idea tuvo de arrojarse del coche, y a pie, a todo correr, volver furioso al Vivero a sorprender «lo que el presentimiento le daba por seguro, lo que no había pasado tal vez en el bosque, pero lo que estaría pasando en la casa... entre aquellos borrachos disimulados y aquellas damas lascivas, locas y encubridoras...»

Un trueno que retumbó sobre Vetusta sirvió de acompañamiento a la cólera del canónigo.

—¡Eso! ¡eso! —rugió mientras abría la portezuela y se apeaba frente a su casa.— ¡Esto sólo se arregla con rayos!

Y entró en su casa después de pagar al cochero.

Los rayos que quería le esperaban arriba dispuestos a estallar sobre su cabeza.

Cuando se acostó aquella noche, pensaba que en su vida había tenido tan formidable reyerta con su señora madre, ni había visto jamás a doña Paula ostentar mayores parches de sebo en las sienes.

Y al dormirse, la última idea que le perseguía, la que más le atormentaba con sus punzadas, era la del ridículo.

«¡Qué aventuras tan grotescas... qué horrorosa ironía de lo cómico durante todo el día! Y... la culpa de todo la tenía la odiosa, la repugnante sotana...»

Los últimos pensamientos del Magistral fueron maldiciones. Pero a pesar de todo durmió, rendido por tanta fatiga.

Allá en el Vivero los convidados habían puesto a mal tiempo buena cara, y mientras en el palacio viejo los curas rurales, el Marqués y algunos otros señores de Vetusta jugaban al tresillo a primera hora y más tarde al monte, que llamaba el clero del campo *la santina*, en la casa nueva todas las damas y los caballeros que habían querido correr por los prados en la romería, procuraban divertirse como podían y se bailaba, se tocaba el piano, se cantaba y se jugaba al escondite por toda la casa. Ya se sabía que al Vivero no se iba a otra cosa. Visitación, Obdulia y Edelmira también, eran las que conocían mejor los lugares más escondidos, dónde había puertas de escape y todo lo que exigían aquellos juegos infantiles a que se entregaban, sin pensar en los muchos años que tenían varias de aquellas personas tan alegres.

A don Víctor se le recibió en triunfo; triunfo burlesco. Algunos, Visita y Paco entre ellos, querían coronarlo, pero él prefirió correr a su cuarto para mudarse de pies a cabeza.

Entró con él la Regenta para ayudarle.

—¿Y don Fermín? —preguntó.

—Tu don Fermín es un botarate, hija mía, y perdona —contestó Quintanar de mal humor, mientras se mudaba los calcetines.

Y refirió a su mujer todo lo que les había sucedido, menos el hallazgo de la liga.

Ana convino en que De Pas había llevado la galantería a un extremo ridículo, sobre todo ridículo en un sacerdote.

—¿A quién le importará más mi mujer, a él o a mí? —repetía a cada instante el marido, como supremo argumento contra el Magistral.

«Sí, pensaba Ana, tiene razón don Álvaro, ese hombre... tiene celos, celos de amante... y lo que ha hecho hoy ha sido una imprudencia... Debo huir de él, tiene razón Álvaro.»

Mesía y Paco, en los días anteriores, habían venido varias veces al Vivero, a caballo; Mesía había encontrado a la Regenta expansiva, alegre, confiada: y sin hablar palabra de amor pudo conseguir que ella escuchase consejos que él juraba higiénicos principalmente.

«El misticismo era una exaltación nerviosa.»

En eso andaba Ana también, asustada todavía con los recuerdos de sus aprensiones.

«Además, el Magistral no era un místico; lo menos malo que se podía pensar de él era que se proponía ganar a las señoras de categoría para adquirir más y más influencia.»

Cuando don Álvaro se atrevió a decir esto, ya sus confidencias habían sido muy íntimas.

De amor no se hablaba; Mesía, aunque con trabajo, respetaba a la Regenta hasta el punto de no tocarle al pelo de la ropa. Ella se lo agradecía y, como en tiempo antiguo, procuraba aturdirse, no pensar en los peligros de aquella amistad; y lo conseguía mejor que antes.

«Mi salud, pensaba, exige que yo sea como todas: basta para siempre de cavilaciones y propósitos quijotescos y excesivos: quiero paz, quiero calma... seré como todas. Mi honor no padecerá... pero los escrúpulos me volverían a la locura, a las aprensiones horrorosas...»

Y temblaba recordando las tristezas y los terrores pasados.

La pasión, menos vocinglera que antes, subrepticia, seguía minando el terreno, y a los pocos latidos de la conciencia contestaba con sofismas.

Cuando Quintanar refirió los pasos imprudentes del Magistral, Ana sintió por un momento algo de odio. «¿Cómo? ¿Su mismo confesor la comprometía? Si Víctor fuera otro, ¿no podría haber sospechado o de don Álvaro o del canónigo mismo? ¿Pues no estaba bien claro que todo aquello eran celos? ¡No faltaba más! ¡qué horror! ¡qué asco! ¡amores con un clérigo!»

Y ahora sí que la imagen de don Álvaro se le presentaba risueña, elegante, fresca y viva. «Al fin aquello estaba dentro de las leyes naturales y sociales... a lo menos era cosa menos repugnante... menos ridícula; no, lo que es ridículo, nada... ¡pero un canónigo!...»

Y le parecía que el pecado de querer a un Mesía era ya poco menos que nada, sobre todo si servía para huir de los amores de un Magistral... «¿Pero qué se habría figurado aquel señor cura?»

No se acordaba la Regenta ahora de aquello del «hermano mayor del alma», ni de la leña que ella, sin mala intención, sin asomo de coquetería, había arrojado al fuego de que ahora se avergonzaba. La pasión, que ahora halagaba con su nueva vida, vencedora, próxima a estallar, le sugería sofisma tras sofisma para encontrar repugnante, odiosa, criminal la conducta del Provisor y noble y caballeresca la de Mesía.

El cual, aquella misma mañana en el pozo lleno de yerba, antes en el patio de la iglesia, por las callejas, cuando venían detrás del tambor y de la gaita, en el bosque, después en el carro de Pepe, donde venían juntos, casi sentada ella encima de él, sin poder remediarlo, más tarde en el salón, en todas partes y en todo el día le había estado dejando ver que la adoraba, «pero no se lo había dicho por respeto... a fuerza de quererla tanto.»

Y comparando proceder con proceder, Anita encontraba abominable el del clérigo.

Y le faltó tiempo para decírselo a don Álvaro.

En tono confidencial, que al lechuguino le supo a gloria, le fue diciendo, cuando pudo hablarle sin que los oyeran:

—¿Qué le parece a usted la conducta del Magistral?

¿Qué le había de parecer a don Álvaro? ¡Abominable! ¿Pues qué era lo que él, don Álvaro, tenía dicho? Que no había que fiarse del Provisor, etc., etc.

—«Sí, Ana, está enamorado de usted, loco, loco... eso se lo conocí yo hace mucho tiempo... porque... porque...»

Y Álvaro sonreía de un modo que lo decía todo perfectamente, y hasta con acompañamiento de una música dulcísima que la Regenta creía oír dentro de sus entrañas; una música que le salía de los ojos y de la boca... «¡qué sabía ella! pero aquello era una delicia mucho más fuerte que todas las del *misticismo*.»

Cuando hablaban así, como *otros dos hermanos del alma*, empezaba la noche, retumbaban los truenos lejanos y vibraban en el cielo los relámpagos que a don Fermín le sorprendieron al entrar en Vetusta. Ana y Mesía estaban solos apoyados en el antepecho de la galería del primer piso, en una esquina de aquel corredor de cristales que daba vuelta a toda la casa. La mayor parte de los convidados abajo, en el salón, se preparaban a volver a Vetusta, otros preferían aceptar la hospitalidad que los Marqueses les ofrecían en el Vivero por aquella noche. Todo era abajo ruido, movimiento, órdenes confusas, broma, vacilaciones, unos que se quedaban y de repente preferían emprender el viaje, otros que se preparaban a ocupar un asiento en un coche y volvían a la casa, prefiriendo «dormir en el suelo aunque fuera.» Ripamilán desde luego, aceptó la cama que le ofreció la Marquesa «para él solo.»

—Vuelve la tormenta y yo no quiero bromas con la electricidad; me consta que la carrera de un coche atrae el rayo... Me quedo, me quedo.

Las baronesas prefirieron desafiar la tempestad. El Barón quería más quedarse, pero tuvo que seguirlas. También se metió en el coche el gobernador, pero su esposa se quedó con los Marqueses.

Bermúdez volvió a Vetusta; Visitación, Obdulia, Edelmira, Paco y Mesía, se quedaban.

Mientras abajo se trataban a gritos y con idas y venidas tan arduas materias, Edelmira, Obdulia, Visita, Paco y Joaquín corrían como locos por el corredor del primer piso. Visitación estaba un poco borracha, no tanto por lo que había bebido como por lo que había alborotado; Obdulia decía que tenía un clavo en la sien: había bebido mucho más, pero el torbellino del baile, las emociones fuertes del escondite la mantenían en pie firme de puro excitada. Edelmira, maestra ya en el arte de divertirse al estilo de la casa de sus tíos, estaba como una amapola y reía y gozaba con estrépito; su alegría era comunicativa y simpática. Paco la pellizcaba sin compasión y ella despedazaba los brazos de Paco; Joaquín Orgaz, que había conseguido aquella tarde algunas ventajas positivas en el amor siempre efímero de Obdulia, pellizcaba también; y había carreras, tropezones, voces, aprietos, saltos, sustos, sorpresas. Ahora, mientras Ana y Álvaro hablaban asomados a la galería, sin miedo al agua que les salpicaba el rostro ni a los relámpagos que rasgaban el horizonte negro enfrente de sus ojos, los demás, en la obscuridad del corredor estrecho jugaban a un juego de niños que se llamaba en Vetusta *el cachipote*, y que consiste en esconder un pañuelo convertido en látigo y buscarlo por las señas conocidas de: frío y caliente. El que lo encuentra corre detrás de los otros a latigazos hasta llegar a la madre. Este juego inocente daba ocasión a multitud de sabrosos incidentes entre aquellos jugadores todos malicia. A menudo dos manos, una de hembra y otra de varón, buscaban en el mismo agujero el *cachipote*; los que corrían se atropellaban, y la verdad histórica exige que se declare, por más que parezca inverosímil, que muy a menudo aquellos *chicos* que corrían como locos todos juntos por la estrecha galería huyendo del látigo, caían al suelo en confuso montón, mientras el zurriago les medía las espaldas.

Y mientras abajo sonaba el ruido confuso y gárrulo de las despedidas y preparativos de marcha, y detrás el estrépito de los que corrían en la galería, y allá en el cielo, de tarde en tarde, el bramido del trueno, la Regenta, sin notar las gotas de agua en el rostro, o encontrando deliciosa aquella frescura, oía por la primera vez de su vida una declaración de amor apasionada pero respetuosa, discreta, toda idealismo, llena de salvedades y eufemismos que las circunstancias y el estado de Ana exigían, con lo cual crecía su encanto, irresistible para aquella mujer que sentía las emociones de los quince años al frisar con los treinta.

No tenía valor, ni aun deseo, de mandar a don Álvaro que se callase, que se reportase, que mirase quién era ella. «Bastante lo miraba, bastante se contenía para lo mucho que aseguraba sentir y sentiría de fijo.»

«No, no, que no calle, que hable toda la vida», decía el alma entera. Y Ana, encendida la mejilla, cerca de la cual hablaba el presidente del Casino, no pensaba en tal instante ni en que ella era casada, ni en que había sido *mística*, ni siquiera en que había maridos y Magistrales en el mundo. Se sentía caer en un abismo de flores. Aquello era caer, sí, pero *caer al cielo*.

Para lo único que le quedaba un poco de conciencia, fuera de lo presente, era para comparar las delicias que estaba gozando con las que había encontrado en la meditación religiosa. En esta última había un esfuerzo doloroso, una frialdad abstracta y en rigor algo enfermizo, una exaltación malsana; y en lo que estaba pasando ahora ella era pasiva, no había esfuerzo, no había frialdad, no había más que placer, salud, fuerza, nada de abstracción, nada de tener que figurarse algo ausente, delicia positiva, tangible, inmediata, dicha sin reserva, sin trascender a nada más que a la esperanza de que durase eternamente. «No, por allí no se iba a la locura.»

Don Álvaro estaba elocuente; no pedía nada, ni siquiera una respuesta; es más, lloraba, sin llorar por supuesto, «de pura gratitud, sólo porque le oían.» «¡Había callado tanto tiempo! ¿Que había mil preocupaciones, millones de obstáculos que se oponían a su felicidad? Ya lo sabía él; pero él no pedía más que lástima, y la dicha de que le dejaran hablar, de hacerse oír y de no ser tenido por un libertino *vulgar*, necio, que era lo que el *vulgo estúpido* había querido hacer de él.»

Siempre le había gustado mucho a Ana que llamasen al vulgo *estúpido*; para ella la señal de la *distinción* espiritual estaba en el desprecio del vulgo, de los vetustenses. Tenía la Regenta este defecto, tal vez heredado de su padre: que para distinguirse de la *masa de los creyentes*, necesitaba recurrir a la teoría hoy muy generalizada del *vulgo idiota*, de la *bestialidad humana*, etc., etcétera.

Por fortuna, don Álvaro sabía perfectamente manejar este resorte: era él capaz de despreciar, llegado el caso, al mismo sol del mediodía si se oponía a sus pasiones. «Todo era preocupación, pequeñez de ánimo... Pero, ¿tenía él derecho para que Ana siguiera sus ideas y despreciase las maliciosas y groseras aprensiones del vulgo? Oh, no; ya sabía que la *letra* estaba contra él... Al fin, ¿qué era él? Un hombre que hablaba de amor a una señora que era de otro, ante los hombres... Ya lo sabía, sí; no exigía que Ana se hiciese superior a tantas tradiciones, leyes y costumbres, lugares comunes y rutinas como le condenaban; claro que había en el mundo mujeres, virtuosas como las que más, que ya sabían a qué atenerse respecto de la letra de la ley moral que condenaba aquel amor de Mesía; pero ¿podía él pedir a Ana, educada por fanáticos, que había pasado su juventud en un pueblo como Vetusta, podía pedirla que se dignase siquiera alentar su pasión con una esperanza? Oh, no; demasiado sabía que no... bastaba con que le oyera. ¡Cuántos años había estado sin querer oírle! ¡Y lo que él había padecido!... Pero, en fin, de esto ya no había que acordarse. El dolor había sido infinito... infinito... pero todo lo compensaba la felicidad de aquel momento. Callaba Ana, oía... ¿pues qué más dicha podía él ambicionar?...»

A la luz de un relámpago, la Regenta vio los ojos de Álvaro brillantes y envueltos en humedad de lágrimas.

También tenía las mejillas húmedas... Ella no pensó que esto podía ser agua del cielo.

«¡Estaba llorando aquel hombre... el hombre más hermoso que ella había visto, el compañero de sus sueños, el que debió haberlo sido de su vida!...»

«Pero ¿por qué hablaba de agradecimiento? ¿Por qué ella no le interrumpía? ¡Si él supiera... si él supiera que no podía ni hablar!...»

Ana sentía un placer *puramente material*, pensaba ella, en aquel sitio de sus entrañas que no era el vientre ni el corazón, sino en el medio. Sí, el placer era *puramente material*, pero su intensidad le hacía grandioso, sublime. «Cuando se gozaba tanto, debía de haber derecho a gozar.»

Cuando Álvaro, creyendo bastante cargada la mina, suplicó que se le dijera algo, por ejemplo, si se le perdonaba aquella declaración, si se le quería mal, si se había puesto en ridículo... si se burlaba de él, etc., Ana, separándose del roce de aquel brazo que la abrasaba, con un mohín de niña, pero sin asomo de coquetería, arisca, como un animal débil y montaraz herido, se quejó... se quejó con un sonido gutural, hondo, mimoso, de víctima noble, suave. Fue su quejido como un estertor de la virtud que expiraba en aquel espíritu solitario hasta entonces.

Y se alejó de Álvaro, llamó a Visita... la abrazó nerviosa y dijo, pudiendo al fin hablar:

—¿A qué jugáis, locos?...

—Ahora ya a nada... Jugábamos al cachipote, pero Paco y Edelmira están allá en la esquina del otro frente disputando sobre quién tiene más fuerza, si ella o él... Ven, ven, verás qué puños los de Edelmira.

En la más obscura de las galerías, en un rincón, amontonados estaban los demás compañeros de broma; Edelmira y Paco espalda con espalda, como se baila a veces la *muñeira*, sobre todo en el teatro, medían sus fuerzas... Paco resistía con dificultad el empuje violento de su prima, que gozando lo que ella y el diablo sabían, se incrustaba en la carne de su primo, más blanda que la suya, empeñada en vencerle y hacerle andar hacia adelante mientras ella andaba hacia atrás. Al cabo, Edelmira venció, y Paco, silbado por los presentes, propuso luchar de frente, con las manos apoyadas en los hombros del contrario. Así se hizo y esta vez venció Paco.

Joaquín propuso la misma lucha a Obdulia; Visita se atrevió a medir con la Regenta sus fuerzas. Joaquín y Ana vencieron. A don Álvaro, que no tenía con quién luchar, se le vino a la memoria la escena del columpio en que le venció el maldito De Pas... «Pero ahora le tenía debajo de los pies.»

«Más valía maña que fuerza.»

Siguieron los ejercicios corporales; el ruido del agua, la luz de los relámpagos, los truenos lejanos, la obscuridad ambiente, los vapores de la comida, la estrechez del corredor, todo los animaba, los arrojaba a la alegría aldeana, a los juegos brutales de la lascivia subrepticia, moderados en ellos por instintos de la educación. Pero volvieron los pellizcos, los gritos, los puñetazos de las mujeres en la cabeza de los varones. Ana jamás había asistido a escenas semejantes; ella y don Álvaro no tomaban parte activa en la broma al principio, pero al fin le tocó a la Regenta algún pellizco, ninguno de Mesía, a éste varios de Obdulia y Visita, y, sin pensarlo, Ana en la general contienda más de una vez sintió su espalda oprimida por la de Álvaro, y aunque huía el contacto delicioso, de un sabor especial, en cuanto lo notaba, el contacto volvía, y Ana iba sintiendo emociones extrañas, nuevas del todo, una inquietud alarmante, sofocaciones repentinas y una especie de sed de todo el cuerpo que hasta le quitaba la conciencia de cuanto no fuese aquel rincón obscuro, estrecho, donde cantaban, reían, saltaban... Como una música lejana, dulcísima en su suavidad, recordaba todos los pormenores de la declaración amorosa de Mesía...

Fatigados con tanto movimiento y alardes de fuerza, choques y excitaciones vanas, Paco y Joaquín, antes que Edelmira, Obdulia y Visita, dejaron de correr y *enredar*; y muy serios, con la melancolía del cansancio, se pusieron a contemplar la luna que apareció en el horizonte como una linterna en el campo de batalla de las nubes, que yacían desgarradas por el cielo.

Paco, con regular voz de barítono, cantó pedazos de *Favorita* y de *Sonámbula* y Joaquín *salió por malagueñas*, como él decía; en su voz había una tristeza que contrastaba con la alegría que le brillaba en los ojos, clavados en los de Obdulia, quien aquella noche se había propuesto dar el premio de sus favores, no el principal, al género flamenco. Por fortuna, Joaquín se conformaba con el *accesit*.

Don Víctor, que se aburría abajo, oyó cantar el *Spirto gentil* y subió. Le daba ahora por la música. Cantar óperas, a su modo, y oír cantar a los que *afinaban* más que él era su delicia por aquella temporada, y si todo esto se hacía a la luz de la luna, miel sobre hojuelas.

Todos en un grupo, respirando el fresco de la noche, contemplando la luna que salía por la bóveda desgarrando jirones de nubes de forma caprichosa, cantaban a la vez o por turno y hablaban en voz baja, como respetando la majestad de la naturaleza dormida, con languidez del cuerpo y del alma.

Don Víctor era más soñador que ninguno de los presentes. Se acercó a Mesía, consiguió entablar conversación particular con él, y como encontró a su amigo más atento que nunca, más cordial, más afectuoso, no tardó en abrirle el alma de par en par.

Cuando ya los otros se habían cansado de la luna y de las óperas y las malagueñas, don Víctor, que había comido bien y merendado con frecuentes libaciones, seguía abriendo el pecho ante la atención de Mesía; atención muda, intachable.

—Mire usted —decía el viejo— yo no sé cómo soy, pero sin creerme un Tenorio, siempre he sido afortunado en mis tentativas amorosas; pocas veces las mujeres con quien me he atrevido a ser audaz, han tomado a mal mis demasías... pero debo decirlo todo: no sé por qué tibieza o encogimiento de carácter, por frialdad de la sangre o por lo que sea, la mayor parte de mis aventuras se han quedado a medio camino... No tengo el don de la constancia.

—Pues es indispensable.

—Ya lo veo; pero no lo tengo. Mis pasiones son fuegos fatuos; he tenido más de diez mujeres medio rendidas... y muy pocas, tal vez ninguna puedo decir que haya sido mía, lo que se llama mía... Sin ir más lejos...

Don Víctor, en el seno de la amistad, seguro de que Mesía había de ser un pozo, le refirió las persecuciones de que había sido víctima, las provocaciones lascivas de Petra; y confesó que al fin, después de resistir mucho tiempo, años, como un José... habíase cegado en un momento... y había jugado el todo por el todo. Pero nada, lo de siempre; bastó que la muchacha opusiera la resistencia que el fingido pudor exigía, para que él, seguro de vencer, enfriara, cejase en su descabellado propósito, contentándose con pequeños favores y con el conocimiento exacto de la hermosura que ya no había de poseer.

Y de una en otra vino a declarar el hallazgo de la liga, aunque sin decir que había sido de su mujer. Le parecía una debilidad indigna de un marido «de mundo» regalarle ligas a su señora. Pidió consejo a Mesía respecto de su conducta futura con Petra.

—¿Debo despedirla?

—¿Tiene usted celos?

—No señor; yo no soy el perro del hortelano... aunque he de confesar que algo me disgustó en el primer momento el descubrir aquella prueba de su liviandad.

—Pero ¿está usted seguro de que la liga es de Petra?

—Ah, sí; estoy absolutamente seguro.

Y siguió Quintanar hablando, hablando, sin trazas de dejarlo.

La alcoba en que dormían Ana y don Víctor tenía una ventana a la galería precisamente del lado en que estaban conversando los dos amigos.

La Regenta abrió de repente las vidrieras y llamó a su marido.

—Pero, Víctor, ¿no te acuestas hoy?

Los dos amigos se volvieron.

Quintanar tenía los ojos inflamados y las mejillas encendidas... Sus confidencias le habían rejuvenecido...

—¿Pero qué hora es, hija mía?

—Muy tarde... Ya sabes que en la aldea nos recogemos temprano. Los Marqueses ya están recogidos. Ahora mismo acaba de llamar la Marquesa a Edelmira, que duerme en su cuarto.

—Bobadas de mamá —dijo Paco de mal humor— apareciendo por un extremo de la galería. Edelmira prefería dormir con Obdulia, como es natural... y ahora doña Rufina la hacía acostarse en su misma alcoba... Bobadas... Tonterías de mamá.

—Buena está Obdulia para dormir con nadie —dijo Visita que venía del cuarto contiguo al de Ana.

—¿Pues qué tiene?

—Yo creo que una *mica*, una borrachera de mil cosas, de ruido, de fatiga y hasta de vino... qué sé yo; ello es que está en la cama dando ayes y dice que allí no se acuesta nadie, que quiere dormir sola... yo me voy junto a ella; voy a poner mi cama al lado de la suya... Buenas noches...

Y acercándose a la ventana sujetó a la Regenta por los hombros, le habló al oído, le llenó de besos estrepitosos la cara y corrió a su cuarto, haciendo antes una mueca de conmiseración burlesca a Joaquinito Orgaz que, cabizbajo y tristón, rondaba por los pasillos.

—Vamos, vamos, ya ves que todos se retiran. Víctor, a la cama.

Ana sonreía, hermosa y fresca con su traje sencillo de la hora de acostarse.

—¿Y ustedes? —dijo Quintanar.

—Nosotros —respondió Paco— nos hemos quedado sin cama porque a la señora gobernadora le dio el capricho de tener miedo a los truenos y quedarse a dormir...

—¿De modo?... —preguntó Ana risueña.

—Que dormiremos en un sofá.

—Vaya, vaya, pues buenas noches.

—Espera un poco, tonta, mira qué buena noche está... hablemos aquí un poco...

—Yo no tengo sueño; tiene razón Paco; hablemos —dijo don Víctor, que había entrado en su cuarto y se había puesto las zapatillas y el gorro de borla de oro.

—¿Cómo hablar? no señor,... a la cama...

Y Ana, coqueta sin querer, amenazó graciosa, provocativa, con cerrar las ventanas y las contraventanas...

Mesía con un mohín le suplicó que esperase...

Y hablando en tono confidencial, comentando los sucesos del día, las bromas, los juegos, estuvieron a la luz de la luna cerca de una hora todavía; Ana y su marido dentro, Paco, Joaquín y Álvaro, en la galería...

Don Víctor estaba en sus glorias. Ver a su Anita alegre, expansiva, y allí, cerca del propio lecho, a los amigos jóvenes en cuya compañía se sentía él joven también ¿qué mayor dicha? Ni la sombra de una sospecha se le asomaba al alma al noble ex—regente. Ya todo era silencio en la casa, todos dormían, y sólo en aquel rincón de la galería, junto a aquella ventana abierta había el ruido suave de un cuchicheo. Hablaban a veces dos o tres a un tiempo, pero todos en voz baja que parecía dar más intimidad e interés a lo que se decían. Ana esquivaba unas veces las miradas de don Álvaro, que fumaba apoyando un codo muy cerca de los de Anita, también reclinada sobre el antepecho. Otras veces, las más, los ojos se clavaban en los ojos y sin que nadie pudiera remediarlo se decían amores, cada vez más elocuentes.

Álvaro, de tarde en tarde, miraba de soslayo y con envidia y codicia al interior de la alcoba... Ana sorprendió alguna de aquellas miradas rápidas y compadeció al enamorado galán, sin tomar a mal su curiosidad indiscreta.

Don Víctor no llevaba traza de poner fin al palique y Ana misma se creyó en el caso de decir:

—Vaya, vaya... hasta mañana; Víctor, adentro, adentro.

Y cerró las vidrieras en las narices de Álvaro y de los pollos. Paco y Joaquín desaparecieron en lo obscuro del corredor. Quintanar ya estaba de espaldas, allá en el fondo de la alcoba, en mangas de camisa. Don Álvaro no se movía; y vio a la Regenta detrás de los cristales, cerrando pausadamente las maderas; y ella en medio, en el hueco de luz, mirándole seria, dulce... y después, cuando ya sólo quedaba un intersticio, le miró risueña, juguetona. Volvió a abrir otro poco... y volvió a verle todo el rostro.

—Adiós, adiós, dormir bien —dijo Ana detrás de las vidrieras; y cerró las contraventanas de golpe y corrió el pestillo.

Como la romería de San Pedro hubo muchas durante el mes de Julio por los alrededores del Vivero. A casi todas asistieron los Marqueses y sus amigos. Quintanar y señora esperaban a los de Vetusta en la quinta; y unas veces a pie, otras en coche, se emprendía la marcha, se recorría aquellas aldeas pintorescas, se oían aquellos cánticos, monótonos, pero siempre agradables, dulces y melancólicos de la danza indígena, y se volvía al obscurecer, comiendo avellanas y cantando, entre labriegos y campesinas retozonas, confundidos señores y colonos en una mezcla que enternecía a don Víctor; el cual decía: «Vea usted, si se pudieran realizar la igualdad y la fraternidad... no había cosa mejor ni más poética.»

Mesía y Paco no faltaban ni a una de estas excursiones; pero, además, solían visitar a la Regenta cada tres o cuatro días. A veces Ana y Quintanar, después de comer, a eso de las cuatro de la tarde, salían a la carretera de Santianes a esperar a sus amigos. La soledad le iba pesando un poco a don Víctor y aquellas visitas las agradecía en el alma. Ana al divisar allá lejos, en el extremo de la cinta larga y estrecha de carretera las siluetas de los dos poderosos caballos blancos de Mesía y Vegallana, sentía un placer que se le antojaba infantil... y se ponía nerviosa de ansiedad que crecía según se acercaban los bultos y se aclaraban las figuras de caballos y jinetes.

Ni Visitación ni Paco se atrevían ya nunca a decir nada a don Álvaro alusivo a sus pretensiones amorosas: le dejaban hacer; conocían en *la cara de gloria* del Tenorio que esperaba el triunfo, que tal vez lo estaba tocando, y comprendían que el pudor, la vergüenza, mejor dicho, exigía un silencio absoluto respecto del caso. Don Álvaro agradecía «la delicadeza» de sus cómplices y callaba también, tranquilo y satisfecho.

A fines del mes comenzó la dispersión general; todos los que tenían cuatro cuartos, y muchos que no los tenían, dejaron la capital y buscaron la frescura de la playa.

Don Víctor, loco de contento, salió del Vivero con su mujer y con Petra y se instaló en el puerto mejor de la provincia, *La Costa*, villa floreciente más rica que Vetusta, emporio del cabotaje y vestida muy a la moda. Otros años Quintanar pasaba el mes de Agosto en Palomares, adonde iban también Visita, Obdulia y alguna vez los Marqueses y Mesía.

—¡Dos años hace que no he veraneado! —decía Quintanar alegre como un chiquillo.

La Regenta prefirió La Costa a Palomares porque el Magistral había suplicado que no se fuera a baños, y que si el médico lo exigía que por lo menos no se fuera a Palomares. No quiso Ana contradecir este deseo del confesor y transigió.

«Iremos a La Costa» dijo en la carta en que contestó a don Fermín. Tenía éste pésima idea de los efectos morales de los baños de todo el Cantábrico, y especialmente de los baños de Palomares. La mayor parte de los penitentes volvían de aquel pueblo de pesca con la conciencia llena de pecadillos que, si tratándose de otros casi le hacían sonreír, en la Regenta le hubieran hecho muy poca gracia.

Comprendía don Fermín que su influencia iba disminuyendo, que la fe de Ana se entibiaba y en cambio crecía la desconfianza en ella; y como perder del todo a su Regenta era idea que le asustaba, dando tormento al orgullo, a los celos, hacía de tripas corazón, fingía no ver, y mantenía su poder espiritual claudicante «con puntales de tolerancia y estribos de paciencia.» La ira la desahogaba sobre el Obispo y con la curia eclesiástica. Cada vez era su poder mayor y más cruel su tiranía. Las ventajas de don Álvaro en el ánimo de Ana las pagaba el clero parroquial, aquel clero que Foja decía respetar tanto.

También Ana prefería aquel *modus vivendi*; no quería volver a las andadas, temía que viniesen la compasión y los remordimientos y las aprensiones a molestarla y al fin hacerla caer enferma, si por completo rompía con el Provisor.

«Me conozco, pensaba; sé que, después de todo, le tengo cierto cariño, y si abandonase su amistad, una voz insufrible me había de estar gritando siempre en favor suyo. Mejor es esto; ya que él disimula, y finge no ver este cambio, y ya no se queja como al principio, dejémoslo todo así; quiero paz, paz, no más batallas aquí dentro.»

Don Álvaro, en el tono confidencial que había adoptado después de su declaración, había venido a indicar vagamente que no convenía irritar a don Fermín, que él le creía capaz de hacer daño siempre de un modo o de otro. Ana, aunque Álvaro no se atrevía a ser muy explícito en este particular, comprendía lo que su amigo, *nuevo hermano*, quería decir y aprobaba su prudencia.

Por todo lo cual pudo el Provisor atreverse a insinuar aquel deseo que en otro tiempo hubiera sido impuesto en un decreto sin exposición de motivos.

Ana fue a La Costa. Mesía, por disimular, pasó cinco días en Palomares, después se corrió a San Sebastián, y el día de Nuestra Señora de Agosto se presentó en La Costa, en un vapor de Bilbao, nuevo y reluciente.

A don Víctor le gustaba mucho, por una temporada, la vida de fonda. Se había instalado en la más lujosa, de más movimiento y ruido, situada en el muelle. Allá se fue también Mesía, accediendo a los ruegos de su amigo el ex—regente.

Veinte días después volvían los tres juntos a Vetusta; Benítez felicitó a la Regenta por su notable mejoría; ahora sí que estaba la salud asegurada; ¡qué color! ¡qué morbidez! ¡qué *sólidamente* robusta volvía!

A don Víctor se le caía la baba. «¡Oh, el mar, si no hay como el mar, y la mesa redonda, y la casa de baños, y los paseos por el muelle, y los conciertos al aire libre... y los teatros y circos! ¡Qué contento estaba con la vida Quintanar! Su mujer era una joya; la más hermosa de la provincia, como había sido siempre, pero además ahora suya, completamente suya, y de un humor nuevo, alegre, activo, como el que Dios le había otorgado a él...»

—¿Y yo? ¿eh? ¿qué tal vengo yo señor Benítez?

—Magnífico, magnífico también; hecho un pollo.

—¡Ya lo creo!

—¿Y este galápago? Este galápago que ya va siendo viejo, ¿qué tal? —Y daba palmaditas en la espalda de Mesía.— Éste sí que parece un chiquillo.

Y volviéndose a Frígilis que estaba presente, algo triste y desmejorado, añadía Quintanar:

—En cambio tú vas a escape para Villavieja... Y eso que tanto tono sabes darte con tu higiene, y tu vida de árbol secular. No, lo que es al siglo no llegas, carcamal...

Y abrazaba y daba palmadas en la espalda también a su Frígilis para que no tuviera celos de Mesía. Quintanar era feliz; quería que lo fueran todos los suyos, su mujer, sus criados, y los amigos, hasta los conocidos, el mundo entero.

Si Mesía le preguntaba en broma:

—¿Qué tal *Kempis*? ¿Qué dice de esto *Kempis*?

El otro contestaba:

—¿Quién? ¡Qué *Kempis* ni qué ocho cuartos!... Voy a hacer obras en el caserón. Voy a blanquear el patio y los pasillos, a empapelar el comedor y picar la piedra de la fachada. Verán ustedes qué hermosa queda la piedra amarillenta después que la piquemos. No quiero obscuridad, no quiero negruras, no quiero tristezas.

Mesía había convencido a la Regenta de que don Víctor, en rigor, venía a ser una cosa así... como un padre. Siempre había pensado ella algo por el estilo.

Sin embargo, se le debía el honor; y a pesar de tanta intimidad, de aquel amor confesado implícitamente, Ana podía decir que don Álvaro no había puesto sus labios en aquella piel con cuyo contacto soñaba de fijo.

Mesía no se daba prisa. «Aquella casada no era como otras; había que conquistarla como a una virgen; en rigor él era su primer amor y los ataques brutales la hubieran asustado, le hubieran robado mil ilusiones. Además a él también le rejuvenecía aquella situación de amor platónico, de intimidad dulcísima en que sólo él hablaba de amor con la boca y ambos con los ojos, la sonrisa y todo lo demás que era mudo y no era deshonesto y grosero.»

«Así como así el verano siempre le tenía un poco lánguido y desmadejado. Calculaba él, con aquella frivolidad afectada y natural al mismo tiempo de materialista práctico, calculaba que allá para el invierno él se sentiría fuerte como un roble y la Regenta estaría suave y dócil como una malva. Además, una barbaridad podía, si no echarlo todo a perder, retrasar las cosas, darles un giro menos picante y sabroso que el que llevaban. Ello diría, ello diría y no había de tardar.»

Y en tanto la vida era una delicia. El maduro don Juan que, como él decía, *était déjà sur le retour*, se sentía transformado por la juventud y la pasión vehemente y soñadora de Anita. No recordaba don Álvaro haber deseado tanto a una mujer ni haber gozado con los amores platónicos, según él llamaba a todos los no consumados, como estaba gozando entonces.

La Regenta cayendo, cayendo era feliz; sentía el mareo de la caída en las entrañas, pero si algunos días al despertar en vez de pensamientos alegres encontraba, entre un poco de bilis, ideas tristes, algo como un remordimiento, pronto se curaba con la nueva metafísica naturalista que ella, sin darse cuenta de ello, había creado a última hora para satisfacer su afán invencible de llevar siempre a la abstracción, a las generalidades, los sucesos de su vida.

Pero la misma Ana, tan dada a cavilaciones, tenía poco tiempo para ellas. Toda la vida era diversión, excursiones, comidas alegres, teatros, paseos. Entre la casa de los Marqueses y la de Quintanar se había establecido una especie de convivencia de que participaban Obdulia, Visita, Álvaro, Joaquín y algunos otros amigos íntimos.

Se iba al Vivero muy a menudo; se corría por el bosque, por la galería que rodeaba la casa, por la huerta, por la orilla del río. Todos parecían cómplices. Obdulia y Visita adoraban a la Regenta, eran esclavas de sus caprichos, se la comían a besos; juraban que eran felices viéndola tan tratable, tan *humanizada*. Y jamás una alusión picaresca, ni una pregunta indiscreta, ni una sorpresa importuna. Nadie hablaba allí del peligro que sólo ignoraba Quintanar. Muchas veces, cuando una tormenta como la de San Pedro descargaba sobre el Vivero, se quedaba allí toda la comitiva a pasar la noche. Ana se encontraba, sin buscarlo, pero sin esquivar las ocasiones, en contacto con Álvaro, apretada contra él en coches, palcos, bailes, bosques, muchas veces cada semana.

Un día de Noviembre, de los pocos buenos del Veranillo de San Martín, se emprendió la última excursión, por aquel año, al Vivero.

La alegría era extremada, nerviosa. *Aquellos chicos*, como seguía llamándolos Ripamilán, también expedicionario a pesar de los años, aquellos chicos que tenían en la quinta de Vegallana los mejores recuerdos de sus juegos alegres, se despedían con pesar de aquel rincón de sus primaveras y sus otoños. Querían saborear hasta la última gota de alegría loca en la libertad del campo, en las confidencias secretas y picantes del bosque. Jamás Visita *hizo la niña* de mejor buena fe, jamás Obdulia consintió a Joaquín *más tonterías*, según su vocabulario lleno de eufemismos; Edelmira y

Paco hicieron unas paces rotas ocho días antes; hasta los viejos cantaron, bailaron un minué y corrieron por el bosque; don Víctor hizo diabluras y se cayó al río, pretendiendo saltarlo de un brinco por cierto paraje estrecho.

Ana y Álvaro, al darse la mano por la mañana, al subir al coche, se encontraron en la piel y en la sangre impresiones nuevas. La noche anterior Álvaro había dicho que él se quería morir. No pedía nada, pero se quería morir. Ana en todo el camino de Vetusta al Vivero no dijo más que esto, y bajo, al oído de Álvaro: «Hoy es el último día.»

Después de comer, a todos los amantes del Vivero les preocupó la idea de que la tarde sería muy corta. Joaquín y Obdulia sabían que todo el mundo era patria: «¡pero como allí!» Edelmira y Paco suspiraban también por sus escondites de la quinta, que iban a dejar muy pronto... Antes del último arranque de locura, de las últimas carreras por el bosque y de la última alegría hubo un cuarto de hora de melancolía... de cansancio mezclado de tristeza. La tarde iba a ser corta y la última. Visita se sentó al piano y tocó la polka de *Salacia*, un baile fantástico de gran espectáculo que se representaba aquellas noches en Vetusta. *Salacia*, la hija del mar, sacaba a sus hermanas del océano y no se sabe por qué a las bacantes a bailar en la playa una danza infernal; Ana recordó la impresión que aquella polka había causado en sus sentidos... «¡Las bacantes! Asia... los tirsos, la piel de tigre de Baco.» —Ana sabía mucho de estos recuerdos mitológicos y pronto había dejado de ver el pobre aparato escénico del teatro de Vetusta y las bailarinas prosaicas y no todas bien formadas, para trasladarse a la imaginada región de Oriente donde su fantasía, a medias ilustrada, veía bosques misteriosos, carreras frenéticas de las bacantes enloquecidas por la música estridente y por las libaciones de perpetua orgía, al aire libre. ¡La bacante! la fanática de la naturaleza, ebria de los juegos de su vida lozana y salvaje; el placer sin tregua, el placer sin medida, sin miedo; aquella carrera desenfrenada por los campos libres, saltando abismos, cayendo con delicia en lo desconocido, en el peligro incierto de precipicios y enramadas traidoras y exuberantes... Mientras Visita recordaba de mala manera en el piano aquella humilde polka de *Salacia*, que tenía de bueno lo que tenía de copia, la Regenta dejaba bailar en su cerebro todos aquellos fantasmas de sus lecturas, de sus sueños y de su pasión irritada.

De pronto se le antojó mirar una *Ilustración* que estaba sobre un centro de sala. «La última flor» decía la leyenda de un grabado en que clavó Ana los ojos. En un jardín, en Otoño, una mujer hermosa, de unos treinta años, aspiraba con frenesí y oprimía contra su rostro una flor... la última...

—¡Ea, ea, al monte! —gritó en aquel momento Obdulia desde la huerta— ¡al monte, al monte! a despedirse de los árboles...

Visitación azotó con fuerza las teclas violentando el compás de su polka... y en seguida cerró el piano con ímpetu:

—¡Al monte! ¡al monte! —gritaron de arriba y de abajo.

Y salieron por el postigo a despedirse de robles, encinas, espinos, zarzas, helechos, y de la yerba fresca y verde de la otoñada.

Aquella noche se prolongó la fiesta en Vetusta; era la despedida del buen tiempo; el invierno iba a volver, el diluvio estaba a la puerta... Y se improvisó una cena para todos aquellos señores. Muchos a las doce, después de bailar y cantar y alborotar, ya tenían apetito; se había comido temprano; otros no hicieron más que probar golosinas y beber. Como la noche se había quedado tan serena y templada que parecía de las primeras de Septiembre, se cenó en la estufa nueva que se inauguró en este día; era grande, alta, confortable, construida por modelo de París. Don Álvaro, inteligente en la materia, dijo que se parecía, en pequeño, a la de la Princesa Matilde. ¡Cómo envidió Obdulia aquel dato! Y sintió orgullo. ¡Un hombre que había sido su amante podía hablar de la *serre* de la Princesa Matilde!

Se cenó allí. En el salón amarillo, donde se había bailado después de volver a Vetusta, mediante algunos tertulios de refresco, se apagaban solas las velas de esperma, en los candelabros, corriéndose por culpa del viento que dejaba pasar un balcón abierto. Los criados no habían apagado más que la araña de cristal. Las sillas estaban en desorden; sobre la alfombra yacían dos o tres libros, pedazos de papel, barro del Vivero, hojas de flores, y una rota de Begonia, como un pedazo de brocado viejo. Parecía el salón fatigado. Las figuras de los cromos finos y provocativos de la Marquesa reían con sus posturas de falsa gracia violentas y amaneradas. Todo era allí ausencia de honestidad; los muebles sin orden, en posturas inusitadas, parecían amotinados, amenazando contar a los sordos lo que sabían y callaban tantos años hacía. El sofá de ancho asiento amarillo, más prudente y con más experiencia que todos, callaba, conservando su puesto.

Una ráfaga de viento apagó la última luz que alumbraba el cuadro solitario. El reloj de la catedral dio las doce. Se abrió la puerta del salón y pasaron dos bultos. Las pisadas las apagó en seguida la alfombra. Por toda claridad la poca de la calle, producto de la luna nueva y de un farol de enfrente, adulación del municipio nuevo a la casa del Marqués. Al abrirse la puerta se oyó a lo lejos el ruido de la servidumbre en la cocina; carcajadas y el *run, run,* de una guitarra tañida con timidez y cierto respeto a los amos; este rumor se mezclaba con otro más apagado, el que venía de la huerta, atravesaba los cristales de la estufa y llegaba al salón como murmullo de un barrio populoso lejano.

Los dos bultos eran Mesía y Quintanar, que ebrio de confidencias perseguía a su amigo íntimo con el relato de las aventuras de su juventud, allá en la Almunia de don Godino.

Don Álvaro se dejó caer en el sofá, soñoliento y soñador; no oía a don Víctor, oía la voz del deseo ardiente, brutal, que gritaba: «¡hoy, hoy, ahora, aquí, aquí mismo!»

Y en tanto el ex—regente, a quien aquellas sombras del salón y aquella discreta luz del farol de enfrente y del cuarto de luna parecían muy a propósito para confesar sus picardías eróticas, continuaba el relato, para decir de cuando en cuando, a manera de estribillo:

—¡Pero qué fatalidad! ¿Cree usted que por fin la hice mía? ¡pues, no señor! pásmese usted... Lo de siempre, me faltó la constancia, la decisión, el entusiasmo... y me quedé a media miel, amigo mío. No sé qué es esto; siempre sucede lo mismo... en el momento crítico me falta el valor... y estoy por decir que el deseo...

Una vez, al repetir esta canción don Víctor, a Mesía se le antojó atender; oyó lo de quedarse a media miel, lo de faltarle el valor... y con suprema resolución, casi con ira pensó:

—Este idiota me está avergonzando, sin saberlo... Ya que él lo quiere, que sea... Esta noche se acaba esto... Y si puedo, aquí mismo...

Poco después, los dos amigos, cansado hasta el mismo don Víctor de confesiones, volvieron a la mesa, donde reinaba la dulce fraternidad de las buenas digestiones después de las cenas grandiosas. No estaba allí Anita.

Salió Álvaro sin ser visto, por lo menos sin que nadie pensara en si salía o no, y entró de nuevo en el caserón. En la cocina seguía la algazara. Lo demás todo era silencio. Volvió al salón. No había nadie. «No podía ser.» Entró en el gabinete de la Marquesa... Tampoco vio entre las sombras ningún cuerpo humano. Todo era sillas y butacas. Sobre ellas ningún bulto de mujer. «No podía ser.» Con aquella fe en sus corazonadas, que era toda su religión, Álvaro buscó más en lo obscuro... llegó al balcón entornado; lo abrió...

—¡Ana!

—¡Jesús!

XXIX

«El día de Navidad venga usted a comer el pavo con nosotros. Me lo han mandado de León lleno de nueces. Será cosa exquisita. Además, tengo vino de mi tierra, un Valdiñón que se masca...»

Mesía no faltó a su promesa, y el día de Navidad comió en el caserón de los Ozores. El salón estaba ahora empapelado de azul y oro a cuadros; la gran chimenea churrigueresca se había conservado con sus ondulantes sirenas de abultado seno de yeso. Don Víctor se contentó con pintar de un blanco gris *discreto*, como él decía, todas aquellas cornisas, volutas, acantos, escocias y hojarasca.

A los postres, el amo de la casa se quedó pensativo. Seguía con la mirada disimuladamente las idas y venidas de Petra, que servía a la mesa. Después del café pudo notar don Álvaro que su amigo estaba impaciente. Desde aquel verano, desde que habían vivido juntos en la fonda de La Costa, don Víctor se había acostumbrado a la comensalía de don Álvaro; le encontraba a la mesa más decidor y simpático que en ninguna otra parte y le convidaba a comer a menudo. Pero otras veces, después de charlar cuanto quería, Quintanar solía levantarse, dar una vuelta por el parque, vestirse, siempre cantando, y dejar así media hora larga solos a Anita y a su amigo. Y ahora no, no se movía. Ana y Álvaro se miraban, preguntándose con los ojos qué novedad sería aquélla.

La Regenta se inclinó un instante para recoger una servilleta del suelo, y don Víctor hizo a Mesía una seña que quería decir claramente:

—Me estorba ésa; si se fuera... hablaríamos.

Mesía encogió los hombros.

Cuando Ana levantó la cabeza sonriendo a don Álvaro, éste, sin verlo Quintanar, apuntó a la puerta sin mover más que los ojos.

Ana salió en seguida.

—¡Gracias a Dios! —dijo su marido, respirando con fuerza.— Creí que no se marchaba hoy esa muchacha.

Ni siquiera recordaba que otras veces quien se marchaba era él.

—Ahora podremos hablar.

—Usted dirá —respondió tranquilamente Álvaro, chupando su habano y tapándose la cara con el humo, según su costumbre de *enturbiar el aire* cuando le convenía.

«¿Qué tripa se le habrá roto a éste?» pensó con un vago recelo, que no se explicaba siquiera.

Don Víctor acercó su silla a la del otro, y tomó el tono de las grandes revelaciones.

—Actualmente —dijo— todo me sonríe. Soy feliz en mi hogar, no entro ni salgo en la vida pública; ya no temo la invasión absorbente de la iglesia, cuya influencia deletérea... pero esa Petra me parece que me quiere dar un disgusto.

Movimiento de sobresalto en Mesía.

—Explíquese usted. ¿Ha vuelto usted a las andadas?

—He vuelto y no he vuelto... Quiero decir... ha habido escarceos... explicaciones... treguas... promesas de respetar... lo que esa grandísima tunanta no quiere que le respeten... en suma: ella está picada porque yo prefiero la tranquilidad de mi hogar, la pureza de mi lecho, de mi tálamo... como si dijéramos, a la satisfacción de efímeros placeres... ¿Me entiende usted? Finge que se alborota por defender su honor que, en resumidas cuentas, aquí nadie se atreve a amenazar seriamente, y lo que en rigor la irrita, es mi frialdad...

—¿Pero qué hace? Vamos a ver...

—Mire usted, Álvaro, por nada de este mundo daría yo un disgusto a mi Anita, que es ahora modelo de esposas; siempre fue buena, pero antes tenía sus caprichos, ya recuerda usted...

—Sí, sí... al grano.

—Ahora la pobrecita coincide con mis gustos en todo. Por aquí, digo, y por aquí se va. Hasta le ha pasado aquella exaltación un poco selvática, aquel amor excesivo a los placeres bucólicos, aquella exclusiva preocupación de la salud al aire libre, del ejercicio, de la higiene en suma... Todos los extremos son malos, y Benítez me tenía dicho que la verdadera curación de Ana vendría cuando se la viese menos atenta a la salud de su cuerpo, sin volver, ni por pienso, al cuidado excesivo y loco de su alma. ¡Aquello era lo peor!

—Pero... no me dice usted...

—Allá voy; Ana vive ahora en un equilibrio que es garantía de la salud por la que tanto tiempo hemos suspirado; ya no hay nervios, quiero decir, ya no nos da aquellos sustos; no tiene jamás veleidades de santa, ni me llena la casa de sotanas... en fin, es otra, y la paz que ahora disfruto no quiero perderla a ningún precio. Ahora bien... Petra... puede y creo que quiere comprometernos.

—Pero vamos a ver, ¿qué hace Petra?

—Comprometer la paz de esta casa; temo que quiere dominarnos prevaliéndose de mi situación falsa, falsísima... lo confieso. ¿No comprende usted que para Ana tendría que ser un golpe terrible cualquier revelación de esa... ramerilla hipócrita?

—¿Pero qué sucede, señor? ¡hable usted claro y pronto! —gritó Mesía impaciente, más interesado en el asunto de lo que su amigo podía suponer.

—Más bajo, Álvaro, más bajo. ¿Qué sucede? Mucho. Petra sabe que yo quiero evitar a toda costa un disgusto a mi mujer, porque temo que cualquier crisis nerviosa lo echase todo a rodar y volviéramos a las andadas. Un desengaño, mi escasa fidelidad descubierta, de fijo la volvería a sus antiguas cavilaciones, a su desprecio del mundo, buscaría consuelo en la religión y ahí teníamos al señor Magistral otra vez... ¡Antes que eso, cualquiera cosa! Es preciso evitar a toda costa que Ana sepa que yo, en momento de ceguera intelectual y sensual, fui capaz de solicitar los favores de esa *scortum*, como las llama don Saturnino.

—Pero ¿por qué ha de saber Ana eso? Si, después de todo, no hay nada que saber...

—Sí; lo que hay basta para clavarle un puñal a la pobrecita. La conozco yo... Y sobre todo, si Petra dice lo que hay, mi esposa pensará lo demás, lo que no hay.

—¿Pero Petra?... Acabe usted. ¿Ha dicho algo? ¿Ha amenazado con decir?...

—Esa es la cuestión. Habla gordo, es insolente, trabaja poco, no admite riñas y aspira a ponerse en un pie de igualdad absurdo...

—Absurdo...

—Y la infame ¿con quién creerá usted que está más altiva, más soberbia, más insolente? ¿Conmigo? Eso parecería lo natural. ¡Pues no señor, con Ana!... ¡Pásmese usted, con Ana!...

Desde la nube de humo en que estaba envuelto, don Álvaro contestó:

—¡Ya se comprende... quiere hacerle a usted la forzosa; tal vez celos!

—Eso digo yo... «Sufre que tu mujer oiga insolencias a la que quisiste hacer tu concubina... o se lo cuento todo.» Este es el lenguaje de la conducta de esa meretriz solapada. Ahora bien: un consejo; solución; ¿qué hago?, ¿sufrir en silencio? Absurdo. Además, puede acabársele la paciencia a Anita, que si ha aguantado hasta ahora es por lo mucho que le queda de cuando fue casi santa... Pero si Ana se incomoda, si sospecha... si... ¡triste de mí!

—Calma, hombre, calma.

—¿Qué hacemos, Álvaro, qué hacemos?

—Es muy sencillo.

—¡Sencillo!

—Sí, hay que echar a Petra de esta casa.

Don Víctor saltó en su silla.

—Eso es cortar el nudo...

—Pues no hay más solución. Echarla.

Don Víctor expuso las dificultades y los peligros del remedio, pero don Álvaro prometió allanarlo todo. «Él sabía cómo se trataba a esta gente. Daba la casualidad feliz de que en la fonda en que él vivía como niño mimado hacía tantos años, se necesitaba una muchacha para servir a los huéspedes. Petra era que ni pintada para el caso; a ella la halagaría la proposición; se la haría el mismo don Álvaro, y si por caso extraño resistía, él sabría amenazarla de suerte que... etc., etc.» En fin, don Víctor lo dejó en manos de su amigo y se fue al Casino, algo más tranquilo.

—¿Usted se queda a preparar el terreno, eh?

—Sí, hombre, a arreglarlo todo.

En cuanto don Víctor cerró de un golpe la puerta de la escalera, Ana entró asustada en el comedor. Iba a hablar, pero llegó Petra a recoger el servicio del café y calló fingiendo leer *El Lábaro*. Salió la doncella y Ana dijo:

—¿Qué hay, Álvaro?...

—Hay, que ya no te queda pretexto para negarme que venga de noche.

—No te entiendo...

—Petra marcha de esta casa. Adiós espías.

—¡Petra! ¿que marcha Petra?

—Sí, él me ha encargado de despedirla; dice que es insolente, que te trata mal...

—¡Dios mío! ¿ha notado él?...

—Sí, boba, pero no te asustes... él lo toma... por donde no quema...

Mesía explicó a la Regenta el caso. La había enterado de todo y de mucho más. Las tentativas del mísero don Víctor eran para la Regenta, gracias a las calumnias de Álvaro, delitos consumados. Pero ella no atribuía a esto la insolencia de la criada; temía que hubiese descubierto sus amores con Mesía y que aquella soberbia, aquel desafío constante de sus miradas, de sus sonrisas y de sus gestos fuese amenaza de revelar a don Víctor su secreto.

—Ya ves como no era lo que tú temías, aprensiva... Es muy posible, probable que la pobre chica no sospeche nada, que su atrevimiento no sea más que una amenaza al amo...

Ana se ruborizó. Todo aquello le repugnaba. «¡Aquel marido a quien ella había sacrificado lo mejor de la vida, no sólo era un maníaco, un hombre frío para ella, insustancial, sino que perseguía a las criadas de noche por los pasillos, las sorprendía en su cuarto, les veía las ligas!... ¡Qué asco! No eran celos, ¿cómo habían de ser celos? Era asco; y una especie de remordimiento retrospectivo por haber sacrificado a semejante hombre la vida. Sí, la vida, que era la juventud.»

«Álvaro —seguía pensando Ana— había hecho mal en revelarle aquellas miserias, en hacer traición a Quintanar, por indigno que éste fuera, y sobre todo en avergonzarla a ella con las aventuras ridículas y repugnantes del viejo.» Pero como tenía empeño en limpiar de toda culpa a su Mesía, a su señor, al hombre a quien se había entregado en cuerpo y en alma *por toda la vida*, según ella, pronto le disculpaba, reflexionando que el pobre Álvaro hacía aquello por amor, por arrojar del pensamiento de su Ana todo escrúpulo, todo miramiento que pudiera atarla al viejo que había hecho de lo mejor de su vida un desierto de tristeza.

«Tampoco le agradaba a Anita ver a su Álvaro metido en aquellos cuidados domésticos de despedir criadas; y menos encontrarle tan experto en el asunto; todo aquello, de puro prosaico y bajo, era repugnante, pero ¿qué remedio? Álvaro lo hacía por ella, por gozar tranquilamente de aquella felicidad que tantos años de martirio le había costado...»

Estos y todos los demás lunares que en Mesía le obligaba a descubrir de poco acá el endiablado espíritu de análisis, camino de la locura según ella, procuraba Ana convertirlos en otras tantas estrellas luminosas de pura hermosura. Si alguna vez le sobrecogía la ida de perder a don Álvaro, temblaba horrorizada, como en otro tiempo cuando temía perder a Jesús.

Las primeras palabras de amor que Ana, ya vencida, se atrevió a murmurar con voz apasionada y tierna al oído de su vencedor, no el día de la rendición, mucho después, fueron para pedirle el juramento de la constancia...

«Para siempre, Álvaro, para siempre, júramelo; si no es para siempre, esto es un bochorno, es un crimen infame, villano...»

Mesía había jurado, y seguía jurando todos los días, una eternidad de amores.

La idea de la soledad *después de aquello*, le parecía a la Regenta más horrorosa que en un tiempo se le antojara la imagen del Infierno.

Con amor se podía vivir donde quiera, como quiera, sin pensar más que en el amor mismo;... pero sin él... volverían los fantasmas negros que ella a veces sentía rebullir allá en el fondo de su cabeza, como si asomaran en un horizonte muy lejano, cual primeras sombras de una noche eterna, vacía, espantosa. Ana sentía que acabarse el amor, aquella pasión absorbente, fuerte, nueva, que gozaba por la primera vez en la vida, sería para ella comenzar la locura.

«Sí, Álvaro; si tú me dejaras me volvería loca de fijo; tengo miedo a mi cerebro cuando estoy sin ti, cuando no pienso en ti. Contigo no pienso más que en quererte.»

Esto solía decir ella en brazos de su amante, gozando sin hipocresía, sin la timidez, que fue al principio real, grande, molesta para Mesía, pero que al desaparecer no dejó en su lugar fingimiento. Ana se entregaba al amor para sentir con toda la vehemencia de su temperamento, y con una especie de furor que groseramente llamaba Mesía, para sí, hambre atrasada.

Él estuvo el primer mes asustado. Si los primeros días renegaba del miedo, de la ignorancia y de los escrúpulos (*absurdos en una mujer casada de treinta años*, según la filosofía del Presidente del Casino), pronto vio tan colmada la medida de sus deseos, que llegó a inquietarle «otro aspecto» de sus amores. Nunca había sido más feliz. ¿Quería satisfacer el amor propio a quien la edad empezaba a dar algunos disgustos? Pues Ana, la mujer más hermosa de Vetusta, le adoraba; y le adoraba por él, por su persona, por su cuerpo, por el *físico*. Muchas veces, si a él le daba por hablar largo y tendido, ella le tapaba la boca con la mano y le decía en éxtasis de amor: «No hables.» Mesía no echaba esto a mala parte; también él reconocía que lo mejor era callar, dejarse adorar por buen mozo. ¿Quería satisfacer caprichos de la carne ahíta, gozar delicias delicadas de los sentidos? Pues la misma ignorancia de Ana y la fuerza de su pasión y las circunstancias de su vida anterior y las condiciones de su temperamento y la de su hermosura facilitaban estos alambicados goces del gallo, corrido y gastado, pero capaz de morir de placer sin miedo. Y a pesar de tanta felicidad, Mesía estaba intranquilo.

—Está usted desmejorado —le decía Somoza.

—Cuidado —repetía Visitación.

Y él mismo notaba que su rostro perdía la lozana apariencia que había recobrado en aquellos meses de buena vida, de ejercicio y abstinencia que él, prudentemente, había observado antes de dar el ataque decisivo a la fortaleza de la Regenta.

«Sí, sentía que dentro de su cuerpo había algo que hacía *crac* de cuando en cuando. Había polilla por allá dentro. Y lo que él temía no era la enfermedad por la enfermedad, la vejez por la vejez; no; era buen soldado del amor, héroe del placer, sabría morir en el campo de batalla. Su inquietud era por otro motivo. Morir, bueno; pero decaer y decaer en presencia de Ana era horroroso; era ridículo y era infame. Sí; él faltaba a su juramento envejeciendo, perdiendo fuerzas. Recordaba con escalofríos épocas pasadas en que decadencias pasajeras, producidas por excesos de placer, le habían obligado a recurrir a expedientes bochornosos, buenos para referirlos entre carcajadas en el Casino, a última hora, a Paco, a Joaquín y demás trasnochadores, para referirlos después de pasados, cuando el vigor volvía y ya las trazas cómicas no eran necesarias; pero expedientes odiosos como la miseria y sus engaños. Aquel fingir juventud, virilidad, constancia en el amor corporal, parecíale a don Álvaro semejante a los recursos de la pobreza ostentosa que describe Quevedo en el *Gran Tacaño*. Él también había sido más de una vez, después de pródigo, el Gran Tacaño del amor... Pero las trazas antiguas serían imposibles ahora, si llegara el caso de necesitarlas... «No, antes huir o pegarse un tiro. Ana, la pobre Ana, tenía derecho a una juventud eterna e inagotable.» Pero estas ideas tristes, aprensiones de la edad, venían de tarde en tarde; lo más del tiempo semejante inquietud dejaba libre al Tenorio vetustense gozando de aquellos amores que reputaba la gloria más alta de su vida. Por su parte se confesaba todo lo enamorado que él podía estarlo de quien no fuese don Álvaro Mesía. Después del Presidente del Casino ningún ser de la tierra le parecía más digno de adoración que su dócil Ana, su Ana frenética de amor, como él había esperado siempre aun en los días de mayor apartamiento. Don Álvaro no se confesaba a sí mismo, que había habido un tiempo en que perdiera la esperanza de vencer a la Regenta. ¡La tenía ahora tan vencida!

Mejor que nunca lo conoció cuando hubo que dar la gran batalla para trasladar al caserón de los Ozores el nido del amor adúltero. Ana se opuso, lloró, suplicó... «no, no; eso no, Álvaro, por Dios no, eso nunca.» Y resistió muchos días a las súplicas del amante que se quejaba de lo poco y deprisa y sin comodidad que gozaba de su amor. Casi siempre se veían en casa de Vegallana; allí eran sus cariños furtivos, precipitados; pero el reposado dominio de horas y horas de voluptuosa intimidad no era posible conseguirlo, si no se buscaba lugar menos expuesto a sobresaltos, intermitencias y disimulos. Ana se negaba a acudir a un rincón de amores que Álvaro prometía buscar; el mismo Álvaro confesaba que era difícil encontrar semejante rincón seguro en un pueblo *tan atrasado* como Vetusta. Además, el lugar que él pudiera encontrar, al cabo tenía que parecerle repugnante a ella; y como en Ana la imaginación influía tanto, el desprecio del albergue podía llevarla a la repugnancia del adulterio... No había más remedio que tomar por asilo el caserón de los Ozores. Era lo más seguro, lo más tranquilo, lo más cómodo. Comprendía Álvaro los escrúpulos de Ana, pero se propuso vencerlos y los venció. Sin embargo, si los obstáculos del orden puramente moral, los *escrúpulos místicos*, como se decía Álvaro con frase tan impropia como horriblemente grosera, se dejaron a un lado, a fuerza de pasión, los *inconvenientes materiales*, las precauciones del miedo opusieron dificultades de más importancia. A don Álvaro se le ocurría que sin tener de su parte a una criada, a la doncella mejor, era todo si no imposible, muy difícil; pero ni siquiera se atrevió a proponer a Anita su idea; la vio siempre desconfiada, mostrando antipatía mal oculta hacia Petra, y comprendió además que era muy nueva la Regenta en esta clase de aventuras, para llegar al cinismo de ampararse de domésticas, y menos sabiendo de ellas que eran solicitadas por su marido.

Pero otra cosa era conquistar a la criada sin que lo supiera el ama. ¿No era Petra muy tentada de la risa? La aventura de la liga y otras de que él tenía noticia ¿no probaban que era muy fácil interesar en su favor a aquella muchacha? Sí. Y dicho y hecho. En ausencia de Ana y de don Víctor, detrás de la puerta, en los pasillos, donde podía, don Álvaro comenzó el ataque de Petra que se rindió mucho más pronto de lo que él esperaba. Pero había un inconveniente muy grave. A la chica se le ocurrió ser, o fingirse, desinteresada, preferir los locos juegos del amor a las propinas, ofrecer sus servicios, con discretísimas medias palabras y buenas obras, a cambio de un cariño que Mesía no estaba en circunstancias de prodigar. «¡Pobre Ana, qué sabía ella de todas estas complicaciones!» No sabía tampoco don Álvaro tanto como él creía. Ignoraba por ejemplo que Petra podía permitirse el lujo de servirle bien a él sin pensar en el interés, sin más pago que el del amor con que el gallo vetustense ya no podía ser manirroto: no era Petra enemiga del vil metal, ni la ambición de mejorar de suerte y hasta de *esfera*, como ella sabía decir, era floja pasión en su alma, concupiscente de arriba abajo; pero en Mesía no buscaba ella esto; le quería por buen mozo, por burlarse a su modo del ama, a quien aborrecía «por hipócrita, por guapetona y por orgullosa»; le quería por vanidad, y en cuanto a servirle en lo que él deseaba, también a ella le convenía por satisfacer su pasión favorita, después de la lujuria acaso, por satisfacer sus venganzas. Vengábase protegiendo ahora los amores de Mesía y Ana, «del idiota de don Víctor» que se ponía a comprometer a las muchachas sin saber de la misa la media; vengábase de la misma Regenta que caía, caía, gracias a ella, en un agujero sin fondo, que estaba sin saberlo la hipocritona en poder de su criada, la cual el día que le conviniese podía descubrirlo todo. Tenía entre sus uñas a la señora ¿qué más quería ella? Todas las noches pasaba unas cuantas horas, la honra y tal vez la vida del amo, pendiente de un hilo que tenía ella, Petra, en la mano, y si ella quería, si a ella se le antojaba, ¡zas!, todo se aplastaba de repente... ardía el mundo. Y como si esto en vez de un placer, en vez de una gloria fuese para Petra una carga, un trabajo, el mejor mozo de Vetusta le pagaba el servicio con *amores de señorito* que eran los que ella había saboreado siempre con más delicia, por un instinto de señorío que siempre la había dominado. Pero además gozaba de otra venganza más suculenta que todas éstas la endiablada moza. ¿Y el Magistral? El Magistral la había querido engañar, la había hecho suya; ella se había entregado creyendo pasar en seguida a la plaza que más envidiaba en Vetusta, la de Teresina. Petra sabía lo bien que colocaba doña Paula a todas las que eran por algún tiempo doncellas en su casa. Teresina, a quien esperaba para muy pronto una colocación de *señorona* allá en cierta administración de bienes del amo, casada con un buen mozo, Teresina la había enterado de lo que ella no había podido observar y adivinar, le había abierto los ojos y llenado la boca de agua; Petra comprendía que la casa del Magistral era el camino más seguro para llegar a casarse y ser *señora* o poco menos... La ocasión había llegado; después de la romería de San Pedro creía ella que todo era cuestión de semanas, de esperar una oportunidad; Teresina saldría pronto bien colocada y entraría ella en su puesto... Pero no fue así; el Magistral no volvió a solicitar a Petra; cuando tuvo que hablarla, no fue para asuntos que a ella directamente le importasen, fue... ¡qué vergüenza! para comprarla como espía. Cierto es que el Provisor le prometió para muy pronto la plaza de Teresina, con todas las ventajas que su amiga disfrutaba e iba a disfrutar; pero de todas suertes a ella se la había engañado; o mejor, se había engañado ella; pero esto no quería reconocerlo la orgullosa rubia. Era el caso que, en su opinión, el Magistral era amante de doña Ana hacía mucho tiempo, y que la escena del bosque del Vivero la interpretó la vanidad de la criada como una victoria de su belleza que había hecho caer en pecado de inconstancia al canónigo. Creyó Petra que don Fermín la quería a ella ahora después de haber querido a su ama. Caprichos así había visto ella muchos. Cuando se convenció de que don Fermín, por mucho que disimulase, estaba enamorado como un loco de la Regenta, furioso de celos, y de que no había sido su amante ni con cien leguas, y de que a ella, a Petra, sólo la había querido por instrumento, la ira, la envidia, la soberbia, la lujuria se sublevaron dentro de ella saltando como sierpes; pero las acalló por de pronto, disimuló, y por entonces sólo dio satisfacción a la avaricia. Aceptó las proposiciones del canónigo. Ella entraría en casa de don Fermín el día que fuese necesario salir del caserón de los Ozores, pero entre tanto prestaría allí sus servicios bien pagada, mejor pagada de lo que podía pensar. El canónigo sabría todo lo que pasaba; si doña Ana recibía visitas, quién entraba cuando no estaba don Víctor o se quedaba después de salir el amo, etc., etcétera.

Petra prometió decir todo lo que hubiera. Fingió no recordar siquiera ciertas promesas de otro orden que a don Fermín se le habían escapado en el calor de la improvisación en aquella dichosa mañana del Vivero, de que estaba avergonzado. Cuando vio don Fermín a Petra tan propicia para servirle por dinero, sintió más y más haber comenzado por el camino absurdo, vergonzoso de una seducción... ridícula. Aquella aventura que le recordaba las de antaño, le sonrojaba ahora, porque contradecía en cierto modo aquel andamiaje de sofismas con que se explicaba su pasión por la Regenta. «El amor purísimo que yo tengo, todo lo disculpa.» «¿Pero ese amor se aviene con aventuras como la del bosque? Claro que no», le decía la conciencia. Por eso le repugnaba Petra ahora. Pero no había más remedio que valerse de ella.

Petra era feliz en aquella vida de intrigas complicadas de que ella sola tenía el cabo. Por ahora a quien servía con lealtad era a Mesía; éste pagaba en amor, aunque era algo remiso para el pago, y ella le ayudaba cuanto podía, porque ayudarle era satisfacer los propios deseos: hundir al ama, tenerla en un puño, y burlarse sangrientamente del *idiota del amo* y del indino del canónigo. Para más adelante se reservaba la astuta moza el derecho de vender a don Álvaro y ayudar a su señor, al que pagaba, al que había de hacerla a ella señorona, a don Fermín. ¿Cuándo había de ser esto? Ello diría. Si don Álvaro no se portaba bien, podía ocurrir el caso, llegar la oportunidad; si ella se cansaba, o si Teresina dejaba la plaza y por miedo de que otra la ocupase le convenía correr a ella, también podía convenir echarlo a rodar todo. Entre tanto don Fermín no sabía por Petra nada más que noticias vagas, suficientes para tenerle toda la vida sobre espinas, para hacerle vivir como un loco furioso que tenía además el tormento de disimular sus furores delante del mundo, y de doña Paula singularmente.

De modo que si don Álvaro podía decir con razón: ¡Pobre Ana, que no sabe nada de esto! también Petra podía exclamar: ¡Pobre don Álvaro, que no sabe ni la cuarta parte de lo que tanto le importa!

El presidente del Casino de Vetusta no tuvo inconveniente en engañar a la Regenta. Era, según él, muy justo respetar los escrúpulos de aquella adúltera primeriza (otra frase grosera del seductor), que no podía avenirse a tomar por encubridora a Petra; pero también era equitativo que él, sin decírselo a doña Ana, fingiendo desconfiar también de la doncella, aprovechase los servicios de ésta, preciosos en tales circunstancias. La cuestión era entrar todas las noches en la habitación de la Regenta por el balcón. Esto se decía pronto, pero hacerlo ofrecía serias dificultades. ¿A dónde daba el balcón del tocador? Al parque. ¿Cómo se podía entrar en el parque? Por la puerta. ¿Pero quién tenía la llave de la puerta? Una, Frígilis; con ésta no había que contar. ¿Y la otra? don Víctor. Ésta podía sustraérsele, pero Petra dijo que a tanto no se comprometía, que aquello de andar llaves en el ajo era delicado y podía comprometerla. Lo mejor era que el señorito saltase por la pared. Justamente don Álvaro tenía las piernas muy largas. De esta manera la comedia se representaba mejor; segura doña Ana de que don Álvaro saltaba por el muro, no podía sospechar tan fácilmente que tenía cómplices dentro de casa. Después llegar bajo el balcón, trepar por la reja del piso bajo y encaramarse en la barandilla de hierro era cosa fácil para tan buen mozo.

Todo esto lo hacía don Álvaro sin la ayuda directa, inmediata de Petra, y doña Ana encontraba así muy verosímil todo lo que su amante decía de su industria para entrar en el cuarto de ella. Para lo que servía Petra era para vigilar, para evitar que don Álvaro pudiera ser sorprendido al entrar o al salir, y para darse tales trazas que doña Ana creyese que ella, la doncella no había estado durante toda la noche en circunstancias de poder notar la presencia del amante. Estaba además allí para dar el grito de alarma si llegaba el caso, y para combinar las horas. En el servicio de Petra había algo de la responsabilidad de un jefe de estación de ferrocarril. Don Álvaro sabía, por que don Víctor se lo había confesado, que el ex—regente y Frígilis, en cuanto llegaba el tiempo, salían de caza mucho más temprano de lo que Ana creía. Petra era la encargada de despertar al amo, porque Anselmo se dormía sin falta y no cumplía su cometido: Frígilis llegaba al parque a la hora convenida, ladraba... y bajaba don Víctor. Llegó a quejarse don Tomás de que sus ladridos no siempre despertaban al amo ni a la doncella, de que se le hacía esperar mucho tiempo, y para evitar reyertas y plantones, se acordó que Crespo y Quintanar acudiesen al parque a la misma hora sin necesidad de ladrar a nadie. Para mayor seguridad don Víctor compró un reloj despertador que sonaba como un terremoto y con este aviso automático, como él decía, acudió en adelante a la hora señalada para la cita. Casi todas las mañanas Quintanar y Crespo llegaban al parque a la misma hora. El tren que los llevaba a las marismas y montes de Palomares salía este año un poco más tarde y no necesitaban levantarse antes de ser de día.

414

Todo esto necesitó saber don Álvaro para no exponerse a un choque en la vía con Frígilis o con el mismísimo don Víctor. Este mismo, sin saber lo que hacía, le enteró de sus horas de salida; y lo demás que necesitaba saber de los pormenores se lo refirió Petra. Así pues no había miedo. Lo de saltar la tapia ofreció algunas dificultades; pero una noche, por la parte de fuera en la solitaria calleja de Traslacerca, el Tenorio preparó removiendo piedras y quitando cal, dos o tres estribos muy disimulados en el muro, hacia la esquina; hizo también con disimulo fingidas grietas o resquicios que le permitieron apoyarse y ayudar la ascensión, y quedó así vencido el principal obstáculo. Por la parte de dentro todo fue como coser y cantar. Un tonel viejo, arrimado al descuido a la pared, y los restos de una espaldera, fueron escalones suficientes, sin que nadie pudiese notarlo, para subir y bajar don Álvaro por la parte del parque con toda la prisa que pudieran aconsejar las circunstancias. Aquella escalera disimulada, la comparaba don Álvaro con esas cajas de cerillas que ostentan la popular leyenda, ¿dónde está la pastora? ¿dónde estaba la escala? Después de verla una vez no se veía otra cosa; pero al que no se la mostraban no se le aparecía ella.

No faltaba más que lo peor, persuadir a la Regenta a que abriera el balcón. Como a ella no se le podía hablar de las garantías de seguridad que don Álvaro tenía dentro de casa, nada o poco se podía oponer a sus argumentos relativos a las sospechas probables de la antipática Petra. Pero al fin don Álvaro, que había triunfado de lo más, triunfó de lo menos: llegó a comprender Ana que era imposible, y tal vez ridículo, negarse a recibir en su alcoba a un hombre a quien se había entregado ella por completo. Mucho valía la castidad del lecho nupcial, o ex—nupcial mejor dicho, pero ¿no valía más la castidad de la esposa misma? Entre estos sofismas y la pasión y la constancia en el pedir dieron la victoria a Mesía, que si no pudo acallar los sobresaltos de Ana, quien a cada ruido creía sentir el espionaje de Petra, conseguía a menudo hacerla olvidarse de todo para gozar del delirio amoroso en que él sabía envolverla, como en una nube envenenada con opio.

Y así pasaban los días, asustada Ana de que tan poco después de la caída fuese ella capaz de recibir a un hombre en su alcoba, ella, que tantos años había sabido luchar antes de caer.

Aquella tarde de Navidad, después de recoger el servicio del café, Petra salió de casa y se dirigió a la del Magistral.

La recibió doña Paula. Eran ahora muy buenas amigas. La madre del Provisor conocía la estrecha simpatía que existía entre Teresina y la doncella de la Regenta; y por la actual criada del *señorito*, de su hijo, sabía que en el ánimo de Fermín, Petra era la persona destinada a sustituir a Teresa el día, próximo ya, en que ésta alcanzara el premio consabido de salir de allí casada para administrar ciertos bienes de los *Provisores*. Doña Paula, que entendía a medias palabras, y aun sin necesidad de ellas, ganosa de satisfacer aquel deseo de su hijo, según su política constante, y de satisfacerle de una manera pulcra, intachable en la forma, anticipándose a él, había resuelto tomar la iniciativa y ofrecer a Petra ella misma aquel puesto que la rubia lúbrica tanto ambicionaba. La proposición se hizo aquella tarde. Teresina iba a salir de casa de un día a otro. Petra aceptó sin titubear, temblando de alegría. Hasta que estuvo en el caserón de vuelta, no se le ocurrió pensar que aquella felicidad suya acarreaba la desgracia de muchos, y hasta cierto punto su propio daño. Adiós amores con don Álvaro, amores cada vez más escasos, más escatimados por el libertino gracioso, que iba menudeando las propinas y encareciendo las caricias, pero al fin *amores señoritos*, que la tenían orgullosa. ¿Qué hacer? No cabía duda, ser prudente, coger el codiciado fruto, entrar en aquella *canonjía*, en casa del Magistral. Para esto era preciso echar a rodar todo lo demás, romper aquel hilo que ella tenía en la mano y del que estaban colgadas la honra, la tranquilidad, tal vez la vida de varias personas. Al pensar esto Petra se encogió de hombros. Se le figuró ver que caía la Regenta y se aplastaba, que caía el Magistral y se aplastaba, que caía don Víctor y se convertía en tortilla, que el mismo don Álvaro rodaba por el suelo hecho añicos. No importaba. Había llegado el momento. Si perdía la ocasión, la vacante de Teresina, podía entrar otra y adiós *señorío* futuro. No había más remedio que ocupar la plaza inmediatamente. Pero entonces había que decírselo todo al Provisor, porque en saliendo de aquella casa ya no podía ser espía, ni ayudar al que la pagaba a abrir los ojos de aquel estúpido de don Víctor, que, como era natural, querría vengarse, castigar a los culpables; que sería lo que necesitaba el canónigo, puesto que él no podía con sus manteos al hombro ir a desafiar a don Álvaro. Petra discurría perfectamente en estas materias, porque leía folletines, la colección de *Las Novedades*, que dejara en un desván doña Anuncia, y sabía quién desafía a quién, llegado el caso de descubrirse los amores de una señora casada. El que desafía es el marido, no un pretendiente desairado, y mucho menos siendo cura. No había duda, el Magistral la necesitaba a ella en el caserón llegado el momento crítico... si salía antes y después no le servía, podía echarla de casa por inútil. Había que hacerlo todo pronto, inmediatamente. ¿Y qué iba a hacer? Una traición, eso desde luego, pero ¿cómo?...

En esto pensaba cuando entró en el comedor, ya al obscurecer, a preparar la lámpara. Sintió que la sujetaban por la cintura y le daban un beso en la nuca.

«Era el otro; ¡pobre, no sabía lo que le aguardaba!»

Don Álvaro, después de su conversación con Ana, la había hecho retirarse y se había quedado solo en el comedor para «dar el ataque» a Petra y proponerle, entre caricias, de que cada día le pesaba más, el cambio de amos. No era cierto que hubiese vacante en la fonda, pero allí era él amo y se crearía la vacante. Con toda la diplomacia que pudo emplear un hombre que se creía principalmente político y era seductor de oficio, ofreció a la doncella la nueva posición, «que sería divertidísima, y lucrativa como pocas.» Don Víctor le tenía miedo, doña Ana también, cada cual por su motivo, y él, don Álvaro, sería mucho mejor servido si Petra consentía en salir de la casa.

«Ya ves, hija, tú has cometido una falta, tratar a la señora con altivez, con insolencia; esto, que es feo de por sí, la asustó a ella haciéndole creer que sabes algo y que abusas de tu secreto; le asustó a él, que teme que vas a cantar, y me perjudica a mí, como comprendes, porque... ya ves... estando asustada ella... recelosa... pago yo. A ti ya no te necesito en esta casa, porque yo entro y salgo ya sin guías... y allá en casa... en la fonda puedes sernos útil... Además...»

Además, don Álvaro comprendía que ya no podía pagar a Petra sus servicios con amor, porque cada día era más urgente economizarlo; y llevando a la chica a la fonda, allí otros huéspedes hambrientos de esta clase de bocados la distraerían y él cumpliría con propinas en adelante. En suma, ya le estorbaba Petra en el caserón de los Ozores por muchos conceptos. Pero a ella no se le podían dar tales razones.

—Señorito —dijo Petra, que a pesar de su resolución reciente, sintió en el orgullo una herida de tres pulgadas— no necesita apurarse tanto para convencerme de que debo irme de esta casa.

—No, hija, lo que es, si tú lo tomas por donde quema, yo no insisto.

—No señor, si no me deja usted explicarme... Si yo quiero salir de aquí; si precisamente... pero en cuanto a lo de irme a la fonda, no señor. Una cosa es que una tenga sus caprichos y una buena voluntad, ¿entiende usted? y otra cosa que a una la regalen a los amigos, y la lleven y la traigan... y...

—Pero, Petrica, si no es eso, si yo por tu bien...

Don Álvaro bajaba la voz y Petra la levantaba.

Pero la astuta moza, que sabía contenerse cuando era por su bien, se reprimió, y cambiando el tono, y el estilo se disculpó, disimuló el enojo, y dijo que todo estaba perfectamente, y que ella misma pediría la soldada, y se iría tan contenta, no a la fonda, sino a otra casa; una proporción que tenía, y que no podía decir todavía cuál era. Por lo demás, tan amigos, y si el señorito, don Álvaro, la necesitaba, allí la tenía, porque la ley era ley; y en lo tocante a callar, un sepulcro. Que ella lo había hecho por afición a una persona, que no había por qué ocultarlo, y por lástima de otra, casada con un viejo chocho, inútil y *chiflao* que era una compasión.

Petra engañó otra vez a Mesía. Hasta le consintió nuevas caricias de gratitud que él se juró serían las últimas, por lo de la economía, que le tenía maniático.

Don Víctor supo aquella noche en el Casino que al día siguiente Petra pediría la cuenta, se marcharía.

¡Oh placer! Quintanar respiró con fuerza de fuelle y abrazó a su amigo. «Le debía algo mejor que la vida, la tranquilidad de su hogar doméstico.»

Trabajaba don Fermín en su despacho, envueltos los pies en el mantón viejo de su madre; escribía a la luz blanquecina y monótona de la mañana nublada. Un ruido le distrajo, levantó los ojos y vio en medio del umbral a doña Paula, pálida, más pálida que solía.

—¿Qué hay, madre?

—Está ahí esa Petra, la de Quintanar, que quiere hablarte.

—¡Hablarme!... ¿tan temprano? ¿qué hora es?

—Las nueve... Dice que es cosa urgente... Parece que viene asustada... le tiembla la voz...

El Magistral se puso del color de su madre, y en pie como por máquina:

—Que entre, que entre...

Doña Paula dio media vuelta y salió al pasillo. Antes acarició a su hijo con una mirada de compasión de madre.

—Entra... —dijo a Petra que, toda de negro, esperaba, con la cabeza inclinada sobre el pecho.

Doña Paula quería comerse con los ojos el secreto de la criada. ¿Qué sería? Dudó un momento... estuvo casi resuelta a preguntar... pero se contuvo y dijo otra vez:

—Anda, hija mía, entra.

«Hija mía —pensó Petra— ésta me quiere en casa; segura es mi suerte.»

—¿Qué hay? —gritó el Magistral acercándose a la criada, como queriendo salir al paso a las noticias...

Petra vio que estaban solos... y se echó a llorar.

Don Fermín hizo un gesto de impaciencia, que no vio Petra, porque tenía los ojos humillados. Había querido hablar el canónigo, pero no había podido; sentía en la garganta manos de hierro, y por el espinazo y las piernas sacudimientos y un temblor tenue, frío y constante.

—¡Pronto! ¿qué pasa?... —pudo preguntar al cabo.

Petra dijo, sin cesar de gemir, que necesitaba que la oyese en confesión, que no sabía si era una buena obra o un pecado lo que iba a hacer, que ella quería servirle a él, servir a su amo, servir a Dios, que al fin religión era también el interés del prójimo, pero... temía... no sabía si debía...

—¡Habla!... ¡habla!... te digo que hables pronto... ¿qué hay, Petra?... ¿qué hay?... —Don Fermín con disimulo, apoyó una mano en la mesa. Hubo una pausa.— Habla, por Dios...

—¿En confesión?

—Petra, habla... pronto...

—Señor, yo he prometido decir a usted... todo...

—Sí, todo, habla.

—Pero ahora no sé... no sé... si debo...

Don Fermín corrió a la puerta, la cerró por dentro, y volviéndose rápido y con ademán descompuesto, gritó, sujetando con fuerza el brazo de la criada:

—¡Déjate de disimulos, habla o te arranco yo las palabras!

Petra le miró cara a cara, fingiendo humildad y miedo; «quería ver el gesto que ponía aquel canónigo al saber que la señorona se la pegaba.»

«Petra dijo, sin rodeos, que había visto ella, con sus propios ojos, lo que jamás hubiera creído. El mejor amigo del amo, aquel don

420

Álvaro que de día no se separaba de don Víctor... entraba de noche en el cuarto de la señora por el balcón y no salía de allí hasta el amanecer. Ella le había visto una noche, creyendo que soñaba, porque se había puesto a espiar creyendo así desvanecer ciertas sospechas, pero ¡ay! era verdad, era verdad... Aquel infame había pervertido a la señorita, una santa... ¡Bien temía don Fermín!...»

Petra seguía hablando, pero hacía rato que De Pas no la oía.

En cuanto comprendió de qué se trataba, antes de oír las frases crudas con que pintó la rubia lúbrica el asalto del caserón de los Ozores por el Tenorio vetustense, don Fermín giró sobre los talones, como si fuera a caer desplomado, dio dos pasos inciertos y llegó al balcón contra cuyos cristales apoyó la frente. Parecía mirar a la calle. Pero tenía los ojos cerrados.

Oía a Petra sin entender bien su palique, le molestaba el ruido de la voz aguda y lacrimosa, no lo que decía, que ya no llegaba a la atención del canónigo; quería mandarla callar, pero no podía, no podía hablar, no podía moverse...

Petra habló todo lo que quiso. Cuando calló, se oyeron nada más los ruidos apagados de la calle; las ruedas de un coche que corría muy lejos, la voz de un mercader ambulante que pregonaba a grito limpio paños de manos y encajes finos.

El Magistral estaba pensando que el cristal helado que oprimía su frente parecía un cuchillo que le iba cercenando los sesos; y pensaba además que su madre al meterle por la cabeza una sotana le había hecho tan desgraciado, tan miserable, que él era en el mundo lo único digno de lástima. La idea vulgar, falsa y grosera de comparar al clérigo con el eunuco se le fue metiendo también por el cerebro con la humedad del cristal helado. «Sí, él era como un eunuco enamorado, un objeto digno de risa, una cosa repugnante de puro ridícula... Su mujer, la Regenta, que era su mujer, su legítima mujer, no ante Dios, no ante los hombres, ante ellos dos, ante él sobre todo, ante su amor, ante su voluntad de hierro, ante todas las ternuras de su alma, la Regenta, su hermana del alma, su mujer, su esposa, su humilde esposa... le había engañado, le había deshonrado, como otra mujer cualquiera; y él, que tenía sed de sangre, ansias de apretar el cuello al infame, de ahogarle entre sus brazos, seguro de poder hacerlo, seguro de vencerle, de pisarle, de patearle, de reducirle a cachos, a polvo, a viento; él atado por los pies con un trapo ignominioso, como un presidiario, como una cabra, como un rocín libre en los prados, él, misérrimo cura, ludibrio de hombre disfrazado de anafrodita, él tenía que callar, morderse la lengua, las manos, el alma, todo lo suyo, nada del otro, nada del infame, del cobarde que le escupía en la cara porque él tenía las manos atadas... ¿Quién le tenía sujeto? El mundo entero... Veinte siglos de religión, millones de espíritus ciegos, perezosos, que no veían el absurdo porque no les dolía a ellos, que llamaban grandeza, abnegación, virtud a lo que era suplicio injusto, bárbaro, necio, y sobre todo cruel... cruel... Cientos de papas, docenas de concilios, miles de pueblos, millones de piedras de catedrales y cruces y conventos... toda la historia, toda la civilización, un mundo de plomo, yacían sobre él, sobre sus brazos, sobre sus piernas, eran sus grilletes... Ana, que le había consagrado el alma, una fidelidad de un amor sobrehumano, le engañaba como a un marido idiota, carnal y grosero... ¡Le dejaba para entregarse a un miserable lechuguino, a un fatuo, a un elegante de similor, a un hombre de yeso... a una estatua hueca!... Y ni siquiera lástima le podía tener el mundo, ni su madre que creía adorarle, podía darle consuelo, el consuelo de sus brazos y sus lágrimas... Si él se estuviera muriendo, su madre estaría a sus pies mesándose el cabello, llorando desesperada; y para aquello, que era mucho peor que morirse, mucho peor que condenarse... su madre no tenía llanto, abrazos, desesperación, ni miradas siquiera... Él no podía hablar, ella no podía adivinar, no debía... No había más que un deber supremo, el disimulo; silencio... ¡ni una queja, ni un movimiento! Quería correr, buscar a los traidores, matarlos... ¿sí? pues silencio... ni una mano había que mover, ni un pie fuera de casa... Dentro de un rato sí, ¡a coro, a coro! ¡Tal vez a decir misa... a recibir a Dios!» El Provisor sintió una carcajada de Lucifer dentro del cuerpo; sí, el diablo se le había reído en las entrañas... ¡y aquella risa profunda, que tenía raíces en el vientre, en el pecho, le sofocaba... y le asfixiaba!...

Abrió el balcón de un puñetazo y el aire frío y húmedo le trajo la idea lejana de la realidad, y oyó la tos discreta de Petra, que aguardaba allí, detrás, clavándole los ojos en la nuca.

Cerró el balcón don Fermín, volvióse y miró con ojos de idiota a la rubia que enjugaba lágrimas villanas. «¿No necesitaba un instrumento para luchar, para hacer daño? Aquél era el único que tenía.»

Petra callaba inmóvil, esperando servir a su dueño.

Gozaba voluptuosa delicia viendo padecer al canónigo, pero quería más, quería continuar su obra; que la mandasen clavar en el alma de su ama, de la orgullosa señorona, todas aquellas agujas que acababa de hundir en las carnes del clérigo loco.

Una voz lenta, ronca, mate, que no parecía haber sonado en el despacho, voz de ventrílocuo, preguntó:

—¿Y tú, qué piensas hacer... ahora?

—¿Yo?... dejar aquella casa, señor... «¿No quiere ser franco? —pensó Petra— pues que padezca; él vendrá a buscarme donde quiero que me busque.» Dejar aquella casa —repitió— ¿qué he de hacer? Yo no quiero ayudar con mi silencio a la vergüenza del amo; remediarlo no puedo, pero puedo salir de aquella casa.

—¿Y a ti... no te importa el honor de don Víctor? Así agradeces el pan... que comiste tantos años...

—Señor, yo ¿qué puedo hacer por él?

—En saliendo nada.

—Pues me echan.

—¿Ellos?

—Sí, ellos; ayer el señorito Álvaro, que es el que manda allí... porque el amo está ciego, ve por sus ojos; el señorito Álvaro me puso de patitas en la calle. Hoy debo despedirme. Me ofreció colocación en la fonda; pero yo prefiero quedar en la calle...

—Vendrás a esta casa, Petra —dijo la voz de caverna, con esfuerzos inútiles por ser dulce.

Petra volvió a llorar. «¿Cómo pagaría ella tal caridad, etcétera, etc.?»

Aquella ternura facilitó el tratado; cediendo cada cual un poco de su tesón, se fueron acercando al infame convenio, a la intriga asquerosa y vil; al principio fingiendo pulcritud, invocando santos intereses, después olvidando estas fórmulas; y por fin el Magistral ofreció a la moza asegurar su suerte, colmar su ambición, y ella poner ante los ojos de Quintanar su vergüenza de modo tan evidente, tan palpable que aquel señor, si corría sangre de hombre por su cuerpo, tuviese que castigar a los traidores como tenían bien merecido.

Al terminar aquella conferencia hablaban como dos cómplices de un crimen difícil. El Magistral excusaba palabras, pero no las que aclaraban su proyecto. «¿Qué iba a hacer Petra para poner a la vista del estúpido Quintanar aquella vergüenza? ¿Revelaciones? no podían hacérsele. ¿Anónimos? eran expuestos...» «¡Qué! no señor, nada de eso; ha de verlo él» repetía Petra, olvidada de sus fingimientos, con placer de artista.

Había allí dos criminales apasionados, y ningún testigo de la ignominia; cada cual veía su venganza, no el crimen del otro ni la vergüenza del pacto.

Cuando Petra salió de casa del Magistral, éste sintió dentro de sí un hombre nuevo; el hombre que hería de muerte por venganza, el criminal, el ciego por la pasión, «el asesino, sí, el asesino; la otra era su instrumento, el asesino él. Y no le pesaba, no... cien muertes, cien muertes para los infames.» «¿Qué haría don Víctor? ¿De qué comedia antigua se acordaría para vengar su ultraje cumplidamente? ¿La mataría a ella primero? ¿Iría antes a buscarle a él?...»

Al día siguiente, 27 de Diciembre, don Víctor y Frígilis debían tomar el tren de Roca—Tajada a las ocho cincuenta para estar en las Marismas de Palomares a las nueve y media próximamente.

Algo tarde era para comenzar la persecución de los patos y alcaravanes, pero no había de establecer la empresa un tren especial para los cazadores. Así que se madrugaba menos que otros años. Quintanar preparaba su reloj despertador de suerte que le llamase con un estrépito horrísono a las ocho en punto. En un decir Jesús se vestía, se lavaba, salía al parque donde solía esperar dos o tres minutos a Frígilis, si no le encontraba ya allí, y en esto y en el viaje a la estación se empleaba el tiempo necesario para llegar algunos minutos antes de la salida del tren mixto.

De un sueño dulce y profundo, poco frecuente en él, despertó Quintanar aquella mañana con más susto que solía, aturdido por el estridente repique de aquel estertor metálico, rápido y descompasado. Venció con gran trabajo la pereza, bostezó muchas veces, y al decidirse a saltar del lecho no lo hizo sin que el cuerpo encogido protestara del madrugón importuno. El sueño y la pereza le decían que parecía más temprano que otros días, que el despertador mentía como un deslenguado, que no debía de ser ni con mucho la hora que la esfera rezaba. No hizo caso de tales sofismas el cazador, y sin dejar de abrir la boca y estirar los brazos se dirigió al lavabo y de buenas a primeras zambulló la cabeza en agua fría. Así contestaba don Víctor a las sugestiones de la mísera carne que pretendía volverse a las ociosas plumas.

Cuando ya tenía *las ideas más despejadas*, reconoció imparcialmente que la pereza aquella mañana no se quejaba de vicio. «Debía de ser en efecto bastante más temprano de lo que decía el reloj. Sin embargo, él estaba seguro de que el despertador no adelantaba y de que por su propia mano le había dado cuerda y puéstole en la hora la mañana anterior. Y con todo, debía de ser más temprano de lo que allí decía; no podían ser las ocho, ni siquiera las siete, se lo decía el sueño que volvía, a pesar de las abluciones, y con más autoridad se lo decía la escasa luz del día.» «El orto del sol hoy debe de ser a las siete y veinte, minuto arriba o abajo; pues bien, el sol no ha salido todavía, es indudable; cierto que la niebla espesísima y las nubes cenicientas y pesadas que cubren el cielo hacen la mañana muy obscura, pero no importa, el sol no ha salido todavía, es demasiada obscuridad ésta, no deben de ser ni siquiera las siete.» No podía consultar el reloj de bolsillo, porque el día anterior al darle cuerda le había encontrado roto el muelle real.

«Lo mejor será llamar.»

Salió a los pasillos en zapatillas.

—¡Petra! ¡Petra! —dijo, queriendo dar voces sin hacer ruido.

—Petra, Petra... ¡Qué diablos! cómo ha de contestar si ya no está en casa... la pícara costumbre, el hombre es un animal de costumbres.

Suspiró don Víctor. Se alegraba en el alma de verse libre de aquel testigo y semi—víctima de sus flaquezas; pero, así y todo, al recordar ahora que en vano gritaba «¡Petra!» sentía una extraña y poética melancolía. «¡Cosas del corazón humano!»

—¡Servanda! ¡Servanda! ¡Anselmo! ¡Anselmo!

Nadie respondía.

—No hay duda, es muy temprano. No es hora de levantarse los criados siquiera. ¿Pero entonces? ¿Quién me ha adelantado el reloj?... ¡Dos relojes echados a perder en dos días!... Cuando entra la desgracia por una casa...

Don Víctor volvió a dudar. ¿No podían haberse dormido los criados? ¿No podía aquella escasez de luz originarse de la densidad de las nubes? ¿Por qué desconfiar del reloj si nadie había podido tocar en él? ¿Y quién iba a tener interés en adelantarle? ¿Quién iba a permitirse semejante broma? Quintanar pasó a la convicción contraria; se le antojó que bien podían ser las ocho, se vistió deprisa, cogió el frasco del anís, bebió un trago según acostumbraba cuando salía de caza aquel enemigo mortal del chocolate, y echándose al hombro el saco de las provisiones, repleto de ricos fiambres, bajó a la huerta por la escalera del corredor, pisando de puntillas, como siempre, por no turbar el silencio de la casa. «Pero a los criados ya los compondría él a la vuelta. ¡Perezosos! Ahora no había tiempo para nada... Frígilis debía de estar ya en el parque esperándole impaciente...»

—Pues señor, si en efecto son las ocho, no he visto día más obscuro en mi vida. Y, sin embargo, la niebla no es muy densa... no... ni el cielo está muy cargado... No lo entiendo.

Llegó Quintanar al cenador que era el lugar de cita... ¡Cosa más rara! Frígilis no estaba allí. ¿Andaría por el parque?... se echó la escopeta al hombro, y salió de la glorieta.

En aquel momento el reloj de la catedral, como si bostezara dio tres campanadas.

Don Víctor se detuvo pensativo, apoyó la culata de su escopeta en la arena húmeda del sendero y exclamó:

—¡Me lo han adelantado! ¿Pero quién? ¿Son las ocho menos cuarto o las siete menos cuarto? ¡Esta obscuridad!...

Sin saber por qué, sintió una angustia extraña, «también él tenía nervios por lo visto.» Sin comprender la causa, le preocupaba y le molestaba mucho aquella incertidumbre. «¿Qué incertidumbre? Estaba antes obcecado; aquella luz no podía ser la de las ocho, eran las siete menos cuarto, aquello era el crepúsculo matutino, ahora estaba seguro... Pero entonces, ¿quién le había adelantado el despertador más de una hora? ¿Quién y para qué? Y sobre todo, ¿por qué este accidente sin importancia le llegaba tan adentro? ¿qué presentía? ¿por qué creía que iba a ponerse malo?...»

Había echado a andar otra vez; iba en dirección a la casa, que se veía entre las ramas deshojadas de los árboles, apiñados por aquella parte. Oyó un ruido que le pareció el de un balcón que abrían con cautela; dio dos pasos más entre los troncos que le impedían saber qué era aquello, y al fin vio que cerraban un balcón de su casa y que un hombre que parecía muy largo se descolgaba, sujeto a las barras y buscando con los pies la reja de una ventana del piso bajo para apoyarse en ella y después saltar sobre un montón de tierra.

«El balcón era el de Anita.»

El hombre se embozó en una capa de vueltas de grana y esquivando la arena de los senderos, saltando de uno a otro cuadro de flores, y corriendo después sobre el césped a brincos, llegó a la muralla, a la esquina que daba a la calleja de Traslacerca; de un salto se puso sobre una pipa medio podrida que estaba allá arrinconada, y haciendo escala de unos restos de palos de espaldar clavados entre la piedra, llegó, gracias a unas piernas muy largas, a verse a caballo sobre el muro.

Don Víctor le había seguido de lejos, entre los árboles; había levantado el gatillo de la escopeta sin pensar en ello, por instinto, como en la caza, pero no había apuntado al fugitivo. «Antes quería conocerle.» No se contentaba con adivinarle.

A pesar de la escasa luz del crepúsculo, cuando aquel hombre estuvo a caballo en la tapia, el dueño del parque ya no pudo dudar.

«¡Es Álvaro!» pensó don Víctor, y se echó el arma a la cara.

Mesía estaba quieto, mirando hacia la calleja, inclinado el rostro, atento sólo a buscar las piedras y resquicios que le servían de estribos en aquel descendimiento.

«¡Es Álvaro!» pensó otra vez don Víctor, que tenía la cabeza de su amigo al extremo del cañón de la escopeta.

«Él estaba entre árboles; aunque el otro mirase hacia el parque, no le vería. Podía esperar, podía reflexionar, tiempo había, era tiro seguro; cuando el otro se moviera para descolgarse... entonces.»

«Pero tardaba años, tardaba siglos. Así no se podía vivir, con aquel cañón que pesaba quintales, mundos de plomo y aquel frío que comía el cuerpo y el alma no se podía vivir... Mejor suerte hubiera sido estar al otro extremo del cañón, allí sobre la tapia... Sí, sí; él hubiera cambiado de sitio. Y eso que el otro iba a morir.»

«Era Álvaro, ¡y no iba a durar un minuto! ¿Caería en el parque o a la calleja?...»

No cayó; descendió sin prisa del lado de Traslacerca, tranquilo, acostumbrado a tal escalo, conocido ya de las piedras del muro. Don Víctor le vio desaparecer sin dejar la puntería y sin osar mover el dedo que apoyaba en el gatillo; ya estaba Mesía en la calleja y su amigo seguía apuntando al cielo.

—¡Miserable! ¡debí matarle! —gritó don Víctor cuando ya no era tiempo; y como si le remordiera la conciencia, corrió a la puerta del parque, la abrió, salió a la calleja y corrió hacia la esquina de la tapia por donde había saltado su enemigo. No se veía a nadie. Quintanar se acercó a la pared y vio en sus piedras y resquicios *la escalera de su deshonra.*

«Sí, ahora lo veía perfectamente; ahora no veía más que eso; ¡y cuántas veces había pasado por allí sin sospechar que por aquella tapia se subía a la alcoba de la Regenta! Volvió al parque; reconoció la pared por aquel lado. La pipa medio podrida arrimada al muro, como al descuido, los palos del espaldar roto, formaban otra escala; aquella la veía todos los días veinte veces y hasta ahora no había reparado lo que era: ¡una escala! Aquello le parecía símbolo de su vida: bien claras estaban en ella las señales de su deshonra, los pasos de la traición; aquella amistad fingida, aquel sufrirle comedias y confidencias, aquel malquistarle con el señor Magistral... todo aquello era otra escala y él no la había visto nunca, y ahora no veía otra cosa.»

«¿Y Ana? ¡Ana! Aquélla estaba allí, en casa, en el lecho; la tenía en sus manos, podía matarla, debía matarla. Ya que al otro le había perdonado la vida... por horas, nada más que por horas, ¿por qué no empezaba por ella? Sí, sí, ya iba, ya iba; estaba resuelto, era claro, había que matar, ¿quién lo dudaba? pero antes... antes quería meditar, necesitaba calcular... sí, las consecuencias del delito... porque al fin era delito...» Ellos eran unos infames, habían engañado al esposo, al amigo... pero él iba a ser un asesino, digno de disculpa, todo lo que se quiera, pero asesino.»

Se sentó en un banco de piedra. Pero se levantó en seguida: el frío del asiento le había llegado a los huesos; y sentía una extraña pereza su cuerpo, un egoísmo material que le pareció a don Víctor indigno de él y de las circunstancias. Tenía mucho frío y mucho sueño; sin querer, pensaba en esto con claridad, mientras las ideas que se referían a su desgracia, a su deshonra, a su vergüenza, se mostraban reacias, huían, se confundían y se negaban a ordenarse en forma de raciocinio.

Entró en el cenador y se sentó en una mecedora. Desde allí se veía el balcón de donde había saltado don Álvaro.

El reloj de la catedral dio las siete.

Aquellas campanadas fijaron en la cabeza aturdida de Quintanar la triste realidad... «Le habían adelantado el reloj. ¿Quién? Petra, sin duda Petra. Había sido una venganza. ¡Oh! una venganza bien cumplida. Ahora le parecía absurdo haber tomado la poca luz del alba por día nublado. Y si Petra no hubiera adelantado el reloj o si él no lo hubiese creído, tal vez ignoraría toda la vida la desgracia horrible... aquella desgracia que había acabado con la felicidad para siempre. La pereza de ser desgraciado, de padecer, unida a la pereza del cuerpo que pedía a gritos colchones y sábanas calientes, entumecían el ánimo de don Víctor, que no quería moverse, ni sentir, ni pensar, ni vivir siquiera. La actividad le horrorizaba... ¡Oh, qué bien si se parase el tiempo! Pero, no, no se paraba; corría, le arrastraba consigo; le gritaba: muévete; haz algo, tu deber; aquí de tus promesas, mata, quema, vocifera, anuncia al mundo tu venganza, despídete de la tranquilidad para siempre, busca energía en el fondo del sueño, de los bostezos arranca los apóstrofes del honor ultrajado, representa tu papel, ahora te toca a ti, ahora no es Perales quien trabaja, eres tú; no es Calderón quien inventa casos de honor, es la vida, es tu pícara suerte, es el mundo miserable que te parecía tan alegre, hecho para divertirse y recitar versos... Anda, anda, corre, sube, mata a la dama; después desafía al galán y mátale también... no hay otro camino. ¡Y a todo esto sin poder menear pie ni mano, muerto de sueño, aborreciendo la vigilia que presentaba tales miserias, tanta desgracia, que iba a durar ya siempre!»

«Pero había llegado la suya. Aquél era su drama de capa y espada. Los había en el mundo también. ¡Pero qué feos eran, qué horrorosos! ¿Cómo podía ser que tanto deleitasen aquellas traiciones, aquellas muertes, aquellos rencores en verso y en el teatro? ¡Qué malo era el hombre! ¿Por qué recrearse en aquellas tristezas cuando eran ajenas, si tanto dolían cuando eran propias? ¡Y él, el miserable, hombre indigno, cobarde, estaba filosofando y su honor sin vengar todavía!... ¡Había que empezar, volaba el tiempo!... ¡Otro tormento! ¡el orden de la función, el orden de la trama! ¿Por dónde iba a empezar, qué iba a decir, qué iba a hacer, cómo la mataba a ella, cómo le buscaba a él?»

El reloj de la catedral dio las siete y media.

De un brinco se puso Quintanar en pie.

—¡Media hora! Media hora en un minuto; y no he oído el cuarto...

Y Frígilis va a llegar... y yo no he resuelto...»

Don Víctor tuvo conciencia clara de que su voluntad estaba inerte, no podía resolver. Se despreció profundamente, pero más profundo que el desprecio fue el consuelo que sintió al comprender que no tenía valor para matar a nadie, así, tan de repente.

—O subo y la mato ahora mismo, antes que llegue Tomás, o ya no la mato hoy...

Volvió a caer sentado en la mecedora, y aliviada su angustia con la laxitud del ánimo, que ya no luchaba con la impotencia de la voluntad, recobró parte de su vigor el sentimiento, y el dolor de la traición le pinchó por la vez primera con fuerza bastante para arrancarle lágrimas.

Lloró como un anciano, y pensó en que ya lo era. Jamás se le había ocurrido tal idea. Su temperamento le engañaba, fingiendo una juventud sin fin; la desgracia al herirle de repente le desteñía, como un chubasco, todas las canas del espíritu.

«Ay, sí, era un pobre viejo; un pobre viejo, y le engañaban, se burlaban de él. Llegaba la edad en que iba a necesitar una compañera, como un báculo... y el báculo se le rompía en las manos, la compañera le hacía traición, iba a estar solo... solo; le abandonaban la mujer y el amigo...»

El dolor, la lástima de sí mismo, trajeron a su pensamiento ideas más naturales y oportunas que las que despertara, entre fantasmas de fiebre y de insomnio, la indignación contrahecha por las lecturas románticas y combatida por la pereza, el egoísmo y la flaqueza del carácter.

No sentía celos, no sentía en aquel momento la vergüenza de la deshonra, no pensaba ya en el mundo, en el ridículo que sobre él caería; pensaba en la traición, sentía el engaño de aquella Ana a quien había dado su honor, su vida, todo. ¡Ay, ahora veía que su cariño era más hondo de lo que él mismo creyera; queríala más ahora que nunca, pero claramente sentía que no era aquel amor de amante, amor de esposo enamorado, sino como de amigo tierno, y de padre... sí, de padre dulce, indulgente y deseoso de cuidados y atenciones!

«¡Matarla! —eso se decía pronto— ¡pero matarla!... Bah, bah... los cómicos matan en seguida, los poetas también, porque no matan de veras... pero una persona honrada, un cristiano no mata así, de repente, sin morirse él de dolor, a las personas a quien vive unido con todos los lazos del cariño, de la costumbre... Su Ana era como su hija... Y él sentía su deshonra como la siente un padre; quería castigar, quería vengarse, pero matar era mucho. No, no tendría valor ni hoy ni mañana, ni nunca, ¿para qué engañarse a sí mismo? Mata el que se ciega, el que aborrece; él no estaba ciego, no aborrecía, estaba triste hasta la muerte, ahogándose entre lágrimas heladas; sentía la herida, comprendía todo lo ingrata que era ella, pero no la aborrecía, no quería, no podría matarla. Al otro sí; Álvaro tenía que morir; pero frente a frente, en duelo, no de un tiro, no; con una espada lo mataría; aquello era más noble, más digno de él. Frígilis tenía que encargarse de todo. Pero ¿cuándo? ¿ahora? ¿en cuanto llegase? No... tampoco se atrevía a decírselo así, de repente. Después de hablar con alma humana de tan vergonzoso descubrimiento, ya no había modo de volverse atrás, esto es, de cambiar de resolución, de aplazar ni modificar la venganza. En cuanto alguien lo supiera había que proceder deprisa, con violencia; lo exigía así el mundo, las ideas del honor; él era al fin un marido burlado... Y a ella habría que llevarla a un convento. Y él, él se volvería a su tierra, si no le mataba Mesía; se escondería en La Almunia de don Godino.»

Al llegar aquí se acordó el infeliz esposo de que Ana meses antes, le proponía un viaje a La Almunia. «¡Tal vez si él hubiera aceptado se hubiese evitado aquella desgracia... irreparable! Sí, irreparable, ¿qué duda cabía?»

«¿Y Petra? ¡Maldita sea! Petra... ¡Es ella quien me hace tan desgraciado, quien me arroja en este pozo obscuro de tristeza, de donde ya no saldré aunque mate al mundo entero; aunque haga pedazos a Mesía y entierre viva a la pobre Ana!... ¡Ay, Ana también va a ser bien infeliz!»

La catedral dio ocho campanadas. «¡Las ocho! Ahora debía yo despertar... y no sabría nada.»

Este pensamiento le avergonzó. En su cerebro estalló la palabra grosera con que el vulgo mal hablado nombra a los maridos que toleran su deshonra... y la ira volvió a encenderse en su pecho, sopló con fuerza y barrió el dolor tierno... «¡Venganza! ¡venganza! —se dijo— o soy un miserable, un ser digno de desprecio...»

Sintió pasos sobre la arena, levantó la cabeza y vio a su lado a Frígilis.

—¡Hola! parece que se ha madrugado —dijo Crespo, que gustaba de ser siempre el primero.

—Vamos, vamos —contestó don Víctor, volviendo a levantarse y después de colgar la escopeta del hombro.

La presencia de Frígilis le había asustado; sacó fuerzas de flaqueza para tomar un partido de repente. Se resolvió por fin. Resolvió callar, disimular, ir a caza. «Allá en los prados de las marismas, cuando se quedara solo en acecho, en todo aquel día triste que iba a ser tan largo, meditaría... y a la vuelta, a la vuelta acaso tendría ya formado su plan, y consultaría con Tomás y le mandaría a desafiar al otro, si era esto lo que procedía. Por ahora callar, disimular. Aquello no podía echarse a volar así como quiera. El descubrimiento que debía a Petra no era para revelado sin su cuenta y razón. A Frígilis podía decírsele todo, pero a su tiempo.»

Salieron del parque. El mismo Quintanar cerró la verja con su llave. Crespo iba delante. Miró don Víctor hacia el fondo de la huerta, hacia el caserón que ya le parecía otro... «¿Qué hacía? ¿Era un cobarde aplazando su venganza? No, porque... ellos no sospechaban nada, no escaparían, no había miedo. Silencio y disimulo, esto hacía falta ahora. Y reflexionar mucho. Cualquier cosa que hiciera ¡iba a ser tan grave!» Le acongojaba la idea de la inmensa responsabilidad de sus próximos actos. El sentir que de su voluntad siempre tornadiza, impresionable y débil iban ahora a depender sucesos tan importantes, la suerte de varias personas, le sumía en una especie de pánico taciturno y desesperado. Veleidades tenía de llamar a Frígilis, decírselo todo, ponerlo en sus manos todo... «Frígilis, aunque era un soñador, llegado el caso tenía mejor sentido que él; sabría ser más práctico... ¿Qué haría?»

Por lo pronto seguir a Tomás a la estación. Y callar. Para hablar siempre era tiempo.

La mañana seguía cenicienta; nubes y más nubes plomizas salían como de un telar de los picos y mesetas del Corfín, caían sobre la sierra, se arrastraban por sus cumbres, resbalaban hacia Vetusta y llenaban el espacio de una tristeza gris, muda y sorda.

«No hace frío», observó Frígilis al llegar a la estación. No llevaba más abrigo que su bufanda a cuadros. Pero decía él que su cazadora valía por la piel de un proboscidio. No le entraban balas ni catarros.

En cambio Quintanar, ceñido al cuerpo el capotón espeso, tenía que hacer esfuerzos para no dar diente con diente. — ¡No, no hace mucho frío! —dijo, por miedo de delatarse.

«Afortunadamente éste es un sonámbulo que no se fija nunca en si los demás tienen cara de risa o cara de vinagre. Debo de estar pálido, desencajado... pero este egoísta no ve nada de eso.»

Entraron en un coche de tercera. En su mismo banco Frígilis encontró antiguos conocidos. Eran dos ganaderos que volvían de

Castilla y después de hacer noche en Vetusta buscaban el amor de su hogar allá en la aldea. Crespo, como si no hubiera en el mundo penas, ni amigos que se ahogaban en ellas, alegre, con aquel insultante regocijo que le inspiraba a él la helada en las mañanas más frías del año, frotaba las manos y hablaba del precio de las reses, y de las ventajas de la parcería, locuaz, como nunca se le veía en Vetusta. Parecía que, según el tren se alejaba de los tejados de un rojo sucio, casi pardo, de la ciudad triste, sumida en sueño y en niebla, el alma de Frígilis se ensanchaba, respiraba a su gusto aquel pulmón de hierro.

«No sospechaba aquel ciego, tan inoportunamente alegre y decidor, que su amigo, su mejor amigo, al romper la marcha el tren, había tenido tentaciones de arrojarse al andén; y después, de tirarse por la ventanilla a la vía, y correr, correr desalado a Vetusta, entrar en el caserón de los Ozores y coser a puñaladas el pecho de una infame...»

Sí, todo esto había querido hacer don Víctor que se sintió morir de vergüenza y de cólera contra los infames adúlteros y contra sí mismo en cuanto notó que el tren se movía y le alejaba del lugar del crimen, de su deshonra y de su venganza necesaria...

«¡Soy un miserable, soy un miserable!» gritaba por dentro Quintanar mientras el tren volaba y Vetusta se quedaba allá lejos; tan lejos, que detrás de las lomas y de los árboles desnudos ya sólo se veía la torre de la catedral, como un gallardete negro destacándose en el fondo blanquecino de Corfín, envuelto por la niebla que el sol tibio iluminaba de soslayo.

«Huyo de mi deshonra en vez de lavar la afrenta, huyo de ella... esto no tiene nombre ¡oh!... sí lo tiene» Y ¡zas! el nombre que tenía aquello, según Quintanar, estallaba como un cohete de dinamita en el cerebro del pobre viejo.

«¡Soy un tal, soy un tal!» y se lo decía a sí mismo con todas sus letras, y tan alto que le parecía imposible que no le oyeran todos los presentes.

«Pero el tren huía de Vetusta, silbaba, le silbaba a él; y él no tenía el valor de arrojarse a tierra, de volver al pueblo... iba a tardar más de doce horas en ver el caserón, ¡aplazaba su venganza más de doce horas!...»

Pasaron un túnel y no quedó ya nada de Vetusta ni de su paisaje. Era otro panorama; estaban a espaldas de la sierra; montes rojizos, lomas monótonas como oleaje simétrico se extendían cerrando el horizonte a la izquierda de la vía. El cielo estaba obscuro por aquel lado, bajas las nubes, que como grandes sacos de ropa sucia se deshilachaban sobre las colinas de lontananza; a la derecha campos de maíz, ahora vacíos, enseñaban la tierra, negra con la humedad; entre las manchas de las tierras desnudas aparecían el monte bajo, de trecho en trecho, las pomaradas ahora tristes con sus manzanos sin hojas, con sus ramos afilados, que parecían manos y dedos de esqueleto. Por aquel lado el cielo prometía despejarse, la niebla hacía palidecer las nubes altas y delgadas que empezaban a rasgarse. Sobre el horizonte, hacia el mar, se extendía una franja lechosa, uniforme y de un matiz constante. Sobre los castañares, que semejaban ruinas y mostraban descubiertos los que eran en verano misterios de su follaje; sobre los bosques de robles y sobre los campos desnudos y las pomaradas tristes pasaban de cuando en cuando en triángulo macedónico bandadas de cuervos, que iban hacia el mar, como náufragos de la niebla, silenciosos a ratos, y a ratos lamentándose con graznar lúgubre que llegaba a la tierra apagado, como una queja subterránea.

Mientras Frígilis hablaba de la conveniencia de abandonar el cultivo del maíz y de cultivar los prados con intensidad, don Víctor, apoyada la cabeza sobre la tabla dura del coche de tercera miraba al cielo pardo y veía desaparecer entre la niebla una falange de cuervos por aquel desierto de aire. Ya parecían polvos de imprenta, después aprensión de la vista; después, nada.

«¡Lugarejo, dos minutos!», gritó una voz rápida y ronca.

Don Víctor asomó la cabeza por la ventanilla. La estación, triste cabaña muy pintada de chocolate y muerta de frío, estaba al alcance de su mano o poco más distante. Sobre la puerta, asomada a una ventana, una mujer rubia, como de treinta años, daba de mamar a un niño.

«Es la mujer del jefe. Viven en este desierto. Felices ellos» pensó Quintanar.

Pasó el jefe de la estación que parecía un pordiosero. Era joven; más joven que la mujer de la ventana parecía.

«Se querrán. Ella por lo menos le será fiel.»

Después de esta conjetura don Víctor se dejó caer otra vez en su asiento. Cerró los ojos, tapó el rostro cuanto pudo con una mano. El tren volvió a moverse. El ruido del hierro y de la madera y la trepidación uniforme eran como canción que atraía el sueño. Quintanar, sin pensar en ello, medía el ritmo de las ruedas pesadas y crujientes con el compás de una marcha que cantaba su tordo, aquel tordo orgullo de la casa... Después midió el paso del tren con los de cierta polka... y después se quedó dormido.

Media hora después llegaban a la estación en que dejaban el tren para tomar a pie la carretera que los conducía a las marismas de Palomares.

Don Víctor despertó asustado, gracias a un golpe que le dio en el hombro Frígilis.

Había soñado mil disparates inconexos; él mismo, vestido de canónigo con traje de coro, casaba en la iglesia parroquial del Vivero a don Álvaro y a la Regenta. Y don Álvaro estaba en traje de clérigo también, pero con bigote y perilla... Después los tres juntos se habían puesto a cantar el *Barbero*, la escena del piano; él, don Víctor, se había adelantado a las baterías para decir con voz cascada:

Quando la mia Rosina...

el público de las butacas había graznado al oírle como un solo espectador... Todas las butacas estaban llenas de cuervos que abrían el pico mucho y retorcían el pescuezo con ondulaciones de culebra... «Una pesadilla» pensó Quintanar, y entre dormido y despierto emprendía la marcha a pie por la carretera de Palomares abajo. Estaban en Roca—Tajada; a la derecha, a pico, se elevaba el monte Areo partido por aquel desfiladero; estrecha garganta por donde sólo cabían la angosta carretera y el río Abroño, que se cruzaban en mitad de la hoz pasando el camino, perpendicular al río, por un puente de piedra blanca.

Después de almorzar en Roca—Tajada, en la taberna de Matiella, estanquero y albañil, grande amigo de Frígilis, los dos amigos cazadores dejaron el camino real y por prados fangosos de yerba alta, de un verde obscuro, llegaron otra vez a las orillas del Abroño, allí más ancho, rodeado de juncos y arena, rizado por las ondas verdes que le mandaba el mar ya vecino.

Frígilis y Quintanar pasaron el río en una barca, comenzaron a subir una colina coronada por una aldea de casas blancas separadas por pomaradas y laureles, pinos de copa redonda y ancha y álamos esbeltos. El verde de los pinares y de los laureles y de algunos naranjos de las huertas, sobre el verde más claro de las praderas en declive, limpias y como recortadas con tijeras, alegraba la cumbre resaltando bajo el cielo lechoso y entre las paredes blancas, que se comían toda la luz del día, difusa y como cernida a través de las nubes delgadas. Según subían por la falda de la loma que era como primer escalón para la colina, el terreno se afirmaba, la hierba aclaraba su color y menguaba. Frígilis se detuvo y contempló el monte Areo, que tenía enfrente; el río ondulante que quedaba debajo y la franja del mar, azulada con pintas blancas, que se veía en un rincón del horizonte, en apariencia más alto que el río, como una pared obscura que subía hacia las nubes.

Quintanar se sentó sobre una peña que dejaba descubierta el prado. De la parte de Areo, cruzando sobre el río a mucha altura, vieron venir un bando de tordos de agua. Cuando estuvieron a tiro Frígilis disparó los de su escopeta con tan mala suerte que no consiguió más que dispersar las apretadas filas.

—¡Tira tú, bobo! —gritó Crespo furioso.

Quintanar se levantó, apuntó, disparó y cuatro tordos de agua cayeron heridos por los perdigones que, según pensó en aquel instante don Víctor, debía tener en los sesos el amigo traidor, el infame don Álvaro.

«Sí, aquel tiro era el de Álvaro; los tordos, inocentes, caían a pares, y el ladrón de su honra vivía.» Y ¡cosa extraña! cuando allá en el parque había estado apuntando a la cabeza de Mesía, no recordaba que el cartucho mortífero tenía carga de perdigón; suponíalo lleno de postas o de balas.

Muy contra su voluntad, a pesar de la desgracia que tenía encima, el cazador sintió el placer de la vanidad satisfecha. «Frígilis había disparado dos tiros y... nada; disparaba él uno solo y... cuatro... Sí, cuatro, allí estaban, sangrando sobre el prado, mezclando las gotas rojas con la escarcha blanca de la hierba.»

Media hora después Frígilis tomaba el desquite matando un soberbio pato marino. Quintanar, por gusto, mató un cuervo que no recogió.

Cazaron hasta las doce, hora de comer sus fiambres. Los perros de Frígilis se aburrían. Aquella caza en que ellos representaban un papel secundario, les parecía una vergüenza; bostezaban y obedecían mal a la voz del amo.

Después de comer los fiambres y de beber regulares tragos, don Víctor sintió su pena con intensidad cuatro veces mayor. Todo lo veía claro, toda la trascendencia de su descubrimiento del amanecer se le aparecía como un tratado clásico de historia. Lo que había sucedido, lo que iba a suceder, lo veía como en un panorama. Y sentía comezón de hablar y ansias de llorar. ¿Por qué no abría el pecho al amigo del alma, al verdadero, al único? No se lo abrió. «No era tiempo.»

Para perseguir un bando de peguetas que volaba de prado en prado, siempre alerta, se separaron. Aquellos pajarracos no se comían, pero Frígilis les tenía declarada la guerra porque se burlaban de los cazadores con una especie de ironía, de sarcasmo que parecía racional. Esperaban, *fingían* estar descuidados, disimulaban su vigilancia, y al ir Frígilis a disparar, escondido tras un seto... volaban los condenados gritando como brujas sorprendidas en aquelarre. Por eso los perseguía tenaz, irritado.

Se separaron. Si las peguetas iban por un lado al escapar del prado que cubrían tiñéndolo de negro, se encontraban con la descarga de Crespo; si tomaban por el otro lado, disparaba don Víctor.

El cual se quedó solo, sobre una loma dominando el valle. El sol no había conseguido disipar la niebla; se le vislumbraba detrás de un toldo blanquecino, como si fuera una luna de teatro hecha con un poco de aceite sobre un papel. A lo lejos gritaban las agoreras aves de invierno, que después aparecían bajo las nubes, volando fuera de tiro, sin miedo al cazador, pero tristes, cansadas de la vida, suponía Quintanar.

«El campo estaba melancólico. El invierno parecía una desnudez. Y a pesar de todo, ¡qué hermosa era la naturaleza! ¡qué tranquilamente reposaba!... ¡Los hombres, los hombres eran los que habían engendrado los odios, las traiciones, las leyes convencionales que atan a la desgracia el corazón!» La filosofía de Frígilis, aquel pensador agrónomo que despreciaba la sociedad con sus *falsos principios*, con sus preocupaciones, exageraciones y violencias, se le presentó a Quintanar, a quien el cuerpo repleto le pedía siesta, como la filosofía verdadera, la sabiduría única, eterna. «Vetusta, quedaba allá, detrás de montes y montes, ¿qué era comparada con el ancho mundo? Nada; un punto. Y todas las ciudades, y todos los agujeros donde el hombre, esa hormiga, fabricaba su albergue, ¿qué eran comparados con los bosques vírgenes, los desiertos, las cordilleras, los vastos mares?... Nada. Y las leyes de honor, las preocupaciones de la vida social todas, ¿qué eran al lado de las grandes y fijas y naturales leyes a que obedecían los astros en el cielo, las olas en el mar, el fuego bajo la tierra, la savia circulando por las plantas?»

Vivos deseos sintió Quintanar por un momento de echar raíces y ramas, y llenarse de musgo como un roble secular de aquellos que veía coronando las cimas del monte Areo. «Vegetar era mucho mejor que vivir.»

Oyó un tiro lejano, después el estrépito de las peguetas que volaban riéndose con estridentes chillidos; las vio pasar sobre su cabeza. No se movió. Que se fueran al diablo. Él estaba pensando en Tomás Kempis. Sí, Kempis, a quien había olvidado, tenía razón; donde quiera estaba la cruz. «Arregla, decía el sabio asceta, arregla y ordena todas las cosas según tu modo de ver y según tu voluntad, y verás que siempre tienes algo que padecer de grado o por fuerza; siempre hallarás la cruz.»

Y también recordaba lo de: «Algunas veces parecerá que Dios te deja, otras veces serás mortificado por el prójimo; y lo que es más, muchas veces te serás molesto a ti mismo.»

«Sí, el prójimo me mortifica, y yo mismo me molesto, me hago daño hasta sangrar el alma... No sé lo que debo hacer, ni lo que debo pensar siquiera. Anita me engaña, es una infame sí... pero ¿y yo? ¿No la engaño yo a ella? ¿Con qué derecho uní mi frialdad de viejo distraído y soso a los ardores y a los sueños de su juventud romántica y extremosa? ¿Y por qué alegué derechos de mi edad para no servir como soldado del matrimonio y pretendí después batirme como contrabandista del adulterio? ¿Dejará de ser adulterio el del hombre también, digan lo que quieran las leyes?»

Le daba ira encontrarse tan filósofo, pero no podía otra cosa. Comprendía que aquellas meditaciones le alejaban de su venganza, que en el fondo del alma él no quería ya vengarse, quería castigar como un juez recto y salvar su honor, nada más. Y esto mismo le irritaba. Después volvía la lástima tierna de sí mismo, la imagen de la vejez solitaria... y los alcaravanes, allá en el cielo gris, iban cantando sus ayes como quien recita el *Kempis* en una lengua desconocida.

«Sí, la tristeza era universal; todo el mundo era podredumbre; el ser humano, lo más podrido de todo.»

Y siempre sacaba en consecuencia que él no sabía lo que debía hacer, ni siquiera lo que debía pensar, ni aun lo que debía sentir.

«De todas suertes, las comedias de capa y espada mentían como bellacas; el mundo no era lo que ellas decían: al prójimo no se le atraviesa el cuerpo sin darle tiempo más que para recitar una rendondilla. Los hombres honrados y cristianos no matan tanto ni tan deprisa.»

De noche, en el tren, cuando volvían solos a Vetusta en un coche de segunda, por miedo al frío de los de tercera, Frígilis que miraba el paisaje triste a la luz de la luna, que aquella vez había podido más que el sol y había roto las nubes, Frígilis sintió un suspiro como un barreno detrás de sí, y volvió la cabeza diciendo:

—¿Qué te pasa, hombre? Todo el día te he visto preocupado, tristón... ¿qué pasa?

La lamparilla del techo que alumbraba dos departamentos, apenas rompía las tinieblas de aquel coche que parecía caja de muerto.

Frígilis no podía ver bien el rostro de don Víctor, pero le oyó, de repente, llorar como un chiquillo, y sintió la cabeza fuerte y blanca de Quintanar apoyada en el hombro del amigo. Sí, se apoyaba el pobre viejo con cariño, confianza, y con la fuerza con que se deja caer un muerto. Parecía aquello la abdicación de su pensamiento, de toda iniciativa.

—Tomás, necesito que me aconsejes. Soy muy desgraciado; escucha...

— XXX —

—Y ahora, mucho cuidado; mira lo que vas a hacer.

—¿Tú no entras?

—No, no... Tengo prisa, tengo que hacer.

—¡Me dejas solo ahora!

—Volveré si quieres... pero... mejor te acostabas pronto. Mañana vendré temprano.

—Te advierto que no te he dicho que sí.

—Bueno, bueno... adiós.

—Espera, espera... no me dejes solo... todavía. No te he dicho que sí; tal vez... lo piense más y... me decida por seguir el camino opuesto.

—Pero por de pronto, Víctor, prudencia, disimulo... Es decir, si no quieres exponerte a una desgracia. Ya lo sabes...

—¡Sí, sí! Benítez cree que un gran susto, una impresión fuerte...

—Eso; puede matarla.

—¡Está enferma!

—Sí, más de lo que tú crees.

—¡Está enferma! Y un susto, un susto grande... puede matarla.

—Eso, así como suena.

—Y yo debo subir, y guardar para mí todos estos rencores, toda esta hiel tragármela... y disimular, y hablar con ella para que no sospeche y no se asuste... y no se me muera de repente...

—Sí, Víctor, sí; todo eso debes hacer.

—Pero confiesa, Tomás, que todo eso se dice mejor que se hace; y comprende que ese aldabón me inspire miedo, explícate la razón que tengo para tenerle el mismo asco que si fuera de hierro líquido...

Calló a esto Frígilis.

Llegaban de la estación; estaban en el portal del caserón de los Ozores, que apenas alumbraba a pedazos el farol dorado pendiente del techo.

Quintanar no tenía valor para subir a su casa. No quería llamar. «Iban a abrirle, iba a salir ella, Ana, a su encuentro, se atrevería a sonreír como siempre, tal vez a ponerle la frente cerca de los labios para que la besara... Y él tendría que sonreír, y besar y callar... y acostarse tan sereno como todas las noches... Tomás debía comprender que aquello era demasiado...»

Y además, las revelaciones de Frígilis respecto a la salud de Ana le habían caído al pobre ex—regente como una maza sobre la cabeza. «¡Aquella alegría, aquella exaltación que la habían llevado... al crimen, a la infamia de una traición... eran una enfermedad!; Ana podía morir de repente cualquier día; una impresión extraordinaria lo mismo de dolor que de alegría, mejor si era dolorosa, podía matarla en pocas horas...» Esto había contestado Frígilis a la historia de su amigo. A Mesía fusilémosle, había dicho, si eso te consuela; pero hay que esperar, hay que evitar el escándalo, y sobre todo hay que evitar el susto, el espanto que sobrecogería a tu mujer si tú entraras en su alcoba como los maridos de teatro... Ana, culpable según las leyes divinas y humanas, no lo era tanto en concepto de Frígilis que mereciera la muerte.

—¿Quién quiere matarla? ¡Yo no quiero eso! —había interrumpido don Víctor al oír esto.

Pero Frígilis había replicado:

—Sí quieres tal si le dices que lo sabes todo. Lo que hay que hacer hay que pensarlo; yo no digo que la perdones, que ésa sea la única solución; pero confiesa que el perdonar es una solución también.

—Perdonarla es transigir con la deshonra...

—Eso ya lo veríamos. ¿Tú eres cristiano?

—Sí, de todo corazón, más cada día... Como que ya no veo más refugio para mi alma que la religión.

—Bueno, pues si eres cristiano ya veremos si debes perdonar o no. Pero no se trata de esto todavía; se trata de no cortar el camino al perdón, antes de ver si conviene, dando a tu mujer esa puñalada mortal al entrar en su cuarto y gritar: «¡Muera la esposa infiel!» para que ella conteste: «¡Jesús mil veces!» y caiga redonda. Yo no sé si diría «Jesús mil veces», pero de que caería estoy seguro. Y ya ves, antes de matarla hay que ver si tenemos derecho para ello.

—No, yo no lo tengo; me lo dice la conciencia...

—Y dice perfectamente. Ni yo tengo derecho para aconsejarte nada trágico. Cuando te casé con ella, porque yo te casé, Víctor, bien te acordarás, creí hacer la felicidad de ambos...

—Y no parecía que te habías equivocado. La mía la habías hecho. La de ella... durante más de diez años pareció que también.

—Sí, pareció; pero la procesión andaba por dentro... Diez años fue buena: la vida es corta... No fue tan poco.

—Mira, Frígilis, tu filosofía no es para consolar a un marido en mi situación... Ya sé yo todo lo que tú puedes decirme y mucho más... Eso no es consolarme...

—Ni yo creo que tu situación admita consuelos más que el del tiempo y la reflexión lenta y larga... Pero ahora no se trata de ti, se trata de ella. ¿Te empeñas en coser el cuerpo con un florete o con una espada a Mesía? Sea; pero hay que ver cuándo y cómo. Hay que tener calma. Después de lo que sabes de la enfermedad de Ana, secreto que Benítez me impuso y que rompo por lo apurado del caso, después de saber que puede sucumbir ante una revelación semejante...

—¿Pero no es peor hacer lo que hace que saber que yo lo sé? ¿Quién te asegura a ti que no me despreciará, que no procurará huir con el otro?

—¡Víctor, no seas majadero! El otro... es un zascandil. No hizo más que esperar que cayera el fruto de maduro... Ella no está

445

enamorada de Mesía... En cuanto vea que es un cobarde y que la abandona antes que pelear por ella... le despreciará, le maldecirá... y en cambio los remordimientos la volverán a ti, a quien siempre quiso.

—¡Que quiso!

—Sí, más que a un padre. ¿Qué mejor prueba quieres que todo lo pasado? ¿Por qué se hizo mística?... Y la pobre... también tuvo que sufrir ataques... creo yo, de otro lado... de... pero en fin, de esto no hablemos. ¿Por qué luchó como luchó sin duda? Porque te quería... porque te quiere... te quiere mucho...

—¡Y me vende!

—¡Te vende! ¡te vende!... En fin, no hablemos de eso... ya has dicho que no quieres mis filosofías. Ello es, que si armas arriba una escena de honor ultrajado, en seguida hay otra de entierro.

—¡Hombre, dices las cosas de un modo!...

—La verdad. Un drama completo. Pero en último caso, si tan irritado estás, si tan ciego te ves, si no puedes atender a razones, ni a tu conciencia que bien claro te habla, llama, sube, alborota, quema la casa... O no hagas tanto, que bastará con que la espantes con tu noticia para que Ana caiga de espaldas y le estalle dentro una de esas cosas en que tú no crees, pero que son para la vida como los alambres para el telégrafo. Si estás furioso, si no puedes contenerte, también tú tendrás disculpa hagas lo que hagas. (Pausa.) Pero si no, Quintanar, no tienes perdón de Dios.

Esto último lo dijo Crespo con voz solemne, grave, vibrante que hizo a su amigo estremecerse.

Después de este diálogo, parte del cual mantuvieron por el camino de la estación a casa y parte dentro del portal, fue cuando Quintanar se acercó a la puerta para coger el aldabón y cuando Frígilis exclamó:

—Y ahora mucho cuidado; mira lo que vas a hacer.—

Frígilis tenía prisa, quería dejar a don Víctor cuanto antes para correr en busca de don Álvaro y advertirle de que Quintanar sabía su traición, para que se abstuviera de asaltar el parque aquella noche y acudir a la cita, si la tenía como era de suponer. Pensaba Crespo que a Víctor no se le había ocurrido, como no se le ocurrieron otras tantas cosas, que aquella noche se repetiría la escena de la anterior, que debía de ser ya antigua costumbre; podía don Álvaro, que no había visto a su víctima cuando le acechaba en el parque, volver a las andadas, sorprenderle Quintanar, y entonces era imposible evitar una tragedia. Además, Frígilis tenía la convicción de que don Álvaro escaparía de Vetusta en cuanto él le dijera que Quintanar iba a desafiarle. No le faltaban motivos para creer muy cobarde al don Juan Tenorio.

«¡Pero aquel Víctor no le dejaba marchar!»

Por fin, después de prometer de nuevo disimular, ocultar su dolor, su ira, lo que fuera, pero sólo por aquella noche, llamó el digno regente jubilado con el mismo aldabonazo enérgico y conciso con que hacía retumbar el patio, cuando la casa era honrada y el jefe de familia respetado y tal vez querido.

—¡Adiós, adiós, hasta mañana temprano! —dijo Frígilis, librándose de la mano trémula que le sujetaba un brazo.

—«¡Egoísta, pensó don Víctor al quedarse solo;— es la única persona que me quiere en el mundo... y es egoísta!»

Se abrió la puerta. Vaciló un momento... Se le figuró que del patio salía una corriente de aire helado...

Entró, y al volverse hacia el portal, para cerrar la puerta que dejaba atrás, vio que entraba en su casa un fantasma negro, largo; que paso a paso, por el portal adelante, se acercaba a él y que se le quitaba el sombrero que era de teja.

—¡Mi señor don Víctor! —dijo una voz melosa y temblona.

—¡Cómo! ¿usted? ¡es usted... señor Magistral!... Un temblor frío, como precursor de un síncope, le corrió por el cuerpo al ex—regente, mientras añadía, procurando una voz serena:

—¿A qué debo... a estas horas... la honra...? ¿qué pasa?... ¿Alguna desgracia?...

«Pero este hombre ¿no sabe nada?» se preguntó De Pas, que parecía un desenterrado.

Miró a don Víctor a la luz del farol de la escalera y le vio desencajado el rostro; y don Víctor a él le vio tan pálido y con ojos tales que le tuvo un miedo vago, supersticioso, el miedo del mal incierto. Hasta llegar allí, el Magistral no había hablado, no había hecho más que estrechar la mano de don Víctor e invitarle con un ademán gracioso y enérgico al par, a subir aquella escalera.

—Pero ¿qué pasa? —repitió don Víctor en voz baja en el primer descanso.

—¿Viene usted de caza? —contestó el otro con voz débil.

—Sí, señor, con Crespo; ¿pero qué sucede? Hace tanto tiempo... y a estas horas...

—Al despacho, al despacho... No hay que alarmarse... al despacho...

Anselmo alumbraba por los pasillos del caserón a su amo a quien seguía el Magistral.

—«No pregunta por Ana»— pensó De Pas.

—La señora no ha oído llamar, está en su tocador... ¿quiere el señor que la avise? —preguntó Anselmo.

—¿Eh? no, no, deja... digo... si el señor Magistral quiere hablarme a solas... —y se volvió el amo de la casa al decir esto.

—Bien, sí; al despacho... entremos en su despacho...

Entraron. El temblor de Quintanar era ya visible. «¿Qué iba a decirle aquel hombre? ¿A qué venía?...»

Anselmo encendió dos luces de esperma y salió.

—Oye, si la señora pregunta por mí, que allá voy... que estoy ocupado... que me espere en su cuarto... ¿No es eso? ¿No quiere usted que estemos solos?

El Magistral aprobó con la cabeza, mientras clavaba los ojos en la puerta por donde salía Anselmo.

«Ya estaba allí, ya había que hablar... ¿qué iba a decir? Terrible trance; tenía que decir algo y ni una idea remota le acudía para darle luz; no sabía absolutamente nada de lo que podía convenirle decir. ¿Cómo hablar sin preguntar antes? ¿Qué sabía don Víctor? ésta era la cuestión... según lo que supiera, así él debía hablar... pero no, no era esto... había que comenzar por explicarse. Buen apuro.» Estaba el Magistral como si don Víctor le hubiera sorprendido allí, en su despacho, robándole los candeleros de plata en que ardían las velas.

Quintanar daba diente con diente y preguntaba con los ojos muy abiertos y pasmados.

—«¿Usted dirá?» decían aquellas pupilas brillantes y en aquel momento sin más expresión que un tono interrogante.

«Había que hablar.»

—¿Tendría usted... por ahí... un poquito de agua?... —dijo don Fermín, que se ahogaba, y que no podía separar la lengua del cielo de la boca.

Don Víctor buscó agua y la encontró en un vaso, sobre la mesilla de noche. El agua estaba llena de polvo, sabía mal. Don Fermín no hubiera extrañado que supiera a vinagre. Estaba en el calvario. Había entrado en aquella casa porque no había podido menos: sabía que necesitaba estar allí, hacer algo, ver, procurar su venganza, pero ignoraba cómo. «Estaba, cerca de las diez de la noche, en el despacho del marido de la mujer que le engañaba a él, a De Pas, y al marido; ¿qué hacía allí? ¿qué iba a decir?» Por la memoria excitada del Magistral pasaron todas las estaciones de aquel día de Pasión. Mientras bebía el vaso de agua y se limpiaba los labios pálidos y estrechos, sentía pasar las emociones de aquel día por su cerebro, como un amargor de purga. Por la mañana había despertado con fiebre, había llamado a su madre asustado y como no podía explicarle la causa de su mal había preferido fingirse sano, y levantarse y salir. Las calles, las gentes brillaban a sus ojos como un resplandor amarillento de cirios lejanos; los pasos y las voces sonaban apagados, los cuerpos sólidos parecían todos huecos; todo parecía tener la fragilidad del sueño. Antojábasele una crueldad de fiera, un egoísmo de piedra, la indiferencia universal; ¿por qué hablaban todos los vetustenses de mil y mil asuntos que a él no le importaban, y por qué nadie adivinaba su dolor, ni le compadecía, ni le ayudaba a maldecir a los traidores y a castigarlos? Había salido de las calles y había paseado en el paseo de Verano, ahora triste con su arena húmeda bordada por las huellas del agua corriente, con sus árboles desnudos y helados. Había paseado pisando con ira, con pasos largos, como si quisiera rasgar la sotana con las rodillas; aquella sotana que se le enredaba entre las piernas, que era un sarcasmo de la suerte, un trapo de carnaval colgado al cuello.

«Él, él era el marido, pensaba, y no aquel idiota, que aún no había matado a nadie (y ya era mediodía) y que debía de saberlo todo desde las siete. Las leyes del mundo ¡qué farsa! Don Víctor tenía el derecho de vengarse y no tenía el deseo; él tenía el deseo, la necesidad de matar y comer lo muerto, y no tenía el derecho... Era un clérigo, un canónigo, un prebendado. Otras tantas carcajadas de la suerte que se le reía desde todas partes.» En aquellos momentos don Fermín tenía en la cabeza toda una mitología de divinidades burlonas que se conjuraban contra aquel miserable Magistral de Vetusta.

La sotana, azotada por las piernas vigorosas, decía: *ras, ras, ras*; como una cadena estridente que no ha de romperse.

Sin saber cómo, De Pas había pasado delante de la fonda de Mesía. «Sabía él que don Álvaro estaba en casa, en la cama. Si, como temía, don Víctor no le había cerrado la salida del parque de los Ozores, si nada había ocurrido, en el lecho estaba don Álvaro tranquilo, descansando del placer. Podía subir, entrar en su cuarto, y ahogarle allí... en la cama, entre las almohadas... Y era lo que debía hacer; si no lo hacía era un cobarde; temía a su madre, al mundo, a la justicia... Temía el escándalo, la novedad de ser un criminal descubierto; le sujetaba la inercia de la vida ordinaria, sin grandes aventuras... era un cobarde: un hombre de corazón subía, mataba. Y si el mundo, si los necios vetustenses, y su madre y el obispo y el papa, preguntaban ¿por qué? él respondía a gritos, desde el púlpito si hacía falta: Idiotas ¿que, por qué mato? Por que me han robado a mi mujer, porque me ha engañado mi mujer, porque yo había respetado el cuerpo de esa infame para conservar su alma, y ella, prostituta como todas las mujeres, me roba el alma porque no le he tomado también el cuerpo... Los mato a los dos porque olvidé lo que oí al médico de ella, olvidé que *ubi irritatio ibi fluxus*, olvidé ser con ella tan grosero como con otras, olvidé que su carne divina era carne humana; tuve miedo a su pudor y su pudor me la pega; la creí cuerpo santo y la podredumbre de su cuerpo me está envenenando el alma... Mato porque me engañó; porque sus ojos se clavaban en los míos y me llamaban hermano mayor del alma al compás de sus labios que también lo decían sonriendo; mato porque debo, mato porque puedo, porque soy fuerte, porque soy hombre... porque soy fiera...»

Pero no mató. Se acercó a la portería y preguntó... por el señor obispo de Nauplia, que estaba de paso en Vetusta.

—Ha salido —le dijeron.

Y don Fermín, sin ver lo que hacía, dobló una tarjeta y la dejó al portero.

Y volvió a su casa.

Se encerró en el despacho. Dijo que no estaba para nadie y se paseó por la estrecha habitación como por una jaula.

Se sentó, escribió dos pliegos. Era una carta a la Regenta. Leyó lo escrito y lo rasgó todo en cien pedazos. Volvió a pasear y volvió a escribir, y a rasgar y a cada momento clavaba las uñas en la cabeza.

En aquellas cartas que rasgaba, lloraba, gemía, imprecaba, deprecaba, rugía, arrullaba; unas veces parecían aquellos regueros tortuosos y estrechos de tinta fina la cloaca de las inmundicias que tenía el Magistral en el alma: la soberbia, la ira, la lascivia engañada y sofocada y provocada, salían a borbotones, como podredumbre líquida y espesa. La pasión hablaba entonces

451

con el murmullo ronco y gutural de la basura corriente y encauzada. Otras veces se quejaba el idealismo fantástico del clérigo como una tórtola; recordaba sin rencor, como en una elegía, los días de la amistad suave, tierna, íntima, de las sonrisas que prometían eterna fidelidad de los espíritus; de las citas para el cielo, de las promesas fervientes, de las dulces confianzas; recordaba aquellas mañanas de un verano, entre flores y rocío, místicas esperanzas y sabrosa plática, felicidad presente comparable a la futura. Pero entre los quejidos de tórtola el viento volvía a bramar sacudiendo la enramada, volvía a rugir el huracán, estallaba el trueno y un sarcasmo cruel y grosero rasgaba el papel como el cielo negro un rayo. «¡Y por quién dejaba Ana la salvación del alma, la compañía de los santos y la amistad de un corazón fiel y confiado!... ¡por un don Juan de similor, por un elegantón de aldea, por un parisién de temporada, por un busto hermoso, por un Narciso estúpido, por un egoísta de yeso, por un alma que ni en el infierno la querrían de puro insustancial, sosa y hueca!...» «Pero ya comprendía él la causa de aquel amor; era la impura lascivia, se había enamorado de la carne fofa, y de menos todavía, de la ropa del sastre, de los primores de la planchadora, de la habilidad del zapatero, de la estampa del caballo, de las necedades de la fama, de los escándalos del libertino, del capricho, de la ociosidad, del polvo, del aire... Hipócrita... hipócrita... lasciva, condenada sin remedio, por vil, por indigna, por embustera, por falsa, por...» y al llegar aquí era cuando, furioso contra sí mismo, rasgaba aquellos papeles el Magistral, airado porque no sabía escribir de modo que insultara, que matara, que despedazara, sin insultar, sin matar, sin despedazar con las palabras. «Aquello no podía mandarse bajo un sobre a una mujer, por más que la mujer lo mereciera todo. No, era más noble sacar de una vaina un puñal y herir, que herir con aquellas letras de veneno escondidas bajo un sobre perfumado.»

Pero escribía otra vez, procuraba reportarse, y al cabo la indignación, la franqueza necesaria a su pasión estallaban por otro lado; y entonces era él mismo quien aparecía hipócrita, lascivo, engañando al mundo entero. «Sí, sí, decía, yo me lo negaba a mí mismo, pero te quería para mí; quería, allá en el fondo de mis entrañas, sin saberlo, como respiro sin pensar en ello, quería poseerte, llegar a enseñarte que el amor, nuestro amor, debía ser lo primero; que lo demás era mentira, cosa de niños, conversación inútil; que era lo único real, lo único serio el quererme, sobre todo yo a ti, y huir si hacía falta; y arrojar yo la máscara, y la ropa negra, y ser quien soy lejos de aquí, donde no lo puedo ser: sí, Anita, sí, yo era un hombre ¿no lo sabías? ¿por eso me engañaste? Pues mira, a tu amante puedo deshacerle de un golpe; me tiene miedo, sábelo, hasta cuando le miro; si me viera en despoblado, solos frente a frente, escaparía de mí... Yo soy tu esposo; me lo has prometido de cien maneras; tu don Víctor no es nadie; mírale cómo no se queja: yo soy tu dueño, tú me lo juraste a tu modo; mandaba en tu alma que es lo principal; toda eres mía, sobre todo porque te quiero como tu miserable vetustense y el aragonés no te pueden querer, ¿qué saben ellos, Anita, de estas cosas que sabemos tú y yo?... Sí, tú lo sabías también... y las olvidaste... por un cacho de carne fofa, relamida por todas las mujeres malas del pueblo... Besas la carne de la orgía, los labios que pasaron por todas las pústulas del adulterio, por todas las heridas del estupro, por...»

Y don Fermín rasgó también esta carta, y en mil pedazos más que todas las otras. No acertaba a arrojar en el cesto los pedacitos blancos y negros, y el piso parecía nevado; y sobre aquellas ruinas de su indignación artística se paseaba furioso, deseando algo más suculento para la ira y la venganza que la tinta y el papel mudo y frío.

Salió otra vez de casa; paseó por los soportales que había en la Plaza Nueva, enfrente de la casa de los Ozores.

«¿Qué habría pasado? ¿Habría descubierto algo don Víctor? No; si hubiera habido algo, ya se sabría. Don Víctor habría disparado su escopeta sobre don Álvaro, o se estaría concertando un desafío y ya se sabría; no se sabía nada, nada; luego nada había sucedido.»

Dos, tres veces, ya al obscurecer, entró el Magistral en el zaguán obscuro del caserón de la Rinconada. Quería saber algo, espiar los ruidos... pero a llamar no se atrevía... «¿A qué iba él allí? ¿Quién le llamaba a él en aquella casa donde en otro tiempo tanto valía su consejo, tanto se le respetaba y hasta quería? Nadie le llamaba. No debía entrar.» No entró. «Además, iba pensando mientras se alejaba, si yo me veo frente a ella, ¿qué sé yo lo que haré? Si ese marido indigno, de sangre de horchata, la perdona, yo... yo no la perdono y si la tuviera entre mis manos, al alcance de ellas siquiera... Sabe Dios lo que haría. No, no debo entrar en esa casa; me perdería, los perdería a todos.»

Y volvió a la suya.

Doña Paula entró en el despacho. Hablaron de los negocios del comercio, de los asuntos de Palacio, de muchas cosas más; pero nada se dijo de lo que preocupaba al hijo y a la madre.

—«No se podía hablar de aquello», pensaba él.

—«No se podía hablar de aquello, ni a solas» pensaba ella.

La madre lo sabía todo. Había comprado el secreto a Petra.

Además, ya ella, por su servicio de policía secreta y por lo que observaba directamente, había llegado a comprender que su hijo había perdido su poder sobre la Regenta. Si antes la maldecía porque la creía querida de su Fermo, ahora la aborrecía porque el desprecio, la burla, el engaño, la herían a ella también. ¡Despreciar a su hijo, abandonarle por un barbilindo mustio como don Álvaro! El orgullo de la madre daba brincos de cólera dentro de doña Paula. «Su hijo era lo mejor del mundo. Era pecado enamorarse de él, porque era clérigo; pero mayor pecado era engañarle, clavarle aquellas espinas en el alma... ¡Y pensar que no había modo de vengarse! No, no lo había.» Y lo que más temía doña Paula era que el Magistral no pudiera sufrir sus celos, su ira, y cometiese algún delito escandaloso.

La desesperaba la imposibilidad de consolarle, de aconsejarle.

A doña Paula se le ocurría un medio de castigar a los infames, sobre todo al barbilindo agostado; este medio era divulgar el crimen, propalar el ominoso adulterio, y excitar al don Quijote de don Víctor para que saliera lanza en ristre a matar a don Álvaro.

«Y nada de esto se le podía decir a Fermo.»

Doña Paula entraba, salía, hablaba de todo, observaba todos los gestos de su hijo, aquella palidez, aquella voz ronca, aquel temblor de manos, aquel ir y venir por el despacho.

«¡Qué no hubiera dado ella por insinuarle el modo de vengarse! Sí, bien merecía aquel hijo de las entrañas que se le arrancasen aquellas espinas del alma. ¡Había sido tan buen hijo! ¡Había sido tan hábil para conservar y engrandecer el prestigio que le disputaban!» Desde que doña Paula vio que «no estallaba un escándalo», que don Fermín mostraba discreción y cautela incomparables en sus extrañas relaciones con la Regenta, se lo perdonó todo y dejó de molestarle con sus amonestaciones. Y después del triunfo de su hijo sobre la impiedad representada en don Pompeyo Guimarán, después de aquella conversión gloriosa, su madre le admiraba con nuevo fervor y procuraba ayudarle en la satisfacción de sus deseos íntimos, guardando siempre los miramientos que exigía lo que ella reputaba decencia.

No, no se podía hablar de aquello que tanto importaba a los dos; y al fin doña Paula dejó solo a don Fermín; subió a su cuarto, y desde allí, en vela, se propuso espiar los pasos de su hijo, que continuaba moviéndose abajo: le oía ella vagamente.

Sí, don Fermín, que cerró la puerta del despacho con llave en cuanto se quedó solo, se movía mucho: tenía fiebre. Se le ocurrían proyectos disparatados, crímenes de tragedia, pero los desechaba en seguida. «Estaba atado por todas partes.» Cualquier atrocidad de las que se le ocurrían, que podía ser sublime en otro, en él se le antojaba, ante todo, grotesca, ridícula.

Pero aquella sotana le quemaba el cuerpo. La idea de maníaco de que estaba vestido de máscara llegó a ser una obsesión intolerable. Sin saber lo que hacía, y sin poder contenerse, corrió a un armario, sacó de él su traje de cazador, que solía usar algunos años allá, en Matalerejo, para perseguir alimañas por los vericuetos; y se transformó el clérigo en dos minutos en un montañés esbelto, fornido, que lucía apuesto talle con aquella ropa parda ceñida al cuerpo fuerte y de elegancia natural y varonil, lleno de juventud todavía. Se miró al espejo. «Aquello ya era un hombre.» La Regenta nunca le había visto así.

«En el armario había un cuchillo de montaña.»

Lo buscó, lo encontró y lo colgó del cinto de cuero negro. La hoja relucía, el filo señalado por rayos luminosos parecía tener una expresión de armonía con la pasión del clérigo. El Magistral le encontraba *una música* al filo insinuante.

«Podía salir de casa, ya era de noche, noche cerrada, ya habría poca gente por las calles, nadie le reconocería con aquel traje de cazador montañés; podía ir a esperar a don Álvaro a la calleja de Traslacerca, a la esquina por donde decía Petra que le había visto trepar una noche. Don Álvaro, si don Víctor no había descubierto nada o si no sabía que don Víctor le había descubierto, volvería otra vez, como todas las noches acaso... y él, don Fermín, podía esperarle al pie de la tapia, en la calleja, en la obscuridad... y allí, cuerpo a cuerpo, obligándole a luchar, vencerle, derribarle, matarle... ¡Para eso serviría aquel cuchillo!»

Doña Paula se movió arriba. Crujieron las tablas del techo.

Como si las ideas de la madre se hubiesen filtrado por la madera y caído en el cerebro del hijo, don Fermín pensó de repente:

«Pero, no, todos éstos son disparates; yo no puedo asesinar con un puñal a ese infame... No tengo el valor de ese género. Estas son necedades de novela. ¿Para qué pensar en lo que no he de hacer nunca? No hay más remedio que utilizar el valor y las ideas románticas y caballerescas de don Víctor; guardaré el cuchillo, mi espada tiene que ser la lengua...»

Y don Fermín se despojó del chaquetón pardo, dejó el sombrero de anchas alas, desciñó el cinto negro, guardó todas estas prendas, más el cuchillo, en el armario y se vistió la sotana y el manteo, como una armadura. «Sí, aquélla era su loriga, aquéllos, sus arreos.»

«Ahora mismo; voy a verle ahora mismo. Si el muy idiota fue a cazar a Palomares, a estas horas debe de estar de vuelta o llegando; es la hora del tren. Voy a su casa...»

Y salió.

«Si mi madre me sale al paso le diré que me espera un enfermo, que quiere confesar conmigo sin falta...»

En efecto, al sentir a su hijo en el pasillo bajó doña Paula corriendo.

—¿A dónde vas?

Él dijo su mentira.

Y ella fingió creerla y le dejó marchar, porque adivinó en el rostro, en la voz, en todo, que su hijo no iba ciego, no iba a dar escándalo.

«Acaso se le había ocurrido lo mismo que a ella.»

Y don Fermín De Pas llegó al caserón de los Ozores, vio a don Tomás Crespo desaparecer por la plaza, entró en el portal y se decidió a saludar a don Víctor, que abría la puerta, y subió con él; y estaba dispuesto a hablarle, a preguntarle, a aconsejarle... a insinuarle la venganza necesaria... y no sabía cómo empezar.

Cuando acabó de beber el vaso de agua que sabía a polvo, el Magistral aún no sabía lo que iba a decir.

Pero los ojos de Quintanar seguían preguntando pasmados, y don Fermín habló...

—Amigo mío, lucho entre el deseo de satisfacer la impaciencia de usted y el temor de no acertar con la embocadura del asunto que es espinoso, y por desgracia, por mucho que se suavice la expresión, de poco agradable acceso...

—Al grano, señor Magistral.

—La hora de mi visita, el hacer yo pocas a esta casa hace algún tiempo; todo esto contribuirá...

—Sí, señor, contribuye;... pero adelante. ¿Qué pasa, don Fermín? ¡Por los clavos de Cristo!

—De Cristo tengo yo que hablarle a usted también, y de sus clavos, y de sus espinas y de la cruz...

—Por compasión...

—Don Víctor, yo necesito antes de hablar que usted me declare el estado de su ánimo...

—¿Qué quiere usted decir?

—Está usted pálido, visiblemente preocupado, bajo el peso de un gran disgusto, sin duda; lo he notado al entrar, a la luz del farol de la escalera...

—Y usted también... está...

La voz de Quintanar temblaba.

—Pues eso quiero saber; si usted conoce la causa de mi visita, en parte a lo menos, podré ahorrarme el disgusto de abordar los preliminares enojosísimos de una cuestión...

—Pero, ¿de qué se trata? ¡por las once mil!...

—Señor Quintanar, usted es buen cristiano, yo sacerdote; si usted tiene algo que... decir... algún consejo que buscar... Yo también vengo a hablarle a usted de lo que sé como sacerdote, pero la conciencia de quien me lo comunicó exige precisamente que yo dé este paso...

Don Víctor se puso en pie de un salto.

En aquel momento estaba muy satisfecho de sí mismo el Magistral, porque acababa de ver claro. Ya sabía qué camino era el suyo.

—¿Una persona... que le manda a usted venir a estas horas a mi casa?...

—Don Víctor, confiéseme usted si usted sabe algo de un asunto que le interesa muchísimo, y si el saberlo es la causa de esa alteración de su semblante... Necesito empezar por aquí.

—Sí, señor; hoy sé algo que no sabía ayer... que me importa muchísimo ¡ya lo creo! más que la vida... Pero, si usted no habla más claro, yo no sé si debo... si puedo...

—Ahora, sí; ahora ya puedo hablar más claro...

—Una persona... decía usted...

—Una persona que ha protegido un... crimen que perjudica a usted... ha acudido arrepentida al tribunal de la penitencia a confesar su complicidad bochornosa... y a decirme que la conciencia la había acusado, y que por medida perentoria de reparación... había puesto en poder de usted el descubrimiento de esa... infamia... Pero temiendo nuevas desgracias, por su manera torpe de proceder... se apresuraba a declararme lo que había, para ver si podían evitarse más crímenes... que al cabo, crimen sería una violencia... una venganza sangrienta...

Don Fermín se interrumpió para callar, respetando así el dolor de don Víctor, que se había dejado caer sobre un sofá, y apretaba la cabeza entre las manos.

—¿Petra... ha sido Petra? —dijo don Víctor preguntando con el tono especial del que ya sabe lo mismo que pregunta.

—La infeliz no comprendió al principio que su conducta podía causar nuevos estragos. Y a eso vengo yo, don Víctor, a impedirlos si es tiempo... En nombre del Crucificado, don Víctor, ¿qué ha sucedido aquí?

—Nada, ¡pero aún estamos a tiempo! —contestó el marido burlado, puesto en pie, con los puños apretados, avergonzado, como si se viera en camisa en medio de la plaza; furioso ante la idea de que no había habido allí *nada*, ningún crimen cuyo autor debía ser él, según exigían las leyes del honor... y del teatro.— Nada, nada... pero habrá, habrá sangre... ¿Y usted lo sabe? ¿Esa mujer ha divulgado mi deshonra?... Eso ha sido también una venganza, no es arrepentimiento; es venganza... pero esto importa poco. ¡Lo que importa es que el mundo sabe!... ¡Desgraciado Quintanar! ¡Mísero de mí!...

Y volvió a caer sobre el sofá el pobre viejo, que volvía a sentir el mismo sueño soporífero que le había encogido el ánimo por la mañana.

«El mundo sabe» —había dicho don Víctor— y estas palabras sugirieron a don Fermín otra mentira provechosa.

Pero antes dijo:

—Don Víctor, no extraño que en su dolor usted no tenga tiempo ni fuerza para reflexionar... pero yo no he dicho que el mundo supiera... yo no soy el mundo; soy un confesor.

—¿Pero cree usted que Petra no habrá dicho?...

—Petra no; pero... por desgracia...

—Además, lo que importa aquí es mi honra, no que el mundo sepa o ignore... De todas maneras, pronto sabrá de mi venganza y se podrá enterar de todo.

Y se puso a dar vueltas por el despacho.

De Pas se levantó también.

—Por desgracia —continuó— la maledicencia se ha apoderado hace tiempo de ciertos rumores, de algo aparente...

Don Víctor rugió al gritar:

—¡Dios mío! ¿qué es esto? ¿esto más? ¿El mundo dice?... ¿Vetusta entera habla?...

Y se clavaba las uñas en la cabeza, mesándose las canas.

Don Fermín mientras el otro se entregaba a los arranques mímicos de su dolor, de su vergüenza, habló largo y tendido del asunto. «Sí, por desgracia, hacía meses ya, desde el verano, desde antes acaso, se murmuraba de la confianza y de la frecuencia con que don Álvaro entraba en el palacio de los Ozores. Esto era lo peor, después de la desgracia en sí misma. Era lo peor porque el Magistral, que conocía las exaltadas ideas de don Víctor respecto al honor, temía que obedeciendo a impulsos disculpables, pero no justos, y sordo a la voz de la religión, se arrojase a tomar venganza terrible, sobre todo de don Álvaro, cuyo crimen no podía ser más repugnante y digno de castigo. Pero, amigo, aunque él, el Magistral, como hombre y hombre de experiencia, se explicaba la vehemente cólera que debía de dominar a don Víctor, y comprendía, y disculpaba hasta cierto punto, sus deseos de pronta y terrible venganza; si tal hacía como hombre, en cuanto sacerdote de una religión de paz y de perdón, tenía que aconsejar y procurar, en cuanto pudiese, la suavidad, los procedimientos que la moral recomienda para tales casos.» Don Víctor, con el rostro entre las manos hacía signos de protesta; negaba como si quisiese arrancarse la cabeza del tronco.

«Pero qué le diría, o le podría decir Quintanar al Magistral, que él no comprendiera... Sí, sí, mirando las cosas como las mira el mundo, aquello pedía sangre; es más, no ya sólo por satisfacer el deseo de vengarse, hasta para poder vivir entre las gentes con lo que llama el mundo decoro, era necesario, según las leyes sociales, según lo que las costumbres y las ideas corrientes exigían, que don Víctor buscase a Mesía, le desafiase, le matase si posible le era, o si le cogía *infraganti* en el delito, o cerca de él, que le sacrificase sin miramientos, con justicia pronta. Así lo habían hecho varones esclarecidos que eran asombro del mundo y se veían cantados y alabados en poemas y tragedias. Todo esto lo sabía el Magistral perfectamente.» Y en efecto, con tal calor y elocuencia exponía «las *razones* que, desde el punto de vista mundano, aconsejaban el derramamiento de sangre» que después, cuando recordaba que tenía que defender el partido contrario, el de caridad, perdón y amor al prójimo, olvido de los agravios y conformidad con la cruz; cansado ya por los esfuerzos anteriores, era otro el Magistral, se volvía premioso, decía con frialdad vulgaridades de sermón de aldea. Su propósito no lo penetraba don Víctor, pero sentía los efectos de la perfidia del canónigo. «Sí,» pensaba el ex—regente, mientras el Magistral volvía a enumerar los sacrificios de amor propio, pundonor y otras muchas cosas que exigía la religión a un buen cristiano a quien su mujer engañaba: «sí, he estado ciego, me he portado indignamente, he debido matar a Mesía de una perdigonada, sobre la tapia, o si no correr en seguida a su casa y obligarle a batirse a muerte acto continuo; el mundo lo sabe todo, Vetusta entera me tiene por... un... por un...» y saltaba don Víctor cerca del techo al oírse a sí mismo en el cerebro la vergonzosa palabra.

Y entonces las frases frías, desmadejadas, con que el Magistral recomendaba el perdón, el olvido, le sonaban a hueco, a retórica vana: «Aquel santo varón no sabía lo que era un ultraje de aquella especie; ni lo que exigía la sociedad.»

Para que el clérigo le dejase en paz y no le cansase más con sus sermones sosos y desprovistos de vida, de unción, don Víctor fingió ceder, y dijo que no haría ningún disparate, que meditaría, que procuraría armonizar las exigencias de su honor y aquello que la religión le pedía...

Entonces se alarmó don Fermín; creyó que había perdido terreno, y volvió a la carga. Con vivos colores pintó el desprecio que el mundo arroja sobre el marido que perdona y que la malicia cree que consiente...

Don Víctor, oyendo al Magistral, se figuraba el hombre más despreciable del mundo si no hacía una que fuese sonada... «Oh, sí, cuanto antes... en cuanto fuera de día daría sus pasos, mandaría dos padrinos a don Álvaro; había que matarle.»

Don Fermín volvió a tranquilizarse, viendo la exaltación de la ira pintada en el magistrado. «Sí, había hombre; la máquina estaba dispuesta; el cañón con que él, don Fermín, iba a disparar su odio de muerte ya estaba cargado hasta la boca.»

Don Víctor no hablaba. Gruñía, arrimado a la pared, en un rincón...

«Ya no había qué hacer allí.» El Magistral se despidió. Pero al salir, al llegar a la puerta, se volvió de repente y con ademán solemne, como sacerdote de ópera, exclamó:

—Exijo a usted, como padre espiritual que he sido y creo que soy todavía de usted, le exijo en nombre de Dios... que... si esta... noche... sorprendiera usted... algún nuevo... atentado... si ese infame, que ignora que usted lo sabe todo, volviera esta noche... Yo sé que es mucho pedir... pero un asesinato no tiene jamás disculpa a los ojos de Dios, aunque la tenga a los del mundo... Evite usted que ese hombre pueda llegar aquí... pero... ¡nada de sangre, don Víctor, nada de sangre en nombre de la que vertió por todos el Crucificado!...

«¡Es verdad, pensó don Víctor cuando se quedó solo, es verdad! ¿Y yo, estúpido, tonto, no había dado en ello? Ese hombre debe volver esta noche... ¡Y yo, por no matarla a ella con el susto, iba a dejar que otra vez... otra vez!... ¡Y no pensaba en ello!...»

Se abrió la puerta y entró la Regenta.

Venía pálida, vestía un peinador blanco y no hacía ruido al andar. Sus ojos parecían más grandes que nunca y miraban con una fijeza que daba escalofríos. A lo menos los sintió don Víctor que dio un paso atrás y tuvo terror, como en presencia de un fantasma. Antes que en la traición de aquella mujer pensó en el gran peligro que corría la vida de Ana si una emoción fuerte la espantaba. No le pareció su mujer a don Víctor, le pareció la Traviata en la escena en que muere cantando. Sintió el pobre viejo una compasión supersticiosa; aquel ser vaporoso que se le aparecía de repente en silencio, pisando como un fantasma, lo quería él en aquel instante con amor de padre que teme por la vida de su hija, y lo temía al mismo tiempo como a cosa del otro mundo... «¡Qué fácil era asesinar con una palabra a la pobrecita enferma, que acaso no era responsable de su delito! Oh, no, lo que es a ella no la mataría, ni con puñal, ni con bala, ni con palabras fulminantes...»

—¿Quién estaba ahí? —preguntó Ana tranquila.

—El Magistral —respondió don Víctor, que suponía a su mujer enterada de lo mismo que preguntaba.

Ana se turbó.

—¿A qué venía... a estas horas? —preguntó disimulando sus temores.

—¿A qué? Cosas de política... Eso del obispo y el gobernador... lo de las votaciones que corre prisa... en fin... cosas de política.

La Regenta no insistió. Se retiró sin acercarse a su marido, que no la buscó tampoco para darle el beso en la frente con que solían despedirse todas las noches.

Respiró Quintanar cuando se vio solo. «Aquello había salido bien. No se había descubierto. Anita no había podido sospechar... Tenía la conciencia tranquila, señal de que había hecho bien por lo pronto.»

Pidió el té que era su cena los días de caza y de comida de fiambre; dio orden a los criados de acostarse; y a las once y media, de puntillas y sin tropezar en nada, a pesar de ir a obscuras, bajó al parque en zapatillas, armado de escopeta. La había cargado con postas.

«¡Oh, sí! el Magistral le había sugerido, sin querer, una buena idea. ¿Que no hubiera sangre, eh? Oh, lo que es como volviese aquella noche... ¡moría don Álvaro! Y que ardiera el mundo. Que se asustara Ana, que cayera redonda, que le prendieran a él... Cualquier cosa... pero como volviera, moría.» Así como poco antes había sentido la conciencia tranquila al contener su cólera delante de Ana, ahora se sentía satisfecho ante su resolución de matar al ladrón de su honra si volvía.

La noche era obscura, el frío intenso. Don Víctor no tuvo más remedio que volver a su cuarto por la capa. Se exponía a hacer ruido o que el otro tuviera tiempo de venir y escalar el balcón entre tanto... pero a cuerpo no se podía estar allí. Se quedaría helado. Fue, con la prisa que pudo, a buscar la capa, y bien embozado volvió a su puesto de centinela en el cenador, desde el cual veía el perfil de la tapia destacándose borrosa en el cielo negro; y vería también el balcón del tocador si se abría para dar paso a don Álvaro.

Oyó las doce, la una, las dos... no oyó las tres, porque debió de dormitar un poco, aunque él se lo negaba a sí mismo... Y a las cuatro no pudo resistir ya el frío y el sueño; y delirante, sin conciencia de sí mismo ni del mundo ambiente, tropezando en todo, subió a su cuarto, buscó la cama a tientas, se desnudó por máquina, se envolvió entre las sábanas y se quedó dormido en un sopor de fiebre lleno de fantasmas ardientes, de monstruos dolorosos.

Aquella tarde no asistieron al Casino a la hora del café, como solían, ni Mesía, ni Ronzal, ni el capitán Bedoya ni el coronel Fulgosio.

Lo cual notado que fue por Foja, el ex—alcalde, le hizo exclamar en son de misterio:

—Señores, cuando yo digo que hay gato...

—¿Qué gato? —preguntó don Frutos Redondo el americano.

Estaban, como siempre a tal hora, en la sala contigua al gabinete rojo, el del tresillo.

Todos los presentes rodearon a Foja que añadió:

—Noten ustedes que hoy no han venido ni Ronzal, ni el capitán ni el coronel. Ciertos son los toros. Cuando el río suena...

—Pero ¿qué suena? —preguntó Orgaz padre, que algo sabía.

Joaquinito, que se daba aires de saber muchas cosas, dijo:

—Nada, señores, yo digo a ustedes que no hay nada...

—Pues con permiso de usted yo sé que hay grandes novedades. Lo sé de buena tinta... Quintanar debe de haber mandado a estas horas sus padrinos a don Álvaro.

—¡Padrinos! ¿por qué? —preguntó Redondo.

—¡Bah! Está usted buen cazurro. Demasiado sabe usted por qué. La verdad es que aquello era un escándalo.

Joaquín Orgaz defendió a don Álvaro.

Pero Foja no atacaba a Mesía, atacaba a don Víctor, que había consentido tanto tiempo aquella desvergüenza.

—¿Pero qué sabe usted si consentía? No sabía nada. Y si ahora desafía al otro, será que descubrió algo...

—O que se ha cansado de aguantar...

—O no habrá tal desafío...

Toda la tarde se habló allí de lo mismo. Al obscurecer llegó Ronzal. Nadie se atrevió a interrogarle al principio. Foja se cansó de ser prudente y preguntó a Trabuco dándole un golpecito en el hombro:

—¿Es usted padrino?

—¿Padrino de qué? —dijo Ronzal con ceño adusto, aire misterioso, y como hombre prudentísimo que opone un muro de hielo a una indiscreción.

—Padrino del duelo a muerte entre Mesía y Quintanar...

—¿Pero a usted quién le ha dicho?... Palabra de... quiero decir... yo no sé... yo niego... Es usted un mentecato y un hablador insustancial ¿Cree usted que asuntos tan serios se vienen a tratar al café?

—¿Ven ustedes? Lo que yo decía —gritó Foja triunfante sin hacer caso de los insultos.

Ronzal negó, se obstinó en callar; pero se conocía que le costaba grandes esfuerzos.

Miró el reloj muchas veces y preguntó a Joaquinito Orgaz, aparte, pero de modo que lo oyeran los demás:

—¿Sabe usted si don Pedro el picador tiene todavía sables de?...

Y lo demás lo dijo en voz baja.

Orgaz no sabía nada; Ronzal hizo un gesto de disgusto y salió del Casino, diciendo:

—Adiós, señores.

—¿Ven ustedes? Lo que yo decía. Duelo tenemos.

Aquellos señores se declararon en sesión permanente. Los mozos encendieron el gas, y continuó el tertulín de la tarde empalmándose con el de la noche. Algunos fueron a cenar y volvieron. A las ocho en todo el Casino no se hablaba más que del duelo. Los del billar dejaron los tacos para venir a la sala de las mentiras a cazar noticias; hasta *los de arriba*, los del cuarto del crimen, que solían dejar que pasaran revoluciones sin darse por entendidos, mandaron sus emisarios abajo para saber lo que ocurría.

Un desafío en Vetusta era un acontecimiento de los más extraordinarios. De tarde en tarde algunos señoritos se daban de bofetadas en el Espolón, en algún sitio público, pero no pasaba de ahí. Los insultos no tenían jamás consecuencias. Nunca había habido en Vetusta una sala de armas. Hacía años, un comandante retirado había querido ganarse la vida dando lecciones de sable: el Marquesito, Orgaz hijo y padre, Ronzal y otros varios comenzaron con gran afición a dejarse dar de palos, pero pronto se cansaron y el comandante tuvo que dedicarse a pedir un duro prestado a cualquiera.

No se recordaba en la población más que dos desafíos en que se hubiera llegado *al terreno*; uno de Mesía, allá, muchos años atrás, cuando era muy joven; había sido padrino del contrario Frígilis, único vetustense que asistió al lance.

Nunca había querido decir lo que había pasado allí, pero era lo cierto que ni Mesía ni su adversario habían guardado cama un solo día después del duelo.

El otro desafío había sido entre un jefe económico y un cajero por cuestiones de la caja. Sobre si sacaste tú o saqué yo. Se habían batido a primera sangre. El cajero había recibido un arañazo en el cuello, porque el jefe económico daba sablazos horizontales con el propósito de degollar al contrario. Y no había más desafíos *llevados al terreno* en las crónicas vetustenses.

Se discutió mucho aquella noche, para pasar el rato mientras llegaban noticias, sobre la legitimidad de esta *costumbre bárbara que habíamos heredado de la Edad media.*

Orgaz padre, que era algo erudito, aunque de oficio escribano, aseguró que el duelo era resto de las ordalías.

Don Frutos dijo que sí sería, pero que ni ordalías ni san ordalías le hacían a él batirse. Él acudía al juez si le ofendían, y si no había modo, ventilaba la cuestión a palos. —Eso de que me mate un espadachín, que no ha tenido que trabajar para ganarse la comida, no lo consentirá el hijo de mi madre.

—Sin embargo —decía Orgaz padre— hay circunstancias... el honor... la sociedad... Ya ve usted, Fígaro condena el duelo, y confiesa que él se batiría llegado el caso.

—Es que yo no soy un mal barbero, señor mío —gritó don Frutos— tengo algo que perder.

Hubo que explicarle a don Frutos quién era Fígaro; pero aún después de enterado, Redondo, que sudaba ya de tanto discutir y gritar, vociferó diciendo, que de todas maneras, al que le desafiase, él le rompía el alma...

—Pues yo —dijo el ex—alcalde— a la justicia me atengo... una querella criminal, la ley está terminante...

—Pues yo —exclamó solemnemente Orgaz padre, puesto en pie y con voz temblorosa— yo no hago nada de eso. Al que me desafíe, si es un diestro, le obligo a aceptar un duelo en las condiciones siguientes: (Atención general.) A dos pasos de distancia (se coloca, midiendo dos pasos largos, enfrente de don Frutos que se pone muy serio y erguido) una pistola cargada, y otra no cargada. (Orgaz palidece ante la idea de que aquello pudiera suceder como lo cuenta.) Una, dos, tres (da las tres palmadas) ¡plun! ¡y al que Dios se la dé San Pedro se la bendiga! Así me bato yo. La cuestión no es ser diestro, es tener valor.

—¡Bravo, bravo! ¡eso, eso! —gritó gran parte del concurso como si oyera aquello por primera vez.

Siempre que se hablaba de desafíos decían lo mismo que aquel día Foja, don Frutos, Orgaz y otros caballeros.

En vano esperaron los socios noticias. En toda la noche no parecieron por allí ni Ronzal, ni Fulgosio, ni Bedoya, que, según se decía, eran los padrinos, amén de Frígilis.

Era verdad. Por más que Crespo encargó el secreto más absoluto a todas las personas que tuvieron que intervenir en el triste negocio, no se sabe cómo, aunque se sospecha que por culpa de Ronzal, pronto corrió por Vetusta el rumor de lo cierto. Petra y Ronzal habían sido los indiscretos. Petra, por venganza, por mala índole, había hablado, había dicho a alguna amiga *lo de* su antigua ama. «¿Que por qué había dejado aquella casa? Por tal y por cual.» Trabuco, a quien la honra de merecer la confianza de Quintanar había llenado de vanidad, no había podido resistir la tentación de dejar *transparentarse* su secreto. Ello era que en todo Vetusta no se hablaba de otra cosa.

El Gobernador decía en su casa que no se le hablase de aquello, que su deber de autoridad estaba en abierta contradicción con su deber de caballero, que debía tener oídos de mercader, ojos de topo, y los tendría...

Pasó aquel día, y pasó el siguiente y no se sabía nada.

—¿Era *una papa* lo del duelo? —preguntaba Foja en el Casino.

Y entonces reventó Joaquinito Orgaz, que lo sabía todo por el Marquesito.

—No, no era broma; la cosa iba de veras. Duelo a muerte.

Pero los padrinos se habían portado mal, eran torpes, a pesar de las ínfulas del coronel Fulgosio, que decía tener el código del honor en la punta de los dedos: no parecían armas, se había hablado del sable primero; pero no parecían sables de desafío; no había en Vetusta sables así, o no querían darlos los que los tenían. Se había recurrido a la pistola... y tampoco parecían pistolas a propósito. «Yo creo —añadía Joaquinito, y Paco cree lo mismo, que esto es inverosímil y que Frígilis quiere dar largas al asunto a ver si convence a Mesía y lo hace marcharse de Vetusta.»

—¡Qué indignidad! —gritó Foja.

—Pues ésa había sido la primera solución. La misma noche del día en que, al parecer (esto se cuenta por lo menos) don Víctor descubrió su deshonra, Frígilis fue a ver a Mesía y le suplicó que saliera del pueblo cuanto antes. Mesía se lo contó *ce* por *be* a Paco.

—Bueno, ¿y qué más?

—Nada, que Mesía, como era natural, se opuso; dijo que Quintanar y todo Vetusta podían atribuir a miedo su ausencia. — Pero Frígilis, que tiene cierta influencia sobre don Álvaro, le obligó a darle palabra de honor de que al día siguiente tomaría el tren de Madrid. Parece ser que Quintanar tuvo en sus manos la vida de Álvaro; que pudo matarle de un tiro y no le mató. Y Frígilis invocaba esto y los derechos del marido ultrajado para obligar a Mesía a huir. «Eso no es cobardía —dice que le dijo— eso es hacerse justicia a sí mismo, usted merece la muerte por su traición y yo le conmuto la pena por el destierro.»

—¿Eso dijo Crespo?

—Eso.

—¡Miren Frígilis!

—Tiene mucha confianza con Álvaro, que le respeta mucho.

—Bueno, ¿y qué más?

—Nada, que Álvaro dio palabra. Pero al día siguiente, ayer por la mañana, cuando estaba ya nuestro don Juan haciendo el equipaje para largarse, se le presentaron Frígilis y Ronzal en son de desafío. Parece ser que muy temprano don Víctor llamó a Frígilis y le obligó a buscar a Trabuco para ir juntos a desafiar al burlador; Frígilis no tuvo más remedio que obedecer, porque al saber Quintanar que el otro pensaba escapar, amenazó con seguirle al fin del mundo y llamarle cobarde en los periódicos, en la calle... Estaba furioso.

—¡Claro, las comedias!

—Ello es, que Frígilis tuvo que devolver a Álvaro la promesa de huir y mandarle buscar padrinos.

—¿Y Mesía?

—Es claro; dejó el viaje y buscó padrinos; querían que yo fuese uno (mentira) pero después... como yo soy muy amigo de ambos... en fin, se buscó otros... y no parecían... Sólo Fulgosio, que siempre se presta a tales enredos... y Bedoya, que al fin es militar...

En general, Joaquinito estaba bien enterado. Mesía se lo había dicho todo al Marquesito, que había ido a verle a la fonda.

Lo que no le había dicho era que él tenía mucho miedo; que así como se alegraba de ver rotas aquellas relaciones que iban a acabar con la poca salud que le quedaba y a dejarle en ridículo a los mismos ojos de Ana, le horrorizaba la idea de verse frente a frente de don Víctor con una espada o una pistola en la mano.

La proposición primera de Frígilis la aceptó inmediatamente.

«¡Era natural! debía huir, ¿con qué derecho iba él a procurar la muerte del hombre que le había perdonado la vida aquella mañana y a quien él había robado la honra? Huiría; al día siguiente, sin falta tomaría el tren.»

Ya lo esperaba Frígilis que sabía a qué atenerse respecto del valor de Álvaro.

Como que había sido testigo de aquel duelo misterioso, a que aludían los socios del Casino. Don Álvaro, por culpa de una mujer, había sido retado a singular combate por un forastero; todos los padrinos eran de la guarnición menos Frígilis, único vetustense que presenció el lance. El duelo era a sable, en el Montico, en una arboleda, de tarde, cerca del obscurecer. Mesía y su adversario estaban en mangas de camisa (se acordaba Frígilis como si hubiese sido el día anterior), estaban en mangas de camisa, sable en mano... ambos pálidos y temblando de frío y de miedo. El cielo encapotado amenazaba desplomarse en torrentes de lluvia. Los dos *combatientes* miraban a las nubes. Frígilis comprendió lo que deseaban. Comenzó la lid soltera y al primer choque de los aceros estalló un trueno y empezaron a caer gotas como puños. Mesía y su adversario temblaban como las ramas de los árboles que batía el viento... Tan grande fue el chaparrón que

471

los padrinos suspendieron el duelo... que no se continuó. «No había ido a batirse contra los elementos.» Mesía quedó incólume y Crespo implícitamente le dio seguridades de que guardaría el secreto de aquel trance ridículo y de la cobardía del Tenorio vetustense.

Recordando todo esto, Frígilis trató como un zapato a Mesía aquella noche memorable en que le intimó la huida. Pero —decía bien Joaquín Orgaz— al día siguiente tuvo que devolver su palabra a don Álvaro. Ya no debía huir. Quintanar se empeñaba en batirse; era aragonés y no cejaría.

«No sé quién me le ha cambiado. Anoche parecía resuelto o poco menos a una solución pacífica, se contentaba con que usted desapareciera; y hoy, cuando fui a verle me encontré al señor de Ronzal, que está presente, al lado del lecho de mi amigo.»

Ronzal saludó.

Mesía se había puesto muy pálido. Estaba metiendo ropa blanca en un mundo y suspendió la tarea.

—De modo que...

—Que tiene usted que buscar padrinos.

A Frígilis le había disgustado que don Víctor, sin consultar con él, hubiese llamado a Ronzal. Quintanar creía en la energía del diputado por Pernueces y sabía que no estimaba a don Álvaro. Según el ex—magistrado, era un buen padrino. Error, según Frígilis.

Lo peor fue que no hubo modo de disuadir a Quintanar.

«¡Ni un día se ha de aplazar esto! Ya que mi deshonra es pública, que la reparación lo sea, y además terrible y rápida.»

«Pero si tienes fiebre, si estás malo...»

«No importa. Mejor. Si ustedes no van a desafiar a ese hombre, me levanto y busco yo mismo otros padrinos.»

No hubo más remedio.

Mesía, a regañadientes, y ocultando el pavor como podía, buscó sus dos padrinos.

Se convino que el duelo fuese a sable. Pero no parecían sables útiles. Además surgieron dificultades sobre ciertos pormenores. Y así pasó un día.

Al siguiente por la mañana se acordó que se batieran a pistola.

Don Víctor formó entonces su plan. Se alegró de que fuese el duelo a pistola.

Pero tampoco parecían pistolas de desafío.

Y pasó otro día.

Don Víctor se levantó al siguiente después de pasar setenta horas en la cama, con fiebre un día entero, impaciente a ratos, angustiado otros, y siempre disimulando en presencia de Ana, que le cuidaba solícita.

Durante aquellas largas horas de cama, con la debilidad que sucedió a la calentura vinieron accesos de melancolía, y meditaciones filosófico—religiosas. Don Víctor sintió que el ánimo aflojaba no por amor a la vida propia, que no creía en gran peligro ante don Álvaro, sino por miedo a los remordimientos. Cuando supo lo de las pistolas, resolvió no matar a su contrario. «Le dejaría cojo. Tiraría a las piernas. El otro no era probable que le hiriese a él tirando a veinte pasos; tendría que ser por una casualidad.»

Sin que Ana sospechase nada, porque Mesía había cumplido su palabra, dada a Frígilis, de despedirse por escrito para un viaje electoral, urgentísimo y breve; sin que Ana sospechase por lo menos que se trataba de la vida o la muerte de su esposo y de su amante, salió de casa don Víctor por la puerta del parque acompañado de Frígilis, a la hora en que solían ir de caza.

En la calleja de Traslacerca les esperaba Ronzal. La mañana estaba fría y la helada sobre la hierba imitaba una somera nevada.

En la carretera de Santianes les esperaba un coche; dentro de él estaba Benítez, el médico de Ana. Al verle don Víctor palideció, pero en nada más se pudo notar su emoción.

Llegaron, sin hablar apenas durante el viaje, a las tapias del Vivero. Se apearon, y rodeando la quinta del Marqués, entraron en el bosque de robles donde meses antes don Víctor había buscado a su mujer ayudado del Magistral. «¡Cuántas cosas se explicaba ahora que no había comprendido entonces!» No importaba; la verdad era que del furor que en su corazón había hecho estragos después de la visita nocturna de don Fermín, ya no quedaban más que restos apagados: ya no aborrecía a don Álvaro, ya no se figuraba imposible la vida mientras no muriese aquel hombre: la filosofía y la religión triunfaban en el ánimo de don Víctor. Estaba decidido a no matar.

Llegaron a lo más alto del bosque; allí había una meseta, y en un claro sitio suficiente para medir más de treinta pasos. Las últimas condiciones del duelo eran éstas: veinticinco pasos, pudiendo avanzar cinco cada cual. Valía apuntar en los intervalos de las palmadas, que habían de ser muy breves. Lo cierto era que Fulgosio, el coronel, nunca había presenciado un duelo a pistola, aunque él aseguraba haber asistido a muchos, y Ronzal y Bedoya en su vida habían intervenido en semejantes negocios. Frígilis sólo había visto el duelo frustrado de Mesía. Aquellas condiciones las había copiado el coronel de una novela francesa que le había prestado Bedoya. Lo único original allí era que Fulgosio juraba que su honor de soldado no le permitía autorizar un simulacro de desafío, y que el duelo a pistola y a tal distancia y a la voz de mando sin apuntar y entre dos *primerizos*, pues primerizo era también Mesía a pistola, sería la carabina de Ambrosio.

Bedoya pensó que don Víctor era buen tirador, pero no se atrevió a presentar objeciones a su colega. La parte contraria tampoco tuvo nada que decir.

Cuando llegaron a la meseta, lugar del duelo, don Víctor y los suyos encontraron solo el terreno. Quince minutos después aparecieron entre los árboles desnudos don Álvaro y sus padrinos, más el señor don Robustiano Somoza. Mesía estaba hermoso con su palidez mate, y su traje negro cerrado, elegante y pulquérrimo.

A don Víctor se le saltaron las lágrimas al ver a su enemigo. En aquel instante hubiera gritado de buena gana: ¡perdono! ¡perdono!... como Jesús en la cruz. Quintanar no tenía miedo, pero desfallecía de tristeza; «¡qué amarga era la ironía de la suerte! ¡Él, él iba a disparar sobre aquel guapo mozo que hubiera hecho feliz a Anita, si diez años antes la hubiera enamorado! ¡Y él... él, Quintanar, estaría a estas horas tranquilo en el Tribunal Supremo o en La Almunia de don Godino!... Todo aquello de matarse era absurdo... Pero no había remedio. La prueba era que ya le llamaban, ya le ponían la pistola fría en la mano...»

Frígilis, sereno, por dignidad, pero temiendo una casualidad, la de que Mesía tuviera valor para disparar y, por casualidad también, herir a Víctor, Frígilis apretó la mano a Quintanar al dejarle en su puesto de honor.

Y se separaron testigos y médicos a buena distancia, porque todos temían *una bala perdida*.

Don Álvaro pensó en Dios sin querer. Esta idea aumentó su pavor; recordó que aquella piedad sólo le acudía en las enfermedades graves, en la soledad de su lecho de solterón...

Frígilis estaba asustado del valor de aquel hombre.

Mesía mismo se explicaba mal cómo había llegado hasta allí.

Pensando en esto, y mientras apuntaba a don Víctor, sin verle, sin ver nada, sin fuerza para apretar el gatillo, oyó tres palmadas rápidas y en seguida una detonación. La bala de Quintanar quemó el pantalón ajustado del petimetre.

Mesía sintió de repente una fuerza extraña en el corazón; era robusto, la sangre bulló dentro con energía. El instinto de conservación despertó con ímpetu. «Había que defenderse. Si el otro volvía a disparar iba a matarle; ¡era don Víctor, el gran cazador!»

Mesía avanzó cinco pasos y apuntó. En aquel instante se sintió tan bravo como cualquiera. ¡Era la corazonada! El pulso estaba firme; creía tener la cabeza de don Víctor apoyada en la boca de su pistola; suavemente oprimió el gatillo frío y... creyó que se le había escapado el tiro. «No, no había sido él quien había disparado, había sido la *corazonada*.»

Ello era que don Víctor Quintanar se arrastraba sobre la hierba cubierta de escarcha, y mordía la tierra.

La bala de Mesía le había entrado en la vejiga, que estaba llena.

Esto lo supieron poco después los médicos, en la casa nueva del Vivero, a donde se trasladó, como se pudo, el cuerpo inerte del digno magistrado. Yacía don Víctor en la misma cama donde meses antes había dormido con el dulce sueño de los niños.

Alrededor del lecho estaban los dos médicos, Frígilis, que tenía lágrimas heladas en los ojos; Ronzal, estupefacto, y el coronel Fulgosio, lleno de remordimientos. Bedoya había acompañado a Mesía, que pocas horas después tomaba el tren de Madrid, tres días más tarde de lo que Frígilis había pensado.

Pepe, el casero de los Marqueses, con la boca abierta, en pie, pasmado y triste, esperaba órdenes en la habitación contigua a la del moribundo. Vio salir a Frígilis, que enseñaba los puños al cielo, creyéndose solo.

—¿Qué hay, señor? ¿Cómo está ese bendito del Señor?...

Frígilis miró a Pepe como si no le conociera; y como hablando consigo mismo dijo:

—La vejiga llena... La peritonitis de... no sé quién... Eso dicen ellos.

—¿La qué, señor?

—Nada... ¡que se muere de fijo!

Y Frígilis entró en un gabinete, que estaba a obscuras, para llorar a solas.

Poco después Pepe vio salir al coronel Fulgosio y detrás a Somoza, el médico.

—¿Y trasladarle a Vetusta?... —decía el militar.

—¡Imposible! ¡Ni soñarlo! ¿Y para qué? Morirá esta tarde de fijo.

Somoza solía equivocarse, anticipando la muerte a sus enfermos.

Esta vez se equivocó, dándole a don Víctor más tiempo de vida del que le otorgó la bala de don Álvaro.

Murió Quintanar a las once de la mañana.

. . . .
. . . .

El mes de Mayo fue digno de su nombre aquel año en Vetusta. ¡Cosa rara!

Las nubes eternas del Corfín habían vertido todos sus humores en Marzo y en Abril. Los vetustenses salían a la calle como el cuervo de Noé pudo salir del arca, y todos se explicaban que no hubiera vuelto. Después de dos meses pasados debajo del agua, ¡era tan dulce ver el cielo azul, respirar aire y pasearse por prados verdes cubiertos de belloritas que parecen chispas del sol!

Toda Vetusta paseaba.

Pero Frígilis no pudo conseguir que Ana pusiera el pie en la calle.

—Pero, hija mía, esto es un suicidio. Ya sabe usted lo que ha dicho Benítez, que es indispensable el ejercicio, que esos nervios no se callarán mientras no se los saque a tomar el aire, a ver el sol... vamos, Anita, por Dios, sea usted razonable... tenga usted caridad... consigo misma. Saldremos muy temprano al amanecer si usted quiere; ¡está el paseo grande tan hermoso a tales horas! O si no al obscurecer, a tomar el fresco, por una carretera... Por Dios, hija, va usted a enfermar otra vez.

—No, no salgo... —y Ana movía la cabeza como los ciegos.— Por Dios, don Tomás, no me atormenten, no me atormenten con ese empeño... Ya saldré más adelante... no sé cuándo. Ahora me horroriza la idea de la calle... ¡Oh, no, por Dios... no! por Dios me dejen.

Y juntaba las manos y se exaltaba; y Frígilis tenía que callar.

Ocho días había estado Ana entre la vida y la muerte, un mes entero en el lecho sin salir del peligro, dos meses convaleciente, padeciendo ataques nerviosos de formas extrañas, que a ella misma le parecían enfermedades nuevas cada vez.

Frígilis había dicho a la Regenta que Quintanar estaba herido allá en las marismas de Palomares, que se le había disparado la escopeta y... Pero Ana, espantada, adivinando la verdad, había exigido que se la llevase a las marismas de Palomares inmediatamente...

—«No podía ser, no había tren hasta el día siguiente...»

—«Pues un coche, un coche... Se me engaña; si eso fuera cierto, usted estaría al lado de Víctor...»

Frígilis explicó su presencia lo menos mal que pudo.

Las mentiras piadosas fueron inútiles; Ana se dispuso a salir sola, a correr en busca de su Víctor... Hubo que decirle una verdad; la muerte de su esposo. Quiso verle muerto, pero no pudo moverse; cayó sin sentido y despertó en el lecho. Dos días creyó Frígilis tenerla engañada, atribuyendo la desgracia a un accidente de la caza. Pero Ana creía la verdad, no lo que le decían; la ausencia de Mesía y la muerte de Víctor se lo explicaron todo.

Y una tarde, a los tres días de la catástrofe, en ausencia de Frígilis, Anselmo entregó a su ama una carta en que don Álvaro explicaba desde Madrid su desaparición y su silencio.

Cuando Crespo, al obscurecer, entró en la alcoba de Ana, la llamó en vano dos, tres veces... Pidió luz asustado y vio a su amiga como muerta, supina, y sobre el embozo de la cama el pliego perfumado de Mesía.

Y poco después, mientras Benítez traía a la vida con antiespasmódicos a la Regenta y recetaba nuevas medicinas para combatir peligros nuevos, complicaciones del sistema nervioso, Frígilis en el tocador leía la carta del que siempre llamaba ya para sus adentros cobarde asesino; y después de leer el papel asqueroso, lo arrugaba entre sus puños de labrador y decía con voz ronca:

—¡Idiota! ¡infame! ¡grosero! ¡idiota!

Don Álvaro en aquel papel que olía a mujerzuela, hablaba con frases románticas e incorrectas de su crimen, de la muerte de Quintanar, de la *ceguera de la pasión*. «Había huido porque...»

—¡Porque tuviste miedo a la justicia, y a mí también, cobarde! —se dijo Frígilis.

«Había huido porque el remordimiento le arrastró lejos de *ella*... Pero que el amor le mandaba volver. ¿Volvía? ¿Creía Ana que debía volver? ¿O que debían juntarse en otra parte, en Madrid, por ejemplo?» Todo era falso, frío, necio, en aquel papel escrito por un egoísta incapaz de amar de veras a los demás, y no menos inepto para saber ser digno en las circunstancias en que la suerte y sus crímenes le habían puesto.

Ana, que no había podido terminar la lectura de la carta, que había caído sobre la almohada como muerta en cuanto vio en aquellos renglones fangosos la confirmación terminante de sus sospechas, no pudo por entonces pensar en la pequeñez de aquel espíritu miserable que albergaba el cuerpo gallardo que ella había creído amar de veras, del que sus sentidos habían estado realmente enamorados a su modo. No, en esto no pensó la Regenta hasta mucho más tarde.

En el delirio de la enfermedad grave y larga que Benítez combatió desesperado, lo que atormentaba el cerebro de Ana era el remordimiento mezclado con los disparates plásticos de la fiebre.

Otra vez tuvo miedo a morir, otra vez tuvo el pánico de la locura, la horrorosa aprensión de perder el juicio y conocerlo ella; y otra vez este terror superior a todo espanto, la hizo procurar el reposo y seguir las prescripciones de aquel médico frío, siempre fiel, siempre atento, siempre inteligente.

Días enteros estuvo sin pensar en su adulterio ni en Quintanar; pero esto fue al principio de la mejoría; cuando el cuerpo débil volvió a sentir el amor de la vida, a la que se agarraba como un náufrago cansado de luchar con el oleaje de la muerte obscura y amarga.

Con el alimento y la nueva fuerza reapareció el fantasma del crimen. ¡Oh, qué evidente era el mal! Ella estaba condenada. Esto era claro como la luz. Pero a ratos, meditando, pensando en su delito, en su doble delito, en la muerte de Quintanar sobre todo, al remordimiento, que era una cosa sólida en la conciencia, un mal palpable, una desesperación definida, evidente, se mezclaba, como una niebla que pasa delante de un cuerpo, un vago terror más temible que el infierno, el terror de la locura, la aprensión de perder el juicio; Ana dejaba de ver tan claro su crimen; no sabía quién discutía dentro de ella, inventaba sofismas sin contestación, que no aliviaban el dolor del remordimiento, pero hacían dudar de todo, de que hubiera justicia, crímenes, piedad, Dios, lógica, alma... Ana. «No, no hay nada, decía aquel tormento del cerebro; no hay más que un juego de dolores, un choque de contrasentidos que pueden hacer que padezcas infinitamente; no hay razón para que tenga límites esta tortura del espíritu, que duda de todo, de sí mismo también, pero no del dolor que es lo único que llega al que dentro de ti siente, que no se sabe cómo es ni lo que es, pero que padece, pues padeces.»

Estas logomaquias de la voz interior, para la enferma eran claras, porque no hablaba así en sus adentros sino en vista de lo que experimentaba; todo esto lo pensaba porque lo observaba dentro de sí: llegaba a no creer más que en su dolor.

Y era como un consuelo, como respirar aire puro, sentir tierra bajo los pies, volver a la luz, el salir de este caos doloroso y volver a la evidencia de la vida, de la lógica, del orden y la consistencia del mundo; aunque fuera para volver a encontrar el recuerdo de un adulterio infame y de un marido burlado, herido por la bala de un miserable cobarde que huía de un muerto y no había huido del crimen.

Y este mismo placer, esta complacencia egoísta, que ella no podía evitar, que la sentía aun repugnándole sentirla, era nuevo remordimiento.

Se sorprendía sintiendo un bienestar confuso cuando funcionaba en ella la lógica regularmente y creía en las leyes morales y se veía criminal, claramente criminal, según principios que su razón acataba. Esto era horrible, pero al fin era vivir en tierra firme, no sobre la masa enferma, movediza de disparates del capricho intelectual, no en una especie de *terremoto* interior que era lo peor que podía traer la sensación al cerebro.

Ana explicó todo esto a Benítez como pudo, eludiendo el referirse a sus remordimientos.

Pero él comprendió lo que decía y lo que callaba y declaró que el principal deber por entonces era librarse del peligro de la muerte.

—¿Quiere usted un suicidio?

—¡Oh, no, eso no!

—Pues si no hemos de suicidarnos, tenemos que cuidar el cuerpo, y la salud del cuerpo exige otra vez... todo lo contrario de lo que usted hace. Usted señora cree que es deber suyo atormentarse recordando, amando lo que fue... y aborreciendo lo que no debió haber sido. Todo esto sería muy bueno si usted tuviera fuerzas para soportar ese teje maneje del pensamiento. No las tiene usted. Olvido, paz, silencio interior, conversación con el mundo, con la primavera que empieza y que viene a ayudarnos a vivir... Yo le prometo a usted que el día en que la vea fuera de todo cuidado, sana y salva, le diré, si usted quiere: Anita, ahora ya tiene usted bastante salud para empezar a darse tormento a sí misma.

Y Frígilis hablaba en el mismo sentido.

Y nadie más hablaba, porque Anselmo apenas sabía hablar, Servanda iba y venía como una estatua de movimiento... y los demás vetustenses no entraban en el caserón de los Ozores después de la muerte de don Víctor.

No entraban. Vetusta la noble estaba escandalizada, horrorizada. Unos a otros, con cara de hipócrita compunción, se ocultaban los buenos vetustenses el íntimo placer que les causaba *aquel gran escándalo que era como una novela*, algo que interrumpía la monotonía eterna de la ciudad triste. Pero ostensiblemente pocos se alegraban de lo ocurrido. ¡Era un escándalo! ¡Un adulterio descubierto! ¡Un duelo! ¡Un marido, un ex—regente de Audiencia muerto de un pistoletazo en la vejiga! En Vetusta, ni aun en los días de revolución había habido tiros. No había costado a nadie un cartucho la conquista de los derechos inalienables del hombre. Aquel tiro de Mesía, del que tenía la culpa la *Regenta*, rompía la tradición pacífica del crimen silencioso, morigerado y precavido. «Ya se sabía que muchas damas principales de la Encimada y de la Colonia engañaban o habían engañado o estaban a punto de engañar a su respectivo esposo, ¡pero no a tiros!» La envidia que hasta allí se había disfrazado de admiración, salió a la calle con toda la amarillez de sus carnes. Y resultó que envidiaban en secreto la hermosura y la fama de virtuosa de la Regenta no sólo Visitación Olías de Cuervo y Obdulia Fandiño y la baronesa de la *Deuda Flotante*, sino también la Gobernadora, y la de Páez y la señora de Carraspique y la de Rianzares o sea el gran Constantino, y las criadas de la Marquesa y toda la aristocracia, y toda la clase media y hasta las mujeres del pueblo... y ¡quién lo dijera! la Marquesa misma, aquella doña Rufina tan liberal que con tanta magnanimidad se absolvía a sí misma de las *ligerezas* de la juventud... ¡y otras!

Hablaban mal de Ana Ozores todas las mujeres de Vetusta, y hasta la envidiaban y despellejaban muchos hombres con alma como la de aquellas mujeres. Glocester en el cabildo, don Custodio a su lado, hablaban de escándalo, de hipocresía, de perversión, de extravíos babilónicos; y en el Casino, Ronzal, Foja, los Orgaz echaban lodo con las dos manos sobre la honra difunta de aquella pobre viuda encerrada entre cuatro paredes.

Obdulia Fandiño, pocas horas después de saberse en el pueblo la catástrofe, había salido a la calle con su sombrero más grande y su vestido más apretado a las piernas y sus faldas más crujientes, a tomar el aire de la maledicencia, a olfatear el escándalo, a saborear el dejo del crimen que pasaba de boca en boca como una golosina que lamían todos, disimulando el placer de aquella dulzura pegajosa.

«¿Ven ustedes? decían las miradas triunfantes de la Fandiño. Todas somos iguales.»

Y sus labios decían:

—¡Pobre Ana! ¡Perdida sin remedio! ¿Con qué cara se ha de presentar en público? ¡Como era tan romántica! Hasta una cosa... como ésa tuvo que salirle a ella así... a cañonazos, para que se enterase todo el mundo.

—¿Se acuerdan ustedes del paseo de Viernes Santo? —preguntaba el barón.

—Sí, comparen ustedes... ¡Quién lo diría!...

—Yo lo diría —exclamaba la Marquesa.— A mí ya me dio mala espina aquella desfachatez... aquello de ir enseñando los pies descalzos... *malorum signum*.

—Sí, *malorum signum* —repetía la baronesa, como si dijera: *et cum spiritu tuo*.

—¡Y sobre todo el escándalo! —añadía doña Rufina indignada, después de una pausa.

—¡El escándalo! —repetía el coro.

—¡La imprudencia, la torpeza!

—¡Eso! ¡Eso!

—¡Pobre don Víctor!

—Sí, pobre, y Dios le haya perdonado... pero él, merecido se lo tenía.

—Merecidísimo.

—Miren ustedes que aquella amistad tan íntima...

—Era escandalosa.

—Aquello era...

—¡Nauseabundo!

Esto lo dijo el Marqués de Vegallana, que tenía en la aldea todos sus hijos ilegítimos.

Obdulia asistía a tales conversaciones como a un triunfo de su fama. Ella no había dado nunca escándalos por el estilo. Toda Vetusta sabía quién era Obdulia... pero ella no había dado ningún escándalo.

Sí, sí, el escándalo era lo peor; aquel duelo funesto también era una complicación. Mesía había huido y vivía en Madrid... Ya se hablaba de sus amores *reanudados* con la *Ministra* de Palomares... Vetusta había perdido dos de sus personajes más importantes... por culpa de Ana y su torpeza.

Y se la castigó rompiendo con ella toda clase de relaciones. No fue a verla nadie. Ni siquiera el Marquesito, a quien se le había pasado por las mientes recoger aquella herencia de Mesía.

La fórmula de aquel rompimiento, de aquel cordón sanitario, fue ésta:

—¡Es necesario aislarla!... ¡Nada, nada de trato con la *hija de la bailarina italiana*!

El honor de haber resucitado esta frase perteneció a la baronesa de la Barcaza.

Si Ripamilán hubiera podido salir de su casa, no hubiera respetado aquel acuerdo cruel del *gran mundo*. Pero el pobre don Cayetano había caído en su lecho para no levantarse. Allí vivió, siempre contento, dos años más.

Acabó su peregrinación en la tierra cantando y recitando versos de Villegas.

La Regenta no tuvo que cerrar la puerta del caserón a nadie, como se había prometido, porque nadie vino a verla; se supo que estaba muy mala, y los más caritativos se contentaron con preguntar a los criados y a Benítez cómo iba la enferma, a quien solían llamar *esa desgraciada*.

Ana prefería aquella soledad; ella la hubiera exigido si no se hubiera adelantado Vetusta a sus deseos. Pero cuando, ya convaleciente, volvió a pensar en el mundo que la rodeaba, en los años futuros, sintió el hielo ambiente y saboreó la amargura de aquella maldad universal. «¡Todos la abandonaban! Lo merecía, pero... de todas maneras ¡qué malvados eran todos aquellos vetustenses que ella había despreciado siempre, hasta cuando la adulaban y mimaban!»

La viuda de Quintanar resolvió seguir hasta donde pudiera los consejos de Benítez. Pensaba lo menos posible en sus remordimientos, en su soledad, en el porvenir triste, monótono en su negrura.

En cuanto se lo permitió la fortaleza del cuerpo redivivo trabajó en obras de aguja, y se empeñó, con voluntad de hierro, en encontrarle gracia al punto de crochet y al de media.

Aborrecía los libros, fuesen los que fuesen; todo raciocinio la llevaba a pensar en sus desgracias; el caso era no discurrir. Y a ratos lo conseguía. Entonces se le figuraba que lo mejor de su alma se dormía, mientras quedaba en ella despierto el espíritu suficiente para ser tan mujer como tantas otras.

Llegó a explicarse aquellas tardes eternas que pasaba Anselmo en el patio, sentado en cuclillas y acariciando al gato. Callar, vivir, sin hacer más que sentirse bien y dejar pasar las horas, esto era algo, tal vez lo mejor. Por allí debía de irse a la muerte... Y Ana iba sin miedo. El morir no la asustaba; lo que quería era morir sin desvanecerse en aquellas locuras de la debilidad de su cerebro...

Cuando Benítez la sorprendía en estas horas de calma triste y muda, le preguntaba Ana con una sonrisa de moribunda:

—¿Está usted contento?

Y con otra sonrisa fría, triste, contestaba el médico:

—Bien, Ana, bien... Me agrada que sea usted obediente...

Pero cuando se quedaban solos Benítez y Crespo, el doctor decía:

—No me gusta Ana...

—Pues yo la veo muy tranquila a ratos...

—Sí, pues por eso... no me gusta. Hay que obligarla a distraerse.

Y Frígilis se propuso conseguir que se distrajera.

Y por eso la rogaba que saliese con él a paseo cuando llegó aquel Mayo risueño, seco, templado, sin nubes, pocas veces gozado en Vetusta.

Pero como no consiguió nada, como Anita le pedía con las manos en cruz que la dejasen en paz, tranquila en su caserón, Crespo resolvió divertir a su pobre amiga en su misma casa.

«¡Si él pudiera hacer que se aficionara a los árboles y a las flores!»

Por ensayar nada se perdía. Ensayó.

Ana, por complacerle, le escuchaba con los ojos fijos en él, sonriente, y bajaba al parque cuando se trataba de lecciones prácticas. Frígilis llegó a entusiasmarse, y una tarde contó la historia de su gran triunfo, la aclimatación del Eucaliptus globulus en la región vetustense.

Durante la enfermedad de su amiga, don Tomás Crespo, desconfiando del celo de Anselmo y de Servanda, y sin pedir permiso a nadie, se instaló en el caserón de los Ozores. Trasladó su lecho de la posada en que vivía desde el año sesenta, a los bajos del caserón. El tocador y la alcoba de Ana estaban encima del cuarto que escogió Frígilis. Allí, con el menor aparato posible, sin molestar a nadie, se instaló para velar a la Regenta y acudir al menor peligro.

Comía y cenaba en la posada, pero dormía en el caserón.

Esto no lo supo Anita hasta que, ya convaleciente, se quejó un día de aquella soledad. Confesó que de noche tenía a veces miedo. Y poniéndose como un tomate, el buen Frígilis advirtió tímidamente que hacía más de mes y medio él se había tomado la libertad de venirse a dormir debajo de la Regenta. Los criados tenían orden de no decírselo a la señora.

Desde que esto supo Ana se creyó menos sola en sus noches tristes. Roto el secreto, Frígilis tosía fuerte abajo a propósito, para que le oyera Ana, como diciendo: «No temas, estoy yo aquí.»

Pero como la malicia lo sabe todo, también supo esto Vetusta. Se dijo que Frígilis se había metido a vivir de pupilo en casa de la Regenta, en el caserón nobilísimo de los Ozores.

Y decían unos:

—Será una obra de caridad. La pobre estará mal de recursos y con la ayuda de Frígilis... podrá ir tirando.

Y el *gran mundo* echaba por los dedos la cuenta de lo que le habría quedado a Anita. «No debía de haberle quedado nada.»

—Ella rentas no las tiene.

—Las de su marido, las de don Víctor allá en Aragón no le pertenecen.

—La viudedad no la habrá pedido...

—¡Sería ignominioso!...

—¡Ya lo creo! ¡Reclamar la viudedad... ella... causa de la muerte del digno magistrado!

—Sería indigno.

—Indigno.

—Y ya no está bien que viva en el caserón de los Ozores.

—Claro, porque aunque se lo regaló su esposo, según dicen, él fue quien se lo compró a las tías de Ana, y no con bienes gananciales, sino vendiendo tierras en la Almunia.

—Sea como sea, ella no debía vivir en esa casa.

—De modo que no se sabe de qué vive.

—Vivirá de eso. De mantener en su casa a Frígilis, que pagará bien.

—Eso sí, porque él es un chiflado, que no tiene escrúpulos... pero es bueno.

—Bueno... relativamente —decía el Marqués que con la gota que le empezaba a molestar iba echando una moralidad severa y un humor negro como un carbón.

Y recordando aquel gerundio que tanto efecto había hecho en otra ocasión, resumía diciendo:

—De todas maneras, eso de vivir bajo el mismo techo que cobija a la viuda infiel de su mejor amigo es... ¡es nauseabundo!

Y nadie se atrevía a negarlo.

Todos aquellos escrúpulos que tenía la tertulia de los Vegallana habían atormentado también a la Regenta. En cuanto se sintió bastante fuerte para salir a la huerta, se atrevió a decir a Frígilis lo que la atormentaba tiempo atrás.

—Yo... quisiera salir de esta casa... Esta casa... en rigor... no es mía... Es de los herederos de Víctor, de su hermana doña Paquita, que tiene hijos... y...

Frígilis se puso furioso. ¡Cómo se entiende! Todo lo había arreglado él ya. Había escrito a Zaragoza y la doña Paquita se había contentado con lo de la Almunia. «Bastante era. El caserón era de Ana legalmente y moralmente.»

Ana cedió porque no tenía ya energía para contrariar una voluntad fuerte.

Con más ahínco se negó a firmar los documentos que Frígilis le presentó, cuando se propuso pedir la viudedad que correspondía a la Regenta.

—¡Eso no, eso no, don Tomás; primero morir de hambre!

Y en efecto, sí, el hambre, una pobreza triste y molesta amenazaba a la viuda si no solicitaba sus derechos pasivos.

Ana dijo que prefería reclamar la orfandad que le pertenecía como hija de militar.

—Échele usted un galgo... Si eso no valdrá nada... Y no sé si podríamos...

Y Frígilis, no sin ponerse colorado al hacerlo, falsificó la firma de Ana, y después de algunos meses le presentó la primera paga de viuda.

Y era tal la necesidad; tan imposible que por otro camino tuviera ella lo suficiente para vivir, que la Regenta, después de llorar y rehusar cien veces, aceptó el dinero triste de la viudez y en adelante firmó ella los documentos.

Benítez y Frígilis veían en esto síntomas tristes. «Aquella voluntad se moría, pensaba Crespo; en otro tiempo Ana hubiera preferido pedir limosna... Ahora cede... por no luchar.»

Y se le caían las lágrimas.

«Si yo fuera rico... pero es uno tan pobre...»

«Y, añadía, por supuesto, cobrar esos cuatro cuartos no es vergonzoso... a ella se lo parece... pero no lo es... Ese dinero es suyo.»

Así vivía Ana.

Benítez desde que desapareció el peligro inminente, visitó menos a la viuda.

Servanda y Anselmo eran fieles, tal vez tenían cariño al ama, pero eran incapaces de mostrarlo. Obedecían y servían como sombras. Le hacía más compañía el gato que ellos.

Frígilis era el amigo constante, el compañero de sus tristezas.

Hablaba poco.

Pero a ella la consolaba el pensar: «está Crespo ahí.»

Paso a paso volvía la salud a enseñorearse del cuerpo siempre hermoso de Ana Ozores.

Y con algo de remordimiento de conciencia, sentía de nuevo apego a la vida, deseo de actividad. Llegó un día en que ya no le bastó vegetar al lado de Frígilis, viéndole sembrar y plantar en la huerta y oyendo sus apologías del Eucaliptus.

Se había prometido no salir de casa, y la casa empezaba a parecerle una cárcel demasiado estrecha.

Una mañana despertó pensando que aquel año *no había cumplido* con la Iglesia. Además ya podía salir de su caserón triste para ir a misa. Sí, iría a misa en adelante, muy temprano, muy tapada, con velo espeso, a la capilla de la Victoria que estaba allí cerca.

Y también iría a confesar.

Sin tener fe ni dejar de tenerla, acostumbrada ya a no pensar en aquellas *grandes cosas* que la volvían loca, Anita Ozores volvió a las prácticas religiosas, jurándose a sí misma no dejarse vencer ya jamás por aquel *misticismo falso* que era su vergüenza. «La visión de Dios... Santa Teresa... Todo aquello había pasado para no volver... Ya no le atormentaba el terror del infierno, aunque se creía perdida por su pecado, pero tampoco la consolaban aquellos estallidos de amor ideal que en otro tiempo le daban la evidencia de lo sobrenatural y divino.»

Ahora nada; huir del dolor y del pensamiento. Pero aquella piedad mecánica, aquel rezar y oír misa como las demás le parecía bien, le parecía la religión compatible con el marasmo de su alma. Y además, sin darse cuenta de ello, la *religión vulgar* (que así la llamaba para sus adentros) le daba un pretexto para faltar a su promesa de no salir jamás de casa.

Llegó Octubre, y una tarde en que soplaba el viento Sur perezoso y caliente, Ana salió del caserón de los Ozores y con el velo tupido sobre el rostro, toda de negro, entró en la catedral solitaria y silenciosa. Ya había terminado el coro.

Algunos canónigos y beneficiados ocupaban sus respectivos confesonarios esparcidos por las capillas laterales y en los intercolumnios del ábside, en el trasaltar.

¡Cuánto tiempo hacía que ella no entraba allí!

Como quien vuelve a la patria, Ana sintió lágrimas de ternura en los ojos. ¡Pero qué triste era lo que la decía el templo hablando con bóvedas, pilares, cristalerías, naves, capillas... hablando con todo lo que contenía a los recuerdos de la Regenta!...

Aquel olor singular de la catedral, que no se parecía a ningún otro, olor fresco y de una voluptuosidad íntima, le llegaba al alma, le parecía música sorda que penetraba en el corazón sin pasar por los oídos.

«¡Ay si renaciera la fe! ¡Si ella pudiese llorar como una Magdalena a los pies de Jesús!»

Y por la vez primera, después de tanto tiempo, sintió dentro de la cabeza aquel estallido que le parecía siempre voz sobrenatural, sintió en sus entrañas aquella ascensión de la ternura que subía hasta la garganta y producía un amago de estrangulación deliciosa... Salieron lágrimas a los ojos, y sin pensar más, Ana entró en la capilla obscura donde tantas veces el Magistral le había hablado del cielo y del amor de las almas.

«¿Quién la había traído allí? No lo sabía. Iba a confesar con cualquiera y sin saber cómo se encontraba a dos pasos del confesonario de aquel hermano mayor del alma, a quien había calumniado el mundo por culpa de ella y a quien ella misma, aconsejada por los sofismas de la pasión grosera que la había tenido ciega, había calumniado también pensando que aquel cariño del sacerdote era amor brutal, amor como el de Álvaro, el infame, cuando tal vez era puro afecto que ella no había comprendido por culpa de la propia torpeza.»

«Volver a aquella amistad ¿era un sueño? El impulso que la había arrojado dentro de la capilla ¿era voz de lo alto o capricho del histerismo, de aquella maldita enfermedad que a veces era lo más íntimo de su deseo y de su pensamiento, ella misma?» Ana pidió de todo corazón a Dios, a quien claramente creía ver en tal instante, le pidió que fuera voz Suya aquélla, que el Magistral fuera el hermano del alma en quien tanto tiempo había creído y no el solicitante lascivo que le había pintado Mesía el infame. Ana oró, con fervor, como en los días de su piedad exaltada; creyó posible volver a la fe y al amor de Dios y de la vida, salir del limbo de aquella somnolencia espiritual que era peor que el infierno; creyó salvarse cogida a aquella tabla de aquel cajón sagrado que tantos sueños y dolores suyos sabía...

La escasa claridad que llegaba de la nave y los destellos amarillentos y misteriosos de la lámpara de la capilla se mezclaban en el rostro anémico de aquel Jesús del altar, siempre triste y pálido, que tenía concentrada la vida de estatua en los ojos de cristal que reflejaban una idea inmóvil, eterna... Cuatro o cinco bultos negros llenaban la capilla. En el confesonario sonaba el cuchicheo de una beata como rumor de moscas en verano vagando por el aire.

El Magistral estaba en su sitio.

Al entrar la Regenta en la capilla, la reconoció a pesar del manto. Oía distraído la cháchara de la penitente; miraba a la verja de la entrada, y de pronto aquel perfil conocido y amado, se había presentado como en un sueño. El talle, el contorno de toda la figura, la genuflexión ante el altar, otras señales que sólo él recordaba y reconocía, le gritaron como una explosión en el cerebro:

—¡Es Ana!

La beata de la celosía continuaba el rum rum de sus pecados. El Magistral no la oía, oía los rugidos de su pasión que vociferaban dentro.

Cuando calló la beata volvió a la realidad el clérigo, y como una máquina de echar bendiciones desató las culpas de la devota, y con la misma mano hizo señas a otra para que se acercase a la celosía vacante.

Ana había resuelto acercarse también, levantar el velo ante la red de tablillas oblicuas, y a través de aquellos agujeros pedir el perdón de Dios y el del hermano del alma, y si el perdón no era posible, pedir la penitencia sin el perdón, pedir a fe perdida o adormecida o quebrantada, no sabía qué, pedir la fe aunque fuera con el terror del infierno... Quería llorar allí, donde había llorado tantas veces, unas con amargura, otras sonriendo de placer entre las lágrimas; quería encontrar al Magistral de aquellos días en que ella le juzgaba emisario de Dios, quería fe, quería caridad... y después el castigo de sus pecados, si más castigo merecía que aquella obscuridad y aquel sopor del alma...

El confesonario crujía de cuando en cuando, como si le rechinaran los huesos.

El Magistral dio otra absolución y llamó con la mano a otra beata... La capilla se iba quedando despejada. Cuatro o cinco bultos negros, todos absueltos, fueron saliendo silenciosos, de rato en rato; y al fin quedaron solos la Regenta, sobre la tarima del altar, y el Provisor dentro del confesonario.

Ya era tarde. La catedral estaba sola. Allí dentro ya empezaba la noche.

Ana esperaba sin aliento, resuelta a acudir, la seña que la llamase a la celosía...

Pero el confesonario callaba. La mano no aparecía, ya no crujía la madera.

Jesús de talla, con los labios pálidos entreabiertos y la mirada de cristal fija, parecía dominado por el espanto, como si esperase una escena trágica inminente.

Ana, ante aquel silencio, sintió un terror extraño...

Pasaban segundos, algunos minutos muy largos, y la mano no llamaba...

La Regenta, que estaba de rodillas, se puso en pie con un valor nervioso que en las grandes crisis le acudía... y se atrevió a dar un paso hacia el confesonario.

Entonces crujió con fuerza el cajón sombrío, y brotó de su centro una figura negra, larga. Ana vio a la luz de la lámpara un rostro pálido, unos ojos que pinchaban como fuego, fijos, atónitos como los del Jesús del altar...

El Magistral extendió un brazo, dio un paso de asesino hacia la Regenta, que horrorizada retrocedió hasta tropezar con la tarima. Ana quiso gritar, pedir socorro y no pudo. Cayó sentada en la madera, abierta la boca, los ojos espantados, las manos extendidas hacia el enemigo, que el terror le decía que iba a asesinarla.

El Magistral se detuvo, cruzó los brazos sobre el vientre. No podía hablar, ni quería. Temblábale todo el cuerpo; volvió a extender los brazos hacia Ana... dio otro paso adelante... y después, clavándose las uñas en el cuello, dio media vuelta, como si fuera a caer desplomado, y con piernas débiles y temblonas salió de la capilla. Cuando estuvo en el trascoro, sacó fuerzas de flaqueza, y aunque iba ciego, procuró no tropezar con los pilares y llegó a la sacristía sin caer ni vacilar siquiera.

Ana, vencida por el terror, cayó de bruces sobre el pavimento de mármol blanco y negro; cayó sin sentido.

La catedral estaba sola. Las sombras de los pilares y de las bóvedas se iban juntando y dejaban el templo en tinieblas.

Celedonio, el acólito afeminado, alto y escuálido, con la sotana corta y sucia, venía de capilla en capilla cerrando verjas. Las llaves del manojo sonaban chocando.

Llegó a la capilla del Magistral y cerró con estrépito.

Después de cerrar tuvo aprensión de haber oído algo allí dentro; pegó el rostro a la verja y miró hacia el fondo de la capilla, escudriñando en la obscuridad. Debajo de la lámpara se le figuró ver una sombra mayor que otras veces...

Y entonces redobló la atención y oyó un rumor como un quejido débil, como un suspiro.

Abrió, entró y reconoció a la Regenta, desmayada.

Celedonio sintió un deseo miserable, una perversión de la perversión de su lascivia: y por gozar un placer extraño, o por probar si lo gozaba, inclinó el rostro asqueroso sobre el de la Regenta y le besó los labios.

Ana volvió a la vida rasgando las nieblas de un delirio que le causaba náuseas.

Había creído sentir sobre la boca el vientre viscoso y frío de un sapo.

FIN

PREGUNTAS DE DISCUSIÓN

1. La Regenta omite ciertos detalles importantes en la confesión con Fermín. ¿Cuáles son algunas de estas omisiones?
2. ¿Cómo son los sueños de Ana y qué representan?
3. Ana nunca ha visto la obra Don Juan Tenorio. ¿Cómo reacciona al verla representada?
4. ¿Cuál es el estado de ánimo de Ana el Día de los Difuntos?
5. La amistad de Ana y el magistral va volviéndose más sólida. Él la visita con frecuencia. ¿Qué hace Mesía para contrarrestar tal influencia?
6. Ana lee mucho a Santa Teresa. ¿Qué extrae Ana de estas lecturas?
7. Pompeyo Guimarán, el ateo de vetusta es manipulado por Mesía para hacerle la guerra al magistral. ¿Cómo lo logra?
8. ¿Qué era la *Cruz Roja*?
9. En el capítulo XX Mesía va a despedirse de Víctor y Ana, pues se va de la ciudad. ¿Cuál es la reacción de Ana al ver a Mesía?
10. El misticismo de Ana va en ascenso. Discuta la conducta de Ana.
11. En el capítulo XXI Fermín parece disfrutar del verano más feliz de su vida. ¿Por qué? ¿Comparte Ana tal felicidad?
12. ¿Cuál es la relación entre Fermín y Teresina?
13. En el capítulo XXII crece la tensión entre Mesía y Álvaro. Ambos representan posturas políticas opuestas. ¿Qué importancia tiene este conflicto?
14. En el capítulo XXII muere Santos Barinaga y Rosa Carraspique. ¿Qué importancia tienen estas muertes para el conflicto general de la novela?
15. En el capítulo XXIII Ana intenta un momento íntimo con su marido. ¿Cómo y por qué desiste?

16. La tensión de Ana va en aumento ¿Por qué desea ser madre?
17. ¿Por qué asiste Ana al baile en el casino?
18. ¿Qué importancia tiene para las murmuraciones el desmayo de Ana en el baile?
19. ¿Cómo descubre Ana que su confesor está enamorado de ella? ¿Qué reacción tiene Ana?
20. En el capítulo XXV Ana define sus propias ideas religiosas. ¿Cómo es esa religiosidad que quiere Ana?
21. En el capítulo XXVI Ana decide salir de Nazareno en la procesión. ¿Cómo reaccionan Fermín, Álvaro, Víctor y los vetustenses ante esta decisión?
22. Los vetustenses observan los pies de Ana. ¿Por qué los tienen "entre ceja y ceja"?
23. Víctor exclama en el capítulo XXVI "¡Lo juro por mi nombre honrado! ¡Antes que esto, prefiero verla en brazos de un amante!". ¿A qué se refiere?
24. El capítulo XXVII Ana y Víctor se encuentran en el Vivero de los marqueses. ¿Cómo está el ánimo de Ana?
25. ¿Quién tuvo la idea de que Ana y Víctor fueran a ese lugar?
26. Benítez es el nuevo médico de Ana. ¿Cómo contrasta su personalidad con la de su antiguo médico, Somoza?
27. ¿Qué se sugiere que pasa entre Fermín y Petra?
28. Los jóvenes, incluida Ana, se han ido al bosque y comienza a llover. ¿Qué reacción tiene el magistral? ¿Qué piensa Víctor?
29. En el capítulo XXVIII Víctor encuentra en la cabaña la liga de Petra. ¿Cómo se da la triangulación con este incidente?
30. ¿Por qué se siente ridículo el magistral y decide marcharse?
31. ¿Cuál es la reacción de Ana ante la confesión de Mesía?
32. ¿Cómo se da, finalmente, la caída de Ana en brazos de Mesía?

33. En el capítulo XXIX comienza el desenlace de la novela, con Petra tornándose un importante personaje. ¿Cuál es su papel en la tragedia?
34. ¿Cómo ha sido el triángulo Fermín, Petra, Mesía? ¿Qué importancia tiene para el desenlace?
35. ¿Cuál es la reacción de Víctor al descubrir a Mesía?
36. En el capítulo XXX la brutalidad del magistral es aún más obvia. ¿Qué aconseja a Víctor? ¿Qué quiere realmente lograr con el consejo?
37. ¿Cómo reacciona Frígilis ante la tragedia de la que está siendo testigo?
38. ¿Por qué se da el duelo entre Víctor y Mesía?
39. ¿Cuál es la reacción de Ana al enterarse de la muerte de su marido?
40. ¿Qué hace Mesía ante la tragedia?
41. Todos abandonan a la regenta menos Benítez y Frígilis. Discuta las reacciones de los vetustenses.
42. Ana no se anima a salir de su casa hasta muchos meses después, en octubre. ¿A dónde va?
43. ¿Qué reacción tiene el magistral ante la presencia de Ana?
44. ¿Qué interpretación puede dársele al beso de Celedonio?
45. Otros temas para discusión:
   El naturalismo en la novela
   Las dimensiones histéricas de Ana
   El poder de la iglesia
   Ana y Fermín como personajes oprimidos en su infancia
   El mundo simbólico de Vetusta

ÍNDICE

La Regenta, Vol.II – edición rústica- fue impreso sobre papel crema de 60 gramos. En su composición se emplearon tipos de la familia Palatino y Times New Roman. El cuidado de la edición estuvo a cargo de **Libros Medio Siglo** y Jonathan Martínez.

www.ingramcontent.com/pod-product-compliance
Lightning Source LLC
Chambersburg PA
CBHW030540020726
47494CB00005B/1438